生活就是美

钱平雷科普文学作品续集

钱平雷 ◎ 著

上海科学技术文献出版社
Shanghai Scientific and Technological Literature Press

作者简介

先后毕业于上海市提篮桥区中心小学、上海市第58（澄衷）中学、同济大学路桥系桥梁与隧道专业。历任哈尔滨、上海铁路局桥梁工、技术员、助理工程师，上海市铁道学会专职副秘书长、上海铁路局对外经济贸易办公室主任兼中国土木工程公司上海公司总经理、中国铁路对外服务上海公司总经理、上海中星集团副总工程师、世城实业有限公司董事长兼总经理。兼任民盟上海市委常委兼直属科技总支主任委员、上海市政风行风监督员、上海市科协委员、上海市长宁区人大代表、上海市楼宇科技研究会副理事长兼秘书长、上海市科普作家协会副秘书长、上海交通大学兼职研究员、上海大学客座教授、中国土木工程学会会员、中国铁道学会会员等社会职务。

现任上海城市房地产有限公司副总经理、上海市楼宇科技研究会高级顾问、中国作家协会会员、中国科普作家协会会员、上海市作家协会会员、高级工程师。

参与"21世纪上海对外交通发展战略研究"课题、担任大型科普丛书"原来如此"编委兼（交通分册）主编，均获得上海市科技进步奖二等奖。曾获得中国科协先进工作者、中国铁道学会先进工作者、民盟中央先进个人、上海市统战部先进个人、民盟上海市委"社情民意"先进个人、上海市优秀科普作家、上海铁路局优秀知识分子等荣誉称号。

先后从事土木工程、交通工程、系统工程、对外经贸、国际运输、房地产、居家养老等专业的工作，在桥梁工程、综合交通运输、旅游房地产学、旅游交通学、现代物业管理、智慧楼宇、养老科学等领域，都拥有研究成果或著作。

1988年开始从事科普和散文创作，主要代表作品有：散文集《幸福相对论》《幸福就在当下》《幸福永伴你我他》《上海高度》《上海广度》《上海力度》《笔下寻乐记》，科普小说《居家养老解困记》，以及科普文章《城市有轨交通将东山再起》《科普——新的经济增长"火箭"的发射台》《何谓智慧城市？》等。2006年参加中国科协"我与科协"征文，以《科协是座大舞台》一文获二等奖。

《搞大了！首发式变成了精品党课》插图：与王伟（左）、高文伟（右）等领导的合影

《用茶缸替代毕业证书的故事》插图：代替毕业证书的茶缸（桥二班）

《搞大了！首发式变成了精品党课》插图：作者在做专题报告

《北外滩与澄衷蒙学堂的不解之缘》插图：同济大学附属澄衷中学新校舍立面图

《情系哈尔滨》插图

生活就是美

《有生命体征的楼宇正在上海成型》插图：郑惠强（左四）等领导参加2021年国际城博会

《喜闻母校联姻筑新巢》插图：澄衷新校舍鸟瞰图

《生活就是美》插图：《生活就是美》主题照

《喜闻母校联姻筑新巢》插图：同济大学和虹口区领导出席新校舍开工典礼

《"窗下公园"申园秋游记》插图：移步换景——申园一景

《北外滩与澄衷蒙学堂的不解之缘》插图：叶澄衷铜像和同济大学石幢

生活就是美

《新年俗补课记》：真如寺风光

《"妈妈，我爱你！"——最好的生日礼物》插图：信宝在空旷的悉尼海滨草地上

《成了博士还要读硕士？》
插图：乔奇领完毕业证书后留影

《在休闲与自然文化的交汇之处》
插图：小道跨越的斜拉桥

《悉尼巴尔莫勒尔海滩游记》
插图：美味佳肴

《悉尼巴尔莫勒尔海滩游记》插图：雨中色彩丰富的海面

《悉尼巴尔莫勒尔海滩游记》插图：远眺U形栈桥

《悉尼柯柯海滩印象二篇》：汹涌澎湃的海浪

《我"造"了两个英文新词汇》插图：我们的文章改成论文首次在国际学术会议上成功发表

《我"造"了两个英文新词汇》插图：介绍"智慧楼宇"的PPT

《中西文化元素交融的婚礼》插图：悉尼婚礼

生活就是美

一名科普文学"双料"作家是怎样成长的
(代序)

钱平天

我的大弟钱平雷又出版新书了,该书的书名是《生活就是美——钱平雷科普文学作品续集》(简称"《生活就是美》")。他曾对我说,他已经是年近耄耋的人了,虽然这次出书,仍旧得到上海市楼宇科技研究会等单位的支持和帮助,但如今他更多的是回归家庭生活了,于是就想请我这位长兄为他写序言。其实我也是一名科技人员,写写一般的文章也许还可以,但要去为一名拥有中国作家协会和中国科普作家协会双料会员头衔的作家出版的新书作序,实在是有点胆怯的,因为我看以往曾给他的书作序的都是著名作家、科学家甚至院士,他们应该属于经常为人撰写序言、评论的"高人名士"之列,我自忖还没有达到这个水平。

然而,我又舍不得这一作序机会,思来想去,决定另辟蹊径,以一个已经与他相处了七十八年同胞身份,回顾一下他的成长历程,把一个有血有肉、有情有义老弟的许多精彩往事有选择地写出来,以飨各位读者,让大家了解为何钱平雷会最终能够成为一名科普文学作家。也许本文的风格不像一般的序言,那就像钱平雷的前一本书《笔下寻乐记——钱平雷科普文学作品集》(简称《笔下寻乐记》),是平雷把他的一位文史专家朋友张光武先生,在他的新书《上海力度》首发式的发言稿拿来,征得张先生的同意,略加修改,成为该书的代序,效果不错。那么,这次我也效仿一下,将本文称为"代序"吧!我曾粗略计算过,在此书之前他已经出版了8部文学类书籍,计有数百万字之多,这数量对于一个业余文人而言，若称他是"高产作家"也并不为过。这次平雷向我提供了新书《生活就是美》的全套文稿，整整两大厚本，我翻看了一遍，大部分曾阅读过（通常他每有新作都会让我先睹为快），文章内容涉及面广，难以用简短文字进行评论。然而作为代序，也不宜过长，只能通过叙述我记忆中的一些有代表性的事例，来表达我的意愿。

钱平雷是一名科普文学作家，在我心中，他不但是一位科普作家，又是一位文学作家，从《生活就是美》的文稿中《科普在文学界终于有了"名分"》一文我才知道，现在文学界已经有"科普科幻文学"的分支，也就是说科普与文学可以交叉形成新的文学形式，那么科普文学作者可以创作出兼有科普和文学属性的作品，其不但具有自然科学技术的知识背景，同时还应该具备一定社会人文科学的知识；不仅善于逻辑思维，还要能够形象思维。著名作家赵丽宏先生在给钱平雷第一本散文集《幸福相对论》作序的标题叫作《科学的智慧和文学的情怀》，就画龙点睛地给"科普文学"下了定义。这就给了我一个启发：钱平雷作为一名科普作家确实具备了"科学的智慧和文学的情怀"的素质。华东师大已故的著名教授钱谷融有一句名言："文学即人学。"这是指文学与人的关系。平雷既然具备文学作家的水平，他与周围的人良好的关系，无疑是他所具备的非常突出的优势。

我家姐弟四人，大姐和三个兄弟，姐属蛇、我属羊、平雷属狗、小弟属虎，虽各自性格不同，却从小至今互爱团结，从未有过龃龉；平雷自小就显示出机敏、勤快、忠诚、大胆的优点，有"狗"的灵性，随着他的年龄增长，他逐渐具备了某些胜于常人的素质，也做出了许多出色的成绩来。

平雷有过人的洞察力和记忆力，为许多读者所惊讶和佩服，其实他在童年时就显示出这方面的特点。我们的父母都是浙江人，也都是大家族家庭出身，族内三代祖父外公、叔伯姑嫂、兄弟姐妹有上百人，还有这些人的堂表亲，相互之间的血缘关系盘根错节，犹如一幅"迷宫图"，我自己几十年来至今从未能理清楚，而平雷则不然。他不仅可以流畅简明地讲清其中辈分构架关系,对于许多人的大名小名、职业特长甚至趣闻逸事都可以讲出个所以然来。我与平雷从小学到高中都是同一学校,同样的还有大姨妈家柴姓的四位表兄弟。平雷初一时,大表哥慈铭兄高三,他们相差有五个年级,应该不是一个年龄段的人,然而平雷却知道了包括大表哥在内他们班级几乎所有人的许多情况,包括班主任、各任课老师、班内同学等姓名、职位、特点、绰号、相互关系,甚至毕业后去向,他都可以讲出个八九不离十的准度;在大表哥高中毕业约半个世纪以后,平雷遇见大表哥班的同学,聊起了他们班当年的趣闻往事,对方极为惊讶,因为这是他们自己也忘却了的记忆。平雷很怀旧,毕业多年后对母校和老师、同学都怀有浓厚的深情。小学的音乐老师何畏先生现今已有九十多岁了,他与平雷还保持着联系,他们相互交流着音乐艺术的心得。更不要说,平雷一生中遇到的同事、领导,其中许多人都成了他的好朋友,甚至如同亲人一般。由此他能在潜意识下获知多方面消息,并归纳出自己的看法和想法。这些往往也就成为他写文章的素材。

钱平雷的一生,到过许多单位,也从事过许多与他大学里所学的专业不相同的工作,而这些工作往往都是需要多个学科交叉的边缘科学作为基础理论的,这也导致了平雷具有知识面广的突出优势。1970年夏,平雷从同济大学路桥系延迟了一年后毕业,分配到了哈尔滨铁路局,正值"文革"时期,他被分到地处小兴安岭伊春去修桥了。1972年初,我出差去东北,平雷闻讯请假赶到哈尔滨站内来接我,我下车时,见到他头戴狗皮帽、身披羊皮短袄,脚穿大头鞋,一名活脱脱东北铁路人的模样,我一时竟没认出来。我们在步行走过位于大直街哈尔滨铁路局大厦时,平雷指着大门对我说:"阿哥,我一定会努力调到这里来工作的!"他的语气和表情充满着一种自信和决心;两年后他果然如愿以偿,到这里从事由土木与机械交叉出来的养路机械技术工作,也逐渐理解了铁路运输系统多专业协调作业的系统科学原理,为他以后开拓新的边缘科学奠定了理论基础。在这里他也得到了许多宝贵的人脉关系,让他有机会从哈尔滨调往杭州,随后又由哈尔滨老领导推荐,被上海铁路局选拔到上海总部工作。平雷善于发现机遇并善于抓住机遇将其变成现实，这种特点在他一生中始终没变。当他得知我和妻子从事的化学专业中运用表面活性剂，就联想到让它替代汽油用于铁路桥梁的钢结构涂装清洗，并立即进行试验，获得了成功，不但节约了能源，还减少了油垢对江河的污染。平雷后来在"旅游房地产学""智慧楼宇""养老科学"等方面都有研究成果或著作产生，这都得益于他能善于将多种专业的学科进行交叉集成的本领，这些新的边缘科学中，往往需要许多社会、人文、管理科学的知识，平雷具备的知识帮助他能够胜任。我想，这也是他能成为科普文学作家的一个坚实基础吧！

平雷博学多才，在书法、美术、音乐、文学、历史、戏剧、外语等多方面都有造诣，他学生时代就有一副好嗓子，还是美声唱法的男中音。他高中时代的跳高，大学时代的长跑，都达到了等级运动员的水平。尤其最为杰出的是他的文字写作能力，可谓"多快好省"，他喜欢写短诗，略微一想，一首七绝诗就脱口而出，在他担任铁道学会秘书长和铁路局外经处处长时，为不少日本友人写过诗。日本人名字大都四个字，就是四句诗的第一个字的藏头诗，诗句多含典故，用宣纸行书、隶书写好作为礼物相赠，日本友人十分珍惜，多装裱后挂在办公室或家中。他在旅游时，经常可以在当天就写出游记一篇，令旅友们惊喜不已，因为大家多半忙着拍照，不注意景点的具体内容，平雷写的游记可以被他们用来发微信时做解说词。

在我家姐弟中，平雷是继承父母优点最多，而继承财产最少的，他继承了父亲的文笔、逻辑和善良，以及母亲的机敏、胆识和能力，我常戏谑说他是最得父母真传的代表。我父亲的文笔在他的行业里小有名气，有"闸北老钱一支笔"的美誉。以后一个偶然机会，父亲的一位市局老领导看到了平雷，称他"小钱"，发现已经60多岁的小钱的文笔与老钱相比似乎更为出色，很是赞赏。也有人开玩笑说，这是钱氏人才辈出的表现。平雷担任过不少社会工作，如人大、民主党派、行风、科协、社团等，这些经历都为他了解社会、获得知识，提供了机会。他撰写的社情民意、议案提案往往也成了他的科普文学作品。

由于篇幅原因，我的"代序"也只能写这些文字了。如今，各个领域尤其是大学，非常重视青年学生的知识结构，希望他们获得"博雅教育"，我认为，能够成为一名科普文学作家，其最基本的条件就是具备自然科学和社会科学的基础知识，还有科学的方法、思想、精神，当然文学撰写技能也必不可少。希望我弟弟钱平雷的经历，能为读者们尤其是青年学子们提供一个很好的榜样。

前　言

一

我的上一本散文集《笔下寻乐记——钱平雷科普文学作品集》在2021年10月出版，至今已经过去两年多了。这两年多的时间，就处在"百年未有之大变局"之中，一方面是新冠疫情贯穿其间，另一方面世界处于动荡不安的背景之下，再一方面我国的经济和科技等诸多领域也逐渐走到了国际的前列。我们个人的生活也由于上述原因，有着与以往很不相同的经历。作为一名写作者，我也记录了一些这段时间内耳闻目睹的人和事以及感受、随笔，将其形成了具有一定规模的文章，已经达到再出版一本散文集的文字量。我把准备出版的散文集的书名定为《生活就是美——钱平雷科普文学作品续集》，这除了为了与前一本《笔下寻乐记——钱平雷科普文学作品集》具有一定的呼应效应外，还有更深一层的意义。"科普文学"这个名词是以上海科普作家为代表的一批同仁，近年来在国内推进的一项具有创新性的事情。希望在文学领域内确立它的"名分"。我当初把"科普文学作品集"作为书的副标题，一则是由于上海市楼宇科技研究会支持我出版，但需要该书与科技有一定的关系；二则是因为我也是一个"科普文学"积极的鼓吹者。没想到它被上海市科普作协老秘书长李正兴指出，这是他所看到出版的书籍中，第一本署有"科普文学"书名标题的。当时还有一点"非正式"的味道。如今则不一样了，中国科协和中国作协在2022年3月签订的战略协议中，给了科普文学正式的名分——科普科幻文学。由此科普文学堂堂正正了，于是我的新书的副标题也就名正言顺地使用"科普文学作品续集"了。

我将本书的文章划分为:"往日岁月与怀旧乡愁""科普文学与科海游踪""艺术刍议与情操陶冶"和"幸福分享与社情民意"四个专题。在我以前已经出版的7本散文集中,都有一个部分是我到国内外旅游的游记,但由于新冠疫情等特殊原因,最近几年我只有很有限的几次旅游经历,其游记已经不能构成单独的一个部分了。于是我就根据游览项目的性质不同,将它们分散到上述四个专题之中。

二

在"往日岁月与怀旧乡愁"专题中我收入了纪念已故的领导人和同学的文章;对故乡上海"北外滩"和中学母校澄衷中学的历史建筑两者关系的探讨;回忆曾经工作和生活过的"第二故乡"哈尔滨和哈尔滨铁路局的往事;对母校同济大学毕业前后校园文化的回顾和再认识;以及当年担任人大代表时所提的建议现在实现了以后愉快的心情的描述。

在《他曾与我们一起在市科协的"平台"上》一文中,我回忆了江泽民同志在担任上海市领导期间,我有幸与他一起参加市科协系统的科普和学术研讨活动的情景,作为对他的缅怀。在《从桃李芬芳到社会栋梁》一文中,我追思了与自己中学同窗六年的郑柏林同学的人生历程,以表对我们之间友好情谊的珍惜。老年人喜欢怀旧,我在《情系哈尔滨》一文中用了很长的篇幅,回顾了自己在大学毕业后分配去哈尔滨铁路局工作5年期间所经历的人和事。因为这是自己走上社会后,到的第一家单位,第一座城市,又在青春活力较强的时期,当年的事业、同事、朋友、地域,都会给自己留下较为深刻的印象,不易遗忘,有些还给我的生活、工作带来了一辈子的影响。到了晚年将它视作"第二故乡"来加以怀念和回顾,是一件很有趣味的事情,还可以让读者尤其是文章中提及的亲友们一起,倍加亲切地来分享"往日的好时光"的幸福感。另一篇《我的黑龙江省地理概念被颠覆》,它的副标题是"从'哈尔滨到伊春究竟有多远?'谈起",在一定程度上,可以说是上一篇的补充。我当年分配到哈尔滨铁路局,开始近两年是所谓"劳动锻炼",基本上就是在贯穿整个伊春市的汤林线上施工，伊春市其实就是小兴安岭林区的行政区域。原来从哈尔滨到伊春市的中心区——伊春站，坐火车要十几个小时，如今正在施工的高速铁路，据说竣工开通后，只要两个小时就可以到达，它颠覆了我原来的地理概念。我有感而发，写下这篇文章。《用茶缸替代毕业证书的故事》和《穿越"时光隧道"回同济——拜读"致青春"丛书有感》是关于与母校同济大学"感情纠葛"的故事。前者是讲当我们毕业时，处于特殊年代，学校领导不发给毕业证书，同学们"画饼充饥"，用茶缸上印上校名和专业、年限标记的方式，作为毕业纪念的无奈举措。后者是作者通过阅读"致青春"丛书，知道了不少以往不了解的母校文工团、广播台、附中等与校园文化发展有关的轨迹和信息，配以自己在学校时留下的记忆，回味无穷。本文欲将自己的感受与更多的校友分享。《北外滩与澄衷蒙学堂的不解之缘》一文是2022年我参加上海市作家协会等单位发起组织的"城市、建筑与文化"诗歌散文征集活动所撰写的一篇文章，该活动旨在通过文学的形式阐释城市建筑文化的丰富性、多元性与时代性，为弘扬中国文化做出贡献。我以自己从小在那里长大，所了解的北外滩和澄衷中学及其建设发展的历史作为例证，用我的视角来说明上海城市建筑文化的丰富性、多元性与时代性。《为中山公园拆除围墙唱首赞歌》是我在《新民晚报》上得知上海中山公园拆除了围墙的消息，回想起我在担任长宁区人大代表时曾经提出过拆除中山公园围墙的意见，也获得了区领导的关注，但由于当年的社会氛围还达不到要求，没有实现。如今成为现实的时候，让我重新回忆起此事的来龙去脉发出的感慨。

三

在"科普文学与科海游踪"专题中，我把自己参与的科普、科技以及与文学相关的活动和文章都归纳到了一起。在一般人的概念中，科普、科技和文学属于不同的文化领域，它们之间应该没有什么关系，因为在现实社会生活中，从事与其相关职业的人士，基本上不会是同一个人。但偏偏在我身上，科普、科技和文学合到了一起，还产生了所谓"科普文学"的融合效应。

长期以来人们对科普的普遍认识就是"科技知识浅说"，但这已经不能满足新时代人民对科技理解的要求了。科普作家们一直在追求科普与文学有机结合，也曾经邀请文学界的作家参与科普创作，总的说来都不太理想。但上海的科普作家没有因此放弃，他们以不同的方式在探索这条道路。我本人也曾对"科普文学"下过定义："应用文学的形式，在社会上推广科学技术的应用、倡导科学方法、传播科学思想、弘扬科学精神的作品。"并以散文和小说的形式创作发表和出版了一批作品。《让上海成为引领"科普文学"发展的重镇》一文就是我以社情民意的渠道，呼唤"科普文学"正式诞生的痕迹。而《科普在文学界终于有了"名分"》则是当我获悉中国作家协会认同"科普科幻文学"作为文学的一个分支这个喜讯时，由衷的兴奋心情的记述。2022年当我这个理工男被中国作协批准为其会员时，我写下了《作家头衔两次升级记》，其副标题是"写在获得中国作家协会会员称号之际"，此文回顾了我从上海科普作协会员到中国科普作协会员，又从上海市作家协会会员到中国作协会员所走过的创作历程。当一名古稀老翁获得这个称号时，其喜悦之情，溢于言表，因为这是一名专职从事文学的工作者或者专职科普作家都不易同时获得的殊荣。《社情民意变成散文作品趣谈——民盟组织助我成为文学作家》曾刊登于《上海盟讯》的副刊《绿洲》上，该文可以说是上文的补充说明，我的散文创作是从撰写社情民意不经意变成文学作品开始的，有点歪打正着的喜剧性。

《"出版书籍乐其中"二篇》包括了《校对书稿度长假》和《感情丰收的季节》一短一长两篇文章，以及《搞大了！首发式变成了精品党课——〈笔下寻乐记〉首发式侧记》《在"美篇"中挖掘阅读量潜能趣谈》，这四篇文章记录了一名写作者当他的著作在写作、发布、出版和发行过程中所经历的情感和喜悦。《校对书稿度长假》是一段"痛并快乐着"的感觉，《感情丰收的季节》则记载了当作者的亲朋好友得到作者赠送的图书时，所反馈的衷心祝贺，使作者得到感情丰收的极大满足时刻的心情。《搞大了！首发式变成了精品党课——〈笔下寻乐记〉首发式侧记》一文报道了这次首发式除了像以往其他首发式一样的隆重以外，又赋予了更高的含义，成了一堂静安区的精品党课，包括市作协的主要负责人和各方人士也都因此前来参与。作为本书作者的我，自然格外兴奋。《在"美篇"中挖掘阅读量潜能趣谈》则描写了作者撰写文章后，在出版前先制作"美篇"链接，供微友圈先睹为快，增加读者阅读量的愉快经历。

本专题的其他文章是我在参加一些带有科技性质的活动后的随笔和心得，也是我科普文学创作的具体体现，它们有些人文含量较高，但大多数的科技含量更高，撰写这些文章，需要作者同时具备一定的科技和文学的底蕴，才能胜任。《有生命力的智慧建筑正在上海成型》《人和楼宇生命体征杂谈》《智慧楼宇？还是数字化楼宇？——关于智慧楼宇发展阶段的概念探讨》和《我"造"了两个英文新词汇》四篇文章，都是介绍作者亲身参与研究的"智慧楼宇"的发展动向，以及试图帮助海内外人士如何深入了解这一具有国际先进水平项目的文学尝试。《有生命体征的楼宇正在上海成型》以散文形式报道了于2021年10月30日至11月1日在上海举办的"2021年世界城市日中国主场活动"的"数字中国 智慧建筑高峰论坛"，人们惊喜地发现有生命体征的"智慧楼宇"正在上海成型。《人和楼宇生命体征杂谈》和《智慧楼宇？还是数字化楼宇？——关于智慧楼宇发展阶段的概念探讨》则力图深入浅出地描述出其中的关键技术是什么，期望读者能够知道这项先进的科技，虽然复杂，但通过阅读文章，还是可以了解到其基本原理的。它们也考验着作者的文理兼通的写作功底。《我"造"了两个英文新词汇》是叙述我在帮助同事修改向海外同行介绍我们研究智慧楼宇领先科技的PPT时，发现在英文中还没有能够表达我们意思的词汇，于是想出了"造"两个英文词汇念头的趣谈。《记下简短而难忘的学术活动两则》是2023年11月1日至2日两天内分别应邀出席的两次与智慧楼宇和数字化相关的学术活动，虽然每次只有10分钟左右时间的发言，却让我印象深刻和内心喜悦。前者是应邀出席"静安区智慧楼宇数联标准化联盟成立仪式",作嘉宾贺词,却让我发现它将会是智慧楼宇产业链形成的雏形,具有里程碑的意义。后者是上海市楼宇科技研究会赴韩国参加国际研讨会,在欢迎仪式上,韩方东道主希望通过视频形式,让我这个两个学术团体结为友好学会时的中方代表,与他们一起重温双方合作的友情。我觉得虽然两件事情的时间很短促,但值得我把这两件事作为散文予以记录下来。以我和郭际冬名义发表的《智慧楼宇的英文术语探讨》还在这次国际研讨会上获得优秀论文奖,我"造"的英文新词汇首次在国际场合亮相了。

《喜闻母校联姻筑新巢》本是《澄衷》校刊特邀作者撰写的文章,着重向广大校友介绍他们非常关注的新校舍的建设情况,也介绍了开工状况的隆重场面。此文与《北外滩与澄衷蒙学堂的不解之缘》在内容上有些重叠,因为它们是在不同时间和不同需要的情况下要求撰写的,侧重面还是各不相同的,我不想因此忍痛割爱,于是将它们分别安排入不同专题为妥,敬请读者理解为盼。《中国式养老的上海新贡献——〈养老科学概论〉诞生回眸》是当我看到以上海市养老科技学会联盟名义,以我为主要执笔者的这本厚积薄发具有重要学术和实用价值的《养老科学概论》出版时,由内心发出百感交集的回忆。

2023年3月至10月期间我和老伴去了澳大利亚探亲,因为想帮助女儿多做些家务,原来没有计划像以往一样,在澳洲期间再写太多的文章,所以起初只列了一个《澳洲文化习俗见闻文章》的分标题,只想把看到的澳洲文化习俗所形成的文章以这个名义归拢到一起。但由于后来经常去一些地方游玩或休闲,本来只是把当天拍摄的照片用"美图秀秀"的App软件组合一下,然后配上几句话,发给微友们看看而已。哪知道有好几次因为内容比较丰富,仅仅用几张照片和几句话无法表达清楚,于是在不经意间又搞成了具有一定规模的"美篇"链接,而且有好几篇文章,除了我自己发在我的微信朋友圈外,有时还在用"美篇"App制作链接过程中,在"美篇"领域内,被成千上万的读者搜索阅读过了,说明它们还是很受欢迎的。为此我把"澳洲文化习俗见闻文章"扩大成

"澳大利亚文化习俗见闻"系列文章。

《成了博士还要读硕士？——参加悉尼大学毕业典礼侧记》是我撰写的以西方文化为背景的一则报道。由于中西文化的差异以及本人英文水平的局限，在遇到大量专业名词的场合，要比较完整地描述其内容，是有相当困难的。我希望通过本文，让读者更多地了解澳洲大学毕业典礼和医学、教育体制的文化。《"妈妈，我爱你！"——最好的生日礼物——澳洲华裔孩子语言趣谈》一文，通过外孙女会讲第一句完整的话语，反映在海外成长的华裔孩子，开口晚而一旦开口就会讲几种语言的奇特现象。其他更多的是以游记的形式撰写的，但由于本人的知识背景和思维方式的原因，文章中较多地掺入了与科技和文化相关的元素，成了"科普散文"。如《在休闲与自然文化的交汇之处》一文是我看到澳洲当地人在风景地休闲的时候，往往忽略了该处丰富的自然和人文的科普资源，由此产生的想法。《悉尼巴尔莫勒尔海滩游记》由两次游览所写的两篇文章组成。其中《风景地文化的意外享受（首篇）》是我在异国他乡的风景地享受到了类似在杭州天然美景中品尝美食时的奇妙感受。《具有市井烟火气的半边海滩（续篇）》是我发现同一片海滩还分成南北，各有自己的名字，而且游客也按市场细分各有不同，其中一侧更有市井烟火气。《悉尼柯柯海滩印象二篇》的第一篇《悉尼南柯柯海滩印象》是面对汹涌澎湃海浪和海滩上的人工建筑所发出的感叹。第二篇《悉尼北柯柯海滩印象》是我作为东方人对较少人工雕琢的北柯柯海滩上，悉尼普通居民休闲生活文化观察的侧记。《千里寻故地 旧貌变新颜——重游悉尼麦考瑞大学侧记》是我们一家重返女儿攻读硕士学位的母校麦考瑞大学，在回忆起女儿当年艰苦求学岁月和幸福毕业典礼的同时，也发现了该校校园的容貌发生了巨大的变化，让情感和情景之间产生了"相看两不厌"复杂的难以名状的感情交流，从而写出了让读者联想动容的文章。《鸟类地位最高的世界级大都市》一文中我从对悉尼城市内人们对鸟类的呵护和包容的观察，联想到生态文明对一座城市的建设、发展乃至宜居是如此的重要。

四

在本书的第三部分"艺术刍议与情操陶冶"专题中,我从我的兴趣爱好出发,对一些文化现象发表我的感想,或者跨界提出我的意见。我的兴趣爱好是比较广泛的,除了文学外,还有书画、音乐、戏剧、曲艺、体育等。它们点缀了我的生活,也陶冶了我的情操。我在青少年学生时代也曾当过业余的田径运动员、合唱队员,如今在书法、国画方面也达到了一定的水平。在戏剧和曲艺种类中,对京剧和滑稽戏曾有过浓厚的兴趣,有点入门,可以跨界"说三道四",还获得了专业人士的认可。尤其是对音乐一直有着特殊的爱好,如同吃饭、睡觉一般,不可或缺,写作、开车、休闲等生活环节中都需要有音乐陪伴,爱屋及乌,居然对诸如交响乐团的编制之类的音乐专业知识也有一定程度的了解。由此在本书中对有关所谓"西曲东奏",就是用中国的民族乐团演奏西洋音乐的问题,发表了一系列的文章。同时趁着参加在悉尼举行的婚礼,向新人献出了中西文化交融的礼品。还包括我在国外接触纯外国文艺品种的一点记录和观感。

"西曲东奏"主题系列散文包括了《"西曲也能东奏"啦!》《用民乐演奏"天方夜谭"不是天方夜谭》《对指挥家陈燮阳先生的再认识》《为上海籍指挥家汤沐海"西曲东奏"喝彩》和《为"低音弦乐器"外形问题再议》等五篇文章。我长期以来一直希望能够用中国的民族乐团演奏诸如《贝多芬命运交响曲》《柴可夫斯基第一钢琴协奏曲》等西洋经典乐曲,所谓"西曲东奏",目的是希望让西方听众知道,用中国文化也能诠释西方文化,中西文化都是人类共同的宝贵财富,不存在谁高雅谁低俗的说法。由于我国经济文化的飞速发展,现在不少西方交响乐团在"东曲西奏",将大量的中国乐曲改成管弦乐曲,为什么我们中国的民族乐团不能改编西方的经典乐曲呢?在《"西曲也能东奏"啦!》一文中,我作为一位乐迷,对以指挥家彭家鹏及其他指挥家指挥的中央广播民族管弦乐团和苏州民族管弦乐团为代表的音乐家们,在推行"西曲东奏"的征途上不懈努力所取得的成就，予以高度的赞赏。《用民乐演奏"天方夜谭"不是天方夜谭》就是我作为一名非音乐专业的爱好者，把对一首西洋经典乐曲成功地被民族管弦乐团演奏的理解过程，形成的随笔，希望能让更多的读者来关心我国音乐家探索新路的成就。《对指挥家陈燮阳先生的再认识》和《为上海籍指挥家汤沐海"西曲东奏"喝彩》是分别对在指挥西洋交响乐团上具有国际影响力的两位上海籍著名指挥家，原来也是"西曲东奏"热情的推行者和实践者，表示由衷的敬佩。《为"低音弦乐器"外形问题再议》一文属于作者多管闲事，希望民族管弦乐团的乐器继续改革的期待。

《谁是滑稽戏的主流？（修订版）》是我已经出版过的散文集《幸福就在当下》中的一篇文章，当时与《滑稽戏也要与时俱进》一文一起，受到过滑稽界专业人士的关注和肯定。近年我随着形势的变化，作了修订，并在《上海老底子》新媒体上发表，不料引起了许多老观众的强烈反响和许多回忆。我觉得该文连同一些读者的反响记录应该被收入本书，这也是广大滑稽戏爱好者对滑稽戏前途关怀的心声表达。《让评弹艺术与医学科普联姻面向民众》本来是一篇属于社情民意性质的文章，因为涉及曾经广大听众喜闻乐见的艺术品种——评弹，认为它在新形势下可以发挥其亲民的作用，与医学科普相结合可以相得益彰所写的一篇随笔。《细品海派文化趣谈——从电影〈爱情神话〉发生的地域说起》是对曾经在上海乃至全国引起广泛议论的电影《爱情神话》，从自己作为一个土生土长的上海人的视角，对海派文化发表一点浅显的看法。电视连续剧《繁花》的播出，在上海、全国乃至全球引起了强烈的反响，尤其是对上海方言和海派文化带来了非凡的影响，对其评议的文章汗牛充栋，我则以一名科技人员身份从不同视角创作了《〈繁花〉的文化溢出效应趣谈》。《给李炳淑老师点赞引起的记忆》一文是描述我在一个偶然机会看到有关当年我所敬佩的京剧表演艺术家李炳淑老师的文章，引起了自己如何因为观看她主演的《杨门女将》一剧，从一个门外汉转变成京剧爱好者的有趣经历的愉快回忆。

在《中西文化元素交融的婚礼——跨越上海—悉尼两地完成的婚礼礼物》一文中我以参加表侄女西式婚礼为契机，除了鼓动表弟在作为女方家长发言的机会时，从男女双方家庭背景的差异出发，谈论中国不同地缘的文化的菁华外，我自己也以书法和诗词的形式，通过在上海的朋友帮助，赠送了中英对照藏头诗的条幅，向中外宾客介绍了包括诗词和书法在内的中华文明的魅力所在，力图使婚庆成为中西文化交融的典礼。《悉尼曼利海滩爵士音乐节巧遇记》是我去曼利海滩，碰巧遇到当地举行"曼利爵士音乐节"，让我对原来并不熟悉的爵士乐有了一次比较直观的感性认识的侧记。《信宝的第一次音乐会经历——外国儿童音乐剧观摩记》一文虽然从字面上看是说我的外孙女对音乐感兴趣的事情，其实也是我自己第一次观看音乐剧这个我从未见过的艺术形式的一点观感。

五

我把本书余下的文章都归入了"幸福分享与社情民意"专题之中。从字面上就可以看出它是可以包容许多内容的地方。因为个人是社会最基本的一员，个人的幸福与否，与社会是否安定有着不可分割的关系。作为一名年逾古稀的老人，能够做到"老有所养、老有所医、老有所学、老有所乐、老有所为"的退休状态，应该也是可以用"幸福"来形容的事情。除了主动去寻找美好事物，来取悦自己外，也应该让更多的读者一起来分享。假如能够继续为社会和事业做出一点贡献，更是值得欣慰的。甚至自己的一些想法和建议，如果有地方作为"社情民意"向有关部门反映，无论最后能否得到采纳，也都是令人愉悦的好事。

在本专题的第一篇文章《生活就是美——从一张家庭风景照片引出的故事》，就是描述我和上海铁路局的一些老同事、老朋友一起，从一张照片引起了大家惊喜的共识，发现原来在寻常的生活场景里，就蕴藏着丰富的美感，问题就是人们如何用一颗美好的心灵去寻觅，去感受。我还将本文的题目定为本书的书名，可见自己对本文的欣赏程度了。由于疫情的原因，我们不便如同以往一样，一起聚会，一起外出旅游。但那也是如今人们生活中不可或缺的精神食粮。一有机会大家还是会在本地游览一番的，而且发现就在上海，还有非常精彩值得游玩的地方。《"窗下公园"申园秋游记》和《新年俗补课记——上海真如寺春节巡礼》两篇文章就是我与老朋友们游览申园和真如寺，这一新一老两处景点的游记。我的读者都很赞赏我写的游记，说娓娓道来，让人们有身临其境之感。申园是位于浦东原世博园范围内的一处新建的典型的江南园林，而真如寺是上海四大寺庙之一，不知什么原因，都没有引起广大上海老百姓的密切关注。由于我具有一定包括园林在内的土木建筑的专业知识，同时又兼有科普和文学作家的头衔，因此可以比较全面地介绍其中精彩可看的地方。

《古稀老翁赶考记——参加上海市2022年度服务业领域标准化试点立项评审会侧记》是我"老有所为"最典型也是最极致的表现了。一个76岁的老汉被"请"去参加一场具备考试各项元素的名副其实的考试，充满了戏剧性的情节。《"上海老底子"带来的幸福》讲述的是我的一位好友，当我撰写关于他的事迹的文章，刊登在媒体上，被他的同学与老师发现后，所引起的惊喜和称道，其幸福感不言而喻。《谱写"人生、事业三部曲"的新篇章》报道了我被邀请参加一位当校长的老同学的学生所出版一本书的首发式时，看到会场周边发生的翻天覆地的变化，所引起的感叹。《经济舱里睡"卧铺"的奇遇》是我在乘坐飞机时，受到乘务人员的照顾，感到的人间温暖。所有上述各方面带来的快感，合在一起就是两个字："幸福"。

社会在发展，总还有许多事情需要完善或改正，许多行业面临困境，需要更新换代。作为一名公民，利用自己的特长或者不同视角，提出建议和看法，即社情民意也是自己责无旁贷的职责和义务。《从11号线眺望"最美钉子户"谈起》是对社会顽疾的谴责和鞭挞；《全面解决医养合一问题的遐想》是对养老问题中的难题，提出自己的建议；《迎接"房地产4.0"时代的到来》对房地产这个国民经济的重要产业下一步如何发展，从专业角度提出了方向。

如今在老年人中认知障碍（俗称"老年痴呆"）现象越来越被社会各界所重视，但对其由谁来护理的问题却滞后没有得到解决，我有幸应邀参与《CCHC认知障碍专业护理员培训体系标准1.0》的制订，从中学到不少新的知识。《"老年认知障碍者"的福音——〈CCHC认知障碍专业护理员培训体系标准1.0〉于上海诞生回眸》一文就是我把自己的学习经过用散文形式呈现给读者们。

六

在本书的各篇文章中，我仍旧按照以往惯例，在后面设置"评议与联想"的栏目，把微友或者读者对这篇文章的评论、议论和联想，如获至宝地抄录下来，经过选择，正式编排在书内。尤其值得欣慰的是，由于本书的大部分文章都利用网络或者媒体的平台登载发表过了，也形成了一批喜欢我文章的"粉丝"，他们对我的文章会提出非常客观中肯的意见和看法，有些还确实"一语中的"，非常专业，切中要害，在一定程度上，也反映了对待同一件事物，由于人们各自的视野，会表现出不同的见解。有些读者还把自己也放进了该文的语境之中，自己对与该文相类似的许多回忆或共鸣，如汩汩流淌的泉水，不断涌现，写出了非常有水平的精彩文字，让我佩服不已，从而珍惜地将其收入文中，成为此文的重要组成部分，提高了文章的可读性和趣味性。有些实在太长了，我也摘录其中主要部分，单独成文作为附录。

这种形式我已经屡试不爽，取得了很好的效果。尽管确实有些评语，如对于我出版新书《感情丰收的季节》和加入中国作协《作家头衔两次升级记》，收到的祝贺评语多得有点应接不暇，有些文字还显得比较平直，但显示了大家的一片心意。我也尽可能地选择一些，这样做，对他们来说也有一种参与感，况且自己的文字能够变成白纸黑字的正规出版的印刷品，对每个读者来说，也应该是一件高兴的事情吧！这件事也获得了我已经出版书籍的编辑们的认同，他们都是与时俱进的明白人，知道在网络时代的背景下，让受众参与其中，也是一种潮流。

此书是我成为中国作家协会的会员后，出版的第一本文学著作，这在我简历的身份介绍中，也会显示出来，所以说，这也算我文学创作的一个里程碑，既是一个新的起点，也是文学界专业人士，尤其是广大读者检验我这个文学"票友"够不够"下海"成为名副其实作家的标本。特别是我是以"科普文学"这个由科普与文学两个门类不同交叉形成新的文学分支，作为"投名状"，加入"文学豪门"队伍的，因此我是本着一种战战兢兢、如履薄冰的心情，来期待当本书问世后，各方面如何反应的。尽管作为科普界的一员，我还可以自诩是一个"资深"的科普作家呢！

目　　录

一名科普文学"双料"作家是怎样成长的（代序）············ 钱平天

前　言 ·· 1

第一部分　往日岁月与怀旧乡愁 ······································ 1
他曾与我们一起在市科协的"平台"上 ························· 3
用茶缸替代毕业证书的故事 ·· 8
情系哈尔滨 ··· 13
我的黑龙江省地理概念被颠覆
　　——从"哈尔滨到伊春究竟有多远？"谈起·············· 42
北外滩与澄衷蒙学堂的不解之缘 ··································· 48
穿越"时光隧道"回同济
　　——拜读"致青春"丛书有感 ································· 54
为中山公园拆除围墙唱首赞歌 ······································ 66
从桃李芬芳到社会栋梁
　　——追思郑柏林同学的人生历程 ···························· 74

第二部分　科普文学与科海游踪 ···································· 89
科普在文学界终于有了"名分" ··································· 91
"出版书籍乐其中"二篇 ·· 100
　　校对书稿度长假 ·· 100

感情丰收的季节 ………………………………………… 103
　　附录：《科普文学的创作情怀（摘选）》作者：李正兴 …… 119
搞大了！首发式变成了精品党课
　　——《笔下寻乐记》首发式侧记 ………………………… 123
社情民意变成散文作品趣谈
　　——民盟组织助我成为文学作家 ………………………… 135
作家头衔两次升级记
　　——写在获得中国作家协会会员称号之际 ……………… 138
成了博士还要读硕士？
　　——参加悉尼大学毕业典礼侧记 ………………………… 153
在休闲与自然文化的交汇之处 ……………………………… 165
"妈妈，我爱你！"——最好的生日礼物
　　——澳洲华裔孩子语言趣谈 ……………………………… 175
悉尼巴尔莫勒尔海滩游记 …………………………………… 181
　　风景地文化的意外享受（首篇） ………………………… 181
　　具有市井烟火气的半边海滩（续篇） …………………… 189
悉尼柯柯海滩印象二篇 ……………………………………… 194
　　悉尼南柯柯海滩印象 ……………………………………… 194
　　悉尼北柯柯海滩印象 ……………………………………… 197
千里寻故地　旧貌变新颜
　　——重游悉尼麦考瑞大学侧记 …………………………… 200
鸟类地位最高的世界级大都市 ……………………………… 205
让上海成为引领"科普文学"发展的重镇 ………………… 210
有生命体征的楼宇正在上海成型 …………………………… 214
人和楼宇生命体征杂谈 ……………………………………… 220
智慧楼宇？还是数字化楼宇？
　　——关于智慧楼宇发展阶段的概念探讨 ………………… 224

喜闻母校联姻筑新巢	228
中国式养老的上海新贡献	
——《养老科学概论》诞生回眸	234
在"美篇"中挖掘阅读量潜能趣谈	246
我"造"了两个英文新词汇	
——当我们介绍领先的东西时所遇到的问题	250
记下简短而难忘的学术活动两则	256

第三部分 艺术刍议与情操陶冶 — 263

"西曲东奏"主题系列散文	265
序言	265
"西曲也能东奏"啦！（之一）	266
用民乐演奏"天方夜谭"不是天方夜谭（之二）	271
对指挥家陈燮阳先生的再认识（之三）	275
为上海籍指挥家汤沐海"西曲东奏"喝彩（之四）	282
为"低音弦乐器"外形问题再议（之五）	284
谁是滑稽戏的主流？（修订版）	287
让评弹艺术与医学科普联姻面向民众	292
细品海派文化趣谈	
——从电影《爱情神话》发生的地域说起	294
给李炳淑老师点赞引起的回忆	310
中西文化元素交融的婚礼	
——跨越上海—悉尼两地完成的婚礼礼物	317
悉尼曼利海滩爵士音乐节巧遇记	327
信宝的第一次音乐会经历	
——外国儿童音乐剧观摩记	331
《繁花》的文化溢出效应趣谈	335

第四部分　幸福分享与社情民意　　　**347**

生活就是美
　　——从一张家庭风景照引出的故事……………………… 349
"窗下公园"申园秋游记……………………………………… 356
古稀老翁赶考记
　　——参加上海市2022年度服务业领域标准化试点
　　　立项评审会侧记……………………………………… 369
"上海老底子"带来的幸福…………………………………… 381
经济舱里睡"卧铺"的奇遇…………………………………… 386
谱写"人生、事业三部曲"的新篇章
　　——记瑞虹新城发展和一对师生成功的故事………… 392
新年俗补课记
　　——上海真如寺春节巡礼……………………………… 402
从11号线眺望"最美钉子户"谈起………………………… 413
全面解决医养合一问题的遐想……………………………… 420
迎接"房地产4.0"时代的到来……………………………… 424
"老年认知障碍者"的福音
　　——《CCHC认知障碍专业护理员培训体系标准1.0》于上海
　　　诞生回眸……………………………………………… 428

后记　　　　　　　　　　　　　　　　　　　　　　　　　**439**

第一部分

往日岁月与怀旧乡愁

他曾与我们一起
在市科协的"平台"上

  敬爱的江泽民同志不幸病逝的噩耗传来，全国人民都沉浸在悲痛的氛围里。大家都在追思他的丰功伟绩，回忆起与他在一起的日子。这两天我看见上海市民对他悼念的文章，有叶公琦、陈正兴等老的市领导们，也有陈毛弟、杨怀远等名记者、名劳模。这也让我不由得想起，我这个上海市的一名普通的科技人员，居然也与这位伟人有过交集，而这些事情都发生在上海市科协这个大"平台"上。我在与钱雪元、许兴汉等几位也是在科协这个平台结成的终身好朋友。谈起这段往事时，他们都鼓励我把这些内容写出来，可以让更多的科技界、建设交通界同仁们分享，与大家一起缅怀这位曾经和我们一起进行学术研讨，参加科普活动的老领导。

  江泽民同志是在1985年至1989年在上海先后担任市长和市委书记的。这段时间我在上海铁路局工作。该局管辖江苏、浙江、安徽、福建、江西以及上海五省一市的铁路，体制上主要属于铁道部直接领导，与上海市的交集相对比较少。我是在1985年9月至1992年9月期间，被铁路局派去担任上海市铁道学会主持日常工作的副秘书长的。铁道学会是学术团体，虽然挂靠于上海铁路局，但行政上是上海市科协的下属学会，于是与上海市科协的联系就逐渐多了起来。恰好此时铁路上海新客站的建设是江市长亲自抓的大项目，他说，这是上海市的"FACE（门面）"，亲自担任总指挥。于是就有了我看到或参与的，与江泽民同志就和新客站相关的问题进行的学术和科普活动。

我第一次近距离见到江泽民同志是在1987年7—8月间举行的"上海市首届'科普之夏'活动",其主题是"将科技的恩惠洒向人间",内容有科普报告、科普展览、科普集市、科普电影、科普晚会和科普夏令营等。江泽民同志以市长身份在科学会堂一号楼的平台上致开幕词,当时我就站在围绕话筒空间的人群中,离他只有咫尺之遥。致辞后,他就在时任市科协党组书记王乃粒的陪同下参观了科普展览,这展览会的第一馆就是由我们铁道、交通、建筑等学会筹办的基础设施馆,该馆的第一展台正是铁路新客站的大型模型。事后上海的主流媒体都刊登了江市长"饶有兴趣"地观看模型的照片。我作为具体操办展览者,自豪感也油然而生。

当时的上海,基础设施建设面临着许多值得探讨的问题,于是上海市科协围绕着上海市发展的重大问题组织的学术研讨,也得到了江泽民同志为首的市领导的高度关注。科协下属的铁道、航海、交通、土木工程、水利、航空、公路、城市科学等学会在学术部牵头下,组成了"基础设施系列研讨会"。围绕着新客站、上海深水港、交通枢纽、高速公路、高速铁路等重大基础设施,各个学会共同参与举行了一系列学术研讨。大约在1988年的冬天,在科学会堂4号楼二楼的会议室,江泽民同志亲自参加了我们关于上海21世纪对外交通的研讨会,那天他与我们围坐在一起。会议由党组书记王乃粒主持,交通工程学会张佐周理事长作主旨发言,江泽民同志谦虚地作为"普通学者",也发表了自己的意见。会上给我印象最深的是,他对一些由于体制等的原因,导致交通发展的滞后,鼓励大家敢于突破。

给我影响最大的事情,莫过于江泽民同志把学术研讨结果作为自己决策的重要依据。当时上海新客站即将竣工,如何管理成了一个大问题,尤其是它的广场,究竟以谁为主来管,成了一道难题。因为火车站是人群集聚的地方,涉及治安、消防、商业、公交、环卫、市政等方方面面,仅仅依靠铁路一家是管不好的。在外地,不少地方到底以谁为主来管广场,成了地方城市管理的一道难题,在上海市也是如此。于是由

"基础设施系列研讨会"的专家们举行了"新客站广场管理专题研讨会"。会上来自上海交大、同济大学等非铁路系统的专家客观地分析了原因,发表了意见。他们认为,火车站的广场与候车室、站台三位一体,它们都是车站不可分割的组成部分,应该由铁路系统管理为主比较合适。但是考虑到火车站环境的复杂性,应该成立一个管理委员会,让有关部门都派员参加,便于协调。事后,市科协将这次研讨会的意见形成纪要上报市委、市政府。江泽民亲自作了批示,采纳了专家们的意见。据说他还表示,交大是他的母校,母校老师说的话,他是要认真听取的。这次研讨会也给了铁路这个半军事化的系统很大的震动,行政解决不了的问题,采用学术研讨却可以得到解决。这也为以后铁道学会的工作顺利开展铺平了道路。

"基础设施系列研讨会"取得了丰硕的成果,这些相关学会后来打破行业界限,承担了由市科协立项的"21世纪上海对外交通发展战略研究"的课题,它不仅获得了上海市科技进步二等奖,而且这个项目至今对于上海市对外交通发展,仍具有不可或缺的指导作用。并在此基础上,成立了"城市与交通科学学会联盟",成为上海市科协的一张名片。

1990年夏天当我和微电脑学会朱仲英秘书长一起,随市科协林志宽副主席去长春参加由中国科协举行的研讨会时,朱秘书长告诉我,尽管江泽民同志已经去北京担任总书记了,但是他依然保留着微电脑学会名誉理事长的职务,关心着学会的工作,由此可见他对上海学会的重视。今天当我们回想起这段岁月时,也不会忘记江泽民这位上海市的老领导对市科协工作的殷切关怀和大力支持。

(原载"上海老底子"2022年12月20日)

评议与联想

　　江世亮:发自内心!我们都很怀念这位有真性情,敢于担当的江主席!

　　李嘉维:仔细读了您的文章,您的回忆感情真切,给读者还原一段鲜为人知的往事。

杜锡全：阅读此文，为"行政解决不了问题，采用学术研讨却可以解决"的感言点赞并有同感。上海航空公司原总经理范鸿喜退休后曾担任上海物流企业家协会会长，他有一句名言"协会可以解决企业解决不了的问题，会长可以发挥四两拨千斤的作用"，与之有异曲同工之妙！

赵妙英：平雷学弟，你真了不起，曾与伟人有过多次交集！你真是我们"同济人"和"澄衷人"中的佼佼者！

阿　焱（微信名）：我家的老屋在天潼路山西北路口，青少年时期就在那里度过。当时宁波的亲戚往返上海，母亲总要带我到天目路宝山路口的北站去接送。因此，对北火车站的感情还是蛮深的。随着岁月的流逝，故乡的长者都已作古，小字辈们忙于养家糊口，很少来上海。而我婚后居住在小南门，北火车站基本上不去了。记得当年有一位同学住在京江路，去他家要翻过铁笼子般的老旱桥，上桥下桥要走许多级的木扶梯，当桥下火车驶过时，桥身还会微微摇晃，怪吓人的。至于新客站何时建成，我一无所知。今天拜读钱教授大作，方始知晓新客站的筹建、多方管理等等，都是老市长倾听各方专家的高见后，亲自作了批示，采纳了专家的提议。钱教授从市科协这个独特的视角，对往事作了深情的回忆，很有看头。谢谢精彩分享。

周芳龙：当年在我回上海创业的初期，江泽民同志时任市委书记，由于我与江书记的司机周京海是铁杆好友，所以有幸在上海音乐厅与江泽民书记一起聆听了上海交响乐团演出的音乐会。那天江泽民书记由上海交响乐团总指挥陈燮阳陪同，坐在剧场的15排中间位子上，我和我太太赵小红有幸坐在江泽民书记的右前方，与他一起分享了当时中国最负盛誉的交响乐团的精彩演出。时光荏苒，二十多年过去了，故人不在，青山不老。

鲁　鸣：1987年的"科普之夏"开幕式是我在现场拍摄的，拍了不少当时的江市长的现场活动照片，包括他后面的参展照片。

钱平天： 平雷这篇缅怀江泽民总书记的文章，从一个普罗大众的视角，用平叙的语言，回忆了当年他与江泽民的几次近距离工作交集，一下子抓住了关键，把江泽民亲和力很强的工作特色描写得生动真实。人生中能有机会与名人伟人近距离交集的机会，是很值得珍惜的，用回忆文字写出来，有益于纪念和保存。只可惜当时手机还没有照相功能，若能留下一张近距离的合影，即使是工作照片，那就更完美了！

钱丽臻： 平雷此文语言平实，显示的却是真正使人内心会有感触的历史记录，是有价值的切实内容，而不是口号式的赞美，这是文章的可贵之处。当年听到平雷讲起过新客站打破框架，协同管理的事迹，也使人信服此实效似乎至今还在发挥作用。

用茶缸替代毕业证书的故事

一

前几天,在"同济人说同济史"的微信群里,一位1969届铁道工程专业毕业生,名叫王莉英的微友发布一则消息和一张照片,文字是:"毕业时的纪念品。班里有同学保存得非常好。"照片的画面是一只带盖的搪瓷茶缸(图1),茶缸画面的正上方是"同济大学"四个大字,中间是一座飞跃的多孔拱桥,桥体的正面中央是一个铁路的路徽,背后还有崇山峻岭和飞鸟等其他图案。杯子画面的下部有"64—69"的数字字样。说起"铁二""桥二",实际上就是在1964年同济大学的铁路公路桥隧系,简称路桥系,招了150多名新生,分配到铁道工程、公路与城市道路、桥梁与隧道三个专业。到1966年"文革"开始,他们读到二年级的时候,就停课"闹革命"了,当时铁道专业的那个班级就简称"铁二",桥隧专业的班级则叫"桥二"。直到他们毕业离校,虽然经历了一段"复课闹革命",但没有正规上过课,因此在同济校园内,从1966届到1970届"文革"中毕业的班级,所谓"老五届"各个班级,大家都是按照这种方式,称呼彼此班级的。

图1 代替毕业证书的茶缸(铁二班)

我和王莉英的这段对话,大概出于职业的敏感,马上引起了本群的发起人,同济大学校史馆章华明馆长的关注,他发了一条微信:"怎么完整解释?进校时间,毕业时间,专业?收藏者?"由此开始在群里、群外引起了一阵"共鸣"和议论,因为大家都有大学毕业的经历和记忆。为此章馆长在"新浪博客"上发表了《特殊年代,替代毕业证书的茶缸长这样!》的博文,王莉英同学以"姚步浩廖"的名义制作了集文字、图片和音乐为一体的"美篇"文章《特殊年代毕业纪念杯的故事》。我一开始也有撰写一篇这个内容的散文的打算,后来看到章馆长和王莉英同学先后有作品问世,就打消了这个念头,再看看群里围绕着这个内容展开所发布的文字和照片,还有一些没有被应用,但也有一些可以供大家怀旧和回忆的价值,于是决定从本人的视角,试着写一篇文章与读者们分享。

二

王莉英首先回答了章馆长的问题:"我们是1964年进校,应该是1969年毕业(特殊年代延迟至1970年毕业离校)。当初叫铁路公路桥隧系,专业是铁道工程,纪念杯的设计者和收藏者均为我班的龚渭和同学。"随后我补充道:"当时各个班级做纪念杯的重要原因是,校革会主任陈敢峰讲,社会主义国家就业不需要毕业证书。1968届毕业生还统一做了毕业证书,红色塑料封皮,同济大学的署名。1969、1970届只好以做纪念杯的方式画饼充饥了。"

王莉英又在微信群里问我:"那时候为什么做纪念杯我不清楚,只知道不给我们发毕业证书了,让我们到实践中去,由工农兵给我们发毕业证书。"我答道:"那是陈敢峰在一次全校师生大会上讲的。"说起陈敢峰,他本来是1968届的学生,该毕业了,但他是中共九大当选的中央候补委员,校革委会的主任,仍在学校掌权。说起来,当时的大学领导是由工宣队、军宣队和校革委会"三结合",大部分大学都由工宣队说了算的,而同济大学有了陈敢峰也就比较特殊,校革委会最厉害。其时,陈敢峰说不发毕业证书,别人还能说什么?于是大家只能画饼充饥了,用做纪念茶杯的方式替代毕业证书。

图2 代替毕业证书的茶缸（桥二班）

我把在"同济人说同济史"的微信群里谈论毕业证书的事情转发到了我们桥二"同济大学1964届桥梁专业同学"微信群里，写道："铁二做的毕业纪念茶杯，还有人保存着，我班也请范立础（老师）设计了一个双曲拱桥图案，做了一个（图2）。不知还有谁保存着？"徐满同学立即有了反应："我的杯子在兰州保存完好，前两天儿子发现了很惊讶，五十年了。保存完好，留下永久纪念。"群主顾正兰同学更是激动不已，她写道："我没有铁路上的杯子，只有毕业时做的那个杯子，还有学号呢！这个杯子有51年了，我从西安铁路分局到河南许昌又到石家庄再回到上海，多次搬家，一直保存着这个杯子，这是一个纪念，是一段青春经历！"徐满和顾正兰都发来从不同角度拍摄的纪念茶缸的照片。从照片上可以看到专业、毕业年份和个人学号的相关信息。从这个角度讲，当时用茶缸替代毕业证书真是"用心良苦的创举"啊！我选择部分照片"贩卖"到"同济人说同济史"的微信群里，王莉英十分感触地写道："是啊！51年前，我们正青春，被突如其来的运动裹挟，所有真理被颠倒，不知所措……都不正常了，真是只有我们这一代毕业生才有的情怀！"同时转去的还有我班以后当上济南铁路局副局长姜乃亮同学提供的有李国豪校长签署后补发的毕业证书，上面日期是1980年，整整迟到了10年啊！

三

章馆长问道："'文革'开始后的毕业生，都没有毕业证的？"我回答："就是1969、1970两届当时没有毕业证，其余1966、1967、1968三届都有的。1969、1970届在'文革'后补发的，校长署名是李国豪。"

于是就有一位名叫刘伟可的1967届微友晒出了他的毕业证书,他还作了说明:1967届发的毕业证书,塑料封面,上书"为人民服务",下有题字"同济大学",封里有题字"四个伟大"。没有校长签字,但有同济大学钢印,1978年后,许多大学通知把"文革"(中)革命委员会的毕业证书收回,补发有校长签字的新毕业证书,同济大学没有更换新毕业证书。

刘伟可学长又补充道,对留学生可能发原来的有校长官印的毕业证书。我班喀麦隆留学生杜马,不参加"文革",1967年底就毕业了,听他说,他不要有革命委员会图章的毕业证书,说到国外不认。后来学校只好给他发原来有校长图章的毕业证书。估计对在校的越南、尼泊尔等国家的留学生,也是发放原来的校长签字的毕业证书。还有一位工民建1967届侨生同学1983年要移民奥地利,也说没有校长签字的毕业证书在国外不认,要求学校更换原来的毕业证,后来学校也同意给他更换原来的有校长签字的毕业证书。于是让王莉英想起了当年我系的路二班还有几位尼泊尔的留学生的下落。她问我:"路二有三位尼泊尔留学生,不知道当时学校对他们的毕业证书是如何处理的。"我告诉她:"他们'文革'开始就回国了。估计也是'文革'后给他们补发的。其中一个叫雅雅的尼泊尔同学,在工农兵学员期间回同济上过课,我在杭州的钱塘江大桥接待过他们参观实习。据雅雅讲,那个叫马达伯的同学后来留学日本了。另一个叫莫昆德的同学回国后干什么我忘了。"王莉英对我的回答大为惊奇:"真是佩服你的记忆力!"我还没有告诉她,我还记得我们同届还有一位尼泊尔留学生同学,读的是工民建专业,叫施瑞斯塔。

四

在这场有关毕业证书的回顾讨论中,还有不少其他的信息。一位张为诚的学长提供一位曾经担任青岛市副市长叫赵之冰的学姐在1961年毕业时的毕业证书照片,校长签署的位置上是"王涛"的字样。当时同济大学的党委书记兼校长就是接替薛尚实的王涛。说起王涛,他作为部长助理身份被建工部派来同济任职，到了上海不久又如同薛尚实一般，受到当时上海市委主要领导的批判"帮助"，"文革"时更是上海最早被定为"黑帮"的校长。"文革"后，他当上了上海市人大常委会副主任，才过上了舒心的日子。

王莉英还提供了工农兵学员做的纪念茶缸和印有当时使用的字体的"同济大学"字样的汗背心的照片，不知道他们当年是否也是不拿毕业证书的？王莉英还提及我们同届给排水专业的一位女同学的遭遇，给予极大的同情。

大学毕业不发毕业证书的特殊时代已经一去不复返了，作为大学的一段历史或者同学的一段经历，回忆一下，还是一次五味杂陈的过程。其实人生就是这么一回事，只有经过了痛苦和艰难，才会珍惜今天的幸福和甜蜜。

（本文原载"上海老底子"2021年9月12日）

评议与联想

王莉英：这是我们大家都经历过的一段历史，难忘这段历史中的点点滴滴，特别是知识分子在这期间遭遇到的种种不幸……

戴兆辉：钱老师考证详尽，且记忆过人，彻底还原了同济那段时期的历史。

许兴汉：故事娓娓道来，却让人阅读时思绪万千，这是作者一如既往的写作风格，也是其文的魅力所在！

黄鑫霖：《用茶缸替代毕业证书的故事》的上佳文章已认真拜读了！文章交代清楚，一目了然，有血有肉，能让人阅读后，记忆犹新，历历在目，当年的故事有趣、好玩！阅后顿觉时代的不同，环境的不同，但同学间的友情、同学间的坦诚足可永久记忆！真所谓理解万岁，理解万岁！

情系哈尔滨

这是我在2022年4月上海抗疫期间写的一篇散文,分了五次发布在微信朋友圈、微信群,让微友们分享的。所以大家的"评议与联想"也是先后撰写的。我把每一次他们所写的文字抄录下来,分别置于分段结尾的地方。

一

最近一段时间,我把我所撰写过有关城市的散文,都逐渐重新找了出来,设法配上图片,制成"美篇",再通过网络发送给朋友圈或微信群的朋友们一起分享,效果很好。阅读人次远远超过了以前的点击量。于是我就想起我曾经工作生活了三五年,位于东北松花江畔的大城市——哈尔滨。我涉足散文写作已近30年了,我比较熟悉的城市诸如北京、杭州、苏州、南京、无锡等都已列入我的作品目录。与哈尔滨差不多,也有过较长时间工作生活经历被我称为"第二故乡"的城市杭州,以它作为标题写的文章,也有好几篇了。但对于哈尔滨,我却从来没有单独撰写过一篇。其最主要的原因,我曾经写过一篇名为《在东北的日子里》的回忆性记叙文,发表于2005年出版的我的第一部散文集《幸福相对论》上,在哈尔滨的大部分主要经历,在那篇文章里已经有过描述,如果再要写一篇关于哈尔滨的散文,许多故事情节可能会与那篇文章产生重复现象,很显然,在《在东北的日子里》和其他文章中已经叙述过的人物和事情,一般就不宜再详细重述了,那会导致读者的审美疲劳的。所以这就成为我写哈尔滨题材的障碍了。然而,当年撰写《在东北的日子里》

的时候，是我的散文习作的早期，无论是行文用词的水平还是观察思考的深度，肯定不如如今我已经有数百万字积累的经验。加上如今又有网络、微信技术手段辅佐，还可以加入图片，一起来增添文章的色彩。

既然有关北京、杭州、苏州、南京、无锡等城市的文章做成图文结合的"美篇"，很受读者的欢迎，为什么不也为哈尔滨也留下一篇让人衷心赞美的文章呢？它也是一座让我魂牵梦绕的城市啊！对我自己来说，估计这不是一篇信手拈来很容易写好的散文，尤其是以我此前撰写文章快速著称的风格，在这儿肯定行不通。因为它应该是需要我细细地品味，在哈尔滨工作生活的日子里，那些对我来说曾有过瓜葛乃至影响一生的人物，那些给我留下终生难忘印象的事情，那些在我因年迈逐渐褪去的记忆中，仍旧可以进行抒怀的对象。还有那些以前是一笔带过或者还没有提及，属于拾遗补阙的人和事，也可以趁此机会，为自己留下一些记忆性的文字。以我的经历告诉自己，到了晚年，人生阅历中的幸运和坎坷都可以化为幸福的记忆。由此也可以断定，对我来说，此文的写作过程，就是一次愉悦回忆的精神旅程。

二

哈尔滨对于我们江浙沪一带，尤其是上海的大部分居民来说，印象中是一座说不清道不明的城市。首先，它是一个极为寒冷的地方；其次，因为它是黑龙江省的省城，所以歌曲《松花江上》歌词中描述的"那里有森林煤矿，还有那满山遍野的大豆高粱"，还有小学语文课本关于"北大荒"的描述，因此它似乎还是人少地广的遥远疆域。然而，小学地理课本又告诉我们，它是滨绥、滨洲两条中东铁路重要组成部分的铁路干线的起点，还有哈大线直通渤海边的大连。因此，哈尔滨又是受苏俄文化影响最多的大城市，人们从电影故事片中看到了哈尔滨的建筑、街道风格，发现它与国内大多数城市"土气"的街景不同，还是属于比较繁华和洋气的国际化都市。最为有趣的是，上海有一家非常有名气的食品商店，它的糖果点心是非常有特色的精美商品，当年小青年结婚发喜糖，都要以这家商店的品牌来炫耀，表示"上档次"，而这家食品商店的名字就叫"哈尔滨"。

我有一位表哥孙达成，他原是沈阳音乐学院钢琴系的高才生。我国著名女高音歌唱家张权从北京"下放"到哈尔滨歌剧院，她想物色一名男性的伴奏。在时任沈阳音乐学院院长李劼夫出差经过哈尔滨时，黑龙江省的省长欧阳钦出面宴请了他，席间向他提出张权的请求。李当场答应，让张权到他们学校去挑选一名。结果我表哥被选中，除了表哥的演奏水平符合要求外，大约与张权的祖籍也是江浙沪一带也有点关系。当表哥从哈尔滨回沪探亲时，带来有锡纸包装的"太阳岛"牌的香烟。在一次与二姨妈共进晚餐的饭后，她自豪地拿出香烟发给同席的其他亲戚分享，大家都称赞道"好烟"，这让我留下了哈尔滨与上海一样，也是一个工业发达的城市的印象。随后哈尔滨举办的类似《上海之春》的"哈尔滨之夏"音乐节的活动，还拍成了电影。歌曲《大海航行靠舵手》就是在这部纪录片上第一次听到的，作曲家王双印据说就是达成表哥的同事。还有表哥以冰灯为背景的照片，这些都让我感觉哈尔滨是一处文化氛围很浓厚的地方。当我在1970年8月大学毕业被分配到哈尔滨铁路局时，尽管其时父母身边已经没有子女在上海了，但还是服从分配去了哈尔滨。除了那里有亲戚外，城市不是很贫穷落后，也是一个可以略有安慰的原因。

三

1970年8月11日下午，我坐了40个小时的火车，第一次踏上哈尔滨的土地时，就与它结下了不解之缘。我们虽说分配到了哈尔滨铁路局，其实并不等于分在哈尔滨市内。该局与上海铁路局一样，也是铁道部的一个下属单位，所以其全名叫"铁道部哈尔滨铁路局"（简称"哈局"），当时上海铁路局下面有蚌埠、南京、上海、杭州等四个分局，分管安徽、江苏、上海、浙江三省一市的铁路系统。哈尔滨铁路局下属也有哈尔滨、绥化、佳木斯、牡丹江等四个分局，两者管辖里程差不多，但后者基本上都在黑龙江省的地界内，只有极少的车站在吉林省地域上。当时达成表哥已经停止了演出，将要被下放到肇州农村插队去了。当我下车看到同济大学路桥系1967届的闵学良学兄时，真像看到了自己的亲人一样，他是专门到车站来看看有没有学弟、学妹来哈局的。尽管我们在学校时，属于一般的学兄弟关系，但此时此刻就感觉到分外亲热。这位学兄在我东北五年的生活中，给我可以说是"全方位"的关怀，让我终生感激不尽。

闵学良学兄用自行车把我和同行的张晴学弟的随身行李推到了哈尔滨站前的铁路招待所，告诉了我们铁路局的方位后，就告辞去继续上班了。此招待所原名"大和旅馆"，是一处典型的俄罗斯建筑，其墙壁有1米厚。走廊里铺着红地毯，顶灯如同上海中苏大厦一样，流光溢彩，都是用挂满玻璃球来装饰的。近两天没有洗澡了，先要找浴室。一圈找下来，这么高级的旅社居然没有洗澡的场所！餐厅更加豪华，但供应的饮食品种，却让我们这帮大学生傻了眼。有我们上海人叫"厚百叶"，北方人叫"干豆腐"炒肉片，还有就是生拌的卷心菜、水煮茄子上面加些豆瓣酱之类的菜肴。据北方来的大学生介绍，这还只有在夏天才能吃到的好东西呢！而且这里只有5—7月份三个月，叫作"黄金季节"，才有茄子、辣椒、黄瓜、豆角、西红柿等新鲜蔬菜。到了冬天只有土豆、白菜、胡萝卜以及卷心菜等老几样唱主角了。而在当时，处于"文革"时期的哈尔滨市，生活物资供应情况非常糟糕，不说主食中粗粮占了70%，副食更是单调，即使是在夏天，新鲜蔬菜也不是像如今铺天盖地，而是非常短缺，各单位、各人家都在殚精竭虑，为如何改善生活寻找门路而费脑费力。尤其是让人感到不平的是，当地的工资标准要比生活条件更为优越的上海来得低，而物价却更高。这个情况在我在东北期间一直没有得到改变过。

四

第二天早晨的第一件事情自然是去哈尔滨铁路局本部报到。哈尔滨铁路局的办公大楼并不像当年的上海铁路局，就在火车站旁边，而是在南岗区的一条名为大直街上。我们是"抄近路"走的一条叫夹树街的马路前往的。一路上我看到的街景与上海乃至以前到过的其他城市的都迥然不同,不说行道树都是陌生的寒带高大乔木,就是沿街的建筑都是一栋栋带凉台小洋楼的院子。以后我才知道,这是典型的俄式建筑,那个凉台在漫长的冬天是主要用于放置冷冻食物的地方。楼里或院子里还有地窖,存放土豆、白菜、胡萝卜等越冬蔬菜。据去过苏联的老职工说,这里的街景与俄罗斯民居区域很像。哈尔滨大马路的路面一般是用沥青铺设,但也有不少支路如同上海的弹硌路,用石块铺就。那时城市管理混乱,许多小马路的弹硌路面在冬天因为积雪成冰,无法每天清扫。到了夏天冰雪水融化流走,里面的尘土沉积下来,形成高低不平的"土路面",也没人清除。这让我一直以为哈尔滨城市里还有土路存在。

哈尔滨铁路局的办公大楼严格来说不是一座大厦,而是一座大院,一座用花岗岩装饰外墙面楼宇组成俄式建筑群。里面除了办公楼外,还有设计事务所、工程总队、直属通信段等附属单位。主楼立面只有3层(图1),副楼与主楼之间用封闭的天桥连接,天桥下面是该院落的汽车

图1 当年和何吉林(左)在哈尔滨铁路局大楼前的合影

通道，很是气派。据说这里最早是俄国人经营的"中东铁路局"的办公楼，主要管理滨绥、滨洲两条通往俄罗斯的铁路干线和直通大连的哈大线。抗战期间一度被日本人占领，光复后苏联人仍旧不肯放弃对其的控制，为此毛泽东和周恩来等领导人与斯大林等据理力争，铁路才终于回到了中国人的手中。直到1952年前，这条铁路已经改名为"中长铁路"，还是由苏联人和中国人共同经营着呢！我的一位老领导黎波涛局长，就是当时与苏联人打交道的中方负责人，因此在哈尔滨铁路局的职工中享有很高的威望，也留下了不少故事。

我们到干部处报到后，得知要到两天后才能宣布去何处"接受再教育"。走出大院的正门，就是车水马龙的大直街了。大直街是哈尔滨的一条主干道，街上除了哈尔滨铁路局外，斜对面是铁路文化宫，当年周恩来总理曾在这里出席中长铁路归还中国的仪式。文化宫的后面则为哈尔滨铁路局体育场。赫赫有名的哈军工和哈工大的两座高校，也都在这条街上，一家在东头，一家在西头。闵学良所居住的哈尔滨铁路第一单身宿舍也在铁路局大院的对面，那是一座外形很像北京饭店老楼的雄伟建筑。它的东侧就是当时从哈工大分离出来的哈尔滨建筑工程学院的主楼。当时我就在想，如果有朝一日我能在哈尔滨铁路局的大楼上班，在对面的宿舍居住，应该是最理想的愿景了。但也没有想到，这个愿望在三年后还真的实现了。

评议与联想

何吉林：多谢平雷兄！在严重的疫情面前，仍能静心写出美文，让我能重温那段美好时光。

陈素娣：钱哥真是威武！看了你的哈尔滨文章，又一次被你震撼。随着你的记忆、文字铺开，就像放电影一样，看到了你当时分配去哈尔滨工作的情景。我脑海里随着你的细致描写，浮现出你当时经历的一幅幅画面，犹如身临其境。你太棒了！

倪纪芬：我跟着同学"文革"时大串连去过哈尔滨，其实只能说是路过。是去北京参加接见后去哈尔滨,又去大连,然后乘船回上海。对于哈尔滨只留有建筑很洋派、道路有坡度的印象。那时没有游玩的心思,只想早日回家。对钱同学写的哈尔滨很有兴趣,因为在我人生旅途的日记中留有"哈尔滨"这三个字的。当年错过了,如今读钱同学的文章,让"哈尔滨"三字丰满起来。

楼珍珠:平雷同学又给我们精神食粮了,谢谢!我们期待下一篇!

胡爱玲:您不负韶华,岁月不负卿。

五

说起哈尔滨这座城市的城市文化,也应该是一种由若干种文化交叉而成的综合性城市文化。首先应该是以满族文化为代表的当地文化,因为"哈尔滨"三个字就是来自满语"晒渔网的场子"。其次就是从山东、河北来到东北"闯关东"的关内传统文化。还有沙俄、日本占领时期的殖民文化,以中共为代表的抗战文化和东北解放区文化,苏军占领和全盘学习苏联形成的苏俄文化,当然还有1949年以来建设发展所积淀的文化,以及诸如来自朝鲜族、回族、满族、蒙古族等其他少数民族的文化习俗等,共同组成了哈尔滨文化。其中以俄国和中国传统文化的影响最大,表现在城市建筑、街景、市民的生活习俗、思维方式、方言、服饰、饮食等方面。

原来的哈尔滨市区,也与上海一样,有类似的"上只角、下只角"。不同阶层的人居住不同的地段,铁路局所在的南岗区如同上海的徐汇区,是富人居住的集聚区,类似当年永安公司在上海商界地位的百货公司,在南岗叫秋林公司,在"文革"期间仍旧能够供应诸如奶酪、大列巴(面包)那样的俄式食品,满足当时还居住在哈尔滨的俄罗斯裔或者有俄罗斯血缘的居民,当然还有类似上海"老克勒"崇洋,喜欢俄罗斯食品和习俗的哈尔滨当地人。由滨洲线将城市划分为道里区和道外区。道里区相当于上海的黄浦区,是商业区。各类商店一应俱全,还有东正教的教堂和文艺场所。最主要的是它拥有松花江畔最好的地段,是冲着

图2　人民防洪胜利纪念塔——哈尔滨"城徽"

哈尔滨的"南京路"的中央大街的地方——哈尔滨"城徽"——人民防洪胜利纪念塔（图2）的所在地，几乎所有到哈尔滨旅游的游客，以它为背景拍照是不可或缺的节目。江沿叫作斯大林公园，设有若干卡通小木屋，供应哈尔滨人喜欢"牛饮"的啤酒。沿江还有一半悬空在水面的铁路江上俱乐部、青年宫等文化场所。俄裔或中俄混血儿的居民大多数住在南岗或道里，这两个区大概可算得哈尔滨的"上只角"。道外区相当于上海市的老南市区，是中国居民比较集中居住的地方，大多数建筑具有中国北方城市的风格，也有一条比较热闹的商业街——靖宇街，定居在哈尔滨的上海人，说它像上海的四川北路。动力区和香坊区分别是哈尔滨新老工业区。动力区因为有锅炉厂、汽轮机厂和电机厂三大动力厂而命名，有点像当年的上海闵行区。而香坊区就有点像上海的杨浦区了。哈尔滨的"下只角"叫太平区，人们可能不熟悉，但如果说它就是"三棵树"的所在地，恐怕无人不知道。当年知青从北京、上海出发，

图3　松花江大桥

上山下乡去北大荒的列车的终点站就叫三棵树,那里也是列车整备、检修的地方。

以哈尔滨为起点的铁路有五条,除了滨绥、滨洲、哈大线外,还有滨北线和拉滨线。所以哈尔滨与莫斯科一样,修了一条环线,把五条铁路连接起来,哈市的居民可以就近的车站上车,到哈尔滨或三棵树站去换乘其他列车。他们也可以像铁路职工一样,乘坐火车通勤,只不过他们是要出钱买月票的。那条将城市分成道里和道外的铁路叫滨洲线,也是通向大庆油田的铁路。它跨越松花江大桥(图3),就是在斯大林公园游览时看到的那座桥。有首脍炙人口的歌曲《浪花里飞出欢乐的歌》的歌词中唱道:"松花江水波连波……绿水载白帆,两岸花万朵,大桥跨南北,游龙如穿梭……"歌词中的大桥就是这座桥,当年大庆的油车送到关内,一定要通过这里。可以想象,一个搞桥梁的人,如果能在这里上班，等于每天看着这美景在干活，该有多么浪漫啊！没想到我后来还真的成为管理这座桥的领工区的一名桥梁工。

哈尔滨人自豪地将自己的城市称为"天鹅项下的一颗明珠"，大概是我国的地形像一只天鹅，而它的位置正好处于鹅的脖子上。哈尔滨城市吉祥物就是天鹅（图4）。除了《浪花里飞出欢乐的歌》以外，还有一首歌曲，更是把哈尔滨捧上了天，那就是《太阳岛上》。所谓"太阳岛"，就是松花江上的一处沙滩，定居在哈市的俄国人在这里寻找可以休闲的地方，在上面盖了一些别墅。当1970年我第一次登岛的时候，那些别墅都成了年久失修的破旧房子，树木也稀稀拉拉，一点也感觉不到这里是可以旅游赏景的地方。不过俄罗斯人喜欢郊游的习俗，倒是确实传给了哈尔滨人。在所谓"黄金季节"，每逢周末，人们扶老携幼，全家老小一起出动，带着啤酒、香肠和面包，到江沿或沙岛上野餐、游泳。一些单位也会组织职工到那里举行各种活动，《太阳岛上》将这些活动内容，

图4　天鹅——哈尔滨城市吉祥物

用歌词描绘得令人十分向往，但实际上并没有歌唱的那样丰富和浪漫。其实这首歌的作曲者自己此前也从来没有到过太阳岛。

六

如今在哈尔滨，对俄罗斯风格的建筑群保存得最完整的街道，还是要算中央大街了。那里除了俄式建筑外，当初还保留供应俄式大餐的餐厅——华梅饭店。我在哈尔滨时，吃西餐已经不用刀叉，而用筷子。除了我们上海人说的罗宋汤，当地人叫苏珀汤外，主菜只有茄汁肉饼和奶汁肉饼，要不就是什么"摊黄菜"，就是东北人对炒鸡蛋的别称。我还没有正式分配到哈尔滨，在伊春劳动锻炼时，我哥哥不远万里从贵州主动请求，冒着严寒来哈尔滨出差，顺便看望我。我请他和他的同行同事在这家饭店吃了一顿不伦不类的西餐，价格不菲，但也只有这些菜肴待客。以后我再也没有去过这家饭店。在这条街上，还有一家专门供应一种品牌叫作"马迭尔冰棍儿"的马迭尔面包店，据说是味道十分纯正的俄罗斯味道。我当时是不知道，自己吃的冰棍儿是否就是这个品牌。但哈尔滨人吃冰棍儿的"腔势"是吓人的，他们不论冬夏，即使在寒冷的低温下，照样一手握着五六根，另一手拿着一根在"啃"。让我们南方人吃一根就够呛了。据说，这也是仿效了俄罗斯人的生活习性使然。

哈尔滨人的方言与东北其他地方的人相比较，与普通话最为接近。另外，在哈尔滨的方言中也仍然有沿用俄语的词汇，除了苏珀汤、列巴外，还有管水桶叫"维特洛"，货车车皮叫"瓦罐"，等等。我在哈尔滨时的市内交通，除了公共汽车、无轨电车外，还有一种当地人叫"摩电"的有轨电车，这"摩电"二字，看来与苏珀汤一样，可能也是俄文"摩托"和中文"电车"混合而成的词汇吧？

哈尔滨人的饮食主要还是以鲁菜为基础变种而来的"东北菜"。好像与东北其他地方老百姓的饮食也没有太大的区别。有关哈尔滨人的服饰，曾听铁路局的老同事说过，在东北，哈尔滨和大连姑娘受苏俄文化的影响，最摩登了，什么时尚服装都敢穿。可能我在哈尔滨时，正值"文革"期间，并没有这个感觉。到1990年8月，我因转车在哈尔滨住了一夜，当地已经入秋，第二天清晨气温很低，在招待所门口看到一位年轻姑娘，头戴草帽，身着两肩裸露的背带裙，在街上行走。天哪！"时髦姑娘要风度不要温度"的俚语，当年那位老同事对这里女性服饰的描述，在这位姑娘的身上表现无遗。

至今在哈尔滨仍旧可以看到纪念苏联红军战胜日寇的纪念碑和塑像。据说，现在又开发了许多具有俄罗斯文化内涵的"伏尔加庄园""莫斯科大剧院""俄罗斯风情小镇"等旅游项目。尤其需要特别一提的是，在冲着哈尔滨火车站的那条马路叫红军街，它与大直街交叉的地方，我在的时候，是一处围起来的草地，据当地人十分惋惜地说，这里原来是哈尔滨最壮观的圣尼古拉教堂，人们俗称它为"喇嘛台"，"破四旧"时，被红卫兵烧毁了。它比道里保留下来的圣·索菲亚教堂的体量要大得多，在我看来那圣·索菲亚教堂已经够宏伟的了。因此，哈尔滨人又在"伏尔加庄园"里复制了一座圣·尼古拉教堂。由此可见，在哈尔滨保留的外来文化中，保留的俄罗斯文化最多了。

以中共为代表的抗战文化和东北解放区文化，即"红色文化"的东西也不少，主要表现在哈尔滨许多街道和地名，都是以抗战时期的民族英雄的名字命名的，如兆麟公园、一曼、靖宇、尚志大街等，还有东北抗联烈士纪念园等革命文化设施。当然还有1949年以来建设的文化产物，我在的时候，最典型的就是哈尔滨也像其他省城一样，在西大直街模仿人民大会堂外形建造了一座展览馆，当地人称之为"太阳馆"。里面有座大礼堂，我在里面看过芭蕾舞《白毛女》，不过当时不是芭蕾舞专业演员表演的，是由原来跳民族舞的演员改行表演的。

评议与联想

陈素娣：钱哥又详细描述了哈尔滨的各种文化对城市的影响，写得真好。我去过哈尔滨两次，我的印象就觉得哈尔滨对外地来说，它是一座比较洋气的城市，尤其是圣·索菲亚教堂更使哈尔滨有了异国风光。

还有我觉得哈尔滨的女孩很漂亮,个子高挑身材很好,又洋气又时尚。

杨建德:写得全面,有史料价值,也很美。有一点供参考:黑龙江地图也是一只天鹅,哈尔滨正在下方,请你注意一下。

胡爱玲:美文养眼!在贫瘠忧郁的日子里,像一股股清流,轻抚受伤的心灵……

七

1970年8月14日哈尔滨铁路局向我们这批大学生宣布,到下属4个单位去接受"再教育",不管你在学校里是否学土木工程专业,绝大部分同学都被分配到位于佳木斯的第五工程队。闵学良他们那一届也是如此,不过他和他的同班同学姚资生是分在牡丹江第三工程队,后来接受"再教育"完毕,他俩都分配到了哈尔滨。所以闵学良安慰我,以后重新分配时,他会想方设法帮忙让我回到哈尔滨。第五工程队总部在佳木斯,下属三个分队——线路、建筑和桥梁分队。我因为学的桥梁专业,所以分在桥梁分队。我在该队期间,它的项目工地几乎都在小兴安岭里的汤林铁路沿线。整个小兴安岭的行政区划叫伊春市,穿越这座城市乘火车竟然需要7—8个小时,所以人们戏谑地称其为中国最大城市。我们到达以前,已经有来自清华大学的7个同学,提前半年到这里接受"再教育"。我们当时的职称连"桥梁工"都不是,而叫"普通工"。因为毛主席说要学生接受"再教育",做"普通工人,普通农民",所以其时铁路局又造出一个"普通工"的职位。

我在一年零十个月的接受"再教育"期间,得到了孔斌、张福定等同济老学长的关照和器重,他们经常让我帮助做些技术工作。因此,我不仅学到了许多实际知识和经验,而且在制图等技能上得到了长足的进步。为我以后到哈尔滨工作,作了非常可贵的技能铺垫。所谓"机会是留给有准备的人"的说法,在日后得到了验证。孔斌、张福定在生活上也给了我不少照料,让我得到家庭般的温馨,我与他俩的友情始终保持至今。当结束"再教育"重新分配时,为了避免第五工程队的上级单位工程总队截留我，闵学良设法让我分配到了哈尔滨分局，在达成表哥一位朋友、分局办公室工作的王玉明的协调下，我顺利地去哈尔滨工务段上班了。所谓铁路工务部门，就是铁路运输大系统中，从事线路、桥隧、建筑的养护、维修和大修的子系统。这个"工务"系统居然与我命运形成了不解之缘。那些与我一起从工程队再分配到哈尔滨以及附近地区的"同学"，如何吉林、冯寅生、喻渭河等，也与我结下了终生的友谊。尤其不能忘怀的是，在工程队"再教育"的近两年时间内，每逢月末休假，我们经常到哈尔滨改善生活，基本上都住在闵学良的宿舍里，也少不了他的招待。在闵学良身上传承了北方人热情待人的优秀品质，这在我们南方人中是很少见的。

八

哈尔滨工务段下面与桥梁有关部门的就是一个叫哈桥领工区的单位，领工员叫赵仲仁。我叫他赵领工员，由于我的南方口音，那个喜欢话剧的刘姓工长嘲笑我，说我叫"赵领工员"，和附近的"兆麟公园"的发音一样。领工区下面有两个工区，一个是负责滨洲线从哈尔滨到大庆附近沿线的桥梁养护维修，叫肇东桥梁工区，只有一位姓边的工长和4名工人。另一个就叫哈桥工区，再分为维修工班和巡守班。除了管理松花江大桥外，还有哈尔滨地区和哈大线的一些桥梁，主要工作量就在松花江大桥上。领工区位于大桥南岸桥堍的道外的一侧，道里的一侧是守桥部队驻扎。当年特大桥都有解放军现役军人守护。按说我被分配到哈尔滨工务段，应该是段技术室的一名技术员，负责哈桥的技术工作。但是由于"文革"，导致铁路局对工程技术人员管理和使用一片混乱，先让他们下工区劳动或者干脆下放农村插队。后来又以"落实政策"为名，让他们回城或回原单位。也无暇顾及他们技术岗位的落实，在哈尔滨工务段里还搞了一个"第二技术室"，其中也有一位同济老学长周贻锵在此待命。于是给我们的待遇只能继续当工人，还美其名曰"对口专业劳动"。我也因此只能当一名桥梁工，到哈桥对口专业劳动了。虽然技术室的韩主任曾经让我做一个桥台大修的设计，确认我的技术水平不错，但仅仅是一份"考卷"而已。我的本职工作主要还是需要显示我干桥梁活的技能如何。刚刚从工程队干重活出来的我，扛大石头的分量和砌护坡的水平，都让刘工长惊讶不已，说到此来实习的毕业生，不论是大学生，还是中专生，从来没有见过如此有力气的学生。按照当时的编制安排，领工区应该有一名领工员负责生产，一名指导员兼支部书记，还有一名计工员，辅助行政秘书性质的工作，这三人属于干部编制。当时赵领工员兼支部书记，那位计工员叫王勋，还是一位有点文化水平的中年人。我的到来，对他来说有点危机感，因为一般来说，铁路上的计工员都是大中专毕业生干的活，他当时已经头发谢顶，显得老了。其实我是有"雄心"的，根本不会稀罕这个位子的。

我每天早晨从南岗的第一单身宿舍出发，骑一辆上海话叫"老坦克"的旧自行车，经过分局的地区食堂，吃早饭，并将午饭也准备带上。翻过霁虹桥，到达道里，沿着达成表哥工作单位哈尔滨歌剧院所在的地段街，到达江沿领工区。中午在领工区吃午饭。一边吃饭，一边要读报。我经常迅速地吃完饭，就到里面的宿舍休息了。下午下班就返回南岗，去路局食堂吃晚饭。有时也去表哥单位吃饭，听他弹钢琴。总之比较超脱，一般不参与领工区其他员工之间的事情。当我办转正，也就是说从拿实习工资，变成拿正式工资，需要做"鉴定"的时候，那个刘工长在我的《鉴定报告》里写上了"政治上不太开展"的"不足"。我开始也不在意，后来一想这份报告是要进入我的个人档案袋的，在那个年代，它会成为使我一辈子遇到麻烦的事情。于是我就找了赵领工员，他还算帮忙，让原团支书严润滋师傅给我重新写过，去掉了那句话。

严师傅是我在哈尔滨期间的一位好朋友，他为人正直善良，对我这个外地人很照顾。过年我没回家，也是到他家吃的年夜饭。赵领工员也喜欢他，开玩笑叫他"老舅"，就是小舅子的意思。当时因为种种原因，严师傅一直不能入党，"文革"后，解决了组织问题，还提了干，当上了解决职工知青返城就业成立的"劳动服务公司"的经理，继续发挥他善于做青年工作的特长。以后他曾经携夫人来南方，经过上海的时候，我也招待过他们，感谢他们当年的关心。以后我两次经过哈尔滨转机、转车，虽然每次只有一个晚上，还是都去拜访他，也接受了他的款待。

在哈桥，还有一位从齐齐哈尔铁路中专毕业来的叫梅树权的青年，他好像父母早亡。与从滨洲线沿线来的职工子弟褚殿义、董绍阳、胡云水三个年轻工人，平时都住在领工区的宿舍里。我与他们一般都是客客气气。当年因为建设青藏线，铁道部到哈尔滨铁路局挑人，我和梅树权都被工务段推荐上去，由于我已经被局工务处借调搞养路机械化会战，不在哈桥上班了，所以最终没去西北。而小梅就被调去了，他刚交的女朋友也因此告吹。后来听说他因为钓鱼不慎掉落在冰冷的湖水里，又不会游泳，年纪轻轻就淹死了，真是一场悲剧。而那三个小青年，董绍阳后来当了汽车驾驶员，还成了赵领工员的乘龙快婿。当时在哈尔滨，社会风气不正，有"蓝棉袄、白大褂，甩了秤砣，摇车把——警察、医生、售货员、驾驶员"为"四大吃香的职业"。胡云水最后接了肇东桥梁工区边工长的班。褚殿义是一个比较内向的青年，他当年有点像我，也被人说有"政治上不太开展"的"不足"。当我2013年随民盟市委去漠河出差返哈尔滨的时候，得知他已经是哈尔滨工务段的副段长——一个副处级的干部了。在铁路上一个普通工人能够达到这个位置，是很不简单的事情。他知道我要经过哈尔滨，还准备了宴席，无奈飞机一再晚点，我不但没能赴宴，也与他失之交臂，没有见上一面。

评议与联想

钱雪元：怎么记得那么多？那个年代的事，我早已云里雾里了。真是才思喷涌呵！

喻渭河：好文章，将我又带回了那段难忘的日子，期待后续的文字。顺祝平雷兄全家身体健康，平安渡过疫情！

钱丽臻：平雷了不起的记忆力在这里又一次绽现，五六十年前的人名，各种细节能如此详尽写出来。真不知我们当初各在异乡为客，弟有如此复杂但深入生活的经历，且依然显示本性聪明、热忱、机敏却从不缺失正派可靠的为人信任的品质，这正是你日后成功最重要的成因。姐读了很感动。

九

我在哈尔滨工作一共三年，虽然组织人事关系一直在哈桥，但实际上只待了一年多，其他时间都被上级单位借调了。在大桥上干活，看着松花江沿岸的美景，确实是赏心悦目的事情。无奈哈尔滨的夏天只有3个月，过了10月份，就是冰天雪地了。当年又没有利用松花江大规模开展冰雕展览、滑大爬犁的活动，所以其他季节松花江畔都是一片冷冷清清的景象。哈尔滨分局工务科曾组织一批大中专毕业生去绘制"桥梁建筑限界图——防止桥梁建筑与机车车辆以及所装货物互相碰撞，需要互相遵守的分界线的图"。结果因为我的绘图水平最高，还因为有我为该图封面所写的隶书书法，不仅给工务科的王玉工程师留下好的印象，也被哈尔滨工务段技术室的一位业余书法家于庆臻所欣赏，为我后来命运的改变埋下了伏笔。

首先是哈尔滨另一座松花江大桥——滨北线铁公两用桥的公路桥面需要大修，除了负责公路的哈尔滨市公路管理处派出专家外，哈尔滨分局所属的三棵树工务段也要出人。但三棵树段派不出桥梁技术人员，于是分局硬是下文件将我派去。这次实践机会，让我对公路桥面大修有了直观的认识，为我后来主持杭州钱塘江大桥的公路桥面大修，打下了技术的基础。

刚刚"解放"出来的老局长黎波涛要搞"三大会战"——装卸机械化、养路机械化和寒带客车洗刷自动化，成立三个会战组。哈尔滨工务段的于庆臻和周贻锵都被选中到养路机械会战组。当会战组需要绘图的年轻技术员时，他俩都推荐了我。这个会战组名义上是工务处、科研所和总工程师室三家联合组建，实际上主要是工务处的一个非常设部门。它的办公室就在铁路局的大楼里，就是我当年期望将来在这里上班的地方。我在这里不仅学到了许多有关线路和机电的知识，掌握了机械设计的技能，还因此认识了许多包括王恩普在内的老领导和科技人员。尤其是养路机械属于土木工程与机电、电子交叉的边缘科学专业，而机械化的"化"就是推广它过程的系统工程，因此我在不经意中，学到了学科交叉和宏观思维的科学方法，这是单纯搞桥梁和基层工作学不到的本事，为我以后能够在许多领域进行跨多学科的边缘科学研究，并适应大机关的工作，打下了初步的基础。

另外，由于我的踏实和勤奋，包括工务处的王兆忠、赵志恒处长，还有后来成为何吉林岳母的侯秀珍秘书等同事们，都对我留下了很好的印象。在这里我还认识了搞客车洗刷会战的刘润德工程师，通过他的介绍，在黎波涛局长的老战友，上海局人事处原处长沙千和他的夫人佘赤华帮助下，我调到了杭州工务段。我能进入该段的另一个原因，就是搞养路机械的人才比较短缺。也是这个原因，哈局赵志恒处长在青岛举行的全路工务会议上，向上海局的俞乃新处长推荐了我，以致让我在1978年11月被抽调进入了上海局工务处搞养路机械化工作。我后来在上海铁路局乃至在上海的一切，都与这段经历密不可分，可以追溯到它的源头就在哈尔滨。

十

达成表哥在我来哈尔滨一年后就调往苏州文工团了，他的好朋友王少敏、朱婉茹夫妇和他们的父母仍旧对我像亲戚一样，我平时与他们也有些来往。还有诸如王玉明、于庆臻、徐颂陶、沙壮屹、李宝柱等对我如同兄长一般有过帮助的人们，我有时也经常会去他们家串门闲聊。闵学良因为单位分配了房子，后来搬出了单身宿舍。他的另一位"同学"，也是一起劳动锻炼的大学生张仲义从五常调来哈尔滨，也与我们住在一个宿舍。在哈尔滨第一单身宿舍，那里朝夕相处最主要的群体，就是一起从第五工程队同时分来哈尔滨的同学们。大家虽然白天去各自的单位上班，晚上就又聚到一起了。

与我在哈尔滨经常来往的"同学"可以分为两拨，一拨是包括王云江、陈瀛江、冯寅生、毛明华等江浙沪一带生活习俗比较接近，平时用上海方言交谈的老乡；另一拨是比较具有共同语言，兴趣爱好比较广泛，诸如何吉林、杨建德、李绍刚、喻渭河、邵作珠等来自五湖四海的伙伴。以后又逐渐扩展到早我们来到这里的"老五届"大学生如方文伯、陈启华、陈秀凤、张连芹等来自全国各地不同学校的"同学"。后来上海滩著名的作家王晓玉，当时也住在这里，她在我们来后不久就离开了哈尔滨。

当时单身宿舍里的生活是很单调的，哈尔滨的生活物资供应又非常匮乏，偌大的单身宿舍也没有一台电视机，看到当地人整天在为生活奔波，尤其是入秋准备越冬的蔬菜，各单位还要组织职工自己到郊区农村采集搬运，拿回来还要下窖，甚至还要自己挖地窖，我真的有点怕了，这在我们南方是不可想象的。调工作回老家、搞食品改善生活、弄木头打家具、年龄大的搞对象等都是大家关心的话题。谈天下形势、传小道消息、分享共同的兴趣爱好，也是部分群体在一起寻找的激情。当时我们由于学的专业不同，而且"读书无用论"还很有市场，所以在一起谈论业务的很少，各人只有根据自己情况阅读一些科技书籍或资料，但几乎没人会刻苦钻研的。所谓"对口专业劳动"，学建筑学的李绍刚被定为泥瓦工，按照当地泥瓦工惯例，连工作服也不发，只给手套、袖套各一副，加上一件饭单似的围裙了事。学给排水的冯寅生当了水暖工。也有同学不要求专业对口，学公路与城市道路的王云江做了木工，闵学良当了相对比较实用的汽车修理工。

我们之间聊天侃大山是每天业余时间最普遍的活动了。我屡次把当年同济大学学生演出类似如今"小品"的话剧中关于建筑师的台词，拿来和李绍刚、邵作珠等学建筑学的同学开玩笑，说作为一名建筑师要有"哲学家的头脑、画家的眼睛、音乐家的耳朵、歌唱家的喉咙、大诗人的感情……"说实话，除了"歌唱家的喉咙"这句话有点夸张外，其余还真是一个出色的建筑师应该具备的气质。邵作珠后来真的成为建筑声学的专家。李绍刚当年就显露了他文理超群的才气，他中学时就是哈尔滨数学竞赛一等奖获得者，然而他又能写出相当优美的诗词。我的诗词与他相比，只能属于打油诗水平。他还喜欢下围棋，与喻渭河数次通宵达旦捉对厮杀。杨建德会拉小提琴，据说当年在西安交大管弦乐队中属于第一小提琴声部的乐手。他不仅会画画，还能作诗著文。其实在我们学理工科的学生中，有文学才华的不是个别，杨建德后来在留德回国后，除了在各种杂志媒体发表了不少散文回忆录外，还正式出版了《我的人生三部曲》一书，很显其文学功力。何吉林也是一位写作高手，他近年来，无论是撰写的散文或游记，还是编著的回忆录，都是文学性很强的作品，深受读者欢迎。冯寅生的文笔也是出类拔萃的，文字很见功底，他作为主编为他们高中班级同窗60周年而编制的纪念册，居然是一部大型史诗，尤见其文学才华。他还具有一手编写快板、表演唱诗词特长的绝活。王云江是一位业余的黑管演奏家，他以后在建筑界，又是一位编写的培训教材一版再版的高产写作者，这里除了需要专业知识外，文字驾驭能力也不言而喻。他还有一副好的嗓子喜欢唱歌。何吉林的声乐也是具有相当水平的。当年他所在的直属通信段，让他与一位女同事合作代表他们单位，先参加铁路局直属机关的会演，他们以男女对唱的形式演唱了电影《青松岭》的插曲《沿着社会主义大道奔前方》，一炮打响，一鸣惊人，获得一等奖。随后又要让他们参加全局会演。这可把一向低调的何吉林给"吓"坏了，他借口回家探亲"逃"走了。我也喜欢声乐，张仲义拉得一手漂亮的手风琴，我们经常随着他的伴奏唱歌。当《北京颂歌》等歌曲流行，我也曾业余到分局文化宫参加合唱班，随原广州军区文工团转业的歌唱家宁波籍老乡蒋孝忠指挥唱歌。

评议与联想

陈素娣：从这篇佳作里可以看到你的成长轨迹。你天资聪颖又勤奋努力，所以你后来的路会越走越好，这和你的奋斗不息是分不开的。一直到现在年过古稀，你还照样在勤奋耕耘，所以取得的成就和那么多的头衔都是你一步一步努力走过来的。你是年轻人的榜样,也是老年人的榜样,你的一生是辉煌的,是有价值的。敬佩你!

钱丽臻:当年这些刚从大学毕业的青年在生活的大熔炉里锻炼。平雷的收获更因自己的特质而丰满及不平凡了。

王云江:细阅此文,它是当年我们这些风华正茂的有志青年在哈尔滨生活的真实写照,愿在有生之年能品味钱兄更多的佳作!

十一

随着时间的流逝,单身"同学们"的年龄,已经不允许他们仍旧继续以这样的方式生活下去,应该是渐渐地进入谈婚论嫁的时候了。这里可以选择的路基本上就是两条,一条是就地找对象解决问题,因为调动工作在当时实在是太难了,除非他本来就是当地人或者的确遇到了他(她)中意的恋人;另一条就是千方百计设法离开这里回老家,也有些人已经在老家或其他地方找对象。陈瀛江、杨建德、张仲义等属于前一类。何吉林因为在本单位遇到了心仪的姑娘张晓侠,结成了伴侣。冯寅生、邵作珠、喻渭河等和我走的是后一条路,调回老家。但这两条路也不是绝对分开,由于碰到某种特殊情况,也是可以转换的。王云江由于身高的优势,当冯寅生的一位在汽轮机厂工作的老乡告诉他,他们单位有一位上海籍女同事凌月妹,因为高个子的原因,想找上海同乡对象有困难,于是就介绍给了王云江。他们成了伉俪,可以从长计议,再择机调回南方。后来他们的计划果然得到了实现,没有很久他们就和毛明华一起调到杭州的一所专科学校当老师至今。另一位哈尔滨人任继滨同学走的是与王云江相反的路子。他娶了他高中一位叫蒋淑诚的女同学为妻,我们还参加了他们的婚礼,新娘大学毕业分配到了外地,婚后她就能以解决分居为理由,调回哈尔滨了。

我在哈尔滨也有过一段直到不久前才刚被我自己弄明白是什么性质的"恋爱史"。也是一位从第五工程队一起来到哈尔滨的女同学Z,她当初是为了与大学高年级男同学来到哈尔滨铁路局的,谁知道那位男同学又和他的前女友重归于好了，给她的打击是可想而知的。她毕业于顶级大学的学历和她的运动员身高，让她重新选择理想的对象的范围很狭窄。我与她之间不要说别人，连我自己也从来没有想到过，她会做我的女朋友，用北方话说"彼此是不般配的"。所以设法调回T市老家应该是她比较合适的选择。我也因为同样的生活水准，在哈尔滨却需要花费数倍的精力，感到留在这里不值得。有一次她与我偶然谈起，问我如何打算，我说，"打回老家去"。她表示很赞同我的想法。但是就在双方都准备离开哈尔滨的时候，因为觉得与对方聊天非常具有共同语言之故，居然像谈又不像谈似的谈起了"恋爱"。说像谈，彼此最终承认是朋友关系。说不像谈，我们之间非常有分寸，从来没有诸如接吻、拥抱等男女朋友亲热的动作。所以当她在大半年后接到来自T市老家某单位的调令时，就可以没有后顾之忧地走了。在她离开一年半后，我也调往上海铁路局了。在此期间，我们之间存在通信，也有过来往，她也一直没有找到理想的对象。在我到达杭州报到后，她来信与我正式结束了联系。我也知道，她对我把第一次恋爱的感情给了她，是很珍惜的，她不希望因此伤到我。近半个世纪过去了，初恋对人来说是刻骨铭心的，毕竟这是我人生第一次"谈朋友"。最近我看了一档凤凰卫视主持人窦文涛和中国公安大学李玫瑾教授对话的节目。李教授的一席话让我茅塞顿开。她说，男女之间的恋爱的"恋"，就是在彼此交往的时候，觉得和对方在一起感到非常舒服，也希望对方幸福。但这并不是一定要能够得到对方。因为真的与对方在一起生活，还有一个是否"配"的问题，"恋"不等于就"配"。对啊！我和Z之间就是一个存在"恋"，有广泛的共同语言；但并不配，她的顶级大学的学历、与我差不多的身高和自我强烈的个性，如果成了我的妻子，我会活得很吃力的。因为在中国，传统的女性不能长期地容忍男方比她低的状况存在的。我只有不断努力，达到比她高的地位，家庭才能处于平衡状态。如果说过日子，我的妻子是我曾经谈过恋爱的女友中最合适的对象，况且，我妻子也是一位出类拔萃的女性，也让我一直不敢懈怠不断地进取呢！

十二

在我1975年6月末离开哈尔滨后,我好多夜里梦见我又到了哈桥、铁路局办公楼和第一宿舍。哈尔滨在我心中可谓魂牵梦萦。与哈尔滨的一些老同学、老同事、老朋友也保持着一定的联系。我与定居在上海的何吉林、冯寅生一起接待过杨建德、喻渭河、魏晶乾、范存强、陈瀛江、王云江、邵作珠、颜燕、张鹏琴等"同学"(图5、图6),招待过闵学良、于庆臻、贾立、刘润德、徐颂陶、李宝柱和何吉林的岳母侯秀珍阿姨等老兄长和老朋友。但这都不能替代我重新踏上哈尔滨的土地,亲自到实地去走一走、看一看的感受。以后两次到哈尔滨都是过路,待了一个晚上,但也算完了心愿。王少敏、朱婉茹夫妇和他们的父母后来移居广州,我趁着去那里开会时,也特地去拜访他们,感谢他们在哈尔滨对我的关心。

图5 与冯寅生(右)、喻渭河(中)同学聚会

图6 和何吉林（右一）、冯寅生（右二）一起会见邵作珠（左二）同学

大约在1990年的夏天，我去长春参加中国科协在那里举行的会议，上海市科协系统除了一位专职副主席外，还有我和微电脑学会的秘书长两人。刚巧江苏省铁道学会的翁建人秘书长也与会。我俩因为属于铁路员工，要用铁路免票，去时从上海、南京上车都没有问题，但返程从长春到上海没有始发车，这就有了麻烦。我俩去了哈尔滨，让黑龙江省铁道学会的同志们帮助签署返程58次快车的卧铺号。于是就有了我15年后第一次来到哈尔滨的经历。铁道学会热情地招待我们头一天的晚餐，我还要赶紧去看望于庆臻和他的老伴贾立大嫂，当年他们没少关照我。第二天是周日，我先到第一宿舍看看我的"故居"，那里已经变成办公大楼了。铁路局周围的俄式小楼已经被一幢幢多层建筑所占领，周边的马路路面也重新露出它本来石块铺就的样子。趁着去严师傅家吃午饭，顺路跑到哈桥领工区，看望我日夜思念的大桥。当贾立大嫂问我，要带一点什么东西回上海时，我居然要了点哈尔滨的蔬菜。那时正是哈市蔬菜大量上市的时节，满街铺天盖地，价格还便宜。不像我们在的时候了，什么都短缺。东北的食物无论蔬菜、瓜子外形都是"大型化"的，

但是还都挺鲜嫩的,一点不老,在上海看不到这样的品种。当时我大概还有点"忆苦思甜"的情结。

第二次来到哈尔滨就是上述2012年夏天去漠河返回上海的途中,在哈尔滨转机过了一夜。飞机还晚点,我吃完晚饭便乘了一辆出租车,连夜赶往位于南岗的严师傅家。严大嫂名叫孙艳文,因脑卒中长期卧床了,需要严师傅全身心照料。严师傅在街口等候我的到来,我们又有十多年没见面了。严大嫂在病中还记得我这位远方小老弟的名字,真让我感慨。途中我发现哈尔滨的市貌与我在时可以说发生了翻天覆地的变化,我几乎已经不认识这座我当年居住工作过的城市了。第二天我们先赶去太阳岛这个5A级的旅游胜地,其实都是人造的景观,游客还是趋之若鹜地赶去,真要感谢郑绪岚演唱《太阳岛上》的歌声,把太阳岛风光描绘得如此迷人。当大家到松花江江沿游览时,我赶去哈桥,那时离它"退役"的时间已经不远了。旁边已经有一座新的大桥在建设,据说那是哈尔滨通往齐齐哈尔的高速铁路跨越松花江的大桥,它的出现与100多年前建造的老大桥形成强烈对照(图7)。怪不得如今老大桥成为"全国文物保护单位",已经是历史文化遗产了。我们领工区的房舍也面目全非了,变成一座多层建筑,底楼是生产用房,三楼以上大概是职工家属宿舍了。我的老同事都退休了,自然没有人会认识我了。我还到了中央大街(图8),那里现在是步行街,我还看到华梅饭店、外文书店等记忆中的楼房。大列巴和俄式红肠是热销的旅游产品。除了严师傅外,我没有时间再去看望别人了。最让我遗憾的是,我两次经哈市都没能拜访王玉明大哥和杨甲申大嫂,自从我离开哈尔滨后,也没有能与他们一直保持联系,他们可是帮过我许多忙的呀!听于庆臻讲,王玉明后来是哈尔滨分局多种经营的总经理,业绩有成。以后又听说他已经去世了,让我感到深深的愧疚。也想通过写这篇文章,表示对他们的怀念吧!人是要有感恩心的。

图7　松花江铁路大桥新老交替

图8　重返哈尔滨，在中央大街上留影

十三

现在的哈尔滨市的管辖地域已经与我们在的时候变化很大了,面积大大地扩展了。下辖9个市辖区(道里区、南岗区、道外区、平房区、松北区、香坊区、呼兰区、阿城区、双城区)和7个县(依兰县、方正县、宾县、巴彦县、木兰县、通河县、延寿县),代管2个县级市(尚志市、五常市),全市总面积53 068平方千米,其中市区面积10 198平方千米。我们在的时候,许多地方如呼兰、阿城、双城都不属于哈尔滨市的,现在演变成了它的一个区了。像著名女作家萧红也从呼兰人演变成为哈尔滨的历史人物了。著名的亚布力滑雪场位于哈尔滨市东南方向195千米处的尚志市境内,对我们江南一带的人来说,它比上海到杭州还要远啊!但它是作为哈尔滨的一张"名片"出现在人们的面前的,真是不可思议。哈尔滨的冰雕是哈尔滨的另外一张名片,哈尔滨冰雪节成为"世界四大冰雪节"之一,也使哈尔滨的冬季从旅游淡季变成了旺季。

如今我在哈尔滨时打过交道的人们,多半已经是老年人,许多人已经与世长辞了。还是那帮"同学"变化最大。绝大多数的人因为各种原因离开了哈尔滨。喻渭河在广东成家立业,住在佛山。王云江定居在杭州,桃李满天下。张仲义后来成为北京交大的教授、博导。连本来就是哈尔滨人的李绍刚,也在美留学后移民加拿大,他的大学同学邵作珠也旅居在美国。只有杨建德还在哈尔滨,他倒是从新疆辗转来到哈尔滨的人,我们之间有微信联系,他每天都会发两条消息,倒是好像天天见面似的。我们大家彼此已经成为终生的同学朋友,即使没有往来,也会在心中经常回想起共同度过的岁月,那是因为哈尔滨这座城市像灯塔和纽带一般,提示和连接着人们的情结,让大家永远怀念自己在那里时曾经发生过的故事。我大概不会再去哈尔滨了,但对于它的变化,我还是会以"故乡人"的情怀去关注它的,因为它也是我的第二故乡。

祝愿哈尔滨城市美丽发达!那里的人民安康幸福!

评议与联想

　　王伟兰：钱老师，你的散文也是人生中最美好的回忆。

　　钱丽臻：读完平雷对哈尔滨的回忆，除了大量叙事和照片，还给人满足的阅读享受，在我心里回荡的是他所没有直言的事：我弟平雷从来就是一个重情义的人。因为他在文章中提到过的很多人，我们全家人没见过面，却是他几十年常在心里挂在口上的，而且一有机会就看望或接待的。他的热情真诚从来就是被大家一致认定的。我又一次为此感动，人间的真心，珍贵的爱心，构成生命的动力和意义。我们钱家几十年亲情之深，为知者所称道，也有平雷的一方支撑。而他与长者、同事、友人等大量的情谊，又一次显示无可估量的意义。

　　顾正兰：这篇文章确实不错！看了后，好像看见你在哈局的工作、生活……写得很生动，活灵活现！虽然过去的生活比较艰苦，但现在回想起来还是很值得留恋的！这是你的生活经历，一辈子不会忘记的！亚布力大滑雪场是很有名的，我曾经去过，还滑过一次雪！哈市给我的印象是一个值得去旅游的城市之一。

　　冯寅生：每每读到平雷的散文，都能引起身心的共鸣！读了《情系哈尔滨》，更是将我的思绪带回到了半个世纪前工作和生活过的哈尔滨，带回到了兴安岭里、汤旺河畔。劳动锻炼的岁月，凝聚了我们的友谊；大直街154号，有我们永恒的回忆。细读散文，犹如欣赏一曲赏心悦目的轻音乐，时而委婉连绵，时而穿透时空，为我们晚年寂寥的岁月，增添了丰富的享受。

　　陈素娣：看完了钱哥的《情系哈尔滨》连载，我深深地被感动了。文中深情的回忆，满满的感恩，让我欲罢不能。钱哥写得太真实太好看了。谢谢钱哥又让我们看到了这篇佳文，让我们都回忆起了美好的生活。祝愿钱哥继续笔耕不止，让连续剧继续下去，我一定好好阅读。谢谢钱哥！

　　倪纪芬：《情系哈尔滨》读完了。再次佩服钱同学惊人的记忆力。事隔五十多年了，叙述当年的事情就像发生在昨天一样，一个个同学和同事的姓名如数家珍。不仅有好的记忆还有着深情厚谊,几十年前结下的友谊至今绵延不绝。钱同学是位性情中人。读五篇散文对钱同学有了进一步了解。年轻时的钱同学就怀有鸿鹄之志,奔着志向执着追求,终成大器。应了古人说的话:士贵立志,志不立则无成。能够成为成功之士,必是怀抱志向一路奋斗而成,钱同学是实例。哈尔滨的人文景观描述不多,可能待的时间不长。可全篇散文钱同学是饱含深情叙述的。读之能感受到钱同学对哈尔滨的热爱。尤如他言,哈尔滨是他的又一故乡。

钱平天:现在回看平雷娓娓而谈的半个世纪前他在哈尔滨的同学和朋友们,那种深情厚谊溢于言表!我与平雷从来都是毫无间隙无所不谈的,对文章里的那么多人和事都不陌生,再读这篇散文,真挚难忘的旧情旧事,仍然会引起我心中的许多涟漪和感叹!感受到至今尚令人温暖的情和义。

胡定伦:时光荏苒,岁月如梭,但是钱总对于曾经度过自己青春岁月的城市——哈尔滨的刻骨铭心的回忆,却在他的心灵深处历久弥新。钱总写过不少很受读者喜欢的有关中外城市的散文。令我惊喜的是他这次撰写哈尔滨时,一改以往快速作文的风格,让追忆的思绪在自己魂牵梦绕的世界里悠闲自由地翱翔,让我在阅读时变得放松,感到温暖,并且受到教益。感谢钱总让我充分享受了一次愉悦且有意义的精神旅游。

我的黑龙江省地理概念被颠覆

——从"哈尔滨到伊春究竟有多远?"谈起

一

今天清晨（2022年7月31日星期日）我和妻子醒得很早，她说，你可以打开电视看看CCTV—1的《朝闻天下》节目。我在半醒半睡的状态中听到这么一条新闻：7月30日10时16分，在黑龙江省哈（尔滨）伊（春）高铁铁力至伊春段跨S207省道2号特大桥施工现场，随着施工人员操控架桥机启动首榀预制箱梁的架设工作，标志着哈伊高铁铁伊段建设正式进入架梁施工阶段，为后续全线铺轨奠定了坚实基础。哈伊高铁全线建成后，哈尔滨至伊春旅客列车运行时间将由现在的7小时左右缩短至2小时左右。高铁、哈尔滨、伊春、铁力、架梁、施工等一系列专用名词，立即触动了我的神经，因为在1970—1972年期间，我在哈尔

图1 黑龙江省铁路示意图（局部）

滨铁路局第五工程队的桥梁分队,曾经就在位于小兴安岭的汤林线上实习、劳动近两年。我在那个崇山峻岭、冰天雪地、松风林涛、激流浅滩、险峻崖石等北方森林地貌特征形成的生态环境,配以简单劳动设施工具、帐篷简屋和粗粮冬菜等生产、生活条件,干了几项以"冻结法"为主要施工方法的桥涵工程,给我留下了一段刻骨铭心的人生经历。所以我马上打起精神,聆听了这条新闻。

二

但是光凭CCTV—1介绍的几句话,显然是满足不了我对这条新闻所涉及相关内容了解的需要的。于是我打开电脑,在360搜索上打入"哈伊高铁"四个字,随后就有更多的条目可以给我选择了。我作为一个曾经在那里生活工作过的人,了解到了以下我想知道的内容:

1. 新建的哈尔滨至伊春铁路位于黑龙江省中部,整体呈西南—东北走向,线路起自哈尔滨市,途经绥化市、庆安县、铁力市,终至伊春市。工程正线建设长度300.356千米,其中哈尔滨市境内84.799千米,绥化市境内106.89千米,伊春市境内108.667千米。

2. 工程共有车站8座,其中既有车站2座为哈尔滨北站、铁力站;新建车站6座分别为呼兰北站、兴隆镇西站、绥化南站、庆安南站、日月峡站、伊春西站。

3. 工程为高速铁路、电力牵引,设计速度目标值250千米/小时。正线按一次铺设跨区间无缝线路设计,正线原则采用有砟轨道。其中:路基工程总长167.17千米,占线路全长的55.66%;桥梁共65座,长度133.186千米,占线路全长的44.34%。建设总工期3.5年。工程总投资297.25亿元。建成以后哈尔滨至绥化将只需约40分钟,到伊春将只需约1小时40分钟。

4. 哈伊高铁的铁(力)伊(春)段位于黑龙江省中部,是我国目前在建的最北端高速铁路,线路起自铁力市,终至伊春市,全长111.4千米,线路设计速度达到每小时250千米,桥梁占比达26.9%。该段是我国首条穿越多年冻土区的高速铁路,先行工程沿线分布着富冰冻土、多冰冻土、饱冰冻土、含土冰层等14块岛状多年冻土带，建设单位克服地质条件复杂、高纬度冬季低温环境等难题，在冻土段钻孔桩施工过程中，取得了双层护筒结构创新施工经验，完成了国内首例高铁桥梁多年冻土桩基施工，为全面转入架梁施工提供了有力保障。

5. 施工单位结合伊春当地全年气候特征，科学合理安排工期，采取加大物资、机械设备投入力度等方式，计划平均每日架设两榀箱梁，预计年底前完成首架9座桥梁的架设任务。

很显然作为一般的读者可能会对我所摘录的内容中的前三条感兴趣，而后两条涉及一些专业术语，不是从事土建的专业人士不容易理解，其实也没有必要一定要非常清楚是怎么一回事，但对于整篇文章的内涵来说，我作为作者应该适当做些科普，不能让它脱离具有文学性质的属性。我在搜索和寻找相关内容的时候，发现曾经被我自诩为"第二故乡"的黑龙江省的地理概念，在撰写本文的过程中被"颠覆"了。这一切都源于我在黑龙江期间的地理空间的概念，都是以原来铁路的走向为坐标的原因，而这些恰恰是可以用来撰写这篇科普散文的有趣题材。

三

我们在1970年8月被分配到哈尔滨铁路局，随后就被分派到位于佳木斯的第五工程队。当时从哈尔滨到佳木斯是要乘坐一个晚上的火车，清晨才到达佳木斯的。刚下车还没有休息，就被工程队的领导送到离佳木斯70千米左右的鹤岗市去参观"万人坑"，接受忆苦思甜的"再教育"去了。在我的印象中，鹤岗和双鸭山好像是佳木斯的两座卫星城市。接着我被分配在桥梁分队去位于汤林线的新青车站附近的一个工地。我在晚饭后从佳木斯出发，半夜到一个叫南岔的地方换车，清晨到达工地。南岔是绥（化）佳（木斯）线和汤林线交叉的枢纽，也是汤林线的起点。整个小兴安岭地区的行政区划就叫伊春市，它还包括了除伊春区以外的铁力区、五营区和新青区等不少林业局的所在地。所谓"汤林线"就是其沿途主流几乎贯穿整个小兴安岭林区的汤旺河的那条铁路。火车沿着河岸行驶，因为地理或行政区域管理的原因，铁路在两岸多次来回设桥跨越。除了铁力车站在绥佳线上外，上述其他伊春、五营、新青区的火车站都在汤林线沿线。我们每次从汤林线沿线去哈尔滨都是经南岔走绥佳线再在绥化转到滨北（安）线到三棵树站的。

因为我在东北的五年都在铁路系统，对黑龙江地域位置的识别，都是以铁路走向为自己方向感的。尤其是我们上海人对东南西北的方向感知能力很薄弱，更是如此了。今天当我看到哈尔滨到伊春的高铁距离只有300千米，更是难以相信。那只有上海到南京的距离啊！当年我们都要坐一个白天或者一个夜间才能到达的啊！我在360搜索上开始查询从哈尔滨到伊春的距离，不是高铁，而是高速公路，说是全程约323.3千米，走的是哈（尔滨）鹤（岗）高速公路中的一段，更是让我感到茫然，伊春怎么会与鹤岗在一条线上？为此我查阅了黑龙江省的地图，这才恍然大悟，原来伊春确实与鹤岗离得并不远，它们之间只隔着一座小兴安岭的支脉——青黑山。之所以会感觉很远，确实因为走铁路，从鹤岗，需经佳木斯、南岔，才能到伊春，全程大约是325千米，而且从鹤岗到伊春没有直达车，中间至少还要转1—2次车。如果走高速公路只有150千米。

从哈尔滨到伊春现有的普通铁路里程是461千米，列车也要经过南岔，如今有了快客也还要走7个小时，更不要说我们当时乘慢车需要10多个小时了。但哈伊高铁就不走南岔了，从铁力朝东北方向斜插去了伊春。从7小时缩短至不到2小时。不言而喻，无论是高铁还是高速公路，与当年的铁路、公路建设相比较，如今的建设者都毫不畏惧高山大川的阻挡。像哈鹤高速公路可以直接穿越青黑山直达鹤岗，要是建设普通公路，不知要延长多少盘山公路了。同样，哈伊高铁也是直接穿越小兴安岭，而原来的铁路需要舍近求远从南岔沿着汤旺河河谷，才能到达伊春。

在本次查阅中，我也才搞清楚当年从哈尔滨到佳木斯坐火车要一个晚上，那是走了滨北线和绥佳线，一共是507千米，如今有了哈佳高铁，两地距离只有342千米，设计速度是每小时350千米，这就意味着只要一个小时就可以达到了。由于交通科技的发展，行车时间大幅度缩短，导致人们空间感觉发生了变化，这也就让我原来的依靠铁路走向认路的地理概念被颠覆了。

四

谈完了哈伊高铁线路的走向，下面我来谈谈冻土区的施工。大家知道当水结成冰的时候，冰有膨胀的习性。无论是线路还是桥梁在冬天都要防止路基或者桥基下的土壤里的水分，因为受到严寒冰冻膨胀，导致钢轨轨面变形，从而对行车安全带来的威胁。因此，在建设桥梁的时候，一定要把支撑桥墩和桥台的基础的稳定放在首位，确保它们能够抵御周围土壤，由于其中的水分冰冻膨胀而引起的变形。我们当年在已经建成的汤林线里干的工程，主要是把当年临时用木桩作为基础的桥梁，改建成永久性的钢筋混凝土的桥涵。经常使用的施工工艺就是所谓"冻结法"。就是在当时利用寒带低气温的天然冷气，把水和土冻住，依此将地下水线以下的土壤和岩石刨去，留出空间为桥梁奠基的施工方法。这是因为施工条件简陋，缺乏围堰等设备，不得已而为之的办法。为此施工工人必须在严寒露天恶劣的气候条件下干活。现在也有利用"冻结法"施工的，主要是对付流沙土质，不是因为缺乏施工设备而为之的。虽然我没有在现场看到创新的"冻土段钻孔桩施工的双层护筒结构施工工艺"，但我想其基本原理还是要避开由于地下水形成的冻土对桥梁基础稳定的影响，应该是不会错的。

文章中还有"首榀预制箱梁"中这个"榀"字是一般读者所不熟悉的文字。这其实就是第一片梁的意思，"榀"是工程上的习惯叫法，因地而异，清楚其准确的含义即可。一跨有多少榀？这个取决于设计的桥面宽度、桥梁的结构布置、主梁的受力计算等。读者不必过于纠结于此。

哈伊高铁的建设，融入了以哈尔滨为中心的2至3小时交通圈，人们出行更加方便快捷，对进一步完善我国东北地区高速铁路网，促进地区经济加速发展起到了重要作用。据说它将进一步锚固城市群空间格局，加强哈长（春）城市群内部自我联系，同时将伊春、黑河等市纳入城市群辐射范围，促进哈长城市群融合发展，看来对进一步振兴东北具有战略性的意义。

在祝福东北人民的同时,我自己也进行了一次黑龙江交通地理知识的自我更新。

评议与联想

喻渭河:刚刚读到钱兄的文章,感到深深地震撼,五十年前我们那段刻骨铭心的经历再次激荡心头。我在伊春"沟里"的时间前后长达近5年,伊春—南岔—绥化—哈尔滨这段铁路来回跑了不知多少次,每次都是十几个钟头在列车上"熬",如今竟然只需2个小时就可到达。抚今追昔,恍如隔世。激起内心强烈的冲动,有生之年一定要去旧地重游!千言万语,一时难以细说,特别感谢平雷兄的美文,将我们想说又说不清的情愫表达得如此清晰和明白,实在令人感佩不已!

何吉林:多谢钱兄的好文!

陈素娣:钱哥就是棒!一则消息引起了你的回忆,激起了你对它的喜爱热情。那里有你的青春年华,那里曾经留下了你的辛勤汗水,那里留下了你的足迹。如今那里起了巨大变化,一条铁路平地而起。忆往昔峥嵘岁月,看今朝热火朝天,你的心情是复杂的,更多的是愉悦。你为自己从事的桥梁工程感到自豪,你为祖国的铁路建设感到骄傲。在铁路建设中有你的一份汗水一份贡献,祖国人民不会忘记你们。你们是伟大的祖国建设者,向你们致以最崇高的敬意!

包秋莲:伟大的工程,伟大的建设者,祖国的骄傲!

百家骆(微信名):很喜欢您的文章,阅读性很强,知识面很广。因为我也是同济大学毕业的,所以读起来十分亲切。谢谢今天又分享了您的一篇美文。

钱丽臻:你的这篇文章特棒,我昨天动手写点评两次未成,没想到在凌晨倒是写出了一些赞美的文字。你所描写的哈尔滨至伊春的高铁和一座座桥梁,缩短了人们心里的远程。这是因为你昔日曾经亲近过的这片东北的土地,所以文章读起来那种亲切感,乃至唤起中国人的自豪感,是多么令人鼓舞,多么令人心情欢畅。最好以后能随你去坐高铁畅游一番!

北外滩与澄衷蒙学堂的不解之缘

一

2022年6月17日我在"澄衷校友会"微信群看到一条链接,该文中的"虹口、北外滩、同济大学、澄衷中学"等几个名词映入我的眼帘,那是与我生命旅程息息相关的敏感字眼,它们显然会引起我的高度关注。原来是6月16日同济大学与虹口区政府签署了基础教育合作办学协议,其中有一个重点合作项目就是"共同有序推进建设位于北外滩华兴坊的同济大学附属澄衷中学(筹)新校区"。就是这句话告诉我,我的中学母校将要成为我大学母校的附属中学,它位于上海虹口区的北外滩,如今校舍要重新建造了。那么,建于1900年的该校的标志性建筑——澄衷蒙学堂(图1)还能在新校舍重现吗?

看到"澄衷蒙学堂"这五个字,人们就会想到,这是上海滩上一

图1 澄衷蒙学堂旧址

家百年老校澄衷中学的一座教育建筑楼宇的名字,其实在建校初期,它还是这所兼有中小学学校的校名。大家是否会想到其创立者叶澄衷,还是如今与外滩、陆家嘴一起,在上海中心城区处于"三足鼎立"地位的北外滩的最初开拓者?而澄衷蒙学堂则是北外滩地区最早的文化地标之一。到今天,它还需要继续承担北外滩,乃至上海城市发展历史文化文脉传承的角色。

二

说起北外滩,首先需要定义一下它所处地域范畴:位于虹口区南部滨江区域,西至河南北路与老闸北相邻,东到大连路与杨浦区相接,南界苏州河与黄浦区相交,北临周家嘴路、海宁路。从这里读者可以注意到,它就是处于上海市区浦西一侧苏州河以北,隔着外白渡桥与外滩相望的一片土地。由于叶澄衷参与了外白渡桥这座钢桥(其前身是一座木桥)的改建,从而揭开了北外滩大规模开发的序幕。

谈到叶澄衷,在《新民晚报》副刊上连载的《十个人的上海前夜》一书中,也有他的一席之地,说明了他在上海滩的历史地位。在清末民初上海民间广泛流传着一段关于他的传说。当年他到上海来谋生,在黄浦江上摇小舢板送客摆渡。有一天,一个外国商人到浦东后,匆匆忙忙地离去,把装有许多票据和金钱的皮包落在船上。叶澄衷就将船靠在岸边一直等候,那个外国商人发现皮包丢了,非常着急,返回到码头,发现叶守着皮包等他归来,极为感动,要用钱酬谢叶,叶坚持分文不取,表示这是他的职业道德。外商大为感激,于是就挑生意给叶澄衷做,叶由此发了大财,结果把赚来的钱建造了这所"澄衷蒙学堂"。他后来不仅仅是商界人士口中的"五金大王",还是当年与法租界殖民者做坚决斗争宁波帮的领袖人物。

上海老百姓不一定清楚,叶更是上海华人房地产的翘楚,房地产每年给他带来1/3的利润。于是就引出了叶澄衷出钱修外白渡桥,最后促进了北外滩发展的故事。原址上有一座叫威尔斯桥的木桥,经不住风吹雨打，朽烂了，要重建，工部局钱不够，叶澄衷主动提出捐献2 000两银子，占了投资近1/3。于是新桥就造成了，从此华人过桥不再付费，还博得了"白渡桥"的美名。其实此前，叶已在桥北堍处用4万两银子购进400亩（1亩约等于666.67平方米）土地，大桥一通，这块土地暴涨到了100万两。由于这次空前的暴利，叶澄衷开始进入房地产行业，唐山路、华德（长治、长阳）路、提篮桥、舟山路、杨树浦等许多石库门和工业建筑就这样风生水起地建立起来了，包括我们的澄衷蒙学堂也是因此在唐山路上巍然屹立。用房地产开发的术语来说，它属于这些工业建筑和石库门的"配套建筑"。它们就是使北外滩成为城市地域最初的基本建筑群。

三

澄衷蒙学堂是一座欧洲巴洛克风格与中国江南风格相结合的建筑。在当时这种建筑形式在上海比较普遍。当年的圣约翰大学、震旦大学的校舍，好像都有属于这种风格的建筑。澄衷蒙学堂是一幢两层三进的大型教育楼盘。所谓"三进"，它从处于朝南的第一立面教室和办公室开始，往后有三个大小不一的天井，分别为后面三排的教室采光。天井的左右两侧厢房也是教室，这些教室可以容纳数以千计的学生上课，可见规模之大。蒙学堂的正立面是一道有罗马柱支撑的拱门，拱门上方有一块石碑嵌入，有叶澄衷的好友、清代末代状元张謇书写的五个大字：澄衷蒙学堂。不过当地老百姓还是俗称它为"澄衷学堂"。

说澄衷学堂是早年北外滩，乃至上海文化的载体毫不过分。如今在文化界有上海文化由红色文化、海派文化和江南文化互相融合而成的一说，三种文化都在澄衷学堂有文脉积淀。首先它是我国第一所由中国人创办的西式教育体制的学校，设有数理化、英文、体育等课程。但它的教材，尤其是文史教材，却是融入了不少中国传统文化，尤其是江南文化的精华。直到不久前还被翻印，初版于1901年的澄衷最早的教材《澄衷蒙学堂字课图说》，为第一部学校编写的语文课本，可谓是近现代中华语文课本的典范,极富历史价值,至今还被业界赞不绝口,广泛予以收藏呢!当然师生员工也应该是学校文化的载体。澄衷的教职工中出现得最早的校长是刘树屏、蔡元培那样的大教育家,还有丰子恺、钱君匋等那样的大学问家任教,培养出诸如胡适、竺可桢等那样以后成为各行各业栋梁的学生。与澄衷蒙学堂一起建造的还有聚会与健身兼用的"澄厅",它可是我们上海党和工会早期聚会的场所啊!最近获得茅盾文学奖、由孙甘露撰写的长篇小说《千里江山图》,在书中也有描写我党地下工作者,围绕澄衷校园从事革命活动的情节。由此可见,澄衷确是一处红色文化的载体。2020年在澄衷中学120周年校庆大会上,潘红星校长深情地用实例证明,由红色文化、海派文化和江南文化交叉形成的文脉,对学校的发展发挥了不可或缺的作用。

四

澄衷蒙学堂的校名曾几何时变成了澄衷学校,在1956年又分别改成第58中学和唐山路第一小学,各自独立运作。1985年恢复了澄衷中学的校名,并重塑叶澄衷铜像(图2)。令人遗憾的是由于校舍建造年代久

图2 叶澄衷铜像和同济大学石幢

图3 同济大学附属澄衷中学新校舍立面图

远,条件不能适应当代教学的需求,又缺乏资金维修或改建,所以到20世纪90年代已经破旧不堪。正好校友李达三先生愿意出资,于是就将蒙学堂拆掉了,新建了"李达三"楼。保留了20世纪30年代建造的一座西式建筑小型教学楼——世美堂和澄厅。到了21世纪10年代,虹口区决定对澄衷中学的校园进行一次全面的改造,尤其让澄衷学子兴奋的是在原来小学部的部位,用蒙学堂的建筑风格和元素,再建造一座新的教学楼,将澄厅原来健身的功能转移到大操场的地底下。就在改建启动不久,传来了上海市开发北外滩的城市发展战略。从此"北外滩"正式成为上海市的一个地名,替代了以前人们称其"提篮桥"街道的叫法。

由此引起了澄衷中学与北外滩之间正面的碰撞。按照初步规划要求,澄衷原址变成了商业用地,学校需要沿着唐山路搬迁到北外滩的最东边。陈子善、尹后庆等校友都对校舍的改建发表了重要的意见,如何保护澄衷文脉是大家最关心的事情,因此受到广泛的关注。我作为一名楼宇科技工作者和作家撰写了《"北外滩"不能没有澄衷文脉》分别作为社情民意发给上海市规划院,在《新民晚报(夜光杯)》上发表。由于非常复杂的原因,澄衷中学新校图舍的规划很长时间一直没有得到确定。最近传来了澄衷成为同济附中的消息,同济是以土木建筑见长的大学。在最新一期《澄衷》校刊上,刊登了新校舍的方案(图3),初、高中部教学楼的前立面各是一排石库门的房子,后面是多层楼房,两楼之间用挑空走廊连接,留出大门空间,上方有"澄衷中学"四个大字。透过大门仰望,看到一幢外立面如同"澄衷蒙学堂"一般的建筑(图4),在远处赫然屹立。虽然这已经不是真正的澄衷蒙学堂了,但作为澄衷文脉还是多少地被保留了,这也算给了广大澄衷学子一个既意外又欣喜的安慰。

时代在发展,上海市在发展,北外滩在发展,澄衷中学也在发展,希望北外滩与澄衷中学在同济大学的参与下,把两者之间具有渊源的地缘文化保存并发展到永远。

(本文为作者参与上海市作家协会等单位2022年第十届"禾泽都林杯"征文)

图4 新校舍内重现澄衷蒙学堂原样

穿越"时空隧道"回同济

——拜读"致青春"丛书有感

一

因为新媒体"上海老底子"公众号在2020年9月28日发表了我的一篇散文《上海公交"老字号"55路的回想曲》，引起了同济大学校史馆章华明馆长的关注，他邀请我加入了一个名为"同济人说同济史"的微信群。当我进去时，发现这个群的大多数微友都比我毕业年头要更早些，是我的学长，因此我认识的并不多。只有吕美安、王莉英、潘庆云等几位在我的各个人生阶段中有过交集，但并不一定是我在同济上学期间的校友。还有像余安东、吴丽宗等是由于各种缘由让我对他们有印象，但并没有正式打过交道的学长们。

随着时间的流淌，我把自己平时以散文、小说形式创作的科普文学作品，在没有正式出版成书前，先制成链接在各种媒体发表，也发送到包括"同济人说同济史"等我所参与的各个微信群里，给微友们一阅，让他们先睹为快，也请他们予以评说。当然更多的还是我每天都能够阅读到许多微友发送的链接，也包括"同济人说同济史"的微信群，尤其是让我获得了许许多多同济大学母校"今生前世"的各种信息，以及学长们对此的各自高见，使我受益匪浅。我往往还会把从该群得到的各种消息，及时地转发给其他与同济曾经有过关系的各位微友，让他们也能愉快地分享来自母校的佳音以及在校时并不了解的轶闻旧事。几乎所有学子对母校的昨天、今天和明天，都会发生浓厚的兴趣，投去密切关注的眼光，从心灵里激发出的难以言表的涟漪甚至波澜。

最近我又被同济的校史深深地感动了一次。6月19日一位名叫曹炽康的老学长在微信群里发了三张照片,那是三本书的封面——《致青春——同济大学学生文工团(1952—1970)》《致青春——同济大学广播台(1952—1966)》《致青春——同济大学工农预科(1958—1964)》。尤其第一本是1959年6月文工团联欢演出的海报的图案(图1),我在校时看到过,也留下了深刻印象:一位别着校徽的学生在拉大提琴,大提琴的琴体是一把铁铲,琴弓则是一把丁字尺。绘画者的构思实在令人拍案叫绝,他把当年同济校园的学科文化特色巧妙地体现出来了。三幅封面立刻会撬动读者想要翻阅这些书籍的潜在愿望。曹炽康先生还写下了这么一段话:"上面三本书一直陪伴我度过艰难的三个月。精彩的文章非常多,让我重温了大学读书的五年。感谢三本书的编委与作者。"

紧接着一位名为莫宝莹的耄耋学长出来响应,他以一篇题为《回复曹炽康学友》的读后感,表达了他激动的心情和泉涌般的感叹,并称

图1 《致青春——同济大学学生文工团(1952—1970)一书的封面

"此书是我们母校史料中的一瑰宝"。看着二位老学长对"致青春"丛书的感言,我这个"书虫"想要尽快地获得这三本书的意愿油然而生,在问询了章馆长得知网上可以购置的肯定回答后,立即在网上购得了这三本书。没想到它们是厚厚的三大本啊!总字数居然有166.5万,可以称作是史诗巨著了。尽管我看书的速度与我撰写文章的速度是一样以快著称,但在如此大的篇幅面前就行不通了。如果不对它们进行细细地阅读,就达不到品味同济醇厚校园文化韵味的目的。

除了阅读量大外,假如要写写感言,我还真不知道从何下手呢!如果一位学生要依此撰写一篇毕业论文的话,其素材倒也不算少了。我思考了一下,可否将本文主要的读者,定为与我一样是与同济有过瓜葛的人,期待他们在愉快的阅读中,能够引起最大程度的共鸣。因此,只能挑选几个话题展开我的联想,不能让自己在写作过程中,陷入因追求面面俱到而到了不可收场的尴尬局面。

二

在泛泛地拜读这三本校史丛书中,给我最大的享受就是把我许多记忆中已经模糊的素材,又重新得到清晰而肯定的体现。上一年章馆长曾经让我写一篇有关同济大学体育方面的回忆性散文。我在回想我曾经参加过的校田径队其他队友的名字时,尽管我这个拥有"记忆超人"美誉的人,写出了一大堆队友的名字,但也有不少队友的名字,不是实在想不起来了,就是他们的名字中某个字只记得上海方言的发音,却吃不准具体究竟是哪一个字,因此只有"忍痛割爱"了。就是这样,被我写出来队友的名字还有偏差。如这次在《致青春——同济大学学生文工团(1952—1970)》一书看到了民乐高手陈镕学兄的文章,他当年同时还是跳高的优秀选手,我却在文章中将他的名字写成了陈榕。通过阅读这三本书,我回想起在校时一批文艺"明星"同学的名字、形象和表演时的景象,也知晓了他们离校后的踪迹。在书中又看到了许多留校当老师,或者在我离校后与我有过交集的同事、朋友的名字,以及知道了一些他们在校时的事迹。更有若干位与我从来没有过从的学长，但我曾经依稀听到过他们在学校时突出表现的情节和片段。通过阅读书中与他们相关描述的内容，我如同穿越了"时光隧道"，又回到20世纪50、60年代的同济母校，与他们有了面对面的交流，这是一种特殊的感受，是我在以前看书时从来没有享受过的奇妙体验。

虽然在同济时是田径队的队员，但我对文艺的爱好也是非常广泛的，尤其是对音乐的喜好，不亚于文工团员。同济的铜管乐队的水平是相当高的，书中提到的小号手张炳昆、陆平，指挥兼长笛手宋守仁等同学，都是其中知名的佼佼者。还有话剧队的朱骏翔学兄，当年他与徐慰慈老师合作表演双簧《某公三哭》，我至今记忆犹新。同济的女生数量是较少的，几位女文工团员，如民歌手施明莉，琵琶演奏高手彭文君、邱秀瑾同学都是令人瞩目的"校花"级人物，曾经给大家留下了美好的印象。她们在校时的样子我还有点记忆，但对她们的名字却早已忘记了。这次在书中知道了她们各自曾经的遭遇，令人唏嘘。在书中我还知道了在20世纪50年代由孙宜宜、李淦、庄筱芸、钱易四位学姐演唱，项海帆老师伴奏的"女声四重唱"获得上海市大学生文艺会演一等奖，录音还在上海电台里播放过，可见当年艺术水平之高。让同济人最为骄傲的是曾经的建筑学专业的文工团员朱逢博学姐，居然成了中国歌坛有影响力的歌唱家。"朱逢博现象"也可以称作为同济大学校园文化的一张名片。图2为著名歌唱家朱逢博学姐回母校为老师祝寿时拍的照片。

图2 著名歌唱家朱逢博学姐（左）回母校为老师祝寿

相比之下我对"同济大学广播台"本来应该是比较陌生的。在我的记忆中，我只认识蔡锦心学姐一个人，当年我曾是路桥系的文艺委员，与她打过交道。后来在上海市交通工程学会徐道舫工作室又见过她一面。这次一翻书，我大吃一惊，他们中还有许多"台员"也是我熟悉的同事和朋友。由于我曾经是上海市铁道学会的秘书长，所以与首任台长王瑞华以及钱宇平二位学长有过学会工作上的合作。第二任台长徐吉浣教授曾经与我分别担任过民盟上海市委科技委员会同届的正、副主委。郑新业学兄还是我在上海铁路局工务处桥梁科时的同事呢！真是没想到满口无锡方言的毛寿彭老学长，原来也是广播台的成员啊！还有徐慰慈老师曾应邀与我合作，共同创建了"旅游房地产学"这门新兴的边缘科学。

当我在阅读过程中，看到上述文字的描述时，就非常想把自己的感受尽快地告诉其他同济的学友们。我先在"同济人说同济史"的微信群里给曹炽康学长写了一段话，感谢他提示我去购买和阅读"致青春"，才会有这样奇妙的感受产生。又给另一位也曾是上海铁路局工务处的同事，后来是局长的李庆鸿学兄用微信发去《民乐队的琵琶姐妹花》一文，因为当年他曾与我在办公室一起同情地谈论过他们班级的校足球队员与琵琶演奏手之间的一场以悲剧收场的恋爱史。如今我们之间，因此又有了新的交流话题。此外，看了书，我才知道我们桥梁与隧道专业的石洞老师的两位妹妹石沅、石汀不仅也是同济大学的学生，也还分别是广播台的台长和播音员。毕业后我会见过石洞老师和他的夫人李燕生教授。现在这些内容都可以成为我撰写此文的素材，想来其他同学也都会对此感兴趣的。

三

从这三本书中我发现了一个可贵的现象，就是参与校文工团和广播台活动的同学，往往还是学习成绩优秀，甚至体育也是高手的全面发展的学生。我当年与项海帆老师在下乡劳动时，住在一起。除了知道他学习成绩优异，能拉一手漂亮的手风琴外，还知道他曾经是一名优秀的跳高运动员。这是我第一次有了真正优秀的学生，往往还是多才多艺的人才的感悟。不久前我从"同济人说同济史"的微信群里，得知钱易院士在学校时，学习、文艺和体育也都是一流的高手。还有像石沅老师在学校读书时，她又同时是上海市体操队的队员。再有郑新业学兄，我与他同事时，只知道他是一位书法家，没想到他不仅曾经是校广播台的播音员，还是文工团的舞蹈演员呢！看来"艺术是相通的"的谚语，在他身上表现得淋漓尽致。

这次从这几本书中介绍作者的简历中可以发现一个规律，他们在毕业后走上工作岗位后，都是非常出色的专家和领导，是各行各业的精英。我认为这与他们在学校时积极参加社团活动有着密切的关系。我自己的经历也体会到，校园文化活动对学生能力的培养有着不可低估的作用。我们以前比较重视学习专业知识，其实到了社会上，组织能力和其他技能对自己的成长往往会带来更加重要的影响。2019年我班7位同学回同济，第一次以班级的名义聚会。大家都认为，由于"文革"影响，我们在学校时，没有系统学习到专业知识，但如今我们都拥有高级工程师的职称，除了工作岗位上实践中锻炼的原因外，另一个重要因素就是在大学时，在无意之中受到了校园文化潜移默化的熏陶，为我们离校后的成长打下了不可或缺的坚实基础。这一点也只有在得到了人生历练后，才会拥有深刻的体会。

我的工作经历中比较突出的是创立了好几门边缘科学，如智慧楼宇、养老科学、现代物业管理等，它们的形成需要的是科学方法和其他多门学科的知识，与当年学校学到的知识关系并不大，相反像音乐、体育等领域的知识，倒成为其中重要组成部分。我在音乐方面获得最大的收益就是我曾经客串由徐慰慈、吕美安编导、指挥的大型歌舞《团结起来 争取更大的胜利》，在男低音声部，并担任领唱。其间我经常与王云江、邓翔风、刘慎达等管乐队的同学混在一起，逐渐地对各种西洋乐器的音色和管弦乐队的编制有了初步的认识，音乐修养显著提高。以后在旅游房地产学和养老科学理论的创建中都派上了用场。我前不久还对著名指挥家陈燮阳、彭家鹏从不同视角，对民族管弦乐团"西乐东奏"问题，"说三道四"提出了建议。因为我认为科学技术与人文艺术在科学方法上是完全相通的事情。

四

这次我发现在"致青春"丛书中，它们共同的特点就是内容丰富翔实，涉及面广泛。可以看出编著者用心良苦，不辞辛劳。相比之下广播台的那一本的文采尤其精彩，摆脱了工程技术人员撰写文章，容易受到为了确保真实，不敢放开叙述的束缚影响。特别是余安东教授纪念他的妻子陶德华老师等文章，文学水平非同一般，感情真切，颇有散文韵味。这与他曾经担任广播台编辑组组长的经历肯定有着密切的关系。

这就给我们提出了一个问题，我们的教育的目标究竟是什么？华东师范大学的校长钱旭红院士最近提出了一个观点："当前科学教育的核心，是要培养学生以科学精神为灵魂、以科学思维为核心、以科学知识为基础，通过科学方法自主地探究世界、创造知识、应用实践的能力。"他还认为，科学精神应该包括三个方面，即以独立判断为代表的质疑精神，以谦逊包容为代表的开放精神，以想象创造为代表的探索精神。在科学实践教育方面，我们可以借鉴相对成熟的STEM教育。它培养出学生由科学素养（S）、技术素养（T）、工程素养（E）和数学素养（M）组成的STEM素养。人们日益认识到科学技术与人文之间的紧密关系，因此又把艺术置入其中，科技和艺术人文发展的核心都是创造力，而创造来源于想象，人文艺术可以提供给人们无尽的想象。

由此我们可以得到启示，我们同济大学20世纪50、60年代培养的学生主要是土木建筑领域的工程技术人员，所以学校为学生开设的主要是理工科的基础和专业的课程。人文课程是非主课，尤其是语文教育就没有了。所以许多同学都错误地认为撰写文章是文科学生的事情，而文艺表演更是与自己没有什么关系了，于是放松了自己对人文艺术素养的培养。而参加文工团和广播台社团活动的同学却在不经意中补上了人文艺术素养学习这一课,这就是为什么他们在走上工作岗位后,往往比别人更富有创造力,更具有成就的原因所在了。

我和钱旭红校长都是上海市科普作家协会和上海市作家协会的会员,他还曾是科普作协的理事长,曾经为我的散文集作序。以上海科普家协会为代表的科普作家一直在推进科普与文学相结合的创作道路,并希望在文学界拥有一席之地——有一个文学分支的名称。这条路走得很艰苦,主要原因是文学界也没有具备接纳科普界的专业准备。直到不久以前,中国作协和中国科协签订了战略合作的协议,才给了科普界一个文学分支的"名分"——科普科幻文学。这其实是时代发展的需要,于是就水到渠成了。同济大学的汪品先院士也认为,把科学和文化分隔的理念是需要改变的,这二者其实是不可分的。因此,他不遗余力地在学校里为非本专业学生开设"科学与文化"选修课。上海交大、华东理工等高校,现在也都非常重视对学生科普文学的教育。

五

现在各个大学对于校园文化的建设都是比较重视的,往往是越是著名的大学对包括校史在内的校园文化越是重视。尤其是校友们虽然绝大多数已经离开了学校,但仍是一支校园文化建设不能忽视的队伍。如清华大学上海校友会的合唱队,都是古稀、耄耋的老人了,在高唱《我爱你,中国》的同时,仍旧不忘宣传他们毕业后为祖国所做出的贡献,以显示母校对他们曾经栽培的作用。从上海东方台,一直唱到北京人民大会堂,通过电视网络为清华母校的校园文化做了一次"大广告",这也是清华学子围绕大学凝聚力的一帖增强剂。

我们同济大学这些年来也非常重视校园文化的建设,校史无疑又是校园文化的重要组成部分。引进章华明馆长这样的专业人士就是例证。以章馆长为首的校史馆的老师们也不负众望,筚路蓝缕、励精图治,挖掘潜力,已经出版的"致青春"丛书应该属于校史研究的重大成果之一。校史资料的发掘是一件无法急功近利、立竿见影的系统工程,需要甘于坐冷板凳做幕后英雄的学者来发挥他的智慧，承担他的职责。但一旦他的劳动成果被别人采用时，那将是他最为欣慰最为幸福的时刻。我最近恰巧收到《致青春——同济大学工农预科（1958—1964）》一书，从其中阮仪三教授撰写纪念他的姨母叶懋英（图3）老师一文中，得知叶老师也曾是澄衷中学的老师。这个内容立即被我引用于拙文之中，该书的应用价值就再一次地显现了。

当我和曹炽康先生在"同济人说同济史"的微信群谈论此事时，包括莫宝莹先生等许多学长也进来一起参与了关于"致青春"丛书事情的议论，大家都对包括章馆长在内的编著者表示了崇高的敬意。莫宝莹老学长更是以"令我感动！激动！撼动！"三个词汇来表示他的心情。他指出，"致青春"中有的老校友已经西去，他们在"致青春"中的文章是遗作，是留传给我们和后辈的极其珍贵的精神财富。莫老学长年逾耄耋，他们班大多数同学已经远行，包括我的一位熟人徐佑良学长也在

图3　同济附中的叶懋英（左一）校长

2022年3月去世,从"致青春"中我才知道,徐学长还是一位业余的评弹演员呢!所以如何抓紧时机,让健在的老校友把他们积累的有关同济校园文化的信息保留下来,已经刻不容缓。莫宝莹先生不顾高龄,仍旧在整理相关资料,继续为母校做出自己的贡献。

我在想,有关同济校史的资料浩瀚如海,光是依靠校史馆,或者诸如莫宝莹先生那样的老学长、老校友来搜集,其力量是远远不足的。况且,如果"致青春"丛书只有三本书,那也是远远不够的。包括同济的体育、教育(如数学)、餐饮等都可以出版专集,以丰富同济的校园文化。我曾经长期担任学术团体专职、兼职的秘书长,认为类似编校史这样的事情,是否可以采取四个"借"的策略——借权发令、借兵打仗、借船出海、借力使力。邀请学校主要负责人担任编委会主任,以其名义请各路诸侯帮助,请他们担任编委,尤其是校友会具有不可推卸的职责,因为他们最清楚校友的现状了。这样募集出版资金,邀请校友访谈之类的难题,也就可以迎刃而解。还有希望建立有系统有组织的同济校友微信群,让更多的校友及时地了解母校的情况,也让他们自觉地为母校多做贡献,包括提供各种信息。

期待更多的反映同济母校校园文化和校史的"致青春"尽早问世。

(原载"上海老底子"公众号2022年6月29日)

评议与联想

章华明:这是工科背景的科普作家钱平雷的作品,也是20世纪50、60年代大学生的集体回忆,同济特色,同济骄傲。文章引用华东师范大学校长钱旭红院士关于"科学精神"的观点,讨论了科学技术和人文艺术间的关系。显然,这是当初编辑本套丛书未能关注的,坦诚接受。

赵妙英:我是1961年考进同济大学城乡规划建设系城市建设专业的,因为朱逢博是1960年建筑系建筑学专业毕业的,我与她错过,没见到。如今院系整合,两个系合并为同济建筑与城市规划学院。朱逢博在文艺歌唱界能独占鳌头成为一名著名歌唱家,也为同济增光添彩!另你在"上海老底子"登载的文章的第十一张插图中是七人合影照片，左一是我同学冯志兴，他是我班团支部书记，也是文工团领导。谢谢你转发《穿越"时空隧道"回同济》新作与我分享。再次谢谢平雷学弟转发佳作给我，我为有你这位卓有成就的学弟感到骄傲！

孙有望：字里行间，拳拳之心，跃然纸上！可敬！

阿　焱（微信名）：在先生的熏陶下，我成了黄浦区文化馆京昆之友社成员。从1983年冬天开始，频繁地聆听普及提高的京昆艺术讲座，参加自娱自乐的大家唱活动，熟悉了不少知名的昆曲演员。其中，蔡正仁、计镇华、梁谷音等几位表演艺术家的讲座内容还是我记录整理的。也因此横向接触了一些群众文艺团体，其中就有同济大学昆曲研习社。1987年春季，由陶慕渊教授开办"昆曲欣赏""身段""昆笛"三门课程，使唱、演、司笛组成系统，又成立了同济昆曲研习社，聘请昆曲演艺界的前辈为社团顾问和指导老师。当时的想法颇具发散思维：建筑是一门艺术，搞建筑须了解历史文化，昆曲是中华古典文化的代表，和建筑存在共性，都需要在空灵的状态中慢慢沉淀。经过多年的建设发展，同济昆曲研习社已成为面向青年学子传承弘扬中华传统文化，普及传统戏曲的平台。2021年5月15日，全国首部学生版《长生殿》在同济大学礼堂首演，全剧由同济大学等13所大学的28位学生完成，一个半小时的演出精妙绝伦，颇有专业风范，取得了很好的成果。钱教授的美文回忆满满，我不揣冒昧来凑个热闹。谢谢。

陈素娣：你为同济骄傲，同济也为有你钱哥这样众多的优秀学子感到自豪！为你们点赞，也为同济点赞。

耳一方（微信名）：……期待更多的反映同济母校校园文化和校史的"致青春"尽早问世。赋对联一副：

　　琴弓戏拨丁字尺　　翘楚能文能武　　同济韵味

　　海报催奏琵琶曲　　校花多才多艺　　尽致风姿

　　横批：校园文化

喻渭河：感谢平雷兄的美文！《穿越"时空隧道"回同济》我已转

发我班"桥一群"里了,想来一定引起同学们的美好回忆。

茆诗咏: 每次你发在群里或朋友圈里的文章,我都会抽时间阅读,对你能长期坚持不懈地写作的进程和精神状态,表示敬佩。谢谢经常分享你的佳作,让我感同身受。记得我在"文革"期间多次到贵校来看演出,当年就知道著名歌唱家朱逢博就出自同济大学。今天又从你的文章里,进一步看到同济校园浓厚的文化底蕴,同济大学真是无愧于国内的名校。另外,你文章中提到的华东师范大学校长钱旭红院士,前不久看到他的长篇文章,我收藏了。

为中山公园拆除围墙唱首赞歌

一

2022年9月8日《新民晚报》的头版头条新闻的标题是《围墙没了，中山公园与你更亲近》，还有一条副标题：百年名迹不再深藏不露　市民漫步体验"公园城市"。这篇文章的具体内容，不在头版，而在第4版。在标题下面还有一段"核心提示"的黑体小字："……今天上午，中山公园万航渡路沿线围墙拆除……这些原本深藏不露的公园著名景观惊艳亮相。本次改造将中山公园沿万航渡路的城市界面全面打开，万航渡路人行道被移至公园内。今后，行人通过此地，直接在树荫茂密的公园中穿行，增添了'公园城市'的体验感……"

首先，作为一个土木建筑的专业科技工作者，我对于在上海这座"寸土寸金"中心城区绿化率相对很低的城市，能让人产生"公园城市"的体验感，实在是太震撼了。其次，上海的一些诸如中山公园、复兴公园等老的公园拆除围墙的议论，已经是多年前的事情了，算不得新鲜的事情，但这次中山公园是"彻底"拆了，不留遗留，甚至把处于围墙外的公园的万航渡路人行道也移至公园内，原来的人行道改造成为非机动车道，机动车道得到拓宽。上海人这样的改造大手笔，在我的记忆中，几乎没有过。尤其是第一个提出把中山公园的围墙拆去的"首倡者"也许就是我！

二

上海中山公园对于我来说，是一处充满记忆的地方。我们从小生活在虹口区的提篮桥一带，也就是如今的北外滩。中山公园对于我们那是

"遥远"的地方,它是好几路公交线路的终点站。在中小学时代,除了"春游"那样的"远足",我们一般是不会到那里去的。早年在西郊、长风公园还没有建设前,中山公园大概是上海市区面积最大的公园之一。它有300多亩,而我上学的中、小学校园都不算小了,占地也只有30多亩,中山公园是它们的10倍,所以在我们的印象中是相当大了。中山公园给我留下深刻印象的只有两处地方,一处是在一处坡地上,公园的管理方,用冬青树种植组成四个很大的字:中山公园,让游客远眺。另一处是中山公园音乐堂,是用大理石建造的一个亭子式的建筑物,没见有人在那里即时表演,但其台阶可供我们列队拍照留念。除了这些外,我父亲曾经告诉我,他当年在圣约翰大学上学时不住校,每天要穿过"兆丰花园"——中山公园的原名,到学校去上课的轶事。还有就是中山公园周围有不少别墅和公寓建筑。我的一位叫席秉彝的小学同学,他是上海滩著名歌星吴莺音的儿子,不知什么原因,母子不住在一起,当我们春游到中山公园时,住在附近公寓大楼的妈妈到公园来看望他,并向我们的班主任马老师打招呼,感谢老师对她儿子的教育培养。

到了读大学的时代,视野开始扩大了,我们开始多次走近中山公园。虽然我的大学地处上海东北角,但我们有同学在上海的西区上学,特别是华东师大,当我们去那里"串门"时,先要乘车到中山公园,换车或者步行去华东师大。这就要沿着长宁路先朝西跨过沪杭铁路,才能到中山西路,再跨过苏州河桥,到达华东师大。我这才知道原来上海西站(后改名为长宁站)就在长宁路与沪杭线交界的地方。我哪里会想到,当我在上海铁路局工作时,单位分配的房子就贴在上海西站的西侧围墙外,从此我就与中山公园所在的长宁区结下了不解之缘。首先我的户口就在长宁区,我的身份证号码开始的6位数"310105",就意味着我是长宁区的居民。以后我调离铁路局到上海市内工作,集团公司应急派我到一个子公司担任领导,这个公司所在地也正好就在长宁区,也因为这个原因,我被推荐选为长宁区人大代表长达10年。让中山公园拆去围墙就是我担任人大代表时提出的一项建议。

三

我在位于上海西站西侧的铁路公房住了近20年，比我在虹口区从出生到读大学离开的时间还要长。再加上后来我的工作单位又在长宁区，所以对那里的地理位置和周围环境应该是比较熟悉了。当年上海城市的绿化率是相当低的，据说只有人均一张报纸大小的面积。因此，有中山公园这么大的一座公园，老百姓都把它当作休闲的理想去处了。尤其是周围的居民，远一些的，甚至如江苏路一带的市民，乘车都要来这里进行晨练。我也是其中的一名游客，买一张公园的月票进园锻炼。我的锻炼项目是站桩功和陈式太极拳。此类项目人们一般都喜欢群练，我发现许多人都喜欢随着一位姓徐的老师锻炼，请他做示范，于是我也凑了上去。徐荣林老师是一位很和善的人，他其实是上海一所专科学校的专业教师，教大家练功是尽义务不收取任何报酬的。时间长了，彼此也熟悉成了朋友，除了徐老师外，如今上海昆曲著名票友赵津羽的母亲王晓云老师，也是一起练功的"同学"之一。作为一名人大代表，与他们在一起锻炼，我也能听到不少市井闲话，获得不少社情民意。我后来搬离到了浦东居住，但与他们至今仍有微信联系，这是后话。

四

2000年前后，以叶公展、陈观法、顾丽萍等为领导班子成员的长宁区人大常委会的改革意识很浓厚，他们对区人大代表和由长宁区选出来的市人大代表都提出了新的要求，除了每年年初和年中的市区两级人大全体代表会议期间，人大代表按照常规履行他们的职责外，还要求市人大代表对区人大代表述职，接受评议，让他们感到当代表不单纯是一种荣誉，更是需要尽职的。而对于区人大代表，除了会议期间提出议案或者书面意见外，闭会期间也要履职，其中拿出类似"社情民意"的报告，也是其中一项。于是就有了我建议拆除中山公园围墙、免收门票的建议报告。

中山公园的1号门处，2001年因地铁二号线建设需要，改建为总面积1.6万平方米的开放式广场绿地，保留原有的香樟树，设置架空式弧形园门、大型景观石等，与长宁路沿线都市市容景观融为一体。实际上，就是中山公园的1号大门往北退缩进去几十米，原来中山公园的面积减了不少。随着上海城市"一年一个样，三年大变样"的建设进度，市内绿地越来越多了，人们可以去休闲晨练的场所也越来越多了，许多市民不必乘车赶到中山公园来锻炼。但公园的管理方式仍旧维持原来的模式，我在1号门和2号门这两道游客出入的大门进行了观察，到这里休闲锻炼的游客，主要还是早晨买月票进来的人。白天专程前往的外来游客并不多，但负责售票、验票的工作人员一点也不少。当时我粗粗估算了一下，中山公园的门票收入，与那些售票、验票工作人员的工资支出，和因为售票、验票需要花费的其他成本一起加起来相比，差不多也是这个数字，如果有差额，也不会很大，当时区级财政已经很富裕了，也完全可以承担这个差额的。既然这样，就不要再卖票了，对广大市民免费敞开大门吧！甚至还提出干脆把公园的围墙也拆了，这样做可以改善和美化市容，也可以让过往市民直接看到园内纵深大面积的树木花草，造就赏心悦目的视觉效果。

我把这条意见写成报告呈交给以吴文娟、田春华为正副团长的仙霞街道人大代表团。不久后区人大常委会就将我的报告编制成以区人大的一个什么名义的"一号文件"，转发给长宁区的四套班子、各委办局、各街镇和各位人大代表。看到我的意见得到如此重视，也有点出乎我的意料，当然沾沾自喜的情绪也在所难免。事后，区人大常委会的司法内务委员会杜锡全主任告诉我，他们常委会成员在讨论人大代表递交的报告过程中，非常赞赏我的见解，因此被列为"一号文件"。后来我的建议并没有立即被政府有关部门所采纳，安保部门认为免费随便进出或者没有围墙的公园，晚间治安难以管理。

五

然而，没有过了很久，上海市内的一般公园，除了像西郊公园那样有诸如动物园特殊功能服务的原因外，其他的都可以免费进入游览了。这其实是城市和社会、经济发展到了一定的水平，必然会走到这一步的。中山公园从免费进出，到这次完全拆去围墙，又是进了一步，这也是城市生态、治安水平不断提高的具体表现。这次改造把20路公交站点也保留了，也移到了中山公园的范围内，还新建了具有英伦风格的候车亭，成为公园的一个景点。这里还要提及华东政法大学，他们为了让苏州河步道畅通，开放了一部分校园。我在遐想，如果把它沿万航渡路的校园围墙也都拆除了，让华政的校园也与中山公园融为一体。这一点，在当下大概还做不到，除了校园环境局限的客观原因外，也和上海城市土地资源紧缺以及上海人的思想观念和素质还没有到位有关，在上海几乎所有单位都是用围墙或者篱笆与外界隔开的。但在武汉的珞珈山中的武汉大学，长沙岳麓山中的湖南大学，校园与周围绿水青山都融为一体，是没有围墙的，那里的师生员工和周边的老百姓也都习惯了这样不分彼此的环境。这也应该是我们上海人民向往的生活环境的发展方向啊！

不管怎样，这次万航渡路沿线围墙拆除的动作，乃至中山公园整体开放和品质提升工程，使中山公园成为"公园城市"——公园和城市设施融为一体，为上海这座国际大都市的中心城区如何改变只有高楼林立的单一市容，闯出了一条新颖的城市更新的思路。值得我这个城市建设专业科技人员为她唱上一首赞歌。

（原载"上海老底子"2022年9月16日）

评议与联想

王伟兰：前瞻性的意见得以实现，为城市添彩，为民造福。

杨秉辉：公园是公众的园子，本不必围，先生做的好事。

李庆鸿：

《西江月·击掌叫好》
——为中山公园拆墙便民，尤为首倡者钱平雷先生击掌叫好！

平地一声春雷，
公园随处入内。
拆除围墙遂众愿，
自在休闲游览。

土建专家视野，
社会学者境界。
一颗为民造福心，
"始作俑者"平雷。

陈素娣：你太棒了！由于你的前瞻性，你的提议经过不懈的努力，如今终于实现了。你为上海市民做出了贡献，你是一个好市民，好代表，好领导。为你点赞。

张星玲：描述得比我每天经过看到的都详细！

陈思源：舆论导向有时会起决定性作用。

孙有望：钱总卓有远见，又体恤民情，尽了人大代表的职责！我在普陀区当了两届区人大代表，提了不少提案建议，有点超前（例如沿苏州河贯通，造单轨交通，创建普陀区核心景观区），区政府有关局委办上门解释！

徐荣林：一声你好情如山，包含健康和平安，吉祥如意长相伴，幸福快乐每一天。

高旭东：好主意，2021年秋天我去中山公园、华东政法大学，那时中山公园万航渡路那段围墙还在。今日拆除公园围墙方便百姓，环境更优美，周边居民幸福指数又提高了，为你的超前意识、金点子点赞。

张曙伟：观念的转变是很重要的。记得在杭州西湖边上的公园，半个世纪前，除了动物园要门票，有围墙外，其他的都是任意出入。

沈伟东：公园打开确实漂亮、便捷，希望上海其他免费的公园都可以学习。

郭际冬：作为长宁区的老百姓并住在中山公园附近的居民，表示非常欣慰。

傅雅君：复兴公园的围墙也拆了，现在是"复兴绿地"了。

阿　焱（微信名）：感恩人大代表钱教授关于中山公园拆除围墙的意见，为民造福，如今终于如愿以偿。城市、花园和谐地融为一体：春有花，夏有荫，秋有果，冬有绿。周边居民散步或办事，都能走此捷径，移步换景，心旷神怡。赋诗一首，谢谢钱教授分享佳音。

分花拂柳走捷径，
水天一色波光粼。
漫步穿越园中路，
赏心悦目气象新。

Higer（微信名）：城市公园就该敞开胸怀，迎候市民融入市容美景。点赞！

周芳龙：看了您撰写的"中山公园"一文，才了解到拆除公园围墙还有这样一段故事，您的文章的影响力极大，极大地造福了百姓，方便出行和休闲娱乐，同时又美化环境，功德无量！所以，这其中也看到了您的一篇文章对社会产生的影响，更觉得一个文化撰写人所肩负的责任，敬佩！

王莉英：我不知道上海最早的破墙透绿是哪里，而我见到的最早拆墙透绿距今大概要近十年了，那是淮海路音乐学院对面原属衡山宾馆的一个地方，原先封闭的围墙被拆除，经过园艺师的再加工，将此宾馆的内部小花园变成了淮海路沿街的一个对外开放的街边花园,当时我就认为市政府做了件好事,让逛淮海路累了的行人可以有个地方坐坐休息一下了。这次中山公园的大动作更是为民做了件大好事,你的意见引起了政府的重视,如果所有的人大代表都能像你一样,多为民着想就好了。但愿上海的工作能越搞越好,不负民众的期望。

从桃李芬芳到社会栋梁

——追思郑柏林同学的人生历程

一

2023年4月10日下午当正在悉尼探亲的我，打开高中班级澄衷中学6432班微信群时，看到一条由徐静华同学转发惊人的消息，那是中国银行上海分行登载在当天《解放日报》上的一则讣告，我们班曾担任中国银行上海分行行长的郑柏林同学在4月6日去世了，享年77岁。当我得知这一噩耗时，不由得惊叫起来，马上告诉了我的妻子天仪，她也表示很是意外，实在没有想到郑柏林同学就这样远行了。

随后我想到的是郑柏林同学怎么会突然去世的，我首先想到的是通过微信"语音通话"去问询一下。与我和郑柏林同学一样，从初中就与我们同班的邬静芳同学，她又是郑的夫人严玲儿同学最知心的闺蜜之一。据邬静芳讲，郑柏林在去年12月底发高烧，送进了华东医院的ICU，当时的新冠核酸检查结果是阴性。后来蒋琴英同学又在微信群里说，郑柏林同学去世是由于新冠引起的肺炎导致的。所以我至今都一直没有弄清楚导致他去世的原因。但这已经不重要了，不管怎么讲，与我交往65年的郑柏林同学已经离我们而去了，给我留下的除了悲伤，就是与他相处岁月的许许多多的宝贵记忆。

我现在远在澳大利亚，一时是无法返沪参加他于4月12日举行的追悼大会的。我所能做的事情，是请邬静芳同学向严玲儿同学转达我的慰问，同时在6432班微信群里表示哀悼。另外，我发现我们初中6138班的微信群还没有这条消息，于是把讣告又转发到该群里，同时专门发微信向班级召集人吴仁同学通报了这一噩耗。经与邬静芳同学商量，又与高中班级的老班长赵瑞康同学探讨，我如何能与我的妻子天仪一起，对郑柏林同学的去世有所表示，因为郑柏林与我的岳父陈泽浩先生还曾拥有"同事"的关系，他俩之间还有一段故事呢！赵瑞康同学代表班级除了向治丧小组订送了花圈外，还与吴仁一起，和陈怡群、唐莉莉、邬静芳、蔡大伟、徐静华等同学一起出席了郑柏林同学的大殓仪式，并把由王瑞龙同学拍摄的录像和照片，上传到了高中群里。我从中选择部分又在初中群里转发。大殓的当晚，我还通过邬静芳同学的微信，与严玲儿同学直接通了话，请她节哀顺变。

我对郑柏林同学的哀思似乎还有没有消停，总觉得我作为他的同学也好，或者作为一名作家也好，都应该以撰文的形式，通过媒体刊登，并编入我将要出版的散文集等发表方式，来永远地纪念他，也将他身上的正能量传递给更多的人，特别是青年学子。但当我要执笔时，发现这是一篇很难写的文章，而不能像以往文思泉涌，下笔千言。如果以普通同学而言，基于对他为人和行踪的了解，65年交往的记忆，可以说不胜枚举。然而，由于郑柏林同学为人低调，除了他的头衔外，他在事业上的丰功伟绩，对于我们同学来说，却是鲜见寡闻的，并没有太多的知晓，只能从各种渠道得到的有关他的信息，知道了他大概的行踪，因而我无法全面地阐述他不平凡的一生。为此迟迟无法动笔，尤其是连本文的题目也一直没有定下来，经过几天的沉思，我还是下定决心要写出这篇怀念故友的文章，当然那也只能是以自己的视角和经历为基础，留下一篇名为《从桃李芬芳到社会栋梁》的散文。也许读者们看到这个题目，马上就会联想到一首曾经脍炙人口的歌曲《毕业歌》的歌词，歌中唱道："……我们今天桃李芬芳，明天是社会的栋梁……"，那是对学生如何成才，从而担负起天下兴旺职责的期望，虽然如今时代背景已经大不相同，同学们的人生道路也各不相同，但是郑柏林所走过的却完全可以称得上是一条"从桃李芬芳到社会栋梁"典型的成才历程。

二

我与郑柏林的完整交集，应该就是我们中学六年同班同学的经历。1958年8月我和郑柏林同学分别从提篮桥区中心小学和公平路小学考入当时叫上海市第58中学，后来改回来仍叫澄衷中学的初中。虽然一度说是4年一贯制，也就是说念4年就可以高中毕业了，但由于"大炼钢铁""勤工俭学"等"大跃进"元素不断掺杂到教学计划中，最终还是恢复6年学制。当1961年初中3年毕业，大部分同学上中专、技校分流外，一部分同学升入了本校高中。我与郑柏林、邬静芳、王瑞龙、朱林根、余秀兰、周妙英等同学仍旧继续同班，成为该届高中（2）班的同班同学。当年在初中年级分班，基本上是按照年龄大小作为分班依据来分配的，从（1）班开始，越到后面班级同学的年龄越大，而我与郑柏林、邬静芳、王瑞龙、朱林根等同学都是年龄偏小的学生，却分到了（8）班，所以当升入初三，大部分同学退出少先队，争取入团时，我们这几个人仍旧留在少先队里，单独成立一个小队。尤其是我长得最矮小，同学们给我取了"矮子"的绰号，而第二矮小的就是郑柏林。我们直到初中毕业，始终保持班上个子最矮小的记录。由于我们在班中年龄最小，所以在一起的机会也就较多。尽管我和郑柏林脾气个性差异很大，我个性直爽好动，他稳重随和；我喜欢体育运动，他则比较安静好学，但这并不阻碍我们有着要好的同学关系。我的学习成绩也不如他，他属于班上成绩最好的同学之一，尤其是他还很乐意帮助成绩较差的同学。有一位名叫钱秀璋的同学，得到过许多同学的辅导，据我听钱秀璋的妈妈说，其中最有耐性的就是郑柏林。所以初中毕业班上品德评为"优"等只有4位同学，其中一位就是郑柏林同学，可谓品学兼优。这也不影响我们的关系，因为我们互相走动频繁，双方的家庭成员都熟悉对方"小朋友"。当我60多岁再见郑柏林的妈妈时，她还悄悄地问郑柏林，他是否就是当年叫"矮子"的同学？可见已经耄耋的郑伯母记忆力令人惊叹。而我至今仍旧记得郑柏林妈妈、弟弟、妹妹的名字。甚至他的大姐夫王光明，乃至他的邻居郑龙蟠的名字，我也牢记不忘，这也说明了我与郑柏林同学曾经关系的亲密。

到了高中，我与郑柏林同学的差距更大。他的学习成绩在班上虽然算不上顶尖，但仍然属于一流，况且还是学习委员。而我的成绩只属于中等偏上的水平。他很早就入了共青团，而我始终只是一名"积极分子"，没有进入共青团的行列。"人以群分"，我们俩最要好的同学也发生了变化，除了朱林根等继续成为我俩共同的好朋友外，赵瑞康、侯馨岳等也许是他最要好的同学了，而周玉坤、邵洁人等由于兴趣爱好等原因，则成了与我来往最多的学友。可能因为郑柏林还拥有家庭出身较好的优势，当周恩来总理等中央领导意识到一旦中国恢复联合国合法位子，外交人才大量需求的储备，于是从高中毕业生中直接选拔优秀学生，作为预备人才到海外去培养。我班的郑柏林和仇淑梅同学与（1）班的李立、刘林福同学就这样在高中毕业前夕被选中了。其中郑柏林、李立、刘林福同学被送到古巴去学西班牙语。这在我国尚未改革开放的时代里，是何等荣耀的事情啊！由此也说明郑柏林同学在第58中学的六年，应该是他知识和阅历获得长足进步的关键时段，为他今后成功的人生经历奠定了扎实的基础，除了他本身"品学兼优"的内因外，学校、老师的培育和教诲也是不可或缺的因素。郑柏林在后来到母校做报告时，表露过对母校培育的感恩之情。

以后由于我们也上了大学，以及通信技术还没有如今的先进，因此在1964—1966年期间，除了偶然听说他们在海外学习的一点信息外，几乎没有什么通信来往。在1966年上半年郑柏林等在古巴留学的学生因为中古关系一度遇到麻烦，提前回国了，改在北京继续上学，郑柏林分配到了北京外国语学院，随后"文革"开始了，1968年，中央把他们这批留学生作为1967届本科生提前毕业分配了，他先到位于河北唐山柏各庄军垦农场劳动锻炼两年多，后来因为他父亲在他留学期间患肝癌去世，家庭困难，当然还有他本人表现较好等原因，得到了组织的照顾，结果被分配到了上海的中国银行上海分行。于是开始了他与中国银行结下不解之缘的人生道路。

三

1970—1975年期间我被分配到哈尔滨铁路局工作，1975年6月我被调入上海铁路局杭州工务段，1977年11月开始我又被调到上海铁路局机关从事技术工作。无论是在哈尔滨，探亲假回家，还是在杭州，我可以周末通勤回沪休假，我们之间又有了断断续续的联系。在1973年的春节我还应邀参加了他与严玲儿同学的婚礼，还遇到了久违的邬静芳和唐莉莉同学，她俩都是新娘的闺蜜。说起郑柏林成家立业的过程，还真有一段戏剧性的故事。当郑柏林分配到中国银行上海分行工作的时候，正值"文革"期间，上海市把与经济财政相关的单位都归入财政局系统一并管理，因此包括人民银行上海分行、中国银行上海分行都属于同一系统。据郑柏林告诉我，开始还让他到单位食堂里劳动。当时的上海，单位里分配来一位留学生是一件很稀奇的事情，经过军垦农场锻炼的郑柏林对于分派到食堂，没有更多的想法，那个年代能回到上海，已经是上上大吉的事情了。于是他起早贪黑，全身心地投入了食堂的工作，人们却对他投去更多诧异的眼光，最后领导和同事们都对他的行为表示了赞赏，不久他就被重新分配到了业务部门。当老同事带领他到与中国银行业务相关的外贸公司学习访问，熟悉业务范围时，他意外地发现高中的同班同学严玲儿就在隔壁的外贸公司里工作，据郑柏林事后告诉我，当时的严玲儿一改在学校时朴素的衣饰，颇有一点"洋气"的高雅气质，也打动了郑柏林的心。由于郑柏林出色的工作表现，他很快地入了党，还担任了分行团总支书记，虽然是非脱产的职务，但实际上从此开始了仕途生活。

在此同时，他也开始考虑自己的终身大事，严玲儿也就成了郑柏林追求的对象，对此，严玲儿可能没有思想准备，因为在中学时代，他俩之间几乎没有任何交集或来往，彼此是互相不了解的同学。当要向恋人方向发展时，严玲儿有过一丝犹豫，况且郑柏林的家庭条件也不是很理想，严的母亲也没有明确表示同意。于是郑柏林找到了严玲儿最要好的闺蜜唐莉莉同学，请她帮忙说合。经过唐莉莉的"游说"，这桩美缘获得了成功。为此，郑柏林感激了唐莉莉一辈子。婚礼上，我也开玩笑称唐莉莉为"媒婆"。这里还插有一段小故事，我的岳父是中国人民银行上海分行的一位金融专家，他也很欣赏郑柏林，非常内向的他，居然为了宝贝女儿的终身大事，会开口向郑柏林提出做他的女婿。由于郑柏林已经在与严玲儿谈恋爱了，这段姻缘自然无法兑现。但是没有想到，后来由我替代了郑柏林，娶了他的女儿。这是郑柏林后来告诉我的这段奇遇。

随着郑柏林的职位不断上升，严玲儿自然也能因此享受到更好的生活条件和经济待遇。尤其是郑柏林非常体贴妻子，尽管工作繁忙，还是主动承担了许多家务劳动。同学们都会祝贺严玲儿拥有好福气，也一定会引起那些成绩优秀、面容姣好的女同学的羡慕。其实郑柏林也曾对一位才貌双全的女同学产生过爱慕之心，但婚姻是要讲"缘分"的，民间戏说"婚姻是女人第二次投胎"的俗语，体现在严玲儿身上是何等的正确！我却说，严玲儿有"帮夫运"，因为当年单位曾经要送郑柏林去伦敦深造，学习先进的金融运营管理。这对孩子刚刚出生、家务繁重的家庭来说，是实在难以割舍的事情。但严玲儿放远眼光，坚决劝说郑柏林去伦敦深造，不能放弃这次难得的机会。事实证明，严玲儿是有大局观念的，郑柏林以后的经历，与去伦敦进修的经历有着不可或缺的关系。

四

以后的日子，由于我们大家工作都比较繁忙，当时也还没有同学聚会一说，所以除了知道郑柏林的职务不断升迁外，具体他干了些什么业务，却并不了解，况且隔行如隔山，我也弄不清楚中国银行除了外汇存储以外，具体究竟干些什么业务。20世纪80年代末期到90年代初期，正是郑柏林在中国银行上海分行从担任副行长到正行长期间，我也在铁路局担任涉外业务的负责人，那时我们正好都住在中山公园附近，于是互相有些走动，一次我开玩笑地说，我们用英语来交谈一下如何？于是我俩就讲起英语来了。我发现郑柏林的英语口语显然比我更加熟练，用词也更加丰富，但我们二人的发音却是如出一辙，还是初一时，由范定一老师教的英语语调。就像郑柏林的祖籍与我一样，我们讲上海话时，都带有较重的宁波口音，直到老也没有改变，其实我们都是在上海长大的，并没有在宁波乡下长期居住过，这恐怕是受家庭大人的影响使然。

1993年6月以后，郑柏林开始了海外中国银行业务的历程，据我所知，他先后担任过香港中银集团港澳管理处副主任兼广东发展银行香港分行的行长、中国银行伦敦分行的行长，最后从中国银行纽约分行行长的位子上退休的。以后我才知道那个职务还是全美中行系统的总经理，好像还分管中行在南美洲的业务。

开始我们同学一般只知道他职务的变迁，真正有点了解，还是他正式退下来以后逐渐知晓的。2005年澄衷中学105周年校庆，他正好在上海，那天晚上来到学校，与初中、高中班级的老师同学都见了面，照相合影。当时初中班级刚刚开始重新集聚，只有10来个同学。尚汉惠、曹文希二位初、高中的班主任老师，她们都是在我们毕业离校后，第一次见到了这位"得意门生"，高兴的情绪不言而喻。后来我们初中班级的同学，经过吴仁、徐水根、朱长兴等同学的努力寻找，除了个别同学外，大多都找到了，于是决定在2006年1月17日，趁郑柏林回国开会期间，聚会一次。除了尚汉惠老师外，还邀请了陈崧龄、何世敏老师到会。陈老师不但在高中教我们的生物课，初三的生物课也是他教的，因为郑柏林的弟弟叫郑松林，在上海方言里，与陈崧龄的发音是一样的，于是陈老师在课下一直戏称郑柏林为"柏林兄"。

郑柏林同学是在2006年4月12日正式从中行纽约分行行长的位子上交接给后任后，携严玲儿回国，结束了海外工作的。随后他办理了退休手续后，就基本上在上海定居了。据说那次交接仪式，也是欢送仪式是非常隆重的，郑柏林夫妇每每谈起那次招待会，脸上会露出幸福和自豪的表情。我在网上有关资料上也看到，当天金融界、侨界、政界有数百人出席，其中有我国驻联合国代表王光亚大使，联合国副秘书长陈健大使等著名人士（图1）。随着郑柏林夫妇常住在上海，我们高中、初中班级活动的增多，我对郑柏林也有了更多的了解。总的说来，那都是与我们有着一定距离属于"高、大、上"的人和事，是发生在我们一般同学都不会有交集的领域里的。在他家里我看到他与佛教界领袖赵朴初的合影，据说那是当年他为上海龙华寺改建提供贷款时拍摄的。还有在胡锦涛主席访美时接见美国中国总商会负责人，与他握手时的合影。甚至还有他和基辛格等国际名流的合影。

郑柏林的出色表现更是来自他出类拔萃的业绩。当年在上海，他是汪道涵、江泽民、朱镕基三任市长熟悉满意的金融界专家。因此，当2000年中行纽约分行业务出了纰漏，遭到当地检察部门采取罚款等惩处对待时，惊动了中央领导，要求中国银行总行派遣得力干部去扭转被动的局面，于是郑柏林被点将从伦敦派往纽约，他不负众望，一举采取果断的措施，很快地改变了那里的面貌，从而受到当地监管部门的好评。也因此获得了党中央、国务院领导的充分肯定和表扬。据郑柏林告诉

图1　郑柏林（右四）纽约交接仪式

我，他在工作中，在依靠广大职工的同时，对许多具体的关键事项，通过自己的深入了解情况，做出决策，并非像人们想象的那样，由于他随和的性格，而被别人忽悠。这时我才想到，郑柏林能够有今天的地位，是以他高超的业务水平和科学的决策作为基础的。在老同学返校活动中，当大家探讨感悟人生时，他语重心长地介绍自己的成长过程，不忘母校和老师教诲，不忘党和国家培养，在国内外从事的金融业务中，为国家创造了上亿外汇……体现了他自己应有的人生价值，也因此获得了老师和同学们的钦佩。

郑柏林还是一个闲不下来的人，他自退下来到大病之前，一直在国内外奔走，发挥他的余热，尽着他的社会义务。他除了担任一些社团协会的会长、高级顾问外，还是一家上市公司的独立非执行董事。

处在整天与金钱打交道的环境里，如何自律是非常重要的。所谓"常在河边走，哪有不湿鞋"的说法，也确实让不少金融界的人士掉进了泥坑。这次从郑柏林追悼会上悬挂的挽联，可以看出郑柏林的为人之道。上联是光明磊落，一身正气；下联是克己奉公，两袖清风。一位从事金融事业40多年的行长级人物，最后能够得到人们这样的评价，真是难能可贵。因此，说他是标准的"社会栋梁"之材，也实至名归啊！

五

如果说郑柏林同学以上的事迹，属于"高、大、上"，似乎与我们不太相干的话，其实还是对他不够了解了。实际上郑柏林对待亲朋好友和同学老师是非常诚恳的一个人。在家里他是一个好儿子、好兄弟、好丈夫、好父亲、好外公。郑柏林的妈妈最后活到近百岁高寿，这与郑柏林与其兄弟姐妹的孝顺是密不可分的。听严玲儿说，郑柏林非常爱他的妈妈，在家里经常拥抱自己的老母亲，是一个大孝子。郑柏林对妻子的体贴爱护在同学中也是有口皆碑的，几十年如一日，把老伴严玲儿当作宝贝一般，爱着，哄着。这次大殓仪式上，他女儿郑蕾在致答词中说，她妈妈和她们家庭成员，都视郑柏林为英雄，这是出自肺腑之言，是对郑柏林的最高褒奖。

对待母校、老师和同学,他也是捧着一颗炽热的爱心。他曾主动到澄衷母校捐款作为奖励基金,为学弟、学妹们作"成为一个对国家有用的人才"的专题报告(图2),把自己成才的经历介绍给大家,作为他们成才的参考。那既是抒发对母校的感恩之情,也是向母校做了具体的汇报。对待同学,他也是诚心诚意,在不违反原则的前提下,予以全力的帮助。他拥有的广泛的人脉,为不少同学及其子女解决了工作调动或就业的困难。在香港时,还专门邀请唐莉莉、邬静芳同学去他家居住做客。即使是非同班同学到香港开展业务,他也热心接待,给予方便。从来没有同学发现他因为自己地位高,在同学中摆架子的现象发生。学校也因有他那样的优秀学生感到骄傲,除了在校史室展览板上,有他一席之地外,他的照片与一些院士、将军一起张贴在校门口杰出校友榜上。2019年校友会出版了一期《澄衷学子》的刊物,他的事迹也与其他18

图2 郑柏林回澄衷母校作报告

位优秀校友一起刊登在里面。由此可见,郑柏林对母校、老师、同学来说,也是一位好学生、好同学、好朋友。

郑柏林可能是受到中国老一辈人习俗的影响,他对生活的要求是很低的。他曾对我说,对于餐饮而言,他既可以品尝高级的菜肴,必要时也可以以盒饭充饥,没有特别的要求。客观地讲,依照郑柏林的职务和地位,他应该拥有比较高的经济收入和生活条件,但他的生活是比较节俭的,大家从来没有看到过他奢侈的生活情景。知儿莫若母,郑伯母曾说:"阿拉柏林是一个不会花钱的人。"郑柏林对待严玲儿的亲属,与自己亲属一样,一视同仁,在他们遇到困难时,他都会解囊相助。

六

郑柏林同学离我们而去远行了。他的去世也给我们同学带来更多的悲伤。同学们纷纷在微信里表示了自己的哀思,并对严玲儿同学致以亲切的慰问。周玉坤同学还回忆了与郑柏林同学网上的交流,没有想到这却是与他最后的告别:"……得知郑柏林因病不幸在华东医院去世,甚为震惊!去年12月下旬时我曾荣幸地接受柏林兄的邀请,再次以当年高三(2)班扮演小雷锋角色的名义演唱了《唱支山歌给党听》一曲,向你汇报的呢!愿柏林兄一路走好!……也请各位老同学保重身体!"这段话不经意地反映了郑柏林在怀念与过去同窗岁月结下的深厚友情。几位平时已经不在微信群里交流的同学,得知这一噩耗后,也通过不同的途径表示了自己对柏林同学的哀悼。

不言而喻,郑柏林还是我们这届学生中,行政级别最高、人生事业最为宏大的一位成功人士,在大家心目中拥有很高的威望。当(1)班的李立同学把中国银行上海分行在《解放日报》登载的讣告,在"澄衷中学(1964届)级友会"的微信群转发时,引起了许多兄弟班级同学的关注,(1)班的王浩汝、吴世平、朱云仙、张和平、(3)班的王成、陈梅生、(4)班的叶良驷等同学都在微信群里表示了缅怀和哀悼。(3)班的柴慈镛同学,是我的表弟,他还向我索要了由王瑞龙同学拍摄的录像和照片，希望能够更多地了解大殓仪式的情况。

在结束这篇对郑柏林同学追思的文章的时候，我引用郑柏林回到母校，在《澄衷论坛》为在校的澄衷学生演讲的一段话："希望同学们要有远大的目标，要有抱负，要有理想，在将来都能够做一番事业，为国家服务，为澄衷母校增光！"这也是郑柏林如何从"桃李芬芳"的优秀学生到"社会栋梁"著名银行家人生历程践行最好的诠释。同时他的演讲题目"成为一个对国家有用的人才"，也应该是对其一生最确切的评价。

（原载"上海老底子"2023年4月26日）

评议与联想

仇淑梅：你的这篇文章应该读者会非常多，因为光是认识他的人就有许多群。小学同学群、中学同学群、古巴留学生群、中银上海群、中银总行群、中银香港群、香港朋友群、驻外伦敦朋友群、驻外纽约朋友群、亲属群等。郑柏林为人随和，你的文章也写得极佳。大家一定会更加怀念他。

严玲儿：钱平雷，谢谢你用你的心追忆了郑柏林的一生，6年同窗，一生好友，辛苦你了，请多多保重！也请各位老同学多多保重！

唐莉莉：一口气读完了您的文章，内心充满了怀念和心酸，失去了挚友般的同学，更不知怎么安慰自己的闺蜜，您的文章能抚平我们大家的心。谢谢您！

徐静华：看了你的文章很感动。你对郑柏林的追述全面、客观、用心。我已把这篇美文单独转给玲儿同学了，因为她在悲痛之余，还有许多琐事要处理，估计暂时还不会有空看班群里微信的。在个人微信里她看了后，可给女儿郑蕾看看。谢谢你万里以外的异国他乡，为追思老同学用心、用情地写下这篇美文。

周玉坤：为你的好文章《从桃李芬芳到社会栋梁》点赞。一口气看了您的杰作后，我对高中同学郑柏林有了更加全面、立体、全方位的了解。展现了一位著名银行家的光辉形象，他将永远活在我心中！你也真不愧为著名作家，中国作家协会会员，实至名归！为你骄傲，为你自豪！

何胜妹：情真意切，感人至深！

宋爱华：感谢你为我们送来的佳作，使我们更加敬重郑柏林同学。柏林虽已远去，但他的高尚人品将永存于世，是我们学习的楷模。

邬静芳：大作已拜读。惊叹你的记忆力和超人的才华。文章抒发了对好朋友的深情厚谊，令我感动。你也是我们的同窗好友，感谢你让我先睹为快。

赵瑞康：你的这篇文章写得真好，写出了同学们的心声。

宋心昌：郑柏林十分优秀。我把你的悼念文章转给了我的嫂子程激宇，她是郑柏林留学古巴时的同学。

程激宇：郑柏林于4月6日不幸离世，他入住华东医院时已经白肺了，在重症监护室抢救了几个月仍然没能成功。追悼会挽联是：光明磊落，一身正气；克己奉公，两袖清风。转发的这篇文章，让我们对郑柏林有了更多的了解。

陈怡群：写得非常用心，感人。

吴　仁：通篇文章写得朴实感人，我是一口气拜读完的。

宋小才：喜闻你和你的老伴正在异乡他国安度晚年生活，和家人欢聚一起，享受天伦之乐。为你点赞。同时也拜读了你写的佳文。深感你能以特殊的方式和你擅长的能力，祭奠你的老同学。愿你及你家人万事如意，健康长寿！

何为义：拜读佳作，为作者对同学及朋友的真诚感情而敬佩！

杨明桥：拜读"从桃李芬芳到社会栋梁"一文，字里行间弥漫着深厚的情谊，感人至深。但有个小问题，与钱先生商榷：就是标题。"桃李芬芳"一般是指教师的成果，其对象多指教育一行。而郑老是从一个出类拔萃的学子，在党的培养下成为国家的栋梁。用这个标题好像不很贴切。

钱平雷：杨先生：我上网查阅了关于桃李的条文，发现您的文学底蕴深厚，确实是指教师培养学生而言。但它也谈到，文学作品中可以用来指青年的优秀品质等。我想《毕业歌》的歌词就是利用第二种含义，我的本意也是同时向母校致意。不知是否可以？

阿　焱（微信名）：钱教授的文章感人至深。一篇好文章，不在于文字的华丽，主要在于写的是真情实感。钱教授才华横溢，著作等身，对澄衷老同学情深意切，在徐徐展开追忆的画卷时，对郑老的人品和才华赞赏有加，无疑令人十分敬佩！拜读钱教授大作，也令我不由自主地想起我的邻家大哥魏医生。他1964年从格致中学高中毕业，以优异成绩考入上海第二医学院，后来在一家大医院工作到退休。他是一位优秀的内科专家，是病人心中的好医生，也是为邻居们排忧解难的养生保健顾问。然而，今年大年初三，新冠夺走他刚满八十虚岁的生命，令人扼腕叹息。邻居们永远怀念他的关爱和恩情。也正因为如此，读到老师这篇纪念文章，便颇多感慨，倍感亲切。谢谢钱教授分享佳作。

第二部分

科普文学与科海游踪

科普在文学界终于有了"名分"

一

2022年3月24日下午,作家微友居平老师给我发来一条链接《中国作协、中国科协合作交流座谈会暨战略协议签署仪式在京举行》。我还没有仔细看清此文源自何处,就迫不及待地看起正文来了。一个名词让我眼前顿时一亮——"科普科幻文学"。这不就是我和上海许多科普作家一直在期盼的事物吗?

近30年来,以杨秉辉、陈积芳、李正兴为代表的上海市科普作家协会的主要负责人,一直跟随中国科普作协,在探索科普与人文,尤其是与文学相结合的创作新路子。他们开始采取的是邀请文学作家来参与科普创作的方式。但除了徐迟和黄宗英等作家的几部作品外,其他的作品成功的不多,主要原因还是大多数的文学作家的科技知识和思维方法,与他们的写作水平不能相匹配,拿不出像他们在纯文学领域里那样有影响的作品。所以至今为止,科普与文学相结合的作品的作者还是基本上来自科普作家,而且基本上都是业余的热爱文学的科技工作者。

在上海,杨秉辉理事长身先士卒,先后出版了诸如《财务科长范得"痔"》《祺东的黄兴家医生》等一系列中、长篇小说。他是用写小说的形式在进行医学科普,让读者在轻轻松松的阅读中知道了肠癌、肝炎等疾病,应该如何预防的知识。又以卞毓麟教授创作的科学与人文相结合的散文式的作品《追星——关于天文、历史、艺术与宗教的传奇》最为典型,达到了相当高的水平,荣获了国家科技进步二等奖,这是科普与文学相结合创作路子最为令人瞩目的成就,极大地鼓舞了其他科普作家继续走科普与文学相结合创作的信心，确实也产生了许多作品，尤以散文、小说的形式的作品数量最多。可以说他们的许多作品的文学性还是不错的，以至于也有些科普作家被吸收为各级作家协会的会员。

然而，当这些小说、散文的数量达到一定的规模时，如果仍旧将它们与一般文学的小说、散文放在一起时，显然是不合适的。单纯从文学的角度来分类，它们也应与军事文学、戏剧文学等其他文学分支一样，在文学学科大类中拥有自己的位置，具有正式的"名分"。真是没有想到，为追求"科普与文学相结合"的作品在文学界拥有名正言顺的"名分"的历程，居然是一条"山重水复疑无路，柳暗花明又一村"的道路。

二

在我们科普界里对上述的"科普与文学相结合"的作品，应该给予什么"名分"，有过专门的研讨。在2017年夏天，长三角科普联盟举行的《加强作品评论　繁荣原创科普——"杨秉辉医学科普"评论会》就对此进行过议论和研讨。杨教授是医学专家，所以他的作品可以称为"医学科普小说"，那么其他科普与文学相结合的作品应该怎么归类？到底是称为"科学文学"还是"科普文学"？还是没有结论。随后，通过网络，我和卞毓麟、杨秉辉、陈积芳、李正兴、达世新等继续就此问题进行了认真的讨论。但由于应用网络，而不是当面讨论的形式，最终也没有得出结论。我个人赞成将此类作品称为"科普文学"，也试着对此进行了定义："应用文学的形式，在社会上推广科学技术的应用、倡导科学方法、传播科学思想、弘扬科学精神的作品。"事后我写了一篇名为《科普文学的"名分"的探索之路》的文章作为中国科普作家协会2017年年会征文投稿，结果被录用，因此我在当年12月1日—3日专程去合肥参会，寻求答案。

我这次之所以主动参与征文去赴会，是前些日子，听说中国科普作家协会加入了中国作家协会，成为它的一个团体会员，也有几位科普作家被中国作协吸收为个人会员，那么，他们属于中国作协的哪个专业委员会，是否有一个科学类的专业委员会，成了我非常想知道的事情。随着一些科幻作家的作品,如刘慈欣的《三体》、郝景芳的《北京折叠》在国际上获奖,科幻在社会上逐渐热了起来,我估计科幻文学已经在文学界获得了认可和地位,而科普小说、科普散文的地位更加尴尬了,到底算哪类文学?在年会分组讨论会上,我说它们如同蝙蝠,说它有翅膀,属于鸟类,大家不认可,因为它有哺乳纲动物的主要特征;说它是哺乳动物,它又长着翅膀能飞。虽然在学科分类上,人类可以将其归入哺乳纲动物,但毕竟它拥有双重的主要特征,在童话中描写它有着"两头靠不上"的尴尬。中国科普作协副理事长、著名科幻作家王晋康先生解释说,应该可以与科幻放在一起合称为"大科幻",不要说你说的科普文学像蝙蝠,不久前也有人称科幻小说也是"蝙蝠"呢!意思是说,科幻小说也还没有得到文学界承认,可以单独立为一个文学种类呢!原来科普和科幻都有同病相怜的尴尬啊!

  第二天早餐时,我和中国作家协会创联室的冯秋子老师正好同桌,我又提起了昨天的问题。她说,她也注意到我的问题。她分析主要原因是文学评论界的专家,还没有做好接受和评论科学作品的专业准备,让他们去做他们不熟悉的事情,是有困难的。我认为冯老师点中了问题的要害。但我还是认为,不管怎么说,为科普文学在文学领域中争得一席之地,是我们科普界义不容辞的职责,也是一件具有划时代历史意义的事情。尤其是我们上海的科普界在"科普与文学"相结合的创作道路上,取得了可喜的成果,理应给它有一个文学学科类别的"名分"。

  我又回想起在前晚,与同屋的中国科普作协的高宏斌先生也曾谈起过这个话题。他也说到,文学界认为科普作品可以依附在儿童文学、军事文学的类别中。如要单独成为一种文学分类,需要你们拿出依据。科普界目前还没有做好理论方面的准备,看来还需时日,如果你们上海的同志可以先走一步,那就太好了。

三

  回到上海,我在就开始了寻求文学界认可"科普文学"的"征程"。

曾与我一起担任上海科普作协副秘书长的许兴汉先生，也是一位认同"科普文学"的学者。他与上海市作协党组书记王伟先生原来是新闻界的老朋友，于是他陪同我前往上海市作协拜访王伟书记，王书记在认真听取我们的汇报后，认为"科普文学"还是应该属于科技类的事物，与纯文学之间还是有一定的区别的。当天我还以该会会员的身份给上海作协的领导呈上一份类似社情民意的报告。在以后的日子里，我发现王伟书记等上海市作协的领导，已经关注到包括"科普文学"在内的"类型文学"对文学界带来了冲击。在2018年12月初举行的上海作家协会第十次会员大会上，再次当选主席的王安忆说，她的感觉有点复杂，她说比她第一次当选时，文学的生态已经发生了很大变化，外表看来更热闹更活跃，内里更坚硬和冷峻的核，需要我们用更深的洞察力去探究，什么是文学的存在。王伟书记在工作报告中也指出，要在继续在重视传统文学、纯文学基础上，加强对网络文学、类型文学的专家，把各类优秀文学人才纳入科学服务的范畴。我在遐想，类型文学里面应该包括科普文学，我们会前拜访王伟书记，大概也给王伟书记留下了印象。王安忆主席谈及"坚硬和冷峻的核"，可能也和纯文学作家和批评家需要思考如何面临诸如科幻、科普等他们不熟悉的文学类型的问题相关。

2018年12月末，我和江世亮、许兴汉等科普同仁们一起筹办了"'科普与文学'专题学术研讨会"，除了有卞毓麟、陈积芳、方鸿辉、李乔等老一代的资深科普作家和隋淑光、刘凤等中青年科普作家参加外，还邀请了张光武、完颜绍元、居平等文学作家与会。我作了题为"让'科普文学'先在上海正名问世"的主旨发言。随后科普界的卞毓麟、李正兴、隋淑光等和文学界的张光武、完颜绍元、居平等分别从自己专业的视角，对"科普文学"进行了热烈的讨论。卞毓麟教授指出，科学和文学的交融是很难的事情，且不从理论上讲，从现实来讲，可以看出来文学界写科学的东西是很少的；同样，对于科学界、科普界，从文学的角度来评价的作品，写得非常成功的，也是相当少的。总之，这是一件很不容易的事。著名文史学者完颜绍元认为科普文学是一朵新葩，他的观点是这朵新葩是缔结在科学的枝头上，完全不存在让文学承认它的问题。按照张光武的观点，科学文学、科普文学的名称是否可行，可以用这种名称，也可以暂时不用，重要的是出人出作品。研讨会是成功的，充分体现了"各抒己见"的精神。没想到本次研讨会的新闻统发稿在国内的科普界内部，还因为"科普文学"是否属于新生事物引起了一波争议，看来来自文学界对科普文学的"名分"更是一时难以解决了，无奈之下，陈积芳教授的观点更具有代表性："还是按照卞毓麟教授所说，'只要读者喜欢看就行了'，先不去急于要'名分'啦！"

但我这个老书呆子有点不撞南墙不回头的劲头，当我发现上海作家协会曾为每位会员订阅一份由中国作家协会主办的《文艺报》的《理论与争鸣》专版，是可以让我宣传"科普文学"的地方。于是我就撰写了一篇名为《请给"科普文学"一席之地》的文章，投稿给《文艺报》的编辑部，结果居然被采用了，于2020年4月24日刊登了。这让"科普文学"这个名词出现在文学界具有较大影响力的媒体上，大概是我所做的最为成功有效的努力了。

四

虽然"科普文学"的"名分"问题还没有解决，但科普文学的作品创作却方兴未艾地向前发展，除了像杨秉辉教授为代表的老科普作家，继续不断有新作问世外，以隋淑光先生为代表的中青新一代科普作家又创作了诸如《量子世界里的"花果山"》科普与文学相结合的作品。我本人2018年以来又连续出版了3本科普散文集。尤其是2021年10月由上海市楼宇科技研究会赞助出版的散文集《笔下寻乐记》，加上了一个副标题"钱平雷科普文学作品集"，被李正兴老秘书长发现了。他惊呼道："《笔下寻乐记》敢用'科普文学作品集'作副标题……我还是首次见到'科普文学'作标题和副标题的，真是可贺可喜！"实在是歪打正着。

其实现在社会上对科普文学的需求是个大的趋势。上海市楼宇科技研究会副理事长胡昊教授是上海交大领导班子的成员。他们学校曾有两位研究生参加我国的北极考察活动，他希望他们能够把考察的经过，随时以新闻报道的形式，逐日发回学校，让学校的老师和同学们分享他们的考察经历。这两位学生都是专业科技人员，要他们撰写"游记"型的科普报道，除了专业知识外，是需要一定的文学写作水平的。为此，胡教授曾专门与我商量，让我给他们出出主意。

同济大学的海洋与地球科学专家汪品先院士在接受CCTV记者采访时指出，本学科的科普与搞研究，在专业中应该是同样重要的事情，前者是宏观，后者是微观，在一定程度上他对科普比入深海搞研究更加重视。他认为，把科学和文化分隔的理念是需要改变的，这二者其实是不可分的。因此，他除了在学校里为非本专业学生开设"科学与文化"选修课外，还化了70多天时间，呕心沥血，撰写出版他的科普作品《深海浅说》，为此还大病了一场。开始他先让他的老伴孙湘君教授以读者的视角阅读他的首篇，据她说比看小说更有趣味后，他才放心地继续创作下去。由此我认为，《深海浅说》就是一部典型的科普文学作品。

最近华东理工大学副校长钱峰院士提出，要在学校的老师中广泛开展科普活动，因为科技发展创新，呼唤学科互相交叉，从而产生新的边缘科学。但不同专业的学者是需要彼此互相科普，才能了解对方专业的基本原理和知识的。这就要求教授学者们，除了撰写专业论文外，还要具备科普写作技能。这就需要他们具备一定的科普文学的功底才能胜任。

五

俗话说，水到渠成，随着我国政治、经济、科技、文化发展的趋势，终于迎来了科技与文学的融合。2022年3月18日下午，中国作协、中国科协的主要领导走到了一起，进行合作交流座谈会，并签署了战略合作协议。双方签署全面战略合作协议，是全面贯彻习近平新时代中国特色社会主义思想，深入落实总书记科技创新、科学普及、文艺工作和群团工作等重要论述精神的具体行动，必将开启双方合作的新篇章。中国作协的党组书记张宏森认为,要在培育科学文化、弘扬科学家精神、推进科学文化素质建设、以科学精神体现人文关怀,加强科普科幻原创精品供给,推动科普科幻文学国际传播等多个方面进行深度合作。中国科协的党组书记张玉卓院士则指出,中国科协与中国作协在科普科幻作品创作、科学家精神弘扬、科普科幻创作人才培养等方面有着互学互鉴的历史和广泛交集。大家由此可以发现"科普科幻文学"这个词是中国作家协会领导首先提出来的,得到了科协领导的响应。双方还将共同为科技工作者、文学工作者、科普工作者创新创造搭建广阔平台,开展全方位深度合作,更好地服务文化强国建设和高水平科技自立自强。在这个科技工作者、文学工作者、科普工作者共同的平台呈现的作品,不就是"科普科幻文学"吗?不就是著名科幻作家,也是科普作家王晋康先生提出的"大科幻"吗?

看到这里,我压抑不住内心的激动,马上把这条消息通过微信,"奔走相告"似的告诉了杨秉辉、许兴汉、江世亮等科普同仁们,以及张光武、完颜绍元、宋心昌等文史专家们,同时也不忘告诉王伟书记和胡昊教授。因为我以为按照中国国情,一旦中国作家协会这个具有权威性的机构认同"科普科幻文学"这个名词,那么我们摇旗呐喊多年的"科普与文学相结合"的作品,就算正式有了"名分"。这些年来,上海科普作协一直在上海的各所大学里举办科普写作学习班,也培养了一批科普写作爱好者,让他们成为未来科普作家的好苗子。但是这毕竟是业余讲座性质的培训,没有正式学科的"名分",就不能正式列入大学正规的教育体系,成为一门学科的专业。如今有了"科普科幻文学"这个科技界和文学界都认可的名词,就如同军事文学、戏剧文学一样,正式成为一种文学分支。也就有了大学正规培养这方面人才的可能,当然这门专业是需要科技界和文学界共同协作才能诞生的。至于在"科普科幻文学"一词里,同时包含了科普和科幻两类虽然都姓"科"但还是有一定区别的文学类型,我想把它们放在一起还是可取的,毕竟相比于其他文学类型,这两者的共性还是不少的,况且目前在中国从事科幻创作的作家,基本上都是拥有科普作家的头衔的科技工作者。

果然各位科普同仁和文史学者也表现出了兴奋的心情，点赞或感叹的都不少。王伟书记则回了我三个字："知道了。"到此时我才发现，居平老师发给我的这条链接，来自"中国作家网"。这是上海作家协会的上级单位的网站。我冒冒失失地给王伟书记报信，岂不是"喧宾夺主"了吗？但我也相信，各省市和地区的作协与科协的战略合作协议的签署，也已经为期不远了，因为这是属于参照"顶层设计"的大事情。

又及：2023年11月1日由中国作家协会主管主办的《文艺报》的头版头条《是文学把我们紧紧联系在一起》，是一篇报道"中国作协作家活动周总结会"的文章。该文中有这么一句："我是从事科普文学和自然文学创作的……"这是我在文学界权威报刊中第一次看到"科普文学"这个名词，这也应该意味着"科普文学"在文学领域中已经堂堂正正了。

评议与联想

李　乔：钱老师好！您的愿望和努力终于有了令人欣慰的结果。为我们、更为您，热烈庆祝！久未联系，但一直关注您笔耕不辍、新作不断的动态。致敬您的勤奋和由此结出的累累硕果！

杨秉辉：十分敬佩您多年来为"科普文学"争名分所做的努力。皇天不负有心人，眼下此事虽是曙光初现，但太阳升起是必然的了。文学本应该为社会的发展服务，科学是社会发展的重要动力，科普希望借力于文学去促进科学的普及，目的在于服务社会的发展，文学不应以高冷的姿态对应："你们拿出根据来，我们的评论家还没准备好"。两个协会领导的交集，说明领导层是很清楚的，当然这个清楚也是"纳谏"的结果。钱先生努力推进、促成，功不可没，向您致敬。记得许多年之前，上海科普创作协会援引北京、四川等地先例，拟改称上海科普作家协会时，还曾有过阻力，终究社会进步了，认识也会逐渐进步的。

钱平天：平雷能在一天之内洋洋洒洒写出了如此大篇主题鲜明的文

章令人称奇！至少证明了两点：其一，思维迅速，尤其是下笔飞快，远远超出了一个76岁老人的标准状态。其二，中国作协与中国科协联手开拓科普科幻文学的主题，也正是平雷近几十年来一直坚持所走的文学之路，并已经取得优异的硕果。这件事也再一次证明了平雷对学科跨界的前瞻性和创建力（例如：房地产与数字技术、房地产与旅游业……）；我读了平雷昨天所写的这篇文章，又一次看到他对科技与文学二者关系的敏感和实践，确实具有他自己的理解和热情，看到了他由衷而发的喜悦，以及今后将会对中国社会产生的积极影响！

"出版书籍乐其中"二篇

作者按语：如今出版书籍是一件不容易的事情。除了需要作者撰写文章和筹措资金外，还要校对清样好几轮。出版后分送给亲朋好友也是一件不轻松的"系统工程"。但因为这是自己喜欢做的事情，所以不仅不觉得麻烦和吃力，反而还充满快乐和乐趣。尤其是亲朋好友给你的鼓励和他们对新书的期待，以及他们收到书后表示的感谢和赞赏，让你感到幸福。我把他们写的评语都如获至宝地抄录下来，发现文字量实在是太多了，于是忍痛删去了一些，但仍旧剩下不少，大家评语的文采也挺精彩，按照以往惯例，作为文章的组成部分，还是很值得的，也就保留了大多数，供读者们共同分享。

校对书稿度长假

今天已经是国庆长假的第七天，这七天我倒也没有闲着，主要就是待在家里，作为作者的我，要对即将出版的新书《笔下寻乐记——钱平雷科普文学作品集》的清样进行一次校对。尽管我是一个性子较急的人，做什么事情希望很快解决问题，无论是写东西，还是看书都是如此。但做这件事情却快不起来。一方面，毕竟不是一般的阅读，可以一扫几行，做校对必须一个字、一个字地看过去，当有读不顺或者觉得不妥的地方，就要斟酌着进行修改；另一方面，由于今年春天我乘车不慎，得了腰椎间盘突出的毛病，至今没有恢复，不能伏案久坐，所以看不了几篇文章就要站起来，换换姿势。到昨天下午总算基本完成了，现在等待快递小哥来取清样送回出版社的时候，坐在电脑前写上几个字，把自己的一些感受，告诉与本书内容有关的对象以及其他微友们。

这本书从撰写到出版的周期比我前几本《上海X度》要长多了，前几本几乎是每年一本的速度，这次快要两年半了。但与我的"幸福三部曲"相比还是快得多了，前两本差不多是8年一本。如今出版书籍，对于大多数写作者说来是一件很困难的事情，一则是大多数读者喜欢上网阅读，二则是出版需要经费支持。尽管我的大部分文章都已经做成"有道云""美篇"，在"上海老底子""澎湃新闻"甚至《新民晚报》《文艺报》等新老媒体登载过了，但作为一名老人，我总觉得只有成为书本的形式，才算有一种正式的"仪式感"，才能获得人们的承认，况且确有不少读者希望我能正式出版书籍。由于我的文章属于科普散文性质，科普也是上海市楼宇科技研究会的业务特色，所以再一次得到了研究会的出版资助；还有我前几本包括《上海X度》的散文集都是上海科技文献出版社出版的，我们有着良好的合作关系，因此使我的第七本散文集有了出版的可能。

从清样的编辑质量来看，文字编辑水平不低，要我大段修改的地方几乎没有，只有个别处的文字增减，那多半也是我觉得原文表达不清，需要斟酌进而修改。问题出在"锦上添花"的照片插图上。因为照片都是我提供的，我在原稿上没有注明插在何处，只有属于哪篇文章的，所以给排版的编辑带来很大的困难，他不知道该张照片应该正确地安插在什么地方更加合适。于是在清样中出现大量的图文内容不匹配的现象，需要我将它们重新编排，进行一一位移和标明。

下面我就选择一些文章的版面和插图，让有关微友先睹为快地分享一下，大多数的微友可以从目录中知道与自己相关内容的文章（略）。

（本文撰写于2021年10月7日）

评议与联想

钱平天：喜闻平雷新作已进入正式校勘出版阶段，平雷为此在家窝居了七日！值！！平雷确有悟性，且笔耕不辍，遇到灵感即有所思、有所得，勤于思、勤于笔，虽早逾古稀，仍然犹如壮年，实令兄高兴，在他的出版作品中又添了一册，锦上添花。为此我今忽想起"悟得"二字，刻成一印以为念。

倪纪芬：祝贺钱同学又有大作付梓。钱同学虽年已古稀还执着追求，自强不息，笔耕不辍，余热发辉。出版的书籍是留给人们宝贵的精神财富。送钱同学一句王勃的词"老当益壮，宁移白首之心"。祝成功和快乐永远伴随钱同学！

周文华：钱平雷同学，老当益壮，笔耕不辍，新书频出，享誉澄衷，享誉科普界和亲朋好友，享誉微友，功德无量，为钱作家送上大赞了，祝贺新书早日出版，也祝你身体健康，延年益寿，阖家幸福！

胡善通：在平雷兄又一新作即将杀青之际，我们表示热烈的祝贺！为有这样一位大作家同学我们感到无上荣光。《笔下寻乐记——钱平雷科普文学作品集》的问世，将有力地推动青少年从小热爱科学、努力学习、积极探究的各项活动。特别是以学生喜见乐闻的科普散文式的形式告知天下。理工男出身的钱兄不仅有扎实的科学功底，难能可贵的是能把枯燥的、难以理解的科学知识和高尚的精神文化追求有机地融合在一起，让年轻一代乐意接受，深受其益，功在当代，利在千秋！确实令人敬佩。值平雷兄新作付梓之际，为大作家钱平雷的新作叫好！为平雷兄点赞！

顾亚民：祝贺平雷同学的又一册新书即将出版！愿将这看成是作家的一项高尚的精神文化追求，是令人敬佩的。印成了书就更方便阅读，而受众的欣赏、理解和阐释也都成了作品的一部分。作家和读者无疑就形成了一种亲密互动的关系，是极具特色的。为平雷同学点赞！

钟慧娟：有成绩有意义的长假，平雷哥腰椎还没好利索，就开始搞书稿，校对完毕，您一定是辛苦和快乐并存吧！点赞您的每篇文章，祝您身体健康！

王莉英：老有所乐！老有所为！能够把自己极其精彩且有意义的生

活记载下来做成书,本身也是一件非常有意义的事情!老人就应该多做一些自己喜欢的有意义的事情。

高炉森:祝贺您,你的第七本大作即将面世。你的才思,越老越敏捷。

陈怡群:你对文学的执着造就了很多美文,除了认真拜读就是敬佩!愿你多多保重!

陈素娣:钱哥,首先祝贺你新书即将出版!其次真的是非常非常佩服你!虽然年纪大了,但是你还是充满朝气,对生活始终抱着乐观积极的态度。所以你才会活到老学到老,生命不息战斗不止。你的毅力、你的认真、你的投入不但是我们学习的榜样,更是年轻人学习的榜样。你太棒了,向你学习,向你致敬!

章杏波:笔耕不止,精神实力俱佳!老当益壮,还望保重身体!

钟海谷:钱老师真了不起,宝刀不老,笔耕不止。

王　珏:我想作为书籍插图的编辑,确实需要与作者在初始阶段进行点沟通,了解作者的配图意图,可以避免后期的一些返工。

感情丰收的季节

一

也许当读者看到本文的题目时,就会联想到春节。因为对于中国人来说,人们感情丰收的季节应该是农历新年。那时是漂泊在各地的亲朋好友回家乡的时光,各种聚会,将大家感情的交流推向了高潮。而对我来说,每当我的新作出版,我给我的亲朋好友送书的过程,比我在春节期间获得的感情收获更为可观,那才是我感情大丰收的季节。

我在自己的散文集《上海力度》一书的第一篇《感情的转化》中,曾把人们的感情归纳了一下,有亲情、爱情、友情、故乡情、邻里情、事业情、祖国情等。也指出有些感情是难以划分清楚的,如亲情本来是由于婚姻而形成有血缘关系群体中人物之间的感情,但许多其他非血缘关系也会因为某些原因而转化，如师生情、同学情、战友情等友情，由于经过时间的持久考验或者生死患难等原因，转化成为亲情和爱情。尽管它们有些在法律上往往没有明确其名分，但并不影响它们在当事人的心目中所处的地位。当然，这些感情有些可以说是刻骨铭心的，但有些只是存在于当事人的念想之中。

　　我是一个经历比较丰富的人，除了上海外，还在黑龙江、浙江工作和生活过数年；除了居住生活的社区、上学读书的学校以及工作就业的企业之外，因为客观原因，还有许多诸如人大、党派、行风、科协、大学、社团等非本职工作单位的工作经历。所以除了邻居、同学、老师和本单位同事之外，还有许多非本单位的领导、同事和朋友。更有不属于上述有正式关系，诸如帮助我或家属看病，帮我调动工作，这样或那样对我有过帮助，甚至对我有恩的各种社会关系。以上涉及的许多人由于种种瓜葛原因，在过去的岁月里与我成了朋友，于是他们和与我有血缘关系的亲属一起，共同形成了我丰富感情的网络。我与这些亲戚朋友之间的联系，因为种种原因也肯定有疏有密。但无论亲疏如何，他们在我的心中都占有一定的地位。一般说来，除了婚丧大事外，亲友们不可能在几乎同一时间内与你建立起可触及的联系。但我却有一个得天独厚的优势，就是这些年，每当我有新书出版时，通过首发式和寄书的方式，我可以与我的亲朋好友们有一次有实质内容的联系，也是一次真挚感情的交流。最近我又获得了一次感情的丰收。

二

　　写作者们都知道，如今要出版一本书是一件很不容易的事情。网络发达了，改变了人们的阅读习惯，电脑、手机已经满足了大部分读者获取信息的需求。纸质的媒体几乎"退居二线"了。我的散文作品现在也基本上是先在诸如"美篇""上海老底子""澎湃新闻"等自媒体或者新媒体上登载，供读者分享的。也总能得到不少的微友读者的反应，给予点赞和评议。但不知什么原因，人们的意识中好像它们如果没有变成一本书，就不具备正式的"仪式感"。我的读者也有人呼吁我，能够在文章积累到一定数量的字数时，出版成为图书，我自己也"蠢蠢欲动"，希望再能出版一本新书，那样似乎更加有一种成就感，尤其是我是一个文学界的"票友"。

我有一个一般写作者不具备的优势，就是近些年来，我一直担任上海市楼宇科技研究会的秘书长，虽然属于专职秘书长，通过技术咨询等途径，也创造经济效益，但我并不领取工资，因为我有退休金足够我的生活开支。另一方面科普也是科技社团的一项必不可少的义务，我的科普散文也是上海市楼宇科技研究会的科普工作的特色之一，因为我可以将先进的楼宇科技发展态势，用文学的形式予以展示。这也就为我近年来连续出版《上海高度》《上海广度》《上海力度》等散文集提供了必要的条件。

但在2019年后，因为年龄原因，我在楼宇科技研究会不再担任专职的职务了。如果再要按照原来的方式出版书籍，就有了一定的困难。"山重水复疑无路，柳暗花明又一村。"近年来国内外关于智慧楼宇的研究和建设方兴未艾，现任研究会郭际冬秘书长和其他同仁仍旧时不时请我"出山"继续参与一些课题的研究，这样让我不仅有机会了解楼宇科技研究发展的动向，为撰写文章积累题材，而且也能为书籍的出版做一些财力上的准备。我的新作《笔下寻乐记——钱平雷科普文学作品集》终于在2021年10月出版了。按照以往惯例都要举行一次研讨会暨首发式，这次在郭秘书长等人的筹备操办过程中，将首发式变成了静安区的一次"精品党课"。于是有了邀请上海市作家协会成为本次活动的指导单位，上海作协党组王伟书记莅临指导的机会。前几次的首发式我都没有去惊动过上海市作协。

三

我给亲朋好友赠书的顺序不完全按照与其亲疏程度来进行的。在2021年11月举行的首发式即将举行的时候，书本的印刷装订工作还在常熟的印刷厂进行之中。本书的责任编辑，上海科学技术文献出版社的李莺编辑急急地直接从印刷厂调来若干本先应付首发式的需要。当首发式顺利举行后，剩下来的"样书"我就"近水楼台先得月"，发送给我希望让他们尽快分享我出书喜悦的人们了。我称剩下的书为"样书"，是因为它们还没有正式经历过出版社的入库程序。

那次首发式是在11月下旬的一个星期五的下午，周末正好是我们钱家家族每月的聚会，我们姐弟轮流做东，11月正好轮到我做东。于是除了家族成员外，我还邀请了与我来往最密切的"铁路五兄妹"老同事和他们的配偶，把书送给了他们，甚至还把他们希望赠送的对象，也一并签署了我的名字，由他们自己转送了。其实在首发式还没有举行前，我就把书签发给了办公室帮助会务的同事们了，他们才是第一批与我一起同时看到我的新书的群体。

我的女儿在澳大利亚，她在去年生了我的外孙女，因为疫情我们一直无法去澳洲照料，心里很是挂念。我在书中谈及我喜得孙辈孩子，所获得的天伦之乐，而且还有他们的照片。让他们尽快地看到书，是我们双方的意愿。于是我们在给他们寄的包裹里，也塞进了几本新书，送给他们以及与他们最亲近的两位亲友。在这里国际邮件快递不菲的定价，使其邮资超过该书的定价，用上海俚语来说叫作"小吃大回钞"。但是"千里鹅毛一片心"的谚语更能体现感情比金钱更加贵重的寓意。

我以前送书的时候，除了参加首发式的亲朋好友可以第一时间拿到我的新书外，要寄送的对象，一定是我心目中那些最有学问的人们。所谓"以文会友"，他们也在平时会用不同方式，或微信，或赠书，或电话，与我交流自己的作品以及写作心得。更多的是经常对我的文章进行评议的微友们。尤其是微友们的精彩评议，我都如数家珍地收集起来，附在拙文后面，成为文章的重要组成部分一并出版。及早地把书递送给他们，也是让他们如同作者一样先睹为快地看到自己的作品。像许兴汉、张光武、宋心昌等对我写作有过指导的文友，原来都是我第一批赠书的对象，这次由于他们参加了首发式并都发表了精彩的演说，所以就免去了寄送的程序。其他学者型文友，如陈达明、李庆鸿、徐元钊、钱雪元、朱冰玲等，我也在第一时间把"样书"快递给了他们。钱雪元、朱冰玲、李庆鸿等都给我发来热情洋溢的回复。上海市科协原副主席钱雪元先生的回复虽然只有一句话，却意味深长："又收到了你的'不了情'！"说明了我们之间已经结下了30多年的"不了"的友情。著名剧作家陈达明老师还把我送书的消息，连文带照发布在他的朋友圈中，让他的微友们分享他的喜悦。我发现我在匆匆忙忙寄书过程中出了洋相，我在给他签署时，还把"钱平雷"三个字中的"雷"字遗漏了。于是请他帮助补上，他却开玩笑地说，这从文物收藏角度来看显得更加宝贵。由此我在这里收获了一大堆"友情"。

四

上海市科普作家协会是让我成为科普作家的"摇篮"，我现在虽然在那里已经没有兼职的职务了，但让我有幸认识了一大批在全市乃至全国著名的科普作家，如杨秉辉、方鸿辉、达世新教授，他们不仅都是高产作家，而且是本专业里的权威级专家，是我学习的楷模。我们之间虽然有微信、互相赠书的联系，但他们的家庭地址我并不知道；钱旭红院士、卞毓麟教授他们曾经分别为我的著作作序或点评，但我与他们平时并没有联系；还有像曾凡一教授这位副理事长，我们没有共过事，但我知道她才艺双全，除了自己的专业超群外，还是一位音乐家，令人敬佩。还有褚君浩院士以及李正兴、周昭德、李乔、朱建坤等老师，他们是对我科普创作有过提携和帮助的领导和同仁们。我都趁着"样书"还有的机会，委托为我主持首发式的江世亮秘书长一起转送了。杨秉辉、方鸿辉、达世新、曾凡一教授都通过不同途径对我表示了赞赏和感谢。李正兴老秘书长还专门为我写了一篇长长的书评（见附件）。

相比于上海科普作协，让我成为"文学作家"的上海市作家协会，我就陌生多了。我虽然年纪已老，但是入会时间却并不长，加上文学界强调要求作家耐得住"孤独"，所以我一直没有去惊动过作协的领导。

这次由于首发式变成了"精品党课",才有王伟书记应邀莅临指导事宜的发生。我也趁此机会请他转送我的新作给作协的领导和老师们。我很有幸在第一、二本散文集出版时,得到了著名作家赵丽宏、叶辛二位老师作序,这无疑对我科普与文学结合的散文创作路子,从文学界角度得到了一定的肯定。王安忆老师现在是市作协的主席,潘向黎老师是我所在散文专业委员会的领导,薛舒和杨绣丽老师是当年我入会时创联组的负责人。我给他们送书,一是感谢他们对我的帮助,二是向他们汇报科普文学发展的生态,因为《笔下寻乐记》还有一个副标题"钱平雷科普文学作品集"。这是我在入会时曾经表示要成为两个"作协"桥梁的承诺的实践,也应该算我对该组织表达归属感的一次机会吧!当然给当年与达世新教授一起介绍我入会的王晓玉教授送书,也是必不可少的。

五

父母和岳父母一辈的亲戚朋友,我是比较重视的,给他们送书是维系我们家族与这些亲友友情的一次极好机会。父母和岳父母同辈的健在的长辈且不用说,那些已经去世的长辈,也要设法给他们的小辈送书。我妻子的大舅妈何闰容老师生前是一位退休语文教师,这些年我们几乎没有走动,但我每次新书出版都会通过她的女婿陶正洪给她送书,我们之间有微信联系,小陶告诉我:"大舅妈很喜欢看平雷的书。"最近在我给他们送书不久,传来了大舅妈去世的消息,我算是赶上了向大舅妈致意的末班车了。我在2019年到墨尔本参加了立卿三叔的外孙女,堂妹钱薇女儿高菲的婚礼,我拍了不少照片,也写了记叙文,做成"美篇",很受包括专程赶去参加婚礼的新郎、新娘其他亲友的欢迎。我把这篇文章和部分照片也编入了《笔下寻乐记——钱平雷科普文学作品集》一书中。因此,理应给他们更多的书,让他们回忆那段美好的时光。本来我要专程给三叔家送书的,此时传来了立卿三叔去世的消息,我趁着参加他告别仪式的机会,把此书带了过去,也让更多的三叔、三婶的亲友因此拿到了新书,让大家共同回忆过去的好时光,也更加珍惜亲情的一次契机吧？还有像妻子的淑贞大姑妈，她生前生活在浙江海宁，她和岳父母都去世后，我们与她的小辈平时没有什么联系，这次我也给黄捷表妹送了书，黄捷表妹也认同这是父母辈的亲情在我们这一辈身上得到了延续的表现。

我爸爸的老领导桑荣林局长和徒弟谢国英、曹玲娣女士，我也给他们送了书。当年我已经年逾花甲时，因为工作原因第一次遇到桑局长，他叫我"小钱"，理由是他一直叫我爸爸"老钱"的，因为我爸爸还健在，他只能称我"小钱"。由于我与桑局长没有微信联系，因此当他收到我的书时，还委托研究会原常务副秘书长卫国昌先生给我捎信。至于谢国英、曹玲娣二位师妹，在我父母健在的时候，很孝敬老人，这让我们子女都感到很温馨，所以在我们的心目中，她们也如同我们的亲人一般。给她们送书，也表示我们珍惜着她们与我们父母亲的那份师徒亲情。

还有我当年在哈尔滨、上海铁路局时代的老领导黎波涛、张龙二位老局长，以及当年帮助我从哈尔滨局调入上海局的沙千、佘赤华二位老领导，都是对我有过栽培和解难的恩人。我几十年来与他们一直保持着联系，与他们的子女以兄弟姐妹相称。如今他们都不在了，我们小辈们依然保持着联系。在这本书中除了有关我与他们父母之间交往的故事情节外，还有沙莎妹妹在悉尼招待我吃西餐的描述。这次我也及时地把书送给了他们。有些不在上海，也不知他们的地址，只好以后寻机再说。

六

母校的老师理应是送书的重点。这次我除了在书中有其相关内容的老师我直接快递赠书外，澄衷中学母校也因涉及内容很多，干脆让出版社直接送书给校友会，让校友会的领导们去安排分配吧！同济大学、上海交通大学与我有过关系，一个是母校，另一个曾聘我为兼职研究员。我以前有新书都会向这两所学校及其主要领导赠书。那时处于新冠疫情防控时期，学校一般不能进去，要大量地送书变成了一件困难的事情，于是我只能象征性地委托熟人送几本书了事。同样，上海市科协和我们楼宇科技研究会的领导、朋友，也因为在疫情当下不提倡聚会，与秘书处的同志们商议后，采取了有选择地让我签好名择机赠送吧！但这个维系感情的机会是不应该错过的。

本来给同学送书应该是数量最多的，也是最方便的，因为这些年来同学聚会是各种聚会中最为普遍，也是最为活跃的，我只要把书带到会场上，就可以分发给各位了。但新冠疫情以来，非近亲的聚会几乎都消失了，召集人也不愿意承担传染风险的责任。所以给同学送书成了我最大的精神负担，一方面给我文章写评议的同学很多，他们理应优先得到新书，因为该书也是他们的"作品"。另一方面都是同学，还分先后，有厚此薄彼的嫌疑。我也不得已，只好采取分步送书的办法。对在外地的同学都尽快用快递方式送达，在上海的同学只能根据不同情况伺机而行吧！毕竟马上统统都快递是不现实的。就是这样给写过评议的同学送书，数量也不少。

还有诸如洪建国、孙有望、徐佩珍、甘党生、丁昌华以及章华明、戴兆辉等新朋老友在收到我的书以后，都用不同方式表示了他们的友情。尤其是章华明校史馆馆长和戴兆辉学友这二位从"同济人说同济史"的微信群里相识的微友，还在他们自己的朋友圈中"亮"出我给校史馆和他们赠送书时签署的"请予指正"的画面。

除了我的亲朋好友外，还有一些哥哥、姐姐的亲朋好友也拿到了我的书，他们在称赞我的书"好看"的同时，也把哥哥、姐姐的才华合在一起赞美了。这也算给我们"老钱家"增光添彩吧！

七

"样书"毕竟有限，我只能先满足一些在该书中出现过的被描述过人物对象的要求，快递给他们先睹为快，但数量限于一本。同时请求他们一定要保密，不要利用微信群告知收悉的信息，因为赠书的数量太大，我不可能一下子发出，导致个别其他微友因为收书顺序的先后，认为我有亲疏差异的误会。另一方面我也催促李莺编辑，请出版社尽快把余数书籍送过来。在此期间,我把我打算赠书的对象排了一个名单,发现这也是一桩不小的"工程"。因为快递需要对方的地址和手机号码。但是近期有相当数量的亲朋好友,不是搬了新家,就是手机换了号码,只要我稍稍偷懒不去事先核对,往往就会产生无法投递的后果,给帮助我办理快递的秘书带来了更多的麻烦。

  我把这次送书过程中得到亲朋好友的反馈评议意见收集起来,选择一部分与上述文章有关的代表性的"评议与联想之一"放在下面,这是我这次感情丰收季节中收获的"感情成果"。我目前还处于送书的过程中,感情果实还在源源不断等待我去收割。我写成这篇散文,也让我的亲朋好友在阅读我的新作的同时,与我一起分享我们共同的感情成果。

(原载"上海老底子"2022年1月8日)

评议与联想之一(送书的反馈)

  钱雪元:又收到了你的"不了情"!

  朱冰玲:钱总您好!您的佳作《笔下寻乐记——钱平雷科普文学作品集》收到了。谢谢您!钱总的佳作已成系列出版,着实令人敬佩。真不愧为文理俱佳的科技文人,名副其实的拓荒者、实践者、引领者。艺术源于生活又高于生活,钱总的作品又何尝不是。在您的作品中看到的您的善良、大爱,您的思想、责任;品到您的真诚、奉献和社会责任。这就是佳作的魅力!您是我合作共事的好同事、好帮手、好朋友、好老师。谢谢您对我工作的支持帮助,谢谢您的友情贯四时而不衰!再次谢谢您为我们奉献了又一佳作!祝福您吉祥如意,合家幸福安康!

  范巧芝:平雷,你好!你的新书已收到。你真是一位高产作家。我和李广升都很喜欢读你的书,特别敬佩你超强的记忆力和实事求是的态度。把人生的经历记录下来是一件很有意义的事情。你的精神精力难能可贵。希望看到你更多的新作。

  陈思源:……老同学新书在手,翻开寻乐,了解老同学创作,深切体会写书的苦与乐,苦的是努力和坚持,乐的是成就感和余热的光环,你点亮了自己，更光耀了众人。平雷大作我读后亦有同感。在此为老同学点赞！

张霭琳：钱总，您的新书我今天收到了，《笔下寻乐记——钱平雷科普文学作品集》的书名体现了生活就是美，很吸引我，我会认真拜读！谢谢您记得我们！

方鸿辉：又是一部大作收获了，多谢多谢！身健笔健，来年收获更丰，抽时间一定细细品味。

蒋琴英：你珍贵的作品我收到了，拆开包装迫不及待先看了起来，看到了你宝贝女儿和外孙女的照片，你和同学、同事、亲朋好友的聚会，看到了你心仪的夫人的生日……反映了你对写作、对生活、对祖国的热爱，为你孜孜不倦的努力点赞！谢谢你的关心，用快递给我送来了温暖，你是我永远的同学和好友！

吴文治：大作刚收到，谢谢。你壮心不已、笔耕不辍，着实令人敬佩。也是我班的骄傲。

胡善通：平雷兄您好！您寄来的近作《笔下寻乐记——钱平雷科普文学作品集》收到。近36万字，厚厚一本，您真是个高产的有水平的科普作家。祝贺您又一本新作问世。您的大作我盼望已久，快递员刚才送到我家，我马上拜读了多篇，先睹为快，万分感谢！

管月伟：平雷同学，昨晚我收到你递来的著作《笔下寻乐记》。你是一名工程技术人员，在文学创作方面竟有如此造诣，定然在业余方面付出很多辛劳。几十年了，你们在澄衷学习的生活片段，仍然留在我的记忆中，谢谢你不忘昔日师生情谊，给我晚年带来了莫大的欣慰。

蔡　季：钱总晚上好，您的新著《笔下寻乐记——钱平雷科普文学作品集》已收到，非常感谢。虽然有些时间没见，但在微信上看到许多您写的文章，可见您的创作感想和精气神非常充足。祝您全家幸福吉祥，您多多保重！

刘念祖：佳作已收到，看后很有感触，特别是有图照更显亲切，可谓图文并茂，很值得收藏和欣赏。谢谢你，也深感你的才华和情感丰富,不容易了,祝愿健康快乐多出好佳作。我们大家都佩服你,祝愿再有新作,让我们一起回忆和享受过去和未来。

茆诗咏:念祖兄,我很赞同您的点评,你的点评也说出了我们大家共同的心声,在同济弟兄们中出现这样一支笔真是我们的幸运和享受。寄到华东师大我大哥处的书籍已收到,大嫂对你所写的文章大为赞赏!敬佩你的文笔及记忆力,只可惜我大哥因病长期卧床,已无阅读能力。特在此祝贺你再度出版新书!同时对你的一片深情厚谊表示衷心的感谢!待我们回沪后会认真阅读!

陈文霞:日本诺贝尔奖得主山中伸弥曾发表研究成果称:"深度思考是最好的养生方法。"过去的经历、超常的记忆力和写作能力,你将会继续保持旺盛的创作也是最好的养生。祝你和天仪健康快乐!

喻渭河:平雷兄,刚刚收到你的新作,真是一份意外的惊喜。原说要封笔了,现在再次妙笔生花,写出了这么感受生活的好作品,对我们来说真是一种美的享受,晚上要好好品读享受一番,谢谢!

杨秉辉:钱先生:这两天拜读所赠大作,承先生在书中多次提及拙作,并多谬赞,十分感谢。其实"科普文学"承认与否并无关紧要,它客观存在,科普本身即是科学的艺术表达。以医学科普论,赤脚医生学习的读本,只是医学的启蒙读物,不是科普作品。同样,小学生的语文课本也不是儿童文学读物。

赵妙英:平雷学弟,寄来的佳作,上午已收到。谢谢你费心费力了!速速地翻阅了你的大作,感受颇多:你真是一个了不起的人!你的大脑非常人能及,学的是土木工程,却能在其他诸多领域里涉足,并同样搞得风生水起,获奖无数,还获得众多头衔。你是生活中真正的赢家。现在年龄虽大了,但干劲一点也没减,写作也是极为突出,可以说你真的太优秀,不愧为同济学子,为母校而争光。你哥哥平天同学当年是澄衷中学班级里的能人,是命运安排让他没有能上成大学(好的大学他一定都能考上)。然而在艰苦的航天事业里却有他青春的挥洒和做出的贡献。书法篆刻印章自学成才,每每在群里晒晒作品,都使我非常感佩！的确不是每个人都能做到的，然而你们兄弟干得都很出色！不仅是同济、澄衷的光荣，也是你们钱家的光荣！

王哲昌：谢谢平天兄和你的兄弟，你们兄弟俩有一点很可贵，那就是勤。再加上记忆力强等天分，事业哪有不成？

钱平天：我的弟弟钱平雷是一个思维活跃且善于开拓的人，所以他总能做成许多事情。平雷写作出手极快，有质有量，是中国科普作家协会和上海市作家协会的会员，已出版过十余册科普和文学作品，他是一个勤奋努力的人。

柴伟成：平雷伯伯您好！您赠我的书，我父亲已经转交给我，万分感谢，我既是您的晚辈，也是您的忠实读者，每次看你的文章，总会想起很多难忘的往事，总会从您的文章中感受到生活的美好，再次感谢平雷伯伯，顺祝您生活愉快、健康长寿。

李庆鸿：您的两篇有关同济大学的佳作在同济6201校友群转发了。我是这样介绍的：钱平雷，母校路桥系桥梁专业1969年毕业生，曾是我在上海铁路局工务处线路科工作时的同事，后任上海市铁道学会秘书长。思维敏捷，视野宽广，擅长写作，文笔流畅。曾出版好几本很有阅读价值的散文书籍，乃我们这代人中不可多得的文才！

五言绝句

（难忘）

毕生铁道行，

难忘同济情；

回首望世界，

喜庆中华兴。

——读平雷先生《难忘的（同济）大学时代》随感而发。

同济学子李庆鸿

徐　满：平雷，书已看过，美文写得既详细又有味道。若长的文章，能顺着你的叙述看下去，说明文章有吸引力……以后我会继续关注你的作品。活到老，学到老，向你学习！

俞惠秀：谢谢您一直以给我和我的同事们在生活中带来快乐，带来精神乐趣，带来生活中的回味，非常非常感谢。

孙有望：钦佩钱总的勤耕书海和超强记忆，谢谢每次有新作都赠与我这个慵懒之人，让我常有愧对之感！祝身体健康，新作不断！

钱月仙：昨天下午收到您寄来的两本书，谢谢您不忘老友。给袁主任的书，我会转交给她的，请放心。晚上拜读了秘书长您的大作，果然不同凡响，俗语说："隔行如隔山"，但该语在此差矣，在您面前是一马平川，所向披靡，人皆惊之。祝您身体健康，吉祥如意。

刁维汉：平雷师弟，昨天晚上收到了你的书，还未来得及告诉你。谢谢！书非常精美，内容更精彩，将是我私人藏书中的精品，我将好好拜读。另一本书今天我就快递给钱春园。谢谢你慷慨赠送，还附上签名，拿到心仪已久的作家签名，对于一个迷妹而言，那是多大的荣幸！

朱源熙：老钱学弟，邮件收到，谢谢！谢谢！拜读新作，十分赞赏！真为你的成就而感到高兴！感到光荣！同济以你为傲！

我与你书中提及的常熟的老同学也曾有一面之交。当时他调回老家，于是常熟市建委邀我设计院去做立交规划，我做了几个方案，后因地方财力不够才作罢。其实，我祖籍也是常熟，虽已五代在上海，但一直未断联系。我父母亲都是常熟沙家浜人，所以我对常熟具有特殊的感情。当时觉得，能为父老乡亲做点贡献不胜荣幸。不过最后未成，甚为遗憾！

我老家沙家浜，原名叫横泾镇，"文革"时因革命剧《芦荡火种》(即后来的《沙家浜》)而改名为沙家浜镇。那里有我很多亲戚，是我的根，有我很多的记忆。现在，沙家浜已经改建成著名的风景区和革命教育基地了。看了你的书，感慨万分！因为勾起了我对老家的深刻怀念，所以写了一点感触。因为老了，会常常回忆往事。希望大家多多保重，身体健康！最后，衷心祝愿你写出更多的作品，以奉献大众！奉献社会！

评议与联想之二（对本文的反馈）

许兴汉：细细拜读了平雷兄的《感情丰收的季节》一文，掩卷之余，不由感叹：平雷兄此番给亲友赠书的过程，其精之诚，其情之深，触手可感，灼人心扉！当平雷兄像抱着一个初生的婴儿那样，把自己的作品集展示给众多亲朋好友面前之时，心中充满了美好的期待，也充满了加深彼此情感的期望，而这一切都在文中有了令人满意的答复！有一著名作家说过："文学其中的一大功能是让人用来享受的"，读罢此文，让我深谙此道！

周晓峰：赠人玫瑰，手有余香。

毛正峻：钱老师曾经沧海难为水，除却巫山不是云。多彩人生的经典活法，令人羡慕。

钱平天：平雷写作下笔飞快，洋洋洒洒的一个长文，漫漫的时间长河、芸芸的事件人物，从他的笔端湍流而出迎面扑来，令人目不暇接，一时难以消化……作为哥哥，我很为这位已经七十六岁的老弟脑袋还是这么敏捷，作文还是这么麻利，情谊还是这么丰富，怀旧还是这么强烈，感到由衷的高兴！

朱冰玲：谢谢钱总赠书。付出与收获是永恒的等式，也是人生运行的规律所在。您总是心甘情愿地坚守着，快乐地付出，幸福地收获。捧着真心，定有繁花相送。

陈素娣：钱哥，你丰富的经历，丰富的情感，丰富的积累，写下了许多宝贵的文字。你的才气、你的人品、你的能力让你结交了众多的朋友，你热情真诚地对待每一个朋友，朋友们也由衷地喜欢你、爱戴你，为你点赞！你是人生的赢家，你是我们学习的好榜样，为你点个大大的赞！

钱莹臻：往事终究渐行渐远，让人遗忘。但是二哥的记忆力超强，见多识广，文思敏捷，下笔成章实在令小妹佩服。喜欢看他的大作是因为过去的种种点滴，在他的笔下饱蘸深情，反而更加有活力，更显价值，真是历久弥新，看二哥的大作给我自己长知识啦！

阿焱（微信名）：人生一世，能够在自己的专业领域触类旁通，有所建树已属凤毛麟角。钱老师知识面广博，多才多艺，谙熟戏剧、曲艺、音乐，在散文创作上又是一位多产的作家，著作等身。"文武昆乱不挡，六场通透"，真正的出类拔萃。

戴兆辉：通过这一番娓娓道来，看到了出书的不易，也看到了一位有情有义的钱老师。

王莉英：出书难，送书过程也是一项不容易的复杂工程，谢谢你的牵记与关心，才能让我第一时间就见到你的新书。再次感谢！

徐佩珍：钱老师，我深知出书不易，难得您如此执着投入地写作不辍，佳作连连。新书出版后还面面俱到逐个签名赠书。对于我来说收到赠书是一种幸运，感受的是一种温暖，满满的幸福！谢谢钱老师。

周文华：闲来无事，把钱平雷同学写的《感情丰收的季节》散文阅读了一遍，给人感觉是意犹未尽，只想着还可以再往下写点什么，忘了你的年岁已高，辛苦了。你写了书，还忙着送书，个中情节妙趣横生，几次被感染想笑，关键送书过程还在继续，你是边辛苦，边快乐着，人生能以积极心态，以善为乐，不断与人分享自己的成就与获得感，也是一种幸福哦！你是不厌其烦地细细道来，我们是一字不漏地如看故事般读完全文，愉悦感油然而生。感谢你精彩的阐述送书分享过程，你是宝刀不老，笔下生辉，还可继续发挥余热，写出各种题材的精彩好作品，十分期待。向你学习了，祝你健康长寿，阖家幸福！

顾亚民：能与值得阅读的书、文相遇也是一种缘分，那种随机的相遇更显美好，从中可以感受到学者、文人的修养、见识、眼界，在群平台上亦成为一桩风雅美谈。常看，常参与，总会有精神上的收获。

耳一方（微信名）：正如许兴汉老师的留言："文学其中的一大功能是让人用来享受的。"

钱教授不愧为著作等身，难以比肩，实为"工兼文用"类的翘楚，"阳春白雪絮花俏"。向您学习，为老师点赞！

感赋对联一首：

侃侃言　文武昆乱不挡　少长咸集　平则鸣

娓娓谈　唱念做打俱佳　群贤毕至　雷贯耳

横批：六场通透

楼珍珠：仔细阅读了平雷的《感情丰收的季节》一文，感触颇深，文章分七小节，每节都表达他把辛勤的劳动果实分享给我们大家的快乐心情，当然其中也克服了不少困难，真心地谢谢他了。确实现在看的东西很多，尤其是微信（网络信息），不知是真是假，所以看过就算，但是书却不一样了，能够慢慢、细细地去感受、去品味。除了书中作者的文采，平雷还添加上照片（彩色照片）更加吸引人，使读者迫不及待地想往下看。谢谢平雷的作品、平雷的书，同享他送书的快乐！愿他健康、开心永远！

倪纪芬：钱同学的《感情丰收的季节》一文是收获快乐的过程，他创造的快乐是我们望尘莫及的。然而把这种快乐让大家分享，让快乐放大了，钱同学一定也会更加快乐。分享到这种快乐的人从中也了解、学习到了新东西，心灵上也产生了快乐感，这是一件利己又利人的好事。感谢钱同学的分享。

茆诗咏：这又是一篇值得阅读的好文章！

赵基开：钱老师，真是多才多艺。有水平，有专业，有才能，有知识，有朋友。

附录:《科普文学的创作情怀》

科普文学的创作情怀（摘选）
——喜阅钱平雷的《笔下寻乐记》一书

李正兴

钱平雷曾任上海市科普作家协会副秘书长，是科普作品的多产作家，科普文学作品的尝试者，我任上海市科普作家协会秘书长期间的全力支持者和得力助手。撰写的散文，我称其为"幸福"（《幸福相对论》《幸福就在当下》《幸福永伴你我他》）和"申度"（《上海高度》《上海广度》《上海力度》）两个三部曲。这六部大作我欠下书评的情感债，在他当今出版的科普文学作品集《笔下寻乐记》中可以弥补了。这是我的一件欣喜的事儿。近日来，我收到这部书如获至宝，如饥似渴地一下子啃下了《代序》《前言》《代后记》和《请给"科普文学"一席之地》《再论"科普文学"是一项创新》《笔下寻乐记》等与自己情感相投的篇章。钱平雷的《笔下寻乐记》敢用"科普文学作品集"作副标题表明了他是"科普文学"的倡导者，我还是首次见到"科普文学"作标题和副标题的。他用了，真是可贺可喜！

我一边阅读一边思索他创作的亮点，一边阅读一边回味情感相投的思绪。仿佛又走进了往日科普的阵地……

一、"火箭"发射台

钱平雷是一位桥梁与隧道专业的高级工程师，但他在科技、文学、戏曲、体育等等，样样精通，人们誉称他为"通才"。我在《我的科学梦》一书中称他是"从事科普创作，其题材广泛，体裁多样，可谓是一名优秀的科普杂家"。这位通才是我工作中的亲密挚友，在一次会员新春联欢会上，他带去了一幅书法佳作作为奖品，主持人让他将这幅佳作赠送给自己最亲的人。他毫不犹豫地赠送给我,可见我们的友谊是如何亲密了。后来他又特意在这幅赠品上添加了姓名的条款。如今十多年来,这幅赠品悬挂在我的书房,成为我们天天见、时时见的挚友。

这位科普杂家是不是著名的科普理论家并不重要,重要的是他在实践中,一直探究科普创作的理论,并取得了一定成效。他撰写的《科普——新的经济增长"火箭"的发射台》的科普论文,荣获上海市科普作家协会论文一等奖。科普理论家饶忠华称赞他的论文论点独特,论据充分,是一篇难得的好文章。这篇好文章的特点是:运用非本专业技术,可能就是本专业的"尖端"科学;学科交叉产生的边缘科学很可能就是新的经济增长点。钱平雷用科普的语言阐述了他的思想:由专业交叉又产生了新的边缘学科,由新的边缘学科产生了新的经济增长点。如果把新的经济增长发展比喻是"乘上火箭"的话,科普不正是它的"发射台"吗?

二、两个50%的尝试者

钱平雷出于对文学的热爱和对科普创作的追求,他利用业余时间,从生活、事业、家庭、友情等平凡而细微之处落笔,相继写下了一批随笔、心得和杂感,并将其编撰成集,冠名为《幸福相对论》,由上海科学技术文献出版社出版。钱平雷的这本文集渗透着科学的智慧和文学的情怀。它渗透人生哲理,是逻辑思维和形象思维的结晶;它展现了一个科普作家的精神风采;它是钱平雷"科普与文学"创作思想的体现。著名的散文家、诗人赵丽宏称钱平雷已进入了中国散文家的行列,而他的散文和一般的散文有所不同,涉及科技的内容多,知识性强。钱平雷的散文,能很好地把科技工作者的逻辑思维与文学家的形象思维结合在一起。科学的智慧加上文学的情怀,便成了钱平雷的散文风格。这也是我们科普作家一直在追求的风范。

钱平雷给"科普文学"的定义为:"应用文学的形式,在社会上推广科学技术的应用、倡导科学方法、传播科学思想、弘扬科学精神的作品。"这里的文学形式包括:小说、散文、诗歌、报告文学、剧本、小品、童话、民间传说、寓言、史话、对联，等等。我完全赞同他的这个定义。著名科普作家王晋康对科普作品的成分作了分析，说明科普与文学两者是有区别的：科普作品中，70%是科学，30%是文学。而科幻作品中，科学是30%，文学是70%。钱平雷认为，科普文学作品就应该是科学和文学各占50%的作品。根据这样的分析，上海科普界的卞毓麟、杨秉辉、雷宗友、周戟的作品，也应该列入这个范畴。

三、"科普文学"的运用（略）

四、科普文学是一项创新

我赞同钱平雷"再论'科普文学'是一项创新"的提法。我也赞同书中提到"把科普文学说成是儿童文学的分支，也是不妥当的"的说法……

……至于能否促使科普文学如同军事文学、影视文学一般，作为文学的一个分支，丰富文学宝库，那是后事。目前重要的是让上海的科普作家努力提高自身的文学修养，积极投入科普文学的创作，尤其是希望那些具有文学能量的科普作家勇于担当科普文学的创作，在创作中出人出作品。也就是说，在科普创作中培养一流人才，创作一流精品。至于文学界加入科普文学的创作，不必强求，顺其自然。随着当今科学技术的发展，相信会有像徐迟、黄宗英式的人物出现。

五、同感于"笔下寻乐记"

钱平雷在书中写道："我在结束《上海力度》一书的撰写后，基本上就准备搁笔不再撰写散文了，因为不少朋友都劝我，年事已高，不能再费心笔耕了。"这也是别人说我时说的话……

钱平雷在书中写道："对于写文章是'苦'还是'乐'这是一件见仁见智的事情。对于写文章感兴趣的人来说，写文章是一件快乐的事情，尤其是对热爱文学写作的作者来说，创作的过程是很享受的。"这话也讲到我心里去了。每当子女劝我停止写作，我回答他们："写作是件快乐之事，一点也不劳累，如果一旦停止创作，反而使我苦闷难熬。"

钱平雷在书中写道："书籍也成了与亲朋好友保持联系的纽带和桥梁，有不少亲朋好友平时并没有太多联系，但新书出版时，也给他（她）寄去一本，让他（她）觉得你还在牵挂着他（她）。"是的，我也是如此。这样，他（她）也可以从书中知道你的近况，或者许多他（她）不知道的往事。钱平雷说得对："书籍起到了意想不到的沟通情感的作用。"

现将推荐应邀参加2021年由国学联盟艺术网、中国国礼文创艺术网、国学十大名家组委会出版《国学十大名家》·当代中国艺术品市场拍卖与收藏一书的以题为《文理通才一名将——钱平雷的科普》一首诗歌奉上，以对钱平雷科普文学的赞颂：

穿越山岳跨大江，
科文硕果齐飘香。
书画诗歌具优雅，
文理通才一名将。
"广义科普"理念筑，
"火箭"发射经济长。
创作双称三部曲，
科普文学新路旺。

（原载"中国科普作家网"2022年2月21日）

搞大了！首发式变成了精品党课
——《笔下寻乐记》首发式侧记

我的新作《笔下寻乐记》在2021年11月下旬由上海科学技术文献出版社出版了。这是我从上海市楼宇科技研究会（以下简称"研究会"）秘书长的位置上退下来后，业余创作的第一部散文集。我以前撰写的6本散文集和1部中篇小说出版时，都举行了首发式，而且都很隆重，有两次还是在"上海书展"上举办的。如今我在研究会里只有一个"高级顾问"的虚职，本人也没有举办首发式的奢望了，到时候只要把新书送给各位亲朋好友、老师同学，或者曾经在本书中文章在微信群发布时写过评议的微友就可以了。

然而，如今对于写作者来说出一本新书是很困难的事情，不仅对文字的质量水平有要求外，还要有一定的经费。因为我虽然在研究会没有实职，但研究会的一些科研项目如有关"智慧楼宇""现代物业管理"等课题，由于内容延续的原因，还是让我继续参与的，所以应该有一些报酬可以用于部分出版费用的，不足部分，因为科普作为研究会的一项重要业务，研究会领导是可以考虑予以支援的。不过需要在书名上注明本书属于科普书籍，于是在书名上加上一个副标题——钱平雷科普文学作品集，本来"科普与文学"相结合的写作方法，就是我这个科技人员撰写文学作品的特色。

于是作为主持研究会日常工作的郭际冬秘书长的灵感就来了。他深知我们研究会的上级单位对科普活动是有一定质量要求的，尤其是希望学会能够举办具有影响力的学术、科普活动。光是简单地出了一本科普图书，有点个人行为味道，影响力是有限的。于是郭秘书长就要求举办一场首发式的同时，让作者的我，以"智慧楼宇"为题做一场科普讲座。最近一段时间，以习近平同志为核心的党中央，在"十四五规划"或者多次谈话中，都提出了发展"绿色低碳 数字经济"的号召。而建设智慧楼宇恰恰就是建设业在城市更新中发展"绿色低碳 数字经济"产业链转型的重要对策之一。我们的研究会的办公室在位于静安区的智慧广场，郭际冬秘书长不仅是该楼物业管理公司的总经理，还是此大厦联合党总支的书记。智慧广场虽然叫智慧广场，但它目前还不是学术意义上的智慧建筑，目前正与研究会的专家们和会员单位商议对其进行"智慧化"的改造。因为"智慧楼宇评价指标体系"这一标准中，还有楼宇党建和群团活动的内容，因此郭秘书长打算把这次讲座的听众扩大到楼宇里办公的其他党员同志，作为一次党课来举办。而且初步决定将首发式的会场地点，就放在智慧广场内。对于我来说，听众人数的多少问题都不大，为了让受众有参与感，于是我就把讲座的题目初定为"智慧广场就是智慧楼宇吗？"

郭秘书长把本次活动的想法向他所在的曹家渡街道党委作了汇报，街道党委有关同志觉得这想法很好，但是作为一次党课，"智慧广场就是智慧楼宇吗？"有点不合适。于是郭秘书长就与我来商量如何改名。我们决定采用"智慧楼宇——响应总书记发展数字经济的产业转型"上报。据说街道党委有关同志又将该活动报给了负责党课活动的归口单位——中共静安区党校，不仅获得了批准，还将其列入了静安区精品党课的行列。还告诉郭秘书长，届时区里将有10余名同志到会。当我们听到这个消息时，大家一致的感觉是："搞大了！"

我除了拥有工程技术职称外，还有中国科普作家协会和上海市科普作家协会会员的头衔，是个"资深"的科普作家。以前的几本书的首发式都是先后由上海市科普作家协会和研究会独立举办或者合办的，自然还要加上出版社作为主办单位。这次也不例外，仍旧由上海市科普作家协会和研究会加上上海科学技术文献出版社作为主办单位。首发式由中国科普作协常务理事、上海市科普作协常务副理事长兼秘书长江世亮主持。因为讲座成了党课，所以党课部分就由研究会秘书长，也是智慧广场联合党总支书记郭际冬来主持了。由于我还有一个头衔——上海市作家协会会员，也就是说，我还是一个文学作家。因为在文学作家圈里，有对文学作家"耐得住孤独"一说，平时我们会员与作协联系较少，一般的首发式不会去惊动作协领导。但这次不一样，首发式变成了党课，而且还是"精品党课"，应该向作协的党组织领导汇报一下，并请作协担任本次活动的指导单位。我与作协党组王伟书记微信联系后，得到了他的重视和支持，并答应出席此次活动。考虑到我们研究会和科普作协都是上海市科协的下属学会，所以也向市科协有关主管部门作了汇报，同样得到了他们的重视，也列为了指导单位，又给本次"搞大了"的会议增加了分量。

由于原先是按照科普讲座要求的内容准备PPT的，如今成了党课，我觉得应该增加政治性的成分，所以把智慧楼宇建设中如何加强党的领导和更好地为人民服务的内容加以充实。曹家渡街道党委很重视这次活动，为了让更多的人聆听这次报告，还将会场从智慧广场改迁到曹家渡街道社区党群服务中心的会议室。郭秘书长还是曹家渡街道商会的副会长，经郑志林会长赞同，他把商会也列入承办单位的行列。为了扩大本次活动的影响，各方还请来若干媒体记者进行现场采访。这次会议筹备期间，正值静安区党代会召开期间，郭秘书长是党代表不能脱身，除了曹家渡街道社区党群服务中心的同志，有关首发式的部分会务，还是应该由我方来承办的。幸运的是，远去英国探亲因为疫情一时回不了国的张星玲副秘书长回来了，她的会务组织能力在我担任秘书长期间是非常受益的，她带领周怡、陈彩娣、潘清沁等秘书处的成员，甚至还拉来她的老伴张海铭先生，他们把会务搞得井井有条。

今天下午原来准备出席会议的王伟书记，临时在市里有重要活动无法出席，为了表示他对此事的重视，他提前来到智慧广场，会见了我们作者、嘉宾和主办、承办单位的主要领导（图1、图2），听取了我们汇

图1 作者与王伟（左）、高文伟（右）的合影

图2 作者与前来参会的领导与嘉宾合影

报后,还饶有兴趣地参观了智慧广场党建和群团重要活动场所之——智慧海图书馆——这也是该楼宇创建智慧楼宇的一项措施。他指出,历史是流逝的,但建筑是可以长期保存的,它们可以承载历史文化的印迹,如"一大会址",人们可以通过参观,追寻到可以学习和纪念的信息。所以把建筑搞好具有重要意义。不愧为行家,他还对如何进一步搞好楼宇文化提出了中肯的意见。

会议进行的很顺利,我在报告中把总书记和上海市对于发展数字经济的背景和要求作了简要的介绍,也把为什么把创建智慧楼宇作为建设业转型,以响应党中央号召的具体表现的理由和内涵,发表了自己的观点(图3),也让听众了解有关智慧楼宇的基本知识和基本原理。希望让受众得到了一次有关发展智慧城市战略的知识更新的机会,在城市更新中可以发挥各自的作用。曹家渡街道党工委姚嬿副书记为党课作了总结发言。她除了充分肯定我的报告内容,表示会充分支持我们对智慧楼宇的研究和建设外,她的发言中还谈到街道工作的特点。她说,曹家渡街道范围内许多有行政关系互不隶属的单位。其中28幢商务楼宇,是"竖

图3 钱平雷在做专题报告

起来的社区",也是城市基层党建工作的重要承载地和最佳实践区。随着形势的发展,楼宇党建也从侧重建支部的"1.0版"逐步发展到如今迈入以"楼委会"为代表、以"善治理"为典型标志的"4.0版"……她的这一席话令我们这帮平时与街道工作接触较少的学者们,有刮目相看、眼界大开之感。

接下来是《笔下寻乐记》首发式的程序,由江世亮秘书长主持了会议。他回顾了我们上海科普作协的同仁们为科普与文学相结合的创作道路所走过的艰难历程,尤其是对我为"科普文学"正名不懈的努力表示赞赏。各位领导和嘉宾也纷纷作了精彩而简短的发言。著名文史学者,也是《笔下寻乐记》的作序者张光武先生对我国谢希德、杨振宁等几位前辈科学家的文学情怀、文字功力之深厚,赞叹不已。他认为科学家、理工男一旦插上文学的翅膀,就会如虎添翼。没有文学想象力的科学家和理工男,永远走不远。当然,一个重要的前提,是热情,是爱,是对生活的热爱,对事业的热爱,对祖国的热爱,对世界的热爱,对人的热爱,这些,也都是钱平雷和他的作品所具备的。著名科普作家、资深记者许兴汉认为跨界是一条成功的捷径。钱平雷一个理工男,他能够成为文学作家,是成功跨界的结果。今天的会议是数字科技和经济向党课跨界,也同样是一个成功的案例。著名文史学者宋心昌先生希望钱平雷保持自己的写作风格。我称上述三位学者是我这个理工男进入文学领地的"领路人",他们对我的创作都有过"孜孜不倦"的教诲。

《笔下寻乐记》的责任编辑李莺女士十分幽默,她说我"二多",一是多情,对亲情、爱情、友情、故乡情等各种感情都非常珍惜;二是多思,对什么事情都愿意去思考一番,因此才有这么丰富的写作题材(图4)。研究会专家委员会主任毛正峻教授、民盟市委原副秘书长王如松先生也都作了热情洋溢的发言。这次王秘书长还邀请民盟绍兴市委倪自力秘书长与会,在我为他们二位的赠书签名时,他们还让我为一位没有到场的倪骏先生签署一本。原计划民盟上海建设总支在27日还开有关"社情民意"研讨会,特邀我参加,后因故不开了,负责筹备的微信名"倪"

的总支负责人通知我不要求去了，随后感谢我送他"签名大作"，弄得我有点莫名其妙，后一想大概与那位"倪秘书长"有关系，原来他们是父子。这是花絮插曲。

人们在称赞我的著作的同时，更对本次活动的形式予以高度的评价。大家在听课的同时，也得到了《笔下寻乐记》这本由上海市楼宇科技研究会赠阅的新书（图5）。会后，我们大家也议论了一番。认为这次活动举办得十分成功，其最大意义，就是对于作协也好，科协也好，科技社团或者出版社也好，首发式是他们经常要举办的活动，但把首发式办成了党课，而且还是精品党课，应该说还是一件具有创意的事情。有人开玩笑地说，这次活动，对于这些有关单位或部门来说，都可以把这次活动写入他们的年终总结的报告中。而对于我们筹备和操办的人来说，真可以说："搞大了！"

（原载"上海老底子"2021年12月1日）

图4　作者与长期合作的出版社领导张树和李莺编辑合影

图5　初中、高中、大学同学代表前来参加首发式

"智慧楼宇"科普讲座暨《笔下寻乐记》首发式

一、"智慧楼宇"科普讲座

题　目：智慧广场是智慧楼宇吗？

主持人：郭际冬（上海市楼宇科技研究会秘书长）

主讲人：钱平雷（中国科普作家协会会员、上海市作家协会会员、上海交大兼职研究员、上海大学客座教授）

二、《笔下寻乐记——钱平雷科普文学作品集》首发式

主持人：江世亮（上海市科普作协常务理事长兼秘书长）

时　间：2021年11月26日（周五）下午1:00

地　点：武宁南路488号智慧广场5楼会议厅

主办单位：上海市科普作家协会

　　　　　上海市楼宇科技研究会

　　　　　中共上海市静安区委党校

　　　　　上海市静安区住建委

　　　　　中共上海市静安区曹家渡街道党委

　　　　　上海科技文献出版社

评议与联想

倪纪芬：恭喜！恭喜！恭喜钱同学又一新作出版了。白首之心，宝刀未老，可喜可贺，可敬可佩！

顾正兰：真的搞大了！真好！在现在这个年纪还能思路如此清晰，精力充沛，笔耕不辍，真是不容易啊！值得学习！你是一个勤奋的老同学！大器晚成，与时俱进！

王莉英：（1）钱平雷是我同系同届的同学，钱平雷之所以能够成为科普作家，在于专业与文笔均佳。他善于学习与思考，能够与时俱进多

方面地拓展自己的知识，胜任改行后的任何工作。佩服他把这么复杂的一件事情，前前后后来源及结果叙述得这么清晰明瞭。

（2）钱平雷：你好！昨天我把活动发朋友圈后，尹子才讲："向钱平雷老校友问好！我们哥俩当年在同济大学田径队里一起训练，我是短跑，他是长跑。"又说你："性格开朗，爱说爱笑，喜欢交朋友，在运动会上有股劲，爱拼。"他祝贺你在工作与写作上取得的不菲成绩！

毛正峻：钱老师，昨日我亲历了"首发式"，感受颇深。什么叫作丰富多彩的人生，钱老师就是完美的诠释。一个曾经的典型理工男，经历丰富，经几十年蜕变，成了上海滩上的著名作家，还是科普级的。

周玉坤：为钱平雷同学"精品党课"作者新书的社会影响力点赞！

秦月娟：祝贺钱平雷同学又一新书《笔下寻乐记》出版，并成为"精品党课"的演讲者。

孙行琦：昨天的精品党课和首发式确实不错。

李正兴：祝贺钱平雷的科普文学取得如此丰硕的成果。

陈素娣：钱哥，你太棒了！专业的科普著作成了党课的教材，这也是党课的创新，把专业的知识和党课融洽的结合在一起，这是符合新时代特征的中国社会主义。你做得太好了！

郭际冬：钱总，这堂党课上得有声有色有高度。

张光武：文字有时是文字作者真实人生和心路的映照，也是他们思考人生、思考世界的辅力。昨天在会期前，在来会场的路上，我跟高文伟、江世亮两位先生都有交流，其中有一个话题：关于我们国家几位前辈科学家的文学情怀。我们谈到了吴健雄、谢希德和杨振宁。这几位前辈科学家的文字，我有幸都读到过。我曾写过关于中国通信工程元勋张煦的报告文学，张煦和吴健雄是一生知交。中国改革开放后，张煦和吴健雄书信往来很多。其中吴健雄给张煦的信函，尤见其美。我一直以为，一个人的文字能力、文字水平，最容易从日常的书信文字里见得"冰山一角"，吴健雄写给张煦的信函，薄薄笺纸，文字功力之深厚，至今忆起，仍是赞叹不已。同样，我也通过写谢希德和杨振宁的报告文学，见识了这两位科学大家的文学素养和文字功底，以及他们对科学、对未来世界的远见卓识。以致于我竟为今天一些搞文字的朋友感到汗颜。其实，文学就是有这样一种非凡魅力，她能让人插上想象的翅膀，畅想未来，追寻未来，而科学家、理工男一旦插上文学的翅膀，就会如虎添翼，大胆想象，大胆预测未来，又以科学为依据，大胆地去创造未来，所以，我一直以为，没有文学想象力的科学家和理工男永远走不远。当然，一个重要的前提，是热情，是爱，是对生活的热爱，对事业的热爱，对祖国的热爱，对世界的热爱，对人的热爱，这些，也都是钱平雷和他的作品所具备的。所以我说，具备文学情怀的工作者钱平雷和他的作品，无论是对科技工作者和理工男，还是对今天的作家群体，都是一种启示。书信属于尺牍的一种，尺牍见功力，这些年来，书画拍卖场很火的一个门类是尺牍，因为收藏名人名家书信，既是对书法艺术和文学的欣赏，又可见微知著，了解当事人当时的思想和心境。当然，那是题外的话了。

（2021年11月29日"澎湃新闻"登载张光武先生上述评论）

柴慈铎：祝钱平雷先生的创作道路达到了新的高峰，老骥伏枥，志在千里；烈士暮年，壮心不已。令人钦佩！看到您的创作事业又有了新的发展，达到了新的高峰，为你感到由衷的高兴。希你多多保重身体，健康事业双丰收。

周文华：热烈祝贺钱平雷同学又一新书出版，这次首发会参与人员来自各路精英，涉足领域宽泛，变成了一次精品党课，这是一大惊喜。其次智慧楼宇的设想成为现实中会呼吸有生命有智慧的楼宇，如同开花结果般有时日了，钱平雷同学该是由衷地感到高兴的。新书首发会搞大了，真的是搞大了，是个超出预期的收效颇丰的会，该恭喜钱平雷同学了，一个理工男的著作水平，得到了大家的赞赏和肯定，是该为你又感到骄傲的。谢谢你与我们分享喜悦，在此同喜了！

陆瑞文：佩服你的才学和勤奋，"夕阳无限好"在你身上体现得淋漓尽致！

姜乃亮：在同学群里通过你的介绍认识了公众号"上海老底子"，便经常打开浏览，并按数字提示浏览各区和你的文章及大作。看到你的作品倍感亲切，也很有自豪感，这是我同学写的！已是奔八的年龄，还坚持创作，佩服！我现在平时所作所为的都是一个字"玩"。而你"爬格子"可不是一般人能做到的。除了有文采外，还要有毅力。我都提笔忘字了，你还能写大部头的作品。用范伟的话说就是："差距怎么那么大呢？"

朱冰玲：您的佳作今天上午收到了。谢谢您！钱总的佳作已成系列出版，实在令人敬佩。真不愧为文理俱佳的科技文人，名副其实的拓荒者、实践者、引领者。艺术源于生活又高于生活，钱总的作品又何尝不是。在您的作品中看到您的善良、大爱，您的思想、责任；品到您的真诚、奉献、情怀情感和社会责任。这就是佳作的魅力！

许兴汉：平雷兄是一位"跨界"获得成功的典范！他从一名原来从事铁道专业的科技人员，晚年时竟跨界到文学界，数年中笔耕不辍，作品集迭出，成为一位名副其实的高产作家！而在这次其《笔下寻乐记》的新书发布会上，他又一次以"跨界"之举，把新书发布会，办成了一次精品党课，这不仅把这个单一活动推向了一个新的政治高度，同时也为时下各单位正在积极开展的党建工作拓展了更多的新方法、新举措和新范例！在当今的数字化时代，跨界是整合、融合、组合自身资源的特性，将其放大、延伸跨越到别的领域，从而达到资源价值的共享及更大化，并进入一个跨界甚至无界的空间。就此而言，不知能否对阅读此文的读者，尤其是正在寻求创业机会或事业发展的年轻人，带来一点有益的思考呢？

王哲昌：平雷花了不少心血与精力伏案写作，我们受之有愧。谢谢平雷，祝他作品更多，更受大家欢迎。

朱慈堃：谢谢平天兄和你的兄弟平雷，你们兄弟俩有一点很可贵，那就是勤，再加上记忆力强等天分，事业哪有不成？

冯寅生：谢谢平雷！《笔下寻乐记》收到。我因这几天忙于南菁上海校友会《菁友报》的发行，白天无暇看手机，晚上临睡前看到你的微信，我估计第二天能收到，突然丰巢跳出有快递，虽然已是深夜12点，我还是穿好衣服起来到小区外丰巢柜内取出了你寄来的书，一早就迫不及待地翻阅起来。我为你几年来的笔耕不辍而钦佩不已，我一定细细拜读，请注意保重身体！

钱丽臻： 平雷的多产确实基于对于周围人和事物的关切而必需的多情和多思。一位退休老者如此勤奋，不顾辛劳乃至腰椎的病痛，精神实在可嘉可敬，已经不是简单的取乐了！

社情民意变成散文作品趣谈
——民盟组织助我成为文学作家

今天我收到了新一期的《上海盟讯》，翻到第四版副刊《绿洲》，饶有兴趣翻阅看到有一篇评论盟友薛舒作品的文章，这让我想起，薛舒女士还是我的领导，因为她是上海市作家协会的副主席，也是中国作协的全委会委员。而我不仅是上海市作协的会员，还在今年被中国作协批准为新会员。一个学土木建筑的理工男，成为本专业的高级科技人才应该算不了什么，尤其在人才济济的民盟组织里，更是不足为奇。但成了一名散文作家，而且还是"国家级作家"，大概还是不多见的。可能大家未曾想到，我能成为文学作家的源头，就来自民盟组织让我们盟员撰写社情民意。而我的第一篇由社情民意变成文学作品的，就是登载在《上海盟讯》副刊上的拙作《滑稽戏也要与时俱进》。

早在2002年夏天，我与时任市委宣传部负责人的张光武老师一起去奉贤参加民盟市委常委会议，途中闲聊，我告诉张老师，我虽然读的是桥隧专业，还是一名业余的科普作家，但对纯文学也很感兴趣，也喜欢写写散文，希望得到张老师的指教，因为他是师大中文系出身。张老师谦虚地表示愿意"交流"。于是我将《滑稽戏也要与时俱进》一文发给了他，不料他将此文在《盟讯》刊登出来了。这是我的文学作品第一次被报刊正式登载的记录，心中一种喜出望外的感觉油然而生。没想到，此文被上海滑稽剧团的领导曹强先生看到了，他认为这是一篇"打中要害"的好文章。由此通过《上海盟讯》编辑部，邀请我去"上滑"叙谈，还专程让盟员"王阿姨"王文丽陪同来民盟市委拜访，希望进一步探讨滑稽戏如何发展的问题。我真是没有想到，散文创作还可以转变成社情民意发挥作用。

接下来，我的一份社情民意报告《空调巴士里的摇滚乐》，除了发挥了它本来是对公交部门提意见的作用外，又反过来变成了文学作品。我发现当上海市内公交巴士升级换代后，车厢里装有CD播放设备，由于公交部门缺乏管理经验，于是一些司机把自己的CD片拿来随意播放，破坏了车厢内安静的氛围，为此，我根据自己长期在铁路系统工作的经验，提出改进的建议。我本来是将此份报告交给民盟市委管理社情民意的部门的，也不知什么渠道，被推荐到市政协去，在《联合时报》上刊登了出来，还是我的一位民建会员的亲戚看到后，打电话向我祝贺，我才知晓的。

从此，我知道了撰写的社情民意是可以与我喜欢撰写的散文联系在一起的。我们民盟是一个横向联系、人才荟萃的组织。在盟内可以遇到各行各业的才俊。我除了与科技界的盟友打交道外，还有与文艺、教育、出版等其他界别的人士交流的机会。这让我这个"兴趣爱好广泛"的人，有机会"跨界"去"说三道四"发表自己的看法。这很可能就是提交社情民意的良机，也往往是散文创作题材选择的理想途径。像《大世界的出路何在》一文中，建议政府部门将大世界改为"非物质文化遗产展示馆"，比较侧重于社情民意的作用。而在2003年4月16日民盟市委举行的"世博与上海文化精神研讨会"上，面对文艺界的同仁们我发表了《谁是剧种的主流》一文。我以科技人员身份，对京剧、越剧、沪剧和评弹中的流派现象，发表了科技与文艺是相通的观点，建议彼此应该互相交流、取长补短，发言取得了很好的现场效果。事后《上海盟讯》全文刊登了此文。这篇文章似乎文学欣赏性又重于社情民意的成分。

在社情民意和散文创作彼此良好互动下，我个人获得了"双丰收"。当我写作的散文数达到一定的量级时，2005年在盟友钟海谷的帮助下，我出版了自己第一部散文集《幸福相对论》，在时任秘书长的方荣、董平老师的引荐下，著名作家赵丽宏老师为之作序《科学的智慧和文学的情怀》，为我日后成为一名科普文学作家定下了基调。同时民盟市委也给了我"社情民意先进个人"的荣誉。至今我已经先后出版了7本散文集，里面许多文章都来源于我每年提交的社情民意。它们也为我一名科技人员成为文学作家提供了宝贵的资源。

（原载《上海盟讯》副刊《绿洲》2022年10月31日，编辑部将其改名为《从科普到散文，我在盟的帮助下"华丽转身"》）

评议与联想

朱冰玲：钱总太棒了！全文拜读学习，很是敬佩。科普与散文的融合，即理性与感性融为一体的科普散文，造就了一位科普散文作家。尤其在科技迅速发展的新时代，为科普散文和科技散文作家提供了更大的发展和发挥能量的空间。期待钱总佳作源源不断！

作家头衔两次升级记

——写在获得中国作家协会会员称号之际

一、少年曾有作家梦

我们在小学读书时，到了5、6年级，语文老师经常会以"我的理想志愿"为题，要求学生写一篇作文，说说自己将来长大后要从事什么职业。在当时要当一名解放军战士或者人民警察，往往是男同学最多的选择，也有说要当建造高楼大厦、跨江大桥的工程师的。女同学比较多的是要当医生和教师。当然也会有同学表示要当运动员或者演员的。可能在当时孩子们还没有"大国工匠""农艺师"之类的概念，如果选择要当工人和农民的，也说是要当一名火车司机或者拖拉机手等，那些在他们心目中具有英姿飒爽形象的工作。既然是"理想志愿"，总归要选择稍微难一点的意向。而对于当一名科学家或者作家的志向，虽然有些孩子的内心会有这样的想法，但是那毕竟是比较少的人才能够从事的职业，一般不太容易实现，所以大多数的小学生都不敢在作文中直言表达，免得被其他同学知道后，会被嘲笑野心勃勃。但这并不影响他们自己在学习或爱好中，对数学或者文学的偏爱，也不影响他们心中蕴藏着将来长大后当一名科学家或者作家的梦想。

我是一个喜欢文学的学生，在小学时代，除了语文的作文课外，我还参加了学校的文学写作兴趣小组。对社会上举办的作家校外讲座，也积极参加，认真听讲。我的作文在班上经常被老师当作范文宣读。小学时代也曾有过一个想当作家的梦想。然而，到了中学，因为受了"学好数理化，走遍天下都不怕"舆论的影响，尤其是我的父亲因为大学从理工科改成了文科,使他的工资待遇大大少于他那些学习工科和医科的中学同学,而且每逢政治运动还要惶惶不可终日,所以他希望子女们将来都要从事理工科的职业,轻视文科。于是我们姐弟都"扬短避长",放弃了对文学的喜好,重视相对比较吃力的数理化的课程。虽然以后考上了上海交大、同济大学那样的理工科大学,也都成了高级工程师那样的行业专家,但从兴趣爱好的角度来看,它与自己的职业是分离的,没有达到职业和兴趣两者合二而一的理想状态。相反,我们却在业余文艺爱好方面都达到了较高的水平,就如我从业余爱好是写作,最终还成为一名中国作家协会的会员,在古稀向着耄耋的岁月中,圆满地实现了我在少年儿童时代一个想当作家的梦想。

二、作家头衔首次晋

我开始从事写作工作是在20世纪80年代中期,我担任主持日常工作的上海市铁道学会的副秘书长。科技学会的一项重要任务就是科普。当时铁道学会与《上海铁道》报合办一处科普专版,其中的编辑工作需要双方合作。我真正开始撰写科普文章是在1988年10月,应澳大利亚铁道学会邀请,赴新西兰参加国际轨道年会。回来后写了一篇名为《澳大利亚铁道与交通见闻》的文章,登载在中国铁道学会主办的科普刊物《铁道知识》上,据当时在其他铁路局工作的大学同学告诉我,其阅读过程有着"就像跟着你一起去了澳大利亚"的感觉,给了我以后从事科普创作很大的鼓舞。后来我因工作需要,与上海铁道大学的孙有望教授等合作,编写出版了《铁道知识趣谈》一书;1992年我又应《文汇报》之邀,创作了《城市有轨交通将东山再起》一文,该文因为既普及了轨道交通的一般知识,还对上海市发展有轨交通具有一定的前瞻性,受到了广泛好评,获得了"上海市优秀科普文章"的称号。我由此参加了上海市科普作家协会,成为一名科普作家。

在1997年上海科普作协举办的征文活动中,我的《科普——新的经济增长"火箭"的发射台》与另一位青年科普作家达世新的一篇文章并列一等奖。上海科普作协李正兴秘书长依此推荐我加入了中国科普作家协会。于是有了我的作家头衔从省市级上升到国家级的第一次"升级"。从此,我的"科普作家"头衔也正式经常出现在一些诸如科普讲座或书报杂志等公开的场合上,尽管我仅仅是一名"票友"而已。

三、科普作家文学转

中国的科普作家绝大部分都是热爱写作的科技人员,专职的科普作家在早年可谓凤毛麟角、屈指可数的几位。长期的文理分家的社会氛围,导致从事理工科的科技人员的文笔水平普遍较低,即使有了"科普作家"头衔,其大多数会员的作品的可读性还是不能令人满意的,影响了广大受众接受科普宣传和教育的效果。为此中国科普作协提出科普与文学相结合的创作路子,上海市科普作协积极响应。他们开始采取的是邀请文学作家参与科普创作,令人遗憾的是大多数的文学作家的科学素养与其文学写作技能不能匹配,除了徐迟、黄宗英等个别文学作家创作出上乘的作品外,其他基本都以失败告终。在当时看来只有由科普作家来探索这条路子了。上海科普作协的作家们为此付出辛勤的心血和精力,以杨秉辉、卞毓麟、陈积芳等为代表的协会领导身先士卒,带领广大会员撰写出具有相当数量和质量,并有一定影响力的"科普文学"作品。我将此类作品称为"科普文学"是因为它们已经摆脱了以往科普作品就是"科技知识浅说"小品文的形象,是以小说、散文、诗歌等纯文学的形式作为载体,赋予科普的内涵,将文学和科普融为一体的作品。

我作为科普作家中的一员,也积极参与"科普文学"的写作,先后撰写和出版了《幸福相对论》《幸福就在当下》《幸福永伴你我他》《上海高度》《上海广度》《上海力度》分别被同仁们戏称为"幸福三部曲"和"上海维度三部曲"六本散文集以及小说《居家养老解困记》。我的第一部散文集的名字,是采纳了为该书作序的著名文学作家赵丽宏老师的建议,采用该书中一篇文章的题名《幸福相对论》而确定的。他为我撰写的序言的题名叫《科学的智慧和文学的情怀》,看似这是他指出了我散文的特点,其实是赵丽宏老师为科普文学下的定义。为我的第二部散文集作序的,也是一位著名的文学作家叶辛老师,这也应该是他对这种文体形式的一种肯定。

在我与曾经哈尔滨铁路局的一位老同事,沪上著名作家王晓玉教授重新相遇时,我把当时已经出版的"幸福三部曲"作为见面礼送给她,请她指教。当她得知我不是上海市作家协会的会员时,认为我已具备入会的条件,建议我申请加入。我的老同学王吉茂、老朋友胡定伦等也都认为文学作家比科普作家影响更大,鼓励我积极申请入会。于是在王晓玉和达世新二位教授的介绍下,我于2016年5月被上海市作家协会批准成为新会员——文学作家。如果从我们科技人员采用的科学方法"集合论"来分析,科普文学就是文学和科普的交集,两头沾边。上海科普作协的老秘书长周昭德因此半开玩笑地叫我"双重作家"。

四、科普文学"名分"争

从我成为上海市作家协会的会员后,我的创作热情有增无减,在文史专家张光武、许兴汉、宋心昌等文友继续指点下,又连续撰写和出版了"上海维度三部曲"和一部科普小说。同时与时俱进,通过"美篇""上海老底子""澎湃新闻"等网络或新媒体发表我的文章,读者数以万计,呈几何级数增长,也出现了一批我的"粉丝"。当这些文章达到一定文字数量时,我又把读者与我互动时写下的评议编在一起,依此出版了一本新的散文集《笔下寻乐记》。因为支持我出版的上海市楼宇科技研究会财务的要求,希望书名有与科技相关的文字,我随手加上"钱平雷科普文学作品集"的副标题。结果被李正兴老秘书长称道:"这是我所看到的第一本书名带有'科普文学'字样的图书!"

能够让"科普文学"成为文学领域的一个分支,或称"类型文学"并不是一件容易的事情。无论是科普界内,还是科普界外,都有一定的阻力,原因很复杂,为此中国科普作家协会一直与中国作协在交流,并成为中国作协的团体会员。我也是一名"科普文学"的热情鼓吹者,除了撰写研讨文章、参加研讨会外，还在中国作协主办的报纸《文艺报》发表了《请给"科普文学"一席之地》一文，希望引起文学界的关注。前不久传来了中国科普作协的上级单位——中国科协和中国作协签订战略合作协议的消息，他们把科普和科幻合到了一起，称为"科普科幻文学"。这就给了"科普文学"在文学界有了一个"名分"。因为如今科普对于学科交叉建立新的边缘学科的作用十分重要，各所著名大学对此非常重视，如果没有科普学科的名分，就无法设立科普学科的门类，这对其他学科之间的交流，对科普专门人才的培养，或者对学生进行科普写作技能的教育，都是非常不利的。由此可见，科普与文学相结合，随着社会和科技的发展对其的呼唤，也应该水到渠成了。

五、试报作家国家级

前些年，我经常看到上海作协的一些作家在对外介绍自己的身份时，写上"中国作家协会会员"的头衔。在上海作协的报告或简介中，也会写上本协会有多少会员，其中又有多少是中国作家协会的会员。看来中国作协会员占地方作协会员的比例，也是显示各省市地方作协人才建设的一项重要指标。我虽然年事已高，但在上海作协的资历却很浅。2020年我看到与我同时入会的作家居平老师，她是我的一位朋友许良医生的妻子，因为我俩同时入会，如同古代科举，同时入选的考生称考官为"老师"，彼此为"同学"，所以互相戏称"师兄妹"，她加入了中国作协。于是我就找来有关资料查看，似乎并不是高不可攀。我已有的条件已经具备入会的基本要求。当然我也有顾虑，毕竟我已经是一位年逾古稀的老翁，在其他领域里，应该告老还乡了。当年在上海市作协的新会员大会上，发现其中年龄最大的新会员有76岁。领导说了，加入上海市作协是不容易的，上海作协在兄弟省市作协中，是以"严"著称的。不过他还说了，搞文学是没"退休"一词的，只要你有精力搞创作，有好的作品问世，还是可以参加作家协会的。如果按照这个精神来看，我今年申请加入中国作协应该还是允许的，况且，去年我还有新的作品出版呢！

于是在今年年初，我就按照规定程序申请加入中国作协，虽然我有8部文学作品，但按规定只要呈报3本图书的名字及其出版书号，并呈送其中2本供评审之用即可。我先在《中国当代文学信息库》网上填报相关信息，在获得确认后，把有关书面表格材料送到上海市作协的创联室，一位叫李旸的年轻姑娘很认真地审核了我的材料，并告诉我由他们报送中国作协，因为按照中国作协发展新会员的规定来说，我们是需要所在地的省市一级作协或者团体会员单位的推荐，才能申请加入的。如果不是省市、部委一级作协的会员，如中直机关的个人申请入会，就需要两名中国作协会员的介绍。由于新冠疫情的关系，此事没有按照原来预告的时间告知是否获得批准。上网查询，说是网络处于维修状态，没有消息。终于在7月初，中国作协曾经发来一条短信："您提交的纸质材料已收到，申请材料有效，请耐心等待中国作协审批结果。"既然有了信息，那就安心地等待结果吧！其实我也没有必要太多的牵挂，到了这个年龄，本来就是带有尝试性质，是锦上添花的事情。

8月19日的下午，居平老师发来一条微信的链接"中国作家协会2022年会员发展公示"，下面她还附上一句："祝贺钱兄哦！"我马上打开一看，先找到一长串名单的"上海22人"的地方，看到"钱平雷"三个字与毛尖、小白、喻荣军等知名作家的名字或笔名都在其中，可以放心了。然后再翻到初始的地方一看，原来申请入会中国作协，并不容易，淘汰率还是很高的：收到2 875份申请，审核确认，符合条件的有2 211人，8月16日经过审议和投票程序，拟发展994名予以公示。看来最终只有1/3的申请者才能过关，获得批准。公示时间是8月17日至23日。在这份公示的名单中我还看到诸如导演贾樟柯，《北平无战事》的编剧刘和平等那样的著名文艺界人士，甚至还有一位来自金融界，叫孔冬梅的作家。

在等待中国作协正式宣布2022年新会员名单的日子里，我闲着上网查看了有关中国作协的信息，它大概有10 000多名个人会员，如果按照全国14亿人口来做比较，每14万多一点的人口中可以产生一位中国作协的会员；怪不得许多省市自治区或地级市的媒体都有报道，本地今年又有几位作家入围了中国作协的新闻。如上海市金山区的报刊报道，因今年该区第一次有人入围，于是说这是"零的突破"。颇有点类似于各地的媒体报道本地今年又产生多少位两院院士的味道。为此我也查询了拥有科学技术最高荣誉的中国科学院和中国工程院两院院士的数量，一共有1 800多名，那么，全国每75万左右人口中，才能有一位院士。这也许就是文学界和科技界获得各自最高荣誉称号易难程度的比较。因为我长期处在科技界，所以对于院士当选之难有所了解，属于相当困难的程度，有些科学家或工程专家，申报了好几次都没有被选上。但在上海，两者的差距似乎就没有那么大，如2021年上海市增加了11名两院院士，但新增的中国作协会员也只有16名。这次我也才知道，想成为中国作协会员也并不容易，一位广东籍的作家在网上发牢骚，说他已经申报了3次，今年又落选了。因为一位陕西籍的诗人是否可以加入中国作协，在网上引起了一波不小的议论，这也从另一个角度说明，人们对中国作协还是很关注和很在意的。看来我至今还能被保留在公示的名单中，应该是很幸运的。

六、儿时愿望古稀满

9月2日中国作协正式公布了"中国作家协会2022年新会员名单"，但没有说明新会员的入会日期，如果按照2021年新会员入会的做法，入会时间不是最后公布的日期，而是定在中国作协书记处审议批准的日子——8月16日。回眸我这个业余的作家，从1992年成为上海市科普作协会员开始，到如今来到了中国作协会员的位置，历时正好30年。同时我的文学作家称号也就从省市级提升到了国家级（图1），由此完成了我的作家头衔第二次升级。没想到自己到了晚年，我还能享受一次如同当年拿到大学录取通知书般的喜悦感觉。1964年8月16日，我拿到了同济大学的录取通知书，从此确定了我的人生道路。过了58年，又是一个8月16日，让我成为中国作家最高层次团体组织的一名成员，因此8月16

图1 中国作家协会会员证封面

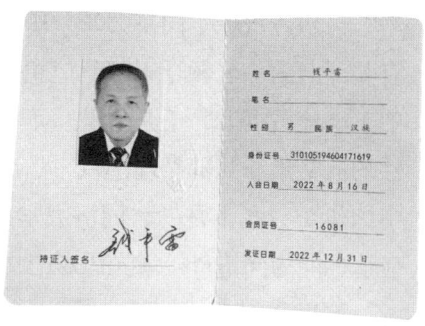
图2 中国作家协会会员证内

日对我来说,如同我的生日一样,也是一个难忘的日子(图2)。

我还在遐思,我能成为中国作协的会员,一定程度上也代表了从事"科普文学"创作的科普作家们,我们终于在文学界获得了"一席之地"。但从最后批准的名单来看,也许是我自作多情,因为其中还有"科普10人"一栏,这就意味着中国科普作协作为中国作协的团体会员单位,也有10位科普作家推荐入围。据我估计,他们更多是以科幻作品参审的。现在从事科幻作品写作的作者,多半也是科普作家。公开打"科普文学"旗号的科普作家主要还是在上海。

当年我参加上海市作家协会第十次会员大会的时候,发现里面的会员多半来自文科的大学校友,北大、复旦、华东师大、上海师大、上戏等校的毕业生们成群结队,彼此打着招呼,互相问候。像上海交大、同济、华东理工等高校的校友也应该有,但肯定是屈指可数的几位。由此可以推测,在中国作协里,来自理工科学校的毕业生,其比例可能更加小了。让我第一次看到同济大学的学生成为中国作协会员的是在一本名为《国民素质忧思录》的书,作者是与我同届的一位校友解思忠同学,他是山西万荣人。1964年考大学前,他就有将来当一名作家的愿望,所以他准备报考北大。不知什么原因,最后他临时决定就读于理工科大学，于是就报考了同济大学。毕业后他转辗几个单位，后来成为国务院有关部门的一名领导干部，但想成为一名作家的愿望，仍一直在他的心中牢牢地占据着，于是他撰写了"国民素质三部曲"等好几本富有哲理性的散文集和几部长篇小说，然后按照中直机关人员入会的途径加入了中国作协。我也是一名同济大学的毕业生，能够成为中国作协的会员，应该也能为同济母校增光添彩吧！

这里我也总算圆满地实现了儿童时代的一个梦想。我在遐想，如果我的中小学老师们，尤其是语文老师，当他们知道他的学生能够成为中国作家协会的会员，他们一定也会为我感到欣慰和自豪的，因为这也是他们辛勤培育的成果。真是没想到，尽管我在从事理工科的几个专业中都有一定的成就，但最后让我达到人生最高峰的，却是我的业余爱好——科普文学的写作。

（"上海老底子"2022年9月9日以《作家头衔两次升级记》原名登载，在"美篇"曾改名为《儿时梦想古稀满》）

评议与联想

作者按语：这是我又一次的感情大丰收，上一次还是在当我将新书《笔下寻乐记》送给各位亲朋好友的时候。当时我把大家发来的祝贺和致谢的语言尽可能地摘录收藏。这一次发来微信贺词更加集中，而且数量更多。人到晚年，不是生日之类喜事，自己还能够得到这么多人的祝贺，确是一件弥足珍贵的幸事。由于留言实在是太多了，因此如果就是一句类似"热烈祝贺钱平雷成为中国作协会员"那样相同简单的贺词，我就不一一抄录了。否则祝贺的文字数量将要超过了文章的正文，当本文收录到《生活就是美》一书中，就显得"喧宾夺主"啦！但是那些能给读者带来故事性的信息分享的文字，我还是非常珍惜地保留在此。

钱丽臻：欢呼平雷成为中国作家协会的会员。这是他生平的不凡成就，也是我们钱家门的光荣啊。当今中国社会，呼唤文化、教育要有较大的发展，作家是理所当然的灵魂工程师。人民对中国作家协会的精英肯定寄托期望，等待你们为后代写出更多的著作，继承中国文化的辉煌传统。

钱平天： 从省市级到国家级是一个质的跃升！平雷品质中确实有许多精彩的亮点，他的敢想敢干和坚定不懈，是他能屡战屡胜的基石，也是值得我们大家学习的榜样，他为我们钱家门增了光！

马淑云： 祝贺你！一个学理工科的学子成为文学作家，何易也！因你具有较好的数学逻辑哲理、深厚的语文基础和广博的科学思维。难得，难得。人才，人才也！再次贺之！

冯寅生： 祝贺平雷老友喜获殊荣！真可谓老骥伏枥，志在千里；耄耋之年，壮心不已！

胡善通： 祝贺钱兄，作家头衔两次升级。实至名归！

陈素娣： 热烈祝贺钱哥荣升中国作家协会会员，太赞了！作为一个理工男，不仅在自己的专业上颇有造诣，而且跨专业在文科上也是硕果累累。这次能成为中国作家协会会员就是一个最好的证明。钱哥，你真是太棒了！

钱莹臻： 祝贺二哥成为中国作家协会的会员。光宗耀祖，是我们钱家门的荣耀，赞！

周昭德： 儿时愿望古稀满，祝贺老钱成为双重国家级作家。

王莉英： 热烈祝贺钱平雷同学入选！钱平雷同学确是实至名归，受之无愧！另外，与你一起入会的上海作家毛尖、朱惜珍、李伟长、黄昱宁我是认识的，前三位曾经交往过且合过影。（毛尖是华东师大教授，浙江人，经常到思南公馆及其他场合举行讲座，是知名的评论家。说话爽快犀利，口才极好。朱惜珍原先就是作家，文笔比口才好，现在经常会写一些上海老建筑的文章。李伟长原先是思南公馆读书活动的组织者之一，经常会主持思南公馆读书会的活动，口才极好，现在是某出版社的负责人了。黄昱宁原先是译文出版社的，经常翻译一些作品，当然自己写得也不错，口才也是很不错的。）

刘念祖： 衷心地祝贺你实现了人生中最大的愿望。

茆诗咏：一辈子的梦想和努力总算有了成果，真是太不容易！你是理科生中的佼佼者，向你表示祝贺和敬意！

孙泰澧：你的文章曾在我的同学中引起如此强烈的共鸣，向你表示祝贺。

顾　睿：祝贺平雷兄晋升中国作协，我们为你骄傲。

顾亚民：祝贺平雷同学在文学的殿堂上又跃进一层！

顾正兰：热烈祝贺钱平雷同学在古稀之年成为中国作家协会会员！

范巧芝：祝贺钱平雷同学成为中国作家协会会员。希望看到更优秀的作品发表。

许兴汉：平雷兄，热烈祝贺荣获国家级作家光荣称号！作家不是一个职业，却能让你获得除温饱以外的许多东西！

杨秉辉：钱先生许多年来笔耕不辍，科普、文学双丰收，著作等身，获此殊荣，理所当然，当之无愧。上海科普作协亦引以为荣。

钱雪元：祝贺荣登，心想事成！

李正兴：拜读了此文很有感受，祝贺您成为中国作家协会会员！这是由于您的创作成果取得的结果，也是我们上海科普作家协会的骄傲！

秦定珠：向二哥学习。真是特殊的材料，人活着就要这么钻研，一直到老还有所收获。祝贺！庆贺！

蔡　季：进入中国文学作家最高的领域，祝贺你！

王云江：只要是金子，总要发光。

王浩汝：祝贺钱平雷成为中国作家协会会员，并实现从小的梦想和追求。作为理工科毕业生实属不易。

周芳龙：钱老师，能有您今天在作协里的成就真是不容易，阅后感慨万千，是我学习的榜样！值得庆祝！恭喜！恭喜！

王雪英：祝贺钱平雷先生作家头衔两次升级！并为获得中国作家协会会员称号的钱先生点赞。

喻渭河：祝贺平雷兄入选中国作协作家！实至名归，期待平雷兄更多佳作问世，一扫弄虚作假之颓风！

高旭东：热烈祝贺您成为中国作家协会会员，为你的作品和成就点赞。我认为还是用《作家头衔两次升级记》作为题目为好，这让读者好奇、想了解，一目了然。

沈洪波：今天早上我在网上看到2022年新入中国作协的名单，"钱平雷"名列其中。祝贺钱总！

达世新：刚拜读了平雷兄长文，情真意切。心诚所至，修成"正果"，这确实是一次可喜可贺的重要的人生收获！

管月伟（中学任课老师）：平雷，祝贺你成为中国作协的一员，希望你在文学领域里再做贡献。

尚汉惠（中学班主任）：祝贺钱平雷同学进入中国作协，并希望你在文学领域里做出更大贡献。

倪纪芬：祝贺钱同学晋升中国作协会员！钱同学文理双全。事业有成，文思敏捷，笔翰如流。钱同学出类拔萃，成就满满，可喜可贺可大赞！

周剑平：恭贺平雷兄荣任中国作家协会会员！笔耕不辍，实至名归！

张崇大：祝贺钱平雷同学终于实现了儿时的梦想，并成了多产的作家。

钱佩君：我们6138班有一位优秀同学钱平雷进入了中国作协，祝贺他实现了儿时的梦想，真是好样的。

陈国梁：坚持不懈努力，怀有强烈文学情的多才多艺专家，又多了一个头衔，中国作家协会会员，实至名归，衷心的祝贺！钱总是大作家啦！恭喜恭喜！

傅守爱：恭喜钱总成为中国作家最高层次团体组织的一名成员！天道酬勤，努力得报，事业有成，人中龙凤！

曹文希（高中班主任、语文老师）：钱平雷，祝贺你！我为你高兴，你是一个有成就的孩子！

胡鸣芳（曹老师女儿）：钱总好！首先向您表示祝贺！昨天下午我们陪同曹老师来到了上海中心大厦"上海之巅"观光、晚餐，看到您这条信息时，我们正在118层观光；也就是说，曹老师是在119层用晚餐时给您发的微信留言，向您祝贺的！曹老师说，为你感到高兴和自豪！那是来自上海之巅的声音，是来自世界第二高楼的祝贺！不知道您能感应到吗？我也已代您把这个好消息分享给了我的家人，他们都为您高兴，并且祝贺哦！

仇淑梅：钱平雷，恭喜你。由衷地为你高兴，为你点赞。

邵群涛：钱平雷，儿时的理想，一生的奋斗，终于成真！祝贺你成为中国作协会员！

吴文治：热烈祝贺你入选为中国作协会员！圆了少年梦，前景更辉煌！

乌明皓：祝贺平雷同学入选中国作家协会会员，这是何等的荣耀！

宋爱华：刚从无网络的老家回到嘉兴，看到在6432班级微信群里，祝贺钱平雷同学成为中国作协会员的贺词此起彼伏，好热闹啊！请平雷接受我晚到的祝贺！

杜锡全：为平雷兄2022年荣登中国作家最高殿堂击掌庆贺！为"儿时愿望古稀满，不忘中小学语文老师的启蒙之恩"点赞！更期待有新的应世作品呈现给社会大众！

柴慈铎：喜闻散文大家钱平雷先生荣升中国作家"国家队"中国作家协会，成为中国作家协会会员，作为钱平雷先生多年的知音和粉丝，感到由衷的高兴。取得文学界这么巨大的荣誉，是和钱平雷先生深厚、扎实的文学功底，广博的科学、人文、社会、史地知识，广泛的兴趣爱好，多年的刻苦，艰辛的努力分不开的。老骥伏枥，志在千里，祝愿钱平雷先生的文学道路，越走越宽，登上新的高峰。

郭际冬：祝贺钱总荣升国家级作家，您要带领我们再启程。

CKD（陈孔道）：品位高尚！思路敏捷！笔法娴熟！粉丝爱悦！恭喜你！

柴慈镛：祝贺平雷兄荣升中国作家协会会员。实至名归，可喜可贺，你在事业上达到顶峰，也为我们大家争了光，感谢你！

钱鹿怡：祝贺我最亲爱的爸爸成为中国作家协会会员，今天是澳洲父亲节，这是最好的节日礼物。妈妈、我和殷切、信宝，以及各位亲朋好友都为您高兴、愉悦和自豪!

李喻犀:平雷叔叔入选中国作协,老当益壮,多产作品,让我们晚辈引以为傲。

阿　焱(微信名):由衷祝贺钱教授连中三元(科普作协、上海市作协、中国作协)!

在做学问的行程中,从来没有通衢大道,只有不辞辛劳、锲而不舍,向着高峻目标攀登的志者,才有希望达到金字塔的顶端。钱教授一专多能,搞技术是行家里手,写文章是笔酣墨饱、行云流水。多年来,讴歌我们伟大的时代,以高度的文化自信和锐意进取的正能量,不断谱写时代精神,攀登文学高峰,学识渊博,著作等身。在荣誉面前,没有陶醉,继续不懈努力,去攀登新的高峰。敬佩,敬佩。坚持登山的人,能到达顶峰,一生中面对的高峰很多,只有矢志不渝、持之以恒,最终才能成为强者。对钱教授的成就,才疏平庸的我只能仰视,但可以学习,学习,再学习。谢谢励志分享。

凤凰石(微信名):乐龄赋能,一路学思行;所爱所专精深丰富,多面手亦成真作家,丹桂文字香。

Old Wang(微信名):上海铁路局名人辈出,20世纪70年代有一位书法(魏碑)爱好者周华金先生,据说,后来成了"新魏碑体"的先行者。在上海书画圈小有名气。

耳一方(微信名):

《破阵子·作家头衔二升级》
海上平雷贯耳,梦回昨夜窗前。
曾记儿时当日事,飒爽英姿数理肩。
范文显露贤。
百里挑一出众,凤毛麟角拔尖。
了却文学科普事,水到渠成添彩篇。
头衔今又迁。

淡　　绿（微信名）：

《七绝·恭贺钱平雷老师加入中国作协》
儿时梦想古稀圆，
勤奋耕耘自策鞭。
美妙人生双手创，
枫林燃爆爽秋天。

RHT（微信名）：平雷同学文学征途上的第二次飞跃，衷心祝贺您！

张淑华：今天是9月3号，真是双喜临门的日子啊！首先真心地祝贺钱总在文学路上努力耕耘，实至名归，获得了如此的殊荣，可喜可贺！其次今天又是朋友节，世界之大，每人都需要朋友，有了朋友生命，才能彰显人的全部价值。朋友是以心相交，真诚以待，彼此懂得，从而也是人生一件乐事，尤其是像钱总你这样学识渊博的学者，更让我感到幸运与高兴。我现在有这样的感悟，在这世上有三样东西是别人抢不走的，一是吃进胃里的食物，二是藏在心中的梦想，三是读进大脑的书。祝大家节日快乐，我把朋友节祝福送给大家。

胡定伦：钱总散文的特点，如著名作家赵丽宏先生所说的，是科学智慧和文学情怀的有机结合。他所积极倡导并且躬行实践的"科普文学"（我有时喜欢称它"科普散文"），在自媒体、微信、抖音、博客等盛行的当下，是一种大众能接受而且很喜欢的文体。我作为钱总的一位老友兼忠实粉丝，十分佩服他的写作能力：灵光一闪，不用特别努力，就能把自己的意思正确无误地表达出来，层次分明，逻辑严密，就是一篇可读性很强的优秀的科普散文或者文化散文。祝贺钱总梦想成真！为你高兴，也为自己有这样一位有才华的朋友高兴！

澳大利亚文化习俗见闻之一

成了博士还要读硕士？
——参加悉尼大学毕业典礼侧记

一

2023年4月22日，一个星期六的下午，我在女儿家里接到我们在悉尼最亲密的一家朋友的男主人何为义先生的电话，他向我发出邀请，让我和他一起在5月5日去参加他大儿子何子恺（他的英文名字叫George He，乔奇·何）在悉尼大学（The University of Sydney）硕士学位的毕业典礼。说是每个学生只有2名亲友才能允许进入会场，其他人若要参加只能在会场外面看着大屏幕，而且入场的人是需要自己买票的。

据我所知，在国外，人们对于学生的毕业典礼是很重视的，那是家长和学生一起感受幸福和自豪的时刻，也是学生们经过一番艰苦耕耘知识和技能田地后，期待收获的季节。一般都是由学生最亲密的家庭成员，特别是父母亲出席典礼，去和学生一起分享这份荣耀的。当年在我女儿获得硕士学位时，是我的妻子和从小照看女儿长大她的外婆，专程从上海来到悉尼参加她的毕业典礼的。看到女儿带着象征学位的"方帽子"，同时听到她导师讲的赞赏女儿的祝贺词，成了她们事后一直挂在嘴边、用骄傲口吻诉说的话题。从来没有临场参加过任何毕业典礼经历的我，也受到了感染，也多少理解了为什么学生和家长都是如此重视毕业典礼，那无疑是在每个人的人生传记中的一个重要节点和事件。

何先生告诉我，因为那天他的妻子董晔蒨女士还在上海探亲，无法参加儿子的毕业典礼，经过他和乔奇的商量，决定把这个宝贵的名额让给我。理由一是早在2010年我来悉尼第一次见到乔奇时，就喜欢上这位聪明懂事的英俊少年，提出与他结为"忘年交"。在我以后出版的数篇散文里，也谈及了我们之间的交往和友谊。二是他们父子认为我拥有大学客座教授的头衔，又在去年成为中国作家协会的会员，以这个身份参加毕业典礼，最为合适，相对来说比较熟悉大学的环境，也可以为我文学创作提供素材，留下永久的纪念。在何家父子盛情之下，我觉得这也是了解国外文化习俗的良好机会，于是愉快地接受了参加乔奇毕业典礼的邀请。

二

据我女儿鹿怡告诉我，乔奇在悉尼大学的硕士课程是数据处理问题，这与他从事的医疗职业又有什么关系？而且我知道他正在准备申请专科医生（Specialist）资格学习的程序。于是当5月5日下午何先生来接我前往悉尼大学的途中，我向他了解这个问题。没想到由此引出了澳大利亚医科学习和医生从业体制的一系列知识，那是与我们中国有着很大不同的一套体制。为了便于后面叙述，我不厌其烦地将我了解到的情况在本章节中简要地介绍一番。尤其是在澳洲会有已经获得博士学位的人，还会攻读硕士学位的事情让我觉得很好奇。

在当下中国如果要想当一名医生，就是在高中毕业后，报考医学院校。一般说来，如果是医疗系，在学习实习期间，就可以在综合性医院到各个科室循环实习一圈，本科毕业后就可以进入医院，院方可能让其到诸如急诊室那样的部门实习一番，然后再分配在某个科当"住院医生"，那么他（她）基本上就是该科（诸如内、外、妇、儿等）的专科医生了。如果他不跳槽，不改行，于是熬上数年，经过技术职称评定的途径，他就成为主治医师，再过若干年，他逐渐当上副主任医师，到那时他已经可以算专家了。有些有成就的医生，还有可能成为主任医师。当然像口腔、儿科等，如果在进入医学院校时，就分配在这些系科，那么，他在学校里就决定了自己终生从事的医学专科了。

而在澳大利亚，学习医科有三种途径。一种是像悉尼大学、墨尔本大学等医科有名的大学，高中毕业生如果以高分进入这些大学的医学院，可以经过7年的学习，前3年是Medical Science（医学科学）课程，后4年才是正式医学课程，获得医学博士（Doctor of Medicine）学位毕业。这类大学的另一种入学方式，是你可以先获得任何专业的学士（Bachelor）学位，然后经过专门的考试，进入该校的医学院学习4年医学课程，最后在获得医学博士学位后毕业。这里的医学博士概念与我们国内的博士概念好像是有区别的。我们印象中的博士更像国外的哲学博士（Doctor of Philosophy，简称Ph.D.），关于这一点我在后面要谈到。另一种诸如新南威尔士大学，它也收高中生，经过6年的学习就可以获得医学博士（Doctor of Medicine）学位毕业，学习期间不能中断。高中毕业还有另外一条学医的途径。在一些大学医学院设立医学科学课程，学制为2—3年，这仅仅是学医的基础课程，以学士学位毕业后，不能当医生，但可以转入本校医学院或考入其他院校攻医学院读医科课程，学制一般为4年，获得医学博士学位毕业。

上述各种途径获得医学博士的学生，毕业后去医院当各科临床见习的医生，大部分人就成了全科医生。如果他要成为某个科的专科医生，那就必须进入一番非常激烈的竞争和数年学习，才能获得专科医生的资质，于是就有了开设私人诊所的资格，那也是有了将来可以名利双收的社会地位。

三

乔奇在中学时，就是一个品学兼优的好学生，不仅学习成绩优秀，而且还有很强的组织能力，曾被选为相当于中国学校的学生会主席那样的职务。由于某个原因影响了考试，他在中学毕业时没有考上理想中医科最为著名之一的悉尼大学，而进入了昆士兰州的Griffith大学，在发奋完成了学习医学科学课程后，又以优异的成绩，考到澳洲最为著名的墨尔本大学继续学习医科课程。在那儿，他以出色的学习成绩本科毕业后，走上了行医的职业道路。真是"塞翁失马,焉知非福",这样他反而用了6年时间,就读完在墨尔本大学同级同学要花7年时间完成的学业。他经过在墨尔本和悉尼两地的"Royal Prince Hospital(王子医院)"的实习医生经历,到悉尼的一家医院的眼科开始他眼外科的工作经历。由于刻苦地钻研业务,现在已经能够胜任一些常见的眼科手术了。就此导致他有了眼科专科医生的决心,投入了眼科专科医生学习课程的准备。

首先遇到的将是资格考试,这种考试一般要经过3轮:即初试,将要淘汰4/5应试者,然后进入没有事先告知考试内容范围的面试的阶段,又将淘汰其中一半以上的应试者。如果一旦获得通过,还有专业知识的考试,最后有10余名的应试者被录取。随后将有5年的学习课程。完成了这段学习后,将能获得专科医生的资格。这是多少学医者梦寐以求的啊!

乔奇选择到悉尼大学攻读硕士学位,也是在为将来取得专业医生资格做准备。这不但可以提高自己医疗的综合水平,而且还可以获得硕士(Master)学位,尤其是这段课程可以为今后的专科医生学习积分加1个学分,如果拥有哲学博士(Ph.D.)学位的人,则可以加3个学分。真是"一石三鸟"。他用一年的业余时间完成了本来需要2年才能完成硕士课程的学业,真可谓废寝忘食。今天的毕业典礼就是他获得硕士学位的仪式。看来在澳洲"Doctor of Medicine"概念中"Doctor"一词,既有博士的意思,更有医生的含义,它与哲学博士(Ph.D.)还是有一定区别的。由此才会有乔奇选择到悉尼大学攻读硕士学位一事的发生,也有了今天的毕业典礼。说不定乔奇还要再读一个哲学博士(Ph.D.)的学位呢!

四

与何先生一边行驶,一边闲聊,不一会儿就到了悉尼大学。学校虽然位于悉尼市中心城区,但并不影响它坐落在高大乔木与大片草坪包围、闹中取静的氛围之中。悉尼大学我以前也来过,与悉尼其他大学校舍不同,它拥有英伦古典建筑群作为主要校舍(图1)。当然如今也有

图1 悉尼大学校园一瞥

现代建筑耸立在校园内,两种风格截然不同的建筑居然和谐相处,相得益彰。何先生开了车在校园内兜了一大圈,也没有找到停车位。何先生说,今天是周五,又有毕业庆典,所以停车更加困难了。这次接到何家父子的邀请,我也上网查询了一些有关悉尼大学的信息。因为上次来是以看风景为目标的,这次是要参加毕业典礼,那是校园文化的重要组成部分,尤其是我要随后撰写文章,不能用走马观花的方式了事。

悉尼大学,简称悉大、USYD,是位于澳大利亚悉尼的公立研究型大学。学校创立于1850年,是澳大利亚历史最悠久的大学,为南半球首屈一指的学术殿堂和世界著名的高等学府。悉尼大学目前名列2022年QS世界大学排名第38位,是澳大利亚八大名校之一。悉尼大学历史上培养了一系列著名及重要的人物,此外有7位校友获得诺贝尔奖和克拉福德奖。

何先生好不容易在校外路边停车带泊了车,带领我和他的小儿子何骏恺(英文名Jason He,杰森·何)一起走进了校园。杰森手持鲜花,一则为哥哥贺喜,二则为随后拍照准备"道具"。因为疫情,乔奇的昆士兰大学和墨尔本大学的毕业典礼都未能参加,他想趁着这次穿着硕士学位"大袍"的机会,配上前两所大学的毕业证书,把以前的"损失"补回来。校园里人群熙熙攘攘。各种肤色,各种种族,而且是有老有少不同年龄层次的毕业生。他们头戴方形黑色正中缀有黑色流苏的帽子，身穿黑色大袍配以不同颜色代表不同程度学位的披肩垂布，伴随着前来祝贺的亲朋好友，叙谈欢笑拍照。看来大多数的毕业生都有两位以上的亲友到校，但能进现场参会的限于两位，杰森也因为把机会给了我，只能和大多数的宾客一样，留在场外等候了。

五

我与何先生随着乔奇穿过大礼堂侧面一个临时搭建的帐篷，经过对手机里的票子二维码扫描后，进入会场。我也搞不清这座大礼堂是否具有教堂的功能，反正与我以前到过的教堂的格局是差不多的。进了礼堂大门，中间是通道，直达主席台，左侧的座位完全是毕业生的亲朋好友来宾的位子。右侧前面大约2/3的位子是毕业生的座位，后面1/3的座位留给来宾。我和何先生就被安排在毕业生座位后面第一排的地方。乔奇则到前面他们班级同学在一起的座位上了。我首先粗粗地扫射了一下大礼堂的格局。除了主席台和下面的观众座位以外，主席台上方是一幅大屏幕，正在播放一些关于悉尼大学的宣传片，估计等到会议开始，就实况投影现场情况了。主席台中央是一座高靠背椅子，就像以前的国王座位，前面是一张桌子。该座位的两侧各有两排椅子，不知是留给谁坐的。椅子前面各有一张半人高的演讲桌。大厅的上方是木结构的拱架支撑着屋顶。两侧的墙体是用石头砌成的。两侧墙上都挂着一幅幅人的相片还是画像。大厅的后方左右各有一座白色的大理石人物塑像，我根本弄不清他们是何许人。大门上方是一架巨大的管风琴，好像右侧还有一个演奏员演奏的小房间。

我们每个人的座位上都有一本红色的小册子，我只能先粗略地翻阅一下，按照我的英文水平，完整地读懂它是有困难的，里面有许多医学和教育的专业词汇我是不认识的。幸亏我的手机中有"有道"的App，它可以让我及时地了解到会议的各项议程中大概到达了哪一步以及主要内容是什么，也让我在会后可以仔细地翻阅小册子的内容，便于撰写此文。由此知道了今天毕业典礼是由悉尼大学医学与卫生学院主办的。当我在小册子中找到乔奇班级的栏目，发现原来以为他攻读的并不是什么所谓数据分析处理，而是临床流行病学的医学硕士学位。

会议正式开始，全体来宾和毕业生起立，欢迎学术队伍（The Academic Procession）进场。我在猜想这大概是该学院的所谓"学术委员会"的成员们。这支队伍里有一位女士和一位男士，他们双手各捧着一根手杖，走在前面。在小册子里有其解释：那根带皇冠的叫"The Mace（权杖）"，象征着学校的权威，上面刻有座右铭："让教育促进美德"。另一根叫"The Lady Hailsham Staff（海尔舍姆夫人权杖）"，象征着校友与母校的关系。他俩上了主席台就把权杖放置到台上的专用架子上。当与会的人们各就各位后，有一位女士主持了会议，然后就有一位披红黑相间大袍有络腮胡子的男士，据小册子介绍是副校长艾伦·佩蒂格鲁（Pro-Chancellor, Emeritus Professor Alan Pettigrew）名誉教授了，他站在右侧的发言桌前宣读一个文件，全体毕业生都站了起来聆听训示。我当时猜想大概是授予他们学位和证书的决定。随后，坐在中间高靠背椅子上，穿着黄黑相间大袍的老者站了起来，他应该是Joel Negin教授了，其头衔是悉尼公共卫生学院的院长兼教务长。他是今天典礼的主角——给毕业生颁发文凭的。这也许是毕业典礼上的一种荣誉，即邀请一位权威人士作为这次活动的特邀嘉宾。他在右侧演讲桌前讲了一通话后，一位也是披红黑相间大袍，戴眼镜，名为Sanjay Zodpey的长者站了起来，接受Joel Negin教授授予他名誉医学博士的证书。

紧接着就是本次活动的"主菜"——颁发证书的正式程序，只见那些毕业生按照班级依着大厅右侧走道排队，随着副校长艾伦·佩蒂格鲁报他们的名字逐个上台，他们先把右手沿着方形帽举一下，表示敬意，然后走到台中央从Joel Negin教授手中接过证书，随后走下主席台。走在最前面的是哲学博士，在小册子里列出了他们论文的名字。这批人估计最受青睐，在颁发证书将近结束的时候，还让他们全体起立，接受大家鼓掌致意。其余毕业生分别是硕士学位和所谓某专业"毕业文凭"

（Graduate Diploma）获得者，估计后者是属于完成了非学位的课程，怪不得里面有不少人已经是中老年的学生了。这些人一共有160—170人左右。到后来，划一的情节对观众们来说，有点审美疲劳了，于是有人设法使现场活跃起来，当有些学生上台时，下面的亲友就会起哄，甚至还发出嘘声。我真是惊愕不已，在如此庄重的仪式上，居然可以发生这样的插曲，这在中国是不会允许的。不过我想这也许就是中、澳文化的差异所在。当然在乔奇领证的时候，我还是竭尽努力拍摄下宝贵的瞬间（图2），遗憾的是，虽然通过大屏幕可以清楚地看到台上颁发证书的情景，但毕竟距离比较远，不能直接拍摄到清晰的实景。颁发证书程序终于结束了，那位颁奖人Joel Negin教授还要讲上几句祝贺和期望的致辞。那位获得荣誉医学博士称号的Sanjay Zodpey教授也应邀做了即兴发言。我没有听懂他在讲些什么，据何先生说，他大概是印度裔的学者，都在讲有关印度的事情。随后全体学生和来宾起立，欢送学术队伍在管风琴演奏的乐曲中退场，随后大家也离开了大礼堂。据小册子上介绍，每逢

图2　乔奇在领取毕业证书

毕业典礼主楼上的大钟的54个铜铃,由带踏板的大型木制键盘演奏乐曲,今天的议程中也有这个程序,但除了管风琴外,我并没有听到其他乐器的声音。

六

当我们走出会场,发现人们还沉浸在刚才典礼的兴奋氛围之中,大家忙着拍照留影,有些人匆匆向主楼内的天井草坪赶去。何先生用手机找到了捧着鲜花在寒风中冻得够呛的杰森,又把捧着快餐食品盆子的乔奇找到,原来典礼是向学生收费的,还有在天井里摆放的自助餐供应。我们马上按照各种主题与穿着大袍的乔奇拍摄照片留念(图3)。如他们父子三人合影(图4),我与乔奇的合影(图5),更多的是乔奇个人手持不同文凭的照片。我们也品尝了具有西方餐饮风格的食品。天色不早,何先生让杰森随哥哥回家,自己专程送我回家了。在路上我感谢何先生让我亲临国外大学毕业典礼的现场,领略异国文化的风情。

路上我祝贺何先生夫妇生了两个这么有出息的儿子,乔奇可谓出类拔萃,我认为他能如此勤奋,与他积极参与社会活动,视野比同年龄人更加开阔有关。何先生认同我的看法。杰森也是毫不逊色,他在麦考瑞大学同时攻读两个不同专业的学位,还显得很轻松。我说,你们一家实际上也反映出当年从国内"洋插队"来澳大利亚移民的历史。你们当年由于语言和文化程度的局限,

图3 乔奇领完毕业证书后留影

图4　乔奇和爸爸、弟弟合影留念　　图5　作者与乔奇的合影

只能从事普通的劳动。即使有些人在国内学历并不低，他们中大多数人当年在此也不可能融入主流社会，往往会遇到升迁的"玻璃天花板"。所以这个年龄段的移民，都非常勤劳刻苦，节俭生活，把自己的希望寄托在下一代基本上是在澳洲长大的孩子身上。但毕竟社会竞争是如此的激烈，能够成功的孩子也不是很多的。你家两个孩子都继承了中国人讲究孝道的优良传统，知道父母为自己成才而努力的来之不易，非常体恤父母的良苦用心，由衷希望父母尽早能够分享他们成功的成果。这在当今的时代，尤其是在西方文化为主的社会里，是很不简单，值得大家称道的。

今天我参加了乔奇的毕业典礼，分享了你们做父母看到儿子成才的喜悦和自豪。也深感你们让我得到这次机会，不仅是便于我采集创作素材，这是赠送给我一份可遇不可求的宝贵精神礼物。尽管由于我的英文水平的局限，我不能充分地了解这次活动的文化内涵，但是对我来说，收获还是很丰富的，在我的脑海里已经有了一篇散文雏形生成了。我将让更多的读者了解我所理解的澳洲大学毕业典礼和澳洲的教育体制的文化。

七

我在撰写完成这篇文章后，把它列为"澳洲文化习俗见闻"系列文章的第一篇，但一直没有发表，那是因为期间乔奇正在参加专科医生的资格考试，我想如果能在他取得成功的时候再发表，不是更有意义吗？当时在举行毕业典礼的时候，乔奇刚刚通过了首轮考试，从400名左右的应试者中脱颖而出，进入80名以内的二试，据说那是由10余名考官面试的方式，而且是没有考试范围划定，多半是非专业的知识，当时乔奇从考场出来时，自我感觉并不理想。但是居然仍旧进入了30多名考生的三试阶段，仍然是10余名考官的面试，这次主要是专业知识的问答，最后剩下6名考生作为最终选择对象。今天早晨，何先生给我传来喜讯，说乔奇尽管与其他考生相比，资历较浅，但还是被破格录取了。这不仅对乔奇来说是喜讯，对何、董他们全家来说也是一件非常幸福的大事，在一定程度上也是他们夫妇出来奋斗取得成功的一个重要标志。我在向他们表示热烈祝贺的同时，也把这篇文章拿出来，再加上几句，制成"美篇"，公开发表，既是我的一份贺礼，也让更多的读者与我们一起分享一户华人家庭和他们的孩子努力学习奋斗成功的喜悦。

评议与联想

董晔蒨：考进啦！今天我们非常惊喜地得知George（乔奇）收到了The Royal Australian and New Zealand Collage of Ophthalmologists Collage（澳大利亚与新西兰皇家眼科学院，简称"RANZCO"）的录取通知。祝贺你，George！回望George的学业之路，作为父母，我们百感交集，发自内心地为你骄傲。从你在高中时被选为James Ruse中学的School Captain and SRC President（大队长和学生会主席），并以头部10%的优异成绩完成了墨尔本大学医学院医学博士的学业，又仅用了一年时间读完了悉尼大学的硕士课程，这次在几百位应试的医生中脱颖而出，成功考入RANZCO，真的很不容易啊！你只工作了二年半时间，就取得如此突出的成绩。愿你在今后的眼科领域里，继续深造，更好地、更快地、更加踏实地提高自己，奋力前行，加油吧！

蓝蓝的天（微信名）：这是一个长篇。数年前我参加了（女儿）尕尕的悉尼大学护理专业硕士毕业典礼，程序和文中所写大致相同。我无能力上大学，却喜欢参观各类大学，也喜欢读介绍大学的文章。

Gwl（微信名）：想成为一名医生也是相当难。澳洲大学医学院课程毕业至少要花费5—7年。毕业之后，还需要在相关医学领域实习和进修，具体的流程是Medical School（进入医学院学习）→Internship（短期实习医师）→Residency（长期高阶实习医师）→Registrar（某特定领域医师，包括外科医生、内科医生等）→Fellowship（完成针对某专科领域的研究和实战训练）→Specialist（专家医生），并最终成为一名注册在案的医生。

董小姐（微信名）：看到一个能够不断提升自己，并且有着"永不停歇"信念的博士生实在是令人钦佩。

木　南（微信名）：作为一名从未接受过高等教育的普通人，我对这种精神寄予无限崇敬。

温柔的眼镜（微信名）：感慨于博士读硕士的深度扎根，看到科技人才对学业的持续追求真心佩服。

钱平天：平雷近日刊发的一篇纪实文章，描述了悉尼大学某毕业授证实况，主人公是早年赴澳打工中国人的儿子，文字中除了有澳洲高校现况的介绍外，还从一个侧面反映了国外华人们勤奋向上的精神状态，推荐给各位微友一读。

俞惠秀：文章写得很好，真人真事，百看不厌，非常感谢您分享。

陈素娣：乔奇太棒了！你们全家及周围的亲朋好友也都太棒了！我没有更好的词汇来描绘你们的才华。我这个菜鸟就只会说三个字："太棒了！"

澳大利亚文化习俗见闻之二

在休闲与自然文化的交汇之处

一

澳大利亚的大多数居民都住在沿海岸线的几座大城市里，节假日举家去海滩是他们最为普遍的休闲活动。在悉尼有好几处公园，位于悉尼市区内的河流畔，但由于这些"河流"实质是通向外海的内海，所以河水还是发咸的海水，沿岸的贝类也是海鲜。最为著名的悉尼歌剧院也是位于内海上的建筑。一般居民到公园去所谓休闲，就是在硕大面积的公园寻找一块草地，铺上防水的"野餐垫"，在上面野餐，然后在旁边从事诸如跑步、打球、垂钓等体育活动，一般公园都有简易木制的餐桌与长条凳组合，还有烘烤炉等标配设施在若干地方集中放置。有些公园有条件的，就是配有游艇下水设施的码头，供居民将自己的游艇用汽车拖来，在此下水。我女儿一家也是经常参与此类休闲活动的，为此我女儿还为她的小车买了一张进入此类公园的"国家森林公园年票"，据女儿讲，进入这种公园的小车停一次就要8—12澳元，买了这种停车票，几次就可以把本钱收回来了。确实澳大利亚属于地广人稀的国家，所以一般公园的面积都大得出奇，小车在里面开上几千米算不上什么。即使是悉尼算大都市了，也是如此，但这些公园往往就是大，树木茂盛，却没有什么特色，更没有什么文化积淀可供观赏，但都拥有"国家森林公园"的美称。昨天（2023年6月11日）女儿又在说，她的吴健琴表姐一直告诉她，那座名为Bobbin Head（鲍滨角）的公园很好玩，但始终没有引起女婿的关注，在他的潜意识中那是很远的地方。这次趁着我们都在悉尼，而且又是当地的"小长假"，应该去看看了。于是有了昨天的"一日游"。

当我们开到公园的大门口时，发现有门卫在小亭子里收售小车门票，女婿告诉门卫，该车拥有"国家森林公园年票"，于是门卫就放行了。女儿说，小车门票是12澳元，是他们所到过的公园中最贵的一家了，估计应该是属于比较好的公园了。女婿也在说，他发现这座公园离家并不远，即使他又在公园里小半径弯道不断的公路上开了3千米，才到达具有那些烧烤"标配"的休闲区，也只有16千米。我们在那里除了野餐外，还游览了有山有水具有一定地貌特色的园区，但我没有仔细阅读那些介绍游览内容，因为全是英文的说明标牌，所以只是匆匆拍了照片，打算回家翻成中文后细读。等到翻译明白了意思，才大吃一惊，原来那是一所具有丰富土著和自然文化的国家遗产公园啊！

二

从进公园大门开始，然后在穿越那3千米被两侧茂密的树木"夹击"的道路过程中，我发现映入眼帘的，是如同以前在蓝山所见到一片"森林海洋"的壮观景象，确实这在悉尼其他几座公园尚未看到过。突然前面树木逐渐稀疏，看到一条河流，有一座钢桥跨越河上。但女婿没有听到女儿让他驱车过桥，而仍旧沿着原来道路直接朝着前方行驶，看到右侧是一处停泊着许多体量较大游艇的港湾。这显然不是我们今天的目的地。于是他把车掉过头来，跨过了桥梁。在上桥的道路两侧各是一处大草坪。女婿在下桥桥堍的左侧赶快找一处地方，把车停好。因为根据以往的经验，在节假日往往停车"一位难求"。

左侧的大草坪看来大小属于一般，只看到一处简易木制的餐桌与长条凳组合，以及烘烤炉等设施，已经被来得更早的游客所占领。我打量了周边的自然环境，草坪依山傍水，前方的河流也不算太宽，在40—50千米，河面上有几条人工划桨的小船在游弋，颇像我们平时在上海公园里看到的景象。河岸有一处开口的斜坡，可让游客把小艇送入河面。河的彼岸道路上方是一座如同一道屏障、长满茂密树木的大山，从澳大利亚平时看到树种来分析，估计与此岸一样，主要还是桉树和松树。但树木有相当的年头了。从我们以往学习山水画时看到的画谱来对照，属于老树虬枝一类的模样了。有一棵树我觉得很有典型性，还特地将它拍摄下来。再看看它的根系所处的岩石，不是用"披麻皴"绘图的泥土，而是需要用"斧劈皴"来表达的岩石。此时我在感叹了，说澳大利亚的历史实在太短了，这样有山有水的场所，只有自然景象，有点可惜，如果在国内，就会有亭台楼阁，或者文人墨客的诗文填词为基础的石刻塑像来加以点缀，那该有多好啊！

这里用铁丝网围成的儿童游乐园没有什么特色，所以也不准备让外孙女去游玩了。趁她此时脚力还行，还是继续往前走吧！于是有一处由两块横向木板嵌入矮墙构成的大型标牌竖立在路边：上块板有"GIBBERAGONG TRACK"一行字；下板的文字是"MANGROVE BOARDWALK"。凭我的英文水平我只能一半理解，另一半猜想。上板的前一个词汇是一个地名，它后面的"TRACK"不会是我以前专业常用的"轨道"，而是小道吧！这下板的前一个词汇我是不认识的，随后用手机查了"有道"软件，才知道它叫"红树林"，又是一个我连中文的意思也搞不懂的专业名词。后面的"BOARDWALK"一词是由"板"和"走"两个词汇所组合而成的，大概是"木板道"的意思吧！带着似懂非懂的意思，我们朝着前方有一条木板铺就的小道继续走去。

我们来到一处路边竖立着类似导游标牌的地方（图1）。因为标牌上的主题词是"GIBBERAGONG TRACK"，我暂且将其翻译成"纪别莱岗小道"吧！下方是左右两幅：左幅的标题是"WELCOME"，这显然是稍懂英文的人都知道的词汇"欢迎"，下面是一篇导游词，这密密麻麻的文字，别说是我，就是我的女婿都来不及阅读，他只是说与土著文化相关。右幅是一张景区导游图。此时此地的网络弱到手机的"有道"失去了功能，我也不能让其他人长时间等候，就拍了一张照片，待以后再慢慢地琢磨吧！但是真是没想到它却是说明，这里才是这座公园的"灵魂"，先随我去游览再说吧！它的具体内容后面将会逐步介绍。

随后我们来到一处岩石侵蚀严重和巨大的枯败树根盘根错节地（图2）交织在一起的地方。那一层又一层残缺不齐的沉积岩已经被海水冲刷得"千疮百孔"。旁边有一块椭圆形的标牌，上面的标题是：Stunning

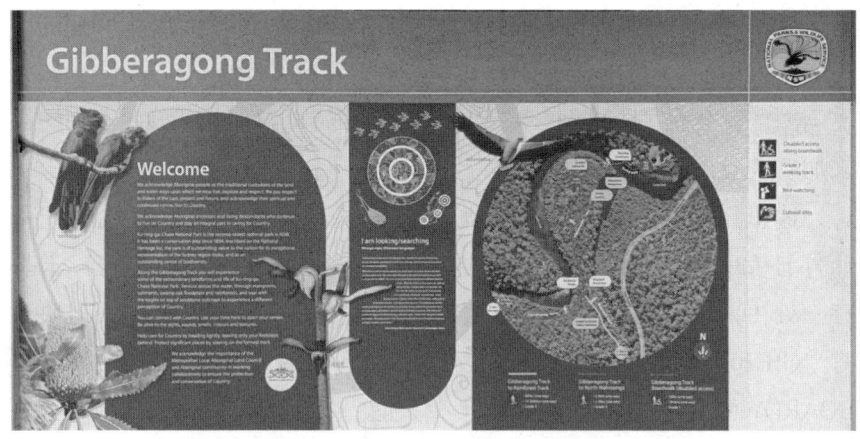

图1　鲍滨角公园小道的导游标牌

图2　古树残根与侵蚀砂岩盘根错节

Sandstone（惊人的砂岩），我也只能拍照先对付一下罢了。旁边的岩石上有几只银色的蜥蜴模型匍匐在上面，估计这大概表示它们以此为"家"的意思。向前走几步，紧接着一座斜拉桥呈现在我们的面前（图3）。作为一名桥梁工程师，我自然会对该桥的结构投去更多的眼光。它其实就是所谓"纪别莱岗小道"的起点，是所谓"下承式"钢梁，桥面板就是我们步行的木板。依靠锚固在桥头的巨型岩石里的若干根钢索与梁体连接，承担来自钢梁梁体、木质桥面板和桥上行人形成的载荷。走完桥梁上了岸，就是一条长长的用木板或其他材质的板材铺就的小道，与上海崇明东滩上人行步道的样子很像。脚下就是沼泽地。小道途中的栏杆上竖立着导游标牌，其标题是："Marvellous Mangroves"（不可思议的红树林）。我也只能以拍照来对付当时的情景，但我也知道这肯定是脚下这片沼泽地的奥秘所在。在走完这条小道的时候，路边又竖立了一块导游标牌，其标题是"Endangered Ecosystems"（濒危生态系统），这两个英文词汇我都不认识，也只能拍张照片完事，没有想到它其实与此前的几块导游标牌是前后呼应的。

　　随后我们穿越了一条只有一人才能通过的上山小路，到达一处比较开阔的山坡处，两位同路的白人老妪已经席地而坐，一边休息，一边大概在观赏眼前有山有水的景色。这里也有一块导游标牌，其标题是"Seeing Country（放眼国家）"，从随后的文章内容来看，这"Country"英文词汇在这里是双关语，既有国家的意思，也有乡间的含义。我还沉浸在国画绘制的思索之中，觉得眼前的风景是一幅典型的山水画。近有露根苍老的杂树和岩石，远有山水交错。当我们准备继续向前走，正好走来两个说着上海话的老年人，告诉我们前面没有什么好看的。此时我们的宝贝外孙女也已经走不动，要她爸爸妈妈抱了。于是我们也就原路返回到了最初到达的大草坪上，让女婿把车开到附近，把事先准备野餐的食物拿来就餐。随后还是没有花了多少时间就回到了家中，结束了一天的旅游休闲。

图3 小道跨越的斜拉桥

三

这次当我回到家,把上述各块导游标牌逐渐翻译出来时,不仅是我自己,就是我的家人们也表示了惊奇。这里我选择部分译文内容,与读者们分享,让大家了解一下在当地旅游以外的收获。

如果单纯从休闲的角度来看,它就是网上导游最概括的介绍就够了:"Bobbin Head(鲍滨角)位于 Ku-ring-gai Chase(库灵盖蔡斯)国家公园的西部,是一个提供许多景点和设施的大区域。除了是丛林漫步、划桨或钓鱼的好地方外,鲍滨角还是一个完美的海滨野餐地点。该地区的特色是烧烤、野餐桌、庇护所和大量绿色空间。这里还有一个儿童游乐场。"

假如我们要稍微深入了解一下库灵盖蔡斯国家公园,那么应该说,有关纪别莱岗小道的导游词,最精彩、最具有说服力,是自然科学与人文科学较好结合的作品。我选择一些片段翻译组织如下:"库灵盖蔡斯国家公园是新南威尔士州第二古老的国家公园。自1894年以来,它一直是保护区。该公园被列入国家遗产名录,因其独特的悉尼地区生物群代表性,同时作为杰出的生物多样性中心,对国家来说,具有特有的价值。沿着纪别莱岗小道,您将体验到库灵盖蔡斯国家公园的一些非凡地貌的生活。你可以冒险地穿越水面,穿过红树林、盐沼、沼泽橡树洪泛区和雨林,与雄鹰一起在砂岩露头顶上翱翔,体验不同的乡村风情……轻点脚步,只留下你的足迹,在已形成的小道上行走,保护重要的地方……感谢土著的祖先和他们的后代,他们持续生活在这块土地上,并在关注国家方面发挥着不可或缺的作用。确认土著人民对待土地和水的传统方式,就是我们现在生活、探索和守护的依据。我们尊敬过去、现在和未来的长者,认可他们与国家之间,在精神和持续性方面一直有着联系。"在这里导游词把自然风景与土著人对国家的贡献有机地结合到了一起,说明对土著人的关怀是义不容辞的事情,并非单方面的付出,对促进民族团结具有积极的意义。

有关"红树林"是我知识的空白,为此我通过"百度"查阅了"红树林"的条文:"红树林泛指一类生长在热带和亚热带海岸潮间带的木本植物,并不是某一个物种。至于为什么被称为红树,顾名思义,并不是说它的树叶是红色,而是因为这类植物在一些情况下会呈现出红色的外观。这些红树科物种的树皮中含有一种叫作单宁的物质,与空气接触后会被氧化为红色。"但这只是一般概念解释而已。然而,上述的导游词显然比它更加具有书卷气和诗意:"红树林以其特有的凌空(地面以上)根系结构,生长在库灵盖蔡斯国家公园内的泥滩和许多河口小溪的潮汐边界附近。它们过滤营养物质,截留沉淀物,以维持健康的水生生态系统。红树林减少了强流和潮涌造成的侵蚀,由此稳定了河岸。它们也是幼鱼的幼儿园。许多鸟类、贝类和其他动物,把这些红树林看作它们的家……为了保护这一重要的生态系统,请保护已经形成的小道。"从游客了解到此地的重要性,导游词又进一步提示人们的社会职责和义务,并将其上升到 Endangered Ecosystems(濒危生态系统)的高度:"在这里,红树林与海岸盐沼和沼泽橡树洪泛区的平原森林相遇。这两者都是新南威尔士州濒临灭绝的生态群落。这两个生态群落都生长在沿海地区的潮汐带内……河口生态群落很容易受到气温上升和长期海平面上升的影响,还有急促变化的城市发展和杂草入侵,都对这些生态群落构成了巨大的威胁。在这些生态系统中发现的贝壳沉积物和贝类代表了一个集聚的地方,就是沿海原住民爱护和生活在这个国家的证据。"

在 Seeing Country(放眼国家)为主题的导游牌,似乎是对该游览项目的一个总结:"几千年来,土著人一直从你现在站着的地方眺望着整个国家。土著居民拥有最古老的延续文化。他们丰富的传统和环境知识,有助于他们在陆地上的可持续生活。高地是观察和了解国家的有利位置。从这些瞭望台上,人们可以'读'到潮汐、风和海空。土著人可以留意危险,观察动物的行为。季节变化标志着动物活动和植物生命的新周期。这就为国家的可持续发展提供了信息。"

四

我观察大多数的游客都停留在休闲的内容上,也许他们以前多次来过此地,那个走"小道"的活动,他们一般不会再三再四地行走的。至于对于导游标牌上的内容,估计没有多少人会去关心弄懂它,毕竟要搞明白这些是需要花一番功夫的。以前我在澳大利亚其他景点看到过各种带有科普文化意思的导游标牌,发现游客们几乎都是一过了之,没有几个人会停下脚步仔细阅读。包括我在澳洲长期生活的亲朋好友,他们说也是如此。

我埋怨澳大利亚的游览地缺乏文化气息,看来是片面的。其实他们还是在做努力的,尤其是对于科普宣传方面是下了功夫的,但是受众对这些自然现象和人文知识文化的重视程度,与此不能匹配。这对于具有不同兴趣爱好的各阶层的民众来说,实在有点可惜。看来还需要宣传者继续努力一番。我为了撰写本文,除了像以前撰写具有科普文学特点的游记外,还要我作为翻译者对英文导游词,进行"二次创作",这也是一次尝试,限于我的英文水平,希望读者朋友们宽容和谅解。

评议与联想

杨秉辉:西方国家旅游地的介绍词多含科学内容,我国旅游地的介绍多含古代传说。他们缺少些古代,我们少了些科学。

钱雪元:这种"旷野"公园,我还真很少游览过。

钱平天:阅读了平雷的散文游记,增添了不少悉尼大公园的大自然知识,具有科普意义。作为一次一家三代五人在悉尼市内一个公园汽车旅游的纪实,使我感受到侨居海外华人家庭假日生活的内容和环境,这么空旷却还精致的公园,空气清新、游客稀疏,还有不少文字注解标识……这与节假日中国景点人潮涌动的环境,具有明显的不同。

陈素娣:钱哥,真的很佩服你!你又详细地向我们介绍了澳大利亚公园的情况，让我们随着你的文字介绍也游览了一遍，犹如身临其境。谢谢你！

刘念祖：这是人文与自然的真实写照，不像某些景点是花重金而求巨额商业利益，看到你的文章仿佛回到了昔日游澳洲的景象，却没有你所拥有深思。谢谢。

何吉林：钱兄不愧为科普散文作家，写得好！让我长知识了。

俞惠秀：钱老师好！享受着您的美篇，看到了澳大利亚的美景，蓝蓝的天空，清澈的河水，等等；非常高兴。谢谢钱老师！

夏　萍：跟着钱老师在澳大利亚玩了一天，真的很不错啊。钱老师说澳大利亚地广人稀，在偌大的公园里驰骋，真实地感慨，虽然大，绿色植物也养眼，由于历史不长，人文渊源不及中国。还有一点，就是钱老师还懂英语，让我非常敬佩。谢谢！

何为义：优美的自然环境，两年前参加徒步群去过那里。花了近三个半小时，连走带爬，才完成三级徒步线路。在徒步路线入口处，还有狮身人面像。

朱　颖：加拿大也是这样，很多自然景观不加人工雕琢，保持原生态。

澳大利亚文化习俗见闻之三

"妈妈,我爱你!"
——最好的生日礼物
——澳洲华裔孩子语言趣谈

我的外孙女殷稼惠,乳名信宝,再过2个月就要三周岁了,由于疫情的缘故,她于2020年8月出生在澳洲悉尼的一家医院里,按照当地的惯例,她应该有一个英文名字,于是又给她取了一个英文名字:Helena(海伦娜)。我和老伴也因为疫情缘故,一直没有机会去澳大利亚探亲并照顾他们。这两年多的时间,女儿和女婿很是辛苦,他们又要上班,又要做饭,还要照看小孩。虽然当时单位允许他们在家上班,但有的时候还是需要去单位办一些事务的。按照疫情前的常态,在澳洲,小孩6个月就可以送幼儿园了,但由于当时当地对疫情采取了"躺平"的政策,所以一般华侨华人都格外小心,女儿女婿也因此没有把孩子送到幼儿园去,以致一直到我们3月中旬到达悉尼前,信宝都是在家中度过的。除了偶然随父母去海滩、公园等空旷的地方外(图1),连饭

图1 信宝在空旷的悉尼海滨草地上

店、超市都从来没有进去过。一句话,基本上没有离开过家,除了月嫂外,也没有与父母以外的人接触过。当我们到了女儿家时,吓得信宝号啕大哭,尽管我们天天在视频上交流,但真的见到本人时,她还是不能适应,很认生的。女儿说,就是因为这个原因,他们与其他亲朋好友几乎断绝了来往。

但我们发现最大的问题,就是她几乎不会说话。虽然从早到晚,她的嘴巴没有停止的时候,但只能说一些不能完整地表达意思的句子,有些就是单词。就是这些句子或单词,还是中文、英文混合,普通话和上海话夹杂。导致这个现象的原因,是女儿和女婿在家里说上海话,女儿为信宝在中国国内网购的玩具和有声读物,用的是普通话。女儿、女婿网上办公的工作语言是英语,尤其是女婿平时怕以后信宝上幼儿园听不懂老师和同学的讲话,所以在家里一直对她讲英语。这样一来在孩子的脑海里的语境成了无所适从的"一锅粥",她一时不能完整地表达意思也就成了自然的事情。她开始用上海方言叫我"阿公",叫我老伴应该是"阿婆",但被她叫成"阿彼",而她嘴中的"婆"与普通话的"不"音是一样的,"啊不"与上海话里的"阿婆"也是差不多的,是她对待不愿意事物时发出来的声音。过了将近两个月时间,才将她的"阿彼"纠正成"阿婆"。这还让她的老外婆高兴了一番。平时她经常还会讲些诸如"What's that?"那样含糊不清的英语句子,当你真的去回答她的问题,她又搞不清你们在说些什么,让人有点哭笑不得。尤其是如今她逐渐有表达自己感受的愿望,如当她自己身体上有某些地方不适的时候,但又无法说得清楚时,只能采取一边哭泣,一边发出"哇哇"的叫喊声音,真让我们在一旁看着着急,而不知所措。

这一点在悉尼的朋友们都对女儿说,不要着急。一方面他们说,三周岁以前不会说话,是很正常的现象;另一方面他们以自己家里的小孩为例,说明采用多种语言对话的家庭里的小孩,开口一般都比较晚,但一旦学会讲话,还都是会讲多种语言的"专家"。一次我随女儿去她的一位女理发师的朋友那里理发,当女儿对她说起自己的女儿至今不会说话的时候，那位上海籍的老乡告诉我女儿，说自己的孙子、孙女开口都很晚，但现在都会讲4种语言。因为她和儿子之间讲上海话。她的儿媳妇是香港人，与自己的父母讲广东话。而她与儿媳妇之间说的又是普通话，孩子们无论上小学，还是幼儿园都必须讲英语。因此，他们家的小孩子都会讲英语、普通话、上海话和广东话等4种语言。如果你的女儿一旦开了口就是至少会讲英语、普通话、上海话等3种语言。一次我与女儿在银行里和一位原马来西亚籍的华裔女职员闲聊，她的经验和女理发师如出一辙。

最近，女儿、女婿下了决心，为了让信宝尽早融入社会，将她送入幼儿园，每周三次。第一天我也随女婿陪同信宝前往。一位会讲普通话的原马来西亚籍的华裔女老师问及，你们在家里对信宝说什么语言？我们说，主要是上海话，其次就是她爸爸对她说英语了。她说，看来我们只有对她说英语了，这里没有会讲上海话的老师。由此可见，对于在当地成长的小孩子来说，他们最终还是以说当地通用语言为主的，尽管对他们家长所说的其他语言，他们能够听得懂，甚至会说上几句，但如果没有经过专门的学习训练，让他们掌握中文是很难的，这是当地华侨华人界一件任重而道远的事情。

近来，我们发现信宝有正式开口讲话的迹象，但究竟何时开始谁也讲不清楚。今天清早，我妻子比我起来更早，我对她说，今天是女儿的生日，你见到她时，应向她表示祝贺。一会儿妻子跑回我们的卧室，满脸惊喜地告诉我，女儿已经起床，告诉她母亲，信宝昨天半夜突然连连大声叫唤"妈妈，我爱你！"而且是用普通话讲的。我在惊喜之余，也说道："这是女儿今天收到最好的生日礼物了！"妻子非常认同。随后等到信宝起身，我们大家都要再一次"确认"，让她再讲一次，她居然毫不犹豫口齿清晰地又说了："妈妈，我爱你！"女儿的脸庞自然因为是兴奋而涨得通红。她说，她已经收到来自各地的亲朋好友的生日祝贺和礼物（图2），甚至还有不少红包作为贺礼的，这本来让她感到很幸福了，但最让她觉得珍贵的还是她的宝贝女儿的这第一句完整表达意思的话。女婿

图2 戴着和手持妈妈朋友赠送的生日礼物与妈妈合影

图3 爸爸,我也爱你!

也连连啧啧称奇,他女儿的第一句话,怎么会是普通话?他一直教她的是英语。我笑着说道,那是你女儿的根在中国,她有一颗中国心。为了巩固她的第一句"名言",同时大家也都想分享这份快乐,我们又各自让她说,爱自己。信宝没有"辜负"大家的期望,到了下午在为女儿庆生吃完生日蛋糕后,她又分别说了"爸爸,我爱你!"(图3)"阿公,我爱你!""阿婆,我爱你!"让我们每个人都分别激动了一番。随后,我匆匆地打开电脑,及时地写下这件具有"历史性"意义的"大事"。

评议与联想

陈素娣:您的外孙女太可爱了!由于她所处的语言环境比较复杂,所以她开口晚一些是很正常的。她不是不会说,只不过她不知如何连起来说。现在随着生长发育,她的思维越来越清晰活跃,她的语言表达也就跟上来了。她会在妈妈生日那天说"妈妈,我爱你",说明她的思维非常清楚,她心里全明白。平时大人的讲话她全都听进去了，而且还懂得语言所表达的意思。妈妈生日那天听到女儿说的这第一句话，她是要感动极了，小朋友太懂事了。

俞惠秀：为你们一家其乐融融有个可爱的宝宝而高兴。宝贝说话晚没事的，进了幼儿园后和小朋友一起接触的人多了后自然就会说话了，我之前在二医大幼儿园工作时碰到蛮多的小朋友是这种情况，到幼儿园和小朋友一起就自然而然地会说话了。祝鹿怡生日快乐！祝您阖家幸福安康。

许兴汉：细读尊作，在涓涓细流般的叙述中，祖孙情深，爱意暖暖，跃然纸上；学话过程，故事蜿蜒，令人动容！情节中的亲人之爱，人性之美，尤为可贵！而这，便是让我不由对此文捧读再三的缘由。

包秋莲：文章很感人，三代人互爱的幸福家庭。

丁　伟：这是宝贝给妈妈最好的祝福，也祝宝贝茁壮成长！

刘应丽：原来给母亲最好的礼物竟然是一个简单而真挚的表达！

陈国梁：小宝贝的语言天赋会越来越出色，一则现在正在逐渐展现出来。再则阿公是极具语言表达能力的人才，不信的话可以拭目以待！很快就会发现她会让大家非常惊讶的！

Ckd（陈孔道）：经纶博文的外公，慈祥和蔼的外婆，爱意绵绵的爸妈，靓丽聪慧的小宝贝！幸福美满的一家！

丁　鸣：祝愿小宝贝健康快乐地成长！

王燕臻：你们知道吗？晚开口小孩聪明。

钱平天：平雷写的这篇短文新作，生活化的语言，短小而精悍，文字中充满着令人感动的家庭亲情！通过描写出生在澳大利亚、至今尚不能讲一句完整话语的三岁外孙女信宝，在她母亲生日的当天居然用一句清晰正确的中文普通话对她母亲讲"妈妈，我爱你"。平雷的文章还间接地讲到了出生在异国他乡的中国幼儿，他们在讲话所用语言上普遍存在的那种混杂和困难，以至有许多幼儿也会发生使用语言的延迟和不畅，以及待到他们长成儿童后，一下子就会熟练使用两以上语言本领的收获，也是一种环境育人的结果吧！

蔡中韵： 小信宝今天送给了妈妈最好的礼物，"妈妈，我爱你！"

钱丽臻： 太动人了！信宝的第一句完整的话！

刘珮瑜： 祝贺你收到信宝给你的最激动人心的生日礼物！信宝将来肯定伶牙俐齿，会说英语、普通话、上海话，还能和外公说宁波闲话。

董信华： 敝人直至三岁还只能发 yi 和 ya 两个音节。

钱鹿怡： 今天我家可爱的小信宝能够完整地说出一句话，居然是"妈妈，我爱你"，还是用普通话说的。这是给予我最好的生日礼物，满满的幸福感。感谢爸妈的养育之恩和陪伴照顾，谢谢大家！

梁学苏： 有爸妈的真心陪同和小宝贝的美言，有先生的深爱，钱鹿怡今年的生日太有意义和情趣啦！

柴慈铎： 世上最伟大的爱是母爱。

赵美君： 钱平雷老师朴实的文笔，细腻的情感，把小外孙女学说话的情节娓娓道来，让我们一起来分享。非常感谢！

张文浩： 朴实的文笔，深邃的情感！写得好！感谢分享！

胡定伦： 这个生日礼物好珍贵，使鹿怡过了一个最幸福的生日，祝贺啊！另外，还是作家外公"结棍"，宝贝外孙女信宝一句"妈妈，我爱你"就引出一篇充满感情的优美散文，字里行间透露出对外孙女全部的爱！看来鹿怡爸爸弯道超车，后来居上，已经达到"信宝第一"的水平，我作为鹿怡的干爸爸自愧不如，要努力向鹿怡的老爸学习！

茆诗咏： 在国外出生的第三代孩子都遇到过讲话迟的问题，你此文分析的原因是千真万确，只要进入幼儿园与小伙伴们一起多交流，慢慢地这个问题就会迎刃而解的。这次你们疫情后，及时赶到女儿家探亲，在享受天伦之乐时，让外孙女第一次发自内心地真挚的话语"妈妈，我爱你"也是带给你们二老最好的礼物。此文你写出了自己很真挚的情感！

杨妙生： 此文已拜读，确实如此。我孙子说话也很晚，上海话他是听得懂，但不会说。外出碰到上海人说话，便会对大人说：上海人，他们说的我都听得懂。反正他只说英语，让他学中文说普通话，也是勉强被迫，一知半解而已。

澳大利亚文化习俗见闻之四

悉尼巴尔莫勒尔海滩游记

风景地文化的意外享受（首篇）

一

在澳大利亚，旅游、休闲最重要内容之一，就是到海滩去游览，在那里游泳、冲浪、晒太阳、野餐等是最普遍的活动。我这几年来悉尼女儿家探亲，每逢节假日，女儿、女婿带领我和老伴去游玩的地方，最多也是海滩，不仅有悉尼本地的海滩，就是外地的有名海滩也确实去了不少。且不说举世闻名的邦迪海滩、曼利海滩早就去过了。就是诸如Lane Cove、Garigal等所谓家门口的"国家公园"，里面的水系，其实是悉尼的内海，往往也有带沙滩，也不知去玩了多少回了。这两种不同知名度的海滩，从消费者的角度去观察，前者旅游旺季时，人山人海，外来的游客占多数，海滨有不少餐厅和咖啡馆，商业氛围更加浓厚；而后者主要是悉尼当地居民一年四季休闲度假的地方，更多地配有野餐桌和烧烤炉。

像我们这种老年人，而且已经多次来澳大利亚的人，既不是游客，还不能算当地的居民，从旅游需求的角度来说，对海景的好奇心已经消退，对跋山涉水的活动也已经是心有余而力不足。按我们现在最理想的旅游方式，就是找一处游人相对稀少，又比较安静的舒适场所，与自己的亲朋好友一起，在那里一边欣赏美景，一边品尝茗茶或佳肴，那是何等幸福的事情啊！我在国内曾经有过这样的经历，那就是当年与几位好朋友，在杭州著名景点虎跑泉空蒙山色中的茶室里，静坐一个下午，喝着用山泉冲泡龙井茶的绝配饮料，吹牛聊天。或者扶老携幼，在面临西湖潋滟湖水的楼外楼餐馆里，品尝着龙井虾仁、西湖醋鱼等美味佳肴。这些经历都成为我脑海中留存永久的美好记忆。今天（2023年7月16日）女儿和女婿又提出让我和老伴，带着外孙女一起，驱车去一处叫Balmoral beach（巴尔莫勒尔海滩）、他们旅居悉尼多年都还没有去过的景点游玩。对于这种旅游方式，我和老伴是本着去吸吸新鲜空气，"洗洗肺"，散散心，换换一直待在家中的环境的想法，至于那里是邦迪那样的外海海滩，还是前些日去过的Bobbin Head（鲍滨角）那样的内海公园，也就无所谓了。真是没有想到，今天的旅游结果，却是意外地给了我们一次具有上述杭州旅游经历那样的文化享受。

二

我们乘坐的小车是一辆5座的越野车，在悉尼市内一般由女婿驾驶，我坐在副驾驶座上，女儿、老伴陪着外孙女坐在后排。我们现在对去景点路上沿线的街景已经比较熟悉了。大多数都是会经过一个个具有英格兰风格的小镇。我之所以会有这样的印象，是因为前些年去西澳旅游，有一天去"波浪岩"游览，途中经过一个叫约克（York）的地方，这座建于19世纪的小镇，其街景的风格，真像当年我们学习英语的教材《新概念英语》中描绘英格兰小镇的插图。据导游介绍，这就是由英国人按照英国文化所建设的。但今天当我们的车驶过一条叫Military Road的街道时，经由一个小镇模样的街区，发现道路两侧的商店店面与其他小镇有所不同，不但两侧的商店数量更多，而且商店的招牌的文字字母有诸如é那样的英文中没有的字母，女婿说这里属于悉尼的Mosman区，是法国人后裔集聚的地方。随后我们进入一条路面很窄、曲线半径很小的马路，两侧的房屋建筑的式样也觉得与其他居住区依稀有所不同，别墅的建材，包括围墙，更多是应用石材，而不像别的别墅区的建筑多半是砖木结构，院子也都呈现敞开式的。听妻子在说，她感觉好像只有在以前的外国电影中见到过,在悉尼却似乎没有看见过。

说话间,我们进入了巴尔莫勒尔海滩景区。我们的车停泊在海滨主干道的后侧边上,穿过主干道就是一座白色的亭子,亭子的两侧有主干非常粗壮的大树,但我不认识那是什么树种,反正它们不是澳洲最常见的桉树和松树。我只能将它们拍摄下来。在附近有一只狗的塑像,狗的名字叫Billy,下面还有说明标牌。我当时来不及阅读,只是将其拍成照片,回来翻译原来狗的主人是Mosman区的一位街道清扫工,这条狗忠实地陪伴主人一辈子,当它去世时,喜欢这条狗的人们决定永远纪念它。因为我的生肖属狗,我的名字"平雷"与英语中的Billy相近,所以女儿硬是让我在此拍一张照片留念。亭子的后面是一座石拱桥通向一座岛。桥的两侧各是一大片沙滩,左侧沙滩的上方有一座横向体量很大的白色建筑(图1)尤其令人瞩目。以前我在邦迪海滩所见的类似建筑,都是淡水冲洗、更衣之类用房。但在这里从建筑的精致程度来判断,我估计一定是一处类似高级餐厅或咖啡馆那样的场所,那是一定要光顾一下,看个究竟的。

我们跨过了那座桥梁,来到岛上,岛上的标牌说这座岛的名字叫Rock Point Island(用"有道"翻译为洛基角岛)。这里显然是一处观察

图1 远眺"游泳馆"餐厅

图2　环视海滩

景区全貌的高地，相比于其他海滩，这里的海域面积不算大，远方有两处半岛的地形，将其围成相对独立的内海，但除了冲浪外，一般的水上运动在这里应该还都可以进行的。两侧四周是渐渐升高的丘陵，山上各种建筑，星罗棋布地散落在绿树丛中（图2）。在这里观景令人心旷神怡，怪不得许多老年夫妇，携手来到岛上静静地休息，有人还牵着心爱的小狗，一幅温馨祥和的情景。在岛上的最高处，还竖立着一块导游牌，大概意思就是在1935—2008年期间，这里曾经为了防止鲨鱼袭击游泳者，并为了保护鲨鱼，竖立过一张名为"爱德华兹海滩沙鲨鱼网"的设施。在有历史记载较短的澳大利亚，这也算是"历史遗迹"了吧！看来景区的管理者还是很重视自然景观的人文建设的。

俯瞰下面的沙滩，情景就大不相同了，尽管现在是7月，正是澳洲的隆冬季节，不像上海那样寒冷，但仍有一些年轻人依然穿着"比基尼"在沙滩上拍照、"晒太阳"，甚至旁若无人地谈情说爱。在桥右侧的沙滩那里有一长条白色的栈桥，我们当时一看时间不早，应该考虑如何午餐了，所以就没有过去，据我事后从网上其他资料上得知，这是此地的主要标志性景观之一，许多游客都在那里打卡拍照留影。到此时，我初步感受，这里依山傍水，各种天然元素错落有致，它们与各类白色为基调的人工建筑，组合在一起章法有序，形成了一处景色优美富有文化氛围的风景地。我们应该在这里继续稍加停留，多多地欣赏美丽的景色。此外，静下心来享受一顿具有当地特色的菜肴，也应该是我们的选择，因为餐饮也是旅游的六大要素之一。

三

我们让女婿陪着喜欢玩沙子的外孙女去沙滩玩耍。女儿陪同我们老两口来到这座白色的建筑的最顶端的入口处，门口有供应的菜肴的招牌。看看价格虽然不菲，但我也明白在此地拥有风景，也是可以"卖钱"的。然而，这里只是一处外卖部，要吃正餐，需要从正门进去。从落地窗往里看，里面已经高朋满座。在此时我老伴有点犹豫了，因为她已经为全家准备好午饭的食材了，如果不回去吃，她怕食物会不新鲜的。况且，这里食品价格确实较贵了一些。此时我却坚持了，尽管我患有胆结石和痛风等慢性病，不适合去吃比较油腻的西餐和嘌呤相对较高的海鲜，但我认为，面对美景品尝美食的机会稍纵即逝，毕竟我们来这里的机会是不多的。看着我不肯退让的态度，女儿也在怂恿，老伴也同意了。当我在餐厅外取景拍照的时候，女儿进去联系，她说，前台告诉她，在这里用餐一般都要预定的，今天恰好还有一处5人座位空着，可以给你们，否则要等到下午一点半才能有座位。于是女儿立即打电话让女婿他们赶快前来。我随手对着大门洞处的一块奠基牌拍了一张照片，用手机中的"有道"App一翻译，原来这座叫作BATHERS PAVILION的饭店，翻成中文叫"游泳馆"，我就在猜想，也许它最早的用途就是为在此游泳的人提供包括更衣、冲淋和用餐的地方，如今主要是餐厅功能了。

当我们就位，女儿开始点菜的时候，女婿说，原来停车的地方，按照规定只有2小时的免费时间。现在要在这里吃饭了，恐怕2小时是走不了的，在这里吃西餐等候上菜的时间会很久，由此需要重新寻找一处可以泊车更长时间的停车点，不过这需要付费。我说，我的保温杯还在车里，我与你一起去转泊。幸好主干道的另一侧就是付费停车点，还刚有一辆车开走，我们只要穿越一条马路即可就位。看着好像要下雨的样子，女婿从后备厢里拿出一把伞面硕大的雨伞，随后他又向右侧人行道走了几步，来到一处类似提供饮用水的柱子前，原来这里是自动收款机，用信用卡交了停车费，16澳元可停3个小时。

我们回到餐厅，里面熙熙攘攘，女儿已经点好了四道主菜和一道前菜。果然如女婿所说，吃西餐等候上菜的时间很长。外孙女显然是饿了，她有点不耐烦，连连说要走，女儿也无奈，除了催促一下服务员快点上菜，也只能哄着她了。此时我打量了一下大餐厅，顾客基本上全是欧裔白人，其他人种的宾客很少。此时我想起了，这澳洲也是一个以多民族移民为主的国家，此类国家又可分为两种：一种叫作"大熔炉"，就是各种族群的文化融为一体，形成一种共同的新文化；而另一种叫作"马赛克"，就是各种族群基本根据各自原来的文化习俗生活，全社会拼

图3　美味佳肴

凑成一个"大拼盘"。澳大利亚、加拿大属于后者,而美国是前者。昨晚女儿家最亲密的朋友何为义、董晔蒨夫妇宴请我们,是在悉尼华人集聚地区的一家中餐馆,整个餐厅除了个别白人外,顾客几乎全是华侨华人,与这里正好成了一个相反的现象。

我们的菜终于来了,与在中餐馆吃饭菜肴是一道接着一道地上不一样,这里要么迟迟不来,要上了,一下子全部到位。四道主菜分别是炸牛排、海鲜比萨、炸鱼块和意大利牛肉通心粉,前菜是炸薯条(图3)。名不虚传,该餐厅的菜肴味道确实不错,可以说是一种享受。老伴也连连称赞地评说菜肴的滋味:"浓郁。"我以前不喜欢吃西餐,到国外用餐,总是选择中餐,老伴也总是埋怨我,到了外国,不品尝当地食品,等于缺少了对当地饮食文化的了解。而这次我为了尝试与此地风景欣赏相融合的餐饮文化,执意要吃顿西餐,她倒不太赞成了。但随着全家其乐融融的用餐,老伴也逐渐转变了想法,她也认为来这里吃这顿饭是非常值得的。所谓"一方水土养一方人"就是这个意涵,离开这里品尝同样的食品,或者在此地吃喝其他民族的食品,都是无法体会到这种奇妙的文化意境的。这种感觉,上次在南澳旅游时,在一处德裔居民集聚的小镇酒馆用餐,尤其是品尝咸猪手这道德国风味的菜肴,周围又都是当地德裔老年居民顾客时,我们曾经也有过类似的感受。在异国他乡风景地的文化氛围中,如果品尝与此匹配的餐饮,是会产生一种特殊的感受的,那也是人为所杜造不出来的。究其原因,大概就是所谓"食、宿、行、游、购、娱"旅游六要素,它们之间是互相交叉、互相促进的,时时会让游客在旅游过程中,产生一种种不同的愉悦效应的。

我们的午餐接近尾声,需要埋单了。服务员拿来了账单,一共是173澳元,不过今天是星期天还要加10%的服务费,女儿给她200澳元加一个硬币去前台结账。按照计算,她应该还要给我们10澳元的找头,但她却没有给还。老伴在猜想,吃西餐,大概属于西方国家习俗,还是要给小费的,女儿认同。

四

当我们吃完午饭时,发现外面下起了大雨,看样子一时半会儿不会停顿。悉尼的天气很奇怪,一天中会从大晴天转为包括大雨在内的多种天气状态。大家商量下来,让女儿、女婿先陪着外孙女打伞去汽车那里,然后,让女儿带上车里另一把伞来迎接我们。此时我走到落地窗前发现外面海面上的海水已经一改翠绿色到浅蓝的颜色(图4),在大雨的作用下,变成从翠绿到墨黑深浅混沌变幻一般的一个大调色盘。当女儿拿着雨伞到来的时候,也被眼前的景色所震撼。她也从来没有看到过这样的景色。我调侃地对她说,古诗中"水光潋滟晴方好,山色空蒙雨亦奇"的意境在这里也显露出来了。雨天玩海滩也别有风味啊!但也由于天下大雨,右侧的沙滩是不可能过去了,女儿的同学告诉她,栈桥那里景色如何的好,也只能望桥兴叹,不能过去一游了。最后我们登上入口处的亭子,补拍了几张照片作为"安慰奖"了。

图4 雨中色彩丰富的海面

我们在雨中驱车回到家中，此时雨已经停歇。老伴鼓励我再写一篇游记，但我总觉得有点无处下手，除了我再把拍摄的照片重新仔细观看以外，还通过百度查询了该海滩的条目，又知道了一些原来不了解的情况。为什么这么优雅的景点却游客不多，原来这里没有轨道交通，公共汽车也是班车稀少，一般游客如果不是自己驾车很少会前来打卡，那样的话，海外的游客更是不会光顾了。网上还说这里是悉尼的高档住宅区，所以一般经济水平的普通居民不会前来居住，于是在这里比较完整地保存了欧裔居民传统的文化习俗。另外，这里的城市建设管理水准也相对较高，所以人们在评价此处海滩的特征是"精致"。因此，我们吃饭的那家餐厅可以此地排第一的高档饭店，有关介绍巴尔莫勒尔海滩的文章都有该饭店的内容，说明到此地有"不光临该饭店等于没有到过此地游览"的夸张一说。我对妻子说，你看这顿饭不能少吧？否则，我怎么撰写文章呢？老伴连连称是。于是我就依据上述内容写下了这篇散文。

具有市井烟火气的半边海滩（续篇）

上次女儿、女婿领我们来巴尔莫勒尔海滩游览，让我们获得了包括精美餐饮的意外享受。但美中不足的是由于下大雨，我们没有机会到那个具有地标建筑意义的白色亭子为中心圆形广场右侧远处的栈桥附近游览一番。那是我女儿的同学极力推荐去拍照打卡的地方。今天（2023年9月3日）又是一个星期日，女儿、女婿又准备领着我和老伴去吸吸新鲜空气"洗洗肺"了。因为今天外孙女吃完早饭，时间已经10:30了，因此也不能到离家较远的海滩，商量下来，还是到上次尚未基本看完，离家10千米不到的巴尔莫勒尔海滩走一趟，让我们对这个海滩有一个完整的旅游经历，也好让我完成一篇原来还只能说是"半拉子"的游记。大概20分钟左右的行程，我们就到达了巴尔莫勒尔海滩。大概今天天空晴朗，游客较多，我们的车就享受不到海滨主干道的后侧边上可以免费泊车2小时的停车位了。就是对面的付费车位也几乎停得满满当当。好不容易看到一个空车位，女婿立即停了上去，女儿去停车付费机付了一个小时10澳元的停车费，然后把缴费收据置于小车前玻璃下，示意已经付费后，就去了海滩。

我上次在写有关巴尔莫勒尔海滩的文章时，也上网络查了有关信息，尽管相关资讯非常有限，但诸如那家著名的BATHERS PAVILION饭店的历史也在其中找到了。另外，对这里的其他地理地貌和游览内容也多少可以知道一点，今天再在现场看到导游示意图，也就可以为撰写此文提供更为确切的依据。原来整个海滩让那座亭子、桥梁和小岛作为中线划分为南北两个片区，还各有名字。我们上次吃饭的饭店，位于北侧海滩叫作爱德华兹（Edwards），而南侧才叫巴尔莫勒尔（Balmoral），它们统称为"巴尔莫勒尔海滩文化遗产保护区"。今天我们要游览的是南侧。据介绍，这个圆形广场建于1930年，是葡萄酒节和婚礼仪式的最佳场所。经常能看到有新人在这里举行婚礼，今天果然有一对新人在这里举行婚礼，此时正是他俩与宾客们轮番合影的时刻。女婿提示外孙女，让她看看穿着婚纱的新娘。我眼光朝着远处新人一扫，发现这对新婚夫妇，并非《婚礼进行曲》歌词中描绘的年轻伉俪，而是一对已经年龄不小的中年男女，所以我也不好意思走近，将此画面当作一道风景线去拍摄当时的情景。

这里离我们此行的主要目的地的栈桥还有一段相当的距离，我们应该沿着海滩的步道向那里走去。考虑到外孙女可能走不动，而且她喜欢玩沙子，就让她爸爸陪着她沿着一道道石砌的台阶扶梯下到了沙滩，而我们则继续朝着栈桥方向慢慢地浏览周边而去。总的说来，这条步道还是可以说是赏心悦目的，步道的里侧是各种高大乔木沿着此路排列成行，已经不仅仅是澳洲常见的松树和桉树，更多的是主干粗大的榕树之类的热带作物。大树下是沿着步道布置的长椅或者围着大树布置的条凳。这些长椅和条凳的座席前方往往钉着一块黑底金字的标牌，估计就是有人出钱捐赠，为纪念某个故人而设置的。再朝里看有大小不一的草坪或空地，一般都是铺着野餐垫或利用当地固定的野餐桌，在休闲或用餐。再往外看下面的沙滩里，与悉尼其他海滩一样，以欧裔居民为主的男女老少，不少人在游泳或晒太阳，已经是一幅盛夏活动的景象了。

往远处眺望，在蔚蓝色的晴空下，有许多白帆和游艇在碧绿的海水中游弋。这里由于前方有半岛阻断，所以没有阵阵席卷而来的大浪。就在欣赏美景时，有一幅难以理解的画面映入眼帘，有一条巨大的管子从岸上伸向海面，管口的一半在海面之上，里面吐出的水流，居然是黄黑相间的"污水"，说它是污水，因为在管口10—20米左右范围的海面，与碧绿的海水搅浑到了一起，比较硒碜。我也搞不清这究竟是怎么一回事，想来当地管理者一定会控制环境污染的，也用不着我来着急，但客观来说，其视野是难以入目的，与前面所看到的美景不太协调。

转眼间就到了本次游览的目的地——栈桥前，原来它并非一座长条形桥梁，而是一座白色呈倒U形的建筑物，被它围进的区域叫Balmoral Baths（巴尔莫勒尔游泳池）。因为它除了有步道外，还有若干个跳出桥面的小平台，可以让游艇停靠和供人垂钓。（图5）人们到这里除了观景拍照外，还可以钓鱼或下水游泳。对于垂钓者也有对鱼大小的控制，太

图5　远眺U形栈桥

小的鱼是不准带走的。我们从倒U形的栈桥外侧走到里侧，与此平行的是一座挂着BOATSHED（船棚）和THE BOAT HOUSE（船屋）两块招牌的"水上饭店"。我们从桥上看过去，坐在"棚"下用餐的顾客的菜肴，与我们上次吃饭的餐饮品种相比，好像显得更加简单一点。但相比于刚才在沿路看到坐在长椅上的大多数游人吃汉堡包来看，这里毕竟还是比较正规的用餐。我们今天本来就没有在此吃饭的打算，对此也就是一看而已了。

在回程的路上，我又重新观察了上次游览过的景点，因为天气晴朗，视野比较清晰。原来那座小岛和前方的半岛，乃至爱德华兹海滩，与上次看到的情景也有所不同，那座小岛的岩石，层次更加分明。与这边巴尔莫勒尔相比，爱德华兹海滩的游人较少，显得比较冷清，似乎巴尔莫勒尔这一边更加热闹，也更加"亲民"，市井"烟火气"也更为浓厚。外孙女还在起劲地玩着沙子，毕竟时间不早，我们要回家吃午饭了。女儿下了沙滩，与女婿一起硬是将她拉上了步道，乘车回家。

评议与联想

钱平天：平雷又写了一篇图文并茂的纪实好散文！我饶有兴味阅读了全文，通畅简明的描述，犹如自己也在一旁耳闻目睹一般，尤其是文字所表达的天气景色晴雨的变化和人物思维情绪的起伏跳跃，令人感到了一种老年知识分子的深邃悠悠的感情涌动。这是一篇很好的纪实短文！

陈素娣：钱哥，你真行！又是一篇详尽的游记，自然风光、人文环境、社会百态全都生动记录。你好开心呀！我就是喜欢在这种环境优雅的餐厅里喝喝茶吃点甜点，天南地北地聊聊天，这是最舒适的生活了。羡慕你的慢生活，敬佩你的记忆及写作能力！谢谢你让我们长了见识！谢谢你的分享！

钱丽臻：一篇精彩的游记，不仅体现我们的作家平雷详尽而清源溯本的写作风格，而且表现了全家尽享天伦之乐真实淳朴的生活情趣，如同跟随你们同游一次，好似听到了天仪、鹿怡和信宝的热闹的对话声音。

戴晓虹：钱老师的新作已拜读，跟着文字及照片领略了澳洲悉尼巴尔莫勒尔海滩及美食。

杨明桥：Mosman是悉尼数一数二的富人区，有资格在该埠定居的非富则贵。阳春白雪，和者必寡，所以游客寥寥无几。这篇游记直率而自然，把默默无闻的小海滩写活了！

胡定伦：在澳洲就是要享受海滩这样美丽的自然风光，以及正宗的西式菜肴，一家子好开心。

沙　莎：那家饭店你们确实是去对了，Bather Pavilion是很有名的饭店。还有我认为并不是吃西餐必需付小费，现在很少有人付现金，特别是像这样的饭店更极少有人付现金。而且外国人的算术是很差的，如你们单给200澳元，他们一定会找给你们的，但你加了一个硬币，所以他们以为多余的是小费。我觉得他们给你们的$173的账单是已加了10%国定假日费了，通常是不会让你们自己去计算加了10%后是多少钱的。

王莉英：谢谢你的分享！让我对悉尼的海滩有了些许的了解，海边还建栈桥可以更好地观赏海景。

澳大利亚文化习俗见闻之五

悉尼柯柯海滩印象二篇

悉尼南柯柯海滩印象

今天（2023年7月22日）是周末，按照惯例，又是女儿、女婿带领我们逛海滩去吸吸新鲜空气"洗洗肺"的日子。午后他们把我们领到悉尼北部一处叫South Curl Curl Beach（南柯柯海滩）的地方，与前几次逛的海滩不一样，这次是一处沙滩的正前方和左侧都是一望无边的海洋。右侧悬崖上方则是一条不知通向何处的马路，从马路到海面之间是被海水冲刷过高低错落、形状奇异的岩石，紧贴着悬崖的是一条高架在这些

图1　海滩步道、丛林、岩石

图2　汹涌澎湃的海浪

岩石的木质步道。(图1)

　　这条木质步道上,有不少人在来回散步和遛狗。就是这么简单的建筑物上还有不少人文遗迹。从步道到马路几乎呈垂直的陡坡上,以及部分步道的外侧种有一些树木,有些树上还长着一些不知名的小型花朵。就是这些不算令人瞩目的植物,根据在步道起始端竖立的一块导游牌的文字介绍,它们还是一位1968年从新西兰移居悉尼的土木工程师,叫哈利·埃理夫(Hally Elliffe),一位热情的环保主义者,和他的妻子贝弗·霍尔(Beverlry Holl)历时数十年,风雨无阻地建设和保护沿海步道上的丛林,他们的不懈努力才形成现在的规模。他们的贡献获得了总理奖,哈利还被授予"2018年北部海滩年度老人"的称号,此道就以他的名字命名(Hally Elliffe Way)。在步道上还有若干平常的长椅,也是有人出资设立的,有一张椅子背上贴有一位名为Jean Beljon的女士为纪念已故的丈夫Walter Beljon所捐赠的记录牌。

　　这里毕竟是外海的海滩,看到的情景与内海公园或有半岛包围的海滩截然不同。波浪一波接着一波,向海滩或海岸岩石波涛汹涌澎湃地奔袭而来,遇到岩石后往往掀起高高的白色浪花,颇为壮观。(图2)这里显然是爱好冲浪运动的人们理想的场所。人们还因地制宜,"闹中取静",在沙滩与海岸岩石之间划出游泳池状的建筑物,将海水引入。此外,还设立了泳道和入水起跳台,估计可以用于比赛。看来由于目前正值隆冬季节,我没有看到有人在沙滩那里游泳,在此游泳池里倒有一个人穿着黑色的大概是潜水服,站在水中。在泳池边的岸上,还有一个人好像在对他指点什么。这是我所到过的悉尼其他沙滩所不具备的功能。还不到三周岁的外孙女信宝可能也被这里的景象所迷,摆出各位姿势,站着、跪着甚至躺着观望着大海,流连忘返。怪不得在紧靠沙滩右侧上方的悬崖与海岸线的岩石最高处,也就是离游泳池最近的地方还设立瞭望台的标记,我并没有发现此地有搭建的观望的平台,它只是提醒游人这里视野最为理想而已。

我回到家里,本来想通过美图秀秀发几张照片,再写一段话形成链接,发给微友看看,让他们分享。但在制作过程中发现,仅仅只有几张照片和一段文字,是讲不清楚游览这个景点的故事的,于是改成了"美篇",发送到朋友圈,谁知道也拥有与前几篇游记的反响相比毫不逊色的效果,于是我就产生了将其修改成为散文的想法。为了撰写该文,我查阅了百度地图,原来该海滩是呈"凹"字形的海湾。我们所在的步道是建立在凹字的右侧一竖的笔画上的,它其实是一个半岛,向前看出去,一横是沙滩,另一竖也是一个不大的半岛。因此,我们会形成海滩的正前方及其左侧都是一望无边的碧波荡漾海面的视野。本来也想通过百度搜索一下有关该海滩的游览文章或者情况介绍,但结果却是一无所有。于是我就在遐想,也许我的这篇文章会成为以后人们搜索该海滩的参考资料了。

评议与联想

钱平天:悉尼是澳大利亚滨海大城市中最有各种海景的地方,我也曾在那里见过几处，平雷写的短文和所附的照片，又让我见到了一处另有自然旷野之气息的大海之滨。

钱丽臻：太美的海，纯蓝色的海呀！谢谢作者从遥远的地方送过来了。

戴晓虹：外孙女信宝一定遗传了外公的基因，小小年纪被眼前的景色深深吸引，流连忘返，也许也在酝酿一篇自己的游记，回去要和外公切磋切磋呢！

悉尼北柯柯海滩印象

今天（2023年8月27日）又是一个周末，按照惯例，女儿、女婿又要领我们逛海滩去吸吸新鲜空气"洗洗肺"了。这次他们把我们领到上次去悉尼北部一处叫South Curl Curl Beach（南柯柯海滩）的对面叫North Curl Curl Beach（北柯柯海滩）的地方，为了撰写该文，我再一次查阅了百度地图，确认整个Curl Curl Beach海滩是呈"凹"字形的海湾。上次我们去是凹字的右侧一竖的笔画上的South Curl Curl Beach（南柯柯海滩），那一横是沙滩，其实我们并没有下到海滩上，况且那天海滩上几乎没有游人。另一竖也是一个不大的半岛，即为North Curl Curl Beach（北柯柯海滩）。而我们今天所到的地方，除了停车场和一些简单服务附属设施是在半岛上，所看到和游览的主要区域都在沙滩上，就是那"一横"沙滩的北半部。在这里让我领略到普通悉尼人，尤其是白人居民的休闲度假的文化生活。

今天是在临近中午11:00到达目的地的。当女婿把车泊在停车场，女儿去自动付费机付了一个小时的停车费后，就要寻找下沙滩的地方了。我粗粗地打量了一下周围环境，远方那南柯柯海滩一侧的半岛上，各种建筑沿着半岛地形高低错落地散布在绿树丛中，近处就是一大片金色的沙滩和一望无际碧绿的海水，随着阵阵白色的海浪交织在一起，浪花中点缀着穿着黑色冲浪服的弄潮儿。看脚下悬崖不远的地方，似乎有

图3 北柯柯海滩上还有河流

一条浅浅的河流,把悬崖下的沙滩和前方大片沙滩分割开来。(图3)后来下到沙滩上才知道,那是由于地形原因,当涨潮时,海水涌了进来;当退潮时,由于前方海滩地势稍高,有一部分海水退不出去了,就随着地形变成一条河流。对面河边的沙滩大概变成人们训狗的地方,大大小小的狗狗互相追逐,一会儿在沙滩上嬉戏,一会儿在水里游玩,不亦乐乎。其实当地是划定界限,不让狗到我们这边彼岸,也不允许它们越过将海水堵在"河流"端头的高地势的海滩的。但由于那些"训狗师"往往违反规定,让狗跑到本来不该到达的地方,有时干扰了游客的正常活动。我们今天就因此受到了"惊吓",也让那位女训狗师连声"sorry"赔不是。

现在还是悉尼的早春，相当于上海的2月份，当天的气温也到了摄氏20℃。在上海，这个温度到水里去游泳，除了冬泳爱好者外，一般还显得早了一些吧？然而，在这里看到的已经是一片盛夏景象。年轻的女郎们穿着比基尼泳装随地可见，那些中老年妇女与青年女性相比，也是有过之而无不及，以各种姿势在沙滩上晒太阳。下海去冲浪游泳的更是不分男女老少，他们集中在海滩的高地势处换装，那里竖插着各种冲浪板。我在想，这也是因地制宜。这里我没有看见像其他海滩那样有大批冲洗更衣场所，居高的是一处体量不大包括卫生间的服务楼宇。如果按照该海滩可以容纳的游客量来看，估计较多的游客是无法满足需要的。这里与南柯柯海滩相比，其实就是一处更少人工雕琢、以自然风光为主的休闲地。

这里似乎非欧裔的游客很少，我们仍旧穿着尚未完全换掉的冬装，与这些大多数赤身露体的白人游客形成了明显的反差。我除了作为游客观赏碧波蓝天的海上美景外，也在沙滩上席地稍坐呼吸新鲜空气，看着外孙女在玩沙子。并以东方人的眼光，观察澳大利亚普通居民的生活习俗和休闲文化。回来后再写下以上文字，作为上一篇《南柯柯海滩印象》文章的姊妹篇，献给读者，因为上一篇用"美篇"发给微友后，大受欢迎，读者成千上万啊！

评议与联想

柴慈铎：美丽的海滩，避暑胜地，世界人们向往的景点！
茆诗咏：东西方文化、休闲的差异就是如此！

澳大利亚文化习俗见闻之六

千里寻故地　旧貌变新颜

——重游悉尼麦考瑞大学侧记

我和老伴自3月份来女儿家探亲以来，每逢周末，女儿、女婿总要带我们和外孙女一起到空气较好的海边或公园去游玩一下。因为疫情的原因，他们这两年出行的方式就是驾驶自家的5座越野车，一般不坐公共交通，包括轨道交通。为此，我和老伴这次来悉尼虽然已有近四个半月，但还不曾乘过地铁，已经将要三周岁的外孙女，自出生以来，也不曾有过乘轨道交通的经历。前天，他们的小车送到工厂去大修了，由于零配件暂缺的原因，据说没有10天是拿不出来的，所以开车出行的希望在这些天里是没有可能了。经过女儿、女婿的商量，他们提出今天（2023年7月29日）下午带我们乘轨道交通去离他们居住的市镇只有3站地的麦考瑞大学校园一游，让我们故地重游，也让外孙女有一个开始乘坐地铁的经历。

说起麦考瑞大学，那是我女儿攻读硕士学位的母校。2004年9月我妻子和岳母曾经专程从上海赶来这里参加她的毕业典礼，当时的照片反映的盛况和导师对她的称赞，让我们印象深刻，即使我当时并不在场。随后，在2015年我和妻子来悉尼探亲还专门去麦考瑞大学的校园兜了一圈。在此以前，我已经到过悉尼大学和悉尼科技大学，那两所大学校园和校舍给我留下的印象与眼前的麦考瑞大学的风格都完全不同，首先它们都位于悉尼的市中心，悉尼大学的校园面积不算太大，但它的校舍主体建筑具有欧洲古典建筑风格，令人印象深刻。而悉尼科技大学可以说，根本没有校园，学校主体建筑就是一座高楼大厦。而眼前的麦考瑞大学，似乎位于偏郊区的地段，既没有古典风格的标志建筑，也没有高楼大厦，给人最深刻的印象是校园就像一个大型的公园，里面的校舍没有令人瞩目的大型建筑，最显著的标记，就是一处呈盆地形的大型草坪，盆地四周就是一望无边的高大树木的森林。当时我也有点暗暗奇怪，在上海买到的澳大利亚中文地图中，介绍悉尼市的情况一栏里，谈到此地著名的高校就是三座——悉尼大学、新南威尔士大学、麦考瑞大学。能够排名悉尼第三的大学的校舍居然如此平常普通？当时我在"盆地"处拍了一张"风景照"，整个画面就是一片翠绿色，这显然对眼睛具有保护作用，于是我就把这张照片用于上海家中电脑的首页，每次一打开电脑，就会看到"麦考瑞大学风景"，令人印象深刻。

今天当我们乘坐的轨道交通到达"麦考瑞大学站"，因为外孙女的原因，带了小推车，所以我们没像其他乘客乘坐两趟自动扶梯，而是搭乘电梯一次性从站台升到地面，出了车站一看，麦考瑞大学附近不少高楼耸立，已经是熙熙攘攘的城市景象了。走了不远就进了麦考瑞大学校园，发现麦考瑞大学也已经让人找不到原来印象中面貌的迹象了。原来不显眼的校舍周围已经添加了许多体量很大的新建筑，这些新旧建筑又合围成很优雅的庭院，里面种植了不少我们不认识的植物花卉。

此时我想洗个手，于是在一位学生的指点下，大家一起走进庭院正前方最里侧一座颇为壮观的大型楼宇。推开玻璃门一看，原来是一座学生食堂模样的大型餐饮中心，从供应食品和饮料柜台来判别，这大概是学校搭台，社会企业联营的酒吧、咖啡吧和餐厅。女婿说，这是他在其他大学所没有看到过的场景。穿过大厅，来到外侧的大阳台上，原来由于地形的原因，这里已经是处于二楼的休闲场所，上面有成排椅子和桌子，也有呈Y形的沙发，也有零散放置的其他桌椅。今天还有一组中老年人在阳台的一侧长桌，相对而坐，唱着歌曲，看上去这些人显然不会是该校的师生员工，而是外来的市民。当我们往阳台下面俯瞰，原来该建筑就在呈盆地状的大草坪的边缘处，它的地基基础占据了部分草坪的面积。草坪也已经面目全非，成了附近居民的休闲嘉年华，有人铺了野餐垫在晒太阳，有人在练自行车，有人在打球，还有人在遛狗，小狗满草坪奔来蹿去，好不欢乐。最令人瞩目的是原来一处小池塘成了处于中央的喷水池，水柱的白色水花向天高高地喷射，旁边的各种水鸟时游时飞翔。草坪中间还有一条溪流，连着池塘，上面还架设着一座小桥。这些与原来我们看到的安静的草坪情景之间产生了巨大的反差。女儿更是兴奋不已，连连说，母校的新貌让她这位校友也不认识了。（图1）我们本来只打算在阳台上静静地休息一番，然后打道回府。看到这样的状况，好像不到下面草坪上去走一走，是欲罢不能的。

于是我们又走出餐厅，沿着紧贴左侧墙体的台阶往下走去，而小外孙女不愿意一格一格地走台阶，也不肯坐在小推车上，却从与台阶旁边同坡度很陡的草坡上摇摇晃晃地冲了下去，而且毫不疲倦地在大草坪上奔跑。其实沿着台阶右侧是一组高低错落的方形水池，不知从何而来的清澈流水，一级接着一级，自上而下地向着池塘方向流去。今天的天气也作美，蓝天白云，气温也很高，哪像隆冬季节，来到此地的居民，甚至一副夏装打扮。草坪上各种禽鸟旁若无人，飞来奔去。真是一副生态

图1　女儿在母校麦考瑞大学留念

图2 麦考瑞大学新貌

和谐的景象。我走上小桥的桥面,发现下面的流水从前方的一座涵洞向池塘流来,水质很好,下面河床上的石块被冲刷得清清爽爽,真可谓"清泉石上流"的诗情画意。回头再看我们刚才休闲的餐厅大楼,它与旁边另一座楼连在一起,非常气派壮观。(图2)小溪另一侧岸上的坡上有一组有规律排布的石头,我上次来也看到,以为是名人的坟墓,这次走近一看,是一组石块围绕一口井的模样,井的上方有金属的盖子覆盖。旁边有一块导游牌,我用手机拍下文字,用"有道"翻译软件翻译一下,原来这里是土著人文化的遗址,它提示在麦考瑞大学学习的人们,要把学校学习到的文化,与这里显示的文化有机地融合到一起。看来这里还很有文化气息呢!在它的不远处还有一处由两根弯曲的条状钢铁,串连起一根根木条的一座塑像,我也弄不清它的艺术含义,旁边有一块如同说明牌的金属板,跑去一看,上面一个字也没有,令人失望。

时间不早了，我们往回走，在一处老校舍建筑附近，竖着一块板，女儿想起来了，当年是在这里穿着毕业服拍照留影的。如今板的两侧又各竖立了一座穿着毕业服的男女毕业生模样的塑像。于是女儿又马上让我以她个人、与她母亲和与她女儿为主题各拍了一张照片，来纪念她曾经在这里学习的经历，以及由此改变了她的一生。女婿也在旁边说，外孙女不知什么原因，特别喜欢这里，玩得很欢。当我们走出麦考瑞大学的时候，还在辨别哪些是原来的建筑，哪些是新的校舍，无论是原来住在悉尼的女儿一家，还是我和老伴远道而来的客人，大家一致的看法，这里的变化令人刮目相看，今天的活动真可谓："千里寻故地，旧貌变新颜。"

　　在返回的途中，我这个曾经的交通科技工作者，也比较仔细地打量悉尼的轨道交通。发现本次乘坐的地铁的车厢与以往的已经完全不一样了。以前它的车厢是有上层和下层以及上下车的中间层的，里面的座位也是前后成排或者可以翻转对面坐的。而这次坐的列车的座位却是设置在车厢的左右两边，车厢与车厢之间可以一望无余。女儿解释说，以前的列车叫"train"，翻译成中文叫火车或列车；而今天坐的列车叫"metro"，在上海以前叫"地铁"，现在与轻轨一起统称为轨道交通。据我所知，在中国铁路和轨道交通属于两个系统，而在澳洲两者是属于同一系统管理的。看来外孙女虽然是首次乘坐地铁，但还是很安静的，没有出现什么惊慌的表情，看来她的第一次考验也算过关了。

评议与联想

　　冯寅生：领略异国风情，安享天伦之乐！

　　陈素娣：太棒了！你的介绍犹如我也参观了一次麦考瑞大学。我文笔差，说不出更好的赞叹话，但我深深地觉得这大学就是好。老爸老妈都是智慧高超的人，所以女儿也是睿智才气过人。想必以后外孙女也是如此，优秀的小才女。

澳大利亚文化习俗见闻之七

鸟类地位最高的世界级大都市

在GYbrand发布的2023年度"世界十强城市"的名单中，纽约、伦敦、巴黎、东京、新加坡、洛杉矶、上海、香港、悉尼和北京被评为世界十强城市。我也弄不清，这个GYbrand看似国外名字，实际是其总部在广州的某个评价机构，他们设置的评定标准是哪些？恐怕知名度和影响力是最主要的指标了。前些日子，我和老伴随女儿一家去悉尼的一家名为Taronga Zoo（塔龙加动物园）的动物园游览一番，回来后让我确定了一个结论，如果要在上述十大城市评定的标准中，设立一项"鸟类在城市中地位"的指标，毫无疑问，悉尼一定可以在这十强城市中名列榜首。尽管这十大城市中，我还没有到过伦敦和新加坡，但我仍然自信自己的判断不会错。因为在悉尼我看到鸟类可以自由地在城市环境中随意飞翔，无处不在，旁若无人，甚至肆无忌惮到"欺负"人类的地步。

我女儿住在悉尼的一个华人集聚镇区公寓里，家住所对面有一个小公园。从清晨就可以听到各类鸟儿悦耳的啼叫声，包括诸如白鹦鹉等珍稀鸟类都会飞到女儿家阳台扶手栏杆来停泊，尤其是有一度我女婿经常会给它们喂送食物，于是它们就会按时前来觅食。另外，我们经常穿越公园中一条由水泥铺设的小道到商业街去购物。总能看到有一种外形像火鸡，全身黑色羽毛，脸部呈红色，脖子是黄色的大型鸟类（图1）在小道上自由自在地走来走去，它们不会因为你向它们走去而让道。我不知道它们的学名是什么，女婿说它们的英文名字叫"Turkey"，中文叫

图 1 肆无忌惮的灌丛火鸡

"灌丛火鸡",也许与美国人喜欢食用的火鸡不太一样,但应该还是火鸡中的一个品种。于是我在本文中就称它们火鸡了。这些在小花园中的火鸡有一种自然习性,就是在路边的灌木丛里用双爪不断地刨土,估计是在寻找小虫或者觅取其他食物。灌木丛中的枯叶和碎木片由于它们的刨动,不断地从里面洒落到路面上,搞得这一段小路的路面脏乱不堪,但当地的行人习以为常,不会因此去驱赶火鸡。清道夫也会不厌其烦地按时扫除。这似乎已经成为一种惯例,还是他们的操作要求。同时公园的管理方,还安民告示,不让行人向火鸡投食。

我本来以为这只是对面小花园中的一种特殊自然现象。近来我经常下午散步,朝着离此地有轨道交通一站路程,一个叫 Artarmon(阿塔门)的地方走去,因为沿线的路面随地势时上时下,视野景色也随之发生变化,各种样式的别墅沿路依次排列,行人稀少,空气清新,可谓赏心悦目。可是在如此优雅的环境里,也有一处灌木丛中有几只火鸡在那里干着与小公园里火鸡一样的"伎俩",而且人行道路面被它们"肆虐"的程度更为厉害。我这才明白,原来这些火鸡在悉尼"捣蛋",是具有普遍性的,这里人们容忍它们如此存在,也不会阻止的。

但在塔龙加动物园看到的一幕,让我发现,在悉尼不仅是火鸡,就是其他鸟类也同样"胆大包天",它们不仅对付人类,还与其他动物毫不畏惧地争夺食物。特别是火鸡的放肆,简直到了令人难以想象的地步。如同峨眉山上猴子大胆翻动游客背包搜索食物的举止,居然在这里火鸡也会干了。塔龙加动物园与其他我所看到的动物园不同,它不是野生动物园采取放养方式,多半也是属于圈养,但它的设计理念,让游客能够在保证安全的前提下,通过设置玻璃幕墙等手法,最近距离地看到动物。而且动物园位于与悉尼最主要的地标建筑——悉尼歌剧院和海港大桥隔海相望的近处的地方,它可以让这些举世闻名的地标建筑作为野生大型动物生活场地的背景,倒也彰显了一种在大城市中,人文自然生态和谐境界的象征。(图2)大概也是这种经营理念,导致里面的鸟类更是"肆无忌惮"。在这里许多应该圈养的鸟类,都自由放养了,且不说火鸡,就是像孔雀那样的鸟禽,也在没有任何锁链约束,停在某处栏杆处。在园内到处可以看到火鸡在走动,尤其是在食堂附近,除了火鸡

图2 野生动物与悉尼地标建筑和谐相处

外，还有一种弯形尖嘴的鹳类鸟儿（据微友指点，它叫白鹮，英文叫 White ibis）在餐桌附近巡视，不断地接近顾客，随时准备摄取剩余食物。那火鸡更是变本加厉。我们发现有一只火鸡，一直在我们携带的婴儿小推车旁边转悠，女儿再三驱赶它也无效，就是围在我们旁边不肯走开。后来我才知道，原来它们是在窥视小推车后部放置背包部位，那里人们往往放着食物。在海狮表演场的附近，一只火鸡突然冲向一部小推车的后下部，把游客的一包蓝色包装的薯条类的食物叼走，翻身躲进旁边的灌木丛中，那游客发现自己的东西被火鸡抢走，立即赶过去想夺回，但无奈人是进不到灌木丛里的，只能望而兴叹，自认晦气了。

后来的一幕，更是发现火鸡的偷窃行为比比皆是。那个海狮表演场地呈扇形，最低的地方是一个装着海水的池子，与观众席用一道玻璃护栏分隔。观众席是随着地势逐渐朝上分布的，每隔几排座位为一组，后面就有一条通道供观众走动。我们那天就坐在第二条通道前的第一排。就在我们全神贯注观看海狮、海豹表演时，我妻子发现我们第一组观众席的最后一排，也就是背靠走道最近一排的一位观众座位旁边的手提包，正在被一只火鸡悄悄地叼动，我们马上提醒他们，保护好自己的包。这样才使这只火鸡的这次偷窃没有得逞。当我们观看表演结束，走出场地时，发现寄存在外面的小推车后部的放置餐巾纸的蓝色包已经有被火鸡叼啄过的痕迹，说明它以为那是食品袋了。大概塔龙加动物园的火鸡就是依靠这种行为赖以生存的。不仅是火鸡，其他鸟类也同样胆大妄为。在海狮、海豹表演时，总有一只海鸥在水池旁停泊，原来是驯兽师在表演中随时给海狮、海豹抛送鱼儿，面对身躯巨大的海狮，海鸥毫不退缩，随时准备在海狮、海豹嘴边夺食。不知是条件反射，还是节目安排，在最后有一只海狮在水中没有接到抛送过来的小鱼瞬间，海鸥俯冲过去，抢到了小鱼，随后它就离开了表演场地，向场外的大海飞去。

就在我撰写这篇文章的同时，我妻子在网络上看到一条惊人的链接，说在澳大利亚悉尼、墨尔本等大城市的鸟类中，居然还有比火鸡更为厉害的角色，在中国被誉为吉祥物的喜鹊，在那里竟成了攻击行人的

"凶手"，不少人被它们袭击得头破血流，于是不少地方都竖立了告知行人"鸟儿俯冲"的警示牌，说此地有喜鹊窝，请经过的人不要停留，尽快通过。然而，喜鹊在澳大利亚是受保护物种，伤害或者带走它们都是违法的行为。澳洲人似乎也并不痛恨喜鹊，还有人用喜鹊作为他们运动队的名字呢！

由此看来，悉尼人无论是居民还是政府，对大自然包括鸟类是比较友好的，这大概也是悉尼被评为"人类宜居城市"的重要原因之一。因此说，生活在世界十大城市的鸟类中，悉尼的鸟类的地位估计是最高的。

评议与联想

包秋莲：悉尼是人类居住最美好的地方，也是鸟类与动物的天堂。

李喻犀：图文并茂，生动形象地让我们一起感受了人与自然的和谐共处。

张崇大：描述细致、生动，也让人感受到了如此美丽公园里的动物世界。谢谢分享！

茆诗咏：谢谢分享你写的"美篇"文章，有身临其境的感受，很精彩。看来鸟类也是人类的朋友。

钱丽臻：此文细致深入的叙事，使没实地观察的人们也大开眼界。观察能力强已渗入您的每一篇文章中去了。赞！赞！

赵妙英：我去过澳大利亚旅游，是跟着导游走走看看，印象中没看见悉尼的"鸟的世界"，读你的文章长见识了！谢谢分享！

让上海成为引领"科普文学"发展的重镇

在中共二十大召开的前夕,党中央、国务院对科技和科普工作的发展,发出了一系列强烈的信号。在2022年9月4日中共中央办公厅、国务院办公厅印发了《关于新时代进一步加强科学技术普及工作的意见》(以下简称《意见》),在9月6日中央全面深化改革委员会第二十七次会议强调,健全关键核心技术攻关新型举国体制,强化跨领域跨学科协同攻关,形成关键核心技术攻关强大合力。

我们在学习这两个文件的精神的过程中,认为如果要"跨领域跨学科协同攻关",它的前提就是从事不同领域、不同学科的专业人员,需要对其他专业的科技知识具有最基本的了解,他们之间需要互相科普,再加上科学方法,才能"跨"。而互相科普是需要专业人员具备一定的科普表达水平和表达能力的,培养科普表达水平和能力的基础学科,就是科普与文学相结合的"科普文学"。这也是公民具备科学素质比例提升的重要途径。

对于"科普",长期以来在人们的心目中,就是科技知识浅说文章的代名词。在我国,以《十万个为什么》几乎成为科普文章的总代表。但这种小品式的作品,已经不能满足广大受众的文化和科学素养日益提高的需要。为此中国科普作协提出科普与文学相结合的创作路子,由于中国的科普作家基本上都是热爱写作的科技人员,文理分家的社会氛围,导致他们大多数人的文字能力,还不能符合文学创作的水准。他们开始采取的是邀请文学作家参与科普创作的合作方式,令人遗憾的是大多数的文学作家的科学素养与其文学写作技能不能匹配，除了徐迟等个别文学作家创作出上乘的作品外，其他基本都以失败告终。在当时看来只有由科普作家来探索这条路子了。

上海科普作协的作家们为此付出辛勤的心血和精力，以杨秉辉、卞毓麟、陈积芳等为代表的协会领导身先士卒，带领广大会员撰写出具有相当数量和质量，并有一定影响力的"科普文学"小说、散文等作品。我们把"科普文学"定义为"应用文学的形式，在社会上推广科学技术的应用、倡导科学方法、传播科学思想、弘扬科学精神的作品"。为了使科普作家后继有人，上海市科普作协还到上海各所大学举办科普写作业余培训班，由"非专职"的科普作家编写教材，向"非科普"专业的学生授课。

在我国，各级科普作协还向各级作家协会呼吁合作，共同培育"科普文学"。但作协方面因为没有做好接受和评论科普作品的专业准备，开始都采取"敬而远之"的态度。究其深层次原因，是作协的主要负责人的知识结构都是文科背景，他们还不具备驾驭科普文学的能力。

如今遇到百年未见之大变局，公民具备科学素质比例直接影响到我国的科技创新能力，涉及我国综合国力，甚至是能否持续发展、民族复兴的头等大事。而且许多有识之士发现，学科交叉产生新的边缘学科就是创新，没有科普参与，难以实现。认识到了科学普及与科技创新同等重要，对科普需求日益迫切。但具体操作起来，还是有一定的难度的，毕竟人们接受科技方面的东西，不如文艺那样容易。这一切需要由党的领导贯彻到科普工作全过程，突出科普工作政治属性那样的高度，才能奏效。我作为一名科普作家，同时又是一名文学作家，向上海市领导提出以下建议：

一、按照《意见》的精神，要加强党对科普工作的领导，成立以市委书记、市长、市人大、市政协领导为主要领导的上海市科普工作领导小组。中国作协和中国科协已经签订战略合作协议，上海市科协和上海市作协应该比照建立战略合作关系。这两者都是政协的人民团体，市委、市政协都有领导和督促其合作的权利和义务。

二、由于"科普文学"在学术界，尤其是文学界没有分支的门类，也就是说没有"名分"，也就不可能具备建立专业学科的地位，所以不能登上"大雅之堂"。中国作协和中国科协签订的战略合作协议中，已经提出了"科普科幻文学"专用名词，我们上海作为"科普文学"的重镇，应该先把"科普文学"的学术地位予以正式确定。

三、我国大专院校内没有科普文学专业，无论是对科普专业人士的培养，还是帮助其他专业人士提高科普技能，都是无源之水、无米之炊。应在上海的一些大学里率先创立科普专业。除了在各高校挖掘师资潜力外，上海市科普作协曾经举办过科普培训班就是一个得天独厚的优势，要充分利用。

四、如今在上海的主要媒体，尤其是三大报，已经没有科普专版，即使是新媒体中，科普节目的比例也非常有限。这与新闻界的主要从业人员的知识结构多半是文科出身，缺乏必要的科学素养有着重要关系。这是需要党和政府部门下决心去解决的问题。

五、科协具有人才荟萃、横向联系的天然优势，不同专业的人士在科协都可以打破行政界限，进行交流，从而进行创新。以前诸如综合交通运输、养老科学这些多学科研究的成果，都是多个学术团体合作产生的。这是政府部门所不具备的优势。所以要进一步给科协"压担子"。

《意见》中指出："推动科普产业发展。培育壮大科普产业，促进科普与文化、旅游、体育等产业融合发展。"如同一部电视剧的拍摄，需要导演、演员、美术、音乐等各方面的专业人员，但领先的是编剧，没有剧本，都无从谈起。同样，发展科普事业，首先需要的是会创作科普文学作品的专业人员，他们既不是以前的业余科普作家，也不是文学作家，需要的是两者基本技能都具备的科普专业人士，科普文学是他们最基本的专业课程。

相比于其他省市，上海原来的优势是最明显的，虽还不能说是"半壁江山"，但说科普重镇还是当之无愧的。但如今我们业内的人士都知道，"重镇"有点褪色了，在全国的科普界的地位大不如前了。希望通过这次党中央、国务院文件的贯彻，给上海的科普带来新的发展机遇。盼望上海市的领导带领我们，让上海再次成为创建引领"科普文学"的重镇。也希望本文给市领导在参加中共二十大的过程中，成为讨论科普工作的参考资料。

（本文作为"社情民意"写于2022年9月7日）

有生命体征的楼宇正在上海成型

由住房和城乡建设部、上海市政府和联合国人居署共同主办的2021年世界城市日中国主场活动暨首届城市可持续发展全球大会（图1），于10月30日—11月1日在上海举办。

作为本次活动的重要组成部分的各种论坛也同时进行。"数字中国　智慧建筑高峰论坛暨'智业云'产品发布会"作为其中之一由上海市楼宇科技研究会和上海东浩兰生信息技术有限公司共同主办（图2），于10月30日下午在世博展览中心举行。这也是上海市楼宇科技研究会与世界城市日组委会签署的战略合作协议具体实施项目之一。作者作为"智慧楼宇"概念的立论者之一，应邀出席了论坛。在会议上我惊喜地发现有生命体征的"智慧楼宇"正在上海成型。

图1　2021年上海国际城博会会标

图2 郑惠强等领导参加2021年国际城博会

城市数字化转型是建设智慧城市的发展战略之一,智慧建筑是智慧城市的重要组成部分,也是建筑的建设和管理从工业化时代向数字化时代转型的形态。

上海市楼宇科技研究会(以下简称"研究会")是从2012年开始就对智慧楼宇进行集成研究的学术团体,在对智慧建筑的理论研究方面,以"智慧楼宇评价指标体系"为载体,取得了在国际上比较前瞻的成果。但令人遗憾的是在2019年前一直停留在理论研究的层面上,缺乏实例的证实,因此没有推行的说服力。

上海东浩兰生信息技术有限公司(以下简称"东浩兰生信息公司")结合自身的优势,5年来开发了以"智业云"系统为代表的主创产品,在国际同行中获得了领先的地位。而在2019年前他们还是处在边摸索边实践的状态之中,应该说他们对智慧建筑的开发还缺乏系统理论的指引。

兼任东浩兰生信息公司董事长的高文伟先生,不愧为建设管理过包括国家展览馆的大专家,他敏锐地察觉到我们双方具有取长补短的双赢优势。研究会主要领导郑惠强、戴晓波理事长也非常重视此事,在"一拍即合"的默契中,从组织上加强了对智慧建筑的研究。经理事会批准,高文伟先生成为研究会的副理事长,项莉女士成为我会新成立的智慧楼宇专业委员会的主任委员,同时聘请了一批智慧楼宇专家和企业加盟。

这两年来，两者取长补短进行密切合作，双方都取得了新的进展，达到双赢的理想局面。本次论坛就是在这样的背景下举行的。它也是对近年来上海乃至全国的智慧建筑的发展水平的一次回顾。会上以东浩兰生信息公司总经理的项莉女士为首的团队发言与研究会郭际冬秘书长的讲话汇集了以"智业云"为代表的智慧楼宇的研究和发展的最新成果。

项莉总经理发言的题目是"AI赋能　智慧建筑"。在2019年AI世界大会上，有一场论坛的主题也叫"AI赋能　智慧建筑"，当时项莉女士也做了主旨发言。同样的主题，但两次发言的内容却有了"质"的变化。项莉女士应用"青铜篇——系统集成""黄金篇——系统创新""钻石篇——系统融合"代表三个阶段，深情地总结了智业云发展的历程。她生动地用智慧楼宇、空间管理和无边界服务形成的三维"蝴蝶"图形向外辐射，说明他们团队"集成创新与自主创新相结合，引领数字楼宇与数字物业变革"的实践成功。

在项莉女士发言后的几位学者都从不同的角度补充了智业云为代表的智慧建筑发展的内容。兰生信息公司的杨少鹏先生的题目是"韧性城市　五级应用"，戎冬雁先生的"科技赋能　智慧防疫"、汪豪爵先生的"低碳城市　源力觉醒"和薛译先生的"安全城市　智慧消防"，以及同济大学韩新教授的"安全城市　数字消防"，他们分别从融入"智慧城市"、防疫、节能和消防安全等领域角度阐述了智慧建筑丰富的新功能。

由研究会秘书长郭际冬发表的题为"标准制定——'智业云'发展的风向标"进一步说明了制定各种与智慧楼宇相关的标准，对于发展智慧楼宇的重要意义；同时也回顾了研究会与企业成功的合作。郭际冬再一次阐述了可以称为智慧楼宇的四个条件，一是绿色建筑；二是包括AI在内的自动化集成，即自动化集智；三是现代物业管理；四是融入"智慧城市"。应用"智慧建筑评价指标体系"的标准作为它的载体。项莉女士等专家团队就是按照这个标准作为智业云发展的"风向标"的。从《智慧楼宇评价指标体系3.0》的制定，并使其成为国家团体标准后，马上将此标准服务于行业，进行了智慧楼宇的评审工作。结果上海鲁能国际中心挂3星级"智慧楼宇"(新建)品牌；上海东浩兰生大厦挂4星级"智慧楼宇"(改建)品牌，此举标志着我国在智慧楼宇建设方面达到了先进水平。

由研究会专家委员会主任委员毛正峻教授主持的，以"数字中国 智慧建筑"为主题的圆桌会议上，各位专家发表对智慧楼宇发展的期望和建议。

我强调了系统科学是智慧楼宇研究基础理论。同时指出需要建立围绕类似智业云那样的品牌的产业链，连接各个相关单位的红线，就是标准。"智业云"还要继续发展，眼下对智慧建筑研究最迫切的，就是传统的物业管理企业的转型，他们都是工业化时代的产物，不能胜任对智慧楼宇的管理。于是2020年又开始《现代物业管理标准1.0》的制定，促使物业管理进入数字化时代，成为现代物业管理。

上海交大城市发展研究中心执行主任张家春教授介绍了以"数字孪生"为代表的新技术，就是充分利用物理模型、运行历史数据等的仿真过程，在虚拟空间中完成映射，从而反映相对应的实体装备的全生命周期过程。它可以大大减少针对实体的试错成本，并以此探讨了它在智慧建筑中的应用前景。同济大学防灾救灾研究所副所长韩新教授发表了关

图3 在城博会论坛上发言

于数字消防,即对数字孪生技术的应用,将对传统消防所带来的转型意义的论述。

高文伟先生以自己的经历回顾了"智业云"的由来和发展的历程。他用治理漏水举例说明楼宇数字总台的重要作用。应用传感器检测到某处漏水,通过总台人工智能的计算,就将与那处地方漏水的水泵的阀门自动关闭,这就是智慧功能!让建筑成为"会呼吸、会感知、会思考、会自控"的有生命、有智慧的大楼。高文伟先生这段简洁的发言,来自他深层次的思考,它以"画龙点睛"的功效,告诉我们:"有生命体征的楼宇——智慧楼宇正在上海成型。"

(原载"上海老底子"2021年11月4日)

评议与联想

戎冬雁:钱老,您这个也是中国速度啊,而且还帮我们归纳整理,提出新要求。

钱平天:钱平雷是上海市楼宇科技研究会的发起人,曾长期担任该研究会的秘书长,该研究会的成立和不懈的工作,不但使上海市的办公楼宇科技现代化和数字化水平在全国办公楼宇科技领域具有引领作用,同时还引起了国际上联合国以及各有关方面的密切关注和合作。昨天在上海世博展览中心召开上海市与联合国人居署共同举办的这次会议,从一个侧面有力地证明了钱平雷的视野开阔、思维超前和行为有力的综合素质。

王莉英:不愧为科普作家,笔杆子既快又强,佩服!

毛正峻:钱教授多才,三言两语就把昨天高峰论坛的当前最前沿的数、网、智、云技术,深入浅出地作了分解、描述、普及。

钱莹臻:专业大咖云集。

郭际冬:钱总不愧是知名作家,文笔犀利,快,准,并且有高度。

钱雪元:非凡智慧,非凡努力,非凡成就,非凡人生!可将此历史写成一本书了。不过不要太吃力,量力而行!

高炉森： 平雷友，我想问一下，智慧楼宇如果用于住宅，会增加成本多少？这关系是否能推广普及。

钱平雷： 住宅用智慧的手段肯定比办公楼等建筑层级要低，许多设施是不需要的。但现在许多住宅的日常运营也要有支出的，物业管理和家庭能源都是有付出的。用了智慧楼宇手段，可以省掉许多人工和能耗。

钱丽臻： 先行者的智慧永远是社会发展不可缺少的前提。用智慧和不懈的努力创造出成就。

王如松： 钱教授的美文真好！高度概括智慧楼宇大咖们的精彩论述，不愧为杰出的科普作家，其科学性、真实性、趣味性、通俗性尽显，为你点赞！

人和楼宇生命体征杂谈

昨天我在手机里看到一条链接，说是一位西医的权威，受到中医专家的邀请，让他为一本关于针灸的新书作序。原因是他虽然是西医，但是他认同中医的医疗价值。他谈到，针灸疗法的基础理论依据是经络和穴位，但由于用西医的科学研究的解剖方法，无法找到经络和穴位，于是得不到登上西医理论界的大雅之堂。然而，如今随着针灸的确切疗效，它可以治疗疾病成为无可否认的事实，在全世界包括西医占据绝对地位的所有国家，都可以设立针灸的诊所了。但并不等于他们认可中医的科学地位。这位医学权威人士认为，一个物体决定它是否有生命，有三个条件，就是它拥有物质、能量和信息。判别它是否有生命体征，是它是否同时具有能量和信息，如果生命缺了能量和信息，就是尸体了。我看了这段链接，发现他的论点，正好与我这两天在思考的一个问题不谋而合。

前几天，我参加了2021年世界城市日中国主场活动暨首届城市可持续发展全球大会中的"智慧建筑高峰论坛"，会上上海市楼宇科技研究会副理事长高文伟先生谈到，通过一定的技术手段，让建筑成为"会呼吸、会感知、会思考、会自控"的有生命、有智慧的大楼。我回来写了一篇名为《有生命力的智慧楼宇正在上海成型》做成"美篇"，先在我的微信群和朋友圈中发布，反响还可以，有近3 000人次的点击量。随后，我又把此稿投给了"上海老底子"公众号登载，结果至今居然只有700人次的点击量，要是在平时后者的点击量是大大超过前者的，两者不在一个数量级上。作为同一篇文章的作者的我就要思索其中的原因了。我总觉得题目中的"生命力"并不能反映出智慧楼宇有生命体征的特点,因此不能吸引读者,尤其是一般说来,普通读者对带有"智慧"字眼的文章兴趣不大,不然为什么如今的大多数的主流媒体为了追求阅读流量,已经没有了专门的科普版面了。

  人和楼宇一样都是"耗散结构",它是热力学的一个术语,要阐述它的原理,恐怕不是三言两语可以讲得清楚的,我还是举一个例子来说明。当我们对水进行加热时,水在升温的过程中,其水花状态是混沌无序的。当水温达到100℃时,水沸腾了,于是就产生了有规律的水花波纹。当我们撤去加热源时,容器中的水立即平静。这水的热运动就是耗散结构。我们人在活着的时候,有心跳数、血压等各种生命体征,我们可以通过仪器仪表测得它们的数据。当人体处于死亡状态时,生命运动的能量停止运送了,反映这些生命体征的数据也就都消失了。所以在影视节目中我们经常可以看到这样的镜头,当演员扮演的那个角色已经去世,用放在他旁边的监视器的屏幕上,各条体征曲线都成了0数字的直线,表示他走了!同样我们的楼宇也是如此,只要它开始运营,就有人流、物流、资金流等各种信息产生,如何将这些信息有目的地收集起来,使之成为数字,集中到一起到总台,进行整理、分析,进而应用,让它们成为可以用于楼宇运营的优化方案。这里用治理漏水举例说明楼宇数字总台的重要作用。应用传感器检测到某处漏水,通过总台人工智能的计算,就将与那处地方漏水的水泵的阀门自动关闭,这里就是能量和信息的传送过程,就是说,该楼宇具有了某一种生命体征!

  我这个理工男曾经对经络和穴位有过我自己的思考。我在想,经络和穴位之所以解剖不出来,但它们又客观存在,其实穴位如同人的重心一样,重心是人体各个组织重量形成的重力的合力作用点,通过解剖人体是找不到的。而穴位是人体中某些微循环所形成的合力作用点,把一些有共性的穴位连接起来,就是经络,而各条经络的交叉处就是诸如足三里、合谷、人中等重要的穴位。我的这个观点也与一些中医交流过,也获得他们的认同。

同样，我作为智慧楼宇的研究者，提出一座楼宇成为智慧楼宇的四个条件，一是绿色建筑，二是包括AI在内的自动化集成，三是现代物业管理，四是融入"智慧城市"。四个条件，也称四个维度，请注意四个维度并不是四个部分，维度是对同一物体而言的，如某点处于X、Y、Z三个坐标，如果再加上时间坐标，就是四维空间。应用"智慧楼宇评价指标体系"的标准作为它的载体。

因此，建设智慧楼宇是符合如今"十四五"规划倡导的"绿色低碳、数字经济"方向的。我们给智慧楼宇下的定义是："智慧楼宇是从智能化楼宇升级和发展而来，对'智慧'予以'大智慧'的新的内涵即运用，包括IT技术以及社会科学、人文科学、管理科学在内的所有具有创新型的科学技术的成果，用于楼宇的建设、管理和运营之中，使其成为安全、舒适、高效、节能的工作和生活环境，同时与智慧城市其他功能融为一体的建筑。"从上述的定义我们可以厘清智慧楼宇是包含了节能环保、数字技术等的大系统，而不是倒过来说，数字化就是"智慧化"。不过也确实是诸如数字技术，它让本来看上去属于概念性的东西，如融入"智慧城市"，楼宇科技工作者将其变成了数字化的体现，大大地坐实和丰富了智慧楼宇的内涵。

写到这里，我在想，读者大概可以理解楼宇与人一样，有可能设法赋予其生命体征的。同时我也在后悔用了《有生命力的智慧楼宇正在上海成型》的题名，如果是《有生命体征的楼宇正在上海成型》，可能读者的点击量还会更高些。

评议与联想

周文华： 读了钱平雷同学写的《人和楼宇生命体征杂谈（美篇）》，觉得智慧楼宇一定是将来建楼的发展目标，前景是乐观的，也是具有生命力的。文章写得用心，举例也通俗，但点击量少，本人觉得可以理解的，把一篇带有学术性的科普文章投到"上海老底子"有点错位了，有点曲高和寡的感觉了，对一众喜欢读通俗消遣具有故事情节的需求者就不太适应了。这篇文章是带有思考导向的要求的,这样对受众面就有了局限性,阅读量也就自然减少了。你不必多虑,问题不在写作内容和质量上,是所投栏目不对路子。为这篇带有前瞻性的科普文章送上大赞了。

徐 满:钱同学的文章有专业性和学术上的深度。不是学理工和与建筑有关专业的人难以懂得文章的含义。所以看的人少。平雷为比文大动脑筋,精神可嘉。

周晓峰:现在的人节奏快,耐心差,每天处理的信息量也大,标题是否有吸引力,特别是针对非专业读者,还真是值得研究研究。《有生命体征的楼宇正在上海成型》拟改为《有生命的楼宇正在上海孕育》如何?

55-有季节(微信名):钱平雷教授为我们上海"扎台型"。

智慧楼宇？还是数字化楼宇？
——关于智慧楼宇发展阶段的概念探讨

上海市楼宇科技研究会（以下称"研究会"）及其会员单位，对智慧楼宇的研究和建设、改造，经过了10年的努力已经发展到了较高的水平。作为一个对智慧楼宇进行集成研究的学术团体，研究会理应及时地进行总结，将对智慧楼宇今后的发展和推广具有指导性的作用。作者作为智慧楼宇概念最早的提出者之一，在经过一系列研究和实践的参与或观察后，觉得有必要对以往有关智慧楼宇的一些概念，重新予以厘清或界定，作为抛砖引玉，让有关同仁们把自己的经验和体会贡献出来，一起为充实智慧楼宇的发展理论发挥与时俱进的作用。

众所周知，智慧楼宇是从智能化楼宇发展而来，当年究竟什么是智能化，什么是智慧化，就让大家搞得晕头转向，后来在楼宇科技界算是基本弄清楚了，但是如今又出现了数字化，这又究竟是怎么一回事？尤其是如今提倡发展数字经济，楼宇科技界理应响应。那么，怎么把发展数字经济与发展智慧楼宇有机地结合起来，首先要把两者的关系搞清楚，否则无论是研究者，还是建设者都无法清晰地表达自己的工作，究竟与数字经济是什么关系。

关于智慧楼宇发展阶段的区分

当年我们从研究《智慧楼宇评价指标体系1.0》标准开始，就提出了智慧楼宇的概念："智慧楼宇是从智能化楼宇的升级和发展而来，对'智慧'予以'大智慧'的新的内涵即运用包括IT技术以及社会科学、人文科学、管理科学在内所有具有创新性的科学技术的成果，用于楼宇的建设、管理和运营之中，使其成为安全、舒适、高效、节能的工作和生活环境，同时与智慧城市其它功能融为一体的建筑。"我们具体地提出，说如果一座建筑具备以下四个条件，也称四个维度，就可以称其为智慧楼宇：一是绿色建筑，二是自动化集智，三是现代物业管理，四是融入"智慧城市"。

　　曾经有一位新闻记者在采访我时问道："智能化与智慧化，这两个在人们心目中差不多的词汇，究竟有什么区别？智慧楼宇与智能化楼宇中，智慧是什么意思？智能化又是什么意思？"于是我就给解释道，智慧城市的英文是SMART CITY，所以我们说智慧楼宇的英文应该是SMART BUILDING。而智能化建筑的英文是INTELLIGENT ARCHITECTURE，其中INTELLIGENT中文通常翻译为"智能化"。举个例子：当我们开车上高架道路，前面悬挂有指示牌，如果是绿色，代表前方畅通；如果是黄色，代表前方拥堵；如果是红色，表示前方阻塞。这样的标牌就是智能化的标牌。如果它还能告诉你应该走哪条路最合理，那就是智慧交通了。如今已经不需要驾驶员看标牌或屏幕，汽车本身就可以根据路况自动选择最佳路径行驶了，这大概就是智慧交通进入高级阶段，即数字化阶段了。

　　我们如果借助智慧交通的发展阶段，用来横向衡量智慧楼宇的发展阶段，那么"智业云"的发展过程与智慧交通何其相像。智业云的第一阶段，东浩兰生的专家们称其为"青铜篇"，也就是应用摄像头等手段，在中控室可以清楚地知道楼内的情况，便于物业及时地处置。因此，这一阶段还是属于智能化建筑阶段。智业云的第二阶段，称其为"黄金篇"，东浩兰生的专家们的描述是"主动报警，闭环感知，帮助物业管理全楼触达"。与智慧交通中的导航差不多，可以称为智慧楼宇的"初级阶段"了。如今进入了智业云的第三阶段，称其为"钻石篇"，东浩兰生的专家们的描述是"系统融合，主动思考，自我调节"，这应该是智慧楼宇的"高级阶段"，即数字化阶段的雏形了。是否可以这么说，数字化是实现楼宇全面智慧化的一条路径，或者说一个抓手。

数字经济与智慧楼宇的关系

我们在探讨了数字化和智慧楼宇之间的关系后,就应该讨论一下数字经济与智慧楼宇的关系。首先,我们要知道什么是数字经济。百度对"数字经济"的定义是:"数字经济是指以数据资源作为关键生产要素,以现代信息网络作为重要载体,以信息通信技术的有效使用,作为效率提升和经济结构优化的重要推动力的一系列经济活动。数字经济核心是指为产业数字化发展提供数字技术、产品服务、基础设施和解决方案,以及完全依赖于数字技术、数据要素的各类经济活动。"

从上述定义,我们可以看出,数字经济是"信息通信技术的有效使用","产业数字化发展提供数字技术、产品服务、基础设施和解决方案,以及完全依赖于数字技术、数据要素的各类经济活动"。对于楼宇科技工作者来说,最后要落实到经济活动,主要通过物业管理和智慧楼宇产业链来具体实现楼宇数字化的经济价值。而物业管理和智慧楼宇产业链不仅仅是IT技术,还有广义的服务内容,如楼宇党建、楼事会也是智慧楼宇不可或缺的子项目。因此,如何把上述内容包容到一起,其对策就是制定相应的现代物业管理标准。

传统的物业管理企业已经被证明,它是没有能力承担智慧楼宇的管理职责的。智慧楼宇的数字化,也表明了楼宇建设和管理的生产力已经提升,但其生产关系如果仍然不变,显然是阻碍了智慧楼宇功能发挥的。必须对其生产关系进行相应的改变。我们认为对策就是制定"智慧(数字)化楼宇物业管理标准",具体做法是它的标准框架搭好,然后把已经完成的子项目的应用标准,逐项完成,最后将它们集成到一起,成为该楼宇具体可以操作的标准。也就是说,要有通用和专用的标准。这一点有点像我们搞桥梁设计的定型图,到了具体情况还要根据河流的宽度,做专门设计的。同样,各座楼宇的情况也各异,客户的需求也不一样,要求得到的服务水准也各不相同,还要"量身定制",制定该楼宇的数字化物业管理标准。这些标准也是物业管理公司员工学习的教材,又是企业转型的框架,甚至还是形成智慧楼宇产业链的指南。

在一定程度上说,智慧楼宇的现代物业管理在现阶段也可称为"数字化物业管理",但必须指出应该是广义的"数字化物业管理"。"智业云"也应该是包括《智慧(数字)化楼宇物业管理标准》在内的一个完整的体系。

(上海市楼宇科技研究会2022年年会书面发言)

评议与联想

项　莉:钱老师的文章,写得言简意赅,让人一看就能明白,水平高,学习了。钱老师是我见过最勤奋的学者。

喜闻母校联姻筑新巢

一

2022年6月17日上午我在"澄衷校友会第八届理事会"微信群看到了一条由秘书长徐丽萍老师发出的名为《好消息！同济大学虹口基础教育集……》的链接，它的题目没有完全显露，其文字被"……"简略了。在微信中各种信息铺天盖地的如今，如果每条链接都去点击一番，那么其他事情就不要做了，因此一般只能采取先泛泛地浏览一下题目，再选择自己感兴趣的内容详细阅读。但标题中含有"同济大学、虹口"两个名词映入了我的眼帘，那是与我生命旅程息息相关的敏感字眼，它们显然会引起我的高度关注。

我急不可待地点击了这条链接，它的全名叫《好消息！同济大学虹口基础教育集团签约揭牌》，等我把这条消息的全文看完，发现这是一条令人兴奋的新闻啊！我的中学母校澄衷中学将要成为我大学母校同济大学的附属中学，我的两所母校"联姻"啦！我作为它们的学子的强烈感受油然而生。我除了立即在微信群里表示自己的幸福感外，还马上把这条链接转发到我参与的所有与"同济和澄衷"相关的微信群中，也尽快让那些与这两所学校有过瓜葛的微友们一起来分享我们共同的喜悦。紧接着我还给高中留校当老师的孙行琦同学和我一起当过上海市科普作协副秘书长的许兴汉同学去了电话，他俩也是澄衷校友会理事，我们仨一起继续议论这件开心的事情，分享由此带来更多的感想和快乐。

许兴汉同学建议我依此写一篇散文表示庆贺，当时我觉得目前只是处于"同济大学附属澄衷中学（筹）"的名义，好像没有太多的内容可以写。可是有一天凌晨我从睡梦中醒来，像其他老年人一样不容易再次入睡的时候，就浮想联翩了，想着，想着，两所母校的许多事情在我的脑海里不断翻滚和互相穿插。正如我哥哥钱平天（也毕业于澄衷中学）所说的，在我的脑子里有许多记忆的素材如同一只只罐头被封闭着，一旦有一件事情可以成为一只"拎攀"，就可以把"罐头"打开，从中可以倒出许多东西来。这次当上海滩两所百年老校"联姻"时，同济和澄衷又成了一只新的"拎攀"，它能让我，一名曾经是它们共同的学子，把自己的感受和想法得到表达，也可让更多的学友来分享我的遐想。尤其是我们澄衷中学新校舍的建设，能否由于两校的"联姻"从而得到比较满意的结果，建于1900年的该校的标志性建筑澄衷蒙学堂能否在新校舍重现？

二

说起同济大学和澄衷中学，它们在上海，尤其是计划经济时代，都排不上第一档次学校的行列。但是它们有一个共同的特点，就是都是"百年老校"，它们除了培养了数以万计、以后成为社会各行各业的栋梁之材的学子外，还有就是它们都拥有非常深厚的校园文化积淀。这校园文化的熏陶对于广大师生员工，尤其是学生来说，也是不可或缺的重要因素，其影响绝不亚于对其传授的知识，这一点广大学子深有体会。大家可以发现不同学校出来的学生，即使是相同的专业，各自的思维和行为方式也是有着明显的区别的。

我在1964年考入了同济大学，进了同济一看，它有非常深厚的文化底蕴。诸如数学、物理乃至体育等基础课，其师资都有老同济的底子，非常强大。因为学校具有"铁打的营盘，流水的兵"的特点，学生是要毕业的，但教职员工相对固定，他们才是校园文化传承的载体。所以到如今"同济"这块"金字招牌"仍在发挥重要作用，现在同济在中国大学的国际排名上，可以达到10名左右，除了学校不断发展进取外，校园文化发挥了强大无形效应的作用，也应该是重要原因之一。

澄衷中学也是如此,它曾是上海滩上的名校,出过蔡元培、胡适等这样的名校友。本来是原提篮桥区"第一块牌子"的重点中学,我们1958年进校时,还是四年一贯制的试点中学。在120周年校庆前夕,潘红星校长无意间看到《沪上名校:百年大同研究》等校史专著,也想设法撰写出版澄衷的校史专著。负责主编的上海社科院的马学强教授开始因为不了解澄衷的历史,碍于情面才接纳,但后期越研究越喜欢,甚至对澄衷精彩校史如数家珍,最后编著成《诚朴是尚——从澄衷蒙学堂到上海市澄衷高级中学(1900—2020)》这样一部史诗般的校史。这也应该是澄衷校园文化建设的重大成果之一。

如果说,上述议论的是两校的优势,属于理性的分析,且不知还有冥冥之中两校的缘分。在2022年11月8日澄衷中学新校舍开工典礼上,同济大学党委书记方守恩指出,两所学校本来就有着深厚的历史渊源,除了叶澄衷先生本人还曾是同济大学的校董外,如今同济大学附属肺科医院就坐落在原来的叶家花园。据同济附中叶懋英校长的外甥、国家历史文化名城研究中心主任阮仪三教授在《深切怀念姨母叶懋英》一文中介绍,叶校长还曾经在澄衷中学任教,她也是澄衷的校友呢!我想叶校长的在天之灵如果得知澄衷成了同济附中,她一定会极为欣慰的。

三

21世纪10年代,虹口区决定对澄衷中学的校园进行一次全面的改造,尤其让澄衷学子兴奋的是在原来小学部的部位,用蒙学堂的建筑风格和元素,再建造一座新的教学楼,将澄厅原来健身的功能转移到大操场的地底下。就在改建启动不久,传来了上海市开发北外滩的城市发展战略。从此"北外滩"正式成为上海市的一个地名,替代了以前人们称其"提篮桥"街道的叫法。

由此引起了澄衷中学与北外滩开发之间正面的碰撞。按照初步规划要求,澄衷原址变成了商业用地,学校需要沿着唐山路搬迁到北外滩的最东边。尹后庆等校友都对校舍的改建发表了重要的意见,如何保护澄衷文脉是大家最关心的事情，因此受到校友们广泛的关注。我作为一名楼宇科技工作者和作家撰写了《"北外滩"不能没有澄衷文脉》，分别作为社情民意发给上海市规划院，投稿给《新民晚报（夜光杯）》上发表。由于非常复杂的原因，澄衷中学新校舍的规划很长时间一直没有得到确定。最近传来了澄衷成为同济附中的消息，同济是国内土木建筑最强的学府，应该在澄衷新校舍的建设中发挥自己的优势。

在最新一期《澄衷》校刊和有关澄衷中学新校舍开工典礼的微信链接上，报道了新校舍的方案，初、高中部教学楼的前立面各是一排石库门样子的房子，后面是多层楼房，两楼之间用挑空走廊连接，留出大门空间，上方有"澄衷中学"四个大字。透过大门仰望，看到一幢外立面如同"澄衷蒙学堂"一般的建筑，赫然屹立（图1），还有我们在校时已

图1　澄衷新校舍鸟瞰图

经拆除的钟楼又重新耸立在旁边。这虽然这已经不是当初的澄衷蒙学堂了，但澄衷文脉多少被保留下来，这也算给了广大澄衷学子一个既意外又欣喜的安慰。另外新校舍比老校舍占地多了10多亩地，这在寸土寸金的上海市中心区也是很不容易的事情。令人感到意外和新奇的是校园范围内，除了教育楼、辅助楼宇外，还有一排石库门建筑，也就是一条弄堂，据说那是用于宿舍功能，同时也保留了石库门建筑的海派文化。我在本文题目里把建新校舍说是"筑新巢"，就是意思学校校园对学生来说，就是孵化和哺育雏鸟的"爱巢"。

从这次开工仪式上出席的领导的"阵容"来说，也是空前的，包括上海市委常委、虹口区委书记郭芳，同济大学党委书记方守恩、校长陈杰院士等方方面面的负责人都到场了（图2）。其中郭芳书记和陈杰

图2　同济大学和虹口区领导出席新校舍开工典礼

校长都是在北京参加了二十大后，回到上海不久。他俩还在刚闭幕的党代会上，当选为中央候补委员。相信澄衷新校舍在各方领导的高度重视下，能够顺利地建设了。前些日子，1964届微信群也在议论此事，我们1964届高中毕业的四个班级曾在2014年毕业50周年之际，欢聚一堂，并相约在2024年再聚会。大家对能否在新校舍聚会充满期待，从链接上得知，新校舍预期将在2024年竣工，看来我们的愿望可以如期得到实现了。

时代在发展，上海市在发展，北外滩在发展，澄衷中学也在发展，希望北外滩与澄衷中学在同济大学的参与下，把具有渊源的地缘文化保存并发展到永远。

（原载《澄衷》2023年2月10日出版的第93期）

中国式养老的上海新贡献

——《养老科学概论》诞生回眸

一、门前机构新开业　养老科学引话题

今天（2023年7月27日）正在澳大利亚探亲的我，收到从上海寄来我盼望已久的《养老科学概论》这本书，让我看到了它的"本来面目"（图1），而不是由同事通过微信传来的照片时，这使我不由自主地激动起来，这是我和我的同仁们历时3年的辛勤劳动，几番周折才得到的阶段性成果啊！回顾起从酝酿到写成的过程，让我不由得百感交集，文思泉涌，真想把它产生的前世今生的艰难历程来向大家倾诉，它也是反映我自己学习和成长的一段经历啊！然而，事情还尚未全部终结，接下来的问题是这个好东西怎么被人们所赏识，被应用，这是摆在我们写作团队面前的又一个重大课题。

最近在网上看到一则《文汇报》报道的消息，就是在离我上海浦东的家只有几百米的成山路66号处建成了一处浦东新区中西片区体量最大的基本养老机构——上钢养护院，它于2023年

图1　《养老科学概论》

7月24日正式开业了。它与上钢街道社区综合为老服务中心、社区卫生服务中心、社区文化中心毗邻设置。通过"一站式"服务供给,为入住长者提供"医养、康养、文养、智养"四位一体的梯度型、综合性服务。养护院内设医疗机构、康复中心,与社区卫生服务中心共同构成了医养康融合贯通区……让长者受到"一站式"医养康融合服务。这就让我想到如果从事与这些业务相关的领导和专业人员,对其中非本专业知识不了解,从而在彼此业务需要沟通遇到困难时怎么办的问题。那么眼前的《养老科学概论》这本书,倒是多少涉及了与"医、养、康、文、智"业务相关的各个领域的知识。该书应该是一本可以普及多方领域或者全面了解养老事业的理论性读物。它虽然仅仅是一本篇幅不长的书,但这可是上海的科技工作者填补了养老科学的一项理论空白,也是他们对我国养老事业的一份贡献。

二、养老途径众探索　海阳模式显雏形

2011年我与一些房地产科技人员同仁共同发起成立上海市科协下属的上海市楼宇科技研究会(以下称"研究会")时,这个学术团体是对楼宇科技进行集成研究,除了设立与环保、节能、IT、防灾等与房屋科技直接相关的专业委员会之外,还针对社会民生发展需要,设立了一个老年用房及其设施专业委员会,因为我们意识到养老科学肯定也是需要多专业集成研究的。当时我们认为这方面需要邀请主管养老事业的专业人士来共同参与,于是我们找到民政部门,但他们的答复是,他们那里并没有懂得这方面相关的专业科技人员。后来为了表示对我们的支持,他们介绍了一位区级民政局擅长老年护理培训的胡副局长,我们如获至宝,请他担任该专业委员会的主任委员,还请来与我一起当长宁区人大代表时,他从事养老事业的一位民营企业家冯强先生担任副主委。另外,还聘请几位名中医"入阁"。但由于他们之间彼此缺乏共同的专业知识的了解,尤其是他们对于建筑和机电设施都是陌生的,而且又都是大忙人,不可能一起坐下来,以漫谈方式来了解对方专业的基本知识。

而我作为研究会的秘书长，需要兼顾所有的专业委员会的活动开展情况。因此，我除了了解一些现有的养老政策，如所谓"9037"即3%的老人机构养老、7%社区养老、90%居家养老外，还在此基础上提出了居家养老的市、区、街道三级管理的模式，但那仅仅是一种设想而已，并没有被有关部门采纳而付诸实践。总之，这个专业委员会的活动始终没有有效地开展起来，所以基本上也没有什么成熟的研究成果可言。当胡副局长在研究会将要换届时，他推荐了另一位在养老事业方面做出显著成绩的民营企业家——海阳集团的徐超董事长接替他的职务。

当我第一次到当时还位于江湾五角场的海阳总部访问徐超时，根据他们员工的介绍，我才发现我对养老科技的发展的认识实在是井底之蛙了，尤其是IT技术，如今更确切地讲，就是AI技术，已经通过建筑和机电设备渗透到了养老事业的方方面面，什么远程测量居家老人的血压、心电图，什么设立服务总台，遥感跟踪老人行迹等管理方式，我前所未见。同时海阳集团已经把他们的业务扩展到了其他多个省市自治区，也因此引起了上海市乃至中央领导的关注，并曾到此进行调研考察。徐超他们也在通过了解国际上许多国家的养老模式的基础上，提出了符合中国国情的CCHC（持续照料社区）居家养老的模式，即"三级网络、四级平台"，其中"三级网络"与我们原先设想的模式是一样的，但他们并没有我们设想的那样具体的组织架构设计。"四级平台"是在上述三级的基础上，增加居委会一级建立服务驿站。海阳集团也遇到了理论方面的发展瓶颈，他们没有能力撰写《CCHC（持续照料社区）居家养老模式服务管理标准》（以下简称《标准》）来整合已有的实践经验，让其成为全体员工执行任务的标准和推广模式的手段。主要原因是这涉及的专业实在太多了，一个企业平时不可能同时配备如此众多专业的专家。而我们研究会恰恰拥有横向联系、人才荟萃的集成研究的优势，具备撰写该标准的能力。在此背景下，我们接受了海阳集团的委托，与他们互相取长补短，发挥各自优势，合作编写了《标准》。

三、铁路经历育通才　系统方法聚专家

我作为该《标准》的执行主编，第一步就是要编写《标准》的目录和导论。因为只有确定了编写的内容，你才可以物色参与编写各个章节的专家。只有有了导论，才可以把各个章节之间的逻辑关系交代清楚，也就是讲明白它们之间互相是如何交叉或者平行的。这就需要通过建立模型来予以表达。只有这样当各专业的专家开始撰写自己负责的章节时，他的作用才会在你划定的范围内得到发挥，而不会写着写着，开起"无轨电车"来了。

这对于我的知识结构和思维方法是一个很大的挑战。首先，要对所有涉及的专业知识有一个基本的了解。其次，要掌握科学的思想方法，尤其是系统科学的理论。这一方面长期的铁路系统的工作经历给了我很大的帮助。以铁路的运输系统为例，它是由所谓"机、车、工、电、辆"等五个子系统所组成。"机"就是火车头；"车"就是运输调度组织；"工"就是线路、桥梁、隧道；"电"就是通信、信号；"辆"就是客货运车辆。要完成运输任务，需要五个子系统互相配合和互相制约，依靠一部《铁路运输技术规程》的标准，达到高度统一。各子系统又依此编制自己的分规程，如我的专业是桥隧，属于工务系统，该系统有《工务规程》。我因为曾担任上海市铁道学会的秘书长，所以对铁路所有的专业，包括财务、材料、医学等那些非运输部门，即所谓保障部门的专业知识，以及它们与运输部门的关系，都需要有一个基本的了解。这在不经意中培养了我具有较广的知识面，成为一名"通才"，同时也掌握了系统方法的"诀窍"。这为我在担任几部大型标准的过程中，担任主编创造了必要的条件。这也是我们敢于承担《标准》编写任务的底气之一。

有些内容究竟由谁来写，也是一个难题。我们写作组里有一位中文系出身的写作高手，原来也想请他执笔，他却说，这属于科技范畴，不能让他这位文科生来写。那么有关诸如"老人洗头"内容的章节由谁来写呢？理工科专家也都认为这不是科技。我在想，这"老人洗头"大概

应该属于医护专业的业务，但总不可能为此特地聘请一位护理专家来写吧？实在没有人愿意承担，只有我这个"万金油"来写了。为了鼓励这些从来没有写过《标准》的各路专家，我硬着头皮许愿，说这些内容，大家尽管大胆地去写，如果有困难我都会承担的。

四、《居家标准》上海献　中国模式列国际

经过3个月的共同努力，我们完成了初稿，也通过了有关专家的评审，获得了他们"填补国内居家养老标准"的褒奖。将近半年的辛勤工作，《标准》终于付梓出版。我们和海阳集团的领导都觉得当下养老单位的从业人员的知识程度普遍较低，要让他们弄懂这厚厚的一大本《标准》是非常困难的事情。所以需要有一本深入浅出的科普辅助读物来帮助他们理解。为此，我这个从来没有写过小说的人，居然也写了一本科普小说《居家养老解困记》，与《标准》一起，请上海科技文献出版社一并出版，并依此在"2017年上海书展"上举行首发式。

随后乘着这股热情，为了让国际上承认我们中国在该领域研究的成果，经上海市政府批准，我们还与海阳集团一起举办了"2017年上海居家养老国际会展"。通过编写《标准》和小说，又通过国际会展，我个人和研究会的同仁们，在有关养老科学方面的知识都取得了宝贵的收获和长足的进步。例如，原先对诸如加拿大的CCAC模式、美国的CCRC模式、日本的"在宅介护"和澳大利亚的HCP模式等海外的国家和地区的各种养老模式，以及各种养老设施、设备等功能，属于粗浅的了解，由此达到具有了一定深度的理解。

但我也发现养老事业涉及的专业实在太多，它不仅有我们比较擅长的建筑、机电、IT等偏工科的专业，还有医学、餐饮等还不完全属于理工科范畴的专业，更有管理、金融、社会、家政等属于社会人文科学领域的专业。作为一名合格的养老工作者，无论是理论研究，还是行政管理，尤其是具体的实践工作者，对这些专业的知识都需要有一定程度的了解，但当时的专业学术分类乃至养老管理体制是难以实现这个目标

的。就是人们最为迫切的"医养一体",也由于涉及不同的政府行政部门管理,而步履维艰。且不说让涉及这么多专业知识交叉的"养老科学"这门综合学科,还未曾获悉它是否已经正式产生了,更不要说对这门学科能够进行普及的书籍教材是否也已经存在了。由此我就想到了"概论"和"联盟"两个名词。

五、协作默契自"概论" 综合科技靠"联盟"

我在本文第三节中提到过铁路的运输系统由所谓"机、车、工、电、辆"等五个子系统所组成,由于各个子系统之间在专业分类上属于不同学术领域,在当时的各个铁道学院的学生不可能同时学习上述各个专业的知识,但要让火车开动起来,他们又必须紧密合作联动才能实现。于是在铁道学院里普遍开设一门名为"铁道概论"的课程,让每一位学生通过学习这门课程,对其他非本专业的知识有一个基本的了解。也就是说,在《铁道概论》的教材里,各门专业学科的基本知识已经融合在一起了,可以满足不同专业的学生对其他专业最起码的知识普及。那么,我们养老科学也同样涉及多个学科,不同专业的人员也同样需要这么一本介绍相关专业知识的《养老科学概论》来互相普及啊!

现在又存在的问题是,涉及这么多不同领域专业的图书,又由谁来编写呢?这就引出了"联盟"这个概念。众所周知,我国的交通系统拥有铁道、公路、水运(海运、内河航运)、航空和管道运输等子系统。它们的行政管理是属于不同部门的。20世纪80—90年代当上海市准备制定21世纪综合交通发展战略规划时,是一件很困难的事情,因为那些不归上海业务管理的企业不太可能把自己的统计资料贡献出来的。但上海市科协却可以打破行政的界限,无论何种管理体制下的科技人员,在学术上都有共同感兴趣的话题。尤其是在当年各个与交通相关的学会的主要负责人,还都是这个领域的著名学者,甚至企业领导,我就是当年来自铁道学会的主要参与者。而当时学会的理事长就是时任上海铁路局的张龙局长,他又是一位著名的桥梁专家,黄浦江上第一座桥梁——松浦大桥建设的技术负责人。当由市科协牵头研究上海市对外交通发展战略时，来自不同单位的学者，都可以打破行政界限，共同协作，出色完成，还获得了上海市的科技进步奖。由此这些学会成了一个联盟，成为市科协的一张名片。

于是我就想到能否也在科协搞一个与养老科技有关的学会联盟，那里拥有诸如医学、护理、电机等许多不是我擅长专业的学会专家呀！我把这个想法向郑惠强理事长等主要负责人做了汇报，他们非常赞同我的意见。于是我向市科协学会学术部潘祺部长做了汇报，也获得了她的支持。她还介绍了她所了解的其他兄弟学会也各自研究与养老有关的学术动向，但确实还没有形成集成研究养老科学的合力。我们还在她的陪同下，随同郑惠强理事长等一起拜访了市科协党组马兴发书记等领导，也得到了他们的认可。潘部长把与养老科学相关的学会领导邀请前来共商成立联盟的事宜。在与这些学会的学者共同发起上报批准的过程中，我又从他们那里学到了不少与养老相关的知识和思路。如在走访时任上海市康复医学会副理事长兼秘书长郑洁皎教授时，原来他们学会的秘书处就设在华东医院的康复部里，这让我对老年康复有了直观的认识。她还送了一本由她主编的《老年康复学》的教科书给我。这本书成了我日后撰写《养老科学概论》（以下简称《概论》）中有关康复医学部分的重要参考依据。与上海市城市科学研究会王震国秘书长接触过程中，我知道了原来与养老相关的专业远远不限于与老人本身相关的那些方面，与老龄化城市的建设环境和文化都有着密切的联系，由此扩大了我的视野。

六、养老学会喜结盟 《概论》编著需后盾

经过一段时间的筹备，上海市科协正式发文批准由通信、电机、标准化、建筑、城市科学、人类居住、楼宇科技、医学、中西医结合、护理、康复、科普作协和老科协等13家学会组成了"上海养老科技学会联盟"（以下简称"联盟"）。"联盟"于2019年5月18日在万钢、吴清等国家和上海市领导人的见证下，正式揭牌，同年6月29日以举行年会的

形式，正式开始运转。原来约定由研究会担任首任轮值学会，后来学会学术部的葛朝晖副部长觉得这样的方式时间跨度太大，建议每一届由三个学会轮值，于是又将康复学会和科普作协也同时列入首任轮值学会行列，由郑惠强理事长担任主席，时间为2019年5月至2020年6月。大家约定，除了筹备年会外，也把"上海养老科技学会联盟系列教材"之一的《养老科学概论》的编写列入首轮轮值学会牵头的主要任务。其间研究会正值换届，由戴晓波教授担任理事长，郑惠强担任名誉理事长，我也卸任秘书长职务，由郭际冬接任。商量下来，为了确保连续性，还是由郑惠强继续担任轮值主席到一年，我也"陪同"郑理事长做满一年轮值秘书长。实际上，由于《养老科学概论》虽然按时完成编写，但由于疫情等原因，没能如期出版，后续的事务还是需要戴晓波教授担任理事长和郭际冬担任秘书长的他们这一届继续关照的。

随后，我在研究会秘书处商量如何启动《养老科学概论》的事宜，我们认为，首先要确定该书的阅读对象，主要有三类：与养老科学相关专业的科技人员，高校有关养老专业学生的教材（这一条据说要获得教育主管部门批准文件，因而没有在封面注明），以及各级养老事业干部培训教材。总而言之，这本书是对所有可能涉及养老领域科技人员或者管理干部进行当然"通识教育"的一种教材。虽然这本书估计文字量不会太大，但由于涉及的专业实在太多，而且"隔行如隔山"的传统习惯思维，还是多少会影响人们去从事非本行专业的工作的。于是大家一致认为，还是让我这个号称"通才"的"万金油"按照惯例先把书本的目录和"导论"写出来，并把逻辑模型也画出来。

我把全书分为以下几个专题：1.老年学；2.系统论；3.老年生理；4.老年病医疗；5.老年护理；6.预防与康复；7.心理与行为；8.餐饮与营养；9.适老性建筑；10.适老性产品；11.养老体制；12.老龄化社会规划、政策；等等。秘书处同仁们在商量分工时，来自上海交大的副秘书长张家春教授愿意承担有关适老性建筑和适老性产品方面章节的撰写，曾经是《房地产时报》主编的宋心昌副秘书长愿意和擅长审稿的汪建平先生一起担任审阅工作。倪英浩副秘书长则承担绘图工作。此时新冠疫情袭来,一般线下学术活动都大幅度减少,我们也不可能再去找其他兄弟学会的专家合作了,其他章节看来也只能先由我执笔了,然后再与张教授撰写的部分合稿,再请其他专家审阅和补充后完成全稿。

以前在谈论所谓民兵工作三落实:"组织落实、政治落实、军事落实"中把"组织落实"摆在第一位,现在看来确实是有道理的。在该书编著过程中,我们发现如果出版了,如何推广和应用也是一件与以往不一样的事情。于是请了张星玲、姜国俭二位副秘书长担任联络,便于与联盟的其他学会联系。同时除了邀请研究会的专家委员会毛正峻主任委员担任顾问外,还邀请了徐超、冯强二位养老专家担任顾问。我们还发现,原来从事房地产开发的毛逸铭理事,改行搞了体育休闲,他现在的企业涉及的专业知识,与养老专业很接近,于是也请他担任审阅。看似只有我和张教授在撰写本书,其实背后还有一批同仁在为我们做后盾。(图2)

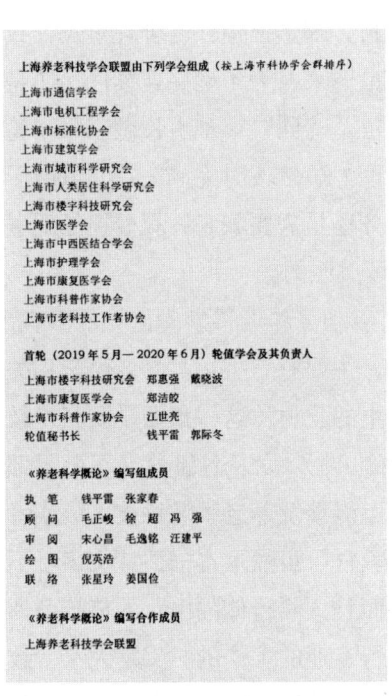

图2 《养老科学概论》撰写团队

七、筚路蓝缕稿付梓　上海做出新贡献

通过联盟的筹备过程和年会,各个学会互相交流,我也逐渐对养老科学涉及的相关学科有了比较全面的认识,理出了其中的头绪,画出了这些学科之间的逻辑模型,尤其是对各专业的基本知识有了更进一步的了解。我也知道了到哪里去寻找相关的书籍和资料。然而,毕竟大量的

参考资料是非本专业的知识，为此，我在编写过程中，一边学习，进而吸收消化；一边撰写，把理解的东西形成文字。尽管我有科普作家的头衔，平时也以下笔快速著称，但在此时此刻却没有了声音，这实在不是一件轻松的生活，只能耐下心来，一个章节一个章节慢慢地啃，慢慢地磨，还要把以前学到的有关知识和留下的记忆，搜肠刮肚般地"垦"出来，融入其中。其间如果说我呕心沥血，也不算过分。不过有一点我是有优势的，那就是由于逻辑模型是我设计的，所以各个子系统即各个章节之间的关系我是清楚的，因此它们之间如何搭接在我掌控之中，彼此不会"撞车"。经过数月的努力，我又将张教授撰写的部分拿来编辑合稿，终于如期完成了初稿，交付担任审阅的同志们审定，几乎没有返工就定稿了。同时，在呈请郑惠强理事长撰写了"前言"后，就交付上海科学技术文献出版社出版了。在2020年8月，趁着疫情有一度缓解的时候，我们在崇明海阳集团的一处养老机构里完成了联盟轮值学会的交接仪式，由上海市城市科学研究会和上海市护理学会等兄弟学会承担第二届轮值学会的职责。但是由于《养老科学概论》一书的出版事宜尚未完结，我会仍旧需要继续工作下去。

我认为《养老科学概论》的问世是具有重大意义的，据我们了解，至今为止我们在国内外还没有看到一部全面阐述养老科学的著作。因此，它的出现是具有划时代的战略意义的。人们可以通过阅读本文发现，尽管它只是一本十几万字的科技书籍，但其诞生的过程也可以说筚路蓝缕，而且它的背景是很壮观的。它是运用许多专业的知识、科学方法和各项标准、各次会展成果作为铺垫的，还有多学科、多学会的"联盟"和科协组织作为后盾，正是拥有上述各种元素，经过大家共同努力，日积月累，厚积薄发，才凝聚起来形成的结晶。这应该是我们上海的科技工作者对于中国式的养老事业的一点贡献，它填补了这方面教材的空白。它也让我们对国际上其他国家的养老界同行们宣告我们在该领域的最新发展成果。当然人们如果要从《概论》中某个专题进入专业学习，那么今后由联盟其他学会撰写的系列"专业教材"是值得期待的，我们的《概论》只是一份入门的"路线图"。想到这里我就急急匆匆马不停蹄地写下了这篇不短的回顾散文,然后长长地松了一口气。

(原载"上海老底子"2023年8月1日)

评议与联想

朱冰玲:为您的新作点赞!阅后更觉您总是那么优秀,才华横溢,还具备特有的战略眼光和组织整合能力,更有坚忍不拔的自我超越精神。

钱平天:钱平雷为主编著的新书《养老科学概论》出版了,这是平雷前一时期重点工作中的一个大亮点,其对于已经进入老龄化中国的养老领域而言,这本专著具有不可或缺的专业学科指导引领作用,将会对中国的养老事业的发展做出贡献。平雷今年77岁,73岁从上海楼宇科技研究会秘书长任上退下后,由于滞后效应,他仍然在继续收尾写作汇总和付印等工作中,这本专著的汇编是一部综合性很强的浩瀚工程,在商品经济主导的市场环境下,作为主编的辛劳不言而喻;平雷曾长期担任过上海市铁道学会秘书长并做出过显著成绩,在多学科广谱领域组织工作上有着丰富的经验,他又是中国作家协会和中国科普作家协会会员,文笔既快又好,他又勤于笔耕、善于交际,综合之下硕果累累!我看到平雷的这本新著,心中高兴之余,写了这段短文,以资祝贺!

宋心昌:钱秘书长:大作拜读,很好!《养老科学概论》终于出版,您劳苦功高!

钱雪元:闲不下来的人,堪称科技文化界的"社会活动家"。

王莉英:……这么复杂的、牵涉到许多行业的,又与老年人养老有关的这件事情,在你们的努力下,终于写出了系统的理论性读物,真不简单!期望中国的养老事业能在这个理论指导下健康成长!让老人的养老更科学!

张霭琳:一大早就拜读了您的大作,谢谢您记得发给我,您的朋友圈发的每篇文章我都仔细阅读。为您的文笔点赞!祝您身体健康,平安吉祥！多发点好的文章，让我们跟随您的文笔开阔我们的视野！

钱一歌（微信名）：一门新的学科"养老学"呼之欲出。

沧海一粟（微信名）：作者通过辛勤劳动三年出版的《养老科学概论》，一定会为养老事业做出贡献。

相信自己（微信名）：阅读此书后，我发现上海在养老方面取得了很多新进展，值得称赞！

长夜未央（微信名）：这本书真是让人期待已久啊！终于看到了它的"本来面目"，太激动了！

微笑天使（微信名）：读完这本书后，对中国式养老有了更深入的理解，受益匪浅。

宋爱华：你太了不起了！知识全面，动笔神速，为新作点赞。

李正兴：我刚刚拜读了《中国式养老的上海新贡献——〈养老科学概论〉诞生回眸》一文，受益匪浅，这是中国养老优秀论述理论，全面论述科学养老的方方面面。我已完全进入了养老的护理院，是您论述的实践者。我进住两年多来，撰写了身边的机构以及人与事的科普作品：《亲身经历，护理院也有生命奇迹》《老年患者的保护神》《老人晚年留守的好去处》《老年患者齐感恩》等10多篇。提供《老年患者的保护神》《老人晚年留守的好去处》两篇文章供参考。

在"美篇"中挖掘阅读量潜能趣谈

现在网络发达,我们在写文章的时候,都要尽可能把图片插入其中,这是为了让读者在阅读中有直观的体验,对文章的内容能够有更加深刻的理解。以前我主要应用"美图秀秀"的App软件,它的优点是能按照你放入的照片数量来安排版面方案,供你选择。但它也有显著的不足,就是允许你放置照片的数量是有限的,而且不能按照文章中情节的发展需要插入与内容相关的图片。当"美篇"的App出现的时候,我马上发现它可以帮助作者克服"美图秀秀"存在的缺陷,达到理想的样式。当我把我的文学作品以"美篇"的形式,呈现在读者面前时,往往还会获得"图文并茂"的赞誉。

我近年来,每每有新作品诞生时,一般先会把稿子投给"上海老底子"新媒体平台刊登,只要告诉编辑同志,请他从"美篇"中挑选哪篇文章即可,估计他们与"美篇"之间有合作关系,他就可以从"美篇"中复制那篇文章,然后经过重新编辑,就会通知我哪天推送发表了。我一般在制作"美篇"版的链接后,第一次先在我的微信朋友圈发表,等到"上海老底子"发表的那一天,再在朋友圈转载一次。所以我发现我的文章的读者阅读数量主要体现在"上海老底子"的版面上,可以称得上"成千上万",甚至以"数万"计,据内行人说,这已经算不错的阅读流量了。而同一篇文章在"美篇"的版面显示的读者数量,只能算"成百上千",有四五千人已经属于高水平了,与"上海老底子"的阅读数不在同一个数量级上。我有时也纳闷,"美篇"在每当阅读量达到200、500、2 000、5 000人次时,会分别在"创作者小助手"的栏目里通知你,

"×××（作者名），恭喜！你发表的文章很受欢迎！《××××（文章名）》的阅读量已经达到2 000！"在此以前，我在"美篇"里制作的文章的阅读量从来没有达到过1万人次。在文章最后有一个名为"礼物榜"，读者可以为自己心仪的文章送上鲜花，我发现给我送花的基本上就是我的微友，他们在我第一次在朋友圈发表时，送给我的。在"礼物榜"下方是"精彩评论"栏目，就是阅读者发表的读后评论，那也是来自朋友圈的微友居多，但也有为数不多我不认识的读者留言，多半用的微信名，我也搞不清"美篇"内部的构造，这些读者是从什么渠道看到我的文章的？看来它好像并不是一个单纯的App软件，也是一个媒体的平台。

"上海老底子"对我来说，也有个局限，就是它只允许发表与上海相关内容的文章，像我自以为写得比较满意的有关外地或外国内容的文章，它是不录用的。这些文章也只有等我将它们纳入自己下一本将要出版的散文集，才能再来面对更多的读者。按照我的经验，我还知道此类文章，对于文章提及的所在地有过瓜葛的读者来说，尤其会感兴趣，还会互相转发，因为很有可能，文章中涉及的人和事，正是他（她）所熟悉的人物，或者亲身经历的事情。但就在不久以前，若要想更多的外地的读者阅读到此类文章，在"美篇"和"上海老底子"那里，都是做不到的事情。但最近一个偶然机会，我突然发现，在"美篇"文章制作过程中，有一个栏目一直被我忽略，这次我"走"了进去，发现那是一个"富矿"，大有潜能可以让我挖掘，不仅那些已经"过气"的文章，重新"焕发青春"，阅读量大幅度上扬，而且其中还有好几篇被赋予"精选"的美誉。

我自2023年3月份来悉尼探亲以来，因为耳闻目睹有感而发，写了几篇散文，尤其是到不同的海滨游玩休闲。另外，作为一名写作爱好者也好，或者一名作家也好，平时也总要忍不住写上几篇文章的。然后，由于这些文章多半都属于"外地"内容，所以也只能做成"美篇"在朋友圈里发表一下而已，然后收入准备出版散文集稿子的U盘里。可是有一篇《悉尼南柯柯海滩印象》的文章的阅读数居然突破了一万人次,这就让我感到新奇,我在"美篇·互动消息"栏目处看了给我点赞的读者的信息,发现大多数人并非旅居澳大利亚的华侨,或者懂中文的来自其他国家的华人、华裔,主要的还是来自祖国各地的读者们。这说明在"美篇"里,有大量的读者存在,他们是在某个栏目"地方"看到显示我发表文章的信息,从而引起大家的关注的。"美篇"内部构造对于我来说,似乎是一个迷宫,我这个年逾古稀的老翁,是没有本事也没有精力花费大量工夫去弄清楚的。我具有的办法,就是根据"黑箱原理",在对内部搞不清构造的背景下,通过输入和输出的信息变化,来寻找自己需要东西的途径。

我对"美篇"比较熟悉的地方,也只有我平时制作"美篇"链接过程的几个版面,有一个栏目被我发现以前一直没有去"惊动"过它,那就是在你要"发布"前夕,有一个"投稿到美友圈"呈现在你面前,你继续"点"此栏目进去,于是出现了"选择美友圈"的版面(图1),里面纵向有诸如摄影圈、旅游圈、博览群书等许多大的分类,可给你挑选。如我为《西曲也能东奏啦!》选择了"民族音乐之家"美友圈,我为《无锡印象》则选择了"四季散文文友会"。于是其阅读量都大幅度上扬了。可能前者被评为"精选",文章标题上有红底白字

图1 进入投稿"美友圈"

"精"的标记的原因,它虽然只有 1 211 名成员,但该文的阅读量从原来区区几百人一下子冲到 9 000 多人次了。而后者尽管有 9 819 名成员,但只有 8 000 多人次的阅读量,但不管怎样,与原来的只有几百人次相比也上了一个数量级,也是今非昔比,打了"翻身仗"了。

这几天我屡试不爽,把以前"储藏"在"美篇"链接制作版面里"我的"栏目里的老文章又陆续翻了出来,按照它们不同的内容分别投进不同的美友圈,都焕发了"新生",来自祖国各地读者的阅读量都在大幅度上升,特别是一些与文艺界如秦怡、王丹凤、陈述等电影表演艺术家、苏州民族管弦乐团等相关的老文章,都被评为"精选"。同时我每次打开"美篇"到"我的"栏目处,总会看到该版面下方的"消息"二字的右上方的红底白字的数字在不断地翻滚,说明有许多读者在为我的文章评论或点赞。每每如此,都有一种愉悦的快感涌上我的心头。我的"粉丝"好像也在不断增长,如今我在"美篇"的文章的阅读量也都可以和"上海老底子"一样,称得上"成千上万"了(图2),甚至朝着"数万"级在进发。于是我就想到把我"挖"到阅读量的潜能的喜悦写成散文,让更多的读者一起分享。

图 2　阅读量大幅度上扬,还有被评为"精选"

我"造"了两个英文新词汇

——当我们介绍领先的东西时所遇到的问题

长期以来，我们科技文化工作者一直在大多数领域里追赶国际先进水平，而这些先进的东西多半来自欧美，阅读或撰写外文文献是我们学习交流的重要方式，这里英文往往是各国学者采用最多的文献语种。我们中国人在遇到新的英文术语时，多半都是采取意译的办法，让它们成为纯中文的术语。而日本人多半采用音译，把英文名词的读音，用片假名标注，就成为日文的术语了。而那些采用拉丁文字母的语种的国家，有时除了将个别字母稍稍改动一下，如德文中往往用k字母替代英文中名词首位发k音的c字母，其他几乎直接把英文的名字当作自己文种的术语了。现在问题就来了，近年来，我国的科技文化迅猛发展，有不少领域的东西已经达到国际先进水平，超过了欧美、日本等发达国家同类品种，那么，当我们要向他们输出或显示我们领先甚至他们还没有的东西时，但在英文辞典里还没有这个东西的词汇，那又该怎么办呢？

最近10多年来，以集成研究为特色的上海市楼宇科技研究会（以下称"研究会"），在对智慧楼宇的研究方面取得了一系列成果。尤其是对智慧楼宇的研究已经达到了国际先进水平。众所周知，建设智慧城市已经成为国内外许多城市的发展战略之一。随之而来的诸如智慧公务、智慧医疗、智慧交通等智慧城市大系统中的各个子系统也纷纷登场了，作为智慧城市的重要组成部分的建筑楼宇，却一直没有相应的"智慧楼宇"出现在人们的面前。这里有两个原因，一是大家搞不清楚究竟什么是智慧楼宇，有人把"绿色建筑"看成智慧楼宇，更多的人甚至是此领域的专家,把"智能化楼宇"作为智慧楼宇的代名词"混"在智慧城市之中;二是这智慧城市也好,智能化楼宇也好,都是从欧美、日本等先进工业化国家传播过来的科技产物,在他们那里迄今为止,都还没有弄清楚这个带有学术概念争议的问题。

这个问题也反映在了英文翻译的领域里。智慧城市的英文是smart city,那么,智慧公务、智慧医疗、智慧交通也可相应分别翻译成smart public service,smart medical care,and smart traffic。但到了建筑楼宇那里,就出了问题,人们都往往用intelligent building来表示智慧楼宇。甚至在2019年世界人工智能大会的分会场上,还有用intelligent architecture作为中文"智慧建筑"的英文翻译用语。按照我们专业人员通常的译法,其相应中文应该是智能化建筑,而不是智慧建筑。在当前我们行业内认为的智能化楼宇,就是所谓"5A"级楼宇,中国智能建筑起始于1986年,在20世纪90年代中后期形成高潮。其基本系统主要有5A——楼宇自动化系统(BA)、通信自动化系统(CA)、办公自动化(OA)、安保自动化系统(SA)和消防自动化系统(FA)。这5A的英文分别是:Building Automation(BA),Communication Automation(CA),Office Automation(OA),Security Automation(SA)and Fire Automation(FA)。

根据研究会对《智慧楼宇评价指标体系》标准的研究,我们认为智慧楼宇(smart building)是从智能化楼宇(intelligent building)发展而来,一座楼宇如果要被称为智慧楼宇应该具备4个条件,也称4个维度——绿色建筑、自动化集成、现代物业管理和融入"智慧城市"。翻译成英文是:Green Building,AI Integrated Automations,Modern Property Management and to be Part of Smart City。当下我们对智慧楼宇标准的研究已经成为国家团体标准,并进入了实质性践行的阶段,也就是可以让楼宇按照智慧楼宇的标准进行建设和改造,也已经取得了一定的实际成果。尤其是以物业数字化管理软件——智业云为代表,在几次国际会议上发布和与国外同行接触的效果显示,我们已经达到了国际先进水平,到了可以向国内外,包括欧美、日本等国家的同行报告并输出、推广我们的学术成果的时候了。

但当我们在制作演讲用的PPT（图1），需将相关内容翻译成英文时，发现了一个无法解决的问题。我们把智慧楼宇翻译成smart building，这没有问题，对待诸如智慧安防、智慧停车等改造的子项目姑且将它们翻译为smart security，smart parking都没有问题。然而，当我们说，要对楼宇进行智慧化，即从智能化楼宇改造成智慧楼宇时，就有了问题。在英文词典中还没有与"智慧化"相应的词汇。当我们在"有道"等翻译软件输入"智慧化"一词时，出现的wisdom，smartness和intelligence都不是我们需要的理想词汇。如果输入整个语句中带有"智慧化"的词汇，其呈现的多半是intelligence这个名词，它多半是智能化的含义，更不是我们希望表达的意思。我们想要的是如同"现代化"中那个"化"，其带有执行过程的含义。我们的智慧化也是一个推行的过程。现代化的英文是modernize，如果我们把"smart"看作包含智慧楼宇4个维度的内涵词汇的话，最好有一个"smartize"和smartization这么两个从"smart"

图1　介绍"智慧楼宇"的PPT

派生出来的专业英文动词和名词词汇来用于我们的专业文章中。当我写到"smartize"时，电脑的屏幕上，该词汇下方立即出现一条红线，它通常说明这个的词拼法有问题，或者辞典里根本就没有这个词。

现在的问题是，有没有这个词是人家编辞典的专家说了算的，但是对智慧楼宇的研究我国在国际上是领先的。因为我们在多个世界性的专业会议上已经演示过了，得到了国际同行的认可。我们以前在这个领域是跟着人家跑的，现在我们领先了，但在人家母语里还没有相应跟上的词汇编入字典。这就"逼"得我们"造"一个无法回避的词汇。我们"造"出了 smartize 和 smartization 这两个词汇，是在 smart 这个代表"智慧"的后面加上 –ize 和 –ization 这个后缀词根所组成的。还是在尊重了英语词汇组成规律的基础上"编造"的。我将我的想法与专业搞英文工作的专家进行了讨论，他也认为此法可行，懂英文的人一看就会明白它们表达什么意思的。

我想，随着国际交流日益频繁，许多不是本国母语的其他语言词汇也应该允许被"拿"来，像"饺子"已经在有些外文中直接采纳了汉语拼音"jiaozi"。更何况如"restaurant"（饭店）这个法语词汇，原封不动地被编入英文的辞典里了。还有像许多意大利的音乐术语，都被许多国家如英国、德国音乐工作者作为自己的专业术语使用，并收入本国母语辞典之中，这是因为意大利某一时期的音乐水平最高的缘故。我现在将我的思考过程写成这篇既是专业论文，又是科普散文的文章，向更多的读者讨教，如果在合适时机，能在国际性学术会议宣讲一番，并被国内外同行所接受，那则是大喜过望了，这将会是中国楼宇科技工作者除了楼宇科技以外，也是对丰富英文词库的一个新贡献了。

（原载"上海老底子"2023年8月17日）

后记： 2023年11月3日在韩国举办了"数字平台和政策导向国际研讨会"，我虽然没有赴韩参会，但也趁着这次国际会议的机会，我与郭际冬以"智慧楼宇的英文术语探讨"为题作为书面发言投稿。随后传来

图2 与郭际冬合作的论文首次在国际学术会议上成功发表

的消息,我们的论文被评为优秀论文而获奖(图2)。这也意味着我们"造"的智慧楼宇的英文术语首次在国际场合成功"亮相"了。

评议与联想

胡定伦:写得很好,文笔流畅,表达清楚,好文章!

杨秉辉:词汇、语言是有生命力的,理当有新生的词出现。

甘党生:我虽然不懂英语,但对您的创举深感敬佩。

阿焱(微信名):钱教授非常熟悉英语。熟能生巧,在符合英语语法规则的前提下,造出同行可以领会的新词,使用久了就能广受认可。确实是"信手拈来,又却恰好"。

胡昊:钱老造的这两个词也将让上海市楼宇科技研究会声名远扬。

Jim Wei(微信名):很喜欢作者通过意译和音译来解释新的英文术语,开拓了我的视野。

侯馨岳:拜读了此文,为你的精神所折服,你真正做到了夕阳红,时有新文发表,大有作为。像我们这年龄段的老人(包括本人),能生活自理,不麻烦别人已经不错了。希望你造的英文新词能被大众接受,特别是被英语为母语的有关学者认可。

钱平雷:这篇文章也引起了一些懂英文的微友的兴趣,他们发表的意见我也很重视,我摘录二位比较具有代表性的微友的看法:一位WANG先生说:"依构词习惯,smartilize/smartilization更合适。从内容看,智能,智慧,并无区别,smart应该属于非正式用法,intelligent是较为正式的表达。"另一位SU先生说,"总感觉smartize和smartization读起来舌头扭不过来。WANG 的 smartilize/smartilization 确实更合适。加 –nize,–lize 或 –ing 把名词、动词、形容词互相切换，英文用语里很普遍。"关于 WANG 先生的意见中把 intelligent 仍旧看作是"智能"和"智慧"，与本文的原来意思是相悖的。至于二位都认为 smartilize/smartilization 更可取的意见，我与一位专业英语翻译朋友讨论过，认为后缀 –lize 主要来自诸如 civil 那样最后一个字母是 l 那样的形容词，而 smart 不具备那样的条件，还是加 –ize/–ization 比较合适。

记下简短而难忘的学术活动两则

我去澳大利亚探亲，并携妻子、女儿、女婿和外孙女一家子刚刚回到上海不久，就很荣幸地应上海市楼宇科技研究会郭际冬秘书长之邀请，在2023年11月1—2日接连两天参加了两次内容与智慧楼宇和数字化相关的活动。真是没有想到，虽然我在这两次活动中都只有10分钟左右时间的发言机会，却包括了线上、线下、国内、国际和书面等多种参会形式，既在上海直接与会，还通过网络或投稿参与了在韩国首尔举办的国际会议，而且是内容丰富、意义深远。我个人既感到荣幸，还感到了幸福，尤其是还学到了新的东西。因此我想，作为一名老楼宇科技工作者也好，或者作为一名作家也好，都应该把这两天的经历和感受以文字的形式记录下来，成为日后回想的提示，如果能给读者们留下一点印象，甚至能给相关的同行一点参考或启发，那更是让我期盼了。

一、对智慧楼宇的建设和研究具有里程碑意义的举措

当我还在澳大利亚尚未返沪的时候，就与郭际冬秘书长在视频谈话中得知，静安区的市场监督局在上海市局有关部门的支持下，敏感地感觉到把区内与智慧楼宇相关的单位通过数联标准化联盟的形式组织起来，能对智慧楼宇的发展具有重要的促进作用。所以郭际冬作为上海市楼宇科技研究会秘书长和管理位于静安区的智慧广场的上海广慧物业管理公司的总经理的双重身份，积极地响应并参与了"静安区智慧楼宇数联标准化联盟"的筹建。也是他向区局领导和参加联盟创建成员单位代表推荐我作为楼宇科技专家在成立仪式上作一个10分钟左右的祝贺发

言,获得了大家的赞同。于是就有了我出席这次仪式并发言。

11月1日下午2点多我到达了会议的举办地——位于昌化路上的上海三菱电梯安装维修分公司会议室。郭际冬秘书长因为前几天去外地参加培训,患了感冒发烧,而且他在次日还要赶到韩国出席国际会议,所以缺席了今天的仪式,由倪英浩副秘书长和潘清沁助理分别代表上海市楼宇科技研究会和上海广慧物业管理公司作为联盟成员出席。椭圆形的会议桌的正前方放置的席卡是市局标准创新发展处的史燕君副处长和区局领导李彬调研员,我的座位就在会议桌左侧的首位,我环顾了会议桌两侧摆放的席卡还有上海有个机器人公司、上海电器股份人民电器厂、上海三菱电梯安装维修分公司、迅达(中国)电梯上海分公司、汉斯希尔贸易(上海)公司、上海环宇消防集团公司、上海静晟云应用技术公司等单位,从桌子上的议程可以知道上述这些单位就是该联盟的9家发起单位。会议桌后方的墙上是会议室屏幕。李彬调研员和蔡晶晶老师因为曾经来智慧广场调研,我已经认识了。其他成员代表我显然是不熟悉的,有一位叫杜帅的小伙子主动与我打了招呼,说他是郭秘书长的好朋友。

此时我脑子里也在思考,如何使我这个10分钟的发言能够把我想表达的意思尽可能地讲出来。其中有关"智能化"和"智慧"两者之间的区别,至今在不少人的概念中,仍处于混淆的状态,这个问题还是要设法再讲一下,但这将会花费几分钟宝贵的时间。谁知道机会却来了,在等候尚未到场的人们时,小杜和三菱的负责人在闲聊利用手机导航的优越性,我马上把话题插了进去。我告诉他们,以前媒体在采访我时,让我"智能化"和"智慧"之间的区别讲出来,我就举了交通指示牌的例子,如果我们看到前方的指示牌显示的绿、黄、红三色,分别表示前面的路段是畅通、拥挤和堵塞,那只是属于"智能化交通"阶段;如果它还能告诉您,走哪条路径最为优化,这就是"智慧交通"了。在场的各位都显出表示认同的语言或表情。

会议进行得很顺利,主持人介绍了筹建联盟的目的和来龙去脉,她说，希望通过大家的努力，把智慧楼宇的数字化科技标准从静安区推向全市乃至全国。随后她放映了发起单位的介绍视频。紧接着蔡晶晶老师作为专家介绍了《智慧楼宇数联拟构建标准体系构架》。我一时来不及全面理解，赶快站起来把屏幕上的示意图用手机拍摄下来，回去进一步学习消化。蔡老师介绍中提到的"术语和缩略语"让我加深了它们在标准中的地位。

随后就由我作祝贺性发言了。我首先作为一名老科技工作者对市、区两级市场监督局组织和促进该联盟的成立表示由衷的祝贺。然后从楼宇科技研究会成立目的和对智慧楼宇的研究作了简单的回顾，尤其是从智能化楼宇到智慧楼宇，从标准的理论性研究到如今已经进入实质性改造和建设的历程来说，如今已经进入到需要建立新的产业链的阶段了，而今天联盟的成立就是产业链的雏形形成的开端，在智慧楼宇发展的道路上具有里程碑的意义。我还告诉大家，中国尤其是上海，在智慧楼宇方面的研究已经走到国际的先进水平，表现在有些词汇，如把智能化楼宇改造成为智慧楼宇的过程，我们称其为"智慧化"，而在英文词典中，还没有相应可以表达的词汇，"逼"得我们在进行国际交流时，还要"造"英文术语，这从蔡老师刚才谈到的内容就证实了标准中还有相应的内容。我们现在正在向国际同行介绍我们的研究成果，所以我们的联盟的目标不仅是全区、全市乃至全国，还应该是全球。最后，我以自己曾经的经验告诉大家，我们这些来自不同行业、不同专业的人士走到一起，很难避免沉浸于本专业的科技和术语中，要能成为大家的共识，把各自智慧有机地汇聚到一起，那就是以系统科学为基础所形成的标准，因此以标准作为联系大家的桥梁和纽带的组织形式是值得肯定的。我的10分钟发言就这样结束了。我在大家的鼓掌声中走下讲坛，史处长向我点头示意，李彬老师向我竖了大拇指，看来我的发言是成功的。

随后举行了今天会议的"主菜"程序——9家联盟创始成员单位代表签署备忘录（图1）。

最后由史处长的发言更让我感到振奋，她确实是一位非常专业的标

图1 静安区智慧楼宇数联标准化联盟成立

准化专家。她在列举了国家标准、团体标准、行业标准等各种标准后,谈到了像今天成立的联盟要建立联盟的性质。她指出目前还没有一种联盟团体标准,最近国家给上海浦东更多创新的自主权,他们市场监督局就准备设立像今天以"标准创新联合体"名义发布的标准,让它向更规范的标准靠拢。为此,她对联盟团体标准的标号,提出了自己的看法。这时我才恍然大悟,原来今天成立的联盟是一种"标准创新联合体",它的标准背后具有强大发展的潜能。我们上海市和静安区的主管部门已经在培育新的经济增长点的发展途径了。

二、重温中韩楼宇科技交流的友情

11月2日中午12:30我赶到了智慧广场的5楼会议室,潘清沁助理已经在会议室的大屏幕上打着"2023年中韩国际学术研讨会"的会标。按照小潘的理解,郭秘书长让他把我们这里的会议室搞成这场研讨会的分会场的形式。所以小会议室也请来一些其他会员与会,还让我坐在比较显著的位子上,便于与大韩不动产学会的权昊重会长进行交流,是权会长点名要求与我见面的。由于中韩两国的网络制式有一定差别,两边始终无法有效沟通。最后运用了微信视频的方式,才使两边的图像显示出来。原来那里不是所谓"2023年中韩国际学术研讨会"的主会场,而是权会长的办公室的模样,因为他在对我解释时,说座位背后的书籍,都是他的著作。我这才明白,这是我们上海市楼宇科技研究会代表团拜会大韩不动产学会的一个欢迎仪式。因为2015年11月我率团在参加大韩不动产学会年会的同时,代表我会与权会长签署了两会结为友好学会的协议。所以当由于疫情原因,4年没有来往,今天戴晓波理事长率团访韩时,权会长很念旧情,特别邀请我这位当年与他签约的老人,通过视频参与并共同回顾一下当年的情景。并非原先以为让我在研讨会上作一个发言。

与我们那次访问不同,有了精通中韩两国语言的林苑女士作翻译,尽管用微信视频方式,声音效果不够理想,但双方的友情还是基本得到了交流。(图2)让我尤其感动的是,权会长还提及我把自己的书法作品和散文著作作为礼物送给对方,他们至今保存着。还提及我们当年曾邀请他们参

图2 受邀通过网络参与中韩两会领导会见

观刚刚落成的上海中心等事宜。并说多么希望我也能参团前往。我说，因为自己前些时间不在国内，所以这次没有随团访韩，希望以后有机会互相交流。我最后告诉权会长，当年我去韩国介绍评价智慧楼宇的四个维度，还停留在理论上，没有具体实例。如今不一样了，四个维度中的自动化集成，我们通过人工智能（AI）手段来集成，现代物业管理则应用了数字化作为操作的主要途径。具体我的同行们会在研讨会上介绍。权会长也是一

图3　与郭际冬合作的论文获奖

位很敏感的学者，他马上表示在这次研讨会上你们也可了解我们韩国在这方面取得的成就。我和权会长之间的交流就算结束了。随后戴理事长发言，说他虽然是作为新朋友来访的，但通过这次交流，也会变成老朋友；他还建议把中韩之间的交流，扩大到中日韩三国的常规交流。随后对方通知让我们上海这边撤线。郭秘书长让我出场的任务也算完成了。

我虽然没有赴韩参会，但也乘着这次国际会议的机会，我与郭际冬以"智慧楼宇的英文术语探讨"为题作为书面发言投稿。据小潘说也被翻译成韩文入选。随后传来的消息，我们的论文被评为优秀论文而获奖（图3），这也意味着我们"造"的智慧楼宇的英文术语首次在国际场合成功"亮相"了。

评议与联想

　　杜　帅：钱老写了不少，居然还提到了我。

　　郭际冬：妙笔生花，当天就写出文章之快，可谓中国式速度。

　　钱平天：上海是平雷的"温室"，回到这个环境中，他如鱼得水，立即焕发了活力和激情。

第三部分

艺术刍议与情操陶冶

"西曲东奏"主题系列散文

序言

在人们的心目中,交响(管弦)乐团演奏西洋音乐,民族乐团演奏中国民族音乐似乎是天经地义的事情。如果用交响(管弦)乐团演奏中国民族音乐,即"东曲西奏";或者用中国民族乐团演奏西洋经典音乐,即"西曲东奏",不仅能够促进中西文化的交流,而且也意味着中西文化都是人类文化的瑰宝,不存在谁高雅谁低下的问题。如同中医、西医都能看病,各有优势的道理一样。但是实际上,长期以来由于历史的原因,国际上是存在西洋音乐比民族音乐高雅这样的偏见的。为了改变这种现象,以上海交响乐团和上海民族乐团为代表的上海音乐工作者,早在20世纪50—60年代就在尝试"东曲西奏"和"西曲东奏"的道路,取得了一些成果。总的说来,"东曲西奏"的道路走得比"西曲东奏"更远些。除了《送我一枝玫瑰花》《平湖秋月》等民间音乐改变的管弦乐外,还有如小提琴协奏曲《梁山伯与祝英台》、钢琴协奏曲《黄河》等这样的大部的作品。尤其是改革开放以来,随着我国的国力和影响力的大幅度提升,甚至欧美的许多管弦乐团也大量改编和演奏中国各种乐曲。相比之下,由于人们的认识的局限和体制的约束,尤其是民族乐团乐器声部的短缺,用中国民族音乐去演绎西方管弦乐队表演的乐曲却步履艰难。如今这条道路在一些乐团取得了可喜的突破。《"西曲也能东奏"啦!》《用民乐演奏"天方夜谭"不是天方夜谭》《对指挥家陈燮阳先生的再认识》和《为上海籍指挥家汤沐海"西曲东奏"喝彩》等四篇先后写的文章就是我对他们的赞赏。

"西曲也能东奏"啦！（之一）

一

每逢周六晚上，我总要在《纪实人文》频道收看由著名主持人曹可凡主持的一档节目《可凡倾听》，昨晚的内容是他与电影导演黄建新的对话。其中谈到在当下，国产电影已经占据了国内票房的主流，但国产电影在海外的票房还很不理想。黄导演认为，不仅是中国电影，中国其他文化艺术也一样，都还不能让广大外国人所接受，究其原因，就是外国人不熟悉中国文化的背景，就无法理解这些文化艺术形式的内涵，所以也就不能吸引他们来欣赏。要解决这个问题，就需要我们想方设法从"讲好中国故事"下功夫。这对所有的中国文化艺术工作者来说，都需要做好这门功课。看到这里我想起了在当天下午，我在手机上看到一条链接，就是由苏州民族管弦乐团演奏的钢琴协奏曲《黄河》。它是由一位名叫刘文金的作曲家把原来由交响乐团协奏的钢琴协奏曲《黄河》改成用民族乐团来协奏的一首乐曲。由钢琴家谭小棠演奏，指挥家彭家鹏担任指挥。因为我们对由交响乐团协奏的钢琴协奏曲《黄河》的旋律太熟悉了，所以我发现这次改编成民乐的乐曲中，其中钢琴演奏的曲调旋律几乎与原版一模一样，所变化的就是原来用西洋乐器演奏的伴奏部分，绝大部分用了民族乐器。不同的乐器其音色自然也会不一样，但从"交响"的效果来听，两者是差不多的。也就是说，用民族乐团代替交响乐团协奏钢琴演奏，仍旧完整地演绎了原作的意境，这样的"移植"是成功的！听完这首改变成民乐的乐曲，我有点兴奋起来，这让我又重新回想起，在今年5月份，我曾经通过苏州民族管弦乐团的电子邮箱，曾经给他们乐团的艺术总监兼首席指挥彭家鹏先生写过一封信，希望他能运用民族乐曲的形式去演绎西洋古典乐曲，也就是我一直在"鼓吹"的"西曲东奏"。

二

早在2010年前后,我曾经收到我姐姐送给我的一盘CD,名字叫作《东曲西奏》,就是由奥地利维也纳钱特(Giant)演奏的一组中国乐曲。编曲和指挥也都是那里著名的音乐家。这组中国乐曲包括中国诸如《在银色的月光下》《夜来香》和《茉莉花》等各类不同风格种类的乐曲。由于西洋管弦乐团的各个声部比较齐全,高、中、低音铺垫得比较完整,各种乐器的音色也比较和谐,因此演奏出来的乐曲非常悦耳动听,水平也无可挑剔。与用中国民族乐器演奏的上述乐曲相比,确实别有风味,我非常喜欢这盘CD。但估计是编曲和指挥缺乏中国文化的修养,他们往往对乐曲的背景并不了解,有时演绎不出应有的意境。如《夜来香》应该是夜深人静中发出的幽雅的声音,可是在他们手中变成了浓烈的交响乐,这也只有我们中国人才能发现他们的缺陷。CD盘封面上还写着"华人音乐史首次以交响乐形式赋予经典民谣新生命的跨世纪巨作"的广告词。这句话是不对的,早在20世纪50—60年代上海交响乐团就改编过诸如《给我一朵玫瑰花》等民歌为管弦乐曲。此时我就想到既然有"东曲西奏",为什么不可以有"西曲东奏"——用民族乐团去演奏西方音乐呢?不仅是一般的艺术乐曲,还要演奏诸如柴可夫斯基的《第一钢琴协奏曲》、贝多芬《命运交响曲》等古典乐曲,因为它可以让西方听众明白,并非所有东方文化都比西方文化落后,东方文化也同样可以理解并诠释西方文化的!我把上述意思写成了散文《西曲也能东奏》,将其登载在我的散文集《幸福就在当下》,于2013年出版了。我不仅将此文当作"社情民意"通过有关部门上报,还与音乐界的一位朋友谈论过此事,她当即否定了我的想法,认为当今的体制,不可能让民族乐团去演奏西洋音乐。我甚至还写信给上海民族乐团的领导,因为他们乐团在20世纪60年代,以演奏亚、非、拉音乐的名义,表演过诸如《四小天鹅》等西洋乐曲,有这个基础,但也没有得到他们的答复。于是我在2018年,又撰写了《让中国民乐诠释西洋音乐》一文,登载在我的另一本当年公开出版散文集《上海广度》上。令人遗憾的是，我所有的这些努力，一直没有得到人们的反应。但作为一名老知识分子，往往会有"不撞南墙不回头"的劲头。继续寻找对象，"推销"我的设想。终于发现了苗子，在手机的一条链接上，看到中央广播民族管弦乐团艺术总监彭家鹏先生在北京国家大剧院接受采访，他的谈话内容正是我所感兴趣的事情。随后我在网上搜索有关他的信息，发现他还是苏州民族管弦乐团的艺术总监兼首席指挥，于是我就给他写了一封信。

三

我给彭家鹏先生的信件也不知道他最后收到没有，当我撰写此文时，也就变成了公开信，具体内容如下：

彭家鹏总监：您好！

前几天在微信上看到您在国家大剧院接受采访，谈有关民族管弦乐团的知识，很受启发。知道您对在西洋管弦乐团和民族管弦乐团的指挥都很在行。让我心中一直没有实现的一个愿望又重新燃起——希望用中国民族乐团演奏西方古典音乐。关于其中的理由我在拙作散文集《幸福就在当下·西曲也能东奏》和《上海广度·让中国民乐诠释西洋音乐》中已经叙述，请您拨冗阅读。我在想，此事需要两个必要条件，其一有一个对西洋管弦乐团和民族管弦乐团的指挥都在行的指挥家，您就是。其二是这个乐团具有创新精神。我想苏州民族管弦乐团成立时间不长，应该是一个比较敢于突破的文艺团体，完全有可能实现这桩对发扬中国传统文化和促进世界文化交流具有深远意义的事情，所以就冒昧地给您写这封信。很可能目前条件还不成熟，那就权当给贵团发展一个思路的参考意见吧！我是一名老科技工作者，同时又兼有文学作家和科普作家身份。我的经历启发我，跨界是创新的一条捷径。作为一名音乐爱好者，我很希望中国的民族乐团能够对西洋古典乐曲作一次跨界的诠释。顺颂大安！

钱平雷

2021.5.17 于上海

我在写这封信前，也曾浏览了苏州民族管弦乐团的官方网页。从该团宣传他们的主要任务来看是：传承和弘扬中国民族民间音乐，传承和发展苏州、江南民间音乐。参加国内外赛事和重要交流演出，向世界弘扬、推广中国民族音乐文化和苏州、江南地区民间音乐文化。看上去似乎他们主要是搞"东曲东奏"，因此我以为"西曲东奏"或许对他们来说，是一种探索，一种创新。

四

昨天当我再一次上网在百度上搜索有关苏州民族管弦乐团的信息时，惊喜地发现曾几何时我的"西曲东奏"的理想，彭家鹏指挥和他的团队已经早就实现啦！我现在百度搜索栏上打入"苏州民族管弦乐团演奏的钢琴协奏曲《黄河》"的字样，结果在屏幕的旁侧出现的是CCTV由撒贝宁主持的栏目《开讲啦》，嘉宾是彭家鹏，题目是《民族管弦乐如何讲好中西方故事》。这不就是我不厌其烦地探索的问题吗？今天终于有了答案了！我又发现此节目播出的时间是2021年2月16日的23点到次日凌晨0点。我一查日历，2月16日是大年初五。天哪！我一个早起早睡的老头儿是不可能在深更半夜收看电视节目的，于是就错过了这堂千载难逢的课啊！我只能在这里点击已经编辑成为碎片状的一段段"小片"了。但不管怎样，我想要知道的问题，从这些小片中，得到了回答。

首先从"战略"上，彭家鹏先生对"西曲东奏"作了精辟的解释。他说："音乐是一种灵魂的东西，它只是乐器表述不同，从西洋音乐改编成民族音乐，其实寻求另外一种音色，来达到作曲家笔下真实的内容。"随后他又举例在操作层面，如何解决民族管弦乐重新演绎西方经典作品的"战术"途径和办法。他在改编里姆斯基·科萨科夫的名作《天方夜谭》时遇到困难，《天方夜谭》是描写阿拉伯的民间故事，有一段由木管乐器大管（巴松）吹奏的旋律，它要具有原作中带有阿拉伯地域特点的颤音音色，但民族乐器中没有此类乐器。结果凭着彭家鹏先生对中西乐器都熟悉的优势，他觉得次中音唢呐可以替代，果然理想。更复杂的如小提琴，它有G、D、A、E四根弦架在拱形的琴马上，演奏员可以一弓拉出和弦。但是在同声部的民族乐器中没有四根弦的乐器，同样一段小提琴拉的旋律，他们是用了高胡、二胡、中胡三件乐器的合作来完成的。某段旋律用中音唢呐代替双簧管时，则要求演奏员此时不能换气，否则就会走样，改编中还探索了乐器改革和演奏极限。真是为难他们了。从钢琴协奏曲《黄河》和《电闪雷鸣波尔卡》的演奏效果来看，彭家鹏先生和他指挥的团队，确实已经跨出了"西曲东奏"的一大步。

五

　　以上所述，"西曲东奏"是一道难题，让西方人接受也同样是一道难题。从彭家鹏先生还谈到当他率团去奥地利维也纳金色大厅演出的经历来看，西方人对东方文化确实需要有一个熟悉认识的过程。当时有一位名叫麦克·布拉维教授的音乐权威，请他担任乐评人。他认为交响乐是德奥系统的艺术，你们中国人怎么能够表演。他建议把乐团改成一个个小组演奏，然后插入一些中国的棍棒表演，并扬言，如果不这样改动，他拒绝乐评，其结果是观众将会减少一半。面对他的无知，彭家鹏先生建议他先看一下彩排，如果真的不行再说。当他听完第一首《春节序曲》，马上就惊呆了，立刻改变态度，尽管不慎摔破了头，仍旧坚持要包扎后赶来做乐评人。

　　从曹可凡与黄建新谈话的内容中提到如何讲好中国故事任重道远，彭家鹏先生和他的团队已经对此树立了榜样。至于我在2021年5月17日还在给彭家鹏先生写信，现在看来是个"马后炮"，属于我孤陋寡闻而已。但我把这个过程写出来，还是要把我期盼了10余年的愿望得到实现的喜悦心情忍不住地表达一下，也让我的读者分享我很久没有执笔作品的愉悦。更让大家知道"西曲也能东奏"啦！

（原载"上海老底子"2021年9月6日）

用民乐演奏"天方夜谭"不是天方夜谭(之二)

前些日子,我写了一篇散文《"西曲也能东奏"啦!》,其中谈到苏州民族管弦乐团首席指挥彭家鹏谈到他们演奏从西洋交响乐改编的《天方夜谭》。但具体没有听到过这支乐曲。昨天(2021.9.22)晚上,我在看手机,一个偶然机会看到中央广播民族管弦乐团和苏州民族管弦乐团表演的几个节目,包括《天方夜谭》。它们让我觉得应该将自己的观感记录下来,对于我8年来关于"西曲东奏"问题的探讨,也算做个总结了。其中有两档节目对我来说,具有"划时代意义"。一档节目值得提出的是早在2019年春节,指挥家彭家鹏就带领中央广播民族管弦乐团在维也纳金色大厅用中国的民族乐器演奏了在奥地利家喻户晓的《蓝色的多瑙河》一曲。另一档节目是2020年11月24日,在苏州民族管弦乐团建团三周年"天方夜谭"大型音乐会上,首次演奏由陈澄雄、彭家鹏改编的俄罗斯作曲家里姆斯基·科萨科夫的名作——交响组曲《天方夜谭》。前者告诉我,我所鼓吹的"西曲东奏",指挥家彭家鹏至少早在2019年就在海外实践过了。如果说得客观一点,在1998年春节,指挥家陈燮阳就指挥中央民族乐团在金色大厅演奏过《拉德斯基进行曲》。而与陈燮阳不同的是,指挥家彭家鹏一直在探索中国民族管弦乐的交响化之路,他不仅指挥外国交响乐团演奏诸如《春节序曲》《北京喜讯到边寨》等中国乐曲,所谓"东曲西奏"之路,更重要的是带领中国民族乐团在走"西曲东奏"艰难探索道路。而陈燮阳当年指挥中央民族乐团是"客串",他并非该团的正式指挥,请他是因为他具备同时指挥西洋交响乐团和中国民族乐团的指挥艺术和技能。

昨天给我留下最深刻印象的是指挥家彭家鹏在谢幕后的一段感人谈话。他说,用中国声音实现对西方交响乐的全新演绎,这是他一直以来所致力的创新方向。他特别回顾了在我国最早探索中国民族管弦乐的交响化之路是中央广播民族管弦乐团原首席指挥"彭修文大师",彭大师曾把一些西方经典乐曲,包括贝多芬的作品改编为中国民族乐曲,中央广播民族管弦乐团因此水平有着明显的提升。因为一般说来,西方经典乐曲的编排比较科学。彭家鹏表示,这次改编《天方夜谭》,是一次对民族管弦乐创作潜力和乐器应用的探索和实践,也是自己作为一名乐队指挥通过长期的经验和研判对民族管弦乐的创新表达。按照音乐界里的说法,《天方夜谭》可以说是一块交响乐团的试金石,因为它要求各种乐器都要达到很高的水平,任何一处短板都会削弱全曲的表现力。彭家鹏选择《天方夜谭》作为突破口,真可谓"艺高而胆大"。据我所知,其实指挥家彭家鹏所赞赏的"彭修文大师"就是他的父亲,儿子正在继续老子还没有完成的探索。不过儿子与老子相比,可谓"青出于蓝而胜于蓝",他达到了更高的境界,他说:"这一次的编排不是崇洋媚外,也不是洋为中用,而是在全新编配下的技法创新,是中国民族管弦乐对西方交响乐的一个很好的借鉴和尝试。"彭家鹏补充道:"这样的创新编排路子我们还将继续走下去,为世界寻找一个不同于西方的声音,也为民族管弦乐走向世界发挥更大的空间。"也就是说,他也证明了中国民族管弦乐的交响化之路不是"天方夜谭"。同时说明用中国文化也是可以诠释西方文化的。我的理解,通过民乐演奏的这个"术",把中国文化这个"学"都带走出了国门。

  指挥家彭家鹏还费了不少时间谈到乐器的问题,他说,中国民族乐器中缺少铜管乐器,气势不足,因此他们与苏州民族乐器厂的同志们一直在探索新的民族乐器的创新。但西洋交响乐团中也有缺陷,他们没有弹拨乐声部。关于这一点我是非常赞同的,原来中国民族乐器确实多了高音乐器,少了中、低音乐器,声部因此不够丰富。但我认为创新改革,也应该要照顾到中国乐器的本来式样的保留。如把笙、唢呐保留形状,增加按键,放大尺寸是可取的。但原封不动引进大提琴和低音提琴我就不太认同,几乎1/4的舞台面积被这种"纯西洋"乐器所占领,画面失去了"中国民乐乐团"的风貌。彭家鹏曾谈及这个问题,他引用了"彭修文大师"的观点,他认为"革胡"达不到大提琴和低音提琴的音色水准,所以还是引进大提琴和低音提琴更加合适。

况且，诸如二胡、琵琶之类中国民族乐器也是古代从外国引进的。我对此是持保留意见，大提琴和低音提琴与二胡、琵琶之类民族乐器是不能相提并论的，后者已经进入我国达百年乃至千年，已经完全融入中国音乐文化，许多民乐乐曲如《二泉映月》《十面埋伏》都是按照它们特点而"量身定制"的，已经为世界人民所公认。而前者好像至今还没有脍炙人口很有代表的作品为国人所认同。至于革胡音色达不到要求，那就继续努力改进吧！指挥家彭家鹏谈到的有些民族乐器的音色还不能与西洋某个乐器完全一致，因此还要设法制作。我倒不赞成这个观点。只要民族乐器有与某个乐器的音色基本接近就可以了，不必强求一致。有差别才有魅力，不是说"距离产生美"吗？精力应该重点化在创造新的乐器上似乎更加合适。

今天当"西曲东奏"的愿望已经实现时，我再重新翻开我在散文集《幸福就在当下·西曲也能东奏》和《上海广度·让中国民乐诠释西洋音乐》曾经发表的意见和阐明的观点有许多与彭家鹏先生和他的团队，乃至他的父亲是相近甚至一致的，为此我这个音乐爱好者感到莫大安慰，甚至有点沾沾自喜。如要演奏诸如柴可夫斯基的《第一钢琴协奏曲》、贝多芬的《命运交响曲》等古典乐曲。不断丰富中国民族乐器的宝库，不一定要保持"纯中国种"乐器演奏等观点都是相同的。它也证明了我这个科技工作者的愿望，与苏州文艺工作者的实践是"殊途同归"，而不是"天方夜谭"。

（原载"上海老底子"2021年9月28日）

后记：本文提及的彭修文和彭家鹏二位指挥家是父子关系，后来查阅的资料发现这个说法，恐怕有误。据资料上介绍，彭修文是湖北武汉人，而彭家鹏生于安徽。如果这份资料可靠，那么说明我是误传了。不过从业务的角度来看，这二位是都担任过中央广播民族乐团的首席指挥，在民乐交响化的探索道路上，具有承前启后的传承关系。如果从学术角度来说，说他俩是"父子"关系，他们大概也能接受。

评议与联想

王云江：西曲东奏，多年前我听过演奏施特劳斯的曲子，由于民族乐器与西洋乐器还是有一定程度上的区别，外国的铜管乐、木管乐、弦乐与打击乐其表现力比民族乐器要丰富、优美动听、雄壮气势宏伟。反之，西洋乐器演奏中国民族特色的《春江花月夜》等曲子不如中国的民族乐器。音乐不分国界，洋为中用，中西结合。

陈素娣：你的想法创意非常好，而且在十几年前就有此想法，说明你看得远。现在愿望已初步实现，也就圆了你的梦想。所以人一定要有理想，有了理想坚持下去就一定能实现。

宋小才：文章没能写出"西曲也能东奏"的可行性，其存在音乐无国界的内涵和东方演奏受人喜爱的文化特色。以及中国文化的历史渊博，代表着人类的智慧结晶。

方鸿辉：西曲确能东奏，学与术都应该走出国界，让全人类共享。

许兴汉：一篇有思考的文艺性评论，让中国文化不断走向世界，是显示中国文化软实力的一个重要标志！

周　律：钱老的作品感人至深……我暗暗地下定决心一定要学会音符，就像钱老能用文字表达自己的感受，音乐、绘画和文字都能唤起人们的思维，渲染环境的作用。

戴兆辉：钱老师不但记忆超群，而且知识面也广，对东、西方音乐均如数家珍，娓娓道来，令人回味。

钱丽臻：仔细读了你的文章，在我们家似乎我对音乐知道多些，而读此文觉得你认真探索，寻根追底，追求各方面知识的精神，实在令姐姐佩服，加上超强记忆力，这些宝贵的努力和才智，使你成了我们引为骄傲的作家。

李庆鸿：音乐是没有国界的。

黄鑫霖：我佩服您的写作能力和精神，并且什么领域都能发表高见。能够认识您，真的很荣幸！您博学多识，又谦虚热情，真是我们学习的榜样。党庆100周年时，我们合唱团（爱乐）与上海京剧院、苏州评弹团、苏州交响乐团合作演出一台节目——交响合唱京剧《沙家浜》，公演后影响力极好！这里得到了上海歌剧院张华老师的倾心辅导，进步很大！苏州交响乐团全球招聘乐手，就目前而言，团员来自二十六个国家，水平还真是不一般，还有苏州民族管弦乐团、苏州芭蕾舞团……看来苏州市、工业园区领导在文化工作方面是化了力气的！您的《"西曲也能东奏"啦！》一文，有机会我会转发给他们的，为此我替他们谢谢您！

对指挥家陈燮阳先生的再认识（之三）

一

我是一个音乐迷，从小到大，再到老，从喜欢唱歌到喜欢听音乐，从喜欢听民族音乐到西洋音乐，从喜欢听轻音乐到古典音乐，最后"爱屋及乌"，对乐曲是用民族乐团还是交响乐团演奏着了迷，还较上了劲。从喜欢聆听用交响乐团"东曲西奏"演奏的中国乐曲，发展到希望中国民族乐团"西乐东奏"，去演奏西洋古典音乐。我，一个学习土木工程的科技人员，纯粹是音乐的外行，多管闲事，从2013年出版我的散文集《幸福就在当下》登载的《西曲也能东奏》一文开始，至今已有近10年，一直不自量力地在鼓吹此事。前些日子从网上听了指挥家彭家鹏先生的几次演讲和采访，知道他作为行家一直为"西乐东奏"做着不懈的努力，甚至是奋斗，而且取得可喜的成效。我也因此欢欣鼓舞，作为一名业余的作家，写了两篇散文《"西曲也能东奏"啦！》和《用民乐演奏"天方夜谭"不是天方夜谭》，先后登载在新媒体"上海老底子"公众号上，以表示我对以彭家鹏指挥和他的乐团同仁们的敬意和赞赏，也让读者们与我一起分享我心中的喜悦。

虽然此事已经过去了，但有关彭家鹏指挥对中国民族音乐发展创新的事情，我还是会继续关注的。前几天"两会"期间，彭家鹏指挥以全国政协委员的身份，不失时机接受媒体采访，继续为了让更多国人理解民族音乐和指挥艺术,进行了深入浅出的普及宣传,除了谈话同时还有他在对民族管弦乐团如何排练的场景插入,使普通老百姓对指挥艺术有了比较直观的认识,而并非人们想象的那样简单,指挥就是一个乐队在演奏时,仅仅是打打拍子的人。就在此时一条链接"(彭家鹏)与著名指挥家陈燮阳老师的访谈"(以下简称"访谈")映入我的眼帘。当我点开进入后,看到画面是二位指挥家分坐在苏州的一个大厅的茶几两旁进行交谈。彭家鹏说道:"陈大师是第一个带领我们的民族乐团,在金色大厅拉响了中国民族管弦乐,我们也就在国际舞台上的亮了相……"还说自己之所以从事民族管弦乐指挥,一定程度上是受到了陈老师的影响。听到陈燮阳老师第一句话讲的:"我们两个应该是在中国指挥家里面,推广中国作品最多的两位,这是我们作为中国指挥家的责任,我们不推广谁来推广?"接着他说出了在国外推广中国作品的目的:"让国际上通过中国作品了解中国风土人情、历史风貌等。"听了他们的对话,我发现自己原来对陈燮阳老师的认识是有局限性的。尤其是自己原来以为陈燮阳当年指挥中央民族乐团是"客串",他并非该团的正式指挥,请他是因为他同时具备指挥西洋交响乐团和中国民族乐团的指挥艺术和才能。而真正一直在为民乐交响化走向国际做不懈努力的指挥家,主要是彭家鹏先生。这其实是我孤陋寡闻的一种偏见,现在看来需要我自己结合他与彭家鹏的谈话,然后挖掘一下我的记忆,再查阅一些资料,依此来重新认识他这位为中国民族管弦乐走向世界摇旗呐喊的指挥大师。

二

作为在上海长大的音乐爱好者,我对"陈燮阳"三个字的第一印象,好像来自一首儿童歌曲。这首歌的歌名我已经记不得了,只记得其开头的歌词是:"清清小河旁,有个幸福庄,苍松翠竹长……"而陈燮阳是该首歌的作曲者。今天为了写这篇文章,我专门上网搜索了一下,有全部歌词,但没有词曲作者。后来又看了纪录片《建国70年70人》,其中有关于陈燮阳的专集,说他是1961年从上音附中升入大学的,而我在歌唱这首歌时是在20世纪50年代后期的小学时代，当时他还是一个中学生。看来我的记忆是否有问题了，如果真是这样，那么最早看到他的名字和本人，应该是在观看芭蕾舞《白毛女》的时候，当时他和樊承武是该剧团管弦乐队的年轻指挥。

以后他担任上海交响乐团团长及其他经历，我确实也没有投去太多的关注。对他突然关心起来是在1998年春节，他指挥中央民族乐团在奥地利维也纳金色大厅的演出，由于电视的作用，在国内外引起巨大的反响，以往受到歧视的中国民乐一时间身价百倍。特别是他们演奏的《拉德斯基进行曲》片段链接，20多年过去了，至今仍旧在网上时有播出，给受众留下深刻的印象。但有许多细节，我是一直没有弄清楚的。当时中央民族乐团为什么会选择他去担任首次进入金色大厅演出的指挥？今天从有关资料上我才知道，他们的团长提出担任此次出国演出指挥的人要具备三个条件：1. 职业指挥家；2. 具有国际知名度；3. 懂民乐。而陈大师就具备这三个条件，所以就选上了。他在与彭家鹏交谈中谈到，他虽然学习西洋音乐指挥，但熟悉民乐，得益于从小接触戏曲，尤其是上海音乐学院历来重视对学生民族音乐的基础教育。

其次，当年演奏的《拉德斯基进行曲》为何受欢迎？其实还有幕后故事。就在正式演出的前一天，奥地利方面的乐评人提出演奏《拉德斯基进行曲》要有中国音乐的特色，为此陈大师想了一个晚上，他决定利用民乐的打击和弹拨乐器来制造引子的气氛。先后让板鼓、小锣和小鼓分别敲出几段相同的鼓点，然后让弹拨乐器用一种音调演绎出《拉德斯基进行曲》的节奏，当外国听众对自己陌生的乐器所发出的奇异的声音，还处于摸不着头脑的时候，引出了《拉德斯基进行曲》的正式旋律，于是全场观众顿时进入了恍然大悟、又惊又喜的氛围，他们立即按照惯例，以热烈鼓掌的形式，伴随着音乐的旋律融入了演奏之中。据陈大师自己介绍，当时下面的观众惊讶不已，在他们一再要求下，演出欲罢不能，返场达五次之多，真是不可思议。这里确实体现出陈燮阳大师临场应变的智慧和高超的指挥艺术，尤其是他对民族乐器的熟悉程度也可见一斑。那次出国表演的影响,对我国当时已经处于困境的民乐来说,确实也犹如一股枯木逢春的东风,使一些濒临倒闭的民族乐器厂重新门庭若市。

大约在2004年9月前后,我与妻子去北京办事,返回上海时,在首都机场的候机厅看到陈燮阳先生也在候机,这是我在电视或者剧场以外第一次看到他本人。尽管我是一个音乐爱好者,但按照我的秉性,我是不会主动前去惊动他,与他打招呼的。只是告诉妻子陈燮阳先生也在这里,并向他投去敬佩的目光。2021年的一个周六的晚上,我从上海电视台的《可凡倾听》专栏节目中看到主持人曹可凡对陈燮阳先生的专访节目,在这里我进一步了解了陈大师的家庭背景和成长过程,以及他的主要业绩等情况,尽管之前通过各种媒体的报道,多多少少知道了他的一些活动踪迹。

三

我在其他的一些视频资料中感觉到,陈燮阳先生本人好像对自己在普及交响乐和推广中国作曲家的作品方面的工作更为重视,也倍感欣慰。而在访谈中,彭家鹏指挥似乎对陈燮阳大师的指挥艺术非常赞赏和崇敬,特别是对陈燮阳大师在中国出版了由他指挥的贝多芬的全部曲目感到由衷的钦佩。但对我个人来说,对他们如何对待"西乐东奏"问题的解决思路和实践经验更感兴趣。这就主要涉及中西方音乐的音乐作品和乐器等问题。

对于中西方音乐的差别,他们一致认为,指挥中国民族音乐与指挥西洋管弦乐作品的技术是一样的,但诠释处理过程往往更加复杂。陈燮阳大师说,西洋音乐旋律里只有"强""弱""快""慢"之分,指挥时只要掌握"1、2、3、4"的节拍就可以了。而中国民族音乐如同"牛皮筋",他以《二泉映月》的前几个音节为例,里面含有一种韵味,只有了解了它的韵律和风格,才能将其演绎出来。彭家鹏指挥说到他开始也如同其他许多指挥一样,曾经对民族音乐是看不起、歧视的。后来第一次去指挥民族管弦乐《乱云飞》时，发现非常困难，不会指挥了。这才发现其实指挥民族管弦乐，在一定程度上比西洋管弦乐更难。这也是他下决心从事指挥民族管弦乐的开始。

于是他俩不约而同地谈到目前民族管弦乐团声部的不足，一致认为与西洋交响乐团相比，民族管弦乐团的低音弦乐器和铜管乐器的声部还存在着不足。乐器改革的路子还任重而道远。彭家鹏指挥对缺乏相当于西洋管弦乐器中不可或缺的"圆号"声部，尤其感到忧虑。但陈大师告诉他，在邻国朝鲜已经解决了这个问题，尽管无法引进，但可以设法借鉴。

我为何要鼓吹"西曲东奏"——用民族乐团去演奏西方音乐呢？不仅是一般的艺术乐曲，还要演奏诸如柴可夫斯基的《第一钢琴协奏曲》、贝多芬的《命运交响曲》等古典乐曲，因为它可以让西方听众明白，并非所有东方文化都比西方文化落后，东方文化也同样可以理解并诠释西方文化的！陈大师也曾经介绍道，他们在金色大厅演奏了有中国音乐特色《拉德斯基进行曲》后，他们在当地用车的驾驶员告诉陈，他听过各种乐队演奏的《拉德斯基进行曲》，都比不上由陈指挥的《拉德斯基进行曲》来得好听。这就说明了让西方听众去听他们熟悉的乐曲，比单纯介绍中国乐曲更加来得直观，更容易被人们接受。

四

彭家鹏指挥在访谈中表示，他多么希望我们的民族管弦乐能够得到国际上音乐界主流的认可，尤其是我国更多指挥家们的认可啊！关于这一点，我作为一个非音乐界的外行，倒可以跨界发表自己的一点看法。我国的民族管弦乐确实是学习了西洋交响乐的先进技术和理念，结合了中国民族音乐的特点，发展到今天这个水平的。如果按照科学方法来说，它是一个西洋交响乐和传统民乐的交集，它与两种音乐之间，既有共性，更有个性。从科学学科分类的角度来说，它是一门新的边缘科学。如果说你们的前辈彭修文、黄贻钧他们搞的是"民族管弦乐1.0"版本的话，那么，你们现在正在从事"民族管弦乐2.0"版本的创作和推进的过程中。它与传统的西洋交响乐，已经是两码子事情，它们不是音乐的同一领域分支学科，即两者没有可比性，评价体系是各异的。如果还一味相比于传统西洋交响乐的指挥家，您再努力也赶不上诸如卡拉扬、伯恩斯坦、小泽征尔等大师们在国际音乐界的地位。如果从指挥中国民族管弦乐来说，你们在国际上倒是No.1。这一点不用谦虚，上海有一位著名的教育家冯恩洪校长说过，做0到1的事情，是从无到有，是创新，也是最难的，而我们大量培养的学生，都只善于做2到99的事情，所以教育要改革。你们在做的事情应该属于0到1的事情，因为这是以前别人还没有完成的事情。而传统的西洋交响乐已经有几百年历史了，后人再做，还是2到99的事情。我倒希望我国其他指挥家，尤其是诸如余隆、汤沐海等上海籍的指挥家，都来补上指挥民族管弦乐的这一课。

从我自己的工作经历来看，随着我国经济、科技、社会的发展，我国在许多领域已经超越国外先进国家的水平，站在世界先进行列了。外国人在对待我国许多传统的文化，也要重新认识了，如京剧、书法等其中的内涵是非常丰富的，只有他们正视这些东西时，才知道它们的内涵一点不亚于他们西洋文化，甚至更加精彩。对待民族管弦乐，我坚信也会有这么一天的。

从访谈中可以看出，陈大师他更注重在国外推广中国作品的目的是"让国际上通过中国作品了解中国风土人情、历史风貌等"。这在一定程度上确实是比"西乐东奏"更加前瞻、更加迫切的事情了，因为这可能涉及一个问题——它是否属于"向世界讲好中国故事"这个重大课题的组成部分？彭家鹏指挥可能与他在音乐界所处的地位有关，他对人们对民族管弦乐还存有偏见和歧视而感到压力，希望陈大师能够给他更多的支持。陈燮阳先生不愧为大师级人物，他的谈话口气就要比彭家鹏指挥显示出更为坚定的信心。他说，关于"民乐交响化"问题已经存在几十年了，这件事情随着我国的发展大趋势，以及国家和老百姓的需求，发展的步子会更大。他现在甚至倒过来让交响乐团来演奏民族管弦乐作品，也取得了理想的效果。由此我这个普通的音乐爱好者，对指挥家陈燮阳大师需要刮目相看，重新再认识了。

（原载"上海老底子"2022年3月27日）

评议与联想

陈素娣：钱哥的介绍让我了解了陈指挥的经历，你真是样样精通！谢谢你的分享！

楼珍珠：看了平雷同学的新作《对指挥家陈燮阳先生的再认识》，才知道被称为"指挥家"的不易，改变了以前总以为指挥就是"挥挥手"的认识，看来许多事并非想当然的哦！谢谢平雷与我们分享这长知识的好文章！

冯寅生：真佩服平雷有如此丰富的素材、广泛的阅历和涉猎各个领域的知识面，每每阅读你的文章，都有令人耳目一新之感！

家壮国舒（微信名）：钱平雷老师的文章含金量极高，除了讲自己对两位指挥大师的"刮目相看"的认知外，客观上对大多数"孤陋寡闻"的文章读者，起到了很好的启蒙和科普作用，善哉。

沈洪波：陈燮阳先生我也认识，他儒雅、谦和。我曾多次邀请他参加我们的活动。当时为了他的出入境事宜，我还曾与市出入境管理局的领导协调过。

Leewei（微信名）：陈燮阳指挥的朱践耳老师交响曲及管弦乐作品全集非常精彩。

阿焱（微信名）：钱老师的大作对音乐这门高雅艺术，在提高的基础上普及，又在普及的基础上提高，善莫大焉。苏州民族管弦乐团曾用二胡演绎过西方小提琴曲。选的是意大利托瓦尔第的《四季》，用两根弦的二胡拉出四弦的小提琴协奏曲，要求更高，功力不凡……谢谢老师的美文分享。

胡定伦：作为钱总的挚友，他对"东曲西奏"和"西曲东奏"的着迷，也引起了我的好奇和思考。两位著名指挥家"西曲东奏"上孜孜不倦的探索精神，令人钦佩；而钱总作为一名热爱音乐的著名科技工作者，虽然跨界，提出的见解非常独到、中肯，也值得赞赏。对"东曲西奏"，我个人认为小提琴协奏曲《梁祝》无疑是最为成功的，这归功于两位天才的年轻作曲家的原创。由于交响乐内涵深刻，结构严谨，具有丰富的表现手法，因此达到"东曲西奏"交响化的目标，中国的音乐家们任重道远，无可卸责。期盼中国作曲家们天才作品的诞生！

黄鑫霖：钱平雷先生是我尊敬的、博学多才的多产作家，看了这篇文章，更是肃然起敬，认识平雷作家，真的很是荣幸。我已把此文章转发九个微信群，让喜爱音乐的或喜欢指挥的，多了解指挥方面知识及"西曲东奏"的内涵及方向（有可能），也不辜负平雷作家的心愿及尝试！我只能多转发及多宣传了！再次从内心激发的谢谢了！真心期待您的新作品！

为上海籍指挥家汤沐海"西曲东奏"喝彩（之四）

今天（2022年8月28日）我在手机上看到一条链接"彭家鹏'对话'汤沐海"，内容是彭家鹏先生在苏州民族管弦乐团演出大厅的舞台上，背对观众席，摆上椅子、茶几和鲜花，与将要指挥该团演奏世界著名作曲家马勒向往的东方风格作品的指挥大师汤沐海的一段对话的录像。这条链接还分了（上）（下）两集。他俩谈论虽然只有30分钟时间，涉及内容却很丰富。我想就此发表一些自己的观感，作为"'西曲东奏'主题系列散文"的一点补充。

我曾在《对指挥家陈燮阳先生的再认识》一文中曾经写道："……我倒希望我国其他指挥家，尤其是诸如余隆、汤沐海等上海籍的指挥家，都来补上指挥民族管弦乐的这一课。"看了二位指挥家的对话，我发现自己对汤沐海先生是误解了，其实他早就在西洋交响乐团中加入中国民族乐器，也让中国民族管弦乐团以为西洋歌剧演唱伴奏，与小提琴等西洋乐器协奏等形式进行合作的尝试了。看来我这个音乐圈子外的人士，对此属于孤陋寡闻了。他其实一直在为中国音乐如何走向世界而努力，做出自己的贡献。

他和彭家鹏都觉得如今实在缺少可以拿得出手的中国作品。许多作曲家都觉得为民族管弦乐团创作作品，不如为交响乐团撰写乐曲的影响来得更大，甚至经济效益更好，所以一般对编写民族管弦乐曲不太积极。依我来看，在音乐界里，一些音乐家的骨子里还是把西洋音乐当作不可逾越的经典在那里膜拜，缺乏对中国音乐的文化自信。我在《对指挥家陈燮阳先生的再认识》一文中已经提出这样的观点，不要把中国乐曲与西洋乐曲直接去做比较，两者的评价指标体系的标准是不相同的，没有可比性。尤其是音乐，它主要是通过听众对聆听到乐曲的理解和享受时得到美感，来判别音乐是否"好听"的。不同文化背景的人，听到同样的乐曲，其感受是有区别的。需要比较的是我们中国作曲家自己，你创作的乐曲，如何让指挥家、演奏家和听众们更加青睐，更愿意将它们推向世界。

对于汤大师与苏州民族管弦乐团合作演奏马勒向往的东方风格的乐曲，我是非常赞赏的，我一直在鼓吹"西曲东奏"。汤大师说，作曲家马勒非常向往东方世界，但他本人并没有来过中国，他是凭他的想象在创作描写东方风韵的乐曲，但有些旋律用西洋乐器却是无法演绎出东方韵味的。如今汤大师与苏州民族管弦乐团合作在尝试演奏，他说："这场音乐会我们做了很多'第一次'的尝试，比如《将进酒》就是世界首演。这也是第一次以民族管弦乐的方式呈现《大地之歌》，通过更丰富的东方色彩，把马勒对于东方音乐文化的向往表达出来。"尽量让它更加表现出作曲家的理想意愿，这是多么精妙的构思啊！如果把这样的作品拿到国际上去表演，让西方听众来聆听，他们一定会喜出望外地接受中国音乐家的精彩演出，为他们鼓掌喝彩的！这才是"音乐是全人类共同的财富"的初衷，也是中国民族管弦乐团走向世界的有效途径。

彭家鹏先生又在与汤沐海谈论民族管弦乐团中乐器声部还存在不足和缺陷，不能像西洋管弦乐团那样已经发展得比较完善的问题。确实目前的民族管弦乐团的器乐的丰富程度还有差距，需要音乐界和乐器制作界通力合作。彭家鹏先生认为要促进我国乐器制作人士的互相交流，尽快制造出更多的声部缺乏的乐器。但是如果眼下一下子不能完善，就直接引用西洋乐器吧！对此我也有想法。虽然对于音乐主要通过听来欣赏的，但是在剧院里直接观看民族管弦乐团的演出，还是需要场面的整体美感的。如果用双簧管那样个别不起眼的乐器在其中，问题还不大，像如今大提琴、低音提琴两个声部，占据了舞台一大片，画面看上去总有点不舒服，有点"不伦不类"的感觉。汤大师谈到，北京有民族管弦乐团请意大利制作大提琴的高手，帮他们制作低音提琴，但它的共鸣箱改成葫芦的形状。我认为这是可取的措施，总比直接采用西洋乐器更加合适。

汤大师对苏州民族管弦乐团的年轻演奏家和管理团队的敬业精神赞不绝口，尤其是乐团拥有自己演出和排练的专门场地，更让许多乐团羡慕不已，说其水平已经超越了国内许多其他老牌乐团，很有前途。作为一个音乐的外行，我除了感到欣慰外，也只能为他们取得的成就唱唱赞歌罢了。

（原载"上海老底子" 2022 年 9 月 14 日）

为"低音弦乐器"外形问题再议（之五）

我在上述几篇文章中，一再对民族管弦乐团的低音弦乐声部直接应用大提琴和低音提琴的现象耿耿于怀。据彭家鹏指挥家说，这是彭修文大师建议的，彭大师认为，用革胡等改良乐器作为民族管弦乐团的低音弦乐声部的乐器，音色效果不够理想，与其如此，不如直接采用西洋管弦乐团的大提琴和低音提琴。我总觉得相当数量的西洋大提琴和低音提琴在舞台上，在观众的视野中几乎占据"半壁江山"，舞台上的民乐乐队演奏氛围和画面效果很不理想，显得不伦不类。2022 年 10 月 16 日的《新民晚报》的《星期天夜光杯》栏目上有一篇题为《中华国乐的当代咏叹》的文章。文中提到上海民族乐团:"……乐队低音声部中使用的贝斯,音色饱满沉稳,有效增强了低音效果。虽然由德国厂牌制造,但形制上特意设计带有中国元素的低音拉弦乐器。"这就说明上海民族乐团已经在低音拉弦乐器的外形上考虑到了"中国元素"。我认为这是可取的对策,这样做既避免了国产革胡等改良乐器音色还不够理想的缺陷,又弥补了低音拉弦乐器外形缺乏中国民族风格的不足。在国产低音拉弦乐器还不能达到要求前,不妨采取这种途径。无论是中央广播民族管弦乐团,还是苏州民族管弦乐团,建议这两支由彭家鹏先生担任艺术总监的乐团都拟应考虑这样做。

评议与联想

钱平天:平雷又写了一篇颇有趣味性的杂文,还对我说他是在跨界"说三道四",我看还不如改为"老三老四"更贴切些。平雷在家排行老三,音乐是他的业余爱好,能对中国的音乐发展动态作些评论,确实需有点胆魄才敢为之。细续此文,觉得他讲得有点道理,不论何种文化艺术,都是必须有不断的创新才会有发展和生命力,中国民族音乐原有的特色和精彩也是需要创新和发展的,"西曲东奏"与马列主义在中国运用和发展一样,是一种试探、一种创新!

许兴汉:有时候,外行也能看门道,此文为一范例。

耳一方(微信名):读该文后赋对联一副

鸣启管弦　沐海贯通西曲东奏

吹弹民乐　家鹏融汇北韵南推

横批:洋为中用

帆(微信名):知名导演汤晓丹、知名画家汤沐黎、知名指挥家汤沐海,从小爱看大师导演的电影,20世纪70年代初中时喜欢汤沐黎、陈逸飞、施大畏、韩硕的画!

阿　焱(微信名):谢谢钱教授大作分享。《斯卡布罗集市》是一首世界名曲,七月中旬友人转发给我两段该曲"西曲东奏"的视频,看着听着也是陶醉了。一段是月琴和吉他联袂演奏的。月琴常由京剧乐队作为伴奏的乐器之一，声音清脆悦耳，节奏鲜明，轻弹似丝丝细雨，急拨似江河奔腾。而吉他的声音明亮、饱满、厚重、有穿透力，音色独特迷人。这两种中西弹拨乐器的组合，把《斯卡布罗集市》凄美缠绵的爱情故事演绎得抑扬顿挫，饱含激情，感人肺腑。另一段是二胡和小提琴合奏的。二胡的声音平和柔美，哀婉凄凉。而小提琴之声典雅华丽，刚柔相济。这两种拉弦乐器中西合璧，似天籁之声，浅吟低咏，如泣如诉，悠远静谧，优美空灵，把音乐的魅力发挥到极致，深情款款，久听不厌。

王乐铭：近年来，中国的音乐事业发展很快。不仅有民族乐团演奏西洋交响乐作品，也有传统的民族乐器演奏外国名曲的，如二胡演奏《流浪者之歌》《卡门》等。在声乐方面，原来只唱中国歌曲的民族唱法专业学生也唱出莫扎特歌剧《魔笛》里夜后的高难度咏叹调。近日在"郑小瑛歌剧艺术中心"看到，郑小瑛大师正在大力推动"洋戏中唱"，中文版的歌剧《茶花女》又上演了。今后，不同形式的"西曲东奏"一定会越来越多。

黄福源：西乐东奏，不失为好的尝试，能否广为世界赞赏，尚需时间考验。

谁是滑稽戏的主流？（修订版）

作者按语：此文原是2013年出版的拙作《幸福就在当下》一书中的一篇文章，今天重新翻了出来，发现有些内容已经不太合适了，于是稍作修改，投稿给了"上海老底子"。

我曾写过两篇有关戏剧的散文，一篇是在1999年写的《谁是剧种的主流？》，另一篇是在2001年12月写的《滑稽戏也要与时俱进》，以后两篇文章都收入我的散文集《幸福相对论》之中。前一篇文章用比较方法，把中国戏曲的头号代表人物著名京剧表演艺术家梅兰芳创建的梅派艺术，去与之相对的另一位以演悲剧为主的艺术家程砚秋创建的程派艺术加以比较，延伸到越剧的代表人物袁雪芬的袁派艺术与另一位与之相对的戚雅仙的戚派艺术，沪剧代表人物的丁是娥与杨飞飞、评弹的蒋月泉与徐丽仙之间的比较，得出了"戏剧中的任何流派，只要他（她）的魅力能够吸引大批观众时，都可以成为这个剧种的主流"的结论。

当《滑稽戏也要与时俱进》一文在《上海盟刊》公开发表后，上海滑稽剧团的领导曹强先生把我请去，在交谈过程中，曹先生结合前一篇文章问我，如果以上述各剧种里选两位不同风格流派来做比较，在滑稽戏领域中，应该让哪二位艺术家来分别作为代表人物和悲剧性角色？当时他的问题倒真把我问住了。因为当时在滑稽戏界中，人们比较公认的是姚慕双、周柏春、杨华生和袁一灵四位艺术家，是该剧种的代表性人物。其中袁一灵是以说唱见长，与前面三位没有可比性。而前三位中周柏春被业界称为"阴噱"艺术家，倒也独树一帜，可以与上述程、戚、杨、徐四位悲剧角色见长的艺术家放在一种类型里，而单独确立姚慕双类似梅兰芳那样在剧种中正统角色的地位，似乎杨华生也不比他逊色。当时我确实无法回答这个问题，只能对曹强说："姚周艺术是一个不可分割的体系，不然那么多的'双字辈'表演艺术家放在什么位置上？"曹强倒也同意我的看法，说他也认为姚周艺术至今仍是滑稽界没被逾越的表演体系。尽管我是这样拐弯抹角地回答，但心里也一直试图自我回答这个问题。

近年来，四位老艺术家中最后的一位杨华生也过世了，在他们的晚辈中，四位主要双字辈——吴双艺、王双庆、童双春、翁双杰以及严顺开、筱声咪、李青等也都已经相继离世，作为一名曾经的滑稽戏爱好者，在缅怀他们的时候，想把自己对于上述问题的思考，向读者们表述一番，作为抛砖引玉的探讨吧！

在2003年12月10日的《新民晚报》上曾经刊登过一则消息，说杨飞飞、戚雅仙、徐丽仙与演锡剧的梅兰珍有演悲剧见长的江南"四大名旦"之一说，当时周柏春也赶去与她们聚会，说明周柏春也认为自己在滑稽戏界里属于悲剧见长的角色。这样周柏春的地位应该没有什么争议了。而作为个人而言，姚慕双和杨华生应该说各有所长，姚慕双的语言能力，尤其是外语水平确实首屈一指。而杨华生的唱功，特别是京剧麒派，也令人钦佩。如果一定要说个人的总体表演水平，我个人觉得似乎杨华生略胜一筹。因此，以个体来说代表人物好像应该把杨华生放在首位。然而，由于姚慕双、周柏春兄弟的长期合作，加上经过黄佐临那样的戏剧大师的指导，形成了一整套的包括表演、导演、编剧在内滑稽戏表演体系，也就是"姚周艺术体系"。按照我们科技人员的观点，能够成为体系的东西一定强于任何个体。在此意义上讲，说姚周艺术是滑稽戏的正统表演代表体系也不能算错。

如今继续活跃在舞台或者传媒上的滑稽演员比较具有代表性的有：毛猛达、沈荣海、钱程、陈国庆等一批中青年演员，其中最优秀的应属王汝刚了，他们继承了姚周、杨张笑沈等前辈创建的滑稽戏艺术，也有所突破，如毛猛达、沈荣海的《石库门的笑声》就是一例，还在上海舞台上热闹了一番，应该是当今滑稽戏剧种的主流。但客观地讲，这还没有达到更新换代的创新的阶段。我在《滑稽戏也要与时俱进》一文提出的观点，需要滑稽戏能够提高知识和信息的含量，充分运用知识水平日益提高的市民熟悉的幽默语言，真正做到雅俗共赏。这一点似乎前些日子出现的"海派清口"倒是有点接近了这个目标，虽然周立波的表演还没有达到炉火纯青的地步，但他在继承姚周艺术体系，并吸收其他艺术甚至海外表演手法加以融合，所产生的新的表演形式，应该是一种尝试，一次突破。也不知道什么原因，这些日子，在舞台上或网络上不见了他表演的踪影。我们期望其他青年滑稽演员也都能继续博采众长，不断创新，还会有新的滑稽戏的表演形式产生，他们也将逐渐成为滑稽戏在新时代的主流。

（原载"上海老底子"2021年11月13日）

评议与联想

作者按语：我在"上海老底子"发表了《谁是滑稽戏的主流？》一文后，引起了不少读者的议论，有一部分读者谈到，滑稽戏不景气的原因之一是因为来了不少听不懂吴越方言的"新上海人"，于是我又把《"新上海人"滑稽戏浮想》一文投给"上海老底子"发表了，引起了更多的反响，甚至有老观众把滑稽戏的历史记忆也搬出来了。更有"滑稽界代言人"也发表了意见，估计这几篇文章还是触动了滑稽界。除了我微友的意见之外，我也在"上海老底子"的留言栏中选择了小部分放入"评议和联想"留作纪念。

钱平天：亲民的内容，顺畅的文字加照片和短视频，犹锦上添花、猛虎添翼，会赢得读者的青睐！

毛正峻：钱教授是结构专家和科普作家。可能是专业所致和视角别致，因此在分析文化现象时，也习惯把内在的架构、着力点和起承转合分解得清清楚楚。随着供应的多样化，品种日益丰富，商场的客流分流了，文化场的人流也分化了，意味着时代在向多样化进步。

戴兆辉：独脚戏、滑稽戏，都将失传了。原因就在于环境变了，上海话都没人懂了。实在可惜……滑稽戏的包袱点有时还不仅在听得懂语言，更有地理历史的文化背景。譬如说，耳朵忘记在陆稿荐等话，还记得有个独脚戏说的，本来想去曹家渡，结果16路乘错方向，糊里糊涂跑到了杨家渡。这里如果不知道以前16路两头终点站是曹家渡和杨家渡，就听不懂这话了。

Mr.史（微信名）：周姚确实是名家列前两位无可争议，而滑稽界其他演员也靠他们各自特色的作品而享有盛誉，像杨华生等大公滑稽剧团的《七十二家房客》，文彬彬、范哈哈的大众滑稽剧团的《三毛学生意》等代表作都深受欢迎，所以只要精彩就深得人们去欣赏，甚至会多次去观赏。

蒙奇奇（微信名）：希望上海滑稽界的人士能从《一串钥匙》的事件中，引起深思。——首先，我可以为上海滑稽界"代言"，他们是没空去研究《一串钥匙》的；其次，在中国的土地上，上海滑稽和北方相声是半斤八两，谁也不比谁高档多少，我是反对易中天先生这种说法的。滑稽戏（或以上海方言为主的搞笑类说唱曲艺作品）之所以搞不好要从自身找原因，而不是瞎猜瞎总结；最后，钱先生写的这几篇文章我都看了，基本立场我同意，但说句实话都是隔靴搔痒，没有触及本质。其他就不多写了，懂的自然懂。

心太软（微信名）：北有相声，南有滑稽戏，二者名望都很大，但观察现实都跟不上时代节奏，市场萎缩、青黄不接也是随时代变化而变化……加之当前抖音视频号的突军而起，沪上滑稽戏想突围，行路维艰……

何吉林：钱兄高见，深以为然。

陈文霞：科普作家知识面真广！我很赞同你"浮想"的观点。

倪纪芬：读钱同学的《谁是滑稽戏的主流？》原创是在2013年。钱同学喜爱滑稽戏，且关注滑稽戏的前景。足见钱同学是一位多面发展的热心人。时间又过去八年了，上海滑稽戏的前景堪忧。有客观原因。上海是世界大都市,生活在上海的两千多万人中有近千万的外来人员。要让来自五湖四海的人能相互沟通、和谐共处通用的语言只有普通话或英语。尽管这些外来人员也努力在学上海话,但要让他们看懂上海的滑稽戏,或喜欢滑稽戏那不是简单的事。即使是正宗上海人,喜欢滑稽戏的人也越来越少,因为风靡上海滩的老一辈滑稽戏艺术家都去了天堂。中青年代的滑稽演员挑得起大梁的能有几个呢?再则现在的舞台上,电视机里又有多少滑稽戏呢?所以客观上喜欢滑稽戏的人太少了。有主观原因。现在挂着滑稽演员吊牌的人,经常能看到他们的是在电视台的广告里。他们会卖老酒、服装、补品、玉器等各种东西,或是能和老阿姨们聊家常谈婚变,却已难以看到他们的新作品。现在是滑稽演员做着滑稽事体,而不做滑稽戏。丢弃了舞台,也就是丢弃了喜爱滑稽戏的观众。要想滑稽戏冲出上海,不知滑稽戏的头领们有没有这个梦。但愿滑稽戏别在上海销声匿迹。

让评弹艺术与医学科普联姻面向民众

我是一名业余的科普作家。为使科普能够更好地面向广大读者，我们上海市科普作家协会的同仁们一直在探索科普如何与文学相结合的科普创作路子。其中以原理事长、中山医院原院长杨秉辉教授探索的成就最为卓著。他从医学、从单纯的生物学的模式转化为生物—心理—社会的模式，发展到近年来医学教育中又有"叙事医学"的提法，要求学生将学到的医学知识整合到具体的病人身上，去说其得病后的痛苦，治愈后的喜悦等。让医学教育中的叙事医学在心理、社会的背景下展开，也就是"讲故事"的现行做法中得到启发：人物、事件、场景正是小说的要素，应该可以借用小说的形式来写医学科普。所以近年来他就采用小说的形式，来表达、普及医学健康的知识，先后出版了诸如中篇小说《财务科长范得"痔"》，长篇小说《祺东的黄兴家医生》等一系列小说讲述如何防治肠癌、肝炎的故事，让读者在轻松阅读过程中得到了有关知识。由于杨教授既具有丰富的医学知识和临床经验，同时又具备较高水平的文字驾驭能力和文学功底，所以具有很高文学可读性和趣味性。

我们科普同仁中有一位出版界的权威人士方鸿辉教授以他丰富的社会阅历就想道："……能否帮杨秉辉院长的医学科普拉拉红线？改成评弹，向老人普及医学知识、保健知识？杨院长的文章读下来，用评弹（评书）表达是很贴切的，也让评弹体现创新的手法与内容？"他知道我是一位民盟的老盟员，知道民盟中有不少文艺界盟友，就让我想想办法。我觉得方教授所得很有道理,评弹和科普这二者,目前都处于需要扩大受众的努力之中,而医学科普和评弹都是老年人喜闻乐见的东西,如果让它们互相交叉,不是一种可以双赢的共同表达创新表演形式吗?据我所知上海评弹团著名的评书演员吴新伯肯定是民盟盟员,至于评弹演员秦建国先生是否盟员我有点吃不准了。但我们民盟市委与他们肯定是有联系的,所以投石问路写下这段属于社情民意的文字。

海纳百川是我们上海的特色,各种文化互相交叉产生新的文化形式也是我们上海人比较擅长的拿手好戏。这次让评弹曲艺与医学科普相结合,虽说行当相隔较远,但往往越是平时互相不太了解的事物,说不定经过交叉可以产生新的品种,这一点从我自己个人经历中已经取得了一些科技和管理成果,尝到了不少甜头可以预料到的。希望民盟市委能够支持我们的想法。

(此文作为社情民意写于2021年9月11日)

评议与联想

方鸿辉:社情民意的报告写得很到位,感谢!另外,能否再强调"学"与"术"的融合,艺术(形式与内容都)必须不断创新才有生命力,作为科普作家愿与表演艺术家携手,创出一条海派评弹的新路?

细品海派文化趣谈
——从电影《爱情神话》发生的地域说起

一

最近一部用上海方言演绎的电影《爱情神话》，让居住在上海的人们着实激动了一番。许多平时已经不太进电影院看电影的上海人，也特地扶老携幼甚至全家出动，戴着口罩去电影院，领略一次演员们用"上海闲话"表演故事情节的艺术享受。大家更为惊奇的是，该部电影的编导居然是一位来自山西，不会讲上海话的年轻姑娘邵艺辉。她能把居住在长乐路、富民路、巨鹿路一带，市容没有发生大变化地方的人们的生活，给予充分的表现。也把男主人公老白与他的儿子之间，尽管处在相同地段，但对于生活不同态度的"代沟"，具体地在剧情中体现出来。由于在上海居民中引起了强烈的反响，所以本来制片团队担心电影成本能否顺利收回的疑虑，被上海占全国近一半的票房消除了。

这部电影之所以在上海人中间有这样好的口碑，最主要的原因，还是电影演员的对白用的是上海方言，让如今彼此交流语言以普通话为主，上海话被逐渐淡化的中老年上海人感到尤为亲切。但是恰恰就是这批中老年上海人，即使他们以前没有居住过这个地段的，也能体验到，电影中人们所表现出的上海人的生活习俗和生活态度，并不完全是自己熟悉的那种"海派文化"。也就是说，尽管自己本身就是承担海派文化的载体角色，但与影片中主人公演绎的海派文化还是有着一定的差别的。于是就引出本文想要讨论的话题——海派文化是有分支的，要细细品味，才能感觉到其内涵的差异。

二

如果要谈"海派文化",首先就要对"文化"两个字有一个明确的认识。但是就是这个一直被人们挂在嘴边的名词,要把它说清楚还真不容易。为此我还查阅了《现代汉语词典》,它关于"文化"的词条是这样定义的:"1.人类在社会历史发展过程中所创造的物质财富和精神财富的总和,特指精神财富,如文学、艺术、教育、科学等。"这好像不是我要的答案。后面2、3两条似乎与海派文化离得更远,我就不摘抄了。然后我又上网在"360百科"里寻找答案,这里除了与上述差不多的意思外,还写了一句"……实际给文化下一个准确的定义,非常困难。对文化这个概念的解读,人类也一直众说不一。"

于是就让我想起著名学者余秋雨老师曾经也对文化下过一个定义:"文化是一种成为习惯的精神价值和生活方式,它的最终成果是集体人格。"而对于集体人格,他又是这样定义的:"人格指的是一个人的生命格调和行为规范,集体人格是指一群人在生命格调和行为规范上的共同默契。这种共同默契不必订立,而是深入到潜意识当中成为一种本能。"余秋雨先生的说法倒是接近我想要表达的意思。

按照余秋雨先生的说法说来,海派文化应该就是上海人的集体人格了。那么,"海派文化"又应该如何定义呢?我一个科技人员是没有本事予以精确的描述的,又再一次上网在"360百科"里寻找答案,它是这样说的:"上海的文化被称为'海派文化'。其实质是对欧美文化的借鉴。海派文化是在中国江南传统文化(吴越文化)的基础上,融合开埠后传入的、对上海影响深远的源于欧美的近现代工业文明,而逐步形成的上海特有的文化现象。海派文化既有江南文化(吴越文化)的古典与雅致,又有国际大都市的现代与时尚。区别于中国其他文化,具有开放而又自成一体的独特风格。"

有了上面文字的铺垫,我觉得我可以对我想表达的东西给予叙述了。

三

在20世纪90年代，出现过许多有关各地区域人群文化的文章和丛书。余秋雨先生在1992年出版的散文集《文化苦旅》一书中的《上海人》一文是我所见到最早写上海人的文章。随后浙江、山东、福建等省的出版社先后出版了一系列讲述各地各个区域人群文化的丛书，几乎所有的丛书中，无一例外总有一本是讲上海人的书。无论是余秋雨先生的文章，还是那些出版社出的丛书，讲到上海人的"习惯的精神价值和生活方式，以及集体人格"即"海派文化"是采取"一锅端"的写作方式的。应该说，他们都对上海人的共同特点有过深刻而细致的分析和描述。我每逢看到此类书籍，一定毫不犹豫地买了下来，回到家中，细细地品读，因为我有过在外地生活的阅历，也有过与各地人打交道的经历。因此，把书籍文章中栩栩如生的描写和自己心目中的印象，进行对照，其时真为作者们挖掘地域文化深处的本事所拍案叫绝，顿时感到其乐无穷。还要津津乐道地把这些书籍介绍给其他亲朋好友分享，结果这些书籍多半又被他们转手他人借阅而不知去向。说明地域人群文化，是人们共同兴趣的话题，尤其是与自己所在地域相关的文化，更受青睐。

从此我对上海有关的书籍越加关注，这类书籍确实也不少，除了像易中天那样的外地作者撰写有关上海人的书籍外，上海的作者创作出版有关上海的散文书籍更是铺天盖地，像陈丹燕、程乃珊、马尚龙、胡展奋、李大伟等作家，都是撰写海派文化文章的高手，甚至还有像沈嘉禄那样，善于撰写海派菜肴的美食作家。我平时除了买书外，没有特殊嗜好需要花钱。因此，也与以往一样，凡带上海名字的书籍，几乎照单全收，没有多久我的一个书橱上海主题的书籍几乎放满了。连我自己后来成了业余作家，也先后写了《上海高度》《上海广度》《上海力度》三本带有"上海"书名的散文集，为丰富海派文化的书库凑了热闹。

四

有了前述对海派文化的关注，于是就出现了我对它具有不同"分支"的认识。众所周知，在上海市区以前有"上只角、下只角"之说法，其实就是1949年前富人和穷人居住区域的划分。总的说来，如以地理地貌位置划分，以苏州河和沪宁、沪杭铁路为界，以南的区域，称为"上只角"，以北的区域称为"下只角"。具体区域来说，黄浦、徐汇、卢湾、长宁、静安区的大部分是上只角，闸北、普陀、杨浦区多半是下只角，虹口、南市处于中间地带，既有富人居住，也有穷人积聚。由于受到不同文化的影响，于是就形成了不同地域的"习惯的精神价值和生活方式，即集体人格"。也就是不同的海派文化的分支。像程乃珊、马尚龙、胡展奋、李大伟等作家，他们从小分别居住在不同区域，所以他们笔下的上海风土人情也是有着明显的区别的。程乃珊住在上只角，李大伟住在下只角，他俩写出来的上海风情是不一样的。即使是程乃珊和马尚龙都是住在上只角的，但由于家庭背景和工作经历的差异，描写对象的侧重点也是明显不一样的。不要说作家，一般上海人也都有经验，如果说南京路和淮海路这两条是上海最为顶级的商业街，在那里逛马路的感觉和滋味，也是不一样的。

我是在虹口唐山路一带出生长大的，我的亲戚中，有些住在上海西南区那一带，小时候我在与他们接触过程中，隐约觉得他们的生活习惯，甚至上海话的语调与我们是不一样的。如他们的饮食喜好，很早就有做土豆沙拉之类西餐菜肴的烹调方法，还有喜欢喝咖啡的习惯。还有说起话来，喜欢在语句中夹杂英语词汇的特点。他们待人接物的方式也与我们不尽相同。现在明白了，那是因为那个区域的人，受欧美西方文化的影响更多些，于是就产生与我们有差异的生活习惯。但是这个差异只有长期生活在上海的人才能体验出来的。同样，具有相同地域经历的居民，也容易引起共鸣。在"上海老底子"公众号上，齐子林、张林凤等作者与《爱情神话》中的女主角马伊琍，和我一样，都是在虹口唐山路、商丘路一带出生长大的。他们的文章我会觉得非常亲切，因为我们除了拥有相同居住地域的经历外，还具有相同海派分支文化的生活背景。怪不得我的一篇《回家路上》文章的第一句"唐山路一带，我魂牵梦萦的地方"，被编辑同志用了改为该文的题目后，读者呈几何级数上升，数以万计。这大概就是对具有相同的海派分支文化背景的读者所起到的作用吧！

五

由此引出了我和我的两位老邻居在微信群里的一番热议。我当年住在唐山路、东汉阳路和商丘路三条马路夹角处的一座船型房子里。房子的后立面的对面是隔着东汉阳路的一排街面房子，其中就有我姐姐的闺蜜，我叫她阿咪姐的傅雅君老师和她的楼上邻居陈素娣老师。她们都是因为在前几年看到网上有我发表的文章，与我重新取得联系的，并一起建立了一个微信群。

傅老师是一位很有生活情趣的老师，她年轻时无论是体育还是音乐都是业余高手。以后她到长宁区天山新村一带当老师，并在那里成家。由于她既敬业，学生人才辈出，又注意教师形象，所以很得学生爱戴，直至如今，她的许多学生仍旧与她保持着密切的联系。这是她一生最为幸福的事情之一。小陈老师学生时代是我中学母校的少先队的大队长，后来上山下乡，回城后当了幼教老师，也是一位优秀教师。她俩都有幸福的家庭和孝顺出息的子女。

傅老师因为年近耄耋，所以儿子让她和老伴搬到位于复兴公园附近的有电梯的公寓居住。为此她的生活环境发生了很大的变化。不像天山路一带了，她要重新熟悉周围的环境。这里以前是法租界，还是保留了不少原始法式建筑和老人们西式的生活习惯。前些日子，她看到一条《老上海交新上海的动态》的链接，让她联想起近来的感受："以前如果看此链接，我可能没有什么感觉，现在讲的淡水路、思南路、淮海中路等，都是我几分钟都能步行到的地方，以前居住的名人、场所都已经熟悉,这几天我正计划与老伴去南昌路一带的几家咖啡店依次去坐坐,喝喝咖啡、虽然都不大,但环境优雅,顺带休闲,也了解一下老上海'法租界'遗留的风情。"傅老师讲的东西,在本文中大概就是产生在那一带的海派分支文化的一脉吧?显然它与虹口和天山路的海派分支文化是不一样的。小陈老师认为:"这也就是上只角和下只角的区别。我最起初的工作单位是在上海的最下角,同我们(虹口)三角地相比,我们已是上只角了。那里的人文环境跟我们三角地不能比,更是与上只角不能比的,完全不在一个频道上。"她还充满羡慕口吻地想象:"我一想到您和姐夫坐在咖啡馆里,悠闲地品尝着咖啡,这个画面不要太温馨哦!"看到她们的讨论,我出来"搅合"了一下:"阿咪姐与素娣都是有文化修养的人,所以可以品味出海派文化的细致之处,感觉到了老上海不同地段的细微差异。这一点新上海人一般已经无法体会了。如虹镇老街、大宁绿地等以前上海的下只角,如今也演变成高档休闲地了。"傅老师表示认同:"现在上海的老城区拆迁了,虹镇老街已经是高楼林立了,前几个月刚开张的太阳宫就在那里,是个大型的高档商场,周围都是高房子……今后整个上海的生活水平都会差不多了。"

  讨论到这里,我又话锋一转:"建筑是文化的载体,像原法租界的生活氛围是再也营造不出来了。我的许多亲戚以前住在那里,也就是电影《爱情神话》故事的发生地,与他们接触就会感觉与我们住在虹口的人的生活习惯是不一样的。这个只有老上海人才能体会出来。就像同样住在北京,城南和城北人的习俗不一样的道理一样。"小陈老师表示了赞同:"钱哥,你说得对!当时住在原法租界地方的人,他们的习惯、服饰、文化修养等和下只角是完全不同的。一看就不一样。"我又把话题转了回去:"如今作为一个老上海人品味出其文化差异就可以了,不必在意上只角人是否高雅的问题了,就像老克勒是时代造就的,没有谁模仿甚至羡慕他们了。他们是一种海派文化中的活化石了。"谈到这里傅老师作了总结:"说得都很好,很实际,我们以发展的眼光来看发展中的上海。"我则有了新发现,戏谑地写了一句:"我们三个人今天的讨论,就是一次海派文化的研讨会。"其实我不厌其烦地抄录上述这段描述，就是我撰写此文的原委所在。

六

我想，我写到这里谈及的"海派文化"，还只是"海派文化"的1.0版本。主要还是1949年前形成的海派文化。也就是"360百科"的定义："上海的文化被称为'海派文化'……海派文化是在中国江南传统文化（吴越文化）的基础上，融合开埠后传入的对上海影响深远的、源于欧美的近现代工业文明而逐步形成的上海特有的文化现象。"

最近也有人把广义的"上海文化"的源头分析来自海派文化、江南文化和红色文化。如果我们把广义的"上海文化"称为海派文化2.0版本，那么对它的源头分析也应该与时俱进，首先是承载各种文化的上海居民构成成分，发生了翻天覆地的变化。外来文化不仅仅是欧美西方文化，还有日韩文化、中国港台地区的文化等。全球不同的国家和地区，海外的影视文化作品和生活习俗，都对上海带来了影响。从国内来说，以前虽然上海是移民城市，但主要来自江浙一带，但如今全国各地都有人定居上海，成为"新上海人"，尤其是京津冀文化对上海文化影响最大，主要表现在上海的青少年都以"以北方话为基础，以北京音为标准"的普通话作为自己的第一语言，上海方言则"退居二线"了。当然还有各地的饮食和风俗也不同程度地带进了上海人的生活。

另外，我们的党是在上海诞生的，以一大会址为代表的党史载体，在上海星罗棋布留下了丰富的红色文化的印迹，成为上海市的一张最为宝贵的名片。以上各种文化元素，不能不对原来老的海派文化1.0版本演变成为2.0版本，带来重要作用。我们上海人应该张开双臂拥抱海派文化2.0版本的来临。对于海派文化1.0版本，应该承认它是2.0版本的前身，两者之间是有继承和发展关系的，要用历史唯物主义的科学态度来对待它。自然也不影响我们老上海人继续去细细地品味海派文化1.0版本中，各种不同分支的差异所产生的魅力。只有把它们汇集到一起，才是余秋雨等老师们谈及的海派文化。

（原载"上海老底子"2022年3月2日）

评议与联想

  傅雅君：你、我和素娣三个人在一个微信群里。相同的，我们都是宁波人的后代；不同的，是我们年龄的不同，文化程度也不同。我年龄最大，而文化程度却最低。钱老师的作品，我们都拥有过，也拜读过，你的作品接地气。钱老师最大的特点是记忆力超好，在成长的一路上的经历，都成了写作的题材。由于你细腻的写作，使我们回忆起共同求过学的小学的原貌，让我们已经进入老年时，又像回到了戴红领巾、跳跳蹦蹦的环境与年代……这是一种文化的氛围，让我这个耄耋老人，快速地穿越了时空隧道，心情是何等的快乐！

  昨天上午，我与老伴想去周边附近的地方喝喝咖啡，原来这个地方的人都是"夜猫子"啊，明示开门迎客的时间却大门紧闭，咖啡没喝着，在附近拍了几张照片，在近晚餐时把照片发在朋友圈里。钱老师做了一个有心人，你围绕着"海派文化"为主题，新的作品快速问世，着实让我惊讶、五体投地的佩服，这大概是开了一个晚上"夜车"所付出的代价换来的吧？努力与辛苦中充满着希望和信心。我戴了深度老花眼镜，拜读了五味皆有的文章，心里也有一份深深的歉意……享受了文章带给我的愉悦。所以，我感到会写文章的人，满地都是黄金甲……在此，再一次深深地感谢钱老师！

  钱雪元：精彩！但2.0版似乎尚不清晰，期待续文！确实，文化需要沉淀后才能看清楚，当前还难以归纳。我以为，说现在是2.0版是对的……改革开放后，海派文化复兴，开始了2.0版时代。

  陈怡群：今年春节我把你的《笔下寻乐记》浏览了一遍，非常认同许利利的多次评论。这篇新作我也看了，对文化的定义也曾推敲过，我的理解为：文就是知识，化就是转化形成行为构架。

  孙有望：眼光独到，思想活跃，与时俱进！

陈素娣： 钱哥，你对海派文化的剖析详尽又到位。你又很巧妙、很恰到好处地把我们的谈话结合起来，使文章更生动、更有色彩。谢谢钱哥对我的厚爱和照顾！钱哥就是有才，敬佩！

很幸运地能跟钱哥、雅君大姐做朋友，你们俩都是才华出众的能人，你们能与我这个才学疏浅的小妹做朋友，我真是感激不尽。钱哥的每篇佳作我都仔细拜读，钱哥的记忆力真的是超强，太使我佩服了。你是文理兼通，既有自己专业的精湛技术，又是一位多产的科普散文作家，令人敬佩！大姐是多才多艺，作为教师，你师德高尚，教育教学能力超强，最难能可贵的是能走进学生的心田，深得学生爱戴。你是一个成功的教师，桃李满天下，许多学生直到现在都和你来往。我有这么好的哥姐做朋友，真是三生有幸啊！

童德华： 钱平雷的随记是我们生于上海、长于上海的过来人最好的回忆记录，尤其现滞留海外的老年人，更怀念上海老底子，希能早日拜读，致谢钱平雷先生辛勤操笔。

JN（微信名）： 一个科学家眼中的海派文化，多美啊！不仅写出了海派文化的艺术美，更写出了海派文化的科学美！

许兴汉： 平雷兄作文的一大特点是：始终关注着我们这个城市的历史沿革和文化传承，并从中提炼出城市文化里最值得让人呵护和发扬的内容供读者享用。

在当今社会越来越趋于扁平化的时代，人们接受的认知是既能从数字化大图中快速了解各种高端的信息动态，又能随时感受到身边一些凡人琐事的世态变迁，而平雷兄文章中随时飘出的一些烟火气则偏重于后者，而这，是令人称道的。

钱平天： 平雷已经是"上海老底子"的著名作家了，能在一个大媒体上连续登载作品的文人是屈指可数的，说明他的文章已经取得了社会的认可；我很为平雷的成绩（包括他在写作之外的许多领域）而高兴，这是他几十年坚持不懈努力的硕果。

李庆鸿： 读完此文，体会到海派文化当为上海人集体人格在精神层面与物质层面的综合体现。人格者,人的品格、品性、品德、品行、品相、品貌、品尚、品位、品味、格调、格律、格式……之总和也。

钱丽臻:这是不简单的工作,祝贺弟有胆略,且为后面的老年生活又添丰富的内容,可敬可贺呀!你会成为怀旧文学的顶尖作家!

冯寅生:平雷不愧为写散文的高手。放眼四周都是景,手到擒来皆成文。文学作品加了插图,更觉图文并茂,一饱眼福!请保重身体,保护好眼睛!

戴兆辉:钱老师的文章通过目前的热点,结合自己对海派文化的理解,分析了不同地段的文化差异性,确实相当有趣味性。

附件:"上海随想曲"系列散文读者"评议与联想"

2022年3月2日"上海老底子"公众号刊登了我的《细品海派文化趣谈》的散文,于是让我想起我曾撰写有"上海随想曲"系列散文。其内容包括《我只能写写有关上海的随笔文章》《沿江两岸开发是上海发展的脉络》《新老上海人如何细分》《上海人"螺蛳壳里做道场"理念的今昔》《上海人的职员心态探讨》五篇。有些内容与《细品海派文化趣谈》重复,但可以反映出我对海派文化的认识过程。"上海老底子"于2022年3月4日起连载。虽然对每一篇文章而言,点击率不一样,但对海派文化有兴趣的读者,还是积极地发表自己的意见,与点击率并不成正相关的关系。大部分评议者具有一定的水平,可以看出不同读者视角不同,看法也就存在差异,我选择一部分抄录下来以飨读者。以下是部分微友对此文的评议,但不代表我对他们观点的认可。

一、有关《我只能写写有关上海的随笔文章》的评议与联想

钱平天:"上海老底子"编辑部做了一件有意义的好事情:把平雷多年里已经发表过关于上海的文章整合在一起,犹如有人把散落一地的珍珠,用一条丝线串成了一串漂亮的珍珠项链,这样做的效果就是由量变

到质变，使读者对上海历史的总体了解一下子深入一大步，也使平雷在这个领域的知名度得到了相对应的提高。

王雪英：文笔流畅！内容都是我们曾经看到和经历过的，读来感到很有感情。谢谢作者的辛勤耕耘！

二、有关《沿江两岸开发是上海发展的脉络》的评议与联想

KENMA（微信名）：众人都把徐汇区说成是上海滩滴滴刮刮的上只角区域，作为在徐汇区长大的我，说一个"NO"，徐汇区的一条大马路，把徐汇区分成了三分之一和三分之二，这条马路就是肇嘉浜路，路南路北则是两重天地，浜北的斜土、枫林、漕北三个街道，那才是真正的下只角，草棚棚的棚户区，劳动人民居住的工人新村，是这三个街道的主要居民区！

柴慈铎：喜读钱平雷先生的大作，关于上海地域文化的源头、地理环境、历史演变、发展过程、发展脉络，分析得非常清楚，使人一目了然，给我们大家上了一堂生动的上海历史、地理、海派文化课，我觉得这是对海派文化的发展做出了新的贡献和补充，也是上海今后发展的重要依据和方向。

李庆鸿：读钱平雷先生"上海随想曲"之《沿江两岸开发是上海发展的脉络》一文，随感而发。

西江月·脉络

扬子吴淞黄浦，
孕育繁荣沪埠。
三江汇流托明珠，
风水宝地衍富。

几度蒙受战火，

〉绿洲从未干枯。
沿江开发新上海，
发展把准脉络！

三、有关《新老上海人如何细分》的评议与联想

李庆鸿：城市，让生活更美好；语言，则为人际交流架设起无形的桥梁。刚读完钱平雷先生"上海随想曲"之《新老上海人的细分》一文，顿时引发出我的一段回忆：2010年上海举办世博会，有七千多万国内外人士云集上海。我这个老上海人，写了本共十六万字的《上海话托福》。此书包括一千多个上海话常用词汇、二百句上海话情景对话，还附有上海话试卷，邀请上海沪剧院原副院长、著名沪剧表演艺术家马莉莉伉俪（其丈夫李灵珠也是资深沪剧演员）承担全书的上海话朗读，邀请国家一级播音员郑长艳承担全书的普通话翻译朗读。将全书语音录成光盘（时长三小时五十二分钟）附在书后。此书由上海学林出版社出版后，竟销售一空。现在，十多年过去了，但愿新老上海人在官方场合或其他必要场合讲普通话外，平日里多讲讲正宗的上海方言，它毕竟是对上海语言文化历史的传承与发展啊！笔者即兴填词抒怀：

踏莎行·传承发展

上海白话，
沪上文化，
语音沟通你我他。
人际交流倍亲切，
本土响应人群大。

海派特色，
侬伊阿拉，

　　　　　　　地域文化盈话匣。
　　　　　　　期愿新老上海人，
　　　　　　　传承发展续奇葩！

杨（微信名）：黄浦区是上海的市中心，近两年城市更新加速，黄浦区大拆迁，黄浦区的原住民因为拆迁搬离了原住区，黄浦区的动迁居民都希望原拆原建，政府在新闻中一直讲保护风貌区。城市中心区少了许多讲上海话的上海人，这个城市就少了许多韵味。

打浦桥、平阴桥、大木桥、小木桥、枫林桥、天钥桥等是卢湾区、徐汇区的，三四十年前，居住在这一区的有些人，也感觉很好。讲南市区、虹口区是下只角，我同学居住南市区的龙门邨，虹口区的山阴路，我觉着龙门邨和山阴路的房子很好，根本就不是下只角。有腔调的人，哪怕住在苏州河边的旧房子，照样出人头地，为民服务，为民造福。

沈　青：上海是移民城市，有地域文化差异带来的混杂、社会层次不同带来的混杂、先后移民带来的混杂……混杂的边界极其模糊。但社会上发生的大事件引起的移民，应该是一个相对的断代标志，比如太平天国引起的江浙富人、中产阶层的规模化移民上海，应该是第一代，1911年又是一次，后面1945年、1949年都是规模化的移民。

泰　灵：如今研究上海人的坐标，应该是他的出生地和他对待海派文化的态度。新一轮的海派文化，应该是在原来海派文化的基础上，再融进新上海人带来其他地方文化的精华和先进的理念。此言确矣！

杜健强：全国各地都可以讲各自的方言，就是上海人不能讲上海方言。现在的上海话其实也是杂交的语言。真正的上海本地话，根本不是现在上海人讲的那种话。上海本来就是江苏的地盘，开埠后浙江人来了，引进了一波宁波、绍兴、杭州话，然后把江苏的嘉定、青浦、松江、崇明等县都划给上海了，所以上海现在讲的所谓方言都是大杂烩。说不定再过五十年，根本就没有现在的上海方言了，所以不用太在意。一两百年前的人讲的什么方言我们也没有听过，不知道祖宗是不是在意他们当时说的话，是不是当初也一直在讨论要不要保留上海方言，所以我们的子孙后代要讲什么方言我们也管不着了。

周　律（微信名）：作者确实是个老上海，但对于上海关于"角"的区分有点模棱两可。所谓上海的上只角、下只角的区分，"角"是"角落"的意思，确切是说片域。魔都的魅力还应包括建筑、人文和环境。如果从建筑角度来看，上只角拟应包括黄浦、静安、徐汇、虹口和长宁，那里民国时期留下的老建筑数量较多。这里其实并不需要用区来区分，而是地图上的标签，就是苏州河以南和肇嘉浜以北的区域内。

所谓的上只角是一种被上海普通百姓所羡慕的片段，那里居住着以早年某些老上海人为代表的人们，他们中间有皮鞋崭亮、裤子笔挺和头发光滑的老克勒族；精明强干的商界小开族；清高孤傲的高级知识分子；八面玲珑的艺术明星，以及嘴甜人缘好的张家姆妈、李家阿婆等所组成的一个群体。这部分人住着打蜡地板、钢窗的公寓或小楼，出门穿戴整洁摩登，乃至洋房、汽车、保姆的特权阶层，扮演着有呼风唤雨被普通都市百姓所羡慕的形象。这一大锅由三教九流煮成混杂的整体，基本上集中在钱老师所说这么几个区域，或被称为上只角的地方。至于上海的下只角，便是居住在水煤不到位的棚户较多、人文较低的工薪阶层的区域。他们中往往从事服务性行业较多，市侩气少而带有他乡气息的阶层集中的地方，这个区域被称为下只角。魔都人好面子，自嘲为绣花枕头，别看穿得笔挺，家里也许就这些行头扎台型。然而，区域的不同，带出了不同的校风，不同的学校培养出处事不同风格的人，所以几十年后的同学聚会，还真会展现不同的人生轨迹。但都渐渐地融入了社会这座人生的大熔炉。

从相片可以看出棚户区的人，生活有很少的隐私权，基本上都袒露在阳光下。我并不明白为什么别的地方的人要羡慕上海人，他们参观上海只看到了一条外滩，武康大楼和康平、武康路段上的市委办公处区域。难怪网上的长宁区江苏北路被拍后的解说词是："还不如普通城镇的生活区域。"但是，魔都的魅力就在于，不管你来自何方，身怀何种十八般武艺,到第二代就会融入上海人这个群体之中,并自豪地称自己"阿拉上海人"。

四、有关《上海人"螺蛳壳里做道场"理念的今昔》的评议与联想

李庆鸿：钱平雷先生的这篇文章,讲述了几十年前,绝大多数上海人家庭住房拥挤,只得因陋就简想方设法自行"改造",以尽量完善其使用功能。"螺蛳壳里做道场"生动、逼真地忆录了当时绝大多数上海人的家居环境,也写实了上海人的精明能干。笔者作为过来之人的老上海,不禁以上海方言吟曲感怀!

七绝·好白相

螺蛳壳里做道场,
动足脑劲翻花样。
从前房少呒办法,
现在想想好白相。

陈素娣：钱哥,写得太好了!把上海人那种喜欢、习惯的行为分析得合情合理,真棒!

周　律：还真是这样,以前公交到外滩时犹如船在水里行一般,马路两旁乘凉的男女老幼都睡在两边,以前也没有坏人,没有绑架妇女儿童之类事情,坐车兜风的人很坦然,睡凉的人也很踏实。太阳下弄堂里晒衣被的、冲凉水澡的和炒菜煮饭的,各干各互不打扰,这世界就是这么挤,但人们眼中却无限的大,目中全无他人。真怀念那时的岁月,上海呀上海,精彩也于那一个群体的人和他们的故事。

沈　青：早年间,上海不少人家自制三人沙发,坐垫下是隐蔽的储物空间,翻开是一张大床。后来,别墅兴起,但违章扩大面积的人基本

上是新上海人，与老上海人善于的螺蛳壳道场的思想无关。

五、有关《上海人的职员心态探讨》的评议与联想

陈素娣：钱哥，再次拜读你的杰作，觉得又有几句话要说。这篇杰作和以往你的大多数佳作不同，这篇杰作不是以详细叙事为主，而是以深刻分析评论为主，很有看头。你的分析很有说服力，上海人包括我自己，对你讲的家庭文化深表赞同，并且也是努力朝这点在做。我觉得这是最好的家庭文化、家庭氛围。

有这样心态的人闯劲不够，小富即安。如果工作中，你有创新意识但碰到这样的领导那就遭殃了。所以一个人的成功取决于各种因素。仅仅你有能力、有思路还不够，还要有人赏识你、支持你，否则你的创新思路也只能扼杀在摇篮中了。

李庆鸿：心态也好，行动也罢，一切以时间、地点、条件为转移。正所谓"过了这个村，就没有那个店"。

方鸿辉：上海人中大多数人均是步步守规矩、脚脚走正道的本分人，做事可靠（靠谱），但要创新确实不敢，也闯不了。看来是该被淘汰了。我们生活在上海已有明显的"少数民族"的感觉了。连纯净的上海方言也能马放南山了，只得用蹩脚的普通话交流交流啦！

张曙伟：上海是个海派城市，许多思维思考方式在国内应该都是领先的，法治意识强。所以上海才能成为全国的上海，世界的上海。某些企业不落户上海也是情理之中，因为许多事不能光从经济效益方面来考虑，从法治的层面来考虑是正确的。

给李炳淑老师点赞引起的回忆

今天（2022年9月22日）清晨五点半我就起床了，打开手机看了昨天还没来得及阅读的"上海老底子"的几篇文章，其中有一篇名为《人物传奇1〈龙江颂〉"江水英"扮演者李炳淑》的文章引起了我的注意。与如今年轻朋友追星的程度相比，李炳淑老师在我们那个时代的青少年的心目中的位置，可以说有过之而无不及。我虽然兴趣爱好广泛，有记忆电影演员、音乐家的名字久久不忘的本领，甚至会让他们业内的人士都感到惊奇，因为电影和音乐是我经常进剧场、影院去观看或聆听的艺术品种。而对于戏曲、曲艺界来说，尽管我也能记住一大串在上海流行各种剧种的主要表演艺术家的名字，但是真正到剧场去看戏，然后把主要演员的名字牢记在脑海中的只有京剧，并不是周信芳、李玉茹、童芷苓、刘炳昆等那一代艺术家，而是以李炳淑、李永德、孙花满等那一拨1961届上海戏剧学校毕业生组成的上海青年京昆剧团的演员，他们中大多数后来都成为上海京剧界承上启下一代的表演艺术家。尤其是他们在20世纪60年代初期演出以《杨门女将》为代表的剧目，给我留下了深刻的印象和影响。如果说他们是我对京剧认识的"启蒙老师"也不会过。因为我这个被人称为"通才""杂家"的科普文学作家，创作的散文中多次运用京剧作为诠释科学方法的题材，所需要具备的比较系统的京剧的感性知识，就是来自当年上海青年京昆剧团的表演艺术家们。

因此，我自然会对这些艺术家后来的情况投去更多关注的眼光。我的人生阅历，让我有机会在舞台以外的环境里遇到他们中的几位，看到过他们不化妆的"本来面目"。如我在民盟上海市委多次看到过同为盟友的计镇华老师。在第九人民医院看牙齿时，碰到过孙花满老师，她是我铁路局的同事阎祖桐处长的夫人。由于我们这代人，"文革"后几乎没有进过剧场看戏，也很少进影院，所以像李炳淑老师那样已经"退居二线"的演员，除了偶然在电视上看到他们在综合性晚会上清唱片段外，其他现场表演再也没有看到过。今天当我看到《……"江水英"扮演者李炳淑》这篇文章时，肯定就会仔细地拜读此文。应该说，其内容还是很丰富的，也了解了不少李炳淑老师退休后的情况，为此我很感慨地写下了长长的一大段赞语，希望通过这个途径，有机会能对李炳淑老师及其同学们，表示一下我们老观众的敬意。谁知道当我用食指把这段话点到绿底白字的"留言"框上，它给了我一闪而过的四个字"系统错误"，然后，前面写的那段话就消失得无影无踪。当时，我是多么的懊丧啊！但我又一想，这个过程不也是给我一个撰写散文很好的题材吗？于是打开电脑，写下了《给李炳淑老师点赞引起的记忆》文章的题目。

　　说起京剧，真正给我第一印象的是我的父母亲，他们都是京剧的票友，20世纪50年代初期，他俩经常在家中唱京剧，我们一位姓陆的邻居伯伯会拉京胡，于是他们会一起合作清唱。《苏三起解》《生死恨》《凤还巢》《打渔杀家》是他们的保留节目。我由于当时年龄实在太小，对此都是朦朦胧胧、似懂非懂的。以上的剧目名字在当时也是只记读音不知其意"储存"至今的。偶然爸爸妈妈也会带我们小孩免票去剧场看京剧，除了诸如《十八罗汉斗悟空》之类武打戏，男孩子感到热闹好看外，对以唱功为主的戏一点不感兴趣。有一次随父母去曙光剧场看戏，除了记住了主演叫新艳秋的名字外，其他一概不知，也不喜欢。以后上学后，除了电影和音乐外，只有在收音机中听听独脚戏，对其他戏曲几乎都不会再关心了，经济上也没有条件经常独自上戏院看剧的。

　　真正开始喜欢京剧是在李炳淑老师等一拨学员，从他们上海戏曲学校实习、毕业演出开始，到组建上海青年京昆剧团正式演出的那段时间。1964年8月我进入大学读书就没有再看过他们的演出。前后大概有5年时间，但就是这5年让我喜欢上了京剧。当年我父亲有一位叫汪坚如的老同事，不知什么原因跨界去了戏曲学校总务科工作，他经常赠送或代购一点戏曲学校实验剧场的戏票给我父亲，演出的主要演员就是李炳淑和她的同学们，而且折子戏较多。有时票子有多余，又正好是周末或假期，我们也会随父母去那里看戏，但开始还是对武打戏感点兴趣，对以唱功为主的文戏仍旧处于看不懂的状态之中。对于父母谈论什么"青衣""小生""老旦""花脸"等角色行当开始有了直观感性的认识，而对"梅派""程派"之类流派议论是搞不清楚的。只是发现妈妈平时的唱腔和李炳淑、杨春霞的唱腔是差不多的，每一句唱词的最后总要往后拖延一下。直到以后才明白，这其实是"梅派"唱腔的特点。由此可见，李炳淑、杨春霞都是学梅派的。而且她们古装戏的保留节目《杨门女将》《白蛇传》等也都是典型的梅派戏目。

李炳淑老师和她的同学给我留下最为深刻印象的是她在文化广场可以容纳上万观众的剧场中演出《杨门女将》，那个场面可谓气势磅礴，当她们要出征时，全部演员背上"大靠"，英姿飒爽的模样，令全场观众瞠目结舌，惊叹不已。在室内对着上万观众表演全本京剧的场合，恐怕在上海戏曲史乃至全国戏曲史的记载中，不说绝无仅有，也是十分罕见的。李炳淑老师的表演尤其精彩，前半场她以唱功为主，下半场武功了得。当时李炳淑老师因为诸如《新民晚报》等媒体的屡屡宣传报道，特别是到境外表演的轰动效应，已经非常红了。那个穆桂英角色有A、B角，其实那位B角也是高水平的演员，以后证明她具有国家级艺术家的水准，但在当时人们以当天能够看到A角李炳淑出演穆桂英为幸运。可以说，这次观看《杨门女将》的经历，成了我终生喜欢京剧的分水岭。除了李炳淑外，我还记住了那场演出许多演员的名字：朱玲妹、苏盛义、于永华、李永德、齐淑芳、朱文虎、方洋、刘异龙、蓝煜民等。令人有点遗憾的是不知什么原因，佘太君的扮演者"头号老旦"孙花满当时没有参加演出，是一位叫冯顺芝的演员扮演的。客观地说，冯的表演是无可指摘的，但由于当时孙花满老师非常"红"，《青年报》等媒体对她有大篇幅"德艺双馨"事迹的报道，观众更希望看到她表演的心理是可以理解的。

从此我们对李炳淑老师会投去更多的关注,我从她后来在电影《龙江颂》中扮演江水英一角时发现,这大概是她本来朴素无华的面貌,与《杨门女将》上看到的李炳淑雍容华贵的扮相相比,似乎差异很大。她美丽的脸庞好像与华文漪那种江南美女也是不太一样。后来我发现虽然大家都是中国人,但是不同地方的脸型还是有些许差异的,就像歌唱家郑莉、主持人周涛、影视演员蒋雯丽等,都是不同表演领域里很漂亮很有风度的艺术家,但我发现她们在一定程度上,都与李炳淑老师长得有点相像,如果寻找她们的共同点,原来她们都是来自安徽的艺术家啊!还有著名相声演员韩兰成,尽管他能说一口标准流利的北京话,但在我看来他更像江苏籍的人士,有一次是他的专场演出,介绍了他的简历,他果然就是江苏人!也许是一种文化现象,就是当一个观众敬佩某位演员杰出的艺术时,就会"爱屋及乌"关心起那位演员的生活和家庭等其他元素。因此,《……"江水英"扮演者李炳淑》这篇文章无疑就会引起像我这样京剧爱好者的关注和兴趣。文章介绍了李炳淑老师正在与女儿一家一起生活,安度晚年享受着天伦之乐。这应该会让喜欢她的观众感到很欣慰,并祝福李炳淑老师和她的同学们健康长寿的。

我在上午写的评语中指出,说李炳淑老师在上海京剧史上,是她们的那一代的"第一青衣",应该当之无愧,就如同史依弘,是如今的"上海第一青衣"。但时代不同了,史依弘就没有李炳淑那样幸运了,因为京剧在文艺受众中所占的比例已经大大地缩小了。现在要让上万观众去剧场像追捧歌星那样地观看诸如《杨门女将》那样的古装京剧,已经几乎不可能了。从这个角度来说,李炳淑老师那一代的观众数量,应该也是最多的,超过了以梅兰芳、言慧珠等前辈为代表的那个时代的京剧观众群体的体量。因为梅、言他们两代所处的岁月,人们的经济能力,或者诸如电视传播手段,与李炳淑所处的时代是不能比拟的。而到了今天,经济、科技手段又进步时,但其他艺术品种和形式又冲击了京剧等戏曲本来应该占有的市场。从这个角度讲,李炳淑老师一代曾经处于京剧发展的顶峰，是最幸运的京剧艺术家群体。

"上海老底子"，顾名思义，其功能主要是怀念上海过去的轶事，所以将此文投稿，也算是一种怀旧吧！

（原载"上海老底子"2022年9月26日）

评议与联想

胡鸣芳：刚才我在朋友圈第一时间看到了您发表的这篇文章，便认真拜读完了，看了很有感触！其实，我母亲也是一位京剧爱好者，记得我们小时候在父母的影响下，对音乐、舞蹈、戏曲等文艺方面产生了兴趣和爱好，并伴随着我们的成长、融入生活中，带给我们的是快乐和充实，真可谓是艺术的魅力吧！说到京剧，据我母亲曹文希老师回忆，她年轻时在大学里也是一位戏迷和爱好者，经常参加学校组织的演出活动，比如，她在舞台上独自表演过《苏三起解》《杨门女将》等唱段；20世纪70年代流行的现代京剧《龙江颂》《红灯记》《杜鹃山》等主要经典选段。虽然我们未能在场内观看她的演出，但每每聆听她对我们讲述这些场景，可以感受到一种令她由衷的自豪和快乐的心情哦！以前我们和妈妈也经常谈论和回忆这些过往的经历：70年代末，有一次李炳淑和王丹凤、朱曼芳老师先后亲自到了澄衷中学（当时是第五十八中学）来招生，还是曹老师亲自接洽的呢；2015年我们上海银行举行的行庆大型庆典活动，也邀请到了李炳淑、史依弘等沪上各界知名表演艺术家前来表演，当时我作为活动组织的会务人员，参与负责演员的接待、安排、联络等相关工作，在后台与这些演员零距离沟通，聊得很随意。之后回忆起来，对于喜欢追星的我们，这也是一种满满的幸福感哦！

陈素娣：钱哥知道的事情，了解的信息，掌握的知识真是太多了！那超强的记忆力令人不佩服也不行。你太棒了！

阿　焱（微信名）：谢谢钱教授精彩分享。京剧表演艺术家李炳淑老师主演过很多戏，有《白蛇传》《杨门女将》《凤还巢》《武家坡》《审椅子》《龙江颂》等。她的嗓音甜美、亮丽、圆润，是名副其实唱不垮的金嗓子，梅派韵味醇酽，尤其是她发音吐字清晰，字字入耳，不看字幕也能心领神会，给戏迷们带来极佳的艺术享受，听着觉得过瘾和陶醉。

李炳淑老师还演过一出《孽缘记》，是根据莆仙戏《团圆之后》改编的悲剧。剧中有一段唱腔非常悲怆：

> "冷狱凄凄寒入髓，
> 清泪流干百念灰。
> 只道是今生得佳配，
> 孰料乐极成悲。
> 为孝婆母自承罪，
> 诛累父兄辱门楣。
> 生难得死难遂，
> 枉留世间肝肠摧。"

在这出戏中，李炳淑老师饰演新科状元夫人柳氏，为保全丈夫施佾生家的名声，自认忤逆被判死刑。在狱中的徽调三眼唱段，自怨自艾，如泣如诉，凄凄惨惨戚戚，和赵燕侠版《白蛇传·合钵》中"亲儿的脸吻儿的腮，点点珠泪洒下来"有异曲同工之妙，把剧中人当时的心境刻画得入木三分，使观众潸然泪下。

陈怡群：已拜读，又一次体会到你的通才，兴趣广泛、记忆力超强，各个领域里的人名在你脑海里存放并能及时闪出一长串，太厉害啦！

钱平天：今天平雷的这篇文章在"上海老底子"刊登了，写的是他对京剧名角李炳淑的许多回忆。李是上海戏曲学校1961届毕业生，是我们的同时代人，大概比平雷要年长四五岁吧！按说他们之间也是有行业和认知差距的，平雷却能如此详实地讲述出李当年表演的许多细节。这不由得让我想起平雷他那"十分出格"的"惊人记忆力"和"狗抓耗子多管闲事"的个性：平雷与我都是"澄衷中学"学生，他低我三级，与我表哥柴慈铭也同校差五级，也就是说，平雷上初一时，我上高一，慈铭表哥上高三。澄衷中学规模硕大，全校有几十个班级，我几乎不认识慈铭表哥和平雷班级里的同学，而平雷至今还能清楚地讲出慈铭表哥和我班大多数同学的姓名、绰号，甚至轶事奇闻，其中大多数连我自己也不知道了。他甚至在许多年以后，还为我初中班班级的班友会找到长久失联的同学，引起了我们的很大惊喜。平雷至今与慈铭表哥的班友会还有着联系。平雷从事的主要是企事业和学术团体工作，都做出了杰出成绩，而他长期坚持写作，涉及广泛，科普文学和纯文学作品已有数以百万文字出版于市，已经七十六岁的他，近期还被吸纳成为中国作家协会会员，我很赞赏他的某些超常规能力，也赞赏他的长期坚持不懈！

周芳龙：拜读了您撰写的《给李炳淑老师点赞引起的记忆》一文深受启发，这其中有两重意思。首先，讲到李炳淑老师的名字，就让我想起20世纪70年代，无论我们身居何处，弄堂阁楼大街小巷都能耳熟能详地听到京剧《龙江颂》中李炳淑老师委婉动听的唱腔，所以，一边在拜读此文，很难想象此时的我，一下子被拉回到了那个红旗招展的动荡年代，同时也享受了一番青春一番迷茫；其次，我敬佩钱老师的文采，所描述的情节细腻文笔流畅，简单的一件往事，一个题材，在您笔墨的流淌下，人物顿时变得有血有肉，与之毫无距离感。我深感在您的文章中，学到了很多东西，这里没有恭维，只有敬佩之意！

赤子之心（微信名）：亏得看到了钱教授的文章，才知道被系统错误光顾的事是经常发生，心中才释然了。有时看到好文章，有感而发想在下边留言，却多次碰到系统错误，眼看满腔热情写下的文字灰飞烟灭，心中懊恼万分，却又不知如何是好；今天从钱教授文中得到启迪了，谢谢你。

夏　萍：钱老师，一位桥梁工程专家，对京剧（还有演艺界）也如此熟悉，可以看出他是多才多艺的。

中西文化元素交融的婚礼

——跨越上海—悉尼两地完成的婚礼礼物

一

我表弟舒庆华、罗琪夫妇的爱女舒心贝小姐今天（2023年10月15日）出嫁了。早在今年的3月初，我和妻子准备在该月中旬赴澳探亲前夕，女儿鹿怡就在微信视频里告诉了我这个消息。由于庆华弟和罗琪弟妹长期以来，对我女儿非常关心，从她留学开始到结婚成家，再到怀孕生女的每个阶段，都得到了他们无微不至的关怀和照顾，对此我和妻子是十分感激的。因此，当他们家有大喜事时，我们理应除了表示热烈的祝贺外，如有可能，能够帮助他们在婚礼中出点微薄之力，更是我们期望的事情，争取出席婚礼恐怕是最起码的底线了。为此，我们决定在悉尼待到10月15日举行婚典的那一天，然后，与女儿、女婿以及外孙女一起回上海。女儿在电话里告诉我，说罗琪婶婶在电话里对她讲，希望我能帮助他们"主持"，当时我在想，大概他们了解我长期担任社团的秘书长职务，对于主办或主持会议，应该不在话下，既然让我帮忙，我当然是义不容辞的。

当我到了悉尼，与庆华夫妇一起饮茶时，才知道女儿误解了，是庆华作为女方家长要在婚礼上致辞，希望我能帮他参谋一下，出出主意，如何讲话更加合适。由于在上海方言中，"主持"和"致辞"的发音是一样的，所以产生了误会。他们婚礼是有专业公司操办的，我第一次在澳洲出席婚礼是在2019年，据我在墨尔本参加我堂妹女儿婚礼所见，澳大利亚的婚礼是有专业官方法定主持人"Registered Marriage Celebrant"，翻译成中文是"结婚注册官"来主持的。或许是让我当"证婚人"？因为在我已经出版的散文集《幸福就在当下》中有一篇文章，描述了我曾经为一对新婚夫妇证婚，女方还是一位小有名气的电视气象主持人呢！由于我用了一首藏头诗作为证婚词，获得了包括这对伉俪和来宾们，尤其是新娘的同学都是文艺主持界人士的高度评价。于是接二连三有人请我去当证婚人，一时间我简直成了"专业证婚人"了。与庆华夫妇交谈中，我意识到，他们既没有请我主持，也没有让我证婚。因为这场婚礼的事宜主要是由新婚夫妇自己在那里筹备策划的，具体都由社会中介公司操办了。

　　对于庆华来说，作为女方家长如何发言，倒成了他作为"老丈人"最主要的任务了。这不仅代表女方家庭的水平，也在一定程度上代表中国人的文化水准。尽管男方是潮汕籍的华人，但他们离开中国已经久远，基本上是在国外生活的，融入了当地社会。再讲虽说心贝侄女的中文水平，在华侨华人界里的同年龄孩子中，属于比较好的，但她毕竟是在澳大利亚长大的，其文化背景主要来自主流社会上接受的西方文化，已经基本上属于黄皮白心的"香蕉人"了。更何况新郎是一个连普通话都不会说的"华裔"。不言而喻，"入乡随俗"这场婚礼的氛围一定是以西方文化为主调的。所以我对庆华说，毕竟你们男女双方都是华夏子孙，所以这场婚礼也要在一定程度上显示中华文化，让中西文化在异国他乡也能够水乳交融成为一体，成为今天他们终身大事的特色之一。我建议庆华弟的发言可以从这个角度去准备，这一点估计别人不会事先料到，可以达到出奇制胜的效果。

二

　　我曾与庆华夫妇商量，我作为新娘的长辈亲戚，希望在这场婚典中，除了按照常情赠送礼金外，也为促进中西文化交流做点事情。为此就想送一点具有中国特色的礼物，我想，书法作品应该是可取的品种。据网上有人在预测，在未来的岁月里，书法将是世界各国人民对中国文化感兴趣的重要载体之一。对于这一点，我相信，因为我已经在近20年来，做过这方面的尝试，结果是屡试不爽。我女儿在澳洲工作，我曾经在不同时期将我的书法作品赠送给她的两位不同单位的同事,他们非常喜欢,都悬挂在自己家中比较显著的地方,其中一位还特地给我写信,表示他能够欣赏这种艺术。后来我想对外国人除了书法外,还要介绍中国的唐诗。我自己是没有水平翻译唐诗的,我发现北京大学的许渊冲教授是翻译唐诗的高手,于是我采取在一幅挂轴的上半部分用行书抄录某首唐诗,然后在下半部分用英文的手写体抄录许教授的译文。据我长期的观察,一般说来,会一点书法的人,如果再懂一点英文,他的英文手写体的水平也不会差到哪儿去。西方人可能一时无法欣赏中国的书法,但他可以通过观察书写者英文手写体的韵律,来理解中国书法的魅力所在。像许教授那样的中西文化贯通的权威,他的译文既把该诗的意境表达出来,还符合西方诗歌的规律,西方人是能够欣赏的。我这样的做法可以将书法和唐诗两种中华文明的品种同时介绍给了西方社会。这次我也对庆华夫妇说,想如前再来一次。但由于是婚礼的礼物,诗词应该与新人相关,于是将唐诗改为由我自己撰写的藏头诗。在征得他俩同意后,请他们把新郎的中英文名字告诉我。他们说,只知道毛脚女婿姓吴,平时随着女儿叫他"Peter",中文翻译就是"彼得",具体中文名字还要等他最近来家时问清楚。

过了两天,庆华通过微信发来新郎和新娘的中英文名字,庆华在电话中说,新郎明明姓吴,英文应该是"Wu",怎么变成了"Go"?为此,我帮他分析,"吴"字在潮汕方言中可能发"Go"音。我曾经看到过一篇文章,说日文中汉字的发音,不是来自我国的北方话,而是来自古代的福建和潮汕方言。日文汉字的"吴"就发"Go"音。因为新郎的家族早期就远赴异国他乡,所以他们尽管保留着中文名字,但发音却是旧时的潮汕方言口音。

我虽然能够做做所谓七绝型的诗,但没有本事将其翻译成英文。我想起的一位在上海的好朋友,他也是我女儿的干爹胡定伦先生,精通英语,但让他帮助翻译拙诗,有点为难他了,毕竟诗歌翻译不是一般的语言、文章翻译,是有特殊要求的。于是我专门与他通了微信电话,他也表示有一定难度，商量下来，采取有些可以按照原文意思直翻，有些涉及诸如双关语或者典故，太复杂了，就把意思表示清楚即可。他也接受了我给他不好意思推辞的"任务"。

三

我与上海英文专家胡定伦先生经过一番讨论，又在上海和悉尼之间来回通信的周折，最终我和胡定伦先生商定的作品如下（图1）：

易地良种镇乾坤，
松柏杨柳皆才俊。
心照神往海誓盟，
贝叶金文经律论。

吴易松　舒心贝
　　伉俪　新婚志喜

癸卯年九月平雷诗并书于悉尼

To Married Couple, Peter Go & Christine Shu

Quality seeds thriving in a region will still grow sturdily in a

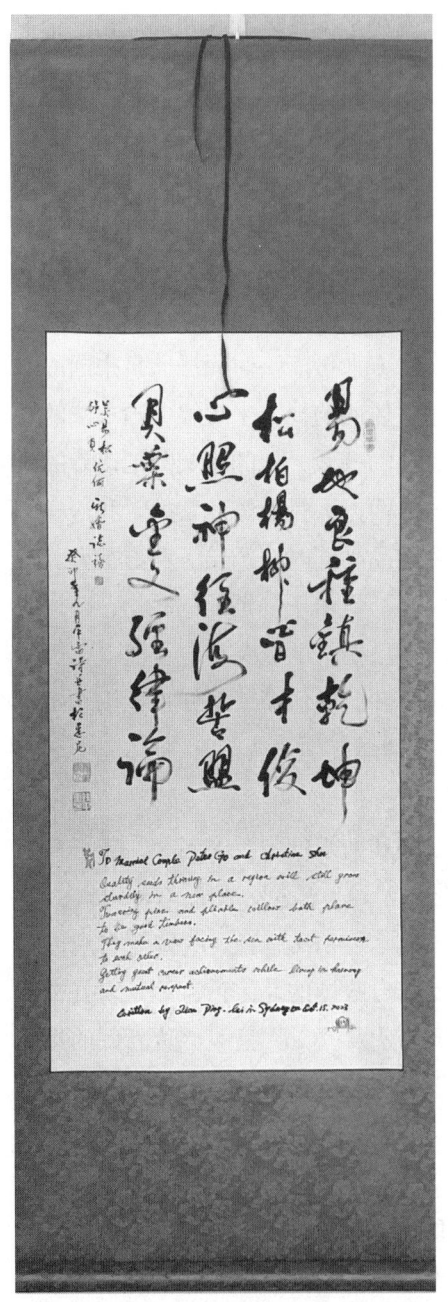

图1　新人名字藏头诗条幅

new place,

Towering pine and pliable willow both prove to be good timbers.

They make a vow facing the sea with tacit permission to each other,

Getting great career achievements while living in harmony and mutual respect.

Written by Qian Ping-lei in Sydney on Oct.15.2023

  我在撰诗和抄录其于宣纸后，还盖上印章，印章包括名字图章和闲章。我的图章都是由我哥哥钱平天先生这位业余篆刻家刻制的。上面所谓"行首"是"琴书翰墨"四个字，在我名字章上方的另一个闲章是"河姆渡人"，意味着我的故乡就在举世闻名的浙江宁波河姆渡。在英文板块里，开始的地方我盖了一个"小鹿"的形象图章，因为我的女儿名字里就有一个"鹿"字。文章最后我盖了一个狗的形象图章，因为我的生肖属狗。这些又涉及中华文化了，如果人们想了解，我就只能口头解释了。中英文字都写好了，到哪儿去裱装呢？这在澳洲又是一个难题，以前我女儿家所在地有一位老华人会裱画，曾几何时，那家店已经关闭了，以后也不知道哪里可以裱画了。2019年，我曾经在悉尼画了一幅以悉尼歌剧院和海港大桥为内容的中国画，结果费了好大劲，才由一家镜框店帮助装了镜框。这次是条幅，是无法装镜框的。我能这样考虑，因为我事先知道，我女儿的一位好朋友董晔蒨女士近日将回上海，她的儿子何子恺是新娘小学的同班同学。请她带到上海去裱装最合适了。就这样在悉尼和上海之间，通过微信、电话和实物来来去去，我的中西合璧的礼物总算准备妥了。

四

  今天的婚礼举办得很隆重，看上去是一处专门举办婚庆的场所。与我上次在墨尔本参加我外甥女婚礼的形式基本相同。也是专业官方法定主持人"Registered Marriage Celebrant"，翻译成中文是"结婚注册官"

来主持的。先在室外举行仪式，庆华作为父亲携女儿出场，把女儿交给女婿，还和女婿深情地拥抱，以及新郎、新娘互赠戒指，随后在证婚人参与下，新人共同签署具有法律效力的结婚证书等环节，西方婚礼文化的程序一应俱全。原先庆华与我约定，在他发言后，再引出我的发言。没有想到的是在新人到位后，主持人就说有一位特殊嘉宾要致辞，于是点名让我上台发言。我只好请女儿帮我把条幅打开，由我来宣讲。我原来想，我不能喧宾夺主，占用太多的时间用于发言，采用中英两种语言都讲一遍的方式显然是不合适的，如果只能选择其中一种语言，还是要用英语发言更加合适。一方面这次婚礼毕竟是以英语为主要工作用语的，与会者大多数人是懂英语的；另一方面我想越是在这里要宣传中华文化，就更要用英语来讲述。但主持人的表示两种语言都说一遍。于是用我那不够标准的普通话和英语分别把我的发言稿通读一遍，我也不知道最终效果怎么样，就算完成了任务。（具体内容读者们如有兴趣可以参阅本文的附件二）

后来转入宴会厅婚庆活动继续进行。轮到家长发言的环节，从庆华今天的讲话来看，是比较成功的，他讲话的中气很足。虽然是用普通话说的，但通过主持人的翻译，还是获得全场喝彩。庆华除了作为家长按照中华文化习俗，在婚礼上对小辈有所嘱咐的传统话语外，还同意将中国与澳大利亚之间的中西文化交流，作为这场婚礼的一个特色。庆华生在上海，其祖籍是宁波，属于吴越文化圈，与新郎家族来自潮汕文化圈，两者之间虽然都是中华文化的分支，但还是有一定的差异，如何让不同文化互相取长补短，融为一体，成为双方家庭共同的精神财富，做了循序渐进的阐述，贯穿于整个发言之中。达到了预期的目的，也在通常的婚礼上家长发言板块中打破了常规，具有新意。从二位新人与宾客们惊喜的脸部表情和现场的热烈气氛来看，他的演讲是成功的。想来，庆华这位老岳父的一番苦心没有白费。此外，新娘的发言一开始就谈到感激父母的养育之恩，也体现了中华孝道的文化传统在华裔青年中得到了传承。另外，新郎新娘在全场欢呼声中和焰火喷射的点缀下，翩翩起舞，把气氛掀起到了高潮。也可以看出他们对婚礼的筹备可谓呕心沥血，获得全场来宾一致赞誉。在这里中华文化元素在不经意中融入了西方的婚庆。这正是我与庆华所期望的效果。

五

有了这次参加婚礼的契机，也让我能够有机会与在悉尼的一些亲朋好友得到了聚会。首先是舒庆华的哥哥，也是我的表弟舒庆元的一家，包括他的夫人徐美林、女儿舒安旋、女婿张志浩，还有也是3周岁的外孙女张舒瑞。我的表姐孙树人、姐夫吴东建此时也在悉尼探亲，他们和女儿吴健琴、女婿董枫以及一对儿女也前来贺喜。另外，我还遇到了舒庆华在悉尼最亲密的朋友陈国良和夫人赵敏鲁，姚坚和太太王怡阳，曹国伟、翁鸣镝伉俪和王欣、徐勤夫妇，以及他们的儿孙们。其中陈国良先生是一位拥有一艘游船的企业家，当年他还曾盛情邀请我和夫人登船游览观景呢！另三位姚坚、曹国伟、王欣我虽然是第一次见面，但我都从庆华那里知道了不少他们的情况，其中一位曹国伟还是庆华和罗琪的介绍人，也是罗琪的一位亲戚。所以无论我们以前是否见过面，都有一见如故的感觉。为了表示对他们的尊敬和感谢，我"以书会友"，都向他们分别赠送了我近年来出版的《笔下寻乐记》《上海广度》《上海力度》等散文集。我也想趁此机会向这些华侨华人的亲朋好友们介绍一些上海乃至祖国近年来科技文化发展的动态，也借此请他们通过书籍而不是网络重温一下中国文学的韵味。我想这大概也是可以归入中西文化元素交融婚礼的一个小小的插曲吧！

（原载"上海老底子"2023年10月19日）

附件一　有关条幅上内容的说明

注释

神往——精神上相交往，指相知。

乾坤——指天地。

心照——两心对照，相知默契。

贝叶——佛经

经——佛祖讲话的汇编

律——戒律

论——佛徒之间交流心得。

金文——引申为金融行业的专业知识

第四句主要意思希望新人们能够遵守法律与道德，在社会各个领域中承担好自己应该扮演的角色，如儿子、女儿、丈夫、妻子、女婿、儿媳妇以及在工作单位里的各项职务。以及将来要当父亲和母亲等，还希望夫妻双方要互敬互爱，一起经营好家庭。

白话译文

优良的种子离开原来地方种植照样可以在新天地里茁壮成长，
无论是挺拔的松柏，还是柔韧的杨柳，都成了良材。

两心对照，相知默契，对着大海宣下婚誓。

如同一起学习佛经一般，互敬互爱，尊老爱幼。

附件二　有关条幅上内容的说明：我在婚礼上的发言稿（中英文对照）

今天我很有幸参加我侄女舒心贝小姐和侄女婿吴易松先生的婚礼。他们俩都是出生在澳大利亚的华裔澳洲公民，所以他们俩也应该是中西文化交流的桥梁。我今天给他们赠送的礼物，是一幅写着中文七绝诗的书法条幅，也就是四句七个字的藏头诗，就是每一句的第一个字是以他们俩的名字"易松、心贝"作为开始的。

Today I have the honor to attend the wedding of my niece Miss Christine Shu and Mr. Peter Go. Both of them are ethnic Chinese born in Australia, so they should also be a bridge between Chinese and Western cultures. The gift I gave them today is a calligraphy scroll about Chinese classic Seven- Character Poem, a four- line -seven-character acrostic in which the initial characters of the four lines form their Chinese first names 心　贝 and 易　松（Xinbei and Yisong）.

这里显示了诗歌和书法两种艺术形式。可能在座的有些宾客不懂中文，但这不影响他们对艺术的欣赏。关于诗歌，我请专家帮助我翻译成英文；关于书法，虽然是纯粹的中国艺术，但在条幅中有英文手写体，懂英文的受众，也可以通过观察英文手写体的节奏和韵律来欣赏书法的魅力。我以前已经尝试多次，送给英文背景的朋友，他们都表示能够理解。

Two art forms, poetry and calligraphy, are shown here. Some of the guests may not understand Chinese, but this does not affect their appreciation of art. As for poetry, I asked experts to help me translate it into English. As for calligraphy, although it is a pure Chinese art, there are English handwriting in the scroll. Those who know English can also appreciate the charm of calligraphy by observing the rhythm of English handwriting. I have tried this many times before and sent it to friends with an English background, and they all said they understood.

评议与联想

胡鸣芳：很高兴又能欣赏到您的新作，分享了您对这场中西文化交融的婚礼独特的感受，非常棒！下周我再陪曹老师（我的中学老师）慢慢地阅读欣赏哦！

何吉林：钱兄知识渊博，又一篇中西合璧的佳作！

阿　焱（微信名）：拜读钱教授大作，见识了一场中西文化元素交融的婚礼，开阔了视野。钱教授博学睿智，才华横溢，绝妙好辞，落笔妙天下。在侄女婚礼上赠送特色礼物——亲笔挥毫书写的七绝藏头诗，文采斐然，有深度，有品位；且中英文合璧，笔精墨妙，鸾翔凤翥，展现出独特的魅力。您的才华是婚庆中一道靓丽的风景线，给宾主们留下美好隽永的记忆。谢谢钱教授精彩分享。

王伟兰：钱老师的文章中创作七绝藏头诗很有特色，传承中华传统文化和长辈对新人成家后维护家庭及责任的殷切期望。谢谢分享！

杜锡全：看了此篇，想起我40年前陪儿子到少年宫上学龄前写毛笔字培训班的经历，一堂课下来，儿子字没写成，却满脸双手沾满了墨迹。都说凡事要从娃娃抓起，此堂课证明儿子不是写毛笔字这块料，果断放弃了。后来他对马拉松感兴趣，并一直坚持参加全世界的相关赛事，目标是跑进美国纽约顶级达标门槛。看来一个人的成长从孩提时的兴趣爱好可见一斑！

徐　满：作家平雷走到哪里都会写出妙文。参加婚礼也能大写特写。写的送礼书法确实不错！

戴兆辉：拜读大作，中西合璧，也是上海海派文化的精髓所在。

杨妙生：平雷：细细拜读大作，才华横溢，非常有心，用心之极，令人敬佩！

悉尼曼利海滩爵士音乐节巧遇记

今天（2023年9月23日）又是一个星期六，女儿、女婿又要请我和老伴去悉尼海滩吸吸新鲜空气了。他们今天准备去在悉尼其著名度仅次于邦迪海滩的曼利海滩（MANLY BEACH）。选择这个成熟的休闲地的理由，是他们想让出生以来从来没有坐过船的外孙女，乘一次渡海轮渡。说起曼利海滩，其实我和老伴在2015年来澳大利亚探亲时，女儿已经陪同我俩来过一次，与悉尼其他海滩相比，并没有更多有自己特色的地方，主要就是它建设的时间比较长了，拥有更多的旅游商业设施可以为游客提供方便。我们就是单纯为了吸吸新鲜空气的愿望跟随他们去的。从女儿家所在的市镇去曼利海滩可以自己驾车走陆路，因为两者都在悉尼海港大桥的北部。今天为了坐船，还特地乘了两趟轨道交通，到达一个叫Circular Quay的地方，这是悉尼市区的渡船码头所在地。我们登上了去曼利海滩的轮渡。说是轮渡，并不像我们上海黄浦江两岸摆渡的轮渡，那是一趟需要20多分钟的短途旅程，而且更像一条悉尼旅游观光的黄金水道。什么悉尼歌剧院、悉尼海港大桥、达令港、悉尼塔等悉尼市区最精彩的景色都可以在船上一览无余。尤其是那悉尼歌剧院和海港大桥是悉尼的地标建筑，可以从不同角度看到它们的容貌。而且沿途的水面虽然是内海，但碧波荡漾的海面也照样能够让人赏心悦目，所以上了轮渡看到不少乘客都在抓紧机会于船头、船尾拍照留影。这对偶然乘轮渡的乘客来说，买轮渡票却享受游船的待遇，真是一种不错的交通选择。

将近半个小时后，我们登上了曼利码头。出了轮渡站，发现由此通向海滩的步行主街上人头攒动，行人不少，前方音乐声扑面而来，不远处一个临时搭建的舞台上,有一支看似中学生年龄的乐队正在演奏一种我似懂非懂的乐曲,从他们手持的乐器来看主要是铜管乐器,坐在最前面第一排的都是萨克斯管的乐手,后面还有小号、长号和架子鼓、低音提琴等乐器的演奏者。舞台下面摆放着若干排白色塑料的椅子,和后面原本就有的固定休闲长椅连成一片,形成了观众席。那里几乎坐满了听众,他们还与台上的乐手以不间断的鼓掌来进行互动。我终于听出来了,这是爵士乐。因为在上海有一支由老年乐手组成的和平饭店爵士乐队,也算是上海的一张名片,但如果他们不演奏我们熟悉的歌曲,单纯的乐曲,我总觉其旋律不够优雅,而显得过于热闹,又感觉不出其中的滋味,因而感到乏味,说实话我是不喜欢爵士乐的。但作为观察一种国外的文化现象,我还是感到很新鲜的,于是就不由自主地停下来听了一会儿。

我们接着朝前走,在一条横马路的对面有一座教堂开着门。我问女婿,这里的教堂星期六也对外开放吗?他说,有些教堂平时也对外开放的。看着人流往教堂边门走进去,我让他们继续往海滩方向走去,我走进了教堂,发现原来此时教堂也变成了爵士乐演奏的音乐厅了。做弥撒和唱诗班的讲台变成一支中老年男女乐手表演的舞台,信徒的座位也相应成了坐满听众的观众席。只是音乐还是爵士乐,不感兴趣的我拍了两张照片,还录了一段音乐,然后就从教堂的大门退了出来,和其他人汇合到了一起。

此时我发现今天这里似乎在举行一场与爵士乐相关的大型活动,于是我注意其周围的环境了。果然,在沿路有各种爵士乐的海报在竖向摆放,或者从上方悬挂。上面显示9月22—24日在这里举行与爵士乐有关的活动。用我们中国人的习惯可以称为"曼利爵士音乐节"吧!随着我们继续向前走去,这里的人们像过节一样,在往返两侧道路中间的绿化休闲区,男女老少在野餐,上面还放置了一架钢琴,上面也贴有英文"JAZZ"的字样。我不清楚这是宣传品还是广告品。走过休闲区前面有一座背靠蓝色大海临时搭建的大舞台,舞台的上方有"BEACHFRONT STAGE(海滨舞台)的横幅,背景上有"MANLY JAZZ(曼利爵士乐)"

图1 坐满听众的曼利爵士音乐节主舞台

的字样(图1)。这里乐队的阵势显然比前两支乐队要来得强大,不仅有钢琴搬上台,还有一位大胡子在指挥。与之相应,观众席的席位也更加多些,这大概就是所谓"主会场"或者"主舞台"了。因此,气氛也更加热烈,掌声不断夹杂在乐手的演奏之中。我一直以为在西方音乐会里,乐曲不结束,是不能有掌声穿插的,今天的现象打破了我的认识。或许这也是爵士乐的一种特性吗?

不管怎么样,今天是当地人们一次以爵士音乐为主题的节日。在"主舞台"旁边竖立了"MANLY"五个立体大字。大字旁边的栏杆上挂着几幅与爵士乐相关内容的白描卡通画,让一些儿童在上面给画着乐器等图画涂上颜色。"文化搭台,商业唱戏",沿着海滩的大道上各种小商品买卖的帐篷鳞次栉比一串排列。据宣传指示牌标志,这也是因为有爵士音乐节才临时安排的项目。路上还有零星的"散兵游勇"扛着爵士乐的乐器边走边奏,沿街饭店二楼阳台的顾客依着阳台的栏杆,一边品尝美食,一边欣赏着主舞台的表演,俨然变成了"包厢"。这大概就是所谓"文化节日的氛围"吧?

此外，人们正常的海滨休闲活动如冲浪、游泳和日光浴还是一如既往地进行着。这里的海鸥成群结队不断向正在海边野餐的游客发起一阵阵的冲击。我们也买了快餐在用餐，女儿不断提醒我们防止海鸥的袭击，前几天，他们带着外孙女参观水族馆时，午餐时一不小心，大半个汉堡包被海鸥叼着飞走。我一边吃，一边就在想，为什么这里的人们如此喜欢爵士乐，他们到底从里面捕捉到了什么美妙的东西？这大概就是"一方水土养一方人"的原因。在我的文化背景里，还没有融入爵士乐的元素，所以也就没有嫁接此类音乐的根基。这也是我无法欣赏，不觉得它们有什么悦耳的地方的原因。其实前些日子，中央音乐学院有一位教授在普及欣赏音乐的知识时，他就在强调说，听众没有必要一定要听出乐曲其中具体在讲什么东西，只要按照自己的理解就可以了。但我就是喜欢能够听出"名堂"即含义的乐曲。我认为从滴滴嗒嗒的爵士乐中是很难听出什么名堂的。所谓"青菜萝卜各人欢喜"，我不喜欢并不等于别人不喜欢了，这里大量热情的听众应该就是爵士乐的乐迷吧！还有作为一种海外的文化现象来观看，今天的收获还是很宝贵的，不然我怎么能够写出这篇文章呢？

评语与联想

钱丽臻：其实爵士乐最大特点是主演奏者可以在他担任主位时，随心所欲地变化旋律节奏，其他乐器需要相应地跟上去，而最后却还是未脱离原曲的主题。这是很奇特，也很浪漫的，所以不能称爵士乐为低水平的音乐。对于沉醉于旋律之美，而不容旋律无理拖沓的音乐爱好者来说，他们往往是不喜欢爵士乐的，也包括我本人。曼利海滩那时的热闹，肯定是有不少喜欢那种浪漫风格音乐的游人，但也许更多的大概是阳光、海风的魅力所带来的快乐的追求者吧！

陈素娣：钱哥您真是太行了！您极具画面感的描述，加上图文并茂，使我也游了一次曼利海滩，经历了一次爵士音乐节。您真棒！

胡定伦：在爵士乐中，当演奏者结束了一段精彩即兴的solo（独奏）后，观众会鼓掌的。你猜对了。

信宝的第一次音乐会经历
——外国儿童音乐剧观摩记

我们来到澳大利亚后,发现我3周岁的外孙女信宝很喜欢音乐,每天都能听到她在自娱自乐地唱歌。其实由于她要同时对付英语、普通话以及上海方言等多种语言,至今还不能用一种语言完整地表达她想表述的意思,但这并不影响她对音乐的喜爱。我女婿经常在家里用IPAD播放中外名曲作为背景音乐,我们有时也唱着中国的摇篮曲哄她睡觉,有些有声玩具也会放送儿童歌曲。于是这些音乐、歌曲成了激发信宝音乐基因细胞成长的启蒙教师。她平时活泼好动,但却能经常安静地随着音乐的节奏在歌唱,我们发现她的音乐发声很准确,但她的歌词往往中英文夹杂,不知道她究竟在唱什么内容。今天(2023年10月5日)当我们有机会带她去听一场正式的音乐会,不知她对此会有怎样的反应。

我的树人表姐的女儿吴健琴,也就是我女儿的表姐,当然就是信宝的姨妈,是一位旅居澳洲的钢琴教师。前些日子她用微信告诉我女儿,在我们居住的市镇的音乐厅近期有一场儿童音乐剧的音乐会Hello Kitty's Symphony Concert(凯蒂猫交响音乐会),尽管票价不菲,最好的座位要199澳元/张,但她有渠道搞到赠票,热情地邀请我们带着信宝去观看。她还发来了有关此剧的简介的微信。原来所谓主角Kitty(凯蒂),其实就是西方卡通故事中的一只拟人化的猫。吴健琴根据女儿的要求发来了可以在今天下午领取当场票的短信。于是我们就带着信宝前往音乐厅,聆听她人生经历中第一场音乐会。不知她这位"音乐爱好者"届时会有什么反应。女婿说,如果她不能安静地听完音乐会,随时将她领出剧场。我们准时到达一个叫SYDNEY THE CONCOURSE(悉尼广场)的地方，那是一个集音乐厅、剧场、演出中心和图书馆等设施为一体的建筑群。据女婿说，这里的音乐厅在悉尼与著名的悉尼歌剧院属于同一档次的音乐殿堂。当我们拿到票，工作人员告诉我们，我们的座位的入口是9号门，要拐到另一侧进入。当我们进入音乐厅，发现我们的座位在第6排，那无疑是属于视野最好的座位了。

我们显然是迟到了，舞台上的表演已经开始了，到我们坐下时，上面由6位乐手演奏的第一首曲子已经接近尾声，那首乐曲的旋律听上去很熟悉，但我叫不出它的名字，看了说明书才知道是莫扎特作曲的《DIVERTIMENT》，翻译成中文叫《有趣》。那6位演奏者的组合我是看得懂的，以钢琴演奏员为中心，其他分别是第一小提琴、第二小提琴、中提琴、大提琴和长笛手。其中钢琴手和第一小提琴手是白人，其他人都是亚裔。大提琴手和长笛手是男性，其余都是女性。那位第二小提琴手看上去还是一个尚未成年的少女。紧接着主持人MS RIBBON（蝴蝶结姐姐）登场了。她说着一口流利的英语，把本场表演的四个拟人化的卡通人物请上了舞台：女主角凯蒂、她的男友丹尼尔，自然就是猫先生，兔子姑娘美乐蒂和叫Bad Badtz-Marud的黑企鹅男士。上述乐手、主持人和卡通人物就是这次音乐剧表演的全部阵容（图1）。这场音乐会分为上下两个半场，它针对的观众显然是儿童。所有的节目就是通过全场表演的深入，让观众与表演者互动，通过互动，孩子们能够逐渐对音乐知识和指挥技能有一个感性的认识。上半场似乎更多是通过不同乐曲和

图1　音乐会全体演员阵容

节奏，随着卡通人物的表演，让孩子们对音乐节拍有了初步的认知。下半场更多地进行歌唱表演，把《春之声圆舞曲》《卡门》《音乐之声》《胡桃夹子》等世界著名的乐曲来向孩子们做介绍，还借此让小朋友们对不同乐器的功能也有一个直观的学习。总之，面对这些似懂非懂的小观众进行音乐教育确实是一件不容易的事情，能够编制较长时间的一部音乐剧是需要创造者具备相当的艺术和教育功底的。

图2　信宝在卡通人物海报前留影

以我们这位3周岁的信宝来说，没有想到平时活泼好动的她，自从进入音乐厅后，一直全神贯注地在聆听和欣赏着舞台上的表演（图2），有时也按照主持人的号召，同步地鼓掌或者打节拍。但毕竟她是第一次在这种场合，所以她的动作的幅度显然小于其他小观众们。看来她对待这次音乐会是很"严肃认真"的，当台上唱起《音乐之声》的英语插曲《哆来咪》时，我也跟着唱了起来。在信宝的心目中，这应该是让儿童观众一起唱的，你这个老头儿怎么也跟着唱呢？她连连拉动我手上的帽子，明显的是示意我不要唱。整场包括中间休息，一共一个半小时，信宝都安安静静地坐在自己的座位上没有离开过，更没有出现吵着要离开的情况，最多就是因为前面的观众个子高些，对她的视野有影响，她就跪起来观看台上的表演。女儿、女婿对信宝的表现也颇为兴奋，都说要培养信宝对音乐的兴趣爱好。他们在商议未来让她学一门乐器，还说将来让她上具有音乐特色的学校。看来信宝第一次的音乐之旅是成功的。

评议与联想

朱冰玲：有音乐天赋。这么小能安静且十分感兴趣地听儿童音乐剧，真不多。一定要培养，定会成才！

钱平天：音乐能开启人的智慧，更能激活人的情感，3岁小女孩信宝首次聆听具有童话含义的音乐会，就表现出兴趣和投入，这无疑是一个好的兆头。

陈国梁：她全身心投入，说明不但是感兴趣，而且已经在力争融入这个音乐剧的内核！

顾正兰：你的外孙女对音乐是感兴趣的，能安静听完音乐会就不容易！学一种乐器很好！让孩子有一种爱好，有一个特长是非常好的！让孩子能享受音乐，终身享用！我的外孙学的小号，功课繁忙时，他会吹吹小号放松自己，调剂一下紧张情绪，现在他已经上大二了。

钱丽臻：小信宝喜欢经典名曲是显而易见的了，等她回上海，我将按我编著的《小星星音画故事集·古典名曲五十首欣赏》一书所收入的五十首名曲，给予她特殊的指导性欣赏，也再次显示我所编著集本的殊胜性所在，也让我当一次具有实在意义的姑婆好吗？

陈素娣：信宝是一个聪明的孩子。我刚看了你的美文开头，就知道信宝一定会非常喜欢这场音乐会，结果果然不出所料，信宝表现出对音乐的兴趣挚爱，她的天分完美地呈现出来了。音乐是开发智商陶冶情操的最好途径。信宝又有这方面的天分，爸妈又懂得给她一个很好的音乐氛围，这对她的成长是非常有益的。发现她的兴趣，创造条件发展她的兴趣，但千万不要强制，强制的结果反而适得其反，扼杀了她的兴趣。信宝有懂教育的爸妈和外公外婆，又有强大的基因，有良好的家庭氛围，信宝长大一定是个优秀的女生。

《繁花》的文化溢出效应趣谈

一

从电视连续剧《繁花》播出至今，对它的各种各样的议论依然络绎不绝。不过发生变化的是从初期褒贬不一，到后来逐渐转变成为，无论是从"庙堂"的主流舆论，到"江湖"的民间市井，都对它高超的艺术表现，给予相当程度的肯定。同时几乎每个观众都在对该电视剧所出现的各个画面、故事、场景，乃至服饰、餐饮等，是否符合自己心目中的印象和记忆，在那里进行比照，然后把由此产生的感想，通过不同场合发表自己的感言和评议。一部电视剧能够得到受众如此的重视，在当下电视剧铺天盖地，网络信息十分发达的背景下，确实是一种千载难逢的社会文化现象。尤其是因为这部电视剧主要讲述的是发生在上海20世纪80—90年代的事情，电视剧还有用普通话和沪语两种不同的版本，让生活在上海，或者在上海有过生活、工作、学习经历的观众，更是可以通过他们所懂得的上海方言，来品味该剧中所体现的海派文化独有的魅力，以此更深一步地理解创作者想要表达的文化艺术内涵。

我，作为一个生在上海，长在上海，绝大多数工作经历都在上海的市民，当然也和绝大多数的观众一样，始终关注着这部由作家金宇澄撰写，获得茅盾文学奖的同名小说改变而来的电视剧。而且在播放前，《新民晚报》等主流媒体上已经在大张旗鼓地宣传由王家卫导演，胡歌、马伊琍等上海籍明星表演的这部电视剧是如此的成功。于是已经很少有耐心完整地观看一部如今动辄四五十集电视剧的我，也在第一时间在CCTV-8完整地观看了电视连续剧《繁花》（普通话版）的全剧，随后在

《东方卫视》和CCTV-8，乃至网络上，又断断续续地把电视连续剧《繁花》（沪语版）基本上都看了。

　　作为一个以科技人员为文化背景的作家，我自然也会由此产生一系列的感想，也曾经在打算撰写一篇观后感的散文。但随着时间的推延，我渐渐发现《繁花》到如今，已经不是一部由名著转变成为一部电视连续剧的艺术形式转变的故事了，它已经发展演变成为一桩文化历史事件了。颇有点类似《红楼梦》，从一部小说被人们追捧，大家从小说故事的情节议论开始，逐渐延伸到人际、婚姻、诗词、伦理等人文因素，乃至餐饮、服饰、园林、建筑等衣食住行生活元素，发展到历史、社会、文学、宗教、地理、气候等宏观世界，到如今已经成为一门学术研究的"红学"的专门大学问。《繁花》自然不能与《红楼梦》相比，它俩还不在同一层级上。但由于《繁花》所产生的现象，倒与人们对《红楼梦》的认识过程颇为相似，大家也是从故事情节和人物纠葛出发，逐渐涉及上海人、上海生活和海派文化，如今甚至已经发展到各行各业都在"引用"《繁花》中的台词、故事，用于表达本专业的叙述表达过程了。这已经不在议论"海派文化"的范畴内了，大概就是《繁花》所产生的文化"溢出"现象啦！本文就想谈谈我所观察到的《繁花》文化溢出现象，与读者们交流。

二

　　有关对《繁花》小说或电视连续剧内故事情节的具体评论的文章已经汗牛充栋，而且不少作者都是文学、戏剧评论家。我与他们相比纯粹是个外行，我就不再凑这个热闹了。我还是从一名普通的观众，乃至科技人员的角度来叙谈比较合适，也比较没有约束。

　　我想谈到这部电视剧之所以得到如此的成功，首先最得益最开心的是长期浸淫于海派文化的"上海人"们。我给这里的上海人打上引号，意思是他们并非一定是像我一样的土生土长的人群。首先，上海是一座主要由移民汇聚而成的国际大都市，就如我的祖父、外祖父都来自浙江宁波。众所周知，所谓上海方言，除了原来以松江话为代表的上海本地话为基础外，还有苏州、宁波、苏北、安徽、广东、北方方言，乃至英语、俄语、法语等外语渗透其中，逐渐形成如今的"上海话"。还有由此产生的海派文化，它是由红色文化、江南文化和西洋文化等多种文化互相碰撞融合所形成的，影响着上海人的方方面面。

前些日子，上海话已经处于"奄奄一息"的尴尬局面。由于长期过于强调推广普通话，导致人们忽略了方言也是文化载体的源泉，以致上海的小孩子大多数已经不会讲上海话了。尤其是诸如沪剧、滑稽戏等以上海方言为主要基本语言的剧种，面临年轻观众大量流失，濒临剧种日益衰退式微的危机之中。茅善玉、钱程等这些剧种的代表人物，为了挽救艺术，为普及上海话做出了不懈的努力。上海电视台等媒体也因此制作播出一些诸如上海方言比赛的节目，《新闻坊》的主持人也每天在节目的最后用上海话讲一句"再会"之类的词语点缀一下。而这些动作和作为，对于"挽救"上海方言来说，收效有限。

作家金宇澄在小说《繁花》中，有意地放进一些上海方言的词汇，使读者即使不懂上海话，也可以在阅读过程中，根据上下文来判断这个来自上海方言词汇的意思。开了一个好头。这次电视剧《繁花》干脆采用沪语版，效果确实不一般了。同样一句台词，尽管意思是一样的，但用不用上海方言，其效果是不一样的，毫无疑问，演员采用上海话来讲，更加能够体现其中角色想要表达的思想。也能让不懂上海话的观众在观看了普通话版的《繁花》后，也想了解一下用上海话是如何表演这段情节的，这里不能不说，他们对《繁花》的喜欢，"爱屋及乌"，让其对上海话有了兴趣。而不是以往有些外地人看到上海人之间一讲上海话就把他们"屏蔽"了，而产生了反感。相反，上海人和上海媒体也不再像以前公开地讲上海话而感到不好意思而遮遮掩掩。不仅是《东方卫视》的春节晚会让胡歌、唐嫣等上海籍演员在舞台上"大开"上海话，并受到台下观众热烈欢迎，而且像在《可凡倾听》之类的栏目中，主持人在采访诸如何赛飞那样非原上海籍的"新上海人"时，也不时插入了上海话。

还有如北京电视台的主持人春妮因为出生在上海，会讲上海话，也在她的节目中，让她的北方受众猜测一些上海俚语词汇的原本含义作为娱乐"卖点"。上海方言终于可以理直气壮地登上"大雅之堂"了。由此可见，《繁花》对改变上海话的话语窘境，起到了难以估量的作用。

三

由上海话谈及与它同时产生的海派文化。《繁花》也对海派文化的发展带来了意想不到的促进作用。海派文化渗透于上海人的餐饮、服饰、建筑等各个领域，乃至思维方式和行事规则。与国内其他地域文化相比较，海派文化确实有它的独特之处。以前出版过许多介绍各地文化和习俗乃至民众的书籍和文章，但大多数的作者都把这一地域的人物和习俗混为一谈，其实当地不同阶层的居民生活在不同环境，其许多想法和做法也是各不相同的。如在北京，住在各种大院的外来居民与住在胡同里的老北京市民的生活方式有着很大的差异。同样，住在上海"上只角"的洋房、新式里弄里的居民和"下只角"的弄堂石库门的市井平民也有着许多不同。《繁花》采取了全方位地反映上海各界市民的状态，不仅阿宝、玲子、汪小姐等主要角色，还有陶陶、爷叔、金科长、葛老师等配角，乃至金美琳、杜红根等"反面角色"共同合成了千姿百态的剧情。就是诸如史依弘、孔祥东、范志毅和陈逸鸣等分别来自上海戏曲、音乐、体育和美术各界的代表性人物，虽然他们只在该剧中担任情节非常有限的角色，但何尝不是"海派文化"的一次顶级的汇聚，也应该是海派文化的一次全面展示。

著名滑稽戏演员陈国庆在其中担任葛老师的角色，他出色的演技恰到好处地体现了剧中角色的个性，为该剧增光添彩。让人们认识到滑稽戏，在海派文化中也有它不可或缺的艺术魅力的。难怪著名滑稽演员毛猛达因为与他的《石库门笑声》的档期冲突，没能应邀担任"杜红根"一角，坐失良机而惋惜不已。

《繁花》的文化溢出效应，还表现在以沪语为代表的吴语剧种如评弹、方言话剧的《繁花》也纷纷登场,还一票难求呢!最近在上海隆重上演的方言话剧《魔都俏佳人》,汇聚了何赛飞、毛猛达、赵志刚、茅善玉、郝平等越剧、滑稽戏、沪剧、话剧等各种剧种的著名演员,以沪语为主,夹杂了陕西话、宁波话、苏北话等各地方言。据说该剧的上演与《繁花》播出,是凑巧"撞"上,但说它的"火",是得到了《繁花》播出的"热"的"拱火",也应该是客观的因素之一吧!况且,该剧还邀请了在《繁花》中扮演"金凤凰"的黄龄和"杨浦小六子"的何易客串担任角色。这些无疑是对海派文化在戏曲、曲艺领域的创新与发展的一次推进。

四

胡歌在《繁花》播出后,接受媒体采访,在回答他是否会马上转入其他剧目的创作,他回答是《繁花》的效应还在继续,他作为该剧中的主要角色,不会马上离开相关活动,况且《繁花》对他今后扮演其他角色肯定会有一定的影响。即使像孔祥东这位著名的钢琴家,虽然在剧中出现的镜头只有区区几分钟,事后他与复旦大学的钱文忠教授以及主持人施琰共同举办了一档谈论他参演《繁花》事宜的节目,其时间远远超过他在《繁花》中出现画面的时间。估计孔祥东以前在音乐界取得巨大成就时,获得受众重视的程度,也可能未必达到如今的流量。这大概就是《繁花》文化溢出的一个例子吧!更不要说,那几位主要角色的扮演者参与的各种活动此起彼伏,反响络绎不绝,文化溢出波涛滚滚。

同样,这次在《繁花》中的黄河路、进贤路,这些剧情发生的地点,在拍摄过程中,是采取在拍摄基地搭建布景的方式来体现的。但当《繁花》播出后,人们趋之若鹜地赶到黄河路、进贤路实地去寻找原来的痕迹,使该两处一度变成上海新的旅游打卡地。还有诸如"排骨年糕"这种上海的小吃,如今突然成为游客到上海一定要品尝一下的美食,据说"鲜得来排骨年糕"日销售量翻了好几倍。即使在《繁花》剧中,玲子的一句台词"鸡爪嘛,要吃川沙的"也让上海人并不熟悉,原本已经归于平淡落寞的"川沙大桥鸡脚"又重新成为人们追捧的美食。最令人发噱的是所谓"阿宝泡饭",泡饭本来是上海寻常百姓家最普通的早饭,因为《繁花》中阿宝每天要到"夜东京"吃的,如今被和平饭店开发成为高档食品。这无疑是对上海的食文化开发的重大贡献,也应列入《繁花》文化溢出的范畴。

五

以前学者们在研究《红楼梦》时,会把《红楼梦》中的人物以及周围环境的东西,与作者曹雪芹的生平经历联系在一起。希望通过对曹雪芹履历的研究,进一步挖掘出更多《红楼梦》故事情节背后的东西。一般说来,《红楼梦》毕竟是一部文艺作品,其中人物和情节都是虚构的东西。但曹雪芹是确实存在过的一位文学家,虽然《红楼梦》中有些贾宝玉的做派,也许与作者的秉性有些相近,但两者不能画等号的。但人们总想从曹雪芹的经历中进一步探究出贾宝玉的最后结局,因为曹雪芹写的《红楼梦》只有前80回,后40回是高鹗写的,不能真正代表曹雪芹的想法。这虚实相互交叉一直影响着后人。在20世纪80年代后,因为各种原因,各地建造了若干处以《红楼梦·大观园》为主题的园林,其中以上海淀山湖畔的一处,据说被学界认为最为接近《红楼梦》的原意。我曾经问及该园林建设的负责人,著名园林专家程绪珂教授,她说,她在建设设计过程中,居然曾经向"红学家"俞平伯讨教过。这就是《红楼梦》文化溢出的虚实转换的典型。

上述观众到黄河路、进贤路实地去寻找故事发生地原来的痕迹,和平饭店发明"阿宝泡饭",也都属于《繁花》与真实生活虚实发生交叉的例子。让我联想到如今随着人工智能迅猛发展,虚实互相转化,促进科技发展的案例不断冲击着人们的思维方式。在我近年来研究的智慧楼宇领域中,曾经遇到一种叫"数字孪生"的新技术,比如它可以在数字消防中,充分利用物理模型、运行历史数据等的仿真过程,在虚拟空间中完成映射,从而反映相对应的实体装备的全生命周期过程。它可以大大减少针对实体的试错成本,实现对传统消防的转型。就在《繁花》播出热还在人群中传递的期间,一个名为Sora的术语横空出世,所谓Sora,简单地说,它就是可以通过人工智能,由文字或语言直接生成的视频大模型。表现为当若干描述一定意思的文字或语言输入,随之在屏幕上呈现了一个与其相关的虚拟世界的画面。人们对其高度评价,有人甚至称其为"开启了AI发展的牛顿时代"。但作为我们普通的民众,大家并不需要知道这门技术是如何研发成功的,关注它发展的进程就足矣。不过究其基本原理还是属于"数字孪生"的技术。

看来虚实转换的科学思维方法,并不是如今才突然冒出来的高深理论,在《红楼梦》研究和对《繁花》的议论中已经有了它的雏形。估计随着围绕对《繁花》的深入关注,从其虚境中给人们带来新事物的开发启示,还会不断地呈现。这也许就是一种潜在的文化溢出。

六

我不曾想到《繁花》作为海派文化的载体,不仅影响到全上海、全中国,还辐射到全世界,尤其是《繁花》引发的"繁花效应"在海外的华侨华人社会热烈反响。在媒体上得知以高博文为首的上海评弹团带着在《繁花》电视剧中扮演"小阿嫂"角色的演员朱琳等团员,去美国、新加坡等海外表演《高博文说繁花》等节目,进一步分享和传播海派文化。

前不久,我妻子的表弟顾睿先生从澳大利亚墨尔本发来一条链接"澳大利亚上海总商会30周年庆典"。活动是在一条游船上举行的,没想到这次活动居然是"以近期热播的上海电视剧《繁花》插曲和视频片段贯穿始终"。他们把《繁花》剧照中的宝总与玲子、汪小姐、李李等四个主角的剧照制作成为四座1:1大小的布景立像。又把"黄河路"的路牌作为摄影和表演的背景。(图1)顾睿先生以《印象上海》为题,图文并茂地介绍上海的各种人文、景观的印象和记忆,特别是外滩及黄河路的历史回顾。更多的人是以黄河路路牌为背景,用各种群体为组

图1 海外华人圈聚会以《繁花》道具"黄河路"路牌为背景

合,合影留念,以解乡愁。最绝的是他们还自编自演沪语版《繁花》"真人秀"选段,剧中再现宝总与玲子、汪小姐、李李的人物角色,其中玲子的扮演者刘怡形象生动地展现上海女性精明能干、八面玲珑的形象,让大家感受《繁花》的场景与人文风采,引起众人阵阵掌声和喝彩。连他们晚餐的食谱也是包括《繁花》中"排骨年糕"在内的上海本帮菜肴。

无论是上海评弹团赴海外巡演,还是澳大利亚华人圈的自娱自乐,都是对海派文化宣传,乃至叙说中国故事产生重要作用。我在国外,曾经在许多地方,无论是在街头商店,还是他们的家中,听到来自上海的移民之间仍旧讲着上海方言。尤其是他们家的小孩子尽管在学校里会讲当地的语言,但在家里他们必须会讲至少能听懂上海话,才能正常地生活。《繁花》产生的文化效应,肯定为延续上海方言的变迁,发扬海派文化的影响,起到推波助澜的作用。现在我们提倡通过讲好"中国故事"来让外界更加了解中国的历史,《繁花》无疑让海外的受众,更加深入地了解中国尤其是上海这几十年改革开放的道路是如何走过来的。

七

《繁花》所带来的影响已经不仅仅停留在小说或者电视剧表现的剧情情节的范围里了。就像《红楼梦》小说里的一些人物、诗词和语言越来越多地被人们应用于人们日常的生活用语，或者文章描述之中，成为一种特有的文化现象。不管是文人墨客，还是市井平民，都会自觉或不自觉地运用《红楼梦》中的人和物来描述或比喻他们所要表达的意思。如人们形容一个弱不禁风的年轻姑娘，就往往会说她像林黛玉。还有诸如"大有大的难处"成了条件较优越的人群的推托之词。也有人把"机关算尽太聪明，反误了卿卿性命"这样的诗句，用于当那些他（她）所看不上的人遭难时所说的话语。

随着《繁花》电视剧的影响持续发酵，这个文化溢出现象也如雪球一般，显现出来了。前两天我在《东方卫视》收看一档由袁鸣主持的《环球交叉点》的节目，这是专门议论国际形势发展的栏目，应邀的嘉宾都是全国乃至海外研究国际政治的权威专家。哪会知道在谈论"俄乌战争两周年"的过程中，居然有专家会把《繁花》也牵涉进去了。来自华东师大俄罗斯研究中心的冯绍雷教授，将《繁花》中参与宝总与强总股市大战的"第三方"麒麟会，用来比喻除了俄罗斯、乌克兰以外的美西方国家。尽管《繁花》与"俄乌战争"两者之间规模根本不能同日而语，但其含义却有异曲同工之妙。我不得不在惊异之中，感叹《繁花》的文化溢出效应之大。这也是促使鼓动我最后还是忍不住撰写此文的动机之一。

不言而喻，《繁花》的文化溢出效应还会继续发展下去，我虽然不能断言它能持续多久，但是我相信广大读者和观众，尤其是上海人肯定希望它的影响能够不断扩大。因为它已经为上海的文旅、影视事业的创新开拓带来新的思路，也为上海方言和海派文化继续发展，在潜移默化地推进，甚至摇旗呐喊。我作为此文的作者，也希望它能为由《繁花》的文化溢出效应所形成的带有史诗性质的"标志性大厦"添砖加瓦。

（原载"上海老底子"2024年3月11日）

评议与联想

顾　睿：从电视连续剧《繁花》播出至今，对它的各种各样的议论依然络绎不绝。无论是主流舆论，还是民间市井，都对它活灵活现的艺术重现，给予相当程度的肯定。一部电视剧能够得到大众如此的重视与喜爱，确实是一种千载难逢的社会文化现象，犹如当年的电视连续剧《渴望》，也是万人空巷的情景，我记忆犹新。我也相信《繁花》的文化溢出效应还将会继续发展下去，还有值得一提的是：用拍摄电影的手法来拍摄电视剧，这也是一种艺术创新，王家卫导演提高了拍摄电视剧的艺术门槛，谢谢把我也放在美篇里了。

戴兆辉：文化溢出，确实如此。

冯寅生：见微知著，触类旁通，智慧的火花栩栩如生。《繁花》犹如冬天里的一把火，"风乍起，吹皱一池春水"。

孙有望：洋洋洒洒地才气四溢，文思如潮。

张为诚：这是一篇谈资相当丰富广泛的趣文。我作为在上海生活了近70年的非上海人，因为未成年就从近在咫尺的吴语区考进了同济大学，所以对沪语版《繁花》是别样亲切的。尽管也看出很多的不真实，但大体上还是很沉浸其中。尤其意想不到的是，居然还通过这部戏，解开了我心中对"蚌壳精"这句俚语的谜底。早就知道这个独特的形容爱哭女孩的形容词，但一直不解其意是如何联系起来的，瞎猜是不是，蚌会暗结珍珠，像一颗颗泪珠儿？没想到，原来是指一碰就哭的女孩！正好"碰"和"哭"二字的沪语发音就是"蚌壳"！民间智慧太好玩了！方言俚语，趣味无穷！

杨秉辉：拜读了，观察敏锐，表述深刻。

徐荣林：与多数人评论不同，从另一个角度来分析，用发展眼光来评论《繁花》。

钱丽臻：《繁花》之影响是广泛而深远的，而我们钱家了不起的平雷，能写出此文，凸显他这位作家的水平及实力。他虽身居斗室，但仍能关注社会各方文化活动痕迹及其内在关联因素，还能联系到自己所经历的各种事物。平雷虽年近八旬,才智仍增无减也。是我等以针线、烹饪、娱乐为主的一般市民所远不能及的。令姐佩服,高兴。

钱臻怡:拜读完了,必须点赞喜欢这类能引起读者共鸣的好文章!

王 威:人世间有繁花景,人心中有繁花情。繁花情景交融,尽显真假性情。

仁立彪行(微信名):最近上海有关于引进外籍人士掌执国企事业单位要职的热议。上海本是移民城市,海纳百川乃能成其谓大上海。曾记得2010年世博会时上海哲学学会曾组织过一场海派文化的专家研讨会,环顾会场约有三分之二系改革开放,特别是1992年后来上海的"新上海人"。会上我戏言,全国都在"骂"上海,最典型的是:对上海人的表扬,多为"你倒不像上海人",可是"骂"完后,还是有更多的人愿意来当"上海宁",真值得思考。我还专门替"上海男人不敢打架"一辩,认为租界文化的规矩意识,乃是文明进步的产物。就如同我在20世纪90年代中,力倡的大学要有些象牙塔的"贵族精神"之气质氛围。至于始于五口通商开埠以来的"上海闲话",我一直认为,它是五洋杂处后的移民城市才出现、形成,并继续繁衍变化而来的,不必过多地寻根于吴越古语古音。对于晚报的专版过分拘泥于辞典一统的"上海话"发音及用字,颇感不安。应该允许上海闲话更多些"繁花竞芳"式的谐音表达借字法为好。此外,现也有较多的"沪人忧天"上海越来越"不上海",尤其在"思想解放无禁区,改革开放再拓荒"方面不够大气,不敢大胆地迈大步。尽管高层一直在倡导鼓励出台政策,有识之士也一直在不停鼓励与招呼,但似有雷声大雨点小之态。别是又显"精明不高明"之守成有余创新不足之顽疾了哟!不知诸学长怎么看?

张为诚:非常有见地的议论!上海之所以为上海,就是包容兼蓄,融为海派,不仅各省市(尤其江浙、广东、湖北、安徽、山东等)连日本、西方也不在话下;文学家、政治家都在上海落下脚印,有的就是第二故乡了。《繁花》一剧,确实有点意外收获。值得深思的是,如何让这种"杂交"优势继续发扬光大,希望不要变成某些转基因那样,失去本性。

钱平天：今天读平雷的新篇，写得真好！《繁花》是亿万人瞩目的题目，有成千上万篇写《繁花》的报道、视频、评论或联想。如此浩瀚又无空瞭的地方，平雷居然能写出如此这般有七个章节的"溢出趣谈"，视角独特、内容精彩、文字流畅，有述说，有讲解，能使读者不知不觉中融入了文章，与之交流、感染，一气读完，不觉文长枯燥。

阿　焱（微信名）：《繁花》是一部发人深思的热播剧，展现了人性的复杂和人生的欠缺。剧中人之间的感情纠葛和人生选择，使人目睹自身的遗憾和他人的无奈，启迪人们在生活中更加宽容和理解他人。《繁花》落幕，但留给我们的印象，是上海滩独特的奢华、俊男靓女的情愫和在幽微处洋溢的人性。因《繁花》晕染出旅游打卡、餐饮等热潮，真"繁花似锦"也。钱教授由此及彼，谈到"红楼梦"、"数字孪生"技术、苏州评弹等文化溢出效应，内容丰富，读着受益匪浅。感谢钱教授美文分享。

第四部分

幸福分享与社情民意

生活就是美

——从一张家庭风景照引出的故事

我的新作《笔下寻乐记——钱平雪科普文学作品集》(简称《笔下寻乐记》)最近出版了,为了举行首发式时需要使用,责任编辑直接从印刷厂提前拿出若干本作为"样书",在开过首发式后,还有多余,我就近水楼台先得月,提前分发给一些亲朋好友了,其中包括了与我走得比较近的"铁路老兄弟"微信群的朋友们。

虽然早在1995年就离开了上海铁路局,但毕竟我在铁路系统工作的时间最长,它对我的影响也最大,可以说刻骨铭心,同事朋友自然也最多。我在离开上海铁路局时,是该局外经贸系统的负责人,所以与该系统的陈国梁、胡定伦、徐国铭三人一直保持着联系。每年的国庆、春节长假,我们四个人都会携带家属到上海郊区或外地游玩一番。后来有了微信,于是胡定伦就组织了一个微信群,群名就叫"铁路老兄弟",随之大家也按年龄大小,彼此半开玩笑地以兄弟相称,我们的妻子也因此以嫂子、弟媳排行,互为妯娌(图1),她们同时也是该群的"微友"。前两年,随着局外经贸办原秘书胡慕兰的爱人,我们共同的好朋友沈洪波先生从市政府退休了,他俩也加入了我们的微信群。因为胡慕兰是铁路员工,所以她按理说是我们的小妹妹,于是我们的微信群的名字改成了"铁路五兄妹家族",她称呼我们为哥哥,叫我们的妻子则为嫂嫂。我不厌其烦地介绍我们的关系,因为这些戏谑式的称呼,在本文后面的叙述中都要反复用到,就不必一一解释了。这些年我们不仅是旅游,更是在各人家庭中有困难时的互助,确实处在一种非常和谐的关系之中。

图1 "四妯娌"合影

我们钱家家族每月都要聚会一次,姐弟四人轮流做东。2021年11月份正好轮到我做东,我扩大了范围,把"铁路五兄妹"及其配偶也一起请来团聚。趁此机会也把《笔下寻乐记》赠送给了每一家,让他们先睹为快。于是就有了这桩在生活中发现"美"的故事的发生。

2021年12月5日下午一点半光景,胡慕兰在微信群中发了一张照片,画面上是一把藤椅,背后有一张藤制的茶几,茶几上是一本占据着画面右下侧的《笔下寻乐记》,书也没有全部显现,但封面上的基本内容已经全部显示清楚了。茶几的另一侧露出了一点白底青花柱状器物,与书本相对而立,一高一低形成了反差。更绝的是有三簇红色片状的叶子,高低错落有致地悬挂在椅子背和茶几面之间,其效果如同一幅黑白相间的书法作品上的朱红印章,画龙点睛,它们对下方的书本也带着一种呼应的范儿。从书本在茶几桌面上呈现出太阳光照射的阴影,可以让读者知道此时此地的意境,是呈现在和煦阳光的阳台里。虽然画面中没有人物出现,但人们马上会意会到:这是何等富有诗情画意的温馨阅读的环境啊!当我一看见这张照片,一种美感油然而生,觉得小胡很有美学意识,挺会捕捉镜头,立即给她写了一句评语:"制造优雅的情景。"胡慕兰谦虚地应答:"没有有意而为之,而是在阳台上拜读二哥的书作,突然发现场景很适宜,便随手拍下此照片。"国梁大哥也表扬小妹道:"照片确实拍得不错,有诗情画意的韵味!"我随后把这张照片发给了两位具有艺术修养的朋友杨秉辉教授和许兴汉同学。

杨秉辉教授在我们科普作家圈子里可谓一位才华横溢的全才,他不仅在医学领域中是权威级的大师,也是科普文学的领军人物,尤其是他还是一位擅长速写的画家。他的画经常登载在各种媒体上。有一次我与他在科学会堂开完会,驱车顺路送他,他让我在田子坊附近停下,说著名摄影家尔冬强邀请他参观摄影展。我虽然因故没有随他去参观,但知道了他在艺术界也有一席之地的知名度。他没有对这张照片做文字评论,却回了五个"大拇指",让他这位大师给五个"大拇指"的点赞是不容易的,可见他给照片的高度评价。平时我们评论其他微友的作品,一般给三个"大拇指"就算很高的褒奖了。我称许兴汉为同学,因为他与我都毕业于澄衷中学,他是上海滩资深的记者,见多识广,他的评语是:"红枫陪新著,秋色更宜人。"应该说评语也带有诗意,遗憾的是由于画面的局限,那几片叶子状物并不是枫叶,而是蟹爪兰的花。但他对照片的艺术性显而易见还是肯定的。

故事到此没有结束,才刚刚开始呢!国梁大哥又在那里发表高见了:"@兰花草,如果在茶几上,书的旁边再配上一杯刚泡好的龙井茶,更是妙不可言。生命力旺盛的红艳鲜花,富有哲理的书香,简洁不俗的藤茶几、藤椅,幽雅的氛围跃然于画面上,人生难得的精神享受!"@兰花草是胡慕兰的微信名。国梁大哥的想法我是很赞成的,我一直以为对我来说,在家里,捧着一本爱读的好书,泡着一杯心仪的好茶,同时放着一首悦耳的好曲作为背景音乐,就是我人生最好的享受。小妹回答:"谢谢大哥、二哥,当时确实泡有一杯茶,我怕本来很随意的场景,加了茶杯太完美就会变成刻意,所以才拿走了茶杯。这些红色的蟹爪兰是我去年买的,一年来给它们喝牛奶,今年开花比去年茂盛了。"啊!原来是有茶杯的,还有那不是红枫叶子,而是蟹爪兰红色的花,再仔细一看,它们的后面确实还有几片淡淡的浅绿色的叶子。茶几上的白底青花柱状器

图2 生活就是美

物原来是一个花盆。我带有一点遗憾的口吻写道:"如果摆茶杯,就要用玻璃杯,里面泡绿茶,开水刚刚将茶叶泡开。"我想,如果画面中有点翠绿色,能够更加表现出生命的活力。谁知道一会儿胡定伦的太太刘珮瑜写了三个字"茶来了",随后是那张照片的茶几上变成放了四杯不同种类绿茶的四张照片。我在赞赏刘珮瑜"太有才了"的同时,建议她把四张合在一起的照片分开,好让在我写文章,做"美篇"时有个选择,她照办了。最后我选择了似乎是一杯龙井茶泡开过程的那张(图2),还有三张照片好像是泡的大叶"猴魁茶",还是什么茶,表现不出开水刚刚将茶叶泡开的景象。

于是大家议论纷纷,尤其是徐国铭的夫人张淑华写了一段我想表达却没有写的话:"初冬季节,沐浴在阳光下,沏上一杯清茶,看书、品茶、赏花是享受人生的一大境界,俯首闻书香,抬眼赏花香。花在书的映衬下,添加了文艺气息;书在花的衬托下,看起来更加津津有味。这就叫作增加知识品味人生啊!"慕兰小妹见了直夸奖二位嫂嫂:"三嫂加茶好手艺,四嫂文笔好精彩!"我的妻子天仪见了,也忍不住地赞美她的妯娌,我替她在微信群里写上:"二嫂连连称赞三嫂的照片制作艺术,四嫂的漂亮文采。"三嫂刘珮瑜还谦虚一番:"别夸了,我这个,只要下载一个软件,谁都能做,不是真才实学。谢谢大家!"大家还在议论纷纷,最后还是用小妹一句话做个小结吧:"以上这些由二哥的一本好书引起的朵朵涟漪,让我们五兄妹家族玩得真开心!"

从这个故事大家可以看出生活处处都有美的东西,在您身边,看您能不能及时地去抓住它。另外,自己还要有一个好的心态去看待周围的事物,有了真善美的意识和真情的心态,就会看到更多美的东西,它们会给您带来愉悦和幸福;反之,就会产生负的作用,对自己、对别人也都没有好处。本文的题目《生活就是美》,并不是我起的,来自我在东北的一位学长,他说,看了《笔下寻乐记》一书,给我总结出五个字:"生活就是美"。请各位读者看看,是这样的吗?

(原载"上海老底子"2021年12月18日,并上传至"澎湃新闻"发布)

评议与联想

钱平天：一幅美好生活画面展现在广大读者眼前：画中有五位不是兄弟的好兄弟，以及五位不是姐妹的好妯娌，他们和谐共处，有着许多共同的世界观、人生观，开创了许多美好的生活画面！平雷能把这么复杂的关系、由表及里层层剖析得清晰明了，足见文字功力之深厚！赞！

胡定伦：最近群内好热闹，大哥、淑华、小妹，在二哥的带领和影响下，写作水平进步神速，可喜可贺！

傅守爱：这几天我们这个五兄妹群热闹非凡，起因是富有文艺细胞的小妹妹拍出一张出色的艺术照片。作为非专业的外行人，我也同样十分喜欢这张照片。在老年人行列里，理应各自寻找自己喜欢的乐趣。因此，钱总的这本新书名字起得十分妥帖，我们会从书中汲取欢乐、趣味和谐的滋养。

彭　靖：用勤奋的笔和画面，捕捉生活中的内涵与美感。

周晓峰：于细微处见雅致。

朝　涌（微信名）：美源于生活，又高于生活！

桂子飘香（微信名）：用美的眼光看世界，一切都美！

戴兆辉：罗丹说，生活中不是缺少美，而是缺少发现美的眼睛。看来钱老师发现了。

刘中辉：图片好，文章好，友情好，难得一群志趣相投的兄弟姐妹们！

王　群：有这样的老朋友，的确也会有一种美的感觉。

康明琴：感谢再次分享钱平雷先生的作品。心里有美，眼中就有美。一帧照片能引出一篇赞美友情的长文。从中感受到钱先生有趣的灵魂与非凡的审美。很难得。建议党支部邀请钱先生以"生活就是美"为题，为大家上一课。

戴晓虹：感谢陈老师把先生的作品分享给大家！让我们也深深感悟到"生活就是美"！这个美的发现并不需要去风景名胜打卡观赏，也不必去黑珍珠餐厅品味美食，而就在自己的身边就可以发现美、欣赏美！

傅雅君：带了深度老花镜，全部读完。钱老师退休后与作家的生活没有区别，自己回忆、不断的写作，为阅读者带来了乐趣与快感……与你一起共享，由衷谢谢！

顾亚民："生活就是美"在不经意间被发现、被创造，于是乎平淡的老年生活有了一次愉悦的雅集，变得多姿多彩了。赞美平雷同学的帖子！谢谢经常推送"美篇"。

杨秉辉：罗丹说过："美是无处不存在的，在于发现。"斯言是也。钱先生在此文中尽说生活之美，是钱先生与诸位友人善于发现美，即审美，审美的基础是人的修养，故此帧照片之美绝非偶然之发现，而是诸君之修养使然。

"窗下公园"申园秋游记

一

我如今住在浦东上钢社区的一座高层建筑公寓里,家里的窗子面向南面和西面。后面走廊的窗子就是朝北方向了。以前从西窗和北窗眺望出去的就是上钢三厂和后滩民居,自从举行2010年世博会后,原上钢三厂和后滩民居所在地的沿黄浦江的一线就规划成了上海市中心地区最大的公园——上海世博文化公园。据《新民晚报》上介绍,它位于浦东滨江核心地区,面积约为2平方千米,结合了已建成的后滩湿地公园,对世博会4个保留场馆进行改造,同时新建申园、双子山、歌剧院、马场等设施,打造成为未来上海中心城区最大的休闲集中地。于是我在心目中把世博文化公园称为"窗下公园"。意思是它对我来说近在咫尺。

2022年春节前夕,媒体纷纷报道,具有中国江南园林文化风格的申园竣工对外开放了。申园是上海世博文化公园中的园中园,总占地达50 000平方米,园内堆山掘水、建亭筑桥,规划形成北山、南水、东园、西苑的总体空间布局。具体还有醉红映霞、古柯晚渡、玉堂春满、松石泉流、曲韵天香、秋江落照、烟雨蓬莱、荷风鱼乐命题八景。据说其景色可以与上海豫园媲美,得知这个信息,上海市民尤其是中老年妇女游客,趋之若鹜地前往打卡。于是人们不时在手机上可以看到她们成群结队,浓妆盛装,摆好姿势,摄下倩影,追求着自然人文景色融为一体的幸福美好意境。

得到上述信息,肯定会引起我心里希望前去申园观景的念头。开始听说需要预约,后来觉得天气乍寒,所以一直没有具体行动。到了进入春季了，我就想前往游览一番了。可是没想到随后就遇到了新冠疫情和上海前所未有过的炎热夏天，这就将游园的事情搁置下来了。到了国庆长假，妻子认为总是待在家里，应该外出游玩一番。然而，政府希望大家尽量不要离开上海，那么去哪里最合适呢？于是到"窗下公园"去的念头又重新浮起。既然是旅游，总希望有合适的旅伴，彼此可以一边并肩漫步观赏美景，一边共同抒发对眼前景色的赞叹，也为我随后撰写游记，提供具有诗情画意创意的素材。我铁路局的几位老同事胡定伦、陈国梁、徐国铭、胡慕兰和他们的配偶一直是我们最理想的旅伴，以往我们总在春节和国庆长假要结伴外出旅游一次的，这次自然也要约请他们一起前往。他们居然也都还没有去过申园，因此都愿意受邀。况且由于疫情原因，我们春节后还没有见过面。但是由于我联络的时间偏晚，有些人事先已有安排，后来我自己也有小恙，经过胡定伦的多方协调，除了徐国铭夫妇因为特殊原因，无法到场外，其他人都约定于10月12日上午前往申园，原来的"春游"也就变成了"秋游"。

既然此事已定，我倒吃不准那申园究竟在世博文化公园的什么部位了。2平方千米是我在同济大学母校上学时四平路校区面积的一倍。当年我从校门口走到西南一楼的宿舍，还要走上十几分钟呢！也许它的大门还并不一定在我家附近呀？为此，我曾经咨询了我楼里的老邻居黄章华医生。我说，申园入口是否就在正对着我们楼的方向？他的回答让我大吃一惊，虽然不远，但也要换两趟公共汽车。尽管其中一趟只有一站路，不过对于我们老年人来说，步行体力还是不行的。他还因此陪我驱车去认了一下路径。为此次活动顺利进行，在10月10日下午，我再一次驱车让妻子与我一起到实地走了一趟，弄清去申园的交通状况和合适的集合地点，并以微信方式告诉了我的旅伴们。

二

10月12日上午8:30我驱车携妻子天仪，以及由其子将他们专程从家里送到我们小区门口的胡定伦、刘珮瑜老两口一起，前往申园。单程的路程据刘珮瑜在网上查验，只有不到2千米的距离，直接过去确实只要一眨眼的工夫。我沿着长清北路向东行驶，到了博成路左转弯，到济坤路再一次左转弯，然后再沿着济坤路向西往回开一段路，从P2停车场入口下去，整个偌大的车库空空如也，几乎没有一辆车。我往济坤路50号我们约定集合的地方的方向开了很久，才将车停到一个车位上。从车库到了地面，发现已经来到了济坤路50号的东侧。于是我们又往回走了一段路，远远看见沈洪波、胡慕兰伉俪已经在集合地点的长条椅子坐着等候我们了。此时只有老大哥陈国梁和大嫂傅守爱老师尚未到达。我们多次与他们联系，说已经离此不远，甚至看见我们了，但久久不见人影，最后方知他们已经到达申园门口了。于是我们赶快前往目的地与他们汇聚。在等候陈大哥的时候，我发现其他游客正在陆续到来，有一个共同的特点，都是老年人。还有一个特征，无论老头儿还是老太，都确实如此前网络上看到的一样，都是五彩缤纷的衣着打扮，尤其是有一些中老年妇女，可谓"淡妆浓抹"，甚至"花枝招展"。曾几何时，我国的一片"蓝蚂蚁"服饰的时代，已经一去不复返了。

当我们随着人流向申园方向走去时，大家不约而同有一种从新奇、愉悦到惊喜的感觉。（图1）大片绿油油的草坪和周围的树木、花草，以

图1 旅伴们愉快地步向申园

及棚架、建筑小品,有机地搭配分布,与远处当年世博会遗留下来的卢森堡、俄罗斯的展馆建筑,和谐地组成了远近高低不同、错落有致的美丽风景。周边清新的空气,让我们忍不住把口罩拉了下来,张开嘴巴深深地呼吸。路边的广播喇叭不时播放由"我爱你,中国!""让我们荡起双桨"等歌曲的优美旋律改编的管弦乐曲,作为背景音乐。这一切使人产生一种既对眼前的景色,自己居然会如此的陌生,从而处于不解的困惑,又非常沉浸在享受这种惬意的意境的奇特心情之中。大家连连说,上海有这么好的地方我们怎么会不知道。还有旅伴对我们说,你们家离这里如此得近,你们也不来欣赏和享用,太可惜了!看来从济坤路世博公园的大门口走到申园是一段不近的路程。难怪网络上说,世博文化公园的规划面积相当于8个延中绿地,2.5个上海植物园,将是中心城区最大的公园绿地。因此,就在里面走走也不是一件轻松的事情。终于看到国梁大哥和守爱大嫂了,大嫂鲜红的外套令人注目,她无疑将为今天旅游的摄影提供瞩目的标记,如同一幅国画,她将是一枚画龙点睛的印章。

三

我们一起跨过了一座石拱桥,来到一座大门前,这是申园的南入口,进园林是需要买票的,票价30元/人,我们都是老年人可以享受半价。进了大门,每人先随手拿了一份折叠式的导游小册子,上面有以国画形式绘制的鸟瞰全景游览路线示意图。其实大家在此时是不会停下脚步去研究路径的,面对着扑面而来的美景,赶快去赏景才是真正唯一的选择。首先映入眼帘的就是一堆由太湖石叠堆的假山,山顶上是一座亭子,叫枕瀑亭,假山的另一侧有三叠人造飞瀑自上喷吐而下。

接着就来到一处叫玉兰馆的景点,根据门口附近有一块命名导游牌介绍,它属于申园中的命题八景中叫作"玉堂春满"的一景,是一座两进的仿古建筑群,用"玉兰"命名是因为白玉兰花是上海的市花。所谓"两进"就是一个有两个相隔又相通的院落,还都各有名字命名:第一进叫"玉堂富贵",第二进叫"梅花知春早"。这里有一座气势雄伟的建筑,应该就是该群的主建筑叫"玉兰堂",据里面的导游指示牌文字介绍,它是申园的正厅,是园林主人社交会客的场所。这就让我想起,上海的另一座代表性园林——豫园了,它的正厅好像叫点春堂,是当年"小刀会"的指挥部。可见正厅在园林中的地位了。该指示牌还承担了园林建筑的科普,它赋予此厅一个更加重要的功能:标题是"整个人都雅致生活——申园文化主题展",下面的文字是:"在这里摆放着盆景、湖石、花器、茶器、香器,全面展示了主人的社会身份、文化艺术及生活旨趣。"看了说明,再观看厅内的设置,游客就会对指示牌的内容同时有了感性和理性的认识。

出了玉兰堂转过一座小桥,看到两位工人在水池边用一种设备制造云雾效果,池塘四周立即烟雾腾腾,随后产生了云蒸霞蔚的奇特景色,周围的飞檐翘角的仿古建筑和树木花草在迷雾之中若隐若现,呈现出"天上宫阙琼楼玉宇"的意境。(图2)在人们在惊喜之余,赶快留影,有些人还拍摄下旅伴似乎处于腾云驾雾状态的景象。他们心中大概还在为自己能够碰到这种可遇不可求的良机感到庆幸吧!

依依不舍地离开这里,继续向前,看见一块"竹里轩"的指向牌,我就让大家一起往这个方向走,这一路,视觉的奇迹发生了。我突然发现文学的一种写作手法"移步换景"这四个字,用在描述此时的感受最为确切不过了。"移步换景"是指不固定视点,即立足点和观察点,按照地点的转移和一定的视角,把所看到的不同事物,描述和记叙下来。人走景移,随着观察点的变换,不断展现新画面。但在此时却是倒了过来,不是作者对景色的文字记录,而是眼前的景致,随着游客的移动,不断呈现出不同的风景来吸引他们的眼球。当我看见白色的院墙上有一道全月形的门,穿过门洞看到外面是一幅由廊柱和围栏组成的方形亭子和四周树木花草一起形成的美景,就立即拍摄下来。当我走到门洞前往里面一望,又是另外一道美丽的风景线。(图3)依着白色院墙有一株绿色挺拔但造型又十分优雅的大棵芭蕉令人瞩目,此景不能错过,我马上

图2 人造云雾中的"琼楼玉宇"

图3 移步换景——申园一景

邀请四位女士一起在此合影,让美景和"资深美女"们一起编制此游的美篇吧!(图4)再向前走了几步,另一处由临水建筑、水榭和水池以及湖石小品、五彩缤纷的树叶等共同造就的秋日景色画面,又展现在人们的面前。就这样,一幅幅绚丽多彩的自然美景不断涌现,一直伴随着我们的进程。

图4 四位"资深美女"的合影

四

游览了以"玉堂春满"为中心的景点,大概如同完成了一席盛宴中的主菜程序。后面的景点就不像这里的景致那样密集了。露香亭屹立在高高的假山上,还是吸引傅守爱和刘珮瑜二位夫人攀登上去,除了远眺外,还摆了心形姿势,拍照留念。接着我们又到了一处叫"烟雨楼"的地方。我在想,这座楼的名字的来历可能就是嘉兴南湖的烟雨楼,那是举行中国共产党第一次代表大会的地点之一。还有一个原因,这座楼面临申园内的人工湖——丹枫湖。进了该楼的底层是一个大厅。厅内也有一块导游指示牌,上面的文字说明:该楼是登临远眺之处,楼上可以眺望申园的全景。楼下这是小憩的地方。楼下宽广石屏风前,放置了一方湖石,意将一园山水,浓缩于此。果然在进门处看到一块形状如同一朵云的奇特湖石处于楼下大厅的中央。(图5)厅内一侧有上楼的楼梯,但此时关闭。

图5 烟雨楼的镇馆之宝——云状湖石

我们出了烟雨楼,随着其他的游客人流继续前行,到了一座名为"一览亭"的地方。顾名思义,这是可以"一览无余"的地方。我猛然想起,这申园是世博文化公园的一部分,世博文化公园最大的特点之一,它是中心城区最大的公园绿地,旁边还有面积达2.5平方千米的黄浦江水域,公园可与这一广阔水域相融。那么只要上到了"一览亭"就可以看到黄浦江了。于是我和妻子互相搀扶,与沈洪波、胡慕兰伉俪一起登上了"一览亭"。令人遗憾的是,这"一览亭"的地势还不够高,在这里无法眺望到黄浦江水面；但申园的景色倒可以"一览无余"。毕竟是老年人了，到此时有点累了，于是在亭子里周边设置的椅子，依着栏杆坐下来小憩片刻。其实至此，游览申园的主要内容已经到了尾声，剩下的就是返程了。

五

在喝水补能之间，我以一名土木建筑的科技工作者的角度观察了申园的全景的布局，正如导游小册子所介绍，这是一座典型仿照明清时期江南传统园林风格建造的公园。建设者将江南园林的重要造园特点和手法，应用得淋漓尽致。在江南园林造园中有一种传统的说法："七分主人，三分匠人。"意思是这座园林的建造，主要需要体现主人的思想，它占到70%的比重；而设计、施工的称为"匠人"，只占30%的重要性。像拙政园、退思园等园名就体现了主人的思想感情。这种说法当然有点片面，但说明造园是有主题思想的，它鲜明地折射出中国人的自然观和人生观。江南古典园林也是最能代表中国古典园林艺术成就的，它凝聚了中国知识分子和能工巧匠的勤劳和智慧，蕴含了儒释道等哲学及山水诗、画等传统艺术。清代文人钱泳曾指出，造园如作诗文，必使曲折有法、前后呼应。他强调了中国古典园林更加注重的是追求诗的意境美。著名园林专家陈从周教授还把园林与昆曲放在一起，认为它们有异曲同工之美。导游小册子给了我们申园造园思想的答案："传扬中国传统文化，体验江南美好生活，共享园林美学盛宴。"具体口号是："申园，让生活更雅致。"

我知道江南园林有三个特点：叠石理水、花木众多和建筑淡雅朴素。对照眼下的申园，我觉得建设者充分运用了江南园林的造园手法，全面体现了其造园特点。叠石理水：申园在布局元素上多以水景擅长，水石相映构成园林主景。该园中奇石品种丰富，尤其是太湖石，玲珑多姿，植立庭中水间，令人赏心悦目。花木众多：申园利用了江南气候土壤适合各类花草树木的生长。申园堪称集植物之大成，园林内有一年四季均可欣赏的树木花草，可惜许多乔木还都处于移植后稳固期，树的主干上捆绑着蓝色的纤维布，对摄影效果有点影响。申园的建筑可谓丰富多彩，亭、榭、廊、阁、轩、楼、台、厅、桥等建筑物几乎一应俱全。而且其色彩和装饰都属于淡雅朴素，但所有构件又都不失精制细作。尤其是他们在连廊运用方面值得称赞，恰到好处地把各种建筑物有机地联系起来，也帮助游客顺利地选择游览路径，充分体现了以人为本的理念。

六

从"一览亭"下来，我们就开始往回走了。在疫情防控期间，许多时间都要戴着口罩在行走，但面对这么美好的场景，如果没有留影还是怪可惜的。我让沈洪波、胡慕兰伉俪摘了口罩，为他俩拍了两张照片。也让沈洪波为我们老两口拍了几张照。这一路至此，我突然发现这申园的设计者是非常懂艺术的，这座园林的建筑和道路的布局，完全如同撰写一幅书法的行书作品。我们在撰写行书时，讲究笔法线条的浓淡、粗细、干枯与湿润，字体的大小、工整与潦草，字与字之间的疏密，同一个字的不同写法，等等。让它们在书写过程中，不断演绎，制造变化，又求得对立与统一、互为因果关系的艺术效果。我们在这里感受到建筑的形式和密度、地势起伏和地貌的造型等，也都显露出它的以小见大、小中见大、虚中有实、实中有虚，或藏或露、或浅或深的对比手法，使我们游客在空间不断地发生的变化中，得到艺术的享受。这就更加凸显出园林具有艺术性的特征了。

在申园里看到许多老年游客也都和我们一样，流露出一副副幸福的表情。他们在如此优雅的环境中，尽情地享受着秋日阳光和和畅惠风的眷顾，细细地品尝着自己带来的饮料和便餐的滋味，互相叙谈着久别重逢的家长里短，拍摄记录着发自内心的愉悦笑容。我们中还有人将申园与浦西的豫园作了比较，说申园的景色一点不亚于豫园，只是豫园更具有历史沧桑的经历，相信到了若干年后，当申园有了一定阅历后，也会成为上海的一张名片。沈洪波在他的朋友圈里写了一段话，颇有代表性:"你知道申园吗？它仿佛一夜之间突然出现在黄浦江畔,让众多上海人变得'木知木觉''不领市面'。申园系典型的江南园林,园内……园林元素一应俱全,美轮美奂……它将成为上海的又一个新地标,新的网红打卡地……"我们的旅伴都对上海拥有如此优雅的旅游地感到意外,大家也都为自己能够作为一名上海市民,同时拥有豫园和申园而感到无比的幸运。

中午我们在家附近的一家名为"宅里厢"的饭店宴请我的旅伴们,具有浦东农家特色入味的菜肴,令旅伴们颇为赞赏,使我们愉快地度过了一次期待已久的秋游。

（原载"上海老底子"2022年10月17日）

评议与联想

章回波：申园我已经去过了,据陈馨老师说有点像如皋的水绘园,我也有同感。

陈国梁：钱总不愧为中国作家协会会员,实至名归。文章出手之快,令人羡慕啊！如果单纯是从写作游记的角度上看,就会让人看着、看着,引人渐入佳境。又有那么多的照片配合,更是呈现出一幅幅具有立体感的画面,令读者如身临其境。这又好像在为申园做了一次很亮丽的全方位无声的宣传似的。文章尤其与众不同的是,增加了一些有关园林的科普知识,这是一般游记所不具备的。毕竟他还是中国科普作家协会的会员,其文学作品往往会出人意料,融入更多的科技知识,锦上添花。另外,他能对场景的细微处精雕细刻,读起来味道更浓。这就是钱总撰写文章的功力,得到了读者们的一致认可。相信朋友们看了这篇文章后,一定也会下决心尽快前往一游的。我们算是先行者,对此次一日游感到满足和愉悦。谢谢文理双全的钱作家！

胡定伦：钱总是写游记的高手。虽然昨天我们一起游了申园,今天读他的"申园秋游记",仍然产生了一种感情上的愉悦,一种美的享受！

沈洪波：言之有人、言之有情、言之有物、言之有景,而且能精湛地交融,这就是钱平雷先生散文的魅力!

李庆鸿:图文并茂,读来是一种享受!

章杏波:赞!信手拈来就成文。

喻渭河:如临其境,活色生香。

阿　焱(微信名):

> 赏秋未必远程,
> 妙在氛围意境。
> 同游莫求人多,
> 贵在挚友同行。
> 玉堂春意满满,
> 曲韵天香温馨,
> 醉红晖映霞霓,
> 烟雨蓬莱氤氲。
> 谈笑有教授鸿儒,
> 观瞻有申园八景。
> "窗下公园"一日游,
> 美哉不虚此行。

陈素娣:申园自开放以来赞誉声不断,但是一直没有机会前去游览。今天看了钱哥如此详细的介绍,我仿佛已经走了一圈,也激起了我一定要去游览一次的打算。钱哥,真的很佩服你,你能洋洋洒洒写出这么一篇长文,你真是太棒了!

钱平天:平雷又写了一篇图文并茂的好文章。金秋十月,风和日丽,携友同行,回味无穷。此文启示了上海人寻找本地有一个新建而美丽的休闲佳处。

钱丽臻:钱平雷真是了不起,在对贴近住处的世博公园中仿古园林的一次尽兴畅游后,为了颂景,更为了抒情,由此做了细致而又充满情趣的记录和描写,还有大量照片作衬托,形成了一篇图文并茂的好作品。前些日子,看到你蜷缩在家里不肯动弹,谁知一动你的神笔,又生龙活虎地活跃起来了。满满的生活,满满的能量,太棒了!

周芳龙: 读了钱老师的《申园秋游记》一文,犹如自己游历在栩栩如生的文字森林中,却流连忘返,所到之处无不为之感叹!里面的一景一物生动地反映出作者的工匠精神,细腻的个人情感,因为"窗下公园"一文,给读者展现了一片美好的心灵净土。

许兴汉: 写作,已成为你生活的常态,并永远隽绣在你生命的屏风上,从而让你的人生闪现出别样的光芒!

毛正峻: 钱老师本可以成为旅游市场的营销专家的。

康明琴: 好景好文好情致。游记图文并茂,翔实生动,引人入胜。读罢顿生去申园打卡之意。谢谢钱平雷先生的分享!

俞惠秀: 申园我去过两次,环境很好。看了您的文章,加深了我对申园的印象,好像又在里面游览了一圈。

夏 萍: 一般人在游园时,大多是走马观花。难得钱老师的《"窗下公园"申园秋游记》对申园的各个景点特点、来龙去脉,做了详尽的解读,长知识了。谢谢钱老师!

古稀老翁赶考记

——参加上海市2022年度服务业领域标准化试点立项评审会侧记

一、七旬老汉被"准考"

我真是连做梦也没有想到,我——一个已经76周岁的老汉,还会临场参加一场真正的考试,而且还是一场从报名到准考、模拟考、面试直至等待录取,所有考试的元素都包含在内的过程。

2022年11月7日(周一)下午上海市楼宇科技研究会的秘书长郭际冬,他也是本项目申请单位上海广慧物业管理公司的总经理,给我转发过来一份通知,说后天要我去参加一场面试。通知上对面试答辩的要求有3项:其一是时间,5分钟PPT项目陈述,5分钟专家提问;其二是内容,包括项目工作基础、预期效果;其三是要求,聚焦试点项目,言简意赅,突出重点。人们可以看出尽管只有10分钟的答辩时间,但要达到上述要求却不是一件轻松的事情,尤其是在5分钟内完成对项目的陈述,而且是"言简意赅,突出重点",是非常考验应试者的学术业务功底的。这与俗话说的"台上一分钟,台下十年功"应该具有异曲同工之妙。况且从该通知的附件上可以看到这次参与竞选的项目一共有21项,都是服务业的各个行当具有一定领先水平的单位申请的,有些本身就是科技公司。据说最后能被批准的只有3—4项,其激烈程度可想而知。不言而喻,这对于应试者的压力是相当大的,而我却是其中的一名。

因此,当11月9日我走出考场时,顿时如释重负,觉得该项目无论最后能否被选中,对我来说都是一次奇特的经历,想把此事的经过用散文形式,加以回顾描述一番,成为我的一件文学作品。毕竟迄今为止我可以算得是这个项目"剧组"除了编导以外的"男一号演员"吧？应该别有一番滋味在心头。尽管我是被他们"赶"上"架子"去参加考试的，那也是我除了写作以外，"老有所为"的另一项成果。

二、葫芦画瓢"报名"表

前些日子，待在家中休闲的我，接到郭际冬打来的电话，说静安区市场监管局曹家渡监管所的吴琰所长从王瑾副所长那里得知，广慧物业管理公司经营管理的智慧广场正在进行智慧化改造，同时编制的《智慧广场智慧（数字）化物业管理标准》，这是促使传统物业管理企业向现代物业管理企业转型的"行动指南"。吴所长以她高度的职业敏感度发现，这是物业管理领域的一项创新。如果能把这个标准推向其他物业管理企业推广，对物业管理这个入门门槛较低的服务行业来说，是在建设"数字上海"过程中，推进其全面转型，具有"改朝换代"意义的好事情。她们建议郭总通过静安区市场监管局，向上海市市场监管局申请"上海市2022年度服务业领域标准化试点"项目。郭总让我做好准备，帮他填报申请表格。郭总还说，如果区局同意上报市局，需要答辩，也要我去。他的理由是："你是'智慧楼宇'从概念到评价标准提出的'首创者'，对它的来龙去脉最清楚，尤其你是《智慧广场智慧（数字）化物业管理标准》编写大纲和目录的撰写人。"

接到这个电话，我内心是矛盾的。这件事情的本身没有问题，是一件"功德无量"的好事，如果仅仅是填表也应该问题不大，但还要叫我去答辩，我心里就有点波动了，虽然对自己的口才没有什么疑虑，可谓"身经百战"，大大小小场合无论是发言还是做报告，我都不会怯场。但这么大的年龄，还要去接受考官"小辈"们的面试？如果最后还没有被批准入选，实在是有点"晚节不保"，没有"台型"的遭遇了。

随后郭总就通过微信给我发来了申请的表格——"报名表"，还附来一份其他单位曾经申报填写的"样本1"，让我"依葫芦画瓢"比照着来填写。我把申请试点的项目定为"楼宇智慧（数字）化（现代）物业管理标准",也就是把对智慧广场量身定制的《智慧广场智慧(数字)化物业管理标准》转化为物业管理行业可以普遍应用的"普及版"。当我上传给郭总后不久,他又转来一份另一家单位填报过的"样本2",说经他请行家审阅,觉得按照前一个"样板1"写法不合要求,换一个"样板2"。当时我就犯了嘀咕,认为模仿别人是初级专业人员干的事情,我一名高级科技人员,填过类似的表格不计其数,况且我对自己的文字驾驭能力很自信,因为我不仅是科普作家,还是文学作家,而且还都是带中国头衔协会的"国家级"会员。我只要按照表格栏目名称填写就可以了,为什么还要参照别人的东西?但在这个"剧组"中我只是一个"演员",最终决策还得听"导演"的,那就恭敬不如从命,把表格再一次填完后,让郭总去最后审定吧!

三、急急匆匆"模拟考"

郭总在11月7日下午来的电话里还说,11月9日(周三)就要去参加答辩了,明天11月8日静安区的有关部门领导和专家要来智慧广场,为我们如何应考进行一次辅导,让我届时做好准备。具体等到他们到来后,在他们指导下,我们再赶制PPT等考试准备工作。他还发来了上海市市场监督管理局标准创新发展处发出的评审会通知——"准考证"。

我觉得按照郭总说的有点问题,如果一切都要等到区里有关领导和专家辅导后,再开始准备应考资料,中间只有一天时间,显然是来不及弄好的。这也不符合我们老年人做事情的风格。我想,我只有按照通知上的三条要求,做好相关内容的PPT,第二天才可以让区里领导和专家辅导时有一个指点的"靶子",说出可以改进的地方。于是我就着手编制一个PPT,因为智慧楼宇对于一般非本行当的人士来说,是不熟悉的新生事物,所以除了我在回答上述三个问题外,必须把智慧楼宇的基本概念先要介绍一下,这样才能让受众理解随后你要说的内容。为此我的PPT变成了有4个章节的汇报资料。我在当晚把PPT发给了郭总,请他审查。

次日早晨我来到智慧广场，与郭总的助手潘清沁，以及广慧公司的倪英浩副总经理一起到位于26楼的东浩兰生信息科技公司参与智慧广场改造团队的会议室，等候区里同志们的到来。倪总认为因为"录取率"太低，所以他对这场"考试"不抱太大的希望。我随手带来几本我撰写的新书《笔下寻乐记》，因为里面有一篇《我为上海"扎台型"》的散文，它的副标题是"参加2019年世界人工智能大会侧记"，该文记录了我们对智慧楼宇的研究达到了国际先进水平。

9:30郭总陪同来访的6位同志进入会议室，据介绍他们主要是来自市场监管业务方面的有关领导和专家。我们彼此介绍后，应该说汇报也就开始了。我半调侃地说，我这样年龄的老汉去应考，形象欠佳，应该让郭总这样年富力强的人出场才合适。郭总马上回应："作为专家没有关系。"客人们也附和地说可以的。随后我就把PPT的内容叙述了一遍，当然事先声明，要说明一些问题，所以时间估计要拉长一些，这"模拟考"不能按照5分钟正式面试的要求进行。随后东浩兰生信息科技公司的李亦颂也介绍了2—3个已经完成智慧（数字）化子项目的案例。

这些领导和专家显然对我们汇报的内容很重视，也很感兴趣，因为本次全市各区报送评审的项目共有21个，而静安区就报我们一个项目。看上去是最大领导的李彬处长尤其兴奋，她显然是一个专家型领导，当她看到PPT上有关标准的模型示意图，立即就指出这是一个系统。听到我们的子课题里还有智慧楼宇党建，而且我们已经在研究楼宇党建的数字化管理了。她指出应该把这个子项目单独报给我们静安区有关部门，这是静安区的一项创新。这位领导显然对楼宇经济的重要地位非常清楚，也有清醒的讲政治的敏感性。这不，新的上海市委书记陈吉宁同志到上海一开始工作，就到陆家嘴调研楼宇党建工作，可见楼宇党建工作在上海的重要地位。此外，当他们得知我们近年来的几项标准的研究，都达到国际先进水平，而且都成了国家团体标准的时候，都带有遗憾的口吻说道，你们在静安区域范围内做的事情，也应该让我们相关部门掌握这个信息，我们也能随时支持你们的工作。她还转过脸去表扬了王副所长，说她拥有职业的敏感性，发现了你们的工作动态，随后全力推荐了你们。郭总立即表示歉意，说今后一定及时报告，争取得到你们的指导。

其他几位专家也对智慧防疫、智慧节能减排等子项目表示了浓厚的兴趣，说应该把这些内容也适当地插进去，作为汇报的内容。市场监管局的标准计量科专家蔡晶晶老师指出，除了PPT外，还应该有一篇汇报报告。我说，我不知道，PPT还是我主动先做的。她说，不要太长，有500字就可以了。他们高度评价了我们的工作，还说，这次申请应该希望很大。看来"模拟考"的成绩还不错。在他们离开时，我向他们赠送了拙作《笔下寻乐记》一书，在为他们作者签名时，也知道了他们的名字。

紧接着，我立刻开始撰写汇报报告，对于写文章，对我来说不在话下。只是有些新内容我也不很清楚，需要郭总他们陪伴在旁，随时咨询。一个小时光景，我的1000字不到的报告（读者如有兴趣可看附件：《五分钟汇报报告》）就完成了。潘清沁先生马上把它发到由郭总临时组建的一个"迎考"微信群里，让王副所长和蔡晶晶老师审阅。也请潘清沁先生把有关智慧防疫、智慧节能减排的图片插入原来的PPT中，并相约下午2点我们一起演习一遍。下午我们试验了一下，我就照着稿子宣读，小潘随着我演讲的内容，播放PPT的相关内容的画面，结果花了4分23秒就完成了。看来让我这个老头儿一边宣讲、一边操作PPT是够呛的，幸亏规则允许2—3人一起入考场。应付明天考试的准备工作，应该可以说就绪了。

四、三对六面过"大考"

11月9日下午1:00我就到达了位于长宁区威宁路的考场所在地——上海市市场监管局干部教育中心的1号楼3楼候考。本来郭总让小潘来我家接我，但我想小潘来浦东不顺路，原定下午2:00开始面试，不能耽误，还不如我自己驾车更有把握。

走上3楼，楼梯口就有一块指示牌，上面画着一个箭头，写着"候考309"几个字（图1）。啊！凭这块牌子就足以说明，就是一场名副其

图1 真正的"考场"

实的考试呵!进入候考室,里面只有一个人在等待,过了一会儿郭总和小潘也到了。小潘手里还捧着一本《智慧广场物业管理标准》和一本《现代物业管理概论》,打算作为我们能够承担这个项目的"物证"。我也把一本《笔下寻乐记》交给了他。稍等片刻,那位"考生"被唤进了考场。不一会儿,工作人员来叫我们进去面试了,据说本来在我们前面的一组"考生"至今未到,于是让我们提前入场应考了。

这是一个有椭圆形会议桌放中心的会议室做的考场,背对大门的座位是应考者的位置,面对大门的长边是考官的位子,我们三人,我坐在有麦克风对着的座位,小潘坐在我右侧电脑前的座位,郭总坐在我左侧。对面好像是6名考官,时间仓促,我也来不及一一打量1男5女考官座位前的席卡上的姓名。只知道那位主持的男士是提问的主考官,这样"三对六面"的考试阵势就摆开了。

等到小潘安置U盘妥当后,我就开始"汇报"了。我除了前面加上"各位领导、各位专家:今天我汇报的题目是……"以外,其他就对着我的稿子,一口气照本宣读了。5分钟的时间是容不得我自由发挥什么的。当我读完稿子后,讲了一句"谢谢大家",自述部分就算结束了。紧接着考官们也询问了几个问题,我和郭总作了简要回答,其中我们两人对某个问题的理解有些偏差,也顾不得那些,作些自我修正了事。考试程序就这么结束了,这时我发现蔡晶晶老师不知什么时候已经坐在小潘旁边了。她也与我们一起站了起来。小潘把《智慧广场物业管理标准》和《现代物业管理概论》两本书交给了其中一位女考官后,我们就退了出来,到了隔壁一间休息室,我们随身的包都在那里。我们还在议论刚才考试的效果,蔡老师说,该说的都已经说清楚了,达到预期效果了。

我让蔡老师把小潘没有给考官的《笔下寻乐记》转交给考官,那是要说明,我们的项目是具有国际先进水平意思的。

考试结束了,我们告别蔡老师下了楼,临走我对没有拍下考场的照片感到有点遗憾,如果我将来要写一篇描写赶考的散文做成"美篇",没有这张照片是有点欠缺的。亡羊补牢,作些补救吧!我们在楼下院子里拍了几张照片,小潘还找来一位女教师模样的女士为我们拍照。郭总觉得应该有教育中心的标记作背景,又建议到大门口再拍几张(图2),那位女士也被我们一起拉到门口,等拍完向她致谢时,她说不用谢,她也是从别的区来参加面试团队的成员。原来我们还是"同学"呀!在我微信群里放上刚才拍的2张照片后,蔡老师也写了一句:"感谢钱老师、郭总和潘老师的支持,今天辛苦啦!"我还有点不甘罢休,希望回到考场去的蔡老师能为我拍一张考场内景照,于是在微信群里再写了一句话"启示"她:"古稀老汉进考场,尚缺一张考场内的照片。"事后郭总告诉我,此时蔡老师也已经离开了考场。看来时过境迁无法补救了。

图2 三人赶考团队(左为郭际冬,中为作者,右为潘清沁)

五、"老有所为"即成果

接下来的事情就是等待批准公示的文件了。显然那就是本次考试的"录取通知书"。作为团队的"第一应考者",我当然希望能够得到"录取通知书"。然而,这到底是一场高手林立选手之间的博弈较量,是争夺有限"录取"名额的选拔赛。所以我也清楚地明白,如果能够拿到"录取通知书"仅仅还是"入学"的前提,后面的"求学"期间的日子并不轻松,说到底,这个课题是一件我们以前还没有做过的事情。需要许多专业人士集成研究实践才能奏效,从而达到预期目的。

不管最后结果如何,回顾这次考试的过程,它确实是对我几十年来学习和工作所获得的知识和技能的一次检阅。它不仅要求我掌握与"智慧、楼宇、数字化、物业、管理、标准"这些词汇所组成的名词中所有的专业的基本知识,还要求我具备较好的口头表达能力和笔头表达能力。特别是用5分钟的时间要让对本专业不熟悉的"考官"们信服你所想要传达的东西,把"票"投给你,这科普能力的高下大概是能起到关键作用的。想到这里,我难免有点沾沾自喜,我这个文理相通的"科普文学"作家,能够成为这场考试的考生,就是一次很有纪念意义的经历,毕竟我是一个70多岁的老头儿啊!这也能为"老有所为"唱上一曲赞歌吧?

附件:五分钟汇报报告

促进传统物业管理数字化转型

智慧城市是许多城市的发展战略,有诸如智慧公务、智慧医疗等子系统,但在楼宇方面以前一直以智能化楼宇代替智慧楼宇出现在人们的面前。经过上海市楼宇科技研究会10年的研究,提出一座楼宇如能称为"智慧楼宇"应该具备4个条件:绿色建筑、自动化集智、现代物业管理和融入"智慧城市"。并依此制定了"智慧楼宇评价指标体系",对上海的两座具有智慧化建设或改造的代表性的楼宇进行评定。我们发现这两座楼,尽管硬件已经达到应有的水平,但由于传统物业管理企业没有相应转型为现代化物业管理企业,所以楼宇智慧化的功能并没有得到完整的体现。于是在进行智慧广场智慧化改造的时候,同步对物业管理企业实施转型。其抓手就是物业管理数字化,具体载体就是同时编写《智慧广场智慧(数字)化物业管理标准》。这也是物业管理行业响应习近平总书记发展数字经济的具体行动,为建设数字上海做出我们的贡献。

承担智慧广场物业管理的是上海广慧物业管理公司,早在2012年该公司的骨干就参与《智慧广场物业管理标准》的编写,这是我国第一部5A级写字楼的物业管理标准。随后他们又参与了《智慧楼宇评价指标体系1.0–3.0》《现代物业管理标准1.0》等标准的编写。《现代物业管理概论》一书的主编之一,就是广慧物业公司的总经理郭际冬,他也是上海市楼宇科技研究会现任秘书长。所以同步编写《智慧广场智慧(数字)化物业管理标准》具有一定的基础。它将不仅对楼宇智慧化改造具有样板性的指导意义,而且对物业管理的数字化转型也有现实的意义。在世界人工智能大会上,我们发现我们对智慧楼宇标准的研究和物业数字化理论的创立,已经达到国际先进水平。

我们在此过程中还特别注意与当下的重点工作结合起来。如防疫方面,通过智慧楼宇改造和数字物业标准的制定,对疫情的管控达到精准防控的要求;在节能减排方面,各项能耗指标降低10%—20%。这些子项目已经发挥作用。还有诸如智慧楼宇党建标准子系统,也已经引起上海市有关部门的高度关注。

我们认为我们所做的工作应该让物业管理同行们也能够享受我们研究的成果,促进物业管理这个行业向数字化转型。因此,我们申请编制的原是量身定制的《智慧广场智慧(数字)化物业管理标准》的通用版——《楼宇智慧(数字)化现代物业管理标准》,并在智慧广场智慧化改造过程中进行边写边试验。期待这个项目能够为上海市乃至海内外的楼宇智慧化建设和改造以及物业管理数字化转型,也为打造一条智慧楼宇的产业链,做出贡献。

（原载"上海老底子"2023年2月20日）

评议与联想

钱平天：一口气读完平雷所写的这篇《古稀老翁赶考记》,我心中突然涌现一种难以抑制的激情,这种激情混合着高兴、惊叹和钦佩！平雷在许多领域都具有过人的发现、综合、开拓和实施能力,加之其杰出的口才和文字功底,凡他看准了的项目,经他努力操作都能做出与众不同的成绩,甚至可以达到相当高度,几乎没有不成功的。就以商务办公楼宇科技管理而言,这原不是他的专业,在许多高等院校里也都没有这个专业。当他进入上海城市房地产公司担任副总经理接触到办公楼宇管理后不久,就发现了上海甚至中国在此领域管理标准的空白。于是他站在一个高视点上开始了开拓：领衔编写《智慧广场物业管理标准》,这是我国第一部5A级商务楼宇物业管理标准；发起创立上海市科协下属的上海市楼宇科技研究会并担任首任秘书长；除了着眼于上海地区商务楼宇科技和管理水平提高外,还以学术交流形式开始向国际相关学者进行接触,参加或举办国际学术交流……这次参加上海市相关项目的评审中,平雷仓促上阵,以76岁高龄,老练成熟、严谨以待,出色完成了学会委托的任务,他所表现出的那种舍我其谁的大无畏精神,值得赞美和骄傲！

顾　睿：非常不容易,下次来悉尼,也可以调研一下澳洲的楼宇是否采用数字化管理。这是全世界物业都要面临的"课题"。

胡定伦：无论什么困难似乎都难不倒你,勇于挑战的力量和智慧,让充满自信的"古稀老翁"仍然是那么的耀眼！

范巧芝：《古稀老翁赶考记》一文看了。你太辛苦了,你还给社会做贡献。给你点赞！

柴慈铎：平雷弟活到老,学到老,奋斗到老,锲而不舍的高尚境界，是我们每个人努力学习的楷模，老骥伏枥，志在千里，祝作者健康、长寿，永葆写作事业的青春！

李正兴：一口气很轻松地读完了本文，这是"考试"的全过程。写得很精彩、完整。这篇文章体现了作者业务和科普文学的深厚的功底和钻研精神，值得信赖，值得学习！如果不录取是考官的失职！

毛正峻：上联：大千世界游猎，钱大侠身经百战；下联：不二法门"受难"，大教授谨慎答辩。给个横批：世事难料。

徐 满：平雷同学真厉害！活到老，学到老，贡献到老。

陈素娣：钱哥，你太优秀了！你既有创新意识，又有文学功底；既是专业人士，又是科普作家。虽然你年纪大了，但你照样接受挑战，参加考试。你真的是太棒了！

朱冰玲：我深信钱总一定能够入选！

周玉坤：为你的新作《古稀老人赶考记》点赞！语句生动，引人入胜，政治站位高，项目标准世界先进水平，您真是高人啊！

郭际冬：感激呀！钱老为了提携我们后辈，不遗余力，老骥伏枥，为我们保驾护航。

陈国梁：看似古稀老人不可能做的事情，通过钱总的实践，也最终完整地尝试了一回。这个即使是常人也几乎难以企及的事例，在作者的身上却屡试不爽。那是天资加勤奋，又是长期汲取各类科技新知识，不断地积累厚积薄发的结果。智慧广场里端坐着一位智慧老先生。这位"古稀老人"，我称他为"成功老人"，他的成功事迹不胜枚举，真不简单啊！

阿 焱（微信名）：人生旅途不断涌现高深莫测的试卷，充溢着砥砺和考验。智者激流勇进，笑迎挑战。没有唾手可得的幸运，只有有备而来的惊艳。钱教授的应试真有"羽扇纶巾，谈笑间，樯橹灰飞烟灭"的风范。感谢钱教授精彩分享。

千里马（微信名）：钱平雷先生不愧为楼宇科技学界泰斗，古稀年还参加如此正规的PPT演示汇报，面试答辩考试，真是老而弥坚值得敬佩。

周晓峰：数字化管理让"智慧广场"名副其实。

傅守爱：学识渊博，才气逼人，文能提笔安天下，武能上马定乾坤，江河皆仰目。

吴文治：你是一名有社会责任感的倾情服务社会的科普工作者。

茆诗咏：你真是太棒了！很敬佩你的活到老、学到老的精神，活出了精彩人生，相信你会有更多成果。

童德华：有幸拜读钱平雷先生的这篇大作，真不愧为文坛老人，写出如此真实感切的文章，对我们这代人来说尤为亲切。让我回忆起三十几年前，为填补工作中需要，我参加了上海成人自学考试，历经三年，获得了上海大学文学秘书专业的文凭。这中间深感年龄大，工作忙，家务重的困难……为了避免外人讥讽，我利用每晚孩子读书的时间，在办公室自学。而且不报销公款一分钱（规定可报销），最后完成了学业。因此，我非常崇拜钱老师这种宝刀未老、辛勤耕耘的学者风范，他从同济的理工男成为业余的文学男的经历值得钦佩学习。我们已步入晚年夕阳的时光，有这点爱好并能发挥，精神真是可嘉，向钱平雷老师学习！天仪你好吗？很想念你，希望疫情平稳早日回去相聚。

"上海老底子"带来的幸福

昨天晚上我躺在床上看电视,我的好友胡定伦先生给我来了电话,从话筒中我感觉到他的语气是很激动的,这与他这位个性比较随和,平时讲话语调比较缓慢的情况截然不同。他高兴地告诉我,问我是否看了他刚刚发给我的一条链接?我说,因为手机不在身边,所以还没有看到。我问是什么内容?他说,是他远在美国的一位中学同学王世耀,在看我当天在"上海老底子"公众号上发表的一篇文章时,偶尔在正文下面,看到有一篇名为《一份励志的活教材——来自朋友胡定伦先生的联想》,它是在编辑同志把我之前在"上海老底子"上已经发表过的文章的题目,集中编成"钱平雷先生热文"的搜索栏目中,于是就打开看了,果然就是他的同学胡定伦,他马上就转发给另一位叫王晓芳的女同学,她又马上把该文转发到他们高中班级的微信群,于是在微信群里就"炸"开了。他们同学现在也经常聚会,同学之间最想交流的话题,应该是怀旧,有关过去同窗相处的日子,以及以后各自走上社会所度过的岁月的内容,估计也差不多都交流谈论过了。

然而,大家发现该文作者所写有关胡定伦的内容却都是同学们所不了解的。如胡定伦在中学时代数理成绩很好,还是一名篮球爱好者,这些是大家都知道的事情,而他对音乐理论的掌握和乐器的操弄,是人们从来没有发现过他有这方面的特长。尤其是他的英语水平达到专业翻译水准,甚至还超过一些具有大学英语专业学历的同事,特别值得一提的是:他的英文是自学的!他一个比较内向低调和性格随和的人,居然还是上海铁路局、物资局和外高桥保税区三家合资公司的总经理,而且任内业绩斐然，那是需要具备一定决策魄力和协调能力的职务。最有趣的是，胡定伦业余辅导朋友孩子功课的效果居然可以与专业教师媲美……

同学们在微信中议论纷纷，"晓芳"说："……胡定伦的才华深藏不露，他的人生真精彩。""珊"随后写道："低调和深藏不露才是高境界。"江晨清老师呼应"珊"同学："十分赞同'珊'的观点，老师为你感到骄傲！"文字后面又竖大拇指，又送花，显示了一位老师对自己学生出息的激动心情，那是自己的优质的"产品"啊！一位与胡定伦在小学就是同学的徐国良指出："……为你勤奋好学，乐于助人点赞！"王伯诚同学就是微信名为"诚诚"的女同学，她热情地赞赏道："聪明、勤奋、善良、谦逊，再加上机遇，成就了胡定伦的精彩人生。胡定伦，为你点赞！"更多的同学表示了感动和佩服，并写上"为胡定伦同学点赞！"或者竖起大拇指加上送花。还有一位叫"慧贞"的同学恍然大悟："……怪不得你能为孙女补习功课，了不起！"大概胡定伦在与同学聚会时被问及平时都在干什么？他总是说："给孙女补习功课。"看到同学们热烈讨论，胡定伦没有反应，"诚诚"表示了"不满"："胡定论大概在打瞌睡，嘎许多人为他喝彩，他依然低调到'不为此动'……估计他还没看到同学们在群里热烈讨论他的事呢！"

其实同学们是"误会"胡定伦了，他今天白天正好陪老伴在外面办事，没有时间停下来看微信，当然也感受不到大家此时的心情。当他回家打开手机一看，心中立即掀起了一阵幸福激动的波澜，马上在微信群里写上答词："今天几乎一天在外，刚才回家看了微信，看到江老师和诸位学长和学姐这么说，真的非常感谢！老师和同学的友情充实了我们退休生活，使我们老年生活开心和充实，再次谢谢大家！"此时他最想让亲朋好友分享他的喜悦的对象，除了身边的老伴和孙女外，肯定就是我这个"始作俑者"的文章作者朋友了。

据我所知，胡定伦毕业于上海滩著名中学——向明中学，他的同学中不乏高智商的学霸和能手。且不说他同年级的著名作家王小鹰，就是他们班的同班同学徐克仁也是沪上知名的资深新闻工作者。就是在我们上海铁路局,还有全路闻名的"笔杆子"俞洁敏。这次胡定伦又告诉我王世耀同学也是一位知识渊博的才子,他也曾是"上海老底子"投稿的作者。尤其是江晨清老师,他以后又成为上海市教委的一位领导干部和上海老年大学的负责人。对于做学生来说,毕业后还能受到老师的表扬,尤为幸福。关于这一点,我就有切身的体会。2013年12月13日在上海科学会堂举行拙作《幸福就在当下》首发式。上海市政协、作协、科协等方方面面的领导和我的亲朋好友都应邀出席,也包括我的初三班主任尚汉惠老师和吴仁同学。会上为该书作序的著名作家叶辛和著名科普作家卜毓麟等都做了精彩的发言。他们自然少不了对我的作品和我本人赞美和鼓励之词。但尚老师的临别赠言对我来说,其分量超过了其他嘉宾:"真是没有想到,你这么有出息!"为此我还写过一篇文章《最高的褒奖》。这就是一名在校时默默无闻的普通学生的心声!

确实"上海老底子"除了给胡定伦带来了喜悦和幸福,也给我们作者带来了幸福。我给胡定伦写的这篇文章最早发表在2015年出版的拙作散文集《幸福永伴你我他》上,但胡定伦的同学们却在五年多的时间内,没有看到过该文。而登载在"上海老底子"这个新媒体的栏目上,尽管是在去年12月份,已经过去将近一年了,但读者仍旧可以查阅。这是纸质媒体不具备的优势。另外,如今对于写作者来说,要发表作品是一件不容易的事情,纸质报纸的副刊篇幅有限,太长的文章难以接受,而且一些老牌作者已经让编辑们应接不暇了。但在"上海老底子"这里就没有这样的问题,只要选题合适,包括像我这样科技人员出身的写作者,也照样可以发表自己的作品。而且据我的一位资深记者的朋友告诉我,"澎湃新闻"和"上海老底子"等新媒体的编辑们,以前都是专业从事报业工作的,具有很高的专业水平。在那里能够登载文章,不亚于在纸质媒体发表的效果。当然也给我们作者带来了创作后,自己作品得到了社会承认的丰收喜悦和幸福。

(原载"上海老底子"2021年11月23日)

评议与联想

钱平天： 钱平雷最近所写的这篇文章所反映出的是上海向明中学"文革"初期一个高中毕业班同学之间在半个世纪后仍然保持着一种可珍贵的同窗友情，他们彼此真诚相待，为成绩雀跃、为进步高兴，奔走相告、此起彼伏；相比于上海其他学校，他们应属于烁烁闪光的星星。

陈素娣： 你又做了一件大善事啊！经你的介绍，好多人找到了胡先生，也知悉了胡先生的许多事迹。你真好！胡先生要好好感谢你呀！你们都是好学生、好员工、好领导、好人才，都是大好人！

胡鸣芳： 这段话是别人转发的，比较有启迪，所以给大家分享了："那些看上去光鲜的人背后一定经历过万千烦恼，没有谁的成功都是一蹴而就的，你受的委屈，摔的伤痕，背的冷眼，别人都有过，他们身上有光，是因为扛下了黑暗。生活给了一个人多少磨难，日后必会还给他多少幸运。为梦想颠簸的人有很多，不差你一个；但如果坚持到最后，你就是唯一。"似乎可以用来诠释胡定伦先生的经历。

黄鑫霖： 都是励志杰作，正能量！为老年人，老知识分子点赞，为有平雷这样的作家朋友自傲！

陈国梁： 在一片赞扬声中，我也谈一点对胡总的个人看法。对于胡定伦的修养和能力，我发自内心的敬佩。胡总是我十多年的老同事、老上级。我们接触比较多，渐渐地我不断地感觉到他是一位不可多得的人才。有不少人一旦权力得手满脑子是私利、贪欲。胡总是难得的头脑清醒的人，克己奉公，团结员工。作为三个实力派企业的联合公司的总经理，私利空间不小，但胡总两袖清风，努力为企业创造超强的利润，并为员工考虑一切，唯独谨慎对待自我，把一个具有相当风险的企业搞得红红火火，风生水起。大家都说他为人低调，我也认为他太低调了。一个向明中学的高才生，学啥像啥，在许多领域里不断施展自己的才华，聪明的程度可见一斑。由于时间老人跟胡总开了一个不大不小的玩笑，也许在另外一个时间段内，即使再低调的他会再上一层楼，也许会在众人的一片赞扬中被高调地呈现在世人的面前。惺惺相惜，和作者钱平雷先生有许许多多性格相似的地方，他俩都不是见钱眼开的人，而是追求自己的精神世界。他们的共同点是，不断地增加知识财富，有时欣赏音乐，活跃自己的艺术细胞，他们是精神上十分富足的人。他们的多才多艺也是勤奋努力的结果。他们是值得我学习的楷模，我也要争取像他们一样，活到老学到老。

许兴汉：我常有这样一个想法：在生活中，交一个好朋友亦非难事，但要把这一朋友之情延续下去，并在多年后将彼此的友情形成文字，细细叙来，从而让熟知这一情谊主人公的诸亲好友为之感动，为之雀跃，这样的情景就不多见了。而平雷兄当年叙述与友人胡定伦情谊过程的一文却达到了这一出奇效果，并在胡的同学好友中奔走相告，传颂不迭，这不禁让人在掩卷之余为之感叹，这不仅是此文本身的文字描述魅力，同时也是文章所揭示的人性中美好一面给人带来的无限愉悦感！这样的文章是值得让人细细品读、思阅再三的！

胡定伦：钱总记忆力超强，笔头又快，昨天晚上通的电话，今天一篇佳作就出来了，佩服！谢谢钱总"美篇"和"上海老底子"给我老年退休生活带来的幸福。正因为钱总文章描述的感人魅力，才有了许先生如此精彩的评论。许先生评论写得中肯精彩，思维严密，叙述清晰。我读了之后，有一种豁然开朗的感觉。这样优秀的评论，值得我好好学习，谢谢许先生！

经济舱里睡"卧铺"的奇遇

自从2019年9月从悉尼回到上海已经将近三年半了。就是这三年多来，对于国家来说是"百年未有之大变局"，对于我个人和家庭来说，也发生了"突破性的变化"。当时我和妻子一到上海，就传来了已经结婚十多年的女儿怀孕的惊人消息，紧接着是几乎颠覆全球人们正常生活的新冠疫情。从2020年8月外孙女出生到如今，作为外祖父母的我们老两口，只能通过微信视频来观察可爱的第三代的成长，并和她进行朦朦胧胧意识下的对话，但这毕竟是虚拟图像下的远距离交流，是"安慰赛"，它不能消除我们日夜思念的痛楚。尤其是女儿和女婿他们都是上班族，在疫情中没有长辈帮助自己带着孩子（图1）。当我们不能像其他中国长辈那样，在孙辈孩子成长的关键时段，给予子女及时的帮助，深感不安和愧疚。无奈疫情如同战时一般，阻断了各国人民的交往，我们也只能"望洋兴叹"了。

当新冠疫情缓解，并得知中澳双方都向对方开放时，我和妻子就让女儿在网上预订了3月15日东方航空公司赴悉尼的班机机票准备赴澳探亲了，尽

图1 女儿和女婿疫情中自己带着孩子

图2　我们乘坐东航班机赴澳大利亚探亲

管最近国际航空市场尚未恢复正常,从上海到悉尼的经济舱票价仍要近5 000元,比前期的票价便宜了不少,但与疫情前相比,还是属于比较高的。航空公司销售的窍门确实千变万化,偶然出行的旅客是难以掌握它的规律的。我们邻座,从成都经上海转机到悉尼的一位女旅客,她的全程票价居然只有2 000多元。这是后话。如今我和妻子都早过了古稀之年,加上新冠疫情中都在最后中了招,所以在准备启程过程中显得很吃力,但这挡不住盼望尽快与儿孙见面的迫切心情。在各位亲朋好友和老同事的帮助下,我们顺利地从上海浦东机场出发了(图2)。

在短短的行程中,却让我面对各种的人和事感慨不已。首先看到上海浦东机场候机室里还是显得冷冷清清,没有几个旅客,所以无论是办理登机手续,还是出境过关,都基本不用排队,工作人员态度却十分认真,差不多每位旅客都受到了密切的"关照"。候机室里的大部分商店大约受到疫情的影响,如今还是处于关闭的状态。当天我从电视新闻上得知我国将对世界各国全面开放旅游,各个国家也逐步消除对中国旅客的核酸检测要求。各航空公司都在准备增加航班,各家旅行社也摩拳擦掌正在开辟新的旅游线路。看来机场冷清场面的结束已经为期不远了。

东方航空公司和兄弟公司一样，度过了疫情干扰的艰难时段，面临着市场的全面恢复，员工们的精神面貌也焕然一新。我有切身的体会，也是一个"既得利益者"。我乘坐的MU561航班，上座率还处在恢复时期，还有相当多的座位空着。乘务员们的服务态度无可挑剔，完全可以用"热情温馨"来形容。各种作业用语和动作显然是非常符合作业标准的，在微笑服务的同时，也规劝旅客们要按照规定行事。在可能的情况下，给旅客送去更多的方便，我也因此受益。在我离沪前夕，我的一位表弟设宴为我送行，当他听说我们买的是经济舱，劝说我们年事已高，上机后应该升级改坐商务舱。我妻子谢绝了他的好意，说克服一个晚上，宁可以此给子孙更多的经济支持。但在不经意中，东航的乘务员却给了我免费的"卧铺"待遇。我因为腰疾原因，带了一根拐杖上机，当一位女乘务员看见后，劝说我交给她放置到更加合适的地方去。当她走了一圈，发现没有合适安放拐杖的地方，仍旧还给了我，让我贴着舱壁地面放下。我妻子朝后座望去，发现机尾部位的座位都空着，于是对那位空姐讲，我先生腰不好，能否照顾一下，让他坐到那里去。空姐回答道，旅客是不能任意选择座位的，在飞机上，它关系到机身能否保持平衡状态的问题。但她又表示她会去请示一下领导，看看可否予以照顾。当时按照我的直觉，认为她是敷衍我们一下而言，实际上是婉言谢绝。所以我对妻子说，坚持一下就过去了。

令人感到意外的是，当飞机升空飞行了一段行程后，那位空姐真的来邀请我去后面3个座位一排的空位坐下，如果把中间座位的两侧扶手摇到垂直位置，这排座位就变成了一张可以让人躺下的小床，尽管躯干不能完全伸直，但至少病腰可以放平休息了。她的领导，事后我了解到是该航班的乘务长对我说，与其让座位空置着，不如照顾一下老弱病残的旅客。在我就位后，其余的空座位也安排了其他的老年旅客。在他们温馨而富有人情味服务的同时，也没有放松希望旅客全程系上安全带的要求，于是我把中间位子的安全带先捆绑好身体，然后再躺下，还必须在覆盖毛毯的同时，把安全带露出来，便于乘务员随时检查。

当天亮估计离终点不远的时候，我在再三感谢乘务长的同时，也想进一步了解一下这个航班的情况，为我撰写随记积累一点素材。为此我向她亮出了我是作家的身份，希望她能予以配合。于是她告诉我，他们是3月15日MU561航班乘务组，经理叫周燕，她是乘务长王晓琳。当我问及那位刚才直接帮助我联系空座位的空姐的名字时，具有戏剧性的是她说要去询问一下，难道乘务长还不知道同航班乘务员的名字？随后我转念一想，如今的航班成员组成，很可能如同影视剧组一般，由制片人、导演、演员和其他演职人员根据剧本临时组建，在拍摄期间，他们是一个有机的整体，当杀青以后，大家又各奔前程了。而航空公司也按照员工的职责不同，分属不同部门或服务分公司，尤其在航空运输尚未恢复到疫情前正常状态前，按照航运任务临时组建乘务组，员工之间不一定彼此熟悉，所以航班上还会有"经理"一职，应该可以理解。随后王乘务长告诉我那位空姐叫彭佳佳。在接近悉尼终点前，彭佳佳小姐给我递上一张"中国东方航空意见卡"，让我填写。意见卡的上方有以下这样的文字："您的意见对我们很重要……欢迎您乘坐中国东方航空班机，为了帮助我们改进机上安全、服务，恳请您留下宝贵意见或建议，谢谢！"于是我写下了以下话语："这次疫情结束后赴澳探望自出生以来，尚未直接见过面的小外孙女。有幸乘坐东航MU561，让我看到今天的东航服务水平，完全可以说达到了国际上一流的水准。除了乘务员温馨微笑的态度，而且他们在可能的情况下，给予旅客更多的照顾。当看到我拄着拐杖，就提出让我到后排空余位子躺下，让我的腰疾得到舒缓。期望东航与我国'中国式现代化'进程一起呈现在世人面前。"（图3）意见卡的背面是我的名字和联系电话号码等内容。

当我把该卡交还给彭小姐后，不一会儿她又跑来，让我在背后写上要表扬的具体人的名字，我就写上周燕、王晓琳和彭佳佳等三人的名字，但我心里在想，其实那位男的乘务员的服务态度也是很不错的，他曾经不厌其烦地为我更换我想要的饮料。（图4）当我和妻子要下机时，

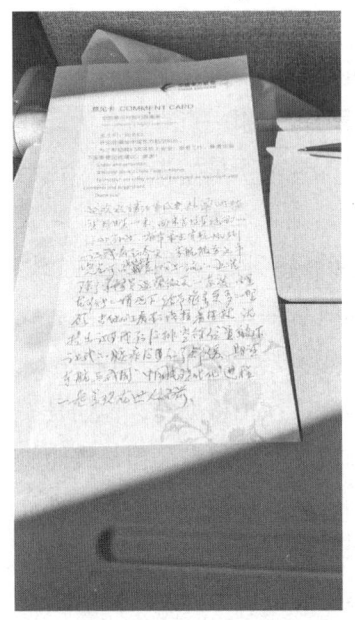

图3 填写东航意见卡

图4 彭佳佳和那位男乘务员坐在飞机起降座位上

王乘务长提醒我们不忘拿走放在机身地坪上的拐杖，再三嘱咐我们小心行走，彭小姐还主动把我的行李箱从机尾推至位于机首的登机口。站在飞机门口的乘务员们微笑点头，并与我们互相轻轻地说"再见"的氛围中，下了飞机，跨入了连接候机室的登机长廊。当因疫情原因，这些帅哥靓女的乘务员们在工作时必须佩戴口罩，由此遮掩了他们脸庞局部的美，但通过服务却体现了他们心灵的美，那才是内外和谐组合更高层次完整的美。

（原载"上海老底子"2023年3月23日）

评议与联想

阿 焱（微信名）：拜读钱教授大作，祝贺您：含饴弄孙天伦乐，童趣童心常相伴。

陈素娣：钱哥真是有福之人，所以在飞机上能得到如此贴心的照顾。现在开放了，机场已经人比以前多了。我去年12月中旬去澳门，那时机场人才少呢。那么大的浦东机场空空荡荡，只有我们一二十人去澳门。钱哥可以看到外孙女了，三代同堂其乐融融，幸福的一大家子！现在您在澳洲就尽情地享受天伦之乐吧！祝您健康长寿，阖家幸福！

徐 满：微信链接制作得很高级，

小外孙女太可爱了，太好玩了！让我回忆起十年前领我外孙女的片段。都快忘了那些有趣的日子了。祝你们全家幸福快乐！

顾正兰：你外孙女好可爱啊！这个年龄的孩子是最可爱的宝宝！非常有趣！好好享受天伦之乐吧！

冯寅生：恭贺平雷赴澳终享天伦之乐。疫情隔断了亲情，"放开"增添了感情；"服务"融入了真情，让人人充满好心情！

陈国梁：二十多年来，我每年都要出行旅游，包括候鸟生活，每年多次乘飞机，可以算得上是东方航空的老乘客了。东方航空的乘务员确实是服务热诚，细心周到，乘坐以后心情舒畅。和钱总的感受一样，很想对他们说一声："谢谢你们！"

钱雪元：天伦之乐可治腰痛！可爱的外孙女要留你们几年时间了。

戴兆辉：钱老师一向妙笔生花，各种事情都可以描绘得生动有趣。

杨明桥：虽然是一篇平凡的旅途纪事，但字里行间洋溢着祖国航班的温馨！也写出了疫情终不能隔断人情，疫情终不能摧毁繁荣的世界，正如作者所言，恢复正常已经为期不远了！

谱写"人生、事业三部曲"的新篇章
——记瑞虹新城发展和一对师生成功的故事

一

2022年10月22日上午,我应中学老同学胡善通(右)和他的得意门生周芳龙二位先生(图1)的邀请,携夫人天仪出席了由他俩结缘的母校——飞虹中学校友会和周先生创办的企业——上海宝盛高级时装公司共同举办的公司30周年庆典暨周芳龙先生的散文集《界》的首发式。胡善通同学还让我以作家的身份在会上讲几句话。

当我们到达会场的所在地,位于如今叫作瑞虹新城四期的一座建筑,而它的前身就是上海著名的棚户区——虹镇老街的地方,一种沧桑巨变的景象扑面而来,当年破旧的街景毫无踪影,被替代的是,以太阳宫为地标的高档休闲和住

图1　胡善通(右)和他的得意门生周芳龙(左)

宅混合区域了。我有不少中学同学以前就住在这里，所以我对这个地段的"老底子"应该是非常熟悉的，但如今到了此地，除了几条保留的路名外，几乎如同到了迷宫一般，没有导航，是不容易找到目的地的。当年的飞虹中学也就在这个区域，其生源中，由于家境不同导致学生之间水平的差异之大是可想而知的。今天的东道主胡善通和他的学生周芳龙曾经就是这所学校的师生。他俩的人生经历和虹镇老街的变迁一样，可以说是我国改革开放40年进程的一个缩影。也正因为这段特殊的历史背景，造就了他们二位不平凡的人生。

二

既然是属于祝贺性质的程序，又是以教育、文学和事业相关事宜和人士为对象，尤其是坐在前排左侧的是飞虹中学的10多位老领导，右侧是虹口区如今各所学校的主要负责人，我这个从虹口区出生到成人的"老学生"，面对这些受众如何发言是有点拘谨的。我想，我总得从这位上海滩教育界有一定名望的校长胡善通说起，然后依据"名师出高徒"的哲理，推测出了他能培养出像周芳龙那样德才双馨的学生的结论。听上去好像有点恭维的味道，其实他俩的经历确实就是如此，如果让我给他们人生历程总结为一句话，就是他俩都圆满地完成了一个成功人士的标志：唱好了"人生事业三部曲"，同时"青出于蓝而胜于蓝"，作为学生的周芳龙，还正在谱写着"人生事业三部曲"的续篇。所以我把这次演讲的主题就定为"谱写'人生事业三部曲'的新篇章"。

既然上面多次提到"人生事业三部曲"，那么，首先就要把什么是"人生事业三部曲"的含义表述一番。我曾经在我的第一部散文集里写过一篇名为《人生事业三部曲》的散文，在该文里，我以一位二胡演奏家的经历为例，阐述了什么是人生的三部曲。不言而喻，既然被誉为"二胡演奏家"，二胡已经成为她生命的组成部分，也将成为她为之奋斗终生的事业。她回顾从学习二胡到周游世界，与西方大型交响乐队合作，成为著名二胡演奏家的三个重要阶段。第一阶段是她学习二胡演奏技巧，运用二胡的各种演奏方法把乐曲表现出来。第二阶段是对音乐的感悟，如何通过对音乐内涵的深入认识，使二胡更能体现其乐器音色的特点。第三阶段据她叙述是到了哲学的阶段，就是对其他各种知识养分的吸取，从不同角度来审视来认识二胡和乐曲与自然、社会的内在联系。由于到了这个境界，她可以跳出二胡仅仅是中国民族乐器中的一种，或者仅仅是民族乐团中一个声部的局限，进而与西洋乐器进行合作。我们可以把第一阶段用"记忆"来概括其特征，用"知识"代表第二阶段，第三阶段可以用"智慧"来表示其境界，说明其具备"思想"了。

正是由于她的这段话，我联想起许多行当都存在这么三个阶段，即人生事业三部曲。首先我拿这个作为标准，来比照一下我们的胡善通校长是否也拥有他所从事的教育事业的"三部曲"？我想，胡校长事业的第一阶段就是他成为一名教师，由于他的敬业精神，他很快地从一名普通的数学老师，同时担任班主任，后来变成了教研组长，进而成为教导主任。从而进入了他事业的第二阶段，走上了副校长、校长的岗位。但此时尚未进入他的第三阶段，使他进入第三阶段的标志是他作为"分层递进教学法——一种适应学生个别差异的课堂教学策略的研究和实践"课题的主要负责人之一，在飞虹中学获得成功，带领一所基础薄弱的初级中学，建成上海市教育创新成果的诞生地，他也因此成为被社会所公认的教育界精英"上海市十佳优秀校长"之一。我是从当年《文汇报》头版头条的大幅报道，才知道我这位久未谋面的老同学工作是如此出色的。这里特别要指出的是，胡校长在推进分层递进教学时，是有一套思想方法作为基础的。由此可见，胡校长的人生事业三部曲是完全成功的。

由此我们来谈谈周芳龙先生，他作为胡校长的得意门生，除了从胡校长那里学到知识外，更重要的是学到了胡校长的为人之道。如果把服装作为周芳龙的事业，第一阶段，他在香港学习了服装的设计、制作、销售、整理、包装等工艺和技能，由于他的勤奋和钻研，很快成为"打版师"，于是就进入了他人生事业的第二阶段，回上海创业，此时他不仅不断有新款式上市外,事业也越做越大。我认为他进入了事业的第三阶段的标志是他有了品牌意识,这品牌就跳出了产品的本来含义,是需要它的创立者用企业文化去培育的。大家发现周先生作为企业家开始投资服装以外的事业,就是他具备"思想"的重要表现。有些诸如慈善、公益事业不仅没有经济收益,还要大量付出,但周先生获得文化和思想上的无形收益正是培育品牌最好的养分。是否如此,我想周先生自己应该心里是会深有感受的。如果把一个人的职业看作事业的话,那么周芳龙先生的"人生事业三部曲"是成功了。

如今周芳龙先生不满足于第一部"人生事业三部曲",他要继续谱写"人生事业三部曲"的新篇章,这续篇的内容就是文学创作。我们中许多人在儿童时代可能都有过当一名作家的理想,实际上当作家并不像人们想象的那样浪漫和富有诗意,那是非常艰苦的脑力劳动,更加重要的是作者要有丰富的人生阅历,观察人物和事物本质的能力。尤其是写小说,还要作者呕心沥血,废寝忘食。所以实际上最后能够当作家的还是个别的人。而周先生就选择了文学创作这条不平坦的道路,继续自己

图2　老同学纷纷祝贺周芳龙的著作《界》出版

新的事业。我应胡校长的邀请，了解了周先生文学创作情况，发现周先生已经走过了写作的第一阶段。去年我看了《界》的初稿，那确实处于一种内容丰富，但缺乏章法的"初级阶段"。我当时只是提了一点修改的意见，心里在想，这要成为一本能够出版的图书，尚有一定的差距。没想到，今年7月份，就传来《界》已经正式出版的惊人消息。到了9月份收到该书阅读时，深为周先生进步之快感到佩服。为《界》作序的是胡校长，这好像就是一位老师在为一位学生批改作文时写的评语，因此把《界》看作周先生文学创作的第二阶段，显然是最为合适了，可以升级了。大家纷纷祝贺周芳龙的著作《界》出版（图2）。现在周先生还在撰写一部小说，我不仅期待拜读他的新作，也趁此机会，衷心祝愿他能尽早进入他"人生事业三部曲"续篇的第三阶段。我的发言效果还不错，获得了全场来宾的热烈鼓掌。

三

由这对师生事业成功的"三部曲"经历，我联想到今天聚会的瑞虹新城发展也正在经历着"三部曲"。从虹镇老街地区这个上海曾经最大的棚户区所在地，经过第一轮旧区改造，消除了人居条件困难的现象，一批新颖居住楼宇拔地而起，还有诸如瑞虹天地、星星堂、月亮湾、瑞虹坊等配套的商业综合体建成，使虹镇老街地区转型成为具有先进水平的街区——瑞虹新城（图3）。这是这个区域发展的第一阶段。随着瑞虹天地太阳宫的建成，标志着这个区域进入了发展的第二阶段。尽管这个项目面积高达18万平方米，是一座集商业中心、甲级办公楼以及公交枢纽于一体的大型城市综合体。还有配合虹口北外滩的发展，扮演起中央生活区商圈腹地的角色，辐射整个北上海的"雄心壮志"。但是是否能够达到这个目标，就要考验它的经营者的"哲学"思想水平，即他们是否具备跨进"第三阶段"的文化实力了。因为尽管他们在建设时，线上购物对线下商业已经产生了巨大的冲击，当消费已经不再需要逛街来实现时，线下商业更多时候成了一种社交生活。人们既需要旁观商业的

图3 瑞虹新城街景

"热闹",也需要浸入和参与商业的"热闹"。还有同类的商业项目之间的竞争也是非常激烈的,就在离此不远的北外滩来福士广场,总建筑面积约45万平方米,与太阳宫属于同样性质的项目。它们之间就客观存在如何争取客源的手段的比拼。

太阳宫建筑设计的最大的亮点——5层的餐饮主题街区,被设计为一处"空中村落",以实现山野与城市、自然珍味与生活态度的连接,使得这处室内空间拥有了室外露天集市般的独特体验。主题街区三层挑高的超级中庭拥有5 500平方米的超大采光顶——巨大的采光顶犹如三片荷叶,而三根立柱仿佛参天大树般将它托起。北外滩来福士广场的亮点是它的地下二层的城市集市,毋庸讳言,这是一个成功的商业案例。当人们穿过这里的入口,似乎穿越了时空隧道,回到二十世纪八九十年代。它的装饰、布置和摆设,有相当一部分来自不远的东余杭路拆迁地块,直接取材后,原样安装到这里的。有些诸如竹壳热水瓶、老式电视机等家用物品,也是主创人员想方设法收购来的。这样的创意可以勾起人们对这座城市的记忆，对曾经居住在这里的老百姓尤其具有吸引力，大家都想方设法到来福士广场一次。这是来福士广场与其他同类购物中心如瑞虹新城太阳宫相比，具有竞争力的一着妙棋。从建筑设计水平相比较，或许两者各有所长，甚至太阳宫更有特色；但从让顾客更加接近市井烟火气的角度来看，来福士似乎更有竞争力。我还认为，这只是他们两者的经营事业在走向"第三阶段"行程过程中的一次竞赛而已。

然而，更大的考验应该是瑞虹新城能否进入第三阶段的问题。因为太阳宫是处在瑞虹新城即原来的虹镇老街的区域内，它的兴旺发达还取决于它所在的环境如何，除了与其他兄弟商业单位进行协作，形成满足不同消费需求的商圈外，还有包括诸如如今从飞虹中学改名为华东师大一附中附属实验中学在内的教育，以及卫生、消防、治安、科技、文化、绿化等各种资源的引入和整合，从而在上海脱颖而出，成为具有良好的生活环境和氛围，可以傲视群雄的地域，这才是相关的管理者需要思考瑞虹新城如何进入"第三阶段"的重大战略决策之一。

四

看来无论是城市的发展，还是企事业的运作乃至个人的成长过程都有"事业三部曲"可以经历的。尤其是到了第三阶段，考验的往往不是本体专业的知识、技能和经验，而是需要到其他领域去汲取可以参与、交叉的理论和知识，通过科学的方法，形成适合自身情况的经营思想和办法。不是所有人都能够演奏三部曲的，但具备能够完整地演奏"人生、事业三部曲"能力的个人或者群体，一定是成功者或优秀团队。我的首篇散文叫《人生事业三部曲》，当我撰写此文时，开始把题目定为《谱写"人生事业三部曲"的续篇》，重点是将胡善通、周芳龙师生二人作为对象的，但由于触景生情，"旁敲侧击"写到会议所在地——瑞虹新城那里去了，但又舍不得把这些内容删去，唯一的办法就是在该文中，将瑞虹新城作拟人化的处理。于是动了一下脑筋，在《谱写"人生事业三部曲"的新篇章》中加了一个顿号，变成了《谱写"人生、事业三部曲"的新篇章》，这样就把瑞虹新城及其太阳宫也一起包含进去了。

（原载"上海老底子"2022年10月26日）

评议与联想

　　周芳龙：谢谢钱平雷老师为我们庆典大会撰写的《谱写"人生、事业三部曲"新篇章》一文。文中生动地刻画了一个人从创业初期到成功，必须经过的几个阶段。钱老师讲得对，事业成功后再反馈社会是具备了一种"思想"的格局。我对"思想"的理解是：人的思想是由生活环境的变化慢慢形成的，"性相近，习相远"。所以"格局"也就决定一个人走得有多远。"人生、事业三部曲"，它诠释了人与社会的关系，也给后人一种启迪。谢谢钱平雷老师的励志好文。我不敢想象的是您写散文的速度之快，又在这么短的时间里把所有今日的场景和会议要点，再把虹镇旧区与今日的瑞虹新城的地域风貌概括得清清楚楚，惊叹之余，还是惊叹！

　　钱平天：读平雷新作，洋洋洒洒、漫漫叙说，连同近期他多有文章面世，我读出了一种感觉：自从成为中国作家协会会员以来，这位76岁老弟的写作热情又一次被激活了，老树屡开新花，由此可见精神的力量真宏大！我从心里为此高兴且引以为荣！

　　陈国梁：读了钱平雷先生所写的文章《谱写"人生、事业三部曲"新篇章》，掩卷之际，也唤起了我的思绪。其实作者自己也同样是一位成功人士。他是一位理工科出身的科技人员，在科技领域颇有成就，那并非所有科技人员都会有的成就，他还同步写了很有质量的科普文章，也因此成为中国科普作家协会的会员。继而他又突破理工科专家难以成为文学作家的围城，成为上海市作家协会的会员，这是令多少在写作领域里的文人所羡慕的事情啊！可是他却还没有就此打住，又再接再厉，进而晋升为中国作家协会的会员。他确实是一位在短时间内，达到了常人难以达到高度的成功人士。

　　阿焱（微信名）：事物的发展是螺旋式上升和波浪式前进的。不可能一蹴而就，往往要经历长期"三部曲"的过程。"看似寻常最奇崛，成如容易却艰辛。"从王安石的诗句中，可以悟出获得成功的普遍规律。钱教授说得好："不是所有人都能演奏三部曲的，但具备能够完整地演奏'人生、事业三部曲'能力的个人或群体，一定是成功者或优秀团队。"谢谢钱教授的励志分享。

何　畏：……品茶细读钱兄近作，深感欣慰。无穷的力量，无限的智慧，实为我十分钦佩。

胡善通：虹镇变，有内涵。三部曲，有思想。拟人化，有水平。

刁维汉：拜读了大作，写得太好了！虹镇老街对我们这群在虹口长大的人来说，是耳熟能详的地方，你的许多文章都带我一起回忆了那块令人魂牵梦萦的地方，它们在你的笔下栩栩如生。人生第三阶段进入哲学阶段，这个总结太精辟了，有才！有才！给你点赞！

麦国平：《有感而发》

其一

过去的我

出生在提篮桥，

成长在提篮桥，

邻居在提篮桥，

师生在提篮桥。

读书在澄衷校园，

工作在虹口机关（8年）。

回头关注提篮桥，

看好提篮桥（北外滩）。

其二

过去，

双子塔下是我家，

是我和同学的家，

公平里、公平坊……
在提篮桥街道。
现在,
太阳宫、月亮湾……
附近是我家,
在嘉兴街道。
有幸看到发展联动,
嘉兴街道与提篮桥街道(北外滩街道)联动。

其三
期盼澄衷"三部曲",
续写新篇章:
新建校园。
师生回校。
古色特色……
期盼回家看看,
看看母校新气象新面貌。

杨淼宇:真正的文学作家,就是一个思想家。佩服钱作家的功力。对事物的本质看得高,看得深,看得透彻。要达到这个境界,也是要有艰辛付出的。因此,常人难以企及!向思想深邃、文采飞扬的钱作家致敬!向为教育事业建功的胡善通校长致敬!向事业兴隆、心怀大爱的周芳龙校友致敬!

於惠萍:最近抽空又在看作家钱平雷先生在"上海老底子"的热文,甚感亲切,与我的距离拉得很贴近,似乎又回到了童年时光。感谢分享!

新年俗补课记
——上海真如寺春节巡礼

一、年俗的变迁

我国过农历新年的习俗是以农耕文化为基础的。在农耕文化中，自给自足是一个重要的特点。"过了腊八就是年"主要还是农村的过年习俗。在城市里，虽然家庭主妇们很早就在储存年货了，但真正像筹办过年的食品，大概要更晚一些，因为当时一般家庭没有冰箱，尤其是在南方，不能让更多的食品保持新鲜。大约在腊月二十五六开始，磨汤圆粉、炒花生、做蛋饺、炸熏鱼等一系列食品准备，这是除了大扫除、贴对联以外，迎接春节过程中最重要的活动。随后迎来了吃年夜饭、放爆竹、守岁、烧头香、发压岁钱、穿新衣、亲朋好友之间互相拜年和聚会等过年的高潮。在上海这样的大城市，年初五，人们就要正式上班了，年也就这么算过完了。大约在20世纪80年代初期开始，又恢复了初五迎财神，正月十五看灯会的民间习俗。但在农村一般要到正月十八才算过完年。所以即使在上海，大家在元宵节前互相见面，仍旧可以互相拜年的，意思是还在春节期间。文人把过年期间的氛围称为"年味"。

如今进入工业化时代，甚至是信息化时代，人们的生活节奏大大地加快了。物质也极大地丰富，大家不需要等到过年，平时就可以享受到以前只有过年才能享受到的"年货"。那些汤圆、蛋饺、瓜子之类的食物，任何时候都可以在市场上获得，不需要家人辛辛苦苦地筹办了。加上低碳环保，中心城区里连爆竹也不再放了。于是就有老人在埋怨，过年没有"年味"了。但随之而来的是，看春晚、上饭馆、农家乐、国内外旅游等带有时代特征的所谓新年俗。但吃年夜饭、发压岁钱、烧头香等旧的年俗,还是多多少少地以不同形式,被人们保存在新的年俗中。

二、我的新年俗

我的"新年俗"内容是十分丰富的,从小年夜开始大家族聚会,到春节7天长假结束,每天都有事情。除了直系亲属外,还有与老长辈、老领导、老同事、老朋友、老同学、老邻居之间的拜年和聚会活动。有一年我把这年过年内容记录下来,写成散文《羊年春节亲情日记》,收入我的散文集《幸福永伴你我他》一书。上海市科协原副主席钱雪元也是我的一位老领导,他看了这篇文章后惊呼:"……这个圈子真大,让人眼花缭乱,目不暇接。能维系这么大的一个圈子,自然是广大又深厚的亲情。生活在这种亲情中的人是一种幸福,对老人日渐干枯的岁月是一种滋润,对孩子来说未尝不是一笔财富。"

在我的"圈子"中,春节期间与铁路局的几位老同事的外出"一日游"是其中的一则"重头戏"。因为我在春节期间活动多,以及家有老人需要照顾的原因,近20多年来我几乎从来不曾远离上海旅游过,大概只有一次随兄弟姐妹去淮北,到弟弟、弟媳曾经插队的农村看望那里的乡亲们,其余我都在上海市区内。但与铁路局的几位老同事的"一日游"的活动,却很可能会离开上海市区,到郊区乃至江浙一带玩一趟。这里说的我铁路局的老同事,其实就是指陈国梁、胡定伦、徐国铭三人,我们一直保持着联系。后来有了微信,于是就由胡定伦组织了一个微信群,群名叫作"铁路老兄弟",前两年,随着另一位同事胡慕兰的爱人,也是我们的好朋友沈洪波先生退休了,他俩也加入了我们的微信群。因为胡慕兰是铁路员工,所以她按理说是我们的小妹妹,于是我们的微信群的名字改成了"铁路五兄妹家族"。

我们一般选择在年初四,先做好功课,寻找一座庙宇,驱车前往。一般在上午即可到达,不论是否信佛,都烧上三柱香祈福,然后再把该庙兜一遍。一般寺庙周边都有风景区,也顺便游览了。中午我们品尝一顿具有当地特色的佳肴。下午如有好玩处，再继续游玩，再在进上海市区前共进晚餐。如果没有更多可玩之处，也就打道回府了。这些年来，加上国庆长假，几乎上海周边可去的地方都跑遍了。有些庙宇如苏州阳澄湖畔的重元寺，甚至都去过好几回了。这样春节期间的"一日游"，也成了我新年俗的重要活动之一，对我来说，好像没有这项活动，似乎这个年就还没有过完。其他几位大概也是如此。

三、真如寺成为我们选择今年祈福的地方

今年还在疫情之中，在外地的孩子们不回上海过年了，在上海的人们大多数不离开上海了。那只有在上海选择一所庙宇了。春节期间，从网上得知上海的三大庙宇——静安寺、玉佛寺、龙华寺前去烧香拜佛的香客，可谓人山人海，甚至把在世博会期间开始大量出现的，用铁栅栏围成的蛇形排队方式也用上了。可是传说与静安寺、玉佛寺、龙华寺一起有上海四大名刹之称的真如寺，它如今可也是处于上海市中心区域的普陀区范围内呀，却没有什么更多的报道。

说起真如寺，我还在63年前首次去那里的。当年我在上海市第58（澄衷）中学读初一，学校组织我们下乡，住在处于真如附近的新杨农场，有为时两周的劳动。中间正值1959年的元旦，老师带领我们游览真如镇，也包括真如寺。当时的真如是地地道道的农村集镇，周围还是一派田园风光。我们这群住在原提篮桥区的小孩子孤陋寡闻，大多数还没有见过真正的大庙，除了飞檐斗拱的古老建筑外，许多人对真如寺留下深刻印象的，还是第一次看到了"大雄宝殿"的字样。63年过去了，我再也没有进入过这个区域里面。只有沿着武宁路驾车经过兰溪路往北看去，曾几何时，马路上方竖起了有"真如古镇"四个大字的牌楼，还有远端的宝塔，由此我心里也想到过，估计"文革"期间被破坏的庙宇，也应该修复了。但是一直没有产生过前去一游的愿望。主要原因是我以为它如今位于市区，不具备远足旅游目的地的吸引力了。今年我患腰疼不便驾车远行，于是就有了不妨去真如看看的想法。

年初二，我把我的想法打电话告诉了胡定伦，因为每年的活动都是由他具体组织的。胡定伦很认真地查询了一番，知道了真如寺的具体地址，还了解到从年初二到初六，该庙是关闭不对外开放的。那么我们如果要去就是年初七以后了。胡定伦把情况与其他几位通报了，除了远在海南避寒的陈国梁夫妇外，大家都热烈响应，时间定在2月9日。沈洪波、胡慕兰伉俪还主动提出当日的午餐由他们宴请，安排在虹口的梅园村酒家。这样今年春节"一日游"的活动计划就这么确定了。

四、古朴的真如寺让我们深感意外

是日，年初九的10:00，我们四个兄妹及配偶们在真如寺东门外汇聚了。沈洪波、胡慕兰伉俪是第一个到达的，我和妻子天仪随后驾车来到。我们互相致意问候后，胡慕兰说，她已经查阅过有关资料，这里现在是全国文物保护单位，是一组大型的砖木结构的古建筑群。我朝着四周看去，这里除了庙宇外，已经没有真正的古镇民居建筑了，都是多层建筑临街装饰成为有民族特色门面的商店。当全体人员都到达时，我们鱼贯进入山门，这儿对65岁以上老人是免票的，所以我们大多数人都不用买票了。但近门口提供香烛商店里的商品价格不菲，这里没有在其他一般庙宇里供应的普通香烛品种，有的是长度为0.5—1.0米的香和呈荷花状的蜡烛。那种长1.0米的香，如果现在让我扛上3柱都拿不动了。我和妻子只能选择0.5米的一种香，六柱要60元，而且要收现钱，我付了100元，找回40元，以后我都投入庙里的功德箱里了。在庙宇主体建筑的前面是集中烧香烛的场所，人们对着大庙举香祈福，然后插入香灰堆后，正式进入庙宇参拜游览。

首先是天王殿，除了弥勒佛、韦陀外，还有四大天王，有些是铜质的塑像。在这里与其他庙宇的天王殿不同的是，两侧除了四大天王外，左右各自还放置一座塑像，我也搞不清是何方神仙，据说那是"哼哈二将"。殿的上方有牌匾悬挂，多刻有好像是弘一法师书法字体的字样。天王殿左右各以两层钟楼和鼓楼，置以2吨重的真如晨钟和1米多高的暮鼓。

　　紧接着进入庙宇的内院了，好气派啊！只见到飞檐斗拱的古老建筑，左右前后鳞次栉比地有序排列，远前方一座雄伟的宝塔巍然耸立（图1）。庭院左右有各种乔木，主要有银杏、桂花树护持，树木看上去历经年头，但如今仍旧枝繁叶茂。院子路边还摆放了不少盆栽植物，鸽子在此显得自由自在，旁若无人。这里的环境清洁幽静，空气清新，马上让人产生一种赏心悦目惬意的快感。建筑色彩古朴淡雅，不像其他新修建的庙宇，往往金碧辉煌。我突然感觉"修旧如旧"的魅力，在这里得到了充分的体现。人们不再单纯地喜新厌旧，具有沧桑感的地方更受大家的青睐。

　　前方是大雄宝殿，它的外形保持着元代的单檐结构，据导游牌上介绍其殿顶屋脊、戗角上的人物、兽形等构件均参考元代建筑图录绘制整修而成，屋顶有九条层脊，屋面曲线优美，出檐深远，透出历史的凝重感。里面的格局也与如今大多数的庙宇不一样，不是正面释迦牟尼、左边阿弥陀佛、右边药师的格局，而是供有1992年新加坡某法师捐赠的三尊缅甸玉佛像，正中佛龛内供奉释迦牟尼佛坐像，左右二协侍为佛陀弟子迦叶和阿难。背面为观世音菩萨坐像，两侧侍立善财童子与龙女，大殿墙壁四周嵌有唐代贯休所绘的十六尊者拓片，相间挂以名人书法。

　　出了大雄宝殿，后面就是圆通宝殿，正面莲花台上供奉的是一尊高5.2米的汉白玉四面观音像，冠顶雕塑有五方五佛，据说重达3.5吨，系一块整玉雕成，十分珍贵。殿内墙体上镶嵌神态各异、石雕观音菩萨二十八部众，上方有赵朴初题《观世音菩萨普门品》碑刻。我一个学土木建筑的科技人员对其木结构似乎更加兴趣，通过其柱、梁、檩、檐、椽、拱等木构件巧妙地结合，形成了大殿的上方空间和廊庑。据说70%以上还是元朝的原物，令人惊讶不已。

　　在圆通宝殿后为真如塔院。塔院前一片为两千余平方米的草坪，塔身南面有两尊4米多高的经幢外，塔基还围有以前只有在藏传佛教的寺院中看到过的一圈经筒，我和妻子两人还在为究竟是顺时针还是逆时针

图1 真如寺一角

拨动而争论不休，我们到底还是佛学的外行。关于真如佛塔的介绍说，该塔1999年底建成，为四面方塔，高53米，外九层，内十层，加上地宫共十一层。西面有塔梯入口，当天并不对外开放，就算开放我也没有本事爬上去了。

除了三重大殿和宝塔外，两侧建筑还与沿河岸线200米长碑廊和殿前回廊联结，形成真如寺完整的寺院格局，浑然一体。回廊上有书法的碑刻，我正想拍摄下来，回去欣赏，不料家中来了快递小哥，要与我结账，我只能用手机微信应付一番。时间一拖也就忘记了拍照，有点遗憾。想到其他人正等待我们，于是只好匆匆离去。在大门口大家都对真如寺出乎意料而予以赞赏，都说非常值得到此一游。既达到烧香祈福的目的，又达到旅游赏景的愿望。我们还认为把真如寺与静安寺、玉佛寺、龙华寺放在一起，称为"上海四大名刹"实至名归。

五、美味佳肴话友情

随后由我和徐国铭分别驾车前往虹口的梅园村酒家，沈洪波与这里的老板很熟悉，他们为我们提供了一间可容纳16人进餐的包间。由我们8人分坐，显得非常舒坦。沈洪波为我们点了丰富的美味佳肴，冷盘、热炒、汤品、点心一应俱全。席间各自介绍了近来各家的情况变化，什么孩子怎么孝顺啦！孙辈孩子如何可爱啦！小辈们是否和谐恋爱啦！总之，如何享受天伦之乐是大家共同感兴趣的话题。

珍惜我们的友情又是大家讨论热烈的话题之一。尤其是前些日子，胡慕兰偶然发现阳台茶几上放了一本我的新书《笔下寻乐记》的情景富有诗意，马上把它拍摄下来，放在我们的微信群里，引起了强烈的反响。大家在赞赏小胡善于抓住美感的同时，也各自发挥了自己的特长，陈国梁大哥和徐国铭夫人张淑华发表具有浓厚风采的评议抒怀，胡定伦的老伴刘珮瑜对照片进行了更加完美的修改，使照片成为一件艺术品。我为此写了一篇散文《生活就是美》，得到傅守爱大嫂、妻子天仪和胡定伦、沈洪波等的评议赞赏，成为我们共同的记忆。我把该散文和照片先制成了"美篇",再在"上海老底子"公众号上登载,又被主流媒体"澎湃新闻"转载发布,在网络上引起了读者们广泛的关注。胡慕兰的一位老同事看到后,打电话给她,表示了祝贺和羡慕。胡慕兰说到这里,脸上充满了幸福感。大家也深受感染,都为自己拥有这样的一群老朋友而感到庆幸。我原来对这次活动没有撰写散文的打算,所以在庙里收集资料和拍摄照片,没有尽心尽力。但从大家的话语中听出,都希望我能为今天的活动写上一篇游记。沈洪波主动把他拍摄的照片和导游介绍传送给我;张淑华还表示,如果需要她可以再去真如寺,拍摄导游介绍牌的内容提供给我。在这样的期盼下,看来这篇文章我是一定要写了。

宴会延迟到下午两点多了,还没有散去,彼此还在滔滔不绝地抒发自己的感想,看到人家服务员要休息,才恋恋不舍地结束。我说,本来我对胡定伦说好,午餐由我宴请,但给沈、胡伉俪替代了,我们相约五月份等到陈国梁夫妇返沪后,由我做东再次聚会。至此我的新年俗的重要活动总算补上了。

(原载"上海老底子"2022年2月16日)

评议与联想

梁学苏:作者是上海市作家协会会员,他是我老伴冯德涌同济大学和高中的老同学、好朋友。他出书多本,记忆力超强,文笔流畅通俗。文章有感情,有时代感和历史回顾引荐参考价值。前中期还特别善于撰写科普文章。他1964年入同济大学学习桥梁与隧道专业,又多年在铁路部门工作的人,能一直热爱手中这杆笔,写大众生活,赞祖国发展,糅入个人见解和情怀……我觉得他是此生无怨无悔啦!如想了解上海市民过春节的风俗人情方面的微友,可在闲暇时静心一阅,也可增添中华儿女对祖国传统文化和风俗的了解。此文不是教科书,胜似教科书。

陈素娣:钱哥,你太了不起了!前几天刚完成一篇偏专业的文章,紧接着今天又发表了《新年俗补课记——上海真如寺春节巡礼》。钱哥确实是知识渊博,不但对自己的本行精通,对寺庙也有这么深的了解。真如巡礼仍旧一如既往地保持钱哥文章的风格,叙事详细、描写细致。钱哥竟然对寺庙的建筑都能叙述得如此生动,真叫人佩服不已。看来我找机会也一定要去真如一次。谢谢钱哥!谢谢!

胡定伦:文章写得生动形象,加深和扩展了对那天一日游的愉快的记忆,谢谢!

楼珍珠:亲人相聚,烧香游古庙,一举两得,真是不错的主意,点赞!

刘珮瑜:亲家,文章写得真亲切。每次活动,我总是走马观花,反正有你会详细记录描述。看了杰作,才明白那天你为何和陈天仪为经筒的顺转、逆转在争论,当时我很纳闷,难道你们什么是顺时针和逆时针转的方向都搞不清?后来我也去查了百度,但也没搞清楚,到底是顺转,还是逆转。

张淑华:文中有关转经筒到底应该是右面顺时针,还是左面顺时针?是面朝大殿,还是背朝大殿?由此引起了我对民间的一些习俗的兴趣。我也一直在想。如果是面朝大殿,那天仪姐的说法是对的。这也是这次在朝拜中的一个小插曲,挺有意思。如果明天不下雨了,我再去一趟,搞搞清楚。这也是一个小知识点。另外,还有就是困扰我心中多年的一个疑虑,每年清明我到滨海古园扫墓时,会看到是佛教协会原会长赵朴初的墓地,他的坟墓和其他人不一样,是面朝东方的。一般来说都是坐北朝南,就连他边上的上海市原市长倪天增的墓地,也是面向南面的,这是因为什么呢?又有什么讲法呢?

钱平天:这是一篇图文并茂的纪实文章,文字中充满着深厚的友谊和愉悦的心情,赞!

陈国梁:看了钱总所写的《新年俗补课记》的文章,很心动,很开心。由于我这两年春节在海南避寒,没能与各位兄弟姐妹同起春节游,错过了大好机会,很可惜!"一日游"翔实地记载着真如寺的参观过程,真是饶有趣味,犹如我本人也身临其境,流连忘返。文章写到这个份上，我真佩服钱总的写作功底，到底作家就是作家。在钱总的笔触下，即使我缺席了，也大大地弥补了我没有去成的缺憾。我在想，如果有机会我将会再次去真如寺亲身体会一次的，的确很吸引人的。谢谢钱总！

一以贯之（微信名）：真如原属宝山县，不是正宗的上海本土，新中国成立后改划嘉定县。真正的海上四大丛林是清末上海县的龙华寺、静安寺、法藏寺、玉佛寺。

KuoLee（微信名）：因为大庙就建在我的小学原址（真如镇后山门10号长征公社中心小学），所以我经常去。但是每次都要买票，这次去（正月十四）不仅要买票，而且不给票，都没有一个参观纪念门票可以带回来。

钱春园：我的小学是真如一村职工子弟小学，就在离寺庙不远的新村里。记得小时候生病都到真如寺内的真如卫生站就医，王医生还为我右侧太阳穴因摔跤而缝了两针，还为我医治过贫血。56年前又去过一次真如寺，可惜正值"破四旧"时期，只记得寺内有一棵巨大的银杏树，其他被砸得差不多了。

L.L（附63，微信名）：20世纪80年代初，真如寺内只有一座空空的元代大殿和一棵银杏树，没有其他的了，小之又小，围墙内空无一人。

钱丽臻：这篇游记读完了，佩服平雷仔细观察和详细入文的功夫，确实不凡。对比本人这些年来，不论旅游境内国外，均是走马看花，由于自己年事已高，心神不宁，错失细赏自然人文之良机，当然更少积累有关见闻知识。心理疾病和浅薄修养之问题今应深一步认识。

学习，学习，再学习。这句格言不知起源何处。总之，读平雷此文收益颇大，不仅是如同亲涉真如寺，而且是他仔细观察记录的作风，也能更好地克服烦躁，保持忍耐的良好心态。即便他记录梅园村午饭的烦琐过程，也耐心寻味，寻求作者所欣赏并探索其所想表达的细节思想，对吧？

孙有望：1972年在华东师大数学系培训，休息日去的就是真如老街，真如寺尚未复建，真如羊肉面倒是可以消费一回（当年已经有24元一月工资，羊肉也没有现在这么金贵！）。后来当了两届普陀区人大代表，开会时会见到真如寺方丈，坐奥迪来回的噢！真如寺周边是曹阳八村，当年不少铁道学院老师住那里。再外围就是赫赫有名的铜川路水产市场和真如站太平桥货场，再后来就规划为上海四个副中心之一，只是相比徐家汇、五角场、花木三个落寞不少！

钱雪元：看了《新年俗补课记》，过了元宵仍年味浓浓的。建议下次可去罗店宝山净寺。那里感觉不一样，犹如在日本寺院，据说是唐风古韵，禅意阵阵。此前仅在苏州西园寺见到。

倪纪芬：我和楼珍珠同学一样，没去过真如寺。看了钱同学的介绍，也会动动去那里的念头。而且有很要好的同学的家就在真如，还会方便点吧！去寺庙，除了观看寺庙的景物外，主要还是去祈求菩萨保佑。人有了信仰就会有敬畏之心，所谓人在做天在看，就是提醒自己要时常检点自己的言行，本分做人，尽量积善行德。

殷美华：……看过这篇《新年俗补课记》，仿佛亲临真如寺，受益匪浅。以后再出杰作，一定要转发呵！我一定拜读！

戴兆辉：十多年前管过真如副中心的项目，因此对真如和铜川路这块还是比较熟悉的，这篇对真如寺的介绍很详细，还有心得，非常不错。

从11号线眺望"最美钉子户"谈起

一

前些日子,从上海乘坐11号轨道交通去花桥,在列车靠近光明路站的地方,从车窗朝外远眺,在周边全是诸如建滔广场、越洋集团、中城广场等高档写字楼的区域,它们中间的草坪上,却还有一处与周边建筑不相称的农户以及围墙的景象一闪而过。不言而喻,这就是所谓的"钉子户"了。这就让我想起不久前在看手机时,看到一条链接,名字叫《江苏最美钉子户,坐落CBD核心区,因不满足赔偿,现在成"景区"》,有文字也有照片。最令人瞩目的一张照片画面是:两座墙面为棕色的大厦,对面是两座灰白色交融的玻璃幕墙的写字楼,这些前后的高楼大厦之间,是铺设着一条轨道交通线的高架桥,下面是一片翠绿的草坪,可是就是这么赏心悦目的环境中央,如果是一座亭台楼阁式的园林建筑,那肯定可以与周围景物共同组成一座现代化城市街心花园的美景。令人惊讶的是,它不是园林建筑,而是一座破旧的农舍,以及怕它"煞风景"将其围起来的临时围墙。有关它的文字介绍说道,它的具体位置是在昆山花桥镇的CBD核心圈内,这是昆山重要的城区,该区域人流量大,车流量大,还建有地铁……这家昆山的钉子户就是被周边的高档建筑所包围起来了的状态,周边的环境非常优越,大片的绿植草地将钉子户周边铺满,绿化非常好。如今这家钉子户已经被围起来了,它也是昆山比较知名的钉子户……

说起"钉子户"应该是人人皆知的事物,在那条链接的内容中,还有对"钉子户"现象作了诠释。它写道:钉子户是最让拆迁团队头疼的问题。钉子户出现的原因有很多，很多钉子户都非常的"执着"，不达到目的决不罢休，而另一方觉得户主所开出的条件并不合理，从而导致原本应该拆迁的房屋没有被拆迁掉，钉子户也阻碍了新项目的修建。印象中的钉子户一般是非常破旧的建筑，并且也会跟周边的生活环境格格不入。

  我本人就是研究楼宇建设科技和管理的学者，对于"钉子户"现象司空见惯，因此也就熟视无睹，习以为常了。那条链接，开始对我来说，也与其他链接一样，看过就完事了。最近我到同样位于花桥的大型社区——绿地21城A区访问，看到那里如此漂亮的花园住宅区的大门的门面，居然被一处破旧的农舍挡去了一半的位置，如今用了一堵巨幅广告予以遮挡，好像是这座大型居住区号称"绿地集团旗舰"的"司令"的脸上，贴了一张"膏药"一般硌碜。据说，这家"钉子户"的历史比"最美钉子户"还要悠久，已有十七八年的历史了。耳闻目睹之下，我又回想起了有关花桥那家"最美钉子户"的链接，于是我重新上网搜索相关信息，发现对于花桥"钉子户现象"而言，已经不仅仅是那家"最美钉子户"的问题，而是带有一定共性的典型。尤其是"昆山花桥钉子户"已经成为百度搜索中的一条专题条文，可以引出一连串与此相关的文章和照片，估计这不但会对花桥，而且也会对昆山、苏州，乃至江苏都带来负面的影响。看来解决"昆山花桥钉子户"问题，不仅是钉子户主人和拆迁团队以及开发商之间的事情，而且涉及从花桥到昆山、苏州、江苏各级党委、政府，甚至各级人大职能的发挥，需要他们来领导大家攻克这个顽症，共同创造"国之大者"。

二

  当我在百度搜索到"昆山花桥钉子户"的标题时，出现的都与上述"最美钉子户"相关的文章。人们从不同的角度来描述和分析形成这家钉子户的原因。当然这些文章的写手所传达的信息是否经过亲自调查和证实，没有确实的依据。但我们将其作为一种现象，所谓"对事不对人"

进行客观的分析，从中寻找出原因，提出解决问题的方法，应该还是一种可取的思路。

据"网易"的作者"红灯停路灯行"介绍，据知情人介绍，十年前开发商愿意出价500万元，和周边的房屋价格差不多，本来条件都谈好，就等着搬走拆除了。但房主后来却想，他家的土地使用面积，如果和周边赔偿一样，有些吃亏，于是便开口加价到1 000万元，并加上两套房子。最为关键的是他们异想天开地以为别的房子都拆掉了，就剩下他们一家，开发商前期已经投入巨资，因他们这一家而没有开发，会亏掉很多，认为开发商到最后一定会妥协。但没曾想到，这家开发商也是有脾气的，面对如此无理要求，竟然转脸走人，这家房子不拆了，土地也不开发了。

三

更有网友婉转地指出，出现"最美钉子户"现象，说明此类事情是要给花桥、昆山、苏州乃至江苏省一连串行政隶属地缘政治单位带来负面影响的。为了不得罪这些地方政府的领导和老百姓，这位网名为"今日到哪玩日报"的"腾讯新闻"的作者，他先从颂扬江苏的"物华天宝人杰地灵"开始："提起江苏省，除了华美绚丽的园林，江苏的富庶之名自古有之，古代有苏湖熟、天下足的说法，而时至今日，江苏省的经济发展水平在全国仍然是首屈一指……更夸张的则是苏州，仅仅是苏州一个城市，去年的生产总值就已经突破了2万亿元，甚至比一些省份的经济发展程度还要高。"

作者在赞赏了江苏和苏州以后，话题一转，谈到它们的下级——昆山花桥，他介绍道："但是在江苏却有这么一户幸运的钉子户，尽管他贪心的索要巨额赔偿导致拆迁工程跳过了他们家，一分钱都没有拿到，但是这里却成了网红打卡地，并且随着房价的不断上涨，现在这里已经能卖出比拆迁款更高的价格了。这个钉子户所居住的地方，在昆山市的花桥经济中心区，这个钉子户拒绝拆迁的原因也很简单，因为他家的房子是在拆迁前刚刚竣工的，并且还选用了更加豪华的装修，所以屋主认为应该获得更高的补偿金，但是开发商对他的想法却并不认可，在这样的冲突之下，这里就成了钉子户。"

"今日到哪玩日报"还指出："而在推动城市化的过程中，拆迁是一定会出现的，对于大多数人来说，拆迁是一件双赢的事情，但是有的人却因为种种原因不配合拆迁，这种人，也就是我们常说的'钉子户'，钉子户的下场一般都是凄惨的。时隔多年，他也得到了更高的收入，但是拒绝配合拆迁的行为，终究是不对的，对于国家的合理开发，只要赔偿适宜，身为公民的我们还是要尽量配合。"

从上述几位网友的文章和图片中可以看出，那个特定的所谓昆山花桥"最美钉子户"的现象是存在的。但是如今是否解决了，不同的报道是有出入的，但一定还有其他"最美钉子户"继续存在。不过有一点是肯定的，没有各级政府的参与，那是无法彻底解决的。

四

花桥是昆山下属的一个镇，它的地理位置是非常特殊的，它如同一座半岛伸进了上海市的版图。北面是嘉定，南面是青浦。沪宁高速公路出上海进江苏的收费口就是位于花桥，尤其是上海轨道交通11号线也通到了花桥，而且将来要与苏州市的轨道交通接轨。据说在绿地21城A区里还有属于上海青浦区的地块。许多住在这里的人早出晚归在上海上班。因此，这里与上海市的"同城效应"非常明显，被北京市与河北燕郊等同样的地理状况的兄弟省市所羡慕不已。这也是"长三角一体化"国家战略的一种生动体现。因此，花桥"最美钉子户"的现象，如果能够得到完美的解决，其正面影响对上海、对长三角乃至对全国都具有示范的效应，成为花桥一张新的"名片"。但如果处理得不好，其负面影响也是加倍的。

像要把上述的花桥"最美钉子户"的现象得到全面解决，估计不是仅仅依靠花桥镇的地方政府所能解决的。时过境迁，当年的许多动迁政策、标准或者法规已经不适合当下的实际情况。况且，像本文的钉子户所在地的工程项目或许已经早就结束了，原来的开发商或动迁团队就地解散或者远走高飞了。让业主与钉子户的主人之间去谈判，恐怕是无法奏效的事情。这件事情只有各级党委、政府出面才能解决，他们有能力把原来的相关单位和人士重新召集到一起。有些动迁条款修订，还可能涉及地方立法的事宜，至少要到江苏省人大一级才能完成。

对于钉子户主人也要有与时俱进的思维，原来提出的要求，已经不一定合乎现在的情况了。例如，有的主人除了补偿款外，还有办企业土地的要求，当年要办的企业多半是劳动密集型工厂，如今大概都要升级换代甚至淘汰了。现在讲究的是单位面积土地上创造更多的经济效益。除了法律途径外，人民调解也是新时期提倡的办法。一般说来，那些钉子户的主人都是老年人了，观念可能旧一些，他们的子女往往比较容易接受新鲜事物，让他们一起参与，或许更加容易沟通。我见过一位从事木器生产的企业家，他拥有占地面积很大的厂房，但他的子女都不愿意继承他的事业，而要创建高科技企业，那就不需要面积很大的用地了。

在党的十九大报告中，习近平总书记首次将人民获得感、幸福感、安全感并列提出，深化了对改革目的和发展归宿的认识。能否提高人民群众的获得感、幸福感和安全感必将成为衡量改革发展成败得失的基本指标。2020年4月考察陕西期间，总书记在谈及秦岭生态问题时谈到"国之大者"，强调"对国之大者要心中有数"，要"深刻领会什么是党和国家最重要的利益、什么是最需要坚定维护的立场"。习近平总书记又指出："国之大者，体现在一个个具体的家庭与个体中，蕴含于一项项现实而细微的需求里""人民对美好生活的向往，就是我们的奋斗目标。"

消除"最美钉子户"现象，在一定程度上说也是人民群众的"获得感、幸福感、安全感"的重要体现。它让原来钉子户所在地的老百姓，因地域优越的幸福自豪感油然而生，为自己的家乡、居住地的美丽、安全的获得而感到骄傲。因此，对于各级党委、政府、人大来说，消除"最美钉子户"现象也是"国之大者"，我们殷切地期待花桥的"最美钉子户"现象得到妥善彻底的解决。

（原载"上海老底子"2021年9月25日）

评议与联想

苏宪庆： 从大的格局分析了"最美钉子户"的难拆之点及需要完善配套的法律法规。希望能引起苏州昆山政府的关注，在解决城市发展中的瓶颈口有完善政策突破。

乌蛮笑纹（微信名）： 现在关键还要靠政府。另外，拆迁户心态很重要。期盼美丽乡村有所为。

方鸿辉： 文章写得到位，情况介绍详细。但读了以后，总感到有些话似乎已到舌边却没发声。什么叫"钉子户"，为什么会产生？产权保护是入了法的，是不是一种伟大的遵法之举？去国外一看，似乎常见这种窘况，冲击了我们传统的观念，却显现了遵法之美与胸襟，倒是构成了另一种和谐与美感。由此，或许对钉子户的称呼也值得再思考呢？你觉得呢？

倪纪芬： 看钱同学的《从11号线眺望"最美钉子户"谈起》，说说对"钉子户"这一称呼的看法。"钉子户"的称呼不光彩，很刺眼。这个称号原自拆迁户为了维护自己的权益，为保护自己的私产，为得不到公正的补偿而不搬迁。开发商恨其不顺，用污名化的称呼给了"钉子户"的"雅号"。而现在已成了约定俗成的称呼。被戴上"钉子户"帽子的拆迁户有两种，一种是他们并不是蛮不讲理的，他们的理由并非无理，这样的"钉子户"当得有点冤。另一种是狮子大开口，漫天开价，不合情理的胡搅蛮缠的主业也有，因而给这样的人戴上一顶"钉子户"的帽子，应该是无可厚非的。好在人们的法治意识越来越觉醒，故事也都发生在阳光下。那些挺牛的"钉子户"都被全国人民关注着，本是个别动迁户的故事，现也是政府治国安民的故事。希望不同利益方能平等谈判，让各方利益得到尊重而取得双赢。从此再无"钉子户"这称呼。

青　鹿（微信名）： 换个角度看，让钉子户存在，真正体现出是对百姓权益的尊重，社会的包容，有人情味。

周大人（微信名）：钉子户现象由来已久，而且大多数是都有他们的理由的。钉子户的存在还有其双面意义。一方面，体现政府的宽容和人性化，不激化矛盾；另一方面，地区形象和面子受损。据有关部门统计，全国各地，包括进京的上方事件，因征地、动迁而引发的上访、刑事案件占有很高比例，有的还是非常恶劣的伤亡事件。钉子户也是世界难题。

云　豆（微信名）：善待钉子户，是国家法治的进步和文明的体现。

猪幸福（微信名）：钱老的关于21城A区钉子户的文字，拜读了。从高度、深度，透析详尽，拿捏得当。

王载棠：允许钉子户的存在，是社会的进步，是物权法的闪亮体现。国外也有类似现象存在，不稀罕。最理想的是能妥善解决拆迁问题，但是人的思想是复杂的，开发商和拆迁户各有自己的底线，如果不能两全，钉子户的存在恰恰说明了社会法制是健康的，是属于正能量的。

全面解决医养合一问题的遐想

最近中共中央、国务院发布了《关于加强新时代老龄工作的意见》（以下简称《意见》）。其中关于医养结合的内容是这样叙述的："医疗卫生机构与养老机构开展协议合作，进一步整合优化基层医疗卫生和养老资源，提供医疗救治、康复护理、生活照料等服务。支持医疗资源丰富地区的二级及以下医疗机构转型，开展康复、护理以及医养结合服务。"

昨天在手机上看到一条链接，说政府部门准备把二、三级医院的业务与养老护理功能全面结合起来。如果这条消息是真实的话，无论我自己就是一个年逾古稀的老人，还是我对养老科学有一定的研究的学者，我是非常赞同这个决策的。我的理解，这是符合《意见》精神的。但是我又深知要真正达到医养全面融合，就目前的情况来看，还有许多问题需要解决，尤其是分管"医护"和"养老"业务的行政是两个部门，必须将其有关管理功能真正合一，才能全面有效地把医养合一的美好愿望得到落实。

医养结合目前存在的困难是：医护人员主要工作岗位在医院，对他们要求的专业水准是比较高的，这些从业人员一般都经过学校的正规教育培训。而目前从事老年护理的医护人员具有大学以上文化程度的专业人员比例不高，更多的是改行搞养老的非医护专业出身的工作人员，甚至是文化程度很低的服务人员在充当似医非医的"护工"。在这个很现实的情况下，在医疗机构从事专业医护人员的待遇，无论是社会地位，还是经济收入，都是明显超过在养老护理单位工作的人们的。导致的结果是养老护理机构留不住高水平的专业人员。那里呈现"铁打的营盘，流水的兵"的现象。在外地有一些大专院校有养老专业,他们学习的课程与医疗系差不多,但毕业后分配到不同的单位,其待遇相差甚远,毕业生在养老机构待不了很久就选择走人了。即使是那些"护工",对其职业的素养要求肯定超过住家保姆,但当下的收入却不如后者,她们也待不长久。真正有些服务水平较高的护工,还往往被富裕的居家养老家庭挖走。这是在服务层面医养能不能真正融合,存在的最根本的问题之一。

据我所知,其实养老科学是一门多学科交叉的综合性学科,并不仅仅是医学和老年学交叉的边缘学科。我在去年负责撰写《养老科学概论》一书,尽管在此以前我曾经作为主编之一,领衔编著过《CCHC(持续照料社区)居家养老模式服务管理标准1.0》,应该对养老涉及的领域有了基本的理解和驾驭的能力,但是当我开始执笔撰写《养老科学概论》一书的"导论"和编制目录时,需要了解与养老相关学科的基础理论时,发现它远远不是医学和老年学两门学科可以包含的。且不说与医学相关的诸如医疗、预防、康复、护理、营养、心理等分支学科,或者老年学、政治学、社会学等社会人文学科,还涉及管理科学、系统科学等综合学科,甚至还有建筑、机电、IT、AI等所谓理工科范畴的学科。怪不得至今国内外还没有一部全面论述养老科学的教科书,因为它涉及的专业实在太多了。我们上海市科协下属的学术团体因此跨学科成立了"上海养老科技学会联盟",还没有联合社会科学界的学者,就有10多个自然科学和工程技术的学科的学会加盟。

由此让我想到,从事养老事业的专职工作人员的职业素养问题。既然养老是如此复杂的问题,而目前在主管养老事务的政府部门或者其他单位从事养老管理的专职人员,如果没有对养老科学有全面的理解和底蕴,怎么能够把养老工作做好呢?据我了解,以前民政部门分管养老工作的人员,大多数是"半路出家"的同志,他们没有对养老科学和事物相关领域的知识和技能,没有完整的学习和培训的经历,更不要说当下诸如数字经济、智慧城市等日新月异的科技和社会发展的新事物,又在不断介入养老领域,更新和丰富着养老科学的内涵。同样,在卫健委系统估计也没有全面掌握养老科学的管理人才。

根据以上分析，我认为要让医养真正结合起来，让两者融为一体是必须的。除了在大学里设立"养老科学"的专门学科或学院，培养管理和从事养老工作的专业人才外，还要把民政和卫健委的相关功能合二而一。在我国，政府行政部门把功能分割不如将它们合并更加合适。如果大胆地设想，把有些地方的卫健委和民政局合并为"民生委"或者"民生局"也是可以考虑的，它干脆把与民生相关的管理功能和职责放在同一部门，这样由于医养分开所导致的诸如待遇、管理方式不同和彼此不了解的问题基本都可以迎刃而解了。也许大家认为我的想法在现时有点超前，甚至不符合实际，但我也希望它能成为党和政府的决策者日后改革的一个参考方案。因为我文章的题目就说明了这是一种遐想，作为社情民意，总还是可以的吧？

（原载"上海老底子"2021年12月8日）

评议与联想

夏　萍：医养结合，要克服陈年旧习，老旧观念，谈何容易。

张崇大：贴切的建议，我赞同。

茆诗咏：我很赞同你的遐想。

倪纪芬：首先大赞钱同学，自己也已是古稀之年的老人了，还费心费时地为国家大事出谋划策。真是老骥伏枥，志在千里哦。敬佩！如真能实现医养合一的养老模式，那该是老年人的福音。改建现有的一些一、二级医院为养老院，原有的医生负责老人的保健和疾病的治疗，另培训一批护理工，负责老人的生活琐事。领导班子统管这两个部分。老人享受医保待遇，支付一部分的生活费用和护理费用。这应该是一种比较理想的养老模式。政府如果真正重视老龄工作，那么养老院需要的经费定能解决。期待这样的养老院能早日建成。

周文华：今天是大雪日，老倪给老年人送上了一份大礼，还真有把部分一、二级医院改为老年护理院的事了，并在快速落实中，看来政府顺应民意在为老年人办实事了。老倪有远见与钱平雷同学提出的医养合一有异曲同工之妙，相信政府会综合考虑不断完善现有的养老急难愁盼的问题，我们也该同步改变思路，相信老有所养的日子离我们已不远了，为老倪先点个赞吧，的确是一大喜讯；钱平雷同学医养合一的想法也有望实现，该是大家高兴的呀，有盼头了！

何　畏：对！拿出鲁迅的精神提笔伐邪也不容易。

陈素娣：很好。只有养老机构专业了，留得住人才了，养老水平才能提高。但是要做到这点确实也是很难的，因为现在真正愿意投身于养老事业的人不多，青年人、专业人士一般来说谁想去做这种事呢？所以做起来是很难的。

杨秉辉：钱先生多年关注养老事业，并多研究，关心公益，甚是敬佩。很是赞同您的意见。一是领导问题。在国家行政，将卫健委与民政局合并最好，减少了行政机构，符合减政之举，或不易，但亦可成立老龄委应对一切老龄事务，在我国增加机构不难，只要他们办出实事，民众必无语诅。二是人才问题。养老问题的关键是养，生活的照顾，包括失能的老人、一般慢性病老人皆主要是养护，需要的是有医学知识（中专水平）的护理人员，应大量招聘初中毕业的在工厂打工的女青年进行培训，给予高待遇，使其终身从事此业。至于患病需医且能医的，应多建老年医院收治，又作别论。

李文亮：对生病的老人来说，怎么养老是个难题，但愿今后越来越科学，越有利于老人。

迎接"房地产4.0"时代的到来

一

今天是壬寅年的年初二，昨天用电话给一些在外地的亲朋好友拜年，像在北京的马淑云大姐、佳木斯的张福定学兄，他们都在闲聊中鼓励我在可能的情况下，仍旧可以写写文章来寻找乐趣。我现在因患腰疼，已经很少参与社会活动，所以可以撰写文章的题材大大地减少了。想到下个月"两会"就要召开，作为一个中国的普通老百姓，能否通过"社情民意"的渠道，也发表一点自己的想法呢？于是就想到把建议房地产业向"4.0"阶段转型，作为给政府部门和业者决策的一点参考，也算给业外的兴趣者作一点科普宣传吧！

我这里讲的"房地产4.0"版，实际上就是房地产开发的第四阶段的意思。我在2004年与同事丁名申先生合作出版的《旅游房地产学》一书中，曾经提出房地产开发的三个阶段的论点："以房地产开发过程中经济增值为线索，我们可以把房地产开发分为三个阶段。第一阶段是把'田'转化为'地'，第二阶段是在地上建造房屋，然后进行货币交易。第一、第二阶段是人们接受程度比较高的概念，对房地产的一般认识都集中在这两个阶段。目前我们所涉及的土地市场、土地拍卖、房屋，特别是住宅的二、三级市场即新建商品住宅和二手商品房的交易，都在这两个阶段中完成。我们可以将其称为狭义房地产。当房地产再深入发展时，就进入了第三阶段。在这个阶段土地资源就不一定建造房屋，尤其是一般意义上的住宅，什么效益高，只要单位面积上所进行的经营，就进行什么内容的开发，旅游房地产、商业房地产等等，都属于这个阶段的品种。此时我们可以将其称为广义房地产。"

这个观点从现在的眼光来看似乎不够科学和严密,因为这里不仅包括开发,还应该包括物业的经营和管理,但为了后面的表述,姑且引用一下,也还是可以的。因此,把"开发"一词改为"发展"似乎更加合适,而且在英文中这两个词汇都是用的同一个词汇"development"。我在这里把上述三个阶段分别称为"房地产1.0""房地产2.0""房地产3.0"发展的三个版本。

现在房地产开发企业走到了一个瓶颈阶段,首先党和政府明确房屋是用来住的,不是用来炒的。所以单纯地追求经济效益的路子,肯定是不行了。而且土地资源越来越紧张,不可能一味简单地搞开发,也是行不通的。那么,房地产作为国民经济中为国民生产总值做出重要贡献的产业,究竟如何寻找新的出路才是符合国家发展的大局和方向的呢?我们的观点就是房地产产业要转型,进入第四阶段,即"房地产4.0"的版本——数字经济下的智慧建筑(楼宇)的开发和改造。但是一般的房地产企业并不是可以一蹴而就跨入第四阶段的,他们的员工需要经过一番艰苦的"修炼",即重新学习和认识。

二

智慧广场是上海市首批5A级办公楼之一,所谓"5A",就是通信自动化、办公自动化、消防自动化、楼宇自动化和安保自动化的总称。它是上海城市房地产有限公司(以下简称"城房")的主营物业,城房在制定我国第一部写字楼物业管理标准的过程中发现,对其管理不是仅仅土木建筑专业所能解决的问题,在世博会期间发现,海外早有信息、建筑、环保、节能、安全等专业的专家组成集成研究的学术团体,况且在上海当时还没有房地产科技的学术团体。于是包括来自交大、同济、华东师大等高校、城房等企业以及易居、消科所、房科院等科研单位的相关专业的专家共同发起成立上海市科协下属的上海市楼宇科技研究会(以下简称"研究会"),它的成立填补了我国在这个领域的空白。研究会研究的第一个课题就是智慧楼宇，因为我们发现所谓5A级楼宇并不是智慧楼宇（smart building）而是智能化楼宇（intelligent building），它不能像诸如智慧公务、智慧医疗等成为智慧城市（smart city）的有机组成部分。根据研究会的研究成果"智慧楼宇评价指标体系"，我们认为一座楼宇应该具备四个维度才能称为"智慧楼宇"：绿色建筑、自动化集智、现代物业管理和融入"智慧城市"。上海市楼宇科技研究会对"智慧楼宇""现代物业管理"的理论及其相关标准的研究，已经到达了国际先进水平，并成为我国国家团体标准。先后依此对上海鲁能国际中心和上海兰生大厦进行评估，使其分别获得我国第一座新建和既成智慧楼宇的称号。

三

最近由研究会牵头，加上城房、东浩兰生信息科技公司（以下简称"兰生信息"）等单位专家形成的团队在对上海市科协下达的"现代物业管理标准1.0"等课题的研究过程中发现，楼宇建筑的智慧化建设和改造，正是房地产企业从工业化向信息化时代进行数字化转型的最好机遇。在"十四五规划"中提出城市更新，习近平总书记最近多次谈到发展数字经济，智慧楼宇的建设和改造就是房地产业响应号召最理想的抓手。它可以带动一大批企业和单位，形成新的产业链，其产值不会少于单纯的房地产开发和管理。在多次国际会议和交流中，我们了解到，海外发达国家和地区在这方面，还没有达到我们研究的先进水平。研究会、城房和兰生信息等单位都在一起打造数字信息平台的样板，并制定标准，因为它具有推广的价值，特别上海是楼宇集中的区域之一，非常具有战略意义，可以成为在全国、全球复制的新的经济增长点。楼宇建筑智慧化并非办公楼而已，它也应该包括民用住宅、小区，像目前的适老化改造、安装电梯、智能化停车、智慧安防等都可以纳入这个范畴。还有众多的物业管理企业，以前入门门槛比较低，要管理智慧楼宇还存在一定的差距，即使是非常有名的物业管理企业，也还是传统的物业管理企业，它们不具备现代物业管理的资质，其业务更是需要在新时代里进行升级换代。

我在这里就把上述智慧楼宇的建设和改造，以及现代物业管理合在一起，定义为"房地产4.0"版本，不知大家能否认同？

（原载"上海老底子"2022年2月8日）

评议与联想

夏　萍：钱老师，很专业的术语啊！

傅雅君：钱老师，新年好！你在腰疼的情况下，还是拿起了电脑中的笔，完成了自己想表达的想法，给社会、给读者一个很好的启示。很了不起！不好意思，我只阅读了前半段，一方面我的年龄段对社会的这些事情有点无动于衷，因为社会上有很多的大问题，老百姓可以获悉，但没有解决的能力。另一方面，我更在乎我自己的视力。你的亲朋好友、你的读者很多，他们的年龄可能略为年轻。你很宽慰，也很欣慰，我很为你自豪！

令狐盛云：希望今后少造高楼大厦，多造一些有中国特色的优美建筑。

清闲zq（微信名）：现在好多地方都拆了造写字楼，居民全迁走，没了人气。

"老年认知障碍者"的福音

——《CCHC认知障碍专业护理员培训体系标准1.0》于上海诞生回眸

一

认知障碍是在老年人中比较常见的疾病之一,坊间也有称其为"认知症",或俗称"老年痴呆",其中阿尔兹海默症是最常见的老年性认知障碍的病症。如果能对处于养老生活状态下的认知障碍患者给予专业照护和护理,从而有效地增进他们的身心健康,无疑会对提高患者及其家属乃至全社会的生活质量及其幸福感,具有重要的意义。近年来,国家和上海市乃至长三角各级政府都对如何对待"认知障碍"问题非常重视,出台了一系列指导性文件或标准,有把养老称为"银发事业"促其发展的宏观性意见;也有针对"认知障碍",在养老机构设立专门床位及其配套设施具体的要求;还有建设认知障碍友好社区的指南,更有扩大养老护理员队伍的计划。但稍有欠缺的是,这些养老护理员是否具备对认知障碍者护理的专业技能;在养老机构或者社区里,有没有专业的认知障碍护理员;甚至认知障碍者的家属或者保姆,是否具有一定的认知障碍护理的常识。所有这些,就好像是政府把舞台搭建好了,认知障碍者就是台下等待看戏的"观众",那么就需要有人来唱戏,提供专业服务。问题是在剧中担任角色的"演员"现在不知在哪里。究其关键的原因,就是在我国还没有对认知障碍专业护理的培训体系。我想要告诉大家的是,最近在上海诞生并开始在长三角推广的《CCHC认知障碍专业护理员培训体系标准1.0》,这就是为了解决填补这方面的不足,预期它将给老年认知障碍者及其家属带来福音。

就我本人而言，说实话，对"老年痴呆"是很陌生的，因为在我的亲朋好友中似乎很少有人得过这种病症，连"老年痴呆"的学术术语叫作阿尔兹海默症，还是在2015年在澳大利亚悉尼女儿家附近的一家养老院的后门旁围墙挂的一块指示牌上知道的，说这里一部分楼层是官方对于发展到不同阶段阿尔兹海默症患者进行定点护理的场所。在当年，我国最主要的养老体制就是"9073"养老模式，即除了3%的老人在养老机构，其余97%的老人是"居家养老"的（其中7%是社区居家养老，即社区派人上门服务），我当时作为这个领域的研究者，还停留在对各国包括澳大利亚的居家养老体制——"居家养老一揽子计划（HCP）"资料的收集阶段。因此，我对于这块牌子上的内容，没有更多的详细了解，况且上面堆积着的文字，除了阿尔兹海默症外，还有许多英文专业术语。那时的手机还没有如今那么多的软件可以用于即时翻译的功能。因此，鉴于我的英文水平，也只能知道澳大利亚当时对于"老年痴呆"已经有了一套专门管理体系。

到2017年3月，我完成了由上海市楼宇科技研究会（以下简称"研究会"）和海阳集团共同制定出版的《CCHC居家养老模式服务管理标准1.0》的主编工作，在该标准中虽然有包括医疗、精神心理慰藉、家政等专业的服务标准和操作标准，却没有专门针对"老年痴呆"患者照护的标准，更没有对其护理员的专业要求。时间过去了6年，随着我们国家对养老事业越来越重视，尤其是我自己年事渐高，我的一些同学也有了"老年痴呆"的症状，社会媒体上有关阿尔兹海默症的报道，也更多地进入了我的视野。我是连做梦也没有想到，年近耄耋的我，还会有机会在实践中更加深入地学习与"老年痴呆"相关的知识，同时还可以为减轻"老年痴呆"患者及其家庭的烦恼，贡献自己一点微薄的力量。

这还要从我与3位中青年朋友的"缘分"说起，我有幸遇到他们，还和他们一起参与并认识了制定和鉴定《CCHC认知障碍专业护理员培训体系标准1.0》的各路权威教授，以及对此给予支持和帮助的各级领导和专家。作为一名科技人员为背景的科普文学作家，我在完成任务之余，似乎意犹未尽，打算用文学写作的形式，谈谈我的学习过程，希望以此让更多的读者对"老年痴呆"有一个更加科学的认识，从而直接或间接地提高人们的幸福感，为我国的"银发事业"大厦的发展，添砖加瓦。

二

追根溯源，我所说的与我有缘分的3位中青年朋友中的第一位叫郭际冬。我曾被上海城市房地产公司聘请担任副总经理，郭际冬是该公司的一位中层干部，对外正式头衔是上海广慧物业管理公司的总经理，所管理最重要的物业是上海首批5A级写字楼之一——智慧广场。在静安区，他也是一个"挂号人物"，还有区党代会代表、大楼联合党总支书记、曹家渡商会副会长等社会兼职。郭际冬有很强的活动和组织能力。我们之间无论工作关系，或者个人关系都很好。他对我很尊敬，也很照顾年迈的我，还称我是他的老师，他甚至还请我担任他和著名气象主持人王媛小姐婚礼的证婚人。当我从秘书处设在智慧广场的研究会秘书长的位置上退下来的时候，推荐他成为我的继任，获得了选举批准。

2023年11月下旬的某一天，郭际冬秘书长给我发来一条微信通知，邀请我在本月24日去智慧广场去参加一个名为《认知症专业照护护理员培训团体标准》的立项会议。通知上有关的参加单位有：上海现代服务业联合会、上海市楼宇科技研究会、上海养老科技学会联盟（以下简称"联盟"）、上海爱可尔养老服务有限公司。上述4个单位除了上海爱可尔养老服务有限公司外，其余好像都与郭际冬秘书长有着一定的关系，首先他是楼宇研究会的秘书长；其次因为研究会的首任理事长郑惠强教授，现任上海现代服务业联合会（以下简称"联合会"）会长，郑又介绍了楼宇研究会成为联合会的团体会员。由于郭际冬秘书长出色的工作，他还被联合会授予"2020年度团体优秀工作者"。至于联盟是我在担任研究会的秘书长期间，在郑惠强理事长的支持下，向研究会的上级单位上海市科协提出的一项建议，意在充分发挥科协具有"人才荟萃，横向联系"的优势，让科协下属与养老有关的13家学会联合发起成立一个联盟,后获得了市科协的批准。在联盟成立之际,正值研究会换届,于是由郑惠强和戴晓波教授先后担任联盟首任轮值学会的负责人,我和郭际冬则先后担任首任秘书长。担任首任轮值学会负责人的还有上海市康复医学会的郑洁皎教授和上海市科普作协的江世亮老师。我们联盟承担的第一项任务就是编写《养老科学概论》,这本书是将与养老相关的专业知识相互交叉所形成的一门边缘科学——"养老科学"予以概述,它不但是不同专业人士互相科普的教材,还填补了国际上"养老科学"这门理论如何定义的空白。我不厌其烦地在这里传述《养老科学概论》,因为我们认为它应该成为每名从事养老事业工作者通读的教材。

三

然后我就要引出说与我有"缘"的另两位中青年人了,他俩就是薛赢硕、王煜石先生——上海爱可尔养老服务有限公司的主要负责人。他们曾留学澳大利亚,并在那里创办了马克西姆老年护理职业学院。关于这个学院的相关情况,由于本文属于散文性质,就可以允许我采用倒叙的方式进行阐述,这样便于让人们了解他们为什么来中国开拓认知障碍专业培训的原因。因为我在《CCHC认知障碍专业护理员培训体系标准1.0》完成制定和鉴定程序后,就和老伴在2024年3月底到了澳大利亚悉尼探亲,看望我们日夜思念的外孙女。此时正好薛赢硕也在悉尼处理校务事宜,这就让我有机会访问和参观他们的学校。那天他和另一位名为徐颖昇的同事接待了我和冒雨开车陪同我前往的我的家属们。

学校位于悉尼市中心一座专门用于职业教育的建筑里,马克西姆老年护理职业学院占据了其中几个楼面。学校设施包括理论学习教室、技能实操教室、公共学习区、学生休息区等区块。我向小薛问及了他们的教学情况,学院是一所正规的职业教育机构,专注于培养老年护理专业人才,并受澳大利亚政府负责职业教育和培训的部门(ASQA)管理和监督。据小薛介绍,他们学院主要设置了老年护理三级、老年护理四级和失能/失智人员护理四级这三大老年护理专业。老年护理三级、老年护理四级的主要课程通常为全日制课程，持续一年或更长时间，包括课堂讲授、实践培训和临床实习等不同形式的学习活动。而失能/失智人员护理四级的课程必须要在完成老年护理三级学习的前提下，才能提交入学申请。从中可以发现在澳洲，在护理四级的专业设置上，把一般意义上的老年护理与失能/失智人员护理分流了，学生既可以全职学习，也可以作为兼职课程来学习。薛赢硕、王煜石的父母都在国内，老人们又都不肯来澳洲生活，作为子女总想为父母养老创造一点条件。于是他们就想到把养老职业教育和培训引进到中国去，他们在翻阅了各国大量资料之后，最后觉得把失智人员护理的教育培训体系传送到祖国去，最为及时和合适。因为在我国60岁以上人群患认知障碍病率为7.2%，高于全球平均水平(6.2%)，居首位，年发病率0.625%，失智人数占全球患病总数的1/42，也就是说每四位患者中就有一位来自中国。国家有关部门和各省市对此高度重视，如对养老机构提出要求，要为认知障碍患者提供一定比例的专用床位和照护单元。然而，现实的情况是对患者相应的照护人员，却仍旧是一般概念上的普通养老护理员，他们缺乏全面的认知障碍照护系统培训，从而也无法获得认证体系的认可。

　　在他们到上海寻找在何处落脚为妥的时候，大概是老天爷的事先安排，让他们在静安区商会偶然遇到了郭际冬，于是就发生了后来的故事。郭际冬出于职业的敏感性，一听到他们是想引进老年认知障碍护理的培训时，马上就想到了多重有利的条件：首先，作为智慧广场物业管理公司的总经理，他们要创办公司的办公地点是现成的，况且智慧广场是我国智慧楼宇改造的先行场所，具有最先进的办公条件，性价比也相当高。其次，作为研究会的秘书长，养老科学是该学术团体研究的重点方向，而且研究会还又是具备发布全国团标资质的学术团体，并具有丰富的经验。研究会作为联盟的组成学会之一，可以邀请与认知障碍护理相关的学会中最知名的专家来参与。再次，作为联合会团体会员单位，他得知联合会在上海市市场监督管理局的支持下，以团体标准制定宣贯为抓手，助力打造产业生态体系，培养高新专业人才。他们还围绕长三角一体化协同和重点产业发展,发展一批高质量团体标准及其管理机制,让更多上海标准走向全国、国际。在薛赢硕、王煜石先生听到郭秘书长的介绍后,双方一拍即合,决定让上海爱可尔养老服务有限公司(以下简称"爱可尔公司")入驻智慧广场。

经过郭际冬的多方联络,迎来了《认知症专业照护护理员培训团体标准》的立项会议,也就有了我和薛赢硕、王煜石、范达伟等人组成的团队以及联合会负责团标事宜的刘宇副秘书长的首次聚会。在各自发表和介绍自己的情况后,一致认为以制定团标形式,作为解决国内老年认知障碍护理的短缺的起步和前提,是值得采取的有效对策。郭际冬秘书长还以我擅长制订标准为由,建议由我担任《认知症专业照护护理员培训团体标准》编写组的负责人,大家一致鼓掌同意。我也"倚老卖老",自以为是制定标准的专家,也就答应下来了。

四

我是一个急性子的人,既然让我当编写组的负责人,回到家的第二天我就根据第一次会议各方面提供的相关文件材料以及在网上查阅相关资料起草《认知症照护专业培训体系团体标准1.0》(讨论稿)作为课题研究的初始报告。我虽然对老年科学有所研究,但对于"认知症"的了解还是非常有限的。所以撰写(讨论稿)过程也是自己学习的过程。读者如果感兴趣,不妨也了解一下其中包括的内容。

《认知症照护专业培训体系团体标准1.0》(讨论稿)的内容有:1.《认知症照护专业培训体系团体标准1.0》宗旨。2. 认知症的概念、症状和等级划分,其中根据患者的认知能力及身体机能恶化程度,分为三个阶段;并以这三个阶段患者出现的症状,分别定为轻度、中度和重度3个等级。3. 诊断认知症的单位或个人,就是不同等级的患者需要不同资质的单位或个人来诊断。4. 提供认知症照护服务的组织载体。提供认知症照护服务的组织载体可分为依附于CCHC居家养老体系、独立养老机构和专业认知症患者护理机构三种。根据我国国情"9073"养老模式基础上，建立的CCHC居家养老模式，其组织架构是三级网络、四级平台。它们分别是市级网络，区级网络和平台，社区、街道、乡镇一级的网络和平台，扎根于最基层的第四级平台——驿站。由上海市楼宇科技研究会和海阳集团共同制定的《CCHC居家养老模式服务管理标准1.0》不仅已经在包括了北京、上海、江苏、河南、甘肃在内的国内10多个省市自治区得到实施，而且成为国家团体标准。5. 认知症照护护理员培训机构，包括办学条件、师资条件、基础课程、专业课程等。6. 认知症专业照护培训教育内容。根据照护培训的对象不尽相同，提供的教育内容和期限也各不相同。专业的认知症照护护理员，有高、中、初级之分。此外，还有为诸如家属（含保姆）提供的普及级的教学培训。7. 对承担认知症照护服务的单位与护理员及其培训机构的考核和监督。

当在第一次会议的3天后，我把《认知症照护专业培训体系团体标准1.0》（讨论稿）发到了临时建立的"团标项目组"微信群里。大概几乎所有人都会对我出手之快感到惊讶，但估计郭际冬不会感到奇怪，因为他已经习惯了我撰写文章的速度。爱可尔团队和联合会的刘宇副秘书长都在基本肯定我起草的文稿格局的基础上，提出了修改的意见。我们觉得需要权威专家来把把关。在研究会张星玲副秘书长向市科协有关部门负责人汇报获得支持后，正式启动了联盟平台的活动机制，在2023年12月26日在研究会郭际冬秘书长主持下，邀请了联盟中相关学会的权威专家参与了对《认知症照护专业培训体系团体标准1.0》（讨论稿）的研讨，来自康复医学会的郑洁皎理事长和护理学会的庹焱秘书长都从本专业的角度提出了自己的见解和意见。这二位真可谓"重量级人物"，尤其是郑洁皎教授不仅在上海，就是在全国也称得上权威，全国康复医学界共同编制的教材《老年康复学》的主编就是她。薛赢硕、王煜石他们也都说知道她大名鼎鼎，能将她们请出山来，实属不易。

郑洁皎教授果然厉害，迅速地发现该讨论稿中的毛病，首先她认为用"认知症"不符合医学科学用词，应该用"认知障碍"一词。由此看来，像我辈以前用阿尔兹海默症或"老年痴呆"，不是没有完整反映内涵，就是"不登大雅之堂"，不能作为正式书面语言。郑教授还直言不讳地指出讨论稿的格式不符合国家团标的要求，只能算是一种构思。我强调这里体现了我的逻辑推理的过程，但郑教授毫不退让，说必须严格按照国家团标格式，而且要由具有填写团标资质的专人来完成。我这个号称制定标准的高手，却在她的面前出了洋相，但作为一名科技工作者，我也被她说得心服口服，说讨论稿是作为抛砖引玉，给大家一个讨论的"靶子"而已，给自己找个下台的台阶。护理学会的庹焱秘书长也是一位非同一般的专家，从她的见解，显示了她对认知障碍的护理的现状非常熟悉，她还着重提示来自澳大利亚先进的教育经验和教材，一定要适应中国的国情才能生效。会上大家一致同意进入按照国家团体标准的格式编制文件的程序，由研究会拥有这个资质的叶梅副秘书长具体执笔。在此期间，叶副秘书长与爱可尔公司为主要组员一直处于沟通状态之中。

五

2024年3月22日迎来了《CCHC认知障碍专业护理员培训体系标准1.0》（以下简称《标准1.0》）的评审会议，据说郭际冬、叶梅和爱可尔公司已经和研究会养老专委会主任、海阳集团的徐超董事长经过沟通，徐认同他们的想法，也参与了制订可以冠以"CCHC"的头衔的标准。在这以前他们也把《标准1.0》的送审稿事先发给我。我发现此稿除了按照团标要求撰写外，还与时俱进地增加了不少新的内容。如他们把《养老机构认知障碍照护单元设置和服务要求》和《老年认知障碍友好社区建设指南》等相关标准及时地列为"规范性引用文件"，为今后的培养和服务目标更加明确作了有益的铺垫。还有本标准的起草单位，除了前述上海的相关单位外，还有苏州市苏康养教育投资有限公司和杭州甲子养老服务有限公司等长三角的单位参与，完全符合联合会既定的宗旨。

我惭愧地觉得我这个编写负责人似乎有点名不副实，成了挂名的组长了；相反，我倒还从此学到了不少新的知识。最重要的是在《标准1.0》

中对"认知障碍"有了明确的定义，厘清了以前混乱的概念："记忆、语言、视觉空间、执行、计算和理解判断等几项认知功能中的一项或几项受损，并影响个体日常生活和社会交往的症状。"恰巧我在CCTV《1+1》栏目上看到了江苏省已经有了养老护理专业的专业系列技术职称，分高、中、初三级，它与医疗护理分开，成为独立的技术职称。《新民晚报》上也可见到上海有类似的报道。我认为今后这可以与认知障碍专业护理员的培养相匹配的教育课程结合起来，有利于这项培训项目能够长期健康地发展。我的建议获得了爱可尔公司的赞同，他们将其补充进了《标准1.0》的送审稿。我还得知，爱可尔公司已经完成了认知障碍护理培训教材的本土化，形成了适合中国国情新的培训体系。令人欣慰的还有他们接受了我的建议，将《养老科学概论》也列入了他们基础课的教材。他们除了准备了对认知障碍专业护理员的培训教程外，还设计了为老年认知障碍友好社区作非营利民间组织普及相关知识和技能讲座性质的教材和教程。这些东西在《标准1.0》中都有具体或隐性的相关含义的体现。

这次《标准1.0》的评审会议采取了线上、线下相结合的方式进行。除了薛赢硕外，还有苏州和北京的专家也应邀在线上参加了讨论。最让我惊讶的是，郭际冬和王煜石他们邀请前来作为评委专家的阵容空前，可以说他们的名字在养老界如雷贯耳：殷志刚，上海市老龄科学研究中心、上海市民政科学研究中心原主任。现在还有上海市养老服务行业协会专家咨询委员会主任、中国质量认证中心现代服务业评测中心康养总顾问等高层次的一连串社会兼职。范本鹤，上海市人力资源和社会保障局原副局级巡视员，上海市质量与标准化研究院专家库专家。郑洁皎，上海市康复医学会理事长兼秘书长。张婕，上海养老协会认知症专委会秘书长。虽然只有4位专家，但他们的专业却覆盖了与《标准1.0》相关的方方面面。在会上当我和王煜硕简单汇报《标准1.0》产生的过程后，他们四位分别对其发表了意见。我坐在他们的对面，与其说请他们提意见，不如说在受教育。殷志刚教授无疑是养老科学领域全方位的权威，不仅从对认知障碍者的专业护理角度发表看法，还从"以人为本"的角度，提出普通人在衰老过程中如何友好包容地对待认知障碍的态度，让我茅塞顿开。范本鹤局长作为教育领域的专家，完整地阐述一个标准的教育体系应该具备的条件，提请起草者对照。张婕秘书长作为养老领域专门从事认知障碍事物的专家，根据认知障碍从发生到筛查、干预、环境和照护等全过程，对《标准1.0》提出如何完善的建议。郑洁皎教授作为先前看到过初稿的专家，指出《标准1.0》已经取得了很大的改进，建议抓紧让《标准1.0》出台，如果还有更多可以改进的地方，可以采取《标准2.0》的方式，因为上海面临中央赋予"先行先试"的光荣使命，不宜因为前忧后怕，而不敢尝试先行。随后专家们各自写下了自己的评审意见，原则上通过完成了对《标准1.0》的评审程序。

六

《CCHC认知障碍专业护理员培训体系标准1.0》按照原计划将在2024年4月实施。据我了解，爱可尔公司除了完成《标准1.0》的制定外，还做了许多准备工作。在我看来，如果说《标准1.0》的建立是他们工作展开的必要条件，那么还有许许多多的充分条件需要他们去创造。他们的能力也让人感到后生可畏。那天评审会上王煜石线下的稳重应答，薛赢硕线上的临场发挥都让我刮目相看，发现他们确实都是能文能武、敢于开拓闯关的年轻人。同时也惊讶郭际冬的组织能力，他善于调动各种有利因素和优势，用来解决一个个复杂的系统问题，比我对他原来的了解更加出色。希望他们能够按照自己的目标勇往直前，为广大的认知障碍者及其家属带去更多的安慰和幸福，也为我国的养老"银发事业"做出更大的贡献。当然也希望广大读者在读完这篇文章后，知道无论是老年认知障碍者，还是认知障碍友好社区的居民们，在我国对待认知障碍的事宜，无论是在官方，还是在民间，都已经在合力逐渐解决之中啦！

评议与联想

钱丽臻：平雷的长文读完了，感慨得很，要完成一项工作有多么艰难啊！这件事从理论形成到标准的设想，再到动员那么多方方面面的资源来参与，人力、物力、时间等条件的具备，直至因缘具足，真是不容易的。看来在这个成果的呈现上，平雷的智慧发挥已经不限于一个写文章的作家领域了。老龄化的社会需要更多的社会关爱，希望这个针对老年痴呆的有关实施规范与平雷的有关养老模式的著作能够一起逐步得到应用推广，首先是中国老人的福祉了。

杨明桥：老年痴呆是很可怕的。我有一个朋友原来思维能力极强，不但是象棋高手而且管理、领导能力十分突出。但当六十多岁患上老年痴呆，变得浑浑噩噩。我看主要在于如何防止老年痴呆。

宋小才：看了《"老年认知障碍者"的福音》一文后，觉得切入了当今大家关注的问题，为其点赞。有一处小微烦请平雷核准：文章的第二段中"9073"养老模式，即除了3%的老人在养老机构，其余97%的老人是"居家养老"的，我觉得没说清楚。

喻渭河：凡平雷兄涉足的领域均有不凡的建树！令人钦佩！

王伟兰：认知障碍症越来越多而且年轻化，我周围60多岁就有好几人，并且只能居家家属看护，家属又因无任何护理经验而感到困惑。现在有了规范的管理和护理标准，将给他们带来福音。

钱雪元：你又做了一件大好事！这把年纪，我们都早已躺倒了。你还这样忙，注意保重！

胡定伦：钱总老当益壮，做事效率之高，令人钦佩！

杨楠茜：感谢作者对"认知障碍"这个病的重视，这个人群确实挺大的，我也有亲人得了这个病，挺可怜的。必须想出办法解决问题。文章写得很详细，这也是为认知障碍患者做好事。

后 记

我的第八本散文集《生活就是美——钱平雷科普文学作品续集》出版了。这是继"幸福三部曲""上海维度三部曲",以及《笔下寻乐记——钱平雷科普文学作品集》之后,我又一部以"科普文学"为副标题的散文集。我之所以在本部作品中再一次突出"科普文学",是因为经过中国科协和中国作协签订战略合作协议,文学界认同了"科普科幻文学"作为文学的一个分支。我曾跟随上海科普作协的许多同仁为科普与文学相结合呼吁呐喊,总算有了一个说法了。

长期以来,上海一直是我国科普创作的重镇,出现过诸如叶永烈、杨秉辉、卞毓麟等在全国乃至国际上具有影响力和号召力的著名科普作家。在中国科普作家协会的主要领导成员中,也总有上海科普作协的人选。但近年来,这个地位的上海代表缺席了。我分析的主要原因,尽管上海科普界仍有《诺贝尔奖解读》等有影响的科普项目,但最能够代表一个地方科普水平的应该是其是否出现有影响力的科普作品,在这方面上海近期确实是落伍了。尤其是上海没有出现诸如刘慈欣及其《三体》那样的有成就或有影响力的科普(幻)作家和作品。也没有出现北京、四川那样拥有王晋康、吴岩等著名科普科幻作家、科普理论研究专家的群体。如今由于科普的传媒载体也发生了巨大的变化,以前书籍、报刊等传统媒体,已经被网络、微信等新媒体挤出了主要地位。但是我也发现,网络、微信的视频,也还是需要原创的文字作品来提供素材的。即使最为具有流量影响的科幻影片,它也还是在原来的科幻文学作品的基础上改编而成的。还有一个现象值得关注,就是科幻作家几乎都是从科普作家的身份转变的。由此我在想，科普创作是否可以被看作是培养科幻创作的基本功。而且无论科普创作还是科幻创作，作者的文学功底应该是其创作能否成功的基础。我们上海既然不可能一下子拿出许多具有影响力的科幻作品，那么扬长避短，就从我们具有比较传统优势的科普文学创作出发，打造一支雄壮的科普文学创作队伍。我们尊敬的杨秉辉教授至今仍旧笔耕不辍，最近以耄耋之年还出版了《枫林桥之恋》那样精彩的科普小说，还有诸如隋淑光、刘夙等那样出色的中年科普文学作家，以及一大批对科普创作具有浓厚兴趣的青年科普作者。以此重新振兴我们上海科普重镇的地位，我作为一名老的科普文学创作者，也愿意继续为此摇旗呐喊。本书的出版就是我的实际行动之一。我的上述想法也曾得到了李正兴、周昭德、江世亮、许兴汉、李乔等科普界同仁的支持和认同。

　　本书的出版，对我说来也是一件不容易的事情，因为我毕竟已经是一个年近耄耋的老翁了，基本已经退出了主流的社会活动了。回顾自己成为作家所走过的路程，从我早在20世纪90年代初成为上海科普作协会员，可称"科普作家"开始，到2022年加入中国作协，即成为一个"名正言顺"的文学作家，似乎是一段不经意的创作经历。但我没有想到，其实这在文学界还是一件不容易实现的事情。我们以前在中学时代往往都会认为，如果想当一名作家，最理想的捷径就是就读于大学的中文系。但从前几天观看一条在华东师大举行的著名作家王安忆和余华对话的讲座的视频链接中，我才知道，这是一个片面幼稚的认识。主持人代表许多听众向他们二位提及了这个问题。王安忆基本否定了中文系以培养作家为目标的观点，她承认中文系的毕业生可以成为作家，但那是每一届只有个别学生才能实现。余华虽然不完全认同王安忆的观点，认为中文系可以培养出好的作家，但也指出学生成才的道路是何等的不易，往往还是通过像他那样的著名作家老师力荐，在有影响力的文学刊物上登载他们的作品，才能逐渐脱颖而出成为作家的。看了这段视频，我是如此的感叹，为自己一名科技人员居然也能成为作家感到非常的侥幸和珍惜。我想，对我来说究其根本，还是科普创作引领我走上这条道路的。所谓"条条大路通罗马"，殊途同归的缘故。也说明想要成为一名作家，与是否就读中文系是没有必然的联系的。关键还是有没有创作出有分量有特色的文学作品，可以以此投石问路进入作家行列。由此看来，要成为一名名副其实的作家，笔耕不辍将是我今后还要继续走的文学道路。

众所周知，一本书能够出版，除了作者本人，还需要一定的社会力量予以支持和帮助的。上海科学技术文献出版社与我有着长期友好的合作经历，他们给了我这个老作者以最为优惠的条件，张树主编和李莺编辑都非常熟悉我的写作风格，我们之间已经非常默契，让我省去了许多出版过程中必须关注的精力，这里还应包括该社为本书出版过程中其他付出辛勤工作的同志们。上海市楼宇科技研究会的张星玲、倪英浩、汪颖等副秘书长，办公室的周怡主任、潘清沁学术秘书等同仁们也继续把该书的出版，看作发挥研究会科普功能的一项重要工作，在该书出版过程中的各个环节都予以帮助和关照。尤其是郭际冬秘书长，他想办法从各个方面帮助我出版本书，包括发挥他广泛的人脉关系，邀集诸如爱可尔等会员单位予以支持。还有张光武、许兴汉、宋心昌、高文伟等文友对我创作的一贯指教，也是我这个科技人员能够成为文学作家不可或缺的条件之一。我还要特别感谢我的哥哥钱平天先生，他应我之邀，为该书作序，让他以兄长的角度，从我的成长过程来探讨我能成为一名科普文学作家的渊源，希望能对读者有个参考价值。但对他来说确实不是一件容易的"差使"。趁着这个机会，请允许我对上述各位表示由衷的感谢！因为该书的出版，对我的人生历程来说，也算一件大事了。当我以后需要回忆过去的岁月，它能帮助我提示许多遗忘的事情和人物。更重要的是它还将是我与亲朋好友、同学老师，乃至广大读者感情的纽带和桥梁。这一点我的前几本已经出版的散文集给了我很大的启示。

我当然还要感谢我的老伴陈天仪女士,由于她对我精心的照顾,承担了几乎所有的家务,让我有精力去进行科普文学的创作。因此在该书的结尾也应写上"谨以此书献给我的妻子陈天仪女士"。

图书在版编目（CIP）数据

生活就是美：钱平雷科普文学作品续集 / 钱平雷著.
—上海：上海科学技术文献出版社，2024.
ISBN 978-7-5439-9187-3

Ⅰ．I267

中国国家版本馆CIP数据核字第20240JX879号

责任编辑：李　莺
封面设计：张琳洁

生活就是美：钱平雷科普文学作品续集
SHENGHUO JIUSHI MEI: QIANPINGLEI KEPU WENXUE ZUOPIN XUJI
钱平雷　著

出版发行：	上海科学技术文献出版社
地　　址：	上海市淮海中路1329号4楼
邮政编码：	200031
经　　销：	全国新华书店
印　　刷：	常熟市人民印刷有限公司
开　　本：	650mm×900mm　1/16
印　　张：	29.25
插　　页：	5
字　　数：	406 000
版　　次：	2024年8月第1版　2024年8月第1次印刷
书　　号：	ISBN 978-7-5439-9187-3
定　　价：	68.00元

http://www.sstlp.com